राह इंसाफ की, या कहानी इंतकाम की?

किरण विजय गेडाम

Made with ♥ on the Notion Press Platform
www.notionpress.com

मेरे पिता बुध्द वासी श्री. विजय गेडाम

तथा

माता श्रीमती. रेखा गेडाम

इनके अतुलनीय प्रेम और संस्कार प्रति स्नेह के साथ समर्पित

साथ ही मेरी जीवन साथी

सौ . माया गेडाम

और हमारा लाडला

ची. हर्ष गेडाम

का तहे दिल से धन्यवाद!

की उन्होंने मुझे ऑफिस से घर आने के बाद भी

किताब पूरी करने के लिए पर्याप्त समय दिया।

क्रम-सूची

क्रम-सूची

पावती (स्वीकृति)

सबसे पहले मैं नोशन प्रेस और उनकी टीम का आभार व्यक्त करता हूँ, की उन्होंने मेरी कल्पना को किताब का रूप दिया और मुझे एक नयी पहचान।

लेकिन कोई भी किताब पाठकों के बिना व्यर्थ है। इसलिए मैं हर उस शख्स का आभार व्यक्त करना चाहूंगा जिसने इस किताब को पढ़ने के लिए ख़रीदा है।

यह किताब लिखी जरूर मैंने है, लेकिन इसे लिखने के लिए मुझे प्रेरित करने वाले सबसे पहले इंसान जिनका मैं दिल से आभार मानना चाहता हूँ वह है, मेरे मित्र श्री. संतोष गावंडे जी। साथ ही संतोष जी ने ही सब से पहले कहानी पढ़ कर किताब के शीर्षक और कवर के विषय में सुझाव दिए इसके लिए मैं एक बार फिर उनका शुक्रगुजार हूँ।

साथ ही मैं आभारी हूँ, मेरे कजिन श्री. अनिल मडामे जी और उनकी पत्नी सौ. करुणा मडामे जी का, जिन्होंने समय-समय पर मुझे अपने सुझाव दिए।

मैं, श्री सुनील मडामे और उनकी पत्नी सौ. प्रतिभा मडामे का भी आभारी हूँ, की उन्होंने मुझे लिखने के लिए प्रेरित किया।

मेरे स्कूल और कॉलेज के मित्र श्री. नितिन कांबळे, श्री. गणेश काकडे, श्री. अंकुश जोशी और श्री. प्रज़ेश फुकटे का भी मैं विशेष आभार मानता हूँ, जिन्होंने किताब लिखते वक्त मेरा उत्साह बढ़ाया।

अंत में घर के सभी बच्चे हर्ष, तन्मय और निधि को ढेर सारा प्यार, क्यों की उन्हें मेरी कहानिया अच्छी लगती है और उसी से मुझे लिखने की प्रेरणा मिलती है।

भूमिका

पाठकों के लिए सन्देश

प्रिय पाठकों,

आज की पीढ़ी को सही मायने में किताबे पढ़ने की जरुरत है। क्यों की मोबाईल और कंप्यूटर के इस युग में हमारे आँखों के सामने ज्यादातर लैपटॉप या मोबाईल की स्क्रीन ही रहती है। जिसके कारन आज कल आँखों में कमजोरी और याददाश्त में कमी की काफी शिकायते देखने को मिलती है। अगर आप रोज किसी किताब का एक भी पन्ना पढ़ते है, तो उतना समय आप इन चीजों से हट कर कुछ नया सोचने लगते है। और आप को पढ़ते देख हो सकता है आप के बच्चों में भी पढ़ने की रूचि बढ़ जाये।

रील्स से रंगी आज की दुनिया में, मोबाईल से हट कर आपने एक किताब पढ़ने के लिए ली है। इस बात के लिए आप का जितना शुक्रिया माना जाये, उतना कम ही है।

यह पुस्तक केवल शब्दों का संग्रह नहीं, बल्कि रोमांच, रहस्य और भावनाओं का एक ऐसा सफर है, जो आपको शुरुआत से अंत तक बांधे रखेगा। इस कहानी का हर पन्ना एक नया मोड़ लेकर आता है, हर अध्याय आपके मन में नई जिज्ञासा जगाता है, और हर घटना आपको आगे पढ़ने के लिए मजबूर कर देती है।

यह केवल लेखक की कल्पना नहीं, बल्कि मेहनत, धैर्य और समर्पण का परिणाम है, जो आपको हर पंक्ति में महसूस होगा।

इस पुस्तक की खासियत यही है कि जैसे-जैसे आप एक अध्याय पूरा करते हैं, आपकी उत्सुकता और भी बढ़ जाती है। “आगे क्या होगा?” यह सवाल आपके मन में बार-बार उठेगा और आपको अगले पन्ने की ओर खींच ले जाएगा। यही वह रोमांच है, जो इस किताब को खास बनाता है।

तो तैयार हो जाइए एक ऐसे सफर के लिए, जहाँ हर मोड़ पर रहस्य है, हर पल में उत्साह है और हर अध्याय में एक नई कहानी आपका इंतजार कर रही है।

(प्रतिक्रिया एंव सुझाव के लिए संपर्क - kirangedam2488@gmail.com)

आमुख

अस्वीकरण (Disclaimer)

यह किताब एक काल्पनिक कहानी है, जो किसी व्यक्ति या स्थान पर आधारित नहीं है। कहानी में लिखे गए सभी पात्र और घटनाएं काल्पनिक है। किसी जीवित या मृत व्यक्ति अथवा किसी वास्तविक घटना से समानता केवल एक संयोग है। इस कहानी को मैंने सिर्फ मनोरजन के हेतु से लिखा है। किसी भी समुदाय या राज्य के प्रति असम्मान मेरा उद्देश्य नहीं है।

Kiran Gedam.

प्रस्तावना

बस, ट्रेन और शहरों की भीड़ में धक्के खाता हुआ आम इंसान। इनसे किसीको न तो कोई लगाव होता है, ना ही कोई उम्मीद। शहर में दंगे हो तो परेशान आम इंसान। ट्रैफिक के रूल टूटे तो परेशान आम इंसान। सुबह से शाम तक ना जाने कितनी ही परेशानियों का सामना करते हुए अपनी जिंदगी जीता रहता है, वो है आम इंसान।

फिर भी देखा जाये तो देश की आर्थिक व्यवस्था आम इंसान पर ही निर्भर है। क्यों की कोई गांव, शहर या देश ही क्यों ना हो सब से ज्यादा तादाद तो आम इंसानो की ही होती हैं।

अपने दैनिक जीवन में व्यस्त रहने वाला सामान्य व्यक्ति, जो अपने परिवार और समाज से हमेशा जुड़ा रहता है। अपने लक्ष्यों को पूरा करने के लिए हमेशा प्रयास करता रहता है। एक आम इंसान को भी सरकार या दुनिया से कुछ ज्यादा उम्मीद नहीं होती। इन्हे बस अपनी जिंदगी ठीक ठाक चले इतनी ही इच्छा होती है।

वह अक्सर सीधी-साधी सोच वाले होते है। लेकिन जब इनमेसे कोई कुछ करने की ठान ले तो वो पीछे भी नहीं हटता। फिर वह सरकार को तक हिला कर रख सकता है।

तो आप का ज्यादा वक्त ना लेते हुए आप को ले चलते है रोमांच से भरे एक नए सफर में।

जिसका नाम है 'राह इंसाफ की, या कहानी इंतकाम की ?'

1

कमिश्नर त्रिवेदी

२५ दिसंबर २०२५, सुबह ११:४५

ख्रिसमस के मौके पर आयोजित एक कार्यक्रम में मुंबई के कमिश्नर त्रिवेदी जी आम इंसानों पर अपना भाषण दे रहे थे।

"ये कहते हुए मुझे गर्व महसूस होता है, की आम इंसानों की सुरक्षा का जिम्मा हमारे कंधे पर है। और हम उसे बखूबी निभा रहे है। हमारी पुलिस व्यवस्था का सबसे बड़ा उद्देश्य आम इंसानों की सुरक्षा और सेवा करना है। एक आम इन्सान की उमीद होती है, की उसे तत्काल और कम खर्च में न्याय मिले। और ये हमारा कर्तव्य हैं, कि हर शिकायत सुनी जाये और हर पीड़ित को न्याय मिले। और हम इस बात के लिए प्रतिबद्द है।"

"आज हमारे पास तकनीक और सवेंदंशिलता दोनों है, इसलिए हम किसी भी देश के मामले सुरक्षा व्यवस्था कायम करने में कम नहीं हैं। आप सभी हमारे समाज की रीढ़ है। आपकी शांति, आपकी सुरक्षा यही हमारी प्राथमिकता है।"

"लेकिन एक सुरक्षित राष्ट्र के निर्माण में हमें आपकी मदद की उम्मीद होती है। क्यों की अपराध रोकने में जनता की भूमिका सबसे अहम होती है। आपके सहयोग, जागरूकता और आपकी ईमानदारी हमारे कार्य को और भी आसान बनती है।"

"हर देश की ताकत पुलिस और जनता के बिच के भरोसे के रिश्ते पर तय की जाती है। मैं चाहता हूँ देश का हर नागरिक पुलिस को अपना मित्र समझे, ना की हमसे डरे। हम कभी अमीर गरीब में फर्क नहीं करते, क्यों की कानून सबके लिए समान है।"

"हमारी कोशिश है की, पुलिस स्टेशन भय का स्थान नहीं, बल्कि विश्वास का केंद्र बने। मेरे आज तक के करियर में मैंने हर बार आम इन्सान को किसी भी VIP से जादा अहमियत दी है।"

पुलिस मुख्यालय के मैदान पर उस वक्त लगभग दो सौ लोग मौजूद थें। पत्रकार पहली लाइन में बैठे हुए थें। कमिश्नर के दोनों अंगरक्षक चारो तरफ देख कर खतरे का जायजा ले रहे थें। व्यासपीठ पर कई नामचीन लोग विराजमान थें। कमिश्नर साहब व्यासपीठ के कोने

में रखे मंच के सामने खड़े थे। माइकमंच पर स्थिर था, और कमिश्नर साहब के दोनों हाथ मंच पर दोनों तरफ रखे हुए थे।

भाषण देते वक्त अपने वाक्य अनुसार वो हाथो को उठा कर लोगों को सम्बोधित कर रहे थे। भीड़ में कुछ लोग अपनी ही बातों में खोये हुए थें, तो कुछ लोग मन लगा कर कमिश्नर की बातें सुन रहे थें। बिच-बिच में पत्रकार एखाद सवाल पूछ लेते तो कमिश्नर उस बात का जवाब देने लग जाते।

एक पत्रकार ने अपना हाथ ऊपर उठा कर कहा, “कमिश्नर साहब, आम लोगों को अक्सर ये शिकायत रहती है, कि पुलिस तभी सक्रिय होती हैं जब कोई बड़ी घटना हो जाती है। क्या आप मानते हैं कि प्रतिक्रिया धीमी है?”

कमिश्नर साहब ने मुस्कुराते हुए जवाब दिया, “आपका सवाल सही है। पहले हमारी व्यवस्था अधिक ‘रिएक्टिव’ थी, लेकिन अब हम ‘प्रिवेंटिव पुलिसिंग’ पर ध्यान दे रहे हैं। सी.सी.टी.वी, पेट्रोलिंग और बीट सिस्टम के ज़रिए हम अपराध रोकने की दिशा में लगातार काम कर रहे हैं। और मैं विश्वास दिलाता हूँ अगले कुछ सालो में कोई भी पत्रकार ये सवाल नहीं दोहरा पायेंगा।” तालियों की गूंज से मैदान गूंज उठा।

एक और पत्रकार ने पूछ लिया, “शहर में महिलाओं की सुरक्षा एक बड़ी चिंता का विषय बना है। पुलिस इस दिशा में क्या कदम उठा रही हैं?”

“महिलाओं की सुरक्षा हमारी सर्वोच्च प्राथमिकता हैं। हमने “सतर्क एप”, “महिला पेट्रोलिंग यूनिट” और तत्काल जवाब देने वाली महिला हेल्पलाइन जैसी सुविधाएँ शुरू की हैं। साथ ही हर थाने में महिला अधिकारी तैनात हैं ता कि महिलाएँ निडर होकर अपनी शिकायत दर्ज करा सकें।” कमिश्नर साहब ने बड़े ही आत्मविश्वास से जवाब दिया। एकबार फिर मैदान तालियों से गूंज उठा।

लोगों की भीड़ बढ़ने लगी। तगड़ा भाषण और सवाल जवाब का खेल देखने लोग इकठ्ठे होने लगें। कुर्सिया कम पड़ने लगी तो लोग पीछे खड़े हो कर कार्यक्रम का लुफ्त उठाने लगे।

कमिश्नर साहब ने कहा, “नेक्स्ट प्लीज।” एक पत्रकार ने पूछा, “आम आदमी को पुलिस स्टेशन जाने में डर क्यों लगता है? क्या पुलिस का रवैया आम आदमी के साथ ठीक नहीं है?”

कमिश्नर साहब मुस्कुरा कर बोले, “मैं पहले ही बता चूका हूँ, यह एक सामाजिक धारणा है जिसे हमें बदलना होगा। हमने “फ्रेंड्स फॉरएवर” की पहल शुरू की है, जिसके तहत हर थाना जनता के हर शिकायत के लिए खुला है। हमारा उद्देश्य है कि पुलिस स्टेशन भय का नहीं, विश्वास का केंद्र बने, अगला सवाल प्लीज।”

“आज साइबर क्राइम तेजी से बढ़ रहा है। आम आदमी को इससे कैसे बचाया जा सकता है?” एक पत्रकार खड़ा हो कर बोला।

“साइबर अपराध आज की सबसे बड़ी चुनौती है। हमने साइबर सेल को आधुनिक तकनीक से लैस किया है। साथ ही हम स्कूलों, कॉलेजों और सोशल मीडिया के माध्यम से लोगों को जागरूक कर रहे हैं। और इस सभा में भी मै बताना चाहूँगा की सायबर ठगों

से बचना हमारे ही हाथ में है, अगर आप किसी लालच में आ कर उनका शिकार ना बने।" कमिश्नर साहब ने बड़े ही अच्छे तरीके से जवाब दिया।

एक और पत्रकार खड़ा हो गया तो कमिश्नर साहब ने कहा, "बस अब और सवाल नहीं।" पत्रकार ने विनती करने वाले अंदाज में कहा, "बस आखरी सवाल सर।"

"ठीक है पूछो, लेकिन आखरी।"

पत्रकार ने पूछा, "कमिश्नर साहब, आम इंसान को आप क्या संदेश देना चाहेंगे कि वह खुद को सुरक्षित कैसे रखे?"

कमिश्नर साहब ने जवाब दिया, "जैसे की मैं पहले भी बता चूका हूँ, मैं यही कहना चाहूँगा की सुरक्षा एक साझा जिम्मेदारी है। सतर्क रहें, संदिग्ध चीज़ों की तुरंत सूचना दें, और कानून पर भरोसा रखें। याद रखें, जब जनता और पुलिस साथ खड़ी होती है, तो कोई भी अपराधी ज्यादा देर तक टिक नहीं सकता। हम सब एक परिवार हैं, समाज के अच्छे भविष्य के लिए साथ चलना जरूरी है। पुलिस तभी सफल होगी जब जनता सुरक्षित और खुशहाल होगी। आइए, मिलकर ऐसा समाज बनाएं जहाँ कानून का सम्मान और इंसानियत का साथ हो।"

तालियों की शुरवात होने ही वाली थी की, एक गोली चलने की आवाज स्पीकर में गूंज उठी। पुरे मैदान पर सन्नाटा छा गया। पुलिस कर्मी, कमिश्नर के अंगरक्षक और लोगों की नजरें कमिश्नर पर टिक गई। गोली कमिश्नर त्रिवेदी के सिने में लगी थी।

गोली लगने की वजह से कमिश्नर त्रिवेदी जी मंच से थोडा पीछे की ओर धकेल दिए गए थे। कमिश्नर के अंगरक्षकों ने तुरंत कमिश्नर को घेर लिया। कार्यक्रम में उपस्तित ACP राजेश दौड़ कर कमिश्नर के पास पहुंचा तभी एक और धीमी आवाज हुई जो कमिश्नर के सिने से आयी, मनो किसी बच्चे की दीवाली की बन्दुक से फूटा हुआ पटाखा हो। सब इधर-उधर देखने लगे की गोली चलायी किसने।

ACP राजेश ने बिना देर किये अंगरक्षकों के साथ कमिश्नर को उठा कर पुलिस की गाड़ी में बिठाया और गाड़ी दवाखाने के लिए रवाना कर दी। तब तक मैदान में लोगों की भगदड़ मच गई थी। लोग इधर-उधर भागने लगें।

राजेश तुरंत मंच पर पहुंचा और माइक में सब को शांति से खड़े रहने के लिए कहने लगा। जब पुलिस ही सेफ नहीं तो आम इंसान क्या उमीद कर सकता है, लोगों के बिच कोई है जिसने कमिश्नर को ही गोली मार दी अगर कोई आतंकवादी हुआ तो पता नहीं कोई बम ही ना फोड़ दे, ये सोच कर लोग मैदान छोड़ कर भागने लगें।

जब तक राजेश लोगों को शांत होने को कहता कई लोग मैदान से जा चुके थें। व्यासपीठ पर बैठे नामचीन लोगों को उनके अंगरक्षकों और नौकरों ने घेर कर रखा था। मैदान के सामने ना तो कोई बिल्डिंग थी, ना ही कोई छुपकर गोली चलाने की जगह। फिर गोली चली कहा से, राजेश सोचने लगा और इधर-उधर देखने लगा। इसका मतलब है गोली सामने बैठी भीड़ से ही चलायी गई होंगी। लेकिन कई लोग मैदान छोड़ कर भाग चुके थे, क़ातिल भी मौका देख कर भाग चूका होंगा, ये सोच कर राजेश सामने बचे खुचे लोगों को देखने लगा।

प्रेस के लोगों में से एक कैमरामैन राजेश के पास पहुँचा और अपने कैमरे की स्क्रीन दिखाते हुए बोला, “सर आपको ये देखना चाहिए।”

राजेश ने देखा जब कमिश्नर भाषण दे रहे थे तब अचानक मंच पर लगे माइक के स्टैंड के पीछे से धुआँ निकला और वही से गोली चली। राजेश ये देख कर बिलकुल चकित हो गया और दौड़ कर उस मंच के पास पहुंचा। राजेश ने देखा की माइक स्टैंड के पीछे लकड़ी में एक छेद बना हुआ था और उसमे से अब भी थोडा धुआँ निकल रहा था।

राजेश को आशंका हुई की कही उसमे और कोई विस्फोटक तो नहीं तो उसने तुरंत बॉम्ब स्क्वाड को बुलाया और पुरे इलाके की घेराबंदी कर दी।

कुछ गिने चुने लोगों को छोड़ कर बाकि सब की तलाशी ले कर वहाँ से जाने दिया। बॉम्ब स्क्वाड वहाँ पहुँच कर जाँच करने में जुट गया। एक फोरेंसिक की टीम भी वहाँ पहुँची और छानबीन करने लगी। सूंघने वाले कुत्ते भी वहाँ पहुँच चुके थें। जब बॉम्ब स्क्वाड ने कहा की उस इलाके में कही भी बम नहीं तब जा कर सब को राहत मिली।

सूंघने वाले कुत्ते ने कुर्सियों के बिच एक रिमोट ढूंड निकला। जिसे सबूत के तौर पर इकट्ठा किया गया। फोरेंसिक और बॉम्ब स्क्वाड का एक सदस्य मिल कर मंच की जाँच कर रहे थे।

मंच को धीरे से खोल कर देखा तो उसमे एक डिवाइस लगा हुआ था। जाँच पड़ताल करने के बाद सारे सबूत इकठ्ठे कर के पुलिस के हवाले किये और वहाँ का कम ख़त्म हुआ।

दूसरी और कमिश्नर को जब तक अस्पताल पहुँचाया गया तब तक उसकी सांसे रुक चुकी थीं। डॉक्टर ने उन्हें ठीक से चेक करने के बाद मृत घोषित कर दिया। कमिश्नर की बॉडी पोस्टमार्टम के लिए भेज दी गयी। क्यों की मामला पुलिस कमिश्नर की हत्या का था तो सारे काम जोरों से चल रहे थें।

समारोह में आये हर शख्स के बारे में जानकारी जुटाई जाने लगी। ज्यादा से ज्यादा लोगों से पूछताछ की जाने लगी। लेकिन कही से भी कोई सुराग हाथ नहीं लगा।

वह एक सामान्य लोगों को जुर्म के खिलाफ जागरूक रहने लिए रखा गया कार्यक्रम था, इसलिए वहाँ ज्यादा से ज्यादा सामान्य नागरिक ही उपस्थित थें। प्रेस वालें भी अपने कैमरे में सिर्फ कमिश्नर और व्यासपीठ पर बैठे खास लोगों को कवर करने में लगें हुए थें, तो ऐसे में भीड़ में से किसने रिमोट दबा कर कमिश्नर की जान ली ये देख पाना मुश्किल नहीं बल्कि लगभग नामुमकिन था।

——— X ———

कमिश्नर के मौत की जाँच

२७ दिसंबर २०२५, शाम ०४:३५

कमिश्नर त्रिवेदी की पोस्टमॉर्टम की रिपोर्ट राजेश के हाथ में थी। साथ ही फोरेंसिक की रिपोर्ट भी टेबल पर रखी हुई थी। राजेश और इंस्पेक्टर महेश शुक्ला दोनों ऑफिस में बैठ कर सबूतों और रिपोर्ट्स को देख रहे थें। फोरेंसिक डिपार्टमेंट के इंचार्ज दयानंद वहाँ आये और

इजाजत ले कर शुक्ला के बगल वाली कुर्सी पर बैठ गए।

पोस्टमॉर्टम की रिपोर्ट पढ़ते हुए राजेश ने दयानंद जी से कहा, “ये कुछ समझ नहीं आ रहा। कमिश्नर साहब की बॉडी में किंग कोब्रा का जहर भी पाया गया और मौत की वजह भी जहर ही बताई गई, ये कैसे हुआ दयानंद जी।”

दयानंद जी ने एक पॉलीथिन हाथ में उठाई, और उस में बंद गोली को दिखाते हुए कहा, “ये कमाल इस गोली का है। ये किसी बारूद फैक्ट्री में बनी गोली नहीं है, इसे किसी ने अपने हाथों से डीजाइन किया है।”

राजेश ने अपने हाथो में दस्ताने पहन कर गोली को पोलीथिन से बाहर निकाला। अपने हाथ में गोली को पकड़ कर इधर-उधर से देखने लगा। वह गोली एक स्नाइपर गन की गोली की तरह ही थी, लेकिन उसके बिच में एक छेद बना हुआ था।

राजेश ने परेशान सी आवाज में कहा, “मुझे कुछ समझ नहीं आ रहा, आप ही समझाइये।”

अपने हाथो में दस्ताने पहन कर दयानंद जी ने गोली अपने हाथ में ली और कहा, “ये जो बिच वाला छेद देख रहे हो, वो गोली कमिश्नर साहब के दिल में लगने के बाद बना है। इस गोली में दो जगह बारूद भरा हुआ था। एक जैसे की आम तौर पर गोली चलाने के लिए भरा होता है, और दूसरा इसके बिच में। ये किसी जीनियस का काम है।”

दयानंद जी की बात काटते हुए राजेश ने कहा, “क्या आप उस कातिल की तारीफ कर रहे है?”

दयानंद जी ने मुस्कुरा कर जवाब दिया, “तारीफ नहीं मैं बस बता रहा हूँ की ये किसी आम इन्सान के बस की बात नहीं। उस गोली में ठीक उतना ही बारूद भरा गया था की गोली सीधा दिल तक जा कर रुक जाये। शायद इसके लिए उसे ढेर सारी प्रक्टिस करनी पड़ी होंगी।”

राजेश सवालिया नजरों से दयानंद जी को देख रहा था। शुक्ला तो बस दोनों की बहस सुन रहा था।

“मतलब वो कई दिनों से ये सब प्लान कर रहा था?” राजेश ने दयानंद जी से सवाल किया।

मैदान में मिला रिमोट का पोलीथिन उठा कर दयानंद जी ने जवाब दिया, “दिनों से नहीं महीनो से। इस रिमोट को देखो और ये मंच की तस्वीरे देखो इसमें जमी धुल के मुताबिक वो गोली और उसे चलाने वाली ये डिवाइस कई महीनो से वही थी।”

राजेश आश्चर्य से उन तस्वीरों को देखने लगा। “मतलब शायद ये मंच जब बना तभी क़ातिल ने उसमें ये फिट कर दिया था। और जब कमिश्नर उस मंच पर भाषण देने पहुंचे तब उसने गोली को रिमोट से चला दिया?” चौकते हुए राजेश ने दयानंद जी से पूछा। दयानंद जी ने जवाब दिया, “बिलकुल।”

राजेश ने कुर्सी की पुश्त से पीठ टिकाते हुए फिर दयानंद जी से सवाल किया, “और उस साप के जहर का क्या जिससे कमिश्नर साहब की मौत हुई?”

दयानंद जी ने फिर गोली उठा कर कहा, "मैंने कहा ना की ये आम गोली नहीं, इस गोली का बिच वाला हिस्सा जो अब खाली है, उस में पहले से साप का जहर भरा हुआ था। गोली जब शरीर में धस गई तब इस गोली के दुसरे हिस्से में लगा हुआ बारूद फटा, जैसे पटाखे की बत्ती जलाने के थोड़ी देर बाद पटाखा फूटता है ठीक वैसे ही। और फिर उसे इस तरह डीजाइन किया गया की गोली के बिच में छेद हो जाये और उसमे भरा हुआ सारा जहर शरीर में फ़ैल जाये। दरअसल वो किसी भी कीमत पर कमिश्नर साहब को बचने का मौका देना नहीं चाहता था। और इसी लिए मैंने उसे जीनियस कहा।"

वह सारी बाते सुन कर राजेश और शुक्ला दोनों ही दयानंद जी को हैरानी से देखने लगें। दयानंद जी ने गोली वापस पोलीथिन में रख दी और रिमोट पोलीथिन से बाहर निकालते हुए राजेश से कहा, "अभी से हैरान मत होइए, अभी एक चीज आपको दिखाना बाकि है। जो आप को और भी हैरान करने वाली है।"

राजेश ने अपने दोनों हाथ अपने आखों से होते हुए अपने सर पर ले गया और परेशानी वाली मुद्रा में दयानंद जी से बोला, "अब और क्या सपेंस है।"

दयानन्द जी ने कहा, "और एक बात ये जो रिमोट है, ये उस डिवाइस का रिमोट है ही नहीं। उसने हमें गुमराह करने के लिए ये लोगों के बिच छोड़ दिया। और खुद किसी ऐसी जगह से असली रिमोट से उस डिवाइस को चलाया जहाँ कैमेरा ना हो।"

रिमोट का ढक्कन खोलते हुए दयानंद जी ने आगे कहा, "सस्पेंस नहीं सुराग है। अब ये दिखा कर वो हम से क्या कहना चाहता है ये मुझे नहीं पता।" इतना कह कर दयानंद जी ने रिमोट का ढक्कन खोल दिया।

उसमे एक शतरंज का घोडा था। राजेश ने उसे रिमोट में से उठाया और कहा, "क्या ये रिमोट में ही था?" दयानंद जी ने मुस्कुरा कर जवाब दिया, "हाँ।"

राजेश उस मोहरे को बारीकी से देखने लगा। कुछ देर तीनो चुप-चाप कुछ सोचते रहें। फिर इतनी देर से चुप-चाप बैठा हुआ शुक्ला बोला, "कही ये कोई कत्लो का सिलसिला शुरू होने का संकेत तो नहीं?"

दयानंद जी शुक्ला की बात का जवाब देते हुए बोले, "हो सकता है। ये आदमी जो कोई भी है, हमसे कुछ कहना चाहता है। या फिर ये अपनी निशानी छोड़ रहा है।"

"सही कह रहे है दयानंद जी, ये आदमी हमें कुछ दिखाना चाहता है। हमें देखना होगा की आज से पहले कही किसी क़त्ल के सिलसिले में ऐसा कोई सुराग तो नहीं छोड़ा गया। अगर ऐसा है, तो शुक्ला तुम्हारी बात सही साबित हो सकती है।" राजेश ने ये कहते हुए घोडा टेबल पर रखा।

राजेश ने कुछ पल रुक कर कहा, "शुक्ला तुम अपनी छानबीन जरी रखो देखते है क्या निकलता है। दयानंद जी कोई और नयी जानकारी मिले तो बताइये।" इतना कहकर राजेश ने मीटिंग ख़त्म की।

दयानंद जी और शुक्ला वहाँ से चले गए। राजेश अपनी कुर्सी पर आखे बंद कर के सोचने लगा की क़ातिल का अगला निशाना कौन हो सकता है।

राजेश ने आईटी डिपार्टमेंट में इंस्पेक्टर मनीष महल्ले को कॉल किया। मनीष आईटी सेल का एक बहुत ही काबिल पुलिसवाला था। और राजेश को अंदाजा लग चूका था की ये केस पेचीदा होने वाला है। इसलिए उसे बेहतर पुलिसवालों की जरुरत थीं।

कॉल कनेक्ट होते ही राजेश ने मनीष से कहा, “इंस्पेक्टर मनीष महल्ले। मैं ACP राजेश सावंत बात कर रहा हूँ। कल से आप मेरे साथ कमिश्नर त्रिवेदी जी की हत्या वाले केस पर काम करेंगे।”

मनीष ने ख़ुशी से जवाब दिया, “यस सर।” राजेश ने फिर कहा, “कागजी फॉर्मलिटीज होती हारेगी। फ़िलहाल मुझे तुमसे कुछ इनफार्मेशन चाहिए।”

मनीष ने कहा, “जी सर कहिए।”

राजेश ने उसे शतरंज के मोहरे वाली बात बताई। और कंप्यूटर में पहले ऐसा कोई केस दर्ज हो, जिसके सबूतों की लिस्ट में शतरंज का मोहरा मिला हो ऐसे केस की जानकारी निकालने के लिए कहा। फोन काटते ही मनीष अपने काम में जुट गया।

-------- X ---------

२८ दिसंबर २०२५सुबह ११:०५

कमिश्नर त्रिवेदी जी के जगह आने वाले नए कमिश्नर विजय मोरे जी का आज ऑफिस में पहला दिन था। शुक्ला और बाकि सारे पुलिसवालें उनका इंतजार कर रहे थें।

जैसे ही गाड़ी ऑफिस के गेट पर पहुंची हवालदार बाजीराव राणे राजेश को बुला कर ले आया। नए कमिश्नर मोरे जी का स्वागत सत्कार हुआ। राजेश उन्हें ऑफिस के अंदर ले गया। पुलिस कर्मियों से परिचय के बाद मोरे जी ने राजेश के आलावा सब को जाने के लिए कहा।

सब के जाते ही मोरे जी ने राजेश से त्रिवेदी की हत्या के मामले में जो भी जानकारी इकठ्ठा की गई उसे बताने के लिए कहा। राजेश ने जितनी छानबीन की थी, साथ ही फोरेंसिक की और डॉक्टर की रिपोर्ट के बारे में मोरे जी को सब बताया।

राजेश ने रिमोट में रखे शतरंज के मोहरे के बारे में भी बताया। दोनों ने उसपर विचार विमर्ष किया और मोरे जी ने जल्द से जल्द हत्यारे को पकड़ ने का आदेश दे कर राजेश से विदा ली।

राजेश वहाँ से निकल कर अपने ऑफिस में आ गया। मनीष आज एक लैपटॉप पर राजेश के ऑफिस में बैठा काम कर रहा था। राजेश ने अंदर आते ही मनीष से पूछा, “कुछ हाथ लगा मनीष?”

मनीष ने राजेश की ओर कुर्सी सरकाते हुए कहा, “बैठिये सर, कुछ मिला तो है लेकिन मै शौर नहीं हूँ की उस केस का इससे कुछ लेन देन है या नहीं।”

राजेश ने कुर्सी पर बैठ कर उत्सुकता से कहा, “क्या है बताओ, फिर तय करेंगे की कनेक्ट है या नहीं।”

मनीष ने लैपटॉप की स्क्रीन दिखाते हुए कहा, “सर ये दो साल पहले एक सरकारी वकील मिश्रा जी की हत्या का केस है। जिसमें मुझे एविडंस में शतरंज की तस्वीरे मिली है।”

राजेश गौर से उस तस्वीर को देखने लगा उस तस्वीर में शतरंज पर एक तरफ के सारे मोहरे ठीक से लगे थे और दूसरी ओर सिर्फ एक हाथी अपनी जगह गिरा हुआ था। राजेश उस तस्वीर को देख कर समझ गया की दोनों हत्याऐं आपस में जुडी हुई हैं।

राजेश ने मनीष से कहा, “इस केस की सारी जानकारी मुझे चाहिए।” मनीष ने जवाब दिया, “ठीक है सर मैं फाइल मंगवाता हूँ।”

2

रघु

०१ जनवरी २०२६, रात ०२:०७

३१ दिसंबर की रात सब जश्न में मग्न थें। नए साल की वह पहली रात। पब में जोरो से संगीत चल रहा था। सब अपने धुन में नाच रहे थें। शराब के काउंटर पर कुछ लोग झूमते हुए शराब के पेग पर पेग गटक रहे थें।

नाचते हुए लोगों के बिच एक शक्स जिसका नाम था रघु, पब डांसर लड़कियों के बीच में शराब के नशे में गंदे इशारे करते हुए नाच रहा था। उम्र ४५ के आस पास, रंग सावला, कद लगभग साढ़े पांच फीट और उसके चेहरे पर फ्रेंच कट दाढ़ी थी। नीले रंग की जीन्स और हलके बादामी रंग की टी शर्ट उसने पहन रखी थी।

वह मस्ती में पैसे उडा रहा था। पार्टी पुरे मस्ती में चलती रही। शराब काउंटर पर बैठा एक शक्स रघु को देख कर मुस्कुरा रहा था। उम्र लगभग ३५ साल, उचा कद, गोरा रंग, बॉडी एवरेज जैसे रोज कसरत करता हो। उसने काले रंग का जैकेट, अंदर सफ़ेद टी शर्ट और नीले रंग का जींस पहन रखा था।

सिर पर काले रंग की कैप, आँखों पर हलके नीले रंग का चश्मा और चेहरा क्लीन शेव किया हुआ था। एक हाथ में कोल्ड ड्रिंक था। कोल्ड ड्रिंक के घुट लेते हुए वह बार-बार रघु को देख रहा था।

एक शराब के नशे में झूमती लड़की उसके पास आ कर नाचने लगी और कहा, “हाय हैंडसम, मै जुली और तुम।”

“हाय, रौनक।” और दोनों ने हाथ मिलाये।

“अकेले हो?” जुली ने एक घुट पिटे हुए पूछा।

“मै अकेला ही ठीक हूँ।” कोल्ड ड्रिंक का घुट लगाते हुए रौनक ने कहा।

जुली ने मुस्कुरा कर एक फ्लयिंग किस पास किया। फिर रौनक को बाय करते हुए नाच रहें लोगों में शामिल हो गई।

रौनक लगभग आधे घंटे से रघु की ओर देख रहा था। जैसे कि उसका जायजा लिए जा रहा हो। उसे समझने की कोशिश कर रहा हो। थोड़ी देर और पार्टी चलती रही। फिर रौनक अपनी जगह से उठ कर हलके से अपने कंधे संगीत की धुन पर उचकाने लगा। कोल्ड ड्रिंक का घुट लगाते हुए भीड़ को चीरता हुआ वह रघु के नजदीक पहुँचा और नाचने लगा।

रघु ने उसे नजरअंदाज करते हुए नाचना जारी रखा। तभी रौनक बार डांसर को अपनी और खींचकर नाचने लगा। लड़कियों को अपने से दूर जाकर रौनक के साथ नाचते देख रघु को गुस्सा आने लगा। उसने अपने जेब से एक नोटों की गड्डी निकाल कर उड़ाना शुरू किया। हवा में लहराते नोट देख कर लड़कियाँ वापस रघु की ओर आने लगी। लेकिन रौनक अपने ही धुन में नाचे जा रहा था।

रघु के नोट ख़त्म होते ही रौनक ने अपनी जेब से नोटों की गड्डी निकाली और उड़ाने लगा। अब वे तो ठहरी बार में नाचने वाली लड़कियाँ। जिधर पैसा दिखाई देगा उधर ही जाऐगी ना।

सारी लड़कियाँ रौनक की और जाकर नाचने लगी। इधर रघु का गुस्सा बढ़ गया उसने अपनी जेब से एक और नोटों की गड्डी निकाल कर उड़ाना शुरू किया।

लड़कियाँ फिर रघु की और मुड़ने ही वाली थी की रौनक ने एक लड़की को अपनी और खींच कर उसके कान में कहा, “आज तुम सब सिर्फ मेरे साथ नाचोगीं।” ये कहते हुए रौनक ने पांच सोने की अँगूठिया लड़की के हाथ में रख दी। और वो फिर से संगीत पर झूमने लगा।

उस लड़की ने बाकि लड़कियों के हाथ में एक-एक अंगूठी देते हुए रौनक के साथ नाचने का इशारा किया। बाकि लड़कियाँ भी रौनक के साथ नाचने लगी। ये देख कर रघु को बहुत गुस्सा आया। उसने जाकर रौनक की कॉलर पकड़ कर उसे खींच कर दूसरी तरफ धकेल दिया।

रौनक अचानक हुए हमले से अनजान था। वह भीड़ पर जा गिरा। ऊपर से देख रहे एक बाउंसर ने तुरंत संगीत बंद कर के निचे आते हुए वॉकी पर बाकि बाउंसर को भी बुला लिया।

रघु ने रौनक को कॉलर से पकड़ते हुए कहा, “क्या नाटक लगाया बे साले, इतना मरूंगा की नानी याद आ जाएगी। मेरे एक थप्पड़ से तेरी आने वाली सात पुश्ते बहरी पैदा होंगी। चल निकल यहाँ से।”

इतना कह कर उसने रौनक को पीछे धकेल दिया। रौनक ने अपना जैकेट ठीक किया। बिना कुछ कहे अपना गिरा हुआ चश्मा ढूंढने लगा। वह जिधर जाता लोग पीछे हट जाते। फिर उसे चश्मा दिखा उसने चश्मा उठाया और पहन लिया।

रौनक एक क़ातिलाना मुस्कान के साथ रघु को अपनी दाये हाथ की बिच की ऊँगली दिखाने लगा। वह देख कर रघु पर सब लोग हँसने लगें। रघु को बहुत गुस्सा आया।

रघु ने अपने हाथ की मुठ्ठी बांध कर, एक जोरदार मुक्का रौनक के मुहं पर मारने के लिए हाथ बढ़ाया। लेकिन रौनक ने अपने बाये हाथ से उसका इतनी जोर से आता हुआ मुक्का ऐसे रोका जैसे किसी बच्चे का मुक्का हो।

रौनक ने अपने दाये हाथ से एक जोरदार मुक्का रघु के जबड़े पर जड़ दिया। जिससे रघु पीछे जा कर भीड़ पर गिर पड़ा। उसका दिमाग हिल गया जैसे उसे कुछ समझ ही ना आ रहा हो। रौनक का इतना कूल स्वाभाव देख कर सारे लोग प्रभावित हो कर रौनक की तरफ देखने लगें।

रघु के तीन चार साथी वहाँ रौनक को मारने के इरादे से इकठ्ठा हो गए। लेकिन पब के सारे बाउंसर भी तब तक वहाँ पहुँच चुके थें। उन्होंने सबको रोका और एक ने जोर से कहा, "जो भी करना है यहाँ से बहार जा कर करो, वरना ठीक नहीं होगा।"

एक बाउंसर ने रौनक के कूल स्वाभाव को देख कर कहा, "सर प्लीज आप यहाँ से चले जाईये।" रौनक मुस्कुराता हुआ वहाँ से जाने लगा। रघु को दो बाउंसरों ने पकड़ कर रखा हुआ था। उसने चिल्लाते हुए कहा, "ये साले, कहा भाग रहा है, माँ का दूध पिया है तो बाहर रुक मैं अभी आता हूँ।"

रौनक फिर मुस्कुराया और बाहर निकल गया।

पाँच मिनिट बाद रघु और उसके साथी भी पब से बाहर आ गए। वे सब रौनक को इधर-उधर ढूंढने लगें। तभी रघु के मोबाइल की घंटी बजने लगी। रघु ने गुस्से में कहा, "हेलो।" तभी एक व्यंग भरी हँसी उसके कानों में सुनाई देने लगी।

उसने गुस्से में कहा, "साले सामने आ फिर तेरी हँसी को चींख में बदल ना दिया तो नाम रघु नहीं लगाऊंगा।"

रौनक ने उसे चिढ़ाते हुए कहा, "लगता है तूने माँ का दूध नहीं पिया, इसलिए चार बॉडीगार्ड ले कर मुझे ढूंढ रहा है। दम है तो अकेले मिल। फिर मैं तुझे बताता हूँ की चींख क्या होती है।"

इतना कह कर रौनक ने फोन काट दिया। रघु गुस्से से लाल हो गया। उसकी सांसे प्रेशर कुकर की सिटी की तरह चल रही थीं। उसने अपने आदमियों से कहा, "तुम सब निकलो रे, मैं आता हूँ।" इतना कहकर रघु ने शांति से काम लिया।

जीप में बैठ कर उसने रौनक का नंबर डायल किया। पहली ही घंटी में रौनक ने फोन उठा लिया। रघु ने कहा, "बोल कहाँ आना है।"

रौनक ने बड़े ही गंभीर स्वर में कहा, "जंग के लिए मैदान से बेहतर क्या हो सकता है।" सामने तीन किलोमीटर पर एक मैदान था। रघु समझ गया की उसे कहाँ जाना है।

फोन काटकर रघु ने जीप स्टार्ट की और सीधा ड्राइव करने लगा। ड्राइव करते हुए उसने अपने जीप के ड्रॉवर से गन निकालकर अपने हाथ में ले ली।

रघु की गाड़ी मैदान पर पहुँची। वहाँ रौनक पहले से ही खड़ा था। रघु ने जीप रोकी और उतरकर गन को अपने कमर में पीछे फसा दिया। रघु गुस्से से रौनक की तरफ चलने लगा। रघु बहुत गुस्से में था जाते ही उसने एक लात रौनक की छाती पर मार दी।

रौनक पीछे की तरफ लड़खड़ाया लेकिन वह फिर भी मुस्कुरा रहा था। वह देख कर रघु फिर बौखला गया। रघु फिर से रौनक की और लपका, एक हाथ का मुक्का बनाके उसने

रौनक के जबडे की ओर बढ़ाया। लेकिन तभी रौनक एक घुटना निचे टिका कर बैठ गया और एक मुक्का रघु के पेट में जड़ दिया।

मुक्का इतना जोरदार था की रघु सीधा पीछे की ओर गेंद की तरह उछल कर गिर गया। रौनक उठा और उसने रघु के पेट में एक लाथ मारी जिससे रघु फिर गेंद की तरह दो फ़ीट पीछे लुढ़क गया।

रौनक के पैर में कमांडो वाले जूते थे। इसलिए रघु को लाथ इतनी जोर से लगी की वो मछली जैसे तिलमिलाने लगा।

रघु ने कराहते हुए कहा, "साले कोण है बे तू।" इतना कहते हुए रघु ने गन निकाल ली। इससे पहले की रौनक को कुछ समझ में आता, रघु ने रौनक की छाती पर एक के बाद एक ३ गोलिया चला दी।

रौनक जमीन पर चित्त गिर गया। रघु अपने पेट को एक हाथ से पकड़ कर उठा। रघु रौनक की ओर निशाना बना के उसके नजदीक जाने लगा।

"अब पता चला मैं क्या चीज हूँ, साले मुझ से पंगा लेके तूने बहुत बड़ी गलती कर दी है।" बड़े ही गुस्से में रघु ने कहा। वह रौनक को फिर से शूट करने ही वाला था, की रौनक ने एक लाथ रघु के हाथ पर मार दी। गन निचे गिर गई और रौनक एक ही झटके में उठ खड़ा हुआ।

रौनक ने रघु की कॉलर पकड़ कर उसके मुहं पर एक के बाद एक चार-पाँच घुसे जड़ दिए। जिससे रघु का भेजा पूरा हिल गया। अब रघु की आँखे घूमने लगी उसे हिलते हुए दो-दो रौनक दिखाई देने लगें।

अभी रघु का दिमाग ठिकाने पर आया भी नहीं था, की रौनक ने अपना सर रघु के नाक पर दे मारा। रघु के नाक से खून का फव्वारा ही निकल गया। रघु जमीन पर पीठ के बल गिर गया।

रौनक ने गन उठाई और अपना चश्मा भी उठा कर अपनी आँखों पर लगाते हुए कहा, "तुझे क्या लगा तू गन निकालेगा, मुझे गोली मारेंगा और मैं मर जाऊंगा।" रौनक ने रघु का मजाक उड़ाने वाले अंदाज में कहा।

रौनक ने गन से छाती ठोकी जिससे पता चला की उसने बुलेट प्रूफ जैकेट पहन रखा था। रौनक रघु के नजदीक एक घुटना निचे टिका कर बैठा गया। उसने गन की नली रघु के मुहं में फ़सा कर कहा, "मैं चाहु तो एक मिनिट में तेरा खेल ख़त्म कर सकता हूँ, लेकिन तेरे लिए मैंने कुछ और सोचा है। चल तेरे लिए कुछ लाया हूँ।" इतना कहकर रौनक ने रघु के सिर पर गन का हैंडल जोर से मारा जिससे रघु बेहोश हो गया।

रात के ३ बज रहे थे। चारो तरफ सन्नाटा छाया हुआ था। रात के कीड़े चिरररररर चिरररररर की आवाज कर रहे थें। हाइवे पर बिच में लगी एक स्ट्रीट लाइट रुक-रुक कर बंद चालू हो रही थी। तभी सन्नाटे को चीरते हुए जीप उस हाईवे पर चलने लगी।

वह जीप रघु की थी, जिसे रौनक चला रहा था। रघु बगल वाली सीट पर रस्सी से बंधा हुआ था। रघु को धीरे-धीरे होश आने लगा।

होश में आते ही रघु ने खुद को संभालते हुए कहा, "कौन है भाई तू और मुझे क्यों मारना चाहता है।" रौनक बिना उसके तरफ देखे बस जीप चला रहा था। "देख भाई तू जो भी है, अगर मेरी वजह से कुछ हुआ भी है, तो मुझे माफ़ कर दे। मेरे पास बहुत पैसे है। तू सब ले ले, बस मुझे छोड़ दे।" रघु अब गिड़गिड़ाने लगा था।

रौनक ने झट से जीप का ब्रेक लगाया, जीप कररररररससससससस की आवाज करते हुए रुक गई। रघु की तरफ मुड़ कर रौनक मुस्कुराने लगा। "कितना देगा?" रौनक ने अपना बाया हाथ सीट के ऊपर टिका कर चश्मा नीचे नाक पर सरकाते हुए रघु से पूछा।

रघु के चेहरे पर थोड़ी शांति आ गई। थोड़ी ही देर में जीप सीधा रघु के घर के पास पहुँची। रौनक ने रघु के हाथ बांध कर रस्सी का एक सिरा अपने हाथ में लिया, जैसे रौनक कोई पुलिसवाला हो और रघु मुजरिम।

रघु आगे चलने लगा और रौनक पीछे। घर के अंदर जाने के बाद रघु ने अलमारी से एक बैग भर कर नोटों की गड्डिया रौनक के हवाले कर दी।

जीप के पास पहुँच ने के बाद रौनक से मिन्नत करते हुए रघु ने कहा, "अब तो छोड़ दे भाई।" रौनक ने रघु के सिर पर फिर से जोर से गन का हैंडल मार दिया जिससे रघु बेहोश हो गया।

-------- X --------

रघु की आँखे धीरे-धीरे खुलने लगी, तब रघु की आँखों के सामने घना अँधेरा था। उसने अपना सर झटक कर ठीक से देखने की कोशिश की।

जब वह पूरी तरह होश में आया तो उसने देखा उसे दो रस्सियों से बांध कर लटकाया हुआ था। मुहं पर टेप लगाया हुआ था, इसलिए उसकी आवाज नहीं निकल पा रही थी। दोनों रस्सियों को इस तरह बांधा गया था, की रघु ज्यादा हिल नहीं सकता था।

दोनों रस्सियों के बीच में एक नली ठीक रघु के सिर पर लटक रही थी। नली का एक सिरा दोनों रस्सियों के बीच इस तरह बांधा गया की था की वह नली रघु के सिर पर ही लटकती रहे।

दोनों रस्सिया ऊपर रघु के जीप को बंधी हुई थी, और रघु नीचे खाई में लटका हुआ था। रघु डर के मारे इधर-उधर देखने लगा तभी ऊपर से एक और रस्सी नीचे लटक गई।

रौनक कमर में हुक लगा कर धीरे-धीरे उस रस्सी से लटकता हुआ रघु के नजदीक पहुँचा। उसने एक छोटी सी टॉर्च निकाल कर वहाँ उजाला कर दिया। फिर रौनक ने रघु के मुहं से टेप निकला।

"तूने आज तक जितने भी गुनाह किये हैं, सब याद कर ले। अपने आखिरी वक्त में अगर किसी से माफ़ी मांगना चाहता है तो मांग ले।" रौनक ने रघु से बड़े ही सहज लफ्जो में कहा।

"भाई तू ये सब क्यों कर रहा है, मैं आज के बाद किसी से भी पंगा नहीं लूंगा। प्लीज मुझे जाने दे, छोटी सी बात के लिए जान लेगा क्या?" डरता, गिड़गिड़ाता रघु रौनक से मिन्नतें करने लगा।

"अच्छा! तूने तो मुझे मार ही डाला होता, अगर मैंने बुलेट प्रूफ जैकेट ना पहना होता।" रौनक ने भी उसकी खिल्ली उड़ने वाले अंदाज में कहा।

"चल अब बात को थोड़ा समझ ले, ये जो तेरे सिर के ऊपर नली लटक रही है पता है क्या है?" रौनक ने नली की ओर इशारा करते हुए रघु से कहा।

रघु ने गर्दन ऊपर कर के देखा। उसके चहरे पर सवालिया भाव उभर आये। "फोरहेड ड्रॉप टॉर्चर, इसे कहते है, फोरहेड ड्रॉप टॉर्चर।" रौनक ने रघु से मुस्कुराते हुए कहा।

"ये सब क्या है भाई, प्लीज़ छोड़ दे यार मुझे।" रघु फिर गिड़गिड़ाने लगा।

"अबे डर मत, फोरहेड ड्रॉप टॉर्चर का मतलब होता है, जीससे कुछ उगलवाना होता है, उसे नीचे बांध कर उसके माथे पर पानी की बून्द धीरे-धीरे गिराई जाती है। देखने में आसान लगता है, लेकिन धीरे-धीरे बहुत तकलीफ होती है।" रौनक ने रघु से बात करना जारी रखा।

रघु अब डरते डरते बस रौनक की बातें सुन रहा था।

"बस उसमे मैंने थोड़ा बदलाव कर दिया है। उस नली से तेरे सिर पर पानी की बजाये धीरे-धीरे तेजाब गिरेगा। लेकिन तु फिकर मत कर, मैं बिलकुल थोड़ा सा नल खोलूंगा, जिससे तेजाब बिलकुल धीरे-धीरे गिरेगा। तेरा सर धीरे-धीरे जलेगा तब तुझे बहुत दर्द होगा। सारे शरीर में चीटिया दौड़ेंगी। तू चिंखेगा, चिल्लायेगा लेकिन तुझे जल्दी मौत नहीं आएगी। पता है क्यों?"

रौनक की आवाज में अब धीरे-धीरे भारी पण आने लगा था। जैसे किसी जानवर ने अपना शिकार पकड़ रखा हो और अब धीरे-धीरे उसकी जान लेने वाला हो। बातों के दौरान रौनक ने अपने कमर पर अटकाया हुआ एक इंजेक्शन निकाला।

इंजेक्शन दिखाते हुए रौनक ने रघु से फिर कहा, "इस इंजेक्शन की वजह से। इस इंजेक्शन में एक खास दवा है, जो तेरे शरीर में जाते ही तुझे तरो-ताजा कर देंगी। तेरी रगों में खून घोड़े की तरह दौडेंगा। वो क्या है ना, तेरी मौत का तमाशा जितना ज्यादा चलेगा उतना ही मुझे मजा आएगा।" वह कहते हुए रौनक ने रघु को इंजेक्शन लगा दिया।

"तू जब जोर-जोर से चींखेंगा, चिल्लायेगा, अपनी मौत की भीख मांगेगा तब मेरे मन को शांति मिलेगी।" रौनक ने मुस्कुराते हुए कहा।

"भाई प्लीज माफ कर दे, तुझे इतने सारे पैसे भी दे दिए मैंने, मेरी जान बक्श दे भाई। या फिर मुझे गोली मार दे, ये सब करने की क्या जरूरत है।" रघु फिर रौनक के आगे गिड़गिड़ाने लगा।

"पैसे, कौनसे तूने खुद के पसीने की कमाई मेरे हवाले की है। ये सारा पैसा तूने गरीबों और मासूमो को तकलीफ पहुँचा कर ही हासिल किया है, उनसे छिना है। कोई बात नहीं मै उन पैसो को सही काम में लगा दूंगा। हो सकता है इससे मरने के बाद तेरी आत्मा को शांति ही मिल जाये।" रौनक ने रघु से उसकी हँसी उड़ाने वाले अंदाज में कहा।

"चल अब चलता हूँ, ऊपर जा कर उन लोगों से माफ़ी माँग लेना जिन्हें तूने बे वजह ऊपर पहुँचाया हैं। और हा ये सब पब वाली पार्टी की भड़ास नहीं है। तु किसी और कारन से यहाँ

लटका है। जब किसी को पता ही नहीं होता की वो क्यों मारा जा रहा है, तो कैसा लगता है ये भी समझ लेना।” वह कहते हुए रौनक रस्सी से ऊपर चढ़ने लगा।

रघु अब तक समझ रहा था रौनक से पब में हुई लड़ाई के कारन रौनक उसे मार रहा है। लेकिन ऊपर चढ़ते वक्त रौनक ने जो कहा उसे सुनने के बाद रघु का दिमाग ही घूमने लगा।

“अबे कौन है तू? बता के तो जा।” रघु चिल्लाने लगा। अब रघु के मन में एक ही सवाल था, आखिर उसे किस वजह से मारा जा रहा है? कही रौनक किसी गैंग का आदमी तो नहीं जो उसकी सुपारी ले कर उसे मारने आया है? लेकिन अगर वो सिर्फ मुझे मारने आया था तो गोली या चाकू से क्यों नहीं मार दिया इतना ताम झाम क्यों? नहीं ये जरूर बदला लेने के इरादे से ही है। रघु का दिमाग निष्कर्ष निकालता गया।

रौनक के ऊपर जाते ही घने अँधेरे ने फिर रघु को निगल लिया। उसे कुछ भी दिखाई नहीं दे रहा था। सिवाय सामने काफी दूर एक हाइवे पर चल रही एखाद गाड़ी की लाइट के।

रघु अपनी जान की भीख मांगने लगा। जोर-जोर से चिल्ला कर रौनक को गालियाँ देने लगा। कभी छोड़ने के लिए और भी पैसे देने की बात करने लगा। लेकिन रौनक पर उसके किसी भी बात का कोई असर नहीं हुआ।

रौनक ने ऊपर पहुँच कर उस रस्सी को ऊपर खींच लिया जिसके सहारे वह नीचे उतरा था। फिर वह जीप की ड्राइविंग सीट पर जा कर बैठ गया। बगलवाली सीट पर एक तेजाब की लगभग ढाई तीन लीटर की बोतल रखी हुई थी। जो नली रघु के सिर पर लटक रही थी उसका दूसरा सिरा उस बोतल के नल में लगा हुआ था।

रौनक ने तेजाब की बोतल का नल थोड़ा सा खोल दिया। नल के मुहं पर लगी नली से तेजाब की बारीक़ धार बहने लगी जो सीधे रघु के सिर पर लटक रही नली के मुहं से बूँद-बूँद उसके सिर पर गिरने लगा।

रघु का सिर जलने लगा वो जोर-जोर से चीखने लगा। लेकिन उसकी चीख सुनने के लिए वहाँ रौनक के अलावा कोई और नहीं था। खाई बहुत गहरी थी। रघु की चींखें खाई में खोने लगी। रघु रौनक को कभी गालियाँ देता, तो कभी अपनी मौत की भीख मांगता। रौनक अपनी दोनों आँखें बंद कर के ड्राइविंग सीट पर सिर टिका कर खामोशी से रघु की चींखें सुनता रहा।

जैसे-जैसे तेजाब की बूंद रघु के सिर पर गिरती वह और भी जोरो से चिल्लाने लगता। धीरे-धीरे रघु की आवाज भारी हो गई। उसकी चीखें अब कम होती गई उसका सिर पूरी तरह जल चुका था। तेजाब सिर से उतरकर चेहरे पर आ गया था। उसके सिर की चमड़ी और उसकी आँखें भी जलने लगी। अब रघु में चीखने की ताकत भी नहीं रही थी।

एक घंटे बाद करीब ५ बजे के आस पास जब रघु की हिलने का भी अहसास बंद हो गया तो रौनक उठा उसने जीप से बंदी रस्सी को हिला कर देखा, कोई हलचल नहीं थी। तेजाब की बोतल भी खाली हो चुकी थी। रौनक समझ गया कि रघु मर चुका है।

रौनक ने जीप से पैसों का बैग उठाया और वहाँ से निकल गया।

-------- X --------

रघु के मौत की जाँच

०१ जनवरी २०२६सुबह ०७:१८

सुबह का वक्त था। एक फोटोग्राफर की फॅमिली अपनी कार में हाईवे से गुजर रही थी। उस गाड़ी में दो बच्चे अपने पिता के कैमरे से बारी-बारी पहाड़ी और खाई के लुफ्त उठा रहे थें। जब कार गहरी खाई के पाससे गुजरने लगी तो बच्चो को कैमरे में दूसरी तरफ एक जीप दिखाई दी जो रघु की थी।

बच्चो ने जिद की, “पापा वहाँ चलते है, देखो ना वहाँ एक जीप खड़ी है।” उस आदमी ने कार को साइड में किया, क्यों की वह एक फोटोग्राफर था और उसे लगा वह लोकेशन फोटो के लिए ठीक होंगी तभी तो कोई वहाँ गया है।

उसने बच्चों से कैमरा लिया और लेंस को एडजस्ट कर के उस तरफ देखने लगा। उसे रघु की जीप दिखाई दी। वो देखने लगा की वाकई वह लोकेशन तो बेहतरीन है।

उसने अपनी पत्नी से कहा, “यार जगह तो बहुत बढ़िया है। क्या कहती हो चले वहाँ।” ये कहते हुए उसने कैमरा अपनी पत्नी के हाथ में दे दिया।

उसकी पत्नी भी देखने लगी। “वैसे वीरान जगह लग रही है। कुछ खास नहीं।” उसने टालने के अंदाज में कहा। तभी उसने देखा की एक गीदड़ उड़ता हुआ आकर उस जीप पर बैठ गया। उसने गीदड़ पर फोकस किया। वह गीदड़ उड़ कर निचे खाई में जाने लगा। कैमरे का फोकस गीदड़ पर ही था। वह गीदड़ निचे जाकर सीधा रघु की लटकती लाश पर जाकर बैठ गया।

वहाँ कुछ और गीदड़ भी थें जो रघु की लाश को नोच रहे थें। उस महिला को एकदम शॉक सा लगा। उसने हैरानी से अपने पति की ओर देखा। अपनी बीवी को हैरान देख कर उस आदमी ने कॅमेरा लिया और उस ओर देखने लगा।

जो नजारा देख कर उसकी बीवी हैरान थी, उस नज़ारे को देखकर वह खुद भी हैरान हो गया। उसने अपनी बीवी और बच्चों को झट से कार में बिठाया और अपना फोन निकाल कर पुलिस को फोन लगाया। कुछ और लोग भी वहाँ इकठ्ठे हो गए।

——–—-- X ——–—--

करीब एक घंटे बाद पुलिस की एक टीम क्राइम सीन पर पहुँची। तब तक कई लोग भी वहाँ पहुंच चुके थें। पुलिस ने जीप से १०० मीटर तक का एक घेरा बनाया और लोगों को पीछे किया।

तभी ACP राजेश की गाड़ी वहाँ पहुंची। शुक्ला ने राजेश को सलूट किया। सारे पुलिसवालें सावधान हो कर खड़े हो गए। राजेश ने कहा कैरी ऑन तो सारे अपने काम में जुट गए।

राजेश इधर-उधर देख कर सबूतों को इकट्ठे करने लगा और शुक्ला से पूछा, “कुछ मिला?” शुक्ला ने जवाब दिया, “जी हां, जिप में ये शतरंज का प्यादा रखा था, उसी कातिल का काम है जिसने कमिश्नर साहब को मारा।”

राजेश ने दस्ताने पहन कर प्यादे को उठाया और देखने लगा। ये उसी शतरंज के मोहरे थे जो वकील के घर से गायब थें। राजेश ने पूछा, "फोन किसने किया था।" शुक्ला ने तुरंत उस फोटोग्राफर को बुलाया। उस फोटोग्राफर ने सारि बात राजेश को बताई। तब तक फोरेंसिक की एक टीम भी वहाँ पहुँच गई।

जांच पड़ताल चलती रही, करीब दो घंटे लग गए। लाश को गिद्धों ने कई जगह से नोच लिया था। रघु का चेहरा तेजाब से पूरी तरह जल चूका था। देख कर लाश कि पहचान कर पाना मुश्किल था। भीड़ धीरे-धीरे कम होने लगी थी।

फॉरेंसिक के इंचार्ज दयानन्द जी ने राजेश को बताया "इस शख्स की मौत बहुत तड़प-तड़प के हुई है। जीप में रखी ये तेजाब की बोतल देख रहे हो। इसके नल को बहुत थोड़ा सा खोला गया था। जिससे धीरे-धीरे उसके सिर पर तेजाब गिरता गया। उसके हाथो को उसके थाइज पर बांध रखा था। जब वो तड़प रहा होगा तब उसने अपने नाखुनो से अपने ही शरीर को नोच डाला।"

"वो मरना भी चाहता था लेकिन उसकी सांसों ने शरीर को जल्दी नहीं छोड़ा। जब पोस्टमॉर्टम हो जाएंगा तब डिटेल में पता चलेगा।"

राजेश पूरी तरह हैरान था। जीप में मिले ID कार्ड से पता चला की वो रघु था। पंचनामा करने के बाद लाश को पोस्टमार्टम के लिए भेज दिया गया। बाकी छानबीन के लिए पुलिस अपने काम में जुट गई।

राजेश ने कमिश्नर मोरे को फोन लगाया। कॉल कनेक्ट होते ही राजेश, "जय हिन्द सर।" कमिश्नर मोरे, "जय हिन्द।" राजेश ने कहा, "सर एक हत्या का मामला है। कोई रघु नाम का शख्स है। अजीब बात ये है की उसके जीप में भी शतरंज का मोहरा मिला। ठीक वैसा ही जैसा कमिश्नर साहब के मौत के बाद उस रिमोट में मिला था।"

कमिश्नर मोरे ने कहा, "इस केस को जल्द से जल्द सॉल्व करना होगा। हो सकता है उस क़ातिल के निशाने पर और भी लोग हो। तुम अपनी पूछताछ में कोई कमी मत करना। तुम्हें किसी भी तरह की रोक टोक की जाये तो मुझे कॉल कर देना। मुझे जल्द से जल्द वो क़ातिल सलाखों के पीछे चाहिए।" राजेश ने जी सर कह कर फोन काट दिया। और एक टक रघु की जीप को निहारता रह गया।

-------- X --------

राजेश ने मनीष को रघु, सरकारी वकील मिश्रा और कमिश्नर के बीच के कनेक्शन ढूंढने की जिम्मेदारी दे दी। साथ ही शुक्ला को रघु की हत्या की तहकीकात करने के लिए कहा।

शुक्ला ने रघु के फोन रिकॉर्ड चेक किये। उस रात रघु से जिन लोगो की बाते हुई उन सभी की लिस्ट बनाई। रघु के साथ जो लोग उस रात पब में थें उन सब से कड़ी पूछताछ की। रघु के साथियों ने पब में हुए रघु के झगड़े के बारे में बताया। तो शुक्ला छानबीन करने पब में पहुँचा।

पब के स्टाफ से जानकारी ली गई। सभी बाउंसर को बुलाया गया, सी सी टीवी की फुटेज निकाली गई। हमलावर को उस पब में पहली बार देखा गया था। इसलिए उसे कोई पहचानता भी नहीं था। सी सी टीवी फुटेज में शुक्ला को एक लड़की उस हमलावर से हाथ मिलाते दिखी। शुक्ला ने उस रात पब में आये हुए कुछ लोगों से उस लड़की की जानकारी निकाली। उसे पता चला की उसका नाम जुली था।

शुक्ला जुली के घर पूछताछ करने पहुँचा। जुली को सी सी टीवी की फुटेज दिखाते हुए उस रात के बारे में पूछा। जुली ने शुक्ला को बताया की उस हमलावर ने अपना नाम रौनक बताया था। सभी से पूछताछ करने के बाद और सी सी टीवी से मिली तस्वीरों के आधार पर केस दर्ज किया गया।

रौनक ने कैप और गॉगल पहन रखा था। रात का समय और पब की लाइट्स की वजह से रौनक का पूरा चेहरा ठीक से दिखाई नहीं दे रहा था। साथ ही पुलिस को रघु की जीप या क्राइम सीन पर ना तो फिंगरप्रिंट मिले थे, ना ही कोई सबूत। अब पुलिस के पास एक अनजान चेहरे को खोजने की चुनौती थी।

दूसरी ओर मनीष भी जोरों से उन कड़ियों को जोड़ने की कोशिश कर रहा था जिससे रघु, सरकारी वकील मिश्रा और कमिश्नर के बिच का कनेक्शन पता किया जा सके।

-------- X --------

3

राधिका मनोहर शिंदे

२ जनवरी २०२६, सुबह करीब १० बजे

अख़बार के पहले पन्ने पर रघु के क़त्ल की खबर छपी थी। अख़बार के दुकान में लटकती हुई अख़बार की एक कॉपी हाथ में ले कर रौनक ने दुकानदार को पैसे दिए। खबर पढ़कर चेहरे पर हलकी मुस्कान के साथ उसने अख़बार को अपने जैकेट के जेब में रख दिया।

रौनक वहाँ से निकल कर एक होटल में जाकर बैठ गया। वहाँ उसने अपने लिए एक कॉफी मंगवाई और अख़बार निकाल कर पढ़ने लगा, या यूँ कहिये की जो उसने किया उसपर पुलिस और लोगों की प्रतिक्रिया का जायजा लेने लगा।

थोड़ी देर बाद होटल के टीवी पर रघु की मौत की खबर दिखाई जाने लगी। कॉफी पिते हुए रौनक उस खबर को देखने लगा। टीवी पर एक पत्रकार राजेश से सवाल कर रहा था।

"सर रघु को बड़ी ही बेरहमी से मार दिया गया, पुलिस प्रशासन अपना काम ठीक से नहीं कर रहा है, ऐसी लोगो में चर्चा है, आपका इसपर क्या कहना है?"

राजेश ने जवाब दिया, "देखिये अभी तक पुलिस ने अपनी तहकीकात पूरी नहीं की है। कातिल जो कोई भी है एक कायर है जो छुपकर अँधेरे में वार कर रहा है। जल्द ही वो सलाखों के पीछे होंगा।"

एक रिपोर्टर ने पूछा, "सर लोग तो ये कह रहे है की रघु मारा गया तो अच्छा ही हुआ। क्यों की रघु पर कई केस दर्ज थें। फिर भी उसे कभी ६ महीने से ज्यादा सजा नहीं मिली।"

जवाब में राजेश ने कहा, "हमारे देश में लोकतंत्र है। इसलिए लोग अगर कुछ कहते है तो ये उनका अधिकार है। बाकि सच क्या है, ये हम ढूंढ निकालेंगे।"

एक महिला पत्रकार ने पूछा, "सर कातिल भी आप को देख रहा होगा। आप उससे क्या कहना चाहेंगे?"

राजश ने कैमरे की और देखते हुए कहा, "मैं उसे दो चॉइस दुगा। या तो खुद को सरेंडर कर दे। या फिर अपने अंजाम के लिए तैयार रहे। अब मुझे जाना है। प्लीज रास्ता छोड़िए।" इतना कह कर राजेश वहाँ से निकल गया।

रौनक टीवी पर राजेश की बात सुन कर मुस्कुराया और वहाँ से निकल गया। थोड़ी देर बाद ऑटो एक बड़ी बिल्डिंग के पास जाकर रुक गया। ऑटो वाले को पैसे देकर रौनक बिल्डिंग के अंदर चला गया। उसने लिफ्ट का बटन दबाया। लिफ्ट उस वक्त तीसरी मंजिल पर थी। कुछ ही पलों में लिफ्ट नीचे आ गई। लिफ्ट में से दो लोग उतर गए और रौनक लिफ्ट के अंदर घुस गया।

लिफ्ट का दरवाजा बंद होने ही वाला था की सामने से रौनक को एक आवाज सुनाई दी, "रुको प्लीज।" एक लड़की भागते हुए रौनक को भागते हुए आवाज देने लगी।

रौनक ने लिफ्ट का दरवाजा खोलने वाला बटन दबा दिया। लिफ्ट खुल गई और वह लड़की लिफ्ट में आ गई।

"थैंक यू, नहीं तो मुझे और इंतजार करना पड़ता।" उसने हांफते हुए रौनक से कहा। "वैसे मेरा नाम राधिका है, मैंने कई बार आपको आते-जाते देखा है।" राधिका ने फिर कहा।

लेकिन रौनक चुप-चाप खड़ा था। राधिका सोचने लगी 'अजीब इंसान है, मैं इससे बात कर रही हूँ और ये देख भी नहीं रहा।'

"वैसे मैं आप ही के फ्लोअर पर रहती हूँ।" राधिका ने फिर रौनक से बात करने की कोशिश की। इस बार रौनक ने राधिका की ओर देख कर मुस्कुराते हुए सिर हिला कर जवाब दिया। राधिका को कुछ अच्छा महसूस हुआ।

राधिका की बातों से लग रहा था वह रौनक से बातें करना चाहती थी। लेकिन रौनक उसकी बातों का जवाब नहीं दे रहा था। इसलिए वह भी अब बात करने में हिचकिचाने लगी।

बात करू या नहीं ये सोचते हुए राधिका ने फिर रौनक से कहा, "आपका नाम क्या है?" रौनक ने थोड़ा सोचते हुए कहा, "रौनक, बस अब इससे ज्यादा कुछ मत पूछना।" और वह मुस्कुराने लगा।

राधिका भी मुहं बनाते हुए मुस्कुरा दी। लिफ्ट रुक गई और रौनक लिफ्ट से निकल कर सीधा अपने फ्लैट की और चलने लगा। राधिका भी रौनक के पीछे-पीछे मुस्कुराते हुए चलने लगी। रौनक ने चाबी लगा कर दरवाजा खोला और बस अंदर जाने ही वाला था की, राधिका ने अपने दरवाजे को चाबी लगाते हुए कहा, "बाय रौनक जी।" रौनक ने अंदर जाने से पहले मुस्कुरा कर हां में सिर हिलाया और अंदर चला गया।

राधिका मीठी मुस्कान के साथ अपने फ्लैट में चली गई। अंदर उसकी सहेली मिना चेहरे पर फेशियल लगा कर सोफे पर बैठी हुई थी।

राधिका को मुस्कुराता देख मिना ने कहा, "क्या हुआ, इतना क्यों मुस्कुरा रही है।" राधिका ने अपना पर्स टेबल पर रखा और मिना के सामने वाले सोफे पर बैठ गई।

"अरे यार आज मैंने उससे बात की।" राधिका ने बड़े ही खुश होते हुए कहा।

"क्या बात कर रही है यार, ये सब हुआ कैसे? मुझे तो लगा था वो खड़ूस किसी से बात करना तो दूर किसी की तरफ देखेंगा भी नहीं।" मिना ने भी अपनी गोद में सोफे पर का एक तकिया लेते हुए कहा।

राधिका ने सब कुछ मिना को बताया। मिना ने कहा, "चल अच्छा हुआ, अब जान पहचान हो ही गई है तो उसे कॉफी पर बुलाते है। शायद तेरी कुछ बात बन जाये।"

राधिका ने कहा, "मैं तो सिर्फ उसे थैंक्स कहना चाहती हूँ, उस बस में हमारी मदद करने के लिए।"

दोनों की बातो से लग रहा था की राधिका रौनक को पसंद करने लगी थी। लेकिन रौनक एक शांत और अपने काम से काम रखने वाला इंसान था। इसलिए उसने लिफ्ट में राधिका से कहा था, की अब ज्यादा कुछ मत पूछना। उस वक्त सुबह के दस बज रहे थे।

मिना ने राधिका से कहा, "एक काम करते है, ग्यारह बजे उसे कॉफी पर बुलाते है। बेचारा खोया-खोया सा रहता है। शायद हमसे बात करेंगा तो कुछ मन हल्का हो जाएगा।"

"हा यार उसका कोई है भी या नहीं पता नहीं। ६ महीने हो गए है उसे यहाँ आये हुए। ना किसी से बात करता है, ना किसी से मेल जोल है। लेकिन जितनी दुनिया मैंने देखी है, यकीन के साथ कह सकती हूँ की वह आदमी बुरा नहीं है।" राधिका ने मायूस सा चेहरा बना कर मिना से कहा।

"चल अब तयारी कर, घर में देख सारी चीजे इधर-उधर पड़ी है, उसे ऐसे ही बुलाएंगी क्या। मैं भी नहा कर तैयार हो जाती हूँ।" मिना ने उत्साह पूर्ण तरीके से कहा और दोनों अपने-अपने कामों में लग गई।

-------- X -------

अतीत की झलक १

रौनक ने अपने फ्लैट में जाकर दरवाजे को लॉक किया। थोड़ी ही देर में फ्रेश हो कर वह आराम कुर्सी पर बैठ गया। अपना सिर पीछे कुर्सी को टिका कर उसने अपनी आँखें बंद कर ली। धीरे-धीरे वह नींद में समाने लगा।

नींद की आगोश में जाते ही वह एक सपने में खोने लगा। कुछ धुंधली सी परछाइयाँ दिखाई देने लगी। शोर शराबा था, जैसे कोई समारोह चल रहा हो। धीरे-धीरे परछाइयाँ साफ़ दिखाई देने लगी।

वह किसी कंपनी का वर्षसमाप्ति समारोह था। स्टेज पर कई नामचीन लोग अतिथि के रूप में बैठे हुए थे। संचालन करने वाले व्यक्ति ने कहा, "अब इस शाम का आखिरी अवार्ड जो, ऐसे व्यक्ति को दिया जाता है जिसने पुरे साल अपना काम वक्त से पहले किया। फैक्ट्री में किसी से भी विवाद नहीं किया। और वह अवॉर्ड हासिल किया है।"

पुरे हॉल में नाम सुनने के लिए सन्नाटा छा गया। "वर्कर ऑफ़ दी ईयर है।" संचालक ने फिर सस्पेंस कायम किया। सब की नजर एक टक स्टेज पर टिकी थी।

"और इस साल के वर्कर ऑफ़ दी ईयर का अवॉर्ड जाता है मिस्टर करण त्यागी को।" संचालक ने तालिया बजाते हुए नाम ले कर सस्पेंस ख़त्म किया।

सब की नजरें लोगों के बिच बैठे करण पर जम गई। पूरा हॉल तालियों की गड़गड़ाहट से गूंज उठा। करण एक ३०-३२ साल का साधारण शख्स था। करण लोगों के बिच से उठ कर

लोगो से हाथ मिलाता हुआ, सब को धन्यवाद देता हुआ स्टेज की ओर बढ़ने लगा।

करण ने स्टेज पर पहुँच कर अतिथि से अवॉर्ड लिया। करण काफी खुश दिखाई दे रहा था। संचालक ने करण को दो शब्द कहने के लिए माइक थमाया।

"ये मेरे माता पिता के संस्कार है जो आज मुझे इस जगज सम्मानित किया जा रहा है। साथ ही इस का श्रेय मैं इंगिनिअर साहब याने विशाल जी को देना चाहुगा। आज इस कंपनी में काम किये मुझे २ साल हो चुके है। कई लोग तो मुझे जानते भी नहीं होंगे। क्यों की मैं कंपनी के ज्यादा तर काम अपने वर्कशॉप से कर देता हूँ।"

"मैंने कोई अलग चीज नहीं की है दोस्तों, मुझे जो काम दिया गया वो मैंने पूरी शिद्दत के साथ वक्त में पूरा किया। और इस मौके पर मैं कंपनी में लगे हुए नए लोगों से भी यही कहूंगा, अगर आप अपने काम पर ध्यान देंगे तो बाकी किसी बातों के लिए यानी किसी से विवाद करने के लिए आपको समय ही नहीं मिलेंगा।"

"बस इससे ज्यादा अब मैं कुछ नहीं कह पाऊँगा। जाते वक्त सभी अतिथि और कंपनी मेंबर्स से इस अवॉर्ड के लिए धन्यवाद कहना चाहूंगा।" इतना कहकर करण ने अवॉर्ड को एक हाथ में ऊपर उठा कर सब को दिखाया और स्टेज से उतरने लगा। हॉल करण की बातों पर तालियों से गूंज उठा।

-------- X --------

करण घर पहुँचा और आते ही उसने अपनी माँ के पैर छुए। अवॉर्ड दिखाते हुए अपनी माँ से कहा, "ये सब आपके और पिताजी के संस्कार है माँ जो मुझे हर जगह सम्मान मिलता है।"

"नहीं बेटे ये सिर्फ हमारे संस्कार नहीं, तुम खुद एक अच्छे इंसान हो जो हर जगह सम्मान पाने के हकदार हो।" करण की माँ ने उसके सिर पर हाथ फेरते हुए कहा।

करण के दोनों बच्चे दौड़ते हुए आकर करण से लिपट गए। करण की बीवी किचन में काम कर रही थी। करण के आते ही किचन के दरवाजे के नजदीक खड़ी होकर सब सुन रही थी।

करण ने बच्चों को गोद में उठा लिया और प्यार करने लगा। "तो कैसा रहा आज का स्कूल?" करण ने दोनों से पूछा। करण की बेटी शिखा ने मुस्कुराते हुए मासूमियत से कहा, "पापा आज गौरव का बर्थडे था तो मुझे दो-दो चॉकलेट मिले।"

करण के बेटे वरुण ने मुँह बना कर कहा, "पापा आज टीचर ने मुझे फिर मुर्गा बनाया।"

करण ने दोनों को सोफे पर उतार कर कहा, "तुमने फिर कोई शैतानी की होंगी।"

"नहीं पापा शैतानी तो आरव ने की थी, मैं तो सिर्फ उसके साथ बैठा हुआ था। तो टीचर ने हम दोनों को ही मुर्गा बना दिया।" वरुण ने चिढ़चिढ़े अंदाज में कहा।

"कोई बात नहीं कल से किसी और के साथ बैठ जाना।" करण ने बेटे को समझते हुए उसके गालों को चूम लिया। दोनों बच्चे करण के गालों को चूम कर खेलने दूसरे कमरे में चले गए।

करण ने देखा की उसकी पत्नी पायल किचन के दरवाजे से कन्धा टिका कर मुस्कुराते हुए सब देख रही थी। करण उसकी और मुस्कुराते हुए बढ़ा तो पायल पलट कर किचन में चली गई।

पायल ने कुछ सब्जिया काटना शुरू किया। करण ने पायल को पीछे से अपनी बाहों में लेते हुए कहा, "इस अवॉर्ड का क्रेडिट आपको भी जाता है मिसेस त्यागी। अगर आप हमारे जिंदगी में ना आती तो शायद हमारी जिंदगी ही अधूरी रह जाती।"

पायल करण की बाहें छुड़ा कर पलट गई। अपने दोनों हाथ उसके दोनों कंधो पर रख कर उसने करण से कहा, "त्यागी जी जिंदगी तो हमारी सवर गई जो आपसे शादी हो गई। बाबूजी ने कहा है की मैंने परख कर हिरे जैसा पति चूना है।" फिर दोनों मुस्कुराने लगें तभी बच्चों के कमरे से चिल्लाने की आवाज आने लगी।

करण और पायल दोनों दौड़ते हुए बच्चों के कमरे के नजदीक पहुँचे। दरवाजा अंदर से बंद था। "क्या हुआ वरुण, शिखा क्यों चिल्ला रहे हो।" पायल ने घबराते हुए पूछा और दरवाजा खटखटाने लगी। तभी रौनक की नींद खुल गई।

कोई दरवाजा खटखटा रहा था। और उसी आवाज ने उसका सपना भी तोड़ दिया। रौनक उठा और टेबल के ड्रॉवर से अपनी साइलेंसर लगी गन हाथ में ली। फिर से दरवाजे पर दस्तक हुई। वह धीरे से गन वाला हाथ पीछे छुपा कर दरवाजे के नजदीक गया।

दरवाजे का लॉक खोल कर बहुत थोड़ा सा दरवाजा खोला। सामने राधिका थी। रौनक ने कहा, "जी कहिये।"

"वो मेरी दोस्त मिना और मैं आपको कॉफी के लिए पूछने आये थे।" थोड़ा सा सरकते हुए राधिका ने पीछे खड़ी मिना की ओर इशारा किया। रौनक ने दोनों को आश्चर्य से देखा।

"प्लीज ना मत कहियेगा।" राधिका ने मिन्नत करने वाले अंदाज में कहा।

"ठीक है, दस मिनिट में आता हु।" थोड़ा सोचते हुए रौनक ने कहा। दोनों मुस्कुराकर अपने फ्लैट की ओर जाने लगी।

"हम इंतजार कर रहे है।" पलट कर राधिका ने फिर रौनक से कहा। रौनक ने दरवाजा बंद किया और अपनी गन को वापस ड्रॉवर में रख कर अपने दोनों हाथो को टेबल पर रख कर कुछ सोचने लगा।

बेसिन के सामने खड़ा हो कर वह अपने आप को आईने में देखने लगा। तभी करण त्यागी का अक्स उसके सामने आईने में दिखाई देने लगा।

करण के अक्स ने रौनक से कहा, "क्या सोच रहे हो?" रौनक ने जवाब दिया, "जिस दिन राधिका को पता चलेगा की वो एक कातिल से प्यार करने लगी है। उस दिन क्या होगा?"

करण ने कहा, "कोशिश करना की उसे कभी पता ना चले। और पता चल भी गया तो उसे तुम पर गर्व ही होगा।"

रौनक ने कहा, "लेकिन अगर मैं उसके ज्यादा नजदीक गया तो शायद मैं कमजोर पड़ जाऊंगा।"

करण ने कहा, “राधिका एक अच्छी लड़की है। और उसे तुम्हारे सहारे की जरुरत है। जाओ उसका सहारा बनो।” इतना कह कर करण का अक्स फिर हवा में खो गया।

-------- X --------

राधिका के फ्लैट में

राधिका और मिना बेसब्री से रौनक के आने का इंतजार करने लगी। “वो आयेंगा ना?” मिना ने राधिका की ओर आँखें बड़ी कर देखते हुए पूछा।

“लगता तो है, आगे भगवान जाने।” अपने दोनों कन्धे उचका कर राधिका ने जवाब दिया।

तभी दरवाजे पर दस्तक हुई। दोनों उत्साहित नजरों से एक दूसरे को देखने लगी।

“आ गया! जा खोल जल्दी।” मिना ने राधिका से उत्साह पूर्ण तरीके से कहा। राधिका ने दरवाजा खोला और रौनक को अंदर आने के लिए कहा।

अंदर आ कर रौनक सोफे पर बैठ गया। बीच में टी टेबल था और दूसरी तरफ भी एक सोफा था जिस पर मिना बैठी हुई थी। रौनक को बिठा कर राधिका किचन में कॉफी बनाने चली गई।

रौनक बैठकर चुपचाप अपने फोन में कुछ देख रहा था। मिना को सूझ नहीं रहा था की उससे क्या बात करे। “मैं अभी आयी।” मिना ने उठते हुए रौनक से कहा। रौनक ने मिना की ओर देखकर हा में सिर हिला कर वापस अपने फोन में खो गया।

राधिका के पास जा कर मिना ने कहा, “यार क्या बात करू उससे वह तो कुछ बोलता ही नहीं। तू ही चल दोनों साथ में ही जायेंगे।”

राधिका ने मिना के सिर पर धक्का दे कर कहा, “एक नंबर की बुध्दू है तू, रुक दो मिनिट।” कॉफी बना कर दोनों साथ में ही हॉल में आ गई। रौनक को कॉफी दे कर राधिका और मिना ने भी कॉफी ले ली और सोफे पर बैठ गई।

रौनक कॉफी पीने लगा। “आपने लिफ्ट में कहा था, इससे आगे कुछ मत पूछना। वो मजाक में कहा था ना?” राधिका ने कॉफी का घुट लेते हुए पूछा।

“आम इंसान को अगर कोई इग्नोर करे तो उसे बिलकुल भी अच्छा नहीं लगता। मैं भी एक आम इंसान हूँ, और ये बात जानता हूँ। इसलिए आप दोनों का मन रखने के लिए मैं कॉफी पीने आ गया। लेकिन मेरे अतीत में कुछ ऐसी बातें हैं जो मैं याद नहीं करना चाहता, ना ही किसी से बांटना चाहता हूँ। बस इसी लिए मैंने आप से लिफ्ट में वैसा कहा था।” इतना कह कर रौनक ने कॉफी का एक और घुट लिया।

राधिका ने मुस्कुरा कर रौनक से कहा, “दरअसल हम आपको शुक्रिया कहना चाहते थें।”

“शुक्रिया, किस बात के लिए?” रौनक ने फिर एक घुट कॉफी पी कर कहा।

“आप ने अनजाने में हमारी एक बार मदद की थी। बस में एक लड़का मुझे और मिना को परेशान कर रहा था। तो आपने मुझे अपनी सीट पर बिठा कर खुद उस लड़के के सामने खड़े हो गए थे। ये काफी पुराणी बात है, आपको तो याद भी नहीं होगा। उस लड़के ने आपसे

बत्तमीजी भी की थी। लेकिन आप ने उसे चुप करा दिया था।" राधिका ने रौनक को याद दिलाने की कोशिश की।

रौनक कॉफी का घुट ले कर एक मिनिट के लिए सोचता रहा। फिर और एक घुट ले कर उसने दोनों से कहा, "मुझे याद तो नहीं, लेकिन चलो मैंने आपकी मदद की थी, और आपने शुक्रिया कहने के लिए मुझे कॉफी पर बुलाया। मुझे अच्छा लगा। वैसे भी काफी दिनों बाद किसी के साथ कॉफी पी है। और वाकई कॉफी कमाल की बानी है।" कॉफी ख़तम करते हुए रौनक ने दोनों से कहा।

"आप हमारे यहाँ आये, हमें भी अच्छा लगा। मेरा नाम राधिका शिंदे है। और ये मेरी बेस्ट फ्रेंड है मिना।" राधिका ने रौनक से खुद के साथ मिना का भी परिचय कराया।

अब दोनों लड़कियां रौनक की ओर उसका नाम जानने के इरादे से देखने लगी। रौनक ने कुछ पल सोचा और कहा, "वैसे मेरा नाम रौनक माथुर है। मैं दिल्ली से हूँ, और यहाँ नए सिरे से अपनी जिंदगी शुरु करने आया हूँ।"

राधिका ने तुरंत कहा, "मतलब फ़िलहाल आप फ्री है। मतलब की किसी काम की तलाश में है?"

रौनक ने जवाब दिया, "नहीं ऐसी कोई बात नहीं, मैं सोच रहा हूँ की पहले शहर को ठीक से जान लू। फिर देखेंगे यहाँ बसना है या नहीं।"

मिना ने उत्सुकता से पूछा, "क्या आप की शादी हो चुकी है?"

इस सवाल से रौनक मिना की ओर एक टक देखता ही रह गया। मिना को लगा उस ने गलत सवाल पूछ लिया तो उसने राधिका की ओर इशारा करते हुए कहा, "ये जानना चाहती थी।"

रौनक ने मुस्कुरा कर कहा, "नहीं।" जिसे सुन कर राधिका और मिना के होठों पर मुस्कान दौड़ गई।

रौनक की नजर दीवार पर लटकी एक तस्वीर पर गई। वह तस्वीर एक आदमी की थी जिसपर हार पहनाया हुआ था। एक पल के लिए रौनक उस तस्वीर को देखता ही रह गया। उसकी आँखों के सामने बस से उतरता हुआ करण त्यागी दिखाई दिया। जो उस बस के ड्राइवर से इशारे में नमस्ते कर रहा था। उस बस ड्राइवर का मुस्कुराता हुआ चेहरा उसकी आँखों के सामने तैरने लगा।

राधिका की आवाज ने उसकी आँखों के सामने से सब धुएं की तरह मिटा दिया "हेलो! रौनक जी। हेलो! रौनक जी, कहा खो गए?" राधिका ने एक हाथ रौनक की आँखों के सामने हिलाते हुए कहा।

रौनक ने कहा, "जी..... जी। माफ़ कीजियेंगा।" रौनक उस तस्वीर के नजदीक जा कर खड़ा हो गया और उसे गौर से देखने लगा। तस्वीर के निचे नाम लिखा हुआ था 'स्व. मनोहर शिंदे' और मृत्यु की तारीख लिखी हुई थी ०१ जनवरी २०२३।

"ये तस्वीर? मैंने शायद इन्हे पहले भी कभी देखा है।" तस्वीर की ओर देखते हुए ही रौनक ने सवाल किया।

राधिका और मिना एक दूसरे को देखने लगी और फिर राधिका ने जवाब दिया, "ये मेरे पापा की तस्वीर है। वह बस ड्राइवर थे। तीन साल पहले एक हादसा हुआ तह था जिसमें उनकी मौत हो गई। वैसे क्या आप मेरे पिता क जानते थे?"

रौनक ने कहा, "नहीं। लेकिन उनसे एक बार मुलाकात हुई थी, बस में। वो एक नेक दिल इंसान थे।"

राधिका ने कहा, "आप तो दिल्ली से है। फिर यहाँ मुंबई में आप मुझसे कब मिले?"

रौनक ने जवाब दिया, "मेरा मुंबई आना-जाना चलता ही रहता है। अब मुझे चलना चाहिए।" इतना कह कर रौनक जाने लगा।

राधिका ने मुस्कुराते हुए कहा, "मिलते रहिएगा।" बदले में रौनक ने भी एक मुस्कान बिखेर दी।

---------- X ----------

4

RTO ऑफिसर अरुण

५ जनवरी २०२६, सुबह ०५:००

बाथरूम में ठन्डे पानी का शावर चल रहा था। इतनी ठंड में ठन्डे पानी से नहा रहा वह शख्स या तो कोई पागल हो सकता है, या फिर कोई ऐसा शख्स जिसके दिल में कोई आग लगी हुई हो। वह और कोई नहीं रौनक था।

शायद अपने दिल में लगी कोई आग ठंडी करने के लिए बिना मौसम देखे ठंडा पानी अपने शरीर पर ले रहा था। कमरे में पड़ा हुआ जिम का सामान और छत से लटक रही रस्सी साफ़ साफ बता रही थी की रौनक ने रोज वर्जिश कर के इतना गठीला बदन पाया होगा। तभी तो उसके एक मुक्के ने ही रघु का बुरा हाल कर दिया था।

थोड़ी ही देर में रौनक आईने के सामने आ गया। उसका शरीर बेहद ही मजबूत और गठीला था। पेट पर सिक्स पैक एप्स और बाजुओं के मसल देख कर कोई भी कह सकता था की वो इंसान के रूप में लोहा था।

अपने दोनों हाथ बेसिन पर रख कर वह खुद को आईने में देखने लगा। देखते ही देखते आईने में उसके सामने फिर करण का अक्स दिखाई देने लगा। करण का अक्स एक दम सीधे साधे इंसान की तरह था। रौनक और वह करण का अक्स दोनों की नजरें एक दूसरे को टटोल रही थी।

करण के अक्स ने कहा, “मिश्रा, त्रिवेदी और रघु। शुरवात अच्छी हुई है। लेकिन तुम्हें रुकना नहीं है। ये जो अगला पुलिसवाला है, वो थोड़ा शातिर है।”

रौनक ने उस जवाब दिया, “वो चाहे कितना ही शातिर क्यों ना हो, उसकी मौत मेरे ही हाथों लिखी है।”

करण के अक्स ने फिर कहा, “तैयार हो जाओ, लिस्ट अभी लम्बी है।” इतना कह कर वह अक्स हवा के साथ बह गया। आईने में फिर से रौनक दिखाई देने लगा।

रौनक तुरंत अपनी तैयारी में जुट गया। तैयार होने के बाद रौनक एक दीवार की ओर गया। दीवार पर एक पिनबोर्ड लगा हुआ था। जिस पर कुछ पेपर कट्टिंग्स और तीन तस्वीरें

लगी हुई थीं। पहली तस्वीर सरकारी वकील मिश्रा की थी। दूसरी कमिश्नर त्रिवेदी और तीसरी रघु की।

तीनों तस्वीरों पर लाल रंग से क्रॉस बनाया हुआ था। जिसे देख कर पता चलता है कि तीनों का खेल ख़त्म हो चूका था। रौनक ने ठीक पिनबोर्ड के निचे रखे टेबल की दराज खोली जिस में एक तस्वीर और शतरंज के वे सारे मोहरे रखें हुए थें जिन्हे रौनक हत्या के बाद लाश के पास छोड़ता था।

रौनक ने उस तस्वीर को पिन से रघु के फोटो के बगल में लगा दिया। इसका मतलब अगला नंबर उसी शख्स का था।

वह शख्स RTO में वाहन निरीक्षक डिपार्टमेंट का हेड था। उसका नाम था अरुण। रौनक ने अरुण की तस्वीर पर लाल मारकर से क्रॉस बनाया। फिर उसने मारकर को दराज में रख कर दराज से एक प्यादा उठा कर अपनी जेब में रख लिया। फिर अपने बैग को पीठ पर ले कर अपने अगले शिकार को दबोचने निकल पड़ा।

--------- X ---------

५ जनवरी सुबह १०:०० अरुण अपने फ्लैट पर ऑफिस जाने के लिए तैयारी कर रहा था। अरुण एक हट्टे-कट्टे शरीर का मालिक था। बस उसका पेट रिश्वत खा कर काफी बड़ा हो चूका था। क्लीनशेव और बड़ी मुछ से वह किसी साऊथ इंडियन फिल्म का किरदार नजर आ रहा था।

अभी आईने में देख कर वह अपनी मुछ को ताव ही दे रहा था की, उसकी बीवी रीना का नाम उसके मोबाईल पर चमकने लगा। अरुण ने अपना ब्लूटूथ अपने कान में लगा कर मुस्कुराते हुए कॉल उठाया।

“कैसी हो जान? और मम्मी जी की तबियत कैसी है?” अरुण ने पूछा।

रीना ने जवाब दिया, “माँ की तबियत बिलकुल ठीक है। बस थोड़ी सी एसिडिटी थी। पापा तो कह रहे थे की मैं फालतू ही परेशान हो गई।”

अरुण के माथे पर लकीरे उभर आयी। उसने परेशान होने वाले अंदाज में कहा, “लेकिन फिर कल उनके पडोसी शर्मा जी ने तुम्हें फोन कर के इतने अर्जन्ट क्यों बुलाया?”

रीना ने सहज लफ्जों में जवाब दिया, “पता नहीं। थोड़ी देर बाद जा कर शर्मा अंकल से खुद ही पूछ लुगी।”

अरुण कुछ परेशान दिखाई दे रहा था। उसने फिर रूखे स्वर में कहा, “अर्णव कहाँ है?”

रीना ने इधर उधर देखा और कहा, “वो बाहर खेल रहा है।”

“और मम्मी पापा?” अरुण ने तुरंत ही पूछा।

इससे पहले की रीना कुछ जवाब देती उसे अहसास हुआ की उसके पीछे कोई है। रीना ने झट से पलट कर देखा। रीना के पीछे एक नकाबपोश खड़ा था।

रीना लगभग चिल्लाने वाले अंदाज में बोली, “कौन हो तुम, अंदर कैसे आये।”

रीना ने इतना ही कहा था की, इधर अरुण ने कहा, "कौन है रीना।" लेकिन तब तक कॉल डिस्कनेक्ट हो गया।

अरुण चिंता में पड गया, वह बार-बार रीना को कॉल करने लगा। लेकिन रीना कॉल नहीं उठा रही थी। अरुण घबरा गया और झट से दौड़ते हुए अपने कार में बैठ कर निकल पड़ा।

अरुण ड्राइविंग करते वक्त भी अपने बीवी को बार-बार कॉल किये जा रहा था। करीब चार से पांच बार कॉल करने के बाद भी जब रीना ने कोई जवाब नहीं दिया तो, उसने अपने ससुर के मोबाईल पर कॉल किया।

उसके ससुर ने कॉल उठाया और कहा, "कहिये दामाद जी।" अरुण ने लगभग चींखते हुए कहा, "पापा आप कहा है।" अरुण के ससुर ने कहा, "मैं तुम्हारी सासु माँ के साथ मंदिर आया हूँ। क्यों बेटा क्या हुआ? तुम घबराये हुए लग रहे हो।"

अभी दोनों की बात ख़तम भी नहीं हुई थी, की अरुण के मोबाईल पर रीना का नाम चमकने लगा।

अरुण ने कहा, "कुछ नहीं मैं लगता हूँ आपको थोड़ी देर में।" इतना कहकर अरुण ने अपने ससुर का कॉल काट कर रीना का कॉल रिसीव किया।

"हेलो रीना, क्या हुआ था, कौन था वो?" अरुण ने घबराते हुए पूछा।

कुछ पल की ख़ामोशी के बाद, "हेलो वाहन निरीक्षक साहब, कैसे है आप?"

अरुण के चेहरे का रंग उड़ गया। किसी अजनबी को अपनी बीवी के फोन से बात करता देख वो चिंता में पड़ गया।

ठोस आवाज में अरुण ने कहा, "कौन बोल रहा है? मेरी बीवी कहा है?"

बेशक वो नकाबपोश रौनक ही था। और अरुण का शिकार करने के लिए उसने रीना को अपना जरिया बनाया हुआ था। रौनक एक कुर्सी पर बैठा हुआ था, और सामने रीना। रौनक के हाथ में गन थी, और निशाने पर थी रीना।

"फ़िक्र मत कीजिये अभी सब कुछ ठीक है। लेकिन सब ठीक रहने के लिए तुम्हे मेरी बात माननी पड़ेंगी।" रौनक ने गन से रीना का चेहरा ऊपर उठाते हुए कहा।

अरुण ने बौखला कर पूछा, "कौन है तु? क्या चाहता है? मेरी बीवी और बच्चे को खरोच भी आयी तो मैं तुझे जान से मार दूंगा।"

"इसकी बात मान लो अरुण, इसके हाथ में गन है।" रीना ने रोते हुए अरुण से कहा।

"एक मिनिट के लिए शांति से सोच, तुझे या पुलिस को यहाँ पहुँचने में कम से कम एक घंटा लगेगा, और मुझे तेरी बीवी के साथ सब कुछ करने में ज्यादा से ज्यादा बिस मिनिट। फिर भी मेरे पास चालीस मिनिट बचेंगे यहाँ से गायब होने के लिए। तु मुझे जिंदगी भर ढूंढ नहीं पायेगा।" रौनक ने अरुण को दुविधा में डालने वाले अंदाज में कहा।

अरुण ने झट से कार का ब्रेक लगा कर कार को रोड के साइड में रोका। कुछ पल सोच कर उसने कहा, "क्या चाहता है?"

रौनक ने कहा, "पहले अपने ससुर से बात कर, और उसे बता की यहाँ सब ठीक है। तु अपनी बीवी और बच्चे को ले कर कुछ काम से जा रहा है। वरना वो चिंता करते रहेंगे। तुम्हें या तुम्हारी बीवी को फोन करते रहेंगे। हो सकता है पुलिस को भी फोन कर दे, और मेरा सारा प्लान बिगाड़ देंगे। फिर मुझे तेरे बीवी और बच्चे को किसी खाई में कार के साथ धकेलना ना पड़ जाये। अब मैं तुझे तेरे ससुर से कनेक्ट कर रहा हूँ। बात कर। और हां मैं सब सुन रहा हूँ, और देख भी रहा हूँ।"

अरुण ने अपने मोबाईल की स्क्रीन देखी, जिस पर बड़े अक्षरों में लिखा था 'Dont Use'। अरुण पल भर में ही समझ गया की, उसका मोबाइल हैक हो चुका है।

अरुण कुछ सोच ही रहा था की उसके कान में आवाज सुनाई दी, "कहो बेटा अरुण, क्या हुआ? तुम काफी घबराये हुए लग रहे थे।"

अरुण के ससुर ने पूछा। अरुण ने शांति से जवाब दिया, "कुछ नहीं पापा सब ठीक है। वो रीना ने थोड़ा मजाक किया था, इसलिए थोड़ा घबरा गया था। आप चिंता मत कीजिये। और हां, रीना अर्णव को ले कर कुछ काम से बहार गई है। मैं भी उधर ही जा रहा हूँ। आप घर जाएंगे तो चिंता मत कीजिएगा। हमें देर लग सकती है।"

अरुण के ससुर ने कहा, "ठीक है बेटा अपना ध्यान रखना।" इतना कहकर अरुण के ससुर ने फोन काट दिया।

दोनों की बाते रौनक ने सुन ली।

अरुण ने कहा, "क्या चाहता है तु?"

रौनक ने जवाब दिया, "दरअसल मैं किसीकी मदद करना चाहता हूँ, लेकिन मेरे पास इतने पैसे नहीं की मैं उन लोगो की मदद कर सकू। अगर तु मेरी कुछ मदद कर सके तो मैं वादा करता हूँ तेरी बीवी और बच्चे को तुरंत छोड़ दुगा।"

अरुण ने कड़े शब्दों में पूछा, "कितने रुपये चाहिए तुझे?"

रौनक ने जवाब दिया, "ज्यादा नहीं, २०-२५ करोड़ रुपये।"

अरुण ने एक व्यंग भरी हँसी के साथ कहा, "क्या? क्या कहा तूने? २०-२५ करोड़ रुपये। हा...हा....हा..., अबे साले किससे कितने पैसे माँग रहा है, कुछ पता भी है तुझे? मैं कोई पॉलिटिशियन नहीं हूँ, एक मामूली सरकारी नौकर हूँ। मेरी तनख्वाह भी इतनी नहीं की मैं खुद इतनी बड़ी रकम इकट्ठी कर सकू।"

रौनक ने अरुण की बात काटते हुए कहा, "लेकिन एक मामूली सरकारी नौकर जिसकी तनख्वाह भी ज्यादा नहीं, पिछले साल उसने मुंबई की सबसे महंगे इलाके में जमीन खरीदी।"

अरुण की हँसी फुर्र हो गई। उसके माथे पर उभर आयी लकीरे चींख कर कह रही थी की रौनक की बातें अरुण को परेशान कर रही थी।

रौनक ने फिर कहा, "अपने बीवी के लिए सोने के नेकलेस, डायमंड की अंगूठियां और एक क्लास वन लाइफ स्टाइल....कैसे?"

अरुण का तो सिर ही चकरा गया उसने कहा, “कौन हो तुम? और मेरे बारे में इतना कैसे जानते हो।”

रौनक ने कुर्सी से उठ कर थोड़ा आगे जाते हुए कहा, “तेरे घर में इस वक्त ५ करोड़ की कॅश पड़ी है। रिश्वत का बहुत पैसा इकठ्ठा कर लिया है तूने। अब ध्यान से सुन आज का दिन तेरे लिए बहुत खास होने वाला है। तेरा पहला टारगेट है तेरे घर ५ करोड़ की कॅश तुझे अपने साथ लेकर ग्यारह बजे रजिस्ट्रार ऑफिस पहुँचना है। उसके लिए तेरे पास ३० मिनिट बचे है।”

“और हा भूलना मत तेरी बीवी और बच्चा मेरे गन के निशाने पर है। थोड़ी भी होशियारी तुझे महंगी पड़ सकती है। तू ये तो जानता ही है की मैं क्या कर सकता हूँ। तो कोई सरप्राइज नहीं चाहिए। आज तुझे वही करना है, जितना मैं कहुगा। अब अपनी गन निकाल कर सामने वाले कूड़ेदान ने फेक दे।”

अरुण ने कार को थोड़ा आगे लिया और एक कूड़ेदान के पास रोका। उसने अपनी गन निकाल कर बगल वाली सीट पर रख दी, और दरवाजे में रखी पानी की बोतल को कूड़ेदान में फेक दि।

“मैंने गन फेंकने को कहा, पानी की बोतल नहीं।” रौनक की आवाज से अरुण चकित हो गया।

अरुण इधर-उधर देखने लगा। “इधर-उधर क्या देख रहे हो, मैंने कहा ना मेरी नजर तुम पर है।” अरुण ने देखा एक कॅमेरा उसके स्टेरिंग के पीछे लगाया हुआ था। उसने अपनी गन सीट से उठा कर कूड़ेदान में फेक दी।

रौनक ने कहा, “गुड बॉय, अब अपना फोन चार्जिंग पे लगा दे। हमारा कनेक्शन टूटना नहीं चाहिए।”

अरुण ने सबसे पहले अपने कार में फोन चार्ज करने के लिए लगाया और कार को सामने से यूटर्न घुमा कर वापस घर की तरफ चल दिया। वह अब घड़ी के इशारे पर नाचने को मजबूर था। घडी देखते-देखते वह अपने घर के बाहर पहुँचा।

फटाफट कार का दरवाजा खोल के दौड़ता हुआ घर के अंदर गया और दो बड़े बैग में कॅश भरकर ले आया। फिर वह कार को तेजीसे रजिस्ट्रार ऑफिस की तरफ ड्राइव करने लगा।

-------- X --------

(रजिस्ट्रार ऑफिस ११:०७)

अरुण की कार तेजी से रजिस्ट्रार ऑफिस के पार्किंग में जा कर रुक गई। कान में लगे ब्लूथुट में रौनक की आवाज सुनाई दी, “ऑफिस के गेट के पास एक एजेंट दामले तेरी राह देख रहा है। और हां किसी को इशारा करने की भी भूल मत करना मेरी नजर तुझ पर है।”

अरुण कार से उतर गया और इधर-उधर देखने लगा। वह देख रहा था की उस पर कोई नजर तो नहीं रख रहा है। लेकिन वहाँ काफी भीड़ थी, ऐसे किसी को देख पाना मुश्किल था।

अरुण ने मोबाईल अपने साथ ले कर कार को लॉक कर दिया। अपने कान में लगा ब्लूटूथ ठीक करते हुए ऑफिस के गेट की तरफ चलने लगा। वहाँ काफी लोग खड़े थें। एक दो एजेंट ने अरुण से कहा, "क्या काम है साहब?" अरुण थोड़ा कन्फूस होकर उनकी ओर देखने लगा।

तभी एक एजेंट अरुण के पास आया जिसने इस वक्त ग्रे कलर की सफारी पहन रखी थी। रंग सावला कद पांच फिट से थोड़ा ज्यादा था। उसने अरुण से कहा हेलो सर मैं दामले चलिए सब आप ही का इंतजार कर रहे है।

अरुण उस एजेंट दामले के पीछे-पीछे चलने लगा। दामले अरुण को सीधा हेड अफसर के पास ले गया। वहाँ एक नामी बिल्डर अग्रवाल पहले से ही बैठा हुआ था।

रौनक ने कहा, "कोई होशियारी नहीं तुमसे जितना कहा जाए उतना ही करना।"

दामले ने अरुण को बिल्डर के बगल वाली कुर्सी पर बैठने को कहा। अरुण बैठ गया। अफसर ने अरुण के सामने कुछ कागजात सरकाये दामले ने तुरंत आगे बढ़कर कागजात लिए और अरुण से कहा, "सर यहाँ साइन कीजिये।"

अरुण ने देखा की वह उसके जमीन के कागजात थे जो उसने एक साल पहले खरीदी थी। दामले बताता गया और अरुण दस्तखत करता गया।

फिर दामले ने सारे कागजात पर अग्रवाल बिल्डर के दस्तखत लिए। अफसर ने एक-एक करके दोनों के फिंगरप्रिंट मशीन पर अंगूठे लगवाए। लैपटॉप पर लगे वेबकैम से बिल्डर और अरुण के फोटो लिए गए। दो लोग और अंदर आए उनके फोटो लगाकर गवाह की जगह उनके दस्तखत लिए गए।

यह सब देख कर अरुण को ये तो समझ आ गया था की उसकी जमीन उस बिल्डर के नाम ट्रांसफर की जा रही है। लेकिन फ़िलहाल वह कुछ करने की हालत में नहीं था। अरुण बस खोमोश था।

कागजी करवाई होते ही अफसर ने बिल्डर के हाथ में हाथ मिलाते हुए कहा, "बधाई हो आज से अरुणजी की ज़मीन आपके नाम हुई।" फिर अरुण से हाथ मिलाते हुए कहा, "आप को भी बधाई हो, आप पुरे २२ करोड़ के मालिक हुए। लेकिन इतनी जल्दी क्यों की उस इलाके में और भी रेट बढ़ सकता था?"

उसने बस मुस्कुरा कर कहा, "जी वो थोड़ा परसनल है।" अफसर ने मुस्कुरा कर कहा, "चलिए कोई बात नहीं। आपकी जमीन थी फैसला भी आप का। हम तो ठहरे सिर्फ नाम बदलने वाले।" इतना कह कर वहाँ के सारे लोग हँसने लगे।

बिल्डर ने अरुण से कहा, "सर पैसे आपके अकाउंट में ट्रांसफर हो चुके हैं। चाहे तो चेक कर लीजिये।"

रौनक ने कहा, "पैसे जमा हो चुके है। बिल्डर को थैंक्स बोल दो।"

अरुण ने कहा, "ठीक है अग्रवाल जी कोई बात नहीं। वैसे थैंक्स।"

सब ने एक दूसरे से हाथ मिलाया और विदा ली। दामले बिल्डर और अरुण को बहार ले आया। उसने अरुण से कहा, "सर वो कॅश वाली पार्टी भी तैयार है। बस आप जल्दी से पैसे

ट्रांसफर कर दीजिए।"

अरुण दामले की तरफ सवालिया नजरों से देखने लगा तभी उसके कानों में रौनक की आवाज गुंजी, "उससे कहो गाडी के पास मिले।"

अरुण ने कहा, "हां तुम गाड़ी के पास आ जाओ। मैं तुम्हे वही मिलता हूँ।" इतना कह कर अरुण अपने कार के पास जा कर खड़ा हो गया।

रौनक ने कहा, "अब अपना मोबाईल निकालो।" अरुण ने जेब से अपना मोबाईल निकाला और देखा उसके मोबाईल पर बैंक की वेबसाइट चल रही थी।

रौनक ने कहा, "अब अपना ट्रांसक्शन पासवर्ड डालो।"

अरुण ने कहा, "मुझे याद नहीं है। पासवर्ड मैं डायरी में लिख कर रखता हूँ।"

तभी अरुण के कानों में उसके बेटे अर्णव और रीना की रोने आवाज गुंजी। और साथ ही रीना ने रोते हुए कहा, "अरुण अर्णव उसके पास है। वो जैसा कह रहा है करो।"

अरुण ने कहा, "ठीक है मेरे बेटे को छोड़ दो। मैं डाल रहा हूँ पॉसवर्ड।" इतना कह कर अरुण ने अपने मोबाईल में पॉसवर्ड डाल दिया। और देखते ही देखते उसकी आँखों के सामने सारे पैसे एक अकाउंट में ट्रांसफर हो गए।

पैसे ट्रांसफर होते ही कुछ ही पलों में एक व्हॅन अरुण के कार के नजदीक आ कर रुक गई। उसमे से दामले और एक आदमी उतरा। व्हॅन वाले आदमी ने दामले के हाथ में दो बैग देते हुए कहा, "दोनों बैग में एक-एक करोड़ रुपये है। एक बैग में तुम्हारा और दूसरे बैग में ऑफिस के स्टाफ का कमीशन।"

दामले अरुण को और उस व्हॅन वाले को शुक्रिया कह कर वहाँ से निकल गया।

व्हॅन वाले आदमीं ने अरुण से कहा, "अपनी कार की डिक्की खोलो।"

अरुण ने डिक्की खोल दी। व्हॅन वाले आदमी ने व्हॅन का पीछे वाला दरवाजा खोला और नोटों से भरें बैग अरुण को देने लगा। अरुण उन बैगों को डिक्की में ठीक से रखने लगा। डिक्की भर चुकी थी। तो अरुण ने बचे हुए बैगों को पीछे वाली सीट पर और ३-४ बैग सामने वाली सीट पर ठीक से जमा दिए। ऐसे कुल १८ बैग व्हॅन वाले आदमी ने गिन कर अरुण को दे दिए। और वहाँ से चला गया।

अरुण अपनी कार में बैठा और कहा, "बोलो अब क्या करना है।"

रौनक ने जवाब दिया, "तुम्हारे मोबाइल पर एक एड्रेस दिया गया है। वहाँ तुम्हे उसमे से एक बैग पहुँचाना है। और ध्यान रहे वो लोग तुम्हे पहचान ना पाए उन्हें ना तो अपना नाम बताना है ना ही उनसे ज्यादा बात करनी है। बस बैग दे कर वहाँ से निकल जाना है।"

अरुण ने अपने मोबाइल पर देखा एक एड्रेस लिखा था। वह चाहकर भी कुछ नहीं कर सकता था। एड्रेस नजदीक का ही था, तो वह ड्राइव करके एड्रेस की और जाने लगा। उसे याद आया की उसे अपनी पहचान छुपाना है, तो रास्ते में उसने एक शॉप से एक काला चष्मा और कैप खरीदी और एक स्कार्फ गले में लपेट लिया।

अरुण एड्रेस पर पहुँचा और एक बैग हाथ में लिए दरवाजा खटखटाया। एक बूढ़ी औरत ने दरवाजा खोला। अरुण ने कहा, "माँ जी क्या ये सागर जी का घर है।"

औरत ने कहा, "हां बेटा कौन चाहिए।"

अरुण ने पैसे का बैग उसके हाथ में देते हुए कहा, "ये सागर जी ने आपके लिए भेजा है।" इतना कहकर अरुण वहाँ से निकल गया।

पीछे से उस बूढ़ी औरत ने कहा, "अरे बेटा सागर मेरा बेटा था। और वह तो मर चूका है।" लेकिन अरुण के पास उस औरत की बात सुनने तक का वक्त नहीं था।

अरुण कार में बैठ गया और कहा, "अब आगे क्या करना है।"

"अब तुम्हारे मोबाइल पर अगला एड्रेस दिया गया है एक बैग वहा पहुँचना है।" रौनक ने फिर अरुण से कहा।

अरुण ने बौखलाते हुए कहा, "तुम चाहते क्या हो, ये सब मुझसे क्यों करवा रहे हो। देखो ये सारे पैसे तुम ले लो और जिसे देने है दे दो, बस मेरी बीवी और बच्चे को छोड़ दो।"

तभी एक गोली चलने की आवाज अरुण को सुनाई दी। अरुण सन्न रह गया। सामने से अरुण के बच्चे और बीवी के चीखने की आवाज आयी तो अरुण ने कहा, "प्लीस उन्हें कुछ मत करना, मैं तुम्हारी हर बात मानूंगा।"

रौनक ने जवाब दिया, "अब अगली बार सिर्फ मैं जितना कहूँ उतना ही करना, बाकी कुछ भी बोलना नहीं है। चलो अगले एड्रेस पर।"

-------- X --------

उस बूढ़ी औरत ने अंदर जा कर बैग खोला तो देखा की उसमे पैसे है। उसकी आँखों में आसु आ गए उसने अपने बेटे की तस्वीर की रतफ रोते हुए देखा। तस्वीर पर हार लगा हुआ था घर की हालत बड़ी ही ख़राब थी।

अंदर से बूढी औरत की विधवा बहू बाहर आयी और पूछा, "क्या हुआ माँ जी।" और उसने भी अपनी सास के सामने रखा नोटों से भरा बैग देखा तो वह भी रोते हुए अपने पति के तस्वीर की ओर देखने लगी।

उस बूढी औरत ने कहा, "बेटा उस बस हादसे के बाद तू तो चला गया लेकिन पीछे इस बूढी माँ और तेरे बीवी बच्चे छोड़ गया। जैसे तैसे गुजरा हो रहा था। तेरी बीवी को मजदूरी कर के घर चलाना पड़ता है। शायद तुझसे ये देखा नहीं गया इसलिए ये मदद भेज दी। भला हो उस इंसान का जिसने हमारी मदत की है।" इतना कहकर दोनों सास बहू गले लग कर रोने लगी।

तभी उनके के मोबाइल पर एक कॉल आया। आँसु पोछते हुए उस बूढ़ी औरत की बहु ने कॉल उठाया और कहा, "हेलो।"

"ये पैसे आपकी मदद के लिए भेजे गए है, बस इसका जिक्र किसी से मत करना। पुलिस से भी नहीं।" इतना कह कर फोन कट गया।

-------- X --------

अरुण एक-एक कर के दिए गए पते पर बैग देने लगा। अरुण को ये तो पता नहीं था की वह लोग कौन हैं, लेकिन उसे एहसास हुआ की फोन पर जो शख्स उससे ये सब करवा रहा है वह उन गरीब लोगों की मदद करने के इरादे से ये सब कर रहा है।

१८ बैग ख़त्म होते होते रात के आठ बज चुके थे। अरुण ने कहा, "व्हॅन वाले ने दिए हुए सारे बैग ख़त्म हो चुके है। अब जो मैं घर से २ बैग लाया था, वो ५ करोड़ बचे है। वो कहाँ देने है?"

रौनक ने जवाब दिया, "काफी बांट चुके, अब बचे हुए मेरे लिए है।"

अरुण ने कहा, "तो जल्दी बताओ कहाँ आना है। और मेरी बीवी और बच्चा कहा है?"

रौनक ने जवाब दिया, "बस एक घंटे के अंदर तुम्हे वो दोनों तुम्हे मिल जायेंगे। कार को हाइवे से ड्राइव करना शुरू करो।"

--------X --------

अरुण अपनी कार को हाइवे पर सीधे चलाने लगा। दस बारा किलोमीटर पहुँचते ही रौनक ने अरुण से एक कच्ची सड़क पर कार को मोड़ने के लिए कहा। अरुण उस कच्ची सड़क पर कार चलाने लगा, तभी उसे एहसास हुआ की एक कार उसका पीछा कर रही है।

उसने कार के शीशे में देखा तो उसे पता चला वह रीना के पिता की कार थी। वह समझ गया की उसकी बीवी और बच्चा उसी कार में है। लगभग तीस मिनिट उस कच्चे रास्ते पर ड्राइव करने के बाद एक सुनसान जगह पर रौनक ने अरुण को कार रोकने को कहा।

वहाँ एक पुराना पेड़ था, जो काफी बड़ा था। सड़क के नदीक एक खाई भी थी। अरुण ने कार रोक दी और कार से उतर गया। पीछे वाली कार भी नजदीक आ कर रुक गयी। कार से रौनक उतरा लेकिन उसके चेहरे पर मास्क था। रौनक के एक हाथ में गन थी और दूसरे हाथ में रीना का मोबाइल। रौनक ने अरुण की और देख कर कहा, "हेलो मिस्टर अरुण।"

अरुण ने अपने कान से ब्लूटूथ निकाल कर बंद करते हुए कहा, "मैंने वही किया जो तुने करने को कहा, अब मेरी बीवी और बच्चे को छोड़ दे।"

रौनक ने गन की नली से सिर खुजाते हुए कहा, "इतनी क्या जल्दी है। मेरे कुछ सवालों के जवाब दे दो और सब साथ चले जाना। वैसे भी मैं तेरे ससुर के कार में आया हूँ, मुझे वापस घर नहीं छोड़ेगा क्या।"

अरुण ने पूछा, "क्या जानना है?"

रौनक ने कहा, "तीन साल पहले खंडाला रोड पर एक बस खाई में गिर गई थी। वो एक्सीडेंट कैसे हुआ था?"

अरुण ने याद करने वाले अंदाज में कुछ सोच कर कहा, "मुझे याद नहीं।"

रौनक ने एक व्यंग भरी हँसी के साथ कहा, "तेरी याददाश्त तो बहुत कमजोर है, चल मैं कुछ मदद करता हूँ।" यह कहते हुए रौनक ने अपनी जेब से एक रिमोट निकला।

"ये एक डेटोनेटर है, और बॉम्ब ....." कहते हुए वह कार की तरफ देखने लगा।

अरुण को काटो तो खून नहीं। चेहरे का रंग एक दम उड़ चूका था। "देखो मैं कुछ नहीं जनता, प्लीज कुछ ऐसा वैसा मत कर देना।" अरुण गिड़गिड़ाने लगा।

रौनक ने गंभीर स्वर में कहा, "मेरे पास ज्यादा वक्त नहीं, इसका मतलब तेरे पास भी नहीं। मुझे सच-सच बता दे और अपने बीवी बच्चे को लेकर निकल जा।"

कार के शीशे चढ़ाये हुए थें। रीना को सुनाई कुछ नहीं दे रहा था। लेकिन उसका पति अब वहाँ है, इस बात से उसे दिलासा मिल चूका था की अब सब ठीक हो जायेगा। उसने अपने गोद में सो रहे बेटे के सिर पर हाथ फेरा। और फिर से बाहर देखने लगी।

अरुण ने बोलना शुरु किया, "३१ दिसंबर के दिन मैं ऑफिस में बैठा अपना पैंडिंग काम पूरा कर रहा था। नए साल का जश्न मानाने के लिए सब लोग मुझसे पहले निकल गए। काम ख़त्म करने के बाद जब मैं घर जाने के लिए निकला तो मुझे कमिश्नर त्रिवेदी का फोन आया। उन्होंने मुझे रात को नौ बजे तक अपने फार्म हॉउस पर पहुँचने के लिया कहा। मुझे लगा नए साल की कोई पार्टी का अरेंजमेंट होगा।"

"मैं वहाँ पहुँचा तब तक रात के नौ बज कर कुछ बिस मिनिट हो चुके थें। मैं अंदर गया तो कमिशनर साहब वहाँ अकेले थे।" यह कहते हुए अरुण की आँखों के सामने उस रात की झलक दिखाई देने लगी।

कमिश्नर त्रिवेदी ने अरुण को ड्रिंक ऑफर की और दोनों साथ में बैठ कर पीने लगे। थोड़ी देर इधर-उधर की बाते हुई फिर कमिशनर ने अरुण से कहा, "अरुण, तुम्हे मेरा एक काम करना है। अच्छे पैसे मिलेंगे। और खास बात ये है की तुम्हारे बगैर ये काम हो नहीं सकता।"

अरुण ने पूछा, "क्या काम है?"

कमिशनर ने जवाब दिया, "कल एक एक्सीडेंट होने वाला है। एक कार और ट्रक में। उसकी जाँच पड़ताल करने तुम्हारी टीम जाएँगी। मैं चाहता हूँ तूम खुद भी वहाँ जाओ। तुम्हे अपने रिपोर्ट में लिखना है, एक्सीडेंट ट्रक के ब्रेक फेल होने की वजहसे हुआ है।"

अरुण ने शराब का घुट लेते हुए कहा, "हो जाएगा सर, वैसे कितने की डील हुई है।"

कमिश्नर ने एक घुट शराब पि कर कहा, "तुम्हे पचास लाख मिलने वाले है। ये रहा तुम्हारा एडवांस पच्चीस लाख। बाकि काम होने के बाद। और हां उस कार में कुछ एविडेंस है, वो हमें पार्टी के हवाले करने है। तभी बचे हुए पैसे मिलेंगे"

अरुण कुछ सोचने लगा। फिर उनसे ने कहा, "सर लेकिन वहां भीड़ में....।"

अरुण की बात काटते हुए कमिश्नर ने कहा, "लेकिन वेकिन कुछ नहीं, डील फाइनल हो चुकी है। तुम उस ट्रक के पीछे-पीछे वहाँ पहुँच जाना। एक्सीडेंट होते ही वहाँ की सिचवेशन को हैंडल कर के उस कार में रखें सारे सबूत अपने पास ले लेना।"

अरुण ने शराब का ग्लास खली कर दिया। खाली ग्लास टेबल पर रखते हुए कहा, "सर बस कोई प्रॉब्लम नहीं होनी चाहिए।"

कमिशनर ने जवाब दिया, "बिलकुल नहीं होंगी।"

"और उस ट्रक ड्राइवर ने मुँह खोल दिया तो?" अरुण ने सवाल किया।

"वो मेरा आदमी है, मुँह नहीं खोलेगा। और उसे भी बड़ी रकम मिल रही है, तो वो क्यों किसीसे कहेगा।" कमिश्नर ने जवाब दिया।

अरुण और कमिश्नर दोनों खड़े हो गए। कमिश्नर से हाथ मिलाते हुए अरुण ने कहा, "ठीक है सर। आपका काम हो जायेगा।"

कमिश्नर ने सोफे के बगल से एक बैग अरुण के हाथ में दे दिया और कहा, "मुझे तुमसे यही उम्मीद थी। ये लो इसमें २५ लाख है, बाकि २५ काम होए के बाद।"

अरुण ने पैसों का बैग लिया और वहाँ से निकल गया।

-------- X --------

दो दिन पहले ३ जनवरी को पूर्णिमा थी। इसलिए आज लगभग पूरा चाँद आसमान में था। वहाँ का नजारा चाँद की रौशनी में नहा रहा था। अरुण खामोश खड़ा था। शायद उसे पछतावा हो रहा था।

रौनक ने ख़ामोशी को तोड़ते हुए कहा, "फिर आगे क्या हुआ?"

अरुण ने फिर से बोलना शुरु किया, "अगले दिन मैं जान बुझ कर अपनी टीम के दो पुलिसवालों को लेकर ट्रक के पीछे-पीछे जाने लगा। एक्सीडेंट मेरी गाड़ी से लगभग ५०० मीटर की दुरी पर ही हुआ था। लेकिन रघु ने गड़बड़ कर दी। उसे सिर्फ कार को ठोकने के लिए कहा था, लेकिन हादसे में एक लोगों से भरी बस खाई में गिर गई। मुझे कुछ समझ नहीं आया, तो मैंने कमिश्नर को फोन किया।"

"कमिश्नर ने कहा वो सब संभाल लेंगे और मुझे वहाँ की सिचवेशन संभालने के लिए कहा। मैंने तुरंत वहाँ से लोगों को दूर किया और रघु को अपने कब्जे में ले लिया। अपने दोनों साथियों को भीड़ के साथ उलझा कर मैं विकास की कार में सबूत ढूंढने लगा। मुझे पीछे की सीट के निचे एक बैग मिला जिसमें एक हार्ड ड्राइव और कुछ कागजात थें। बैग को अपने कब्जे में लेने के बाद मैंने अपनी आगे की करवाई की। बस यही मेरी गलती है।" इतना कह कर वह खामोश हो गया।

रौनक ने कहा, "बस इतना ही?"

अरुण ने जवाब दिया, "मैंने पैसों के लालच में उन लोगों को मरने दिया। इस बात का पछतावा है मुझे।"

रौनक फिर से हँसने लगा। हँसते हुए उसने कहा, "बड़ा अच्छा झूट बोल लेता है तू। तुझे पछतावा है।" इतना कह कर रौनक जोर जोर से हँसने लगा।

अरुण को कुछ समझ में नहीं आ रहा था। उसने कहा, "देख मैंने तुझे सब सच बता दिया। अब मेरी बीवी और बच्चे को मेरे हवाले कर दे। और मुझे जाने दे।"

रौनक ने हँसी को रोक कर बड़े ही ग़ुस्से में कहा, "अगर तुझे पछतावा होता तो तूने उस अधमरे विकास को जान से ना मारा होता।"

रौनक की बात सुनते ही अरुण के पैरों तले से जमीन खिसक गई। उसने कहा, "तुझे कैसे पता?"

रौनक ने कहा, “चल आगे बता।”

अरुण को समझ आ चूका था की वह जो कोई भी है सब जनता है। अब उसके सामने आगे की हकीकत बताने के आलावा कोई चारा नहीं था।

उसने फिर बोलना शुरु किया, “एक्सीडेंट के बाद जब मैं विकास की कार में सबूत ढूंढ रहा था, तब मुझे पता चला की विकास जिन्दा है। मैंने कमिश्नर को ये बात बताई। कमिश्नर ने मुझे उसे मारने के लिए कहा। मैंने अपने हाथ से उसका मुँह और नाक दबा दिए। उसके शरीर में विरोध करने की भी ताकत नहीं थी। जब मुझे तसल्ली हो गई की वो मर चुका है, तब मैंने आगे की करवाई की।”

अपनी आवाज में पछतावा जाहिर करते हुए अरुण बोलता रहा। “जांच के दौरान मैंने खुद उस ट्रक के ब्रेक को फेल कर दिया। जज के सामने मैंने बयान दिया की तकनीकी खराबी के चलते ये हादसा हुआ है। और बाकी काम रघु के वकील ने कर दिया। उन्होंने विकास और उस बस ड्राइवर के पेट में अल्कोहोल की रिपोर्ट सबमिट कर दी। जिसके आधार पर रघु को सिर्फ छे महीने की सजा सुनाई गई। सरकारी वकील ने भी कोई आपत्ति नहीं जताई।”

“अगले दिन तावळे ने मेरे घर एक नोटों से भरा बैग ला कर दिया। उसमे पांच करोड़ रुपये थें। मैंने कमिश्नर को फोन किया तो पता चला की बस के एक्सीडेंट की वजह से रकम बढाकर मिली है। मामले को संभालने के लिए मुझे इतनी बड़ी रकम दी गई थी।”

एक व्यंग भरी हँसी के साथ अरुण ने फिर कहा, “उस हादसे को सबने भुला दिया। अब तो उस हादसे में मरने वालों के परिवार से भी कोई उस हादसे की बात नहीं करता होगा।”

कुछ पल चुप हो कर अरुण ने लम्बी सांस ली और फिर कहा, “मैं जितना जानता था सब तुम्हें बता दिया। अब आगे तुम्हारी मर्जी, चाहो तो मुझे जान से मार दो लेकिन मेरी बीवी और बच्चे को जाने दो।”

जब अरुण की बात ख़त्म हुई तो रौनक ने कहा, “जमीन पर उलटे लेट जाओ।” अरुण संदेह भरी निगाहों से रौनक की ओर देखने लगा। रौनक ने गन से उसे लेटने का इशारा किया। अरुण जमीन पर उलटा लेट गया। उसने अपने दोनों हाथ सिर पर रख दिए।

रौनक ने रीना की गाड़ी का दरवाजा खोला और रीना को बाहर निकलने को कहा। रीना निचे उतर गई। उसका बेटा अभी भी पीछे की सीट पर सोया हुआ था। रौनक ने ड्राइविंग सीट के बगल वाली सीट से अपना बैग उठाया और उसे अरुण के कार की पिछली सीट पर रख दिया।

फिर उसने रीना को ड्राइविंग सीट पर बैठने को कहा। रीना अपने पति की ओर देखती रही तो रौनक ने कहा, “जल्दी बैठो वक्त नहीं है मेरे पास।” रीना ड्राइविंग सीट पर बैठ गई।

रौनक ने रीना से कहा, “इस गाड़ी में एक कैमेरा और एक बम लगा हुआ है। घर पहुँचने तक कही गाड़ी रुकनी नहीं चाहिए। किसी से मदद मांगने की या वापस आने की गलती मत करना। वरना मैं कार ब्लास्ट कर दूंगा। अपने बच्चे की सलामती चाहती हो तो सीधा घर जाना। जब तक तुम घर पहुँच जाओ तब तक मैं तुम्हारे पति को भी पहुँचा दूंगा। अब

निकलो।"

रीना ने रौनक के कहे मुताबिक कार शरू कर दी। शिशा निचे कर उसने अपने पति को एक आखिरी नजर देखा। बड़ी ही मायूसी भरी आवाज में उसने रौनक से कहा, "तुम चाहो तो मैं अपने पापा से कह कर तुम्हें और पैसे दिला दूंगी, लेकिन उन्हें कुछ मत करना। मैं तुम्हारे पैर पढ़ती हूँ।"

रौनक ने एक नजर अरुण की ओर घुमाई और रीना से कहा, "मुझे सिर्फ पैसो से मतलब है, तुम्हारे पति को कुछ नहीं करूंगा। ठीक है! जाओ अब।"

रीना अपनी आँखों में आँसू लिए वहाँ से निकल गई।

थोड़ी देर की ख़ामोशी के बाद रौनक ने अरुण से कहा, "खड़े हो जाओ।" अरुण खड़ा हो गया।

रौनक ने कुछ सोच कर अरुण से कहा, "क्या तुम अपने आप को कानून के हवाले करने के लिए तैयार हो? क्या तुम अदालत में सच कहोगे?"

अरुण ने कुछ सोचते हुए कहा, "हां, मैं कहूंगा लेकिन क्या इससे उन मरे हुए लोगों को इंसाफ मिल जाएंगा। सालों तक ये केस चलेंगा लेकिन कुछ हासिल नहीं होगा। क्यों की पूरा सिस्टम बिका हुआ है। मैं आवाज उठाऊंगा तो मुझे भी मार दिया जाएगा।"

रौनक ने अरुण से पूछा, "२१ जिंदगियां उस हादसे में बेवजह मारी गई। क्या मौत के डर से हम उन्हें इंसाफ दिलाने कोशिश भी नहीं कर सकते? हो सकता है हमें इंसाफ ना भी मिले, लेकिन हमने कोशिश की इस बात की तसल्ली तो रहेंगी। हमारे दिल में सुकून तो रहेगा की हमने कोशिश की।"

अरुण ने रौनक की और देख कर उसे बातो में उलझाने के इरादे से कहा, "ठीक है, मैं तैयार हूँ। लेकिन जैसे ही हम केस रीओपन करने के लिए कहेंगे हम दोनों को ही जान से हाथ धोना पड़ेगा।

रौनक मुड़ कर कार के पास गया और उसने अपनी गन और बम का रिमोट कार के ऊपर रख दिया। अपने दोनों हाथों से अपने सिर को पकड़ कर, आँखें बंद कर कुछ सोचने लगा।

अरुण दबे पाव उसके नजदीक जाने लगा। क्यों की अब बम का रिमोट और गन रौनक के हाथ में नहीं थी। रौनक की आँखें बंद थी। अरुण ये मौका हाथ से नहीं गवाना चाहता था। अरुण धीरे-धीरे रौनक की ओर बढ़ रहा था। जैसे ही अरुण रौनक के एकदम नजदीक पहुँचा रौनक ने आँखें खोल दी।

अरुण को अपने इतने नजदीक पा कर वह चौक गया। अरुण ने गन उठाने के लिए हाथ बढ़ाया तभी रौनक ने उसे पकड़ लिया और दोनों में हाथ पाई होने लगी। लेकिन जैसे तैसे अरुण ने बम का रिमोट उठा कर रोड की दूसरी तरफ घास में फेक दिया।

वे दोनों एक दूसरे को गन से दूर धकेलने लगें। एक दूसरे को घुसे मारने लगे खींचा तानी में दोनों कार से लगभग बिस-तिस फिट दूर चले गए। अरुण ने रौनक को जोरदार घुसा जड़ दिया और रौनक जमीन पर गिर गया। अब अरुण में आत्मविश्वास जाग गया की वह रौनक

को हरा देगा।

उसी आत्मविश्वास के साथ अरुण ने कहा, "तेरे लिए तो मेरे हाथ ही काफी है।"

रौनक उठ कर खड़ा हो गया। चाँद की रौशनी में दोनों एक दूसरे से भिड़ने को तैयार खड़े थें। जैसे रिंग में दो पहलवान एक दूसरे के सामने खड़े होते है।

रौनक ने अरुण से कहा, "तेरा ये रिश्वत के पैसे से सड चूका शरीर मेरा कुछ बिगाड़ पाएंगा?"

अरुण ने ऊँची आवाज में जवाब दिया, "तूने पुलिस की पावर देखि कहा है, आज बताता हूँ की पुलिस क्या चीज है।"

रौनक हँसने लगा। अरुण ने एक जोरदार मुक्का उसके जबड़े की और बढ़ाया। रौनक ने आसानी से उसके मुक्के को रोक दिया और एक जोरदार पंच उसके छाती में जड़ दिया। अरुण गेंद की तरह पीछे की ओर उछल कर जमीन पर चित्त गिर गया।

धीरे-धीरे लढाई आगे बढ़ी और एक दो बार रौनक को भी अरुण के घुसो का सामना करना पड़ा। लेकिन रौनक की तयारी बहुत तगड़ी थी। अगर अरुण जैसे पेटू से रौनक हार जाता तो उस वर्जिश का क्या फायदा जो वह रोज सुबह करता था।

रौनक का इरादा पक्का था। अरुण उसके लिए एक खिलोने की तरह लग रहा था। हर बार अरुण उसपर हाथ उठता लेकिन बड़े ठन्डे दिमाग से रौनक उसका हमला रोक कर उसे ही मुँह तोड़ जवाब दे रहा था।

तभी अरुण की नजर कार पर रखी गन पर पड़ी। अरुण अब रौनक की मार से थकने लगा था। रौनक लगातार उसके सारे बदन पर लाथ घुसे की बारिश कर रहा था। रौनक ने अरुण का बाया हाथ भी मरोड़ कर रख दिया। अरुण का हाथ अब उठ भी नहीं रहा था।

रौनक ने एक जोरदार किक से अरुण की एक टांग तोड़ दी। अरुण जोरो से चिल्ला रहा था, लेकिन वहाँ दूर-दूर तक उसकी चीखें सुनने वाला कोई नहीं था। अब अरुण ने हार मान ली और मार खाते-खाते जान बुझ कर कार की ओर जाने लगा।

उसका इरादा गन उठाने का था। रौनक को बिना भनक लगे वह धीरे-धीरे मार खाते हुए कार की ओर बढ़ने लगा।

जब दोनों कार के नजदीक पहुँचे रौनक ने अरुण की कॉलर पकड़ कर कहा, "तुझ जैसे पुलिसवालों की वजह से लोगों का भरोसा कानून से उठने लगा है। आज मैं तुझे ऐसी मौत मारूंगा की तेरी रूह कप उठेंगी।" यह कहते वक्त रौनक ने उसके जबड़े पर एक जोरदार मुक्का जड़ दिया। अरुण पलटकर कार के शीशे से टकरा गया।

खुद को सँभालते हुए अरुण ने कार के ऊपर रखी गन उठा ली। अब अरुण के हाथ में गन थी और निशाने पर रौनक। अरुण ने हँसते हुए कहा, "अब तेरा खेल ख़त्म।"

रौनक अब शांत खडा था। अरुण ने मुँह से निकल रहे खून को थुंकते हुए कहा, "थूं.... हं. हं. चल बता कौन है तू? और उस हादसे से तेरा क्या लेना देना है? तुझे इतना सब कुछ पता कैसे चला? कमिश्नर त्रिवेदी और रघु को भी तूने ही मारा है ना?" अरुण बुरी तरह हांफ रहा

था।

रौनक ने शांति से कहा, "गन निचे रख दे। वरना बहुत पछतायेगा।"

अरुण ने ऊँची आवाज में कहा, "नाटक मत कर। तूने मुझे गली का मामूली गुंडा समझ रखा था क्या? साले १०० पापी मरे होंगे तब मैं पैदा हुआ। तुझे क्या लगा तू मुझे यहाँ बुलाएगा और आसानी से मार देगा।"

रौनक ने अरुण से शांत लहजे में कहा, "थोड़ी देर पहले तू मुझसे माफ़ी मांग रहा था, मेरा हर कहना भी मान रहा था। मुझे इंसाफ दिलाने की बात कर रहा था। रो रहा था, गिड़गिड़ा रहा था।"

अरुण ने जवाब दिया, "वो तो मैं इसलिए कर रहा था की तू मेरी बीवी और बच्चे को छोड़ दे। अब मैं तुझे मारकर सब फिर से ठीक कर दूंगा। जिन लोगों के घर तूने पैसे पहुँचाये है उनको पिट-पिट कर सारे पैसे वापस ले आऊंगा।" यह कहते हुए अरुण की आवाज में अजीब सी उत्तेजना आ गई थी।

अरुण जोर-जोर से हँसते हुए बोलता रहा, "जिस बिल्डर को तूने मेरी जमीन बेची है, उसे भी अंदर करवा कर मेरी जमीन भी वापस करने पर मजबूर कर दूंगा, और उसे वो पैसे भी वापस नहीं दूंगा। लेकिन अफ़सोस ये सब देखने के लिए तू जिन्दा नहीं रहेगा।"

अपनी बात ख़त्म करते हुए अरुण ने गन के ट्रिगर पर अपनी ऊँगली दबाना शुरू किया।

"गलती कर रहा है, मैं फिर तुझे एक मौका देता हूँ। कूद जा खाई में और एक आसान मौत चुन ले। क्यों की मैं तुझे बहुत बुरी मौत मारने वाला हूँ।" रौनक ने अरुण से गंभीर स्वर में कहा।

अरुण फिर हँसने लगा "तू मेरे निशाने पर है बेटे और मुझे ही धमका रहा है। अब तुझे पता चलेगा की तूने गलत आदमी से पंगा लिया है।" अरुण ने रौनक का मजाक उड़ाते हुए कहा।

रौनक ने फिर अरुण को चेंतावनी दी, "गोली चलाने से पहले सोच ले तू आज नहीं बचने वाला।"

अरुण ने रौनक की ओर क़ातिलाना नजर से देखता हुए कहा, "ऊपर जा कर उन २१ लोगों से कह देना की तू उनके लिए इंसाफ मांग रहा था, लेकिन इस अरुण ने तुझे भी उनके पास भेज दिया।" इतना कह कर अरुण ने गन का ट्रिगर दबा दिया।

गन सेगोली चलने के बजाय गन के पिछले हिस्से से एक इंजेक्शन तीर की तरह निकल कर अरुण की छाती में चुभ गया। अरुण को तेज दर्द हुआ लेकिन उसके मुँह से आवाज तक नहीं निकल रही थी। अरुण अपने घुटनों के बल बैठ गया और रौनक की ओर अजीब सी उलझन भरी नजर से देखने लगा।

रौनक ने हलकी मुस्कान के साथ कहा, "मैंने कहा था ना, गोली चलाने से पहले सोच ले। मेरे मुँह पर बेवकूफ लिखा है क्या? जो एक पुलिसवाले से लड़ते वक्त अपनी गन खुली छोड़ देगा।"

रौनक ने अरुण के हाथ से गन ली और अपनी कमर में फसा दी। अरुण रौनक के सामने बेबस अपने घुटनों के बल बैठा हुआ था।

रौनक ने कहा, “अब तेरे रगो में एक ऐसा जहर दौड़ रहा है जो तुझे ना तो जल्दी मरने देगा ना ही ठीक से जीने देगा। तुझे चींटी भी काटेंगी तो बहुत दर्द होगा, अरे हां! चींटी से याद आया।” रौनक ने अरुण की शर्ट और पैंट निकाल दीए और उसे अधनंगा कर दिया।

रौनक ने अपने बैग से रस्सी निकाली और अरुण के दोनों हाथ कस कर बांध दिए। रस्सी का एक सिरा पेड़ की मोटी टहनी पर फेक कर धीरे-धीरे अरुण को ऊपर खींचना शुरू किया। अरुण जमीन से लगभग दस फिट ऊपर हवा में लटक रहा था। अरुण सब देख रहा था लेकिन कुछ भी करने की हालत में नहीं था। जो जहर उसे दिया गया था उससे वो कुछ बोलने की भी हालत में नहीं था। बस एक टक रौनक को देख रहा था।

रौनक ने एक छोटी रस्सी का टुकड़ा उसके पैरो में भी बांध दिया जिसका एक सिरा निचे जमीन पर लटक रहा था। रौनक ने फिर अपने बैग से एक बोतल निकाली। उस बोतल में कुछ था। ढक्कन खोल कर रौनक ने वह अरुण के ऊपर फेंक दिया।

अरुण के अधनंगे बदन पर वह तरल पदार्थ चमकने लगा। “ये सिर्फ पानी नहीं है, शक्कर वाला मीठा पानी है। चींटियों के लिए इनविटेशन।” हँसते हुए रौनक ने कहा।

वह शक्कर का पानी अरुण के शरीर से बहता हुआ रस्सी से निचे उतरने लगा। रौनक ने पास में पड़ी एक लकड़ी का टुकड़ा उठाया और अरुण के पैर में बंधी रस्सी के दूसरे सिरे से बांध दिया। पेड़ के निचे एक बड़ा मिट्टी से बना चींटियों का घर था। अरुण अब सब समझ गया की रौनक उसे चींटियों का खाना बनाने वाला था। उसके मुँह से आवाज तो नहीं निकल रही थी फिर भी वो जोर-जोर से सांसे लेते हुए चिल्लाने की कोशिश करने लगा।

रौनक ने लकड़ी का टुकड़ा चींटियों के घर में फसा दिया जिससे चींटिया बौखला गई और घर से बहार आने लगी। रौनक जल्दी से दूर हट गया।

अरुण की घबराहट देख कर रौनक ने कहा, “ओहो! तो तू समझ गया, आज तू इन चींटियों की दावत बना है। चल अब मैं चलता हूँ, मैं किसी की दावत ख़राब नहीं करना चाहता।”

रौनक मुड़ कर कार की और जाने लगा। अरुण घबरा कर रौनक की और देखने लगा। रौनक कार के पास पहुँचा, कार का दरवाजा खोल कर अरुण की और देख कर हँसने लगा। अरुण ने देखा चींटियाँ रस्सी पर चढने लगी थी। रौनक ने कार में बैठ कर कार स्टार्ट की और कार को यु टर्न घुमा कर वहाँ से चला गया।

धीरे-धीरे चींटियाँ रस्सी से होते हुए अरुण के शरीर तक पहुँच गई। वह अरुण को कांटने लगी। अरुण दर्द के मारे चींखने की कोशिश कर रहा था, लेकिन उसके मुँह से सिर्फ गर-गर की आवाज निकल रही थी। धीरे-धीरे सारी बड़ी-बड़ी चींटियों ने अरुण के शरीर को ढक दिया। वह अरुण के शरीर को नोच-नोच कर खाने लगी। अरुण अंदर ही अंदर चींखता-चिल्लाता रह गया।

--------- X ---------

दूसरी और रौनक कार को हाइवे से होते हुए एक दूसरे कच्चे रास्ते पर ले गया। थोड़ी दूर कार चलाने के बाद कार को समंदर के किनारे रोका। कार से उतर कर उसने अपना बैग निकाला और उसमे से एक मशीन जैसी चीज निकाल कर जमीन पर रख कर ऑन कर दी।

धीरे-धीरे वह एक गुब्बारे की बोट बन गई। रौनक ने कार से बचे हुए नोटों के बैग और अपनी चीजे निकाल कर बोट में रख दिए। फिर अपने बैग से एक बम निकाल कर कार की सीट पर रख दिया। उस बम का एक बटन दबाते ही उस पर लगी घडी में उलटी गिनती शुरू हो गई। वह बम बस १ मिनिट में फटने वाला था। अपनी बोट की मोटर शुरू कर रौनक वहाँ से जाने लगा। देखते ही देखते कार में एक जोरदार धमाका हुआ और कार जलने लगी। रौनक ने पलट कर कार को देखा तक नहीं।

--------- X ---------

डरते-डरते काँपते हाथों से कार चलाती हुई रीना एकदम घबराई हुई थी। डर के कारण कार की स्पीड चालीस पचास से ऊपर नहीं जा रही थी। वह बार-बार इधर-उधर कार का मुआयना कर रही थी। शायद कार में लगा कैमरा ढूंढने की नाकाम कोशिश कर रही हो।

रौनक के बताये अनुसार कार में बम था तो वो घबरा रही थी कही बम न फुट जाये। जब रीना वहाँ से निकली थी लगभग साढ़े ग्यारह बज रहे थे। उसके पिता का घर वहाँ से करीब १०० किलोमीटर था। घर के बाहर पहुँच कर उसने फुर्ती से कार से उतर कर अपने बेटे को गोद में उठाया और दौड़ कर दरवाजे के पास पहुँची।

टिंग टिंग टिंग .... लगातार दरवाजे की घंटी बजाने लगी। रात का समय था, उसके माँ बाप सोये हुए थे। इसलिए दरवाजा खोलने में देर लग रही थी। तो रीना जोरो से दरवाजा पीटने लगी और अपने पापा को आवाज देने लगी।

हड़बड़ा कर नींद से जाग चुके रीना के माँ बाप अपनी बेटी को दरवाजे से आवाज लगाता देख डर गए। जैसे तैसे दौड़ कर रीना के पापा ने दरवाजा खोला। सांसे फूली हुई और गोद में बच्चे को ले कर रीना सीधा अंदर घुस गई। वह जोर-जोर से रोने लगी।

"क्या हुआ बेटा कुछ बता तो सही?" रीना के पिता ने पूछने की कोशिश की लेकिन रीना का रो-रो कर बुरा हाल था।

रीना की माँ ने उसे ग्लास में पानी भर कर दिया और कहा, "शांत हो जा बेटा पानी पी ले।" रीना थोड़ी शांत हो कर पानी पिने लगी और अपने दोनों हाथो से सिर पकड़कर बैठ गई।

अर्णव भी अपनी माँ को रोता देख रो रहा था। दोनों डरे हुए थे। रीना की माँ ने दोनों को शांत किया और कहा, "क्या हुआ बेटे?" रीना ने सुबह से लेकर घर पहुँचने तक की पूरी कहानी अपने माँ बाप को बताई।

रीना के पिता एक रिटायर शिक्षक थे। उन्होंने तुरंत पुलिस स्टेशन फोन किया और अपनी जान पहचान का पूरा उपयोग किया। उस वक्त रात के डेढ़ बज रहे थे। करीब दो बजे एक पुलिस की गाड़ी उनके घर पर पहुँची। रीना ने पुलिस को सब कुछ बताया।

इंस्पेक्टर ने पूछा, "क्या उस आदमी को पहचान सकती हो?" "नहीं उसने काले रंग का मास्क पहन रखा था।" रीना ने बेबसी से कहा।

इंस्पेक्टर ने तुरंत उस क्षेत्र के पुलिस थाने में घटना की जानकारी दी। वह क्षेत्र इंस्पेक्टर शुक्ला के अधीन था। एक बम जाँच करने वाली टीम थोड़ी देर में रीना के घर कार की जाँच करने पहुँच गई।

क्यों की मामला पुलिसवाले से जुड़ा था तो पुलिस काफी फुर्ती दिखा रही थी। पुलिस की दो गाड़ीयां कुछ पुलिसवालों के साथ रीना, उसके माता पिता और बच्चे को ले कर अरुण की तलाश में घटना स्थल के लिए रवाना हो गई।

इधर इंस्पेक्टर शुक्ला को जानकारी मिलते ही वह भी तुरंत घटना स्थल के लिए रवाना हो गया। रास्ते में शुक्ला ने राजेश को पूरी जानकारी दी।

दोनों गाड़ियां हाइवे पर उस कच्चे रास्ते के करीब पहुँची। शुक्ला की गाड़ी वहाँ पहले से खड़ी थी। तीनो गाड़िया साथ में कच्चे रास्ते पर चलने लगी। रीना जिस गाड़ी में थी वह गाड़ी सबसे आगे थी, क्यों की वह अकेली ही थी जिसे उस जगह की जानकारी थी।

तीनो गाड़िया घटना स्थल पर पहुँची। सब एक-एक करके गाड़ियों से उतर गए। उस वक्त सुबह के साढ़े पांच बज चुके थे। चाँद की रौशनी बादलों की वजह से थोड़ी फीकी हो चुकी थी। शुक्ला और बाकि पुलिसवालें रीना के बताये नुसार टॉर्च की रौशनी में इधर-उधर देखने लगे। तभी एक कॉन्स्टेबल की टॉर्च की रौशनी पेड़ पर लटक रही अरुण की लाश पर पड़ी।

कॉन्स्टेबल अरुण की बॉडी को देख कर जगह पर ही ठिठक गया। उसको अपनी आँखो पर भरोसा नहीं हुआ। उसके मुँह से निकला, "अरेरेरे.......बाप रे! ये क्या है सर?"

सब ने एक साथ टॉर्च की रौशनी उसी तरफ की और सब हैरान रह गए। चींटियों से ढकी हुई अरुण की लाश देख कर सब हैरान रह गए।

रात भर अरुण को जंगली चींटिया खाती रही। देख कर कह नहीं सकते थे की वह अरुण की ही लाश थी। रीना जोर-जोर से चींख रही थी, रो रही थी। उसके पिता ने अपनी पत्नी से कह कर उसे गाड़ी में बैठने को कहा। रोती बिलखती रीना को उसकी माँ ने अपने साथ गाड़ी में बिठाया और कहा, "अर्णव का तो ख्याल कर, जाग गया तो डर जाएगा। चुप हो जा बेटे अभी पता नहीं चला की वो अरुण ही है।"

शुक्ला ने राजेश को फोन कर दिया और सारि बात बताई। राजेश ने कहा, "फोरेंसिक वालों को बुला लो मैं पहुँचता हु।"

एक कॉन्स्टेबल अर्णव, रीना और उसकी माँ को एक गाड़ी में लेकर वहाँ से निकल गया। रीना के पिता अरुण की पहचान करने के लिए वही रुक गए।

——–—— X ——–——

अरुण के मौत की जाँच

6 january 26, सुबह ०६:३१

रौशनी ने धीरे-धीरे अँधेरे को ख़त्म कर दिया। राजेश और फोरेंसिक के लोग एक-एक कर के घटना स्थल पर पहुँचे।

राजेश ने शुक्ला से कहा, "क्या लगता है शुक्ला इसे भी उसी ने मारा होगा?"

"पक्का उसी ने किया है सर, पुरे शरीर को चीटियों ने नोच डाला है। और चींटियां भी इतनी बड़ी-बड़ी!" शुक्ला ने जवाब दिया।

राजेश ने पूछा, "कोई सुराग मिला?"

शुक्ला ने जवाब दिया, "प्यादा मिला है उसी शतरंज का। और रोड की दूसरी तरफ ये रिमोट मिला है। और कोई सुराग नहीं छोड़ा। अरुण जी के कपडे निचे पड़े मिले पर्स में आयडी देखने के बाद ही लाश की पहचान हुई है। वरना तो शायद ही कोई पहचान पाता।"

राजेश ने कहा, "ठीक है पंचनामा हो गया हो तो बॉडी को पोस्टमॉर्टम के लिए भेज दो। इस सरफिरे ने नाक में दम कर दिया है। मैं आगे निकलता हु मुझे ऑफिस में मिलो।"

शुक्ला ने जवाब दिया, "ठीक है सर।"

तभी शुक्ला के मोबाइल की घंटी बजी उसने फोन उठाया और बात शुरू की। कुछ बात सुन कर शुक्ला ने ठीक है कहा और फोन काट दिया।

शुक्ला ने राजेश को रोकते हुए कहा, "सर एक और लिड मिली है, एक कार यहाँ से तिस पैतीस किलोमीटर पर जली हुई मिली है। पक्का अरुण जी की ही होंगी।"

कुछ सोच कर राजेश ने कहा, "ठीक है तुम यहाँ का काम ख़त्म करो साथ में चलेंगे।" इतना कह कर राजेश ने अपने मोबाईल से कमिशनर मोरे को कॉल किया।

"जय हिन्द सर।" कमिशनर ने जवाब दिया, "जय हिन्द।"

राजेश इधर-उधर देखते हुए बात करने लगा, "सर एक बुरी खबर है।"

कमिशनर ने कहा, "हमारा काम ही ऐसा है, हमेशा बुरी खबरें ही सुनने को मिलती है। और आज इतनी सुबह, कहो।"

राजेश ने कहा, "RTO ऑफिसर मि. अरुण शर्मा की लाश मिली है।"

कमिशनर ने चौकते हुए कहा, "व्हाट!"

राजेश ने कहा, "जी सर, दरअसल शहर से लगभग चालीस किलोमीटर दूर पेड़ से लटकी उनकी बॉडी मिली है।"

कमिशनर ने सोचने वाले अंदाज में कहा, "माय गॉड, कैसे हुआ? कुछ पता चला?"

राजेश ने जवाब दिया, "हा सर उनकी पत्नी ने जानकारी दी है। कल सुबह से अरुण की पत्नी और बेटे दोनों को होस्टेज बना कर अरुण को दिनभर अपने इशारे पर नचाया और फिर रात को अकेले में बुला कर मार दिया। सर बड़ी बेरहमी से और अजीबो गरीब तरीके से ये मारा है। या तो ये कोई सिरफिरा सीरियल किलर है, या फिर जरूर किसी बात का बदला ले रहा है।"

"कस कर तहकीकात करो, कोई सुराग या सुबूत छूटना नहीं चाहिए। उसे ढूंढना बहुत जरूरी है। कानून व्यवस्था का ऐसा मजाक! अगर पुलिस खुद सुरक्षित नहीं तो लोग हमसे

क्या उम्मीद करेंगे। मुझे कल तक पूरी रिपोर्ट चाहिए।" कमिश्नर ने राजेश को कड़ी ताकीद दी।

राजेश ने हामी भरते हुए कहा, "जी सर।" और इतना कहकर राजेश ने फोन काट दिया।

वहाँ का सारा मुआयना करने के बाद अरुण की बॉडी को पोस्टमार्टम के लिए भेज दिया गया।

फॉरेंसिक की एक टीम के साथ राजेश और शुक्ला अरुण की कार की जाँच करने पहुँचे। कार पूरी तरह जल चुकी थी, कोई सुबूत या गवाह नहीं था।

शुक्ला ने राजेश से कहा, "सर क्या लगता है, ये सब वो क्यों कर रहा होगा?"

राजेश ने जवाब दिया, "एक तो बदले के लिए या .... नहीं ये पक्का बदले के लिए ही है। शुक्ला हाईवे से जितने भी ढाबे, दुकान या नजदीक के घर जहाँ भी CCTV दिखे उसके कल सुबह से लेकर जब तुम वहाँ पहुँचोगे तब तक की फुटेज अपने कब्जे में लो। मछुआरों से पूछताछ करो वो जरूर पानी के रास्ते से भागा होगा, उसे किसी ने तो जरूर देखा होगा। ये मामला बहुत सीरियस होता जा रहा है, अगर उसके निशाने पर और कोई है तो उसकी तैयारी उसने पहले से कर रखी होंगी। अगर जल्दी नहीं पकड़ा तो बात बिगड़ जाएँगी, और ये मिडिया वाले हमे नंगा करेंगे सो अलग।"

तभी दयानन्द जी राजेश और शुक्ला के नजदीक आ गए। उन्होंने ने राजेश से कहा, "राजेश, कार पूरी तरह से जल चुकी है। बम से उड़ाया गया है। कोई सबुत नहीं छोड़ा सब जल कर खाक हो चूका है।"

राजेश एक टक जलती कार को देखते हुए शुक्ला से बोला, "ठीक है, शुक्ला ये कार कल सुबह से लेकर जलने तक कहा-कहा गई पुरे शहर में पूछताछ करो। कार का जीपीएस ट्रैकर चेक करो, हर चीज की कस कर जाँच करो। कोई सुराग या गवाह छूटना नहीं चाहिए। मुझे जल्द से जल्द रिपोर्ट चाहिए।" इतना कह कर राजेश वहाँ से चला गया।

शुक्ला अपनी टीम के साथ काम में जुट गया। मामला अब गंभीर होने लगा था, इसलिए पुरे शहर में पूछताछ शुरू हो चुकी थी।

--------------- X ---------------

5

Investigation - 1

७ जनवरी २०२६, सुबह करीब १० बजे

राजेश और मनीष ऑफिस में बैठे हुए थे। राजेश केस की फाइल पर नजर घुमा रहा था। फिर राजेश ने मनीष से कहा, "मनीष, अब हमारे पास ५ नाम है। २ साल पहले उसने वकील मिश्रा को मारा। २४ दिसंबर की रात उसने तावळे पर हमला किया। लेकिन वो तावळे को मारने में नाकाम रहा। २५ दिसंबर को उसने त्रिवेदी सर को मार दिया। फिर १ जनवरी को उसने रघु को मारा। और कल ५ जनवरी को उसने RTO अफसर अरुण को मार दिया।"

"अब हमारे रेकॉर्ड्स में देखो इन ५ लोगों में क्या कनेक्शन है। मनीष ने अपने कंप्यूटर पर तुरंत काम करना शुरू किया। कंप्यूटर में पाँचो के नाम सर्च में डाल मनीष और राजेश स्क्रीन की तरफ देखने लगे। लेकिन डाटा बहुत ज्यादा था। ३ पुलिसवालें, एक सरकारी वकील और रघु भी एक मुजरिम था, उसपर भी कई केस दर्ज थे इसलिए सब के नाम के कई सारे केसेस ओपन होने लगे थें।

इतने में राजेश के मोबाइल पर कमिशनर मोरे का नाम चमकने लगा। राजेश ने कॉल अटेंड कर कहा, "जय हिन्द सर।"

कमिशनर ने जवाब दिया, "जय हिन्द। राजेश, कुछ पता लगा।"

राजेश कुर्सी से उठ कर खिड़की के नजदीक जा कर बात करने लगा, "सर अभी तो नहीं लेकिन जल्द ही पता चल जाएगा।"

तभी मनीष ने राजेश से कहा, "मिल गया सर।" राजेश ने कमिशनर से कहा, "सर आपसे थोड़ी देर में बात करता हूँ।" कमिशनर ने ठीक है कह कर फोन काट दिया।

राजेश वापस जाकर कुर्सी पर बैठ गया। "सर एक केस है जिसमे पाँचो इन्वॉल्व थें।" मनीष ने राजेश से कहा।

राजेश ने पूछा, "क्या केस है?" मनीष ने कंप्यूटर स्क्रीन पर एक फाइल खोलते हुए कहा, "सर ये देखिये, तीन साल पहले एक एक्सीडेंट हुआ था, उसी हाईवे पर लोकेशन के हिसाब से जहाँ रघु की लाश मिली थी उसके ठीक सामने। एक ट्रक ने एक कार को पीछे से टक्कर मार

दी थी और एक्सीडेंट में एक बस खाई में गिर गई थी।"

"जिस ट्रक से एक्सीडेंट हुआ था उसे रघु चला रहा था। उस वक्त मौका-ए वारदात पर अरुण सर भी मौजूद थे। ट्रक, कार और बस की जाँच करने वाले अधिकारी भी अरुण सर ही थे। तावळे इन्वेस्टीगेशन ऑफिसर था। कमिश्नर त्रिवेदी सर के अंडर में सारा केस था। और उस केस के सरकारी वकील मिश्रा जी थे।"

राजेश ने अपने माथे को दो उंगलियों से दबाते हुए कहा, "तो ये बात है। मुझे लगा ही था की कोई बदला लेने के लिए ये सब कर रहा है। मनीष एक काम करो एक्सीडेंट में मरने वाले सभी की लिस्ट निकालो। और इस केस की फाइल निकाल कर मुझे कमिश्नर साहब के ऑफिस में मिलो।" इतना कह कर राजेश वहाँ से जाने लगा तभी राजेश के मोबाइल पर शुक्ला का कॉल आया।\

शुक्ला ने कहा, "सर रिपोर्ट तैयार है।" राजेश ने चलते हुए कहा, "ठीक है कमिश्नर साहब के ऑफिस में आओ।" इतना कह कर राजेश तेजी से कमिश्नर के ऑफिस की तरफ बढ़ गया।

——-------- X ——-------

कमिश्नर ऑफिस में

"कहो क्या अपडेट है?" कमिश्नर मोरे ने राजेश से पूछा। राजेश ने शुक्ला की ओर देखा तो शुक्ला ने बताना शुरु किया।

"सर, कल सुबह करीब साढ़े दस बजे अरुण सर का फोन हैक किया गया था। उनके कार का जीपीएस ट्रैकर भी डिएक्टिवेट किया गया था। दूसरी गाड़ी उनके ससुर के नाम पर रजिस्टर है, उसका भी ट्रैकर डिएक्टिवेट किया गया था। उनकी पत्नी ने बयान दिया है, रविवार शाम को उनके पिता के पडोसी ने उन्हें फोन कर के बताया था की उनकी माँ की तबियत ख़राब हो गई है। उसने रीना मैडम को बातों में उलझा कर अपने माँ बाप को बिना बताए वहाँ आने के लिए कहा।"

"जब वो अपने पिता के घर तो उन्हें पता चला की उनसे झूठ बोला गया था। फिर सोमवार को सुबह साढ़े दस बजे क़ातिल ने गन पॉइंट पर उन्हें और उनके ८ साल के बेटे को उस कार में बिठाया और वहाँ से ले गया।"

मोरे जी ने कहा, "उस पडोसी से पूछताछ की।" शुक्ला ने जवाब दिया, "जी हाँ सर उसका फोन रविवार दोपहर से गायब है। जरूर क़ातिल ने ही प्लान कर के रीना जी को वहाँ बुलाया होगा।"

मोरे जी ने पूछा, "उस गाड़ी में कुछ मिला?"

"नहीं सर, क़ातिल ने रीना मैडम से कहा था की गाड़ी में बॉम और कैमरा है। लेकिन बॉम स्कॉड को गाड़ी में कुछ भी नहीं मिला। घटना स्थल से जो रिमोट मिला वो एक फेक रिमोट है। उस रिमोट को दिखा कर ही रीना जी को डराया गया था।" शुक्ला ने जवाब दिया।

मोरे जी ने फिर शुक्ला से सवाल किया, “रीना और उसके बच्चे को कोई चोट तो नहीं पहुंची?”

शुक्ला ने जवाब दिया, “नहीं सर, वो दोनों ठीक है। वारदात वाली जगह पहुँचने के बाद अरुण सर को वहाँ रोक कर क़ातिल ने रीना जी को उनके बेटे के साथ एक कार ले कर वापस जाने के लिया कहा। उसके बाद वो वहाँ से निकल गई। घर पहुँचते ही अपने पिता को उन्होंने सब बताया।”

मोरे जी ने फिर पूछा, “क्या रीना क़ातिल को पहचान सकती है?" शुक्ला ने जवाब दिया, “नहीं सर, उनका कहना है उसने चेहरे पर काले रंग का नकाब पहन रखा था।”

कमिशनर जी ने कुर्सी पर पिट टिका कर जुलते हुए कहा, “मतलब वो अपनी असलियत जाहिर नहीं करना चाहता था। उसे बस अरुण को मरना था।”

शुक्ला ने फिर बोलना शुरु किया, “सर एक और बात पता चली है ग्यारह बजे अरुण सर रजिस्टार ऑफिस गए थे। उन्होंने अपनी जमीन बिल्डर अग्रवाल को बेच दी। उस डील को एक एजेंट दामले ने फाइनल किया था। बिल्डर अग्रवाल ने अरुण सर के अकाउंट में २२ करोड़ रुआपये ११:२० ट्रांसफर किये थे। लेकिन अजीब बात ये है की थोड़ी ही देर बाद अरुण सर के अकाउंट से वो सरे पैसे एक स्विज बैंक अकाउंट में ट्रांसफर कर दिए गए। मैंने दामले और अग्रवाल बिल्डर को भी पूछताछ के लिए उठा लिया है।”

कमिशनर जी ने अपने दोनों हाथो को टेबल पर रखते हुए चौक कर पूछा, “२२ करोड़! जिस अकाउंट में रुपये ट्रांसफर किये गए उसकी कोई जानकारी मिली है?”

शुक्ला ने जवाब दिया, “नहीं सर। मुझे नहीं लगता वो कोई जानकारी देंगे। मखीजा के केस में ५ करोड़ ट्रांसफर हुए थे। उन्होंने अभी तक नहीं बताया की किसके खाते में गए है। ये तो २२ करोड़ का मामला है।”

कमिशनर ने कहा, “लेकिन हम हाथ पर हाथ धरे तो नै रह सकते ना।”

राजेश जो अबतक सिर्फ सुन रहा था कुछ सोच कर बोला, “नहीं सर, अगर ग्यारह बजे अरुण सर निकले थे, तो रात तक इधर-उधर घुमाने का क्या मतलब था। क़ातिल कुछ और ही करवा रहा था। उसने गाड़ियों के ट्रैकर तो डिएक्टिवेट किये थे लेकिन अरुण का मोबाइल का दिन भर का लोकेशन हमें मिल सकता है। मुजरिम कितना भी शातिर क्यों ना हो, कोई ना कोई चूक कर ही देता है। इस क़ातिल का इरादा कुछ और ही है।”

शुक्ला ने कहा, “नहीं सर वो चूक नहीं थी, दरअसल कार को तुरंत ट्रक किया जा सकता था, जब की मोबाइल लोकेशन को ट्रैक करने के लिए आईटी डिपार्टमेंट की जरुरत होती है। उसने अपना काम कर लिया अब वो कहाँ-कहाँ घुमा ये हमें पता चल भी जाये तो हम उस तक पहुँच पाएंगे या नहीं ये कह नहीं सकते।”

राजेश ने कहा, “मतलब परफेक्ट क्राइम।” इतना कह कर राजेश चुप हो गया।

राजेश कुछ खो-खोया सा लग रहा था। वह बार-बार दरवाजे की तरफ देख रहा था। तभी मोरे जी ने राजेश से कहा, “क्या बात है राजेश?” राजेश ने कुर्सी पर थोड़ा खिसकते हुए कहा,

“सर मैं मनीष का इंतजार कर रहा हूँ। बस वो आ जाए तो मैं आगे की बात कहुँ।”

राजेश की बात अभी ख़त्म ही हुई थी, की मनीष दरवाजे पर खड़ा था। मनीष इजाजत ले कर अंदर आ गया। उसने बस एक्सीडेंट की फाइल राजेश के हाथ में दे दी। और फिर शुक्ला के नजदीक खड़ा हो गया।

फाइल कमिश्नर को दिखाते हुए राजेश ने कहा, “सर ये तीन साल पहले हुए एक बस हादसे की फाइल है। इस केस में अब तक मारे गए चारों लोग कनेक्टेड थें। साथ ही २४ दिसंबर को एक सीनियर इंस्पेक्टर तावळे पर भी जानलेवा हमला हुआ है। इस केस का इन्वेस्टीगेशन ऑफिसर तावळे ही था।”

मोरे जी ने चौकते हुए कहा, “व्हाट! उस इंस्पेक्टर की हालत कैसी है? क्या उसने बताया उसपर किसने हमला किया था?”

राजेश ने जवाब दिया, “नहीं सर, इंस्पेक्टर तावळे बेहोश है। उसके सर पर काफी चोट लगी है। अभी वो बात करने के हालत में नहीं है।”

कमिश्नर मोरे जी ने कहा, “मतलब उसने पहला हमला तावळे पर ही किया था। लेकिन तावळे बच गया। जैसे ही वो होश में आ जाये सबसे पहले तुम उससे जा कर मिलोगे। और उसका ध्यान कौन रख रहा है?”

शुक्ला ने जवाब दिया, “सर हवालदार राणे को तावळे सर की सुरक्षा के लिए भेज दिया गया है। और बता दिया गया है की उनके परिवार के आलावा और कोई भी उनसे मिलने ना पाए।”

कमिश्नर मोरे जी ने कहा, “गुड।”

मोरे जी ने उस फाइल को ले कर उसके पन्ने पलटने शुरु किए। कुछ पल के लिए वहाँ शांति छा गई। उसमें से कुछ जरुरी मुद्दे पढ़ कर मोरे जी ने राजेश से कहा, “व्हाट्स दी पॉइंट अबाउट धिस फाइल?”

राजेश ने जवाब दिया, “सर मुझे लगता है उस हादसे का बदला लिया जा रहा है। और कातिल हादसे में मरने वालों के परिवार से ही कोई हो सकता है।” इतना कह कर राजेश रुक गया।

मोरे जी ने कहा, “प्लीज कंटीन्यू।”

राजेश ने कहा, “सरअगर मेरा शक सही है, और कातिल सिर्फ इस केस से जुड़े हुए लोगों को अपना निशाना बना रहा है, तो अगला नंबर....” इतना कह कर राजेश सवालिया नजरों से सब की ओर बारी-बारी देखने लगा।

शुक्ला ने जवाब दिया, “तो उसका अगला टारगेट भी इसी फाइल से होगा।”

“बिलकुल ठीक।” राजेश ने कहा।

मोरे जी के माथे पर उभर आयी लकीरे कह रही थी की वो कुछ गहरी सोच में डूबे हुए थे। उन्होंने ने कहा, “तो आगे की स्ट्रेटजी क्या है?”

राजेश ने जवाब दिया, “सर हमें इस केस से जुड़े हुए बाकि लोगों पर नजर रखनी पड़ेगी। और कुछ लोगों को पुलिस प्रोटेक्शन भी देनी पड़ेगी। जैसे जज साहब और रघु का वकील।”

मोरे जी ने कहा, “ठीक है तुम अपने हिसाब से एक अच्छा प्लान तैयार कर लो। उस एजेंट, बिल्डर और अरुण की बीवी से खुद पूछताछ करो। कातिल जो कोई भी है जल्द से जल्द सलाखों के पीछे होना चाहिए। क्यों की और कुछ गड़बड़ी हुई तो केस CBI को ना सौपना पड़े।”

-------- X --------

७ जनवरी २०२६ दोपहर

राजेश ने प्रॉपर्टी एजेंट दामले को पूछताछ के लिए पूछताछ कक्ष में बुलाया। डरता हुआ दामले अंदर आ कर राजेश के सामने बैठ गया। राजेश ने पूछा, “तो, कहा है सारे पैसे?” दामले हड़बड़ा कर बोला, “सर कौनसे पैसे उन्होंने खुद किसीसे कहकर मुझे सारी डील फाइनल करवाई थी।” राजेश सक्ति से पूछने लगा, “झूठ मत बोलो, मुझे सब पता चल गया है। पहले अरुण की बीवी बच्चे को किडनैप करवाया फिर उसकी जमीन का सौदा किया और सारे पैसे स्विज बैंक में ट्रांसफर कर दिये। अच्छा प्लान था बिल्डर अग्रवाल और तुम्हारा। अग्रवाल ने सब कबूल कर लिया है। तू भी कबूल कर ले वरना और भी तरीके है मेरे पास सच उगलवाने के।”

दामले हाथ जोड़ते हुए कहने लगा, “सर प्लीज सर मै झूठ नहीं बोल रहा। मुझे कुछ नहीं पता ये सब किसने किया, मैंने कुछ नहीं किया सर।”

राजेश ने दामले को दो तीन चाटे लगा दिए। दामले को लगा अब वह गया। राजेश ने कहा, “अच्छा चल बता, सब शुरू से बता, एक भी बात छूटनी नहीं चाहिए।”

दामले ने बोलना शुरू किया, “मुझे एक फोन आय था। उसने कहा की वो अरुण सर के दोस्त है, सरकारी अफसर है इसलिए वो खुद बात नहीं कर सकते तो मैंने कहा बताइये क्या काम है। उसने कहा अग्रवाल बिल्डर अरुण जी की जमीन खरीदना चाहता है। लेकिन अब तक वो टालता रहा इसलिए डायरेक्ट बात करना सही नहीं होगा। तुम २२ करोड़ में डील फाइनल करो। ना एक रूपया कम ना एक ज्यादा लेकिन सौदा कल ही होना चाहिए।”

“मैं ठहरा सर एजेंट मना कैसे करता। मैंने तुरंत अग्रवाल बिल्डर से बात की और डील फाइनल की। मैंने फिर उस नंबर पे फोन किया और अपने और स्टाफ के २ करोड़ कमीशन की भी बात की तो वो मान गए। उन्होंने अरुण सर की एक तस्वीर मुझे भेजी और कहा कल सुबह ग्यारह बजे सबसे पहली डील यही होनी चाहिए।”

“फिर अगले दिन ग्यारह बजे अरुण सर वहाँ आये। वो ज्यादा बात नहीं कर रहे थे। बस फिर रजिस्टार साहब के सामने डील हुई। २२ उनके बैंक अकाउंट में ट्रांसफर किए गए। फिर मैं अपने कमीशन के पैसे ले कर वहाँ से चला गया।”

“कल जब पता चला की अरुण जी का खून हो गया है तो मैंने उस नंबर पर फोन करके भी देखा लेकिन वो नंबर बंद आ रहा था। बस सर इससे ज्यादा मुझे कुछ नहीं पता।” इतना

कह कर दामले रोने गिड़गिड़ाने लगा।

राजेश ने कहा, “तुझे कमीशन कॅश में दिया था या ऑनलाइन?”

दामले ने कहा, “सर कॅश।”

“क्या अरुण कॅश साथ में लाया था?” राजेश ने पानी का घुट लेते हुए कहा।

दामले इस सवाल से थोड़ा हिचकिचाया। राजेश ने भांप लिया की वह कुछ छुपा रहा था। राजेश ने उसे दहाड़ते हुए कहा, “बता अरुण ने तुझे २ करोड़ कॅश कहाँ से दी?”

दामले ने डरते हुए कहा, “सर जिसने मुझे फोन किया था, उसने कहा था की मेरा कमीशन एक व्हॅन वाला आदमी देगा। जो वहीं ऑफिस के बाहर था। व्हॅन का नंबर देख कर मैंने उससे बात की। और व्हॅन में बैठ कर मैं अरुण की गाडी के पास चला गया।”

“व्हॅन वाले आदमी ने मुझे २ बैग दिए जिसमे १-१ करोड़ रुपये थे। पैसे ले कर मैं वहाँ से चला गया। लेकिन मैंने बाद में देखा की उस व्हॅन वाले आदमी ने अरुण सर को कई सर ठीक वैसे ही बैग दिए। शायद वो सब भी नोटों से भरे ही थें। मैंने सोचा पुलिसवाले है पता नहीं मुझे ही डांट दे तो मैं वहाँ से जल्दी निकल गया। बस सर इससे ज्यादा मैं कुछ नहीं जनता।”

राजेश ने कहा, “उस व्हॅन वाले शख्स को पहचान लेगा?”

दामले ने कहा, “सर उसने मुँह पर वो होता है ना धूल से बचने वाला मास्क, वो पहन रखा था। आँखों पर भी चश्मा था।”

राजेश कुछ सोचने लगा। और थोड़ी देर बाद दामले से कहा, “ठीक है अभी के लिए मै तेरी बातों पर यकीन कर लेता हूँ। लेकिन याद रखना अगर मुझे बाद में पता चला की तू अरुण के मर्डर में शामिल है, तो तेरे फ़रिश्ते भी तुझे मुझसे बचा नहीं पाएंगे। शहर से बहार नहीं जाना है, रोज सुबह ग्यारह बजे पहले ठाणे में हाजरी लगाने आना है। कुछ भी नयी जानकारी मिले तो सबसे पहले मुझे बताना, ठीक है। शुक्ला इसका बयान लिखो और उस व्हॅन के नंबर से पता करो की वो व्हॅन किसकी थी।”

अगला नंबर बिल्डर अग्रवाल का था। उससे से भी इसी तरह सख्ती से पूछताछ की लेकिन जितना दामले जनता था उतना तो अग्रवाल भी नहीं जनता था। वह दिन पूछताछ और बाकि जानकारी इकट्ठी करने में ही गुजर गया।

--------- X ---------

6

रमेश साहू

७ जनवरी २०२६, रात १०:०१

एक ५० साल का शख्स जिसका नाम रमेश साहू था, बार में अपने एक साथी विनोद के साथ बैठा शराब पि रहा था। टेबल पर रखी हुई बोतल बता रही थी की उनकी पार्टी अभी-अभी शुरु हुई थी।

"रमेश यार तू बड़ा ही खुशकिस्मत निकला। अभी तेरी आधी ही सर्विस हुई है, और इतना अच्छा घर, गाड़ी और बेटे की विदेश में पढ़ाई। यार तूने बड़े जल्दी सब सेट कर लिया। वरना मुझे देख बिस साल से स्कूल में पढ़ा रहा हूँ। लेकिन ना अच्छा घर है ना तेरे जैसी गाड़ी।" विनोद ने ये कहते हुए शराब का ग्लास उठा लिया।

रमेश ने एक घुट शराब पि कर ग्लास टेबल पर रखते हुए कहा, "किस्मत की कोई बात नहीं मेरे दोस्त। ये सब जो मैंने जोड़ा है, वो सब मेरे मेहनत का फल है। मैंने बिना वक्त देखे सरकार की खिदमद की है। तब जा कर इस मुकाम पर पंहुचा हूँ।" इतना कह कर उसने शराब का ग्लास मुँह से लगा लिया और पूरा खाली कर टेबल पर रख दिया।

विनोद ने भी अपना ग्लास पूरा खाली कर टेबल पर रखते हुए कहा, "लेकिन रमेश तेरे ऑफिस के लोग तेरे पीठ पीछे तुझे १ नंबर का रिश्वतखोर कहते हैं।"

रमेश ने एक फीकी मुस्कान के साथ कहा, "देख भाई, 'हाथी चले बाजार - कुत्ते भौके हजार।' लोग क्या कहते है मुझे घंटा फर्क नहीं पड़ता। अब तू ही बता, अगर दूध की कढ़ाई संभालने की ड्यूटी मिल जाये और थोड़ी मलाई चाट ली, तो क्या फर्क पड़ता है। ये जो सरकार योजनाओं में पैसे लगाती रहती है। पता नहीं कितने ही ऐसे लोग लूट कर ले जाते है जो उस योजना के लिए एलिजिबल ही नहीं होते। अब अगर ऐसे लोगों से थोड़े बहुत पैसे ले लिए तो उन्हें कौनसा फर्क पड़ता है?"

विनोद ने दोनों ग्लास में शराब डालते हुए कहा, "बात तो तू सही कर रहा है। खैर कभी इस गरीब का भी ख्याल कर लिया कर। ऐसे ही किसी योजना में मेरी भी अर्जी पास कर दे। कुछ तू रख लेना कुछ मुझे दे देना।"

प्लेट में रखी सलाद में से टमाटर का टुकड़ा उठा कर रमेश ने अचार में डुबो कर अपने मुँह में दबा लिया। अचार के खट्टे पण का अहसास कर उसने अपने दांत और आँखें भींच ली।

एक घुट शराब ले कर उसने विनोद से कहा, "आज तुझे इसी लिए तो बुलाया है। एक जुगाड़ है। तुझे ५० हजार रुपए मिलेंगे।"

विनोद ने उत्सुक हो कर पूछा, "मामला क्या है?" रमेश टेबल पर झुक गया। साथ ही विनोद भी अपना चेहरा रमेश के नजदीक ले गया।

रमेश ने दबी आवाज में कहा, "पिछले साल एक किसान ने आत्महत्या की थी। मैंने जुगाड़ कर उसके मुआवजे की अर्जी लगा दी है। बात अभी सिर्फ मेरे तक है। तू भाभी को मना ले, हम भाभी को उस किसान की पत्नी की जगह खड़ा कर पैसे निकाल लेगे। किसी को कानों कान खबर नहीं होगी।"

विनोद ने दबी आवाज में पूछा, "तू कितने रखने वाला है?"

रमेश ने एक फीकी मुस्कान के साथ कहा, "तू आम खा, पेड़ के पीछे क्यों पड़ा है। तैयार है तो बोल?"

विनोद ने होठों पर मुस्कान फेरते हुए कहा, "बिलकुल तैयार हूँ। बस बता देना तेरी भाभी को कब लाना है।"

रमेश ने पीछे कुर्सी को पीठ लगाते हुए कहा, "ये हुई ना बात। दो दिनों में मैं सब कागजी कारवाई कर कर के तुझे बता दुगा।"

दोनों मस्ती में शराब पि रहे थे। आधा घंटा बीत चूका था। विनोद ने पूछा, "लगता है भाभी घर पर नहीं है, तभी इतनी गटक रहा है?"

रमेश ने हँसते हुए हां में सिर हिलाया और ग्लास मुँह को लगा कर शराब पिने लगा। तभी रमेश के मोबाईल पर एक अनजान नंबर चमकने लगा। रमेश ने मोबाईल अपने कान से लगा लिया। कुछ १ मिनिट तक रमेश सिर्फ सुनता रहा और विनोद उसे देखता रहा। रमेश ने अपना मोबाईल टेबल पर रख दिया।

उसके चहरे का रंग उड़ा हुआ देख विनोद ने पूछा, "क्या हुआ रमेश? रमेश..... रमेश..... "

लेकिन रमेश को तो जैसे साप ही सूंघ गया था।

अपनी तन्द्रा तोड़ते हुए उसने विनोद से कहा, "विनोद मुझे जाना है।" इतना कह कर उसने अपने जेब से कुछ पैसे निकाल कर टेबल पर रख दिए और वँहा से चला गया। विनोद उसे पुकारता रहा लेकिन रमेश बिना मुड़े बस चलता रहा।

करीब ११ बजे रमेश की शानदार कार बिल्डिंग के पार्किंग में आ कर रुकी। रमेश ने बगल वाली सीट पर रखा शतरंज का प्यादा उठाया, उसे अपनी जेब में रखा और निचे उतर कर लिफ्ट की ओर जाने लगा। उसके चेहरे पर कोई हाव-भाव नहीं थें। शून्य को निहारता हुआ वह बस लिफ्ट की ओर चल रहा था।

अपने बेडरूम के अंदर आ कर उसने दरवाजा बंद किया। बेड पर बैठ कर वह जोर-जोर से रोने लगा। कुछ ५ मिनिट रोने के बाद उसने अपने दोनों हाथों से गाल पर बह रहे आँसुओं को साफ़ किया। अपना मोबाईल में वीडियो रिकॉर्डिंग शुरु कर पास ही के मेज पर रख दिया।

मोबाईल के सामने बैठ कर उसने कहा, "मुझे माफ़ कर देना बेटा। लालच ने मुझे अंधा कर दिया था। मेरा जो भी अंजाम हो रहा है, उसका जिम्मेदार मैं खुद हूँ। मेरे जाने के बाद अपनी माँ का ख्याल रखना।" इतना कह कर वह फिर से रोने लगा।

उसने मोबाईल की रिकॉर्डिंग बंद कर दी। अपनी जेब से एक शतरंज का प्यादा निकाल कर टेबल पर रखा और फिर अपने आप को उसी कमरे में फांसी लगा ली।

—-------- X —--------

7

न्यायाधीश श्री. श्रीकांत मेहरा

८ जनवरी २०२६, सुबह ०८:२४

राजेश उस बस हादसे का फैसला देने वाले न्यायाधीश श्रीमान श्रीकांत मेहरा साहब से मिलने उनके घर पहुँचा। जज साहब की सुरक्षा के लिए वह अपने साथ छे पुलिसवाले भी ले आया था। गाडी से उतरते ही सब को अपनी जिम्मेदारी समझाने के बाद वह अंदर मेहरा जी से बात करने पहुँचा। मेहरा जी सोफे पर बैठे खबरे देख रहे थे। दरवाजे पर पहुँच कर राजेश ने मेहरा जी से अंदर आने की इजाजत ली। अंदर आते ही सेलूट कर के खड़ा हो गया।

“बैठो राजेश।” जज साहब ने राजेश से कहते हुए टीवी का आवाज कम कर दिया। राजेश बगल वाले सोफे पर बैठ गया।

“कहो चाय लोंगे या कॉफी?” जज साहब ने राजेश से पूछा।

“सर चाय।” राजेश ने सहजता से जवाब दिया।

जज साहब ने अपने नौकर को आवाज दे कर दो चाय लाने के लिए कहा।

“कहो कैसे आना हुआ?” जज साहब ने अपना एक हाथ पीछे सोफे पर रखते हुए राजेश से पूछा।

“सर आप तो जानते ही है वो कातिल जिसने कमिश्नर साहब को मारा है। हमें शक है की वो आप पर भी हमला कर सकता है।” राजेश ने सीधे सीधे जज साहब को बता दिया।

जज साहब के चेहरे पर चिंता वाले भाव उभर आये। कुछ सोचकर जज साहब ने राजेश से पूछा, “लेकिन वो मुझे क्यों मारेगा?”

“दरअसल हमें शक है की वो कातिल एक खास केस से जुड़े हुए लोगों को मार रहा है। और उस केस का फैसला आपने किया था।” राजेश ने जज साहब के सवाल का जवाब दिया।

जज साहब थोड़े परेशान हो गए और राजेश से पूछने लगे, “किस केस से जुड़े है सब?”

राजेश ने बताया, “सर तीन साल पहले हुए एक रोड एक्सीडेंट का केस है। एक ट्रक का ब्रेक फेल होने से ड्राइवर ने संतुलन खो दिया और एक कार और बस को ठोक दिया। साथ ही

बस का ड्राइवर भी शराब पिया हुआ था तो उससे बस कंट्रोल नहीं हुई और बस खाई में गिर गई। उस हादसे में करीब २१ लोग मारे गए थें, जिसमे कुछ मासूम बच्चे और बूढ़े भी शामिल थें। हमें शक है की उन मरे हुए लोगों में से ही किसी का रिश्तेदार है, जो ये सब कर रहा है। जब तक कातिल पकड़ा नहीं जाता आपकी सुरक्षा बढ़ा दी गई है।"

नौकर चाय ले कर आ गया और दो कप चाय टेबल पर रख कर चला गया। राजेश और जज साहब की बाते दरवाजे के पीछे खड़ी जज साहब की पत्नी ने अंजाने में ही सुन ली। परेशान सा चेहरा ले कर वह तुरंत आ कर जज साहब के नजदीक बैठ गई।

"ये सब क्या हैजी? अगर आप को कुछ हो गया तो हमारा क्या होंगा? मैं तो जीते जी मर जाऊगी।" चिंतित हो कर जज साहब की पत्नी ने कहा। उनकी आँखों में आसु आ उभर आये थें।

जज साहब ने अपनी पत्नी का हाथ अपने हाथों में ले कर दिलासा देते हुए कहा, "तुम चिंता मत करो मुझे कुछ नहीं होंगा। तुम अपने कमरे में जाओ मुझे राजेश से बात करनी है।"

जज साहब का हाथ कस कर पकड़ते हुए उनकी पत्नी ने कहा, "मैं कही नहीं जाने वाली। मुझे बहुत चिंता हो रही है, जो कहना है मेरे सामने ही कहिये।"

जज साहब ने हार मान ली और अपनी पत्नी की एक बाजु पर दिलसे से थपथपाते हुए कहा, "ठीक है, अपने आसु पोछ लो। फ़िक्र मत करो मुझे कुछ नहीं होंगा।"

"मॅडम आप चिंता मत किजीये, सर को हम कुछ नही होने देंगे। चौबीसो घंटे यहा पुलिस का कडा बंदोबस्त है। अगर कातिल यहाँ आया तो बच नहीं पायेगा। आप निश्चिन्त रहे।" राजेश ने दिलासा और अपनी तैयारी बताते हुए जज साहब की पत्नी से कहा।

जज साहब ने राजेश को इशारे से चाय लेने के लिए कहते हुये चाय का कप उठा लिया। अब थोड़ी देर सब के मुँह पर चुप्पी जमी रही। राजेश चाय के घुट लेते हुए कभी जज साहब तो कभी उनकी पत्नी की ओर देख रहा था।

राजेश ने खामोशी को तोड़ते हुए कहा, "सर आप थोड़ा सतर्क रहियेगा, ये कातिल बड़ा ही शातिर है। कमिश्नर साहब को मारने के लिए उसने उस मंच में ना जाने कब से उस डिवाइस को फिट कर रखा था। मैं तो कहता हूँ कुछ दिन छुट्टी ले लीजिये, और घर पर ही सुरक्षित रहिये। पता नहीं वो अपनी तैयारी कहा तक कर चूका है।"

जज साहब राजेश की बात सुन कर मुस्कुराने लगे और राजेश की ओर मुस्कुराते हुए ही कहा, "वो मुझे नहीं मारेंगा। तुम निश्चिंत रहो राजेश।"

जज साहब की बात सुन कर राजेश असमंजस में पड़ गया। चाय का कप राजेश ने टेबल पर रख दिया।

सवालिया नजरोसे जज साहब को देखते हुए उसने कहा, "आप इतने यकीन के साथ कैसे कह सकते है?"

"क्यों की मैं उससे मिल चूका हूँ।" जज साहब ने राजेश के सवाल का जवाब दिया। जिसे सून कर राजेश चौक गया।

राजेश हैरान हो कर जज साहब को देखता रह गया। उसके दिमाग में सवालों का जैसे भवंडर ही घूमने लगा। कुछ पलों बाद उसके दिमाग का तूफान शांत होने लगा तो कुछ सोच कर राजेश ने कहा, "सर कब? आपको चोट तो नहीं पहुँचाई ना उसने?"

जज साहब ने चाय का आखिरी घुट ले कर कप को टेबल पर रख दिया। सोफे की पुश्त से अपनी पीठ टिकाते हुए उन्होंने कहा, "जैसा की मैंने कहा, वो मुझे नहीं मारेंगा। दरअसल वो मुझे मरना ही नहीं चाहता।"

राजेश को एक पल के लिए लगा शायद कातिल का काम पूरा हो चूका है। शायद इसी लिए जज साहब को बिना मारे ही वो चला गया। अपने दिमाग के सारे सवालों को एक तरफ कर उसने जज साहब से पूछा, "सर क्या आप डिटेल में बता सकते है, ये सब कब और कैसे हुआ?"

जज साहब ने एक बार आश्चर्य से उनकी और देख रही अपनी पत्नी को देखा और कुछ सोच कर अपना चश्मा उतार कर टेबल पर रखा। अपने दाहिने जेब से रुमाल निकाल कर अपनी आँखों की लकीरो पर उभर आये पानी को साफ़ कर के रुमाल वापस अपने जेब में रख दिया। उनकी पत्नी और राजेश दोनों व्याकुल नजरों से उनके जवाब का इंतजार कर रहे थें।

जज साहब ने फिर अपना चश्मा उठा कर पहन लिया। तब तक नौकर वहाँ आ गया और खाली चाय के कप उठाकर ट्रे में रखने लगा।

"शिवा अब मैं राजेश से कुछ निजी बातें करने वाला हूँ, तो जब तक मैं ना बुलाऊ अंदर मत आना।" जज साहब ने बड़े ही शीतल स्वाभाव से अपने नौकर शिवा से कहा।

शिवा, "जी साहब।" बस इतना कह कर वहाँ से चला गया। जाते वक्त शिवा ने हॉल का दरवाजा बंद कर लिया।

"ये करीब एक साल पहले, दिसंबर की बात है। मेरी पत्नी और बेटी गोवा घूमने के लिए गए हुए थें। वहाँ क्रिसमस बड़े ही जोर शोर से मनाई जाती है। मैंने भी उन दोनों को सरप्राइस देने के इरादे से छुट्टी ली और अगले दिन मैं भी गोवा जाने वाला था। शाम का काम ख़त्म करने के बाद जब मैं घर पहुँचा तो....."

इतना कहते ही उनकी आँखों के सामने वह मंजर दिखाई देने लगा जो वो राजेश और अपनी पत्नी से बयां कर रहे थे।

मेहरा जी अपने घर पहुँचे और दरवाजा खोल कर अंदर दाखिल हुए। दरवाजा बंद कर जैसे ही वे पलटे सामने एक शख्स नकाब पहने सोफे पर पीठ टिकाये बैठा हुआ था। उस शख्स के हाथों में कुछ कागज थें जिनमें वह अपनी नजरें गड़ाए हुआ था।

सामने टेबल पर और भी कुछ कागज रखे हुए थें। साथ ही वहाँ एक गन रखी हुई थी, जिसे देख कर जज साहब एक मिनिट के लिए उसे देखते ही रह गए।

मेहरा जी एक बहुत ही सुलझे हुए इंसान थे, इसलिए उन्होंने खुद को जल्द ही संभाल लिया। वे उस नकाब पोश के सामनेवाले सोफे पर जा कर बैठ गए और कहा, "तो किसने भेजा है तुम्हें? अगर उन लोगो को लगता है की मैं पैसों से नहीं ख़रीदा जा सकता और वो मुझे बन्दुक दिखा कर अपने हक़ में फैसला लेना चाहते है, तो वो गलत सोच रहे है।"

अब तक उस नकाबपोश ने ना मेहरा जी की ओर देखा था, और ना ही उनसे कोई बात की थी। वह बस नजरे गड़ाए उन कागजों में खोया हुआ था।

कुछ पल की ख़ामोशी के बाद नकाबपोश ने कहा, "मुझे किसी ने नहीं भेजा है जज साहब, ना ही मैं बन्दुक के जोर पर आप से कुछ मनवाने आया हूँ। उस गन को मैंने इसलिए निकाल कर रखा है, क्यों की आपका सोफा बड़ा ही आराम दायक है, और उस गन की वजह से मुझे ठीक से बैठा नहीं जा रहा था।" इतना कह कर उस नकाबपोश ने अपने हाथ का कागज सामने टेबल पर रख दिया।

उन कागजों को मेहरा जी की ओर झुक कर सरकाते हुए फिर कहा, "ये आपके सुनाये हुए कुछ फैसले हैं। और पिछले एक साल से मैं आपकी कुछ सुनवईया सुनने अदालत में भी आ चूका हूँ। आपकी ईमानदारी के किस्से भी मैंने कई सुने है.... "

मेहरा जी ने नकाबपोश की बात काटते हुआ कहा, "तुम कहना क्या चाहते हो?"

सीधा हो कर अपनी पिट सोफे के पुश्त से टिकाते हुए उस नकाबपोश ने कहा, "मेरा सिर्फ एक सवाल है। आप इन कागजों में से कोई भी एक उठा कर पढ़ लीजिए, मुझे ऐसा लगता है ये सभी फैसले गलत हैं। जिन लोगो को आपने छे महीने, एक साल या थोड़े से जुर्माने पर आजाद कर दिया, मेरे हिसाब से उन लोगो को जीने का कोई हक़ नहीं।"

"मैं बस एक बात जानना चाहता हूँ, अगर पैसा ही सबूत तय करेगा, तो आम इंसान को न्याय कौन देगा? पैसो के दम पर सबूत बदल दिए जाते हैं, गवाह ख़रीदे जाते है और एक गुनहगार मुस्कुराते हुए अदालत से बरी हो जाता है। क्या यही न्याय है?" इतना कह कर नकाबपोश एक टक जज साहब को देखता रहा।

मेहरा जी ने टेबल पर रखे कागजों में से एक कागज उठा लिया। अपना चश्मा ठीक करते हुए उस कागज को पढ़ने लगे। जज साहब को दो ही मिनिट लगे उस केस को समझने के लिए, क्यों की वह केस उन्हें अच्छी तरह याद था।

कागज वापस टेबल पर रखते हुए उन्होंने कहा, "कौन हो तुम? अगर इन फैसलों से नाराज कोई विक्टम या उनके कोई रिश्तेदा हो, और मुझसे बदला लेने आये हो तो दाग दो अपनी बन्दुक का लोहा मेरे सीने में और निकाल लो अपने दिल की भड़ास।" इतना कह कर मेहरा जी ने अपना चश्मा उतार कर सामने टेबल पर रख दिया। उनकी आवाज में आत्मविश्वास था।

मेहरा जी की बात सुन कर नकाबपोश एक पल के लिए खामोश बैठा रहा। फिर अपनी जगह से उठ कर हॉल में रखे फिश टैंक के नजदीक चला गया। वह इधर-उधर भाग रही सुनहरी मछली को देखने लगा।

उस मछली को निहारता हुआ वह मेहरा जी से कहने लगा, "आपको मारने का कोई इरादा नहीं। अगर मारना ही होता, तो कब का मार चूका होता।"

टेबल पर रखी हुई गन की और मेहरा जी ने देखा और फिर उस नकाबपोश की ओर देखा। मेहरा जी ये समझ गए की उस नकाबपोश को यकीन है की मेहरा जी उस गन को नहीं उठायेंगे। साथ ही उन्हें ये भी यकीन हो गया की वह नकाबपोश उन्हें मारना नहीं चाहता था।

मेहरा जी अब आरामदायक महसूस कर रहे थे। एक पल के लिए उन्हें लगा की बाहर खड़े सिक्योरिटी गार्ड को बुला लू। लेकिन अगले ही पल उन्हें याद आया की उस नकाबपोश से उन्हें कोई खतरा महसूस तो नहीं हो रहा, तो उसकी बात ही सुन लेते है।

मेहरा जी को अंदाजा हो गया था की शायद उस नकाबपोश ने किसी अपने को खोया है और इसलिए वह निराश हो गया है। उन्होंने ने दिलासा देने वाले अंदाज में कहा, "मैं तुम्हारा दर्द समझता हूँ, लेकिन अदालत सबूत और गवाहों के आधार पर चलती है, भावनाओं के नहीं। यहाँ हर फैसला सबूतों और गवाहों पर निर्भर करता है।"

"अगर सबूत और गवाह तुम्हारे खिलाफ चले गए हो, तो कोई भी जज चाह कर भी दोषी को सजा नहीं दे सकता। कुछ केस के फैसले खुद मुझे भी मंजूर नहीं होते, जैसे की ये एक्सीडेंट वाला केस। मुझे यकीन था की उस केस की छानबीन में गड़बड़ी हुई है, लेकिन मेरे सामने जो सबुत और गवाह पेश किये गए उनके जोर पर मुझे उस ट्रक ड्राइवर को सिर्फ छे महीने की सजा सुननी पड़ी।" यह कहते वक्त मेहरा जी ने वह कागज फिर से उठा लिया।

वह नकाबपोश वापस जज साहब के सामने सोफे पर आ कर बैठ गया। अपनी दोनों कोहनिया घुटनो पर रख कर वह मेहरा जी से कहने लगा, "लेकिन जब कानून ही अमीर के दरवाज़े पर सिर झुका दे, तो आम इंसान कहाँ जाए? जिसने अपराध किया, वही अब निर्दोष कहलाया जा रहा है, क्यों? क्यों कि उसके पास पैसा है! रिश्वत देने के लिए, गवाह खरीदने के लिए, और सबूत मिटाने के लिए।"

"क्या आज के समय में सच्चाई की, इंसानियत की कोई कीमत नहीं रह गई?" यह कहते वक्त उस नकाबपोश की भावनाये साफ दिखने लगी की उसके सीने में कितना दर्द छुपा हुआ था।

मेहरा जी ने थोड़ा रुक कर कहा, "सच्चाई की कीमत हमेशा रहेगी। लेकिन अदालत में उसे साबित भी करना पड़ता है। कानून अंधा होता है, वह किसी के चेहरे को नहीं देखता।" मेहरा जी की आवाज में विश्वास और बेबसी दोनों झलक पड़े।

नकाबपोश मजाक उड़ाने वाले अंदाज में हँसने लगा। हँसते-हँसते ही उसने कहा, "कानून अंधा तो है ही, पर लगता है अब बहरा भी हो गया है।" यह कह कर उसने हँसना बंद किया और रूखी आवाज में कहा, "सच बोलने वाले की आवाज़ कोई नहीं सुनता जज साहब! जो गवाही देता है, उसे धमकाया जाता है, खरीदा जाता है। पुलिस केस कमजोर बना देती है, वकील तारीख़ पर तारीख़ मांगते रहते हैं, और फिर एक दिन सबूत खुद ब खुद गायब हो जाते हैं।" कहते वक्त आखिर में उसकी आँखे फिर भर आयी।

मेहरा जी ने उसे फिर दिलासा देने वाले अंदाज में कहा, "मुझे पता है कि ऐसा होता है। लेकिन याद रखो, न्याय धीमा हो सकता है, पर अंत में जीत न्याय की ही होती है।" कहने के बाद मेहरा जी पुरे आत्मविश्वास के साथ उस नकाबपोश की आँखो में देखने लगे।

वह उसे विश्वास दिलाना चाहते थे, की न्याय से खुद का भरोसा उठने ना दे। लेकिन वह नकाबपोश न्याय प्रणाली से काफी खफा था।

उसने अपनी आँखों में उभर आये आँसुओं को अपने दोनों हाथो से साफ किया और फिर से रूखी आवाज में कहा, "जज साहब, हम बचपन से यही सुनते आ रहे है, की न्याय जीतता है। लेकिन जिन लोगों ने उस हादसे में अपनों को खोया उनके जिंदगी का जो खालीपन है, उसे कौन भरेगा? और अगर मुजरिम ही आजाद घूमेने लगे, तो समाज में क्या संदेश जाएगा? कि अपराधी अगर अमीर है, ताकतवर है तो उसे कुछ नहीं होगा। अगर ऐसा ही चलता रहा तो आम इंसान किस पर भरोसा करेगा?" यह कहते वक्त उसने टेबल पर हाथो की मुट्ठी भींच कर मार दी।

मेहरा जी ने कुछ पल मौन रहकर कहा, "तुम्हारी बातों में सच्चाई है। मुझे भी लगता है कि कई बार व्यवस्था पैसों के आगे झुक जाती है। लेकिन अगर अदालतें भी भावनाओं में बह जाएं, तो फिर कानून का क्या अर्थ रह जाएगा?"

मेहरा जी ने भी उम्मीद नहीं छोड़ी उसे कानून पर भरोसा दिलाने की। लेकिन शायद उसका विश्वास कानून से उठ चूका था।

उसने फिर मजाक उड़ाते हुए कहा, "कानून का अर्थ तब तक ही है, जब तक वह इंसाफ दे सके। अगर वह इंसाफ देने में असमर्थ है, तो वह किताब का एक पन्ना बन कर रह जाता है। आप लोग कहते हैं, 'साक्ष्य ही सत्य है', पर अगर साक्ष्य ही बिक जाएं, तो सच सामने कैसे आए?" कहते वक्त उसकी आवाज धीरे-धीरे ऊँची होती चली गई।

वह सोफे के पुश्त से पीठ टिका कर मेहरा जी के जवाब का इंतजार करने लगा।

मेहरा जी ने अपना चश्मा निकाल कर अपनी आँखें रुमाल से साफ की और फिर चश्मा पहन कर नकाबपोश की ओर देखते हुए कहा, "मुझे पता है कि गवाहों का पलटना एक बीमारी बन गई है। कानून ने भी इस पर सख्ती करने की कोशिश की है, लेकिन... (थोड़ा रुकते हुए) हकीकत ये है कि हर प्रणाली उतनी ही ईमानदार होती है, जितने उसके लोग।"

नकाबपोश ने फिर अपना सवाल थोड़ा व्यंग्य में दागा, "मतलब अगर हर आदमी अपनी आत्मा बेच दे, तो कानून भी बिका हुआ माना जाएगा?"

मेहरा जी ने कुछ पल सोच कर जवाब दिया, "शायद... अगर जमीर सो जाए, तो कानून की आँखें भी बंद हो जाती हैं।"

अब नकाबपोश थोड़ा शांत होकर मेहरा जी की और झुक कर धीरे से बोला, "जज साहब, न्याय सिर्फ किताबों में नहीं होता, वह लोगों के विश्वास में होता है। जब वह विश्वास टूट जाता है, तो समाज टूट जाता है। आज लोग कहते हैं, 'पैसा सब कुछ कर सकता है।' अगर यह सच है, तो अपराधी हँसेंगे और पीड़ित हमेशा रोएंगे।"

मेहरा जी समझ चुके थे की वह नकाबपोश बोलने में माहिर था। अब बोलने की बारी मेहरा जी की थी।

"तुम्हारे शब्द कड़वे हैं, लेकिन सच्चे हैं। मैं खुद भी कई बार उस कुर्सी पर बैठ कर सोचता हूँ, कि क्या हम सच में न्याय दे रहे हैं, या सिर्फ प्रक्रिया पूरी कर रहे हैं।"

नकाबपोश ने कहा, "जज साहब, न्याय की प्रक्रिया तभी तक पवित्र है, जब तक वह इंसानियत से जुड़ी रहे। जब गवाह के डर की आवाज़ अदालत तक नहीं पहुँचती, जब पीड़ित के आँसू फ़ाइलों में सूख जाते हैं, तब न्याय मरने लगता है।"

यह बात सुन कर मेहरा जी की आँखों में आसु आ गए।

जज साहब ने फिर अपना चश्मा उतार कर अपनी आँखों से आसु रुमाल में दबोच लिए और अपना चश्मा वापस पहन कर भावुक होकर कहने लगे, "तुमने मुझे सोचने पर मजबूर कर दिया है। सच कहूँ तो कई बार मैं भी अंदर से टूट जाता हूँ। हर फैसला सही हो, ये जरूरी नहीं। लेकिन अगर मन में यह एहसास हो कि सच को दबाया गया, तो वह अपराध सिर्फ आरोपी का नहीं, मेरा भी बन जाता है।"

"तो क्या आप कुछ कर सकते हैं?" नकाबपोश ने लगभग भीख मांगने वाले अंदाज में कहा।

मेहरा जी ने गहरी सांस लेकर कहा, "मैं कानून की सीमाओं में बंधा हूँ, लेकिन अपनी आत्मा की नहीं। मैं आदेश दे सकता हूँ कि इस केस की दोबारा जाँच हो, जो गवाह पलटे हैं, उनकी भूमिका की जांच की जाए। अगर सच में किसी ने न्याय के रास्ते में बाधा डाली है, तो उसे भी अपराधी माना जाएगा।" यह कहते हुए मेहरा जी ने अपना हाथ उस कागज पर रख दिया।

अपनी गर्दन निचे झुका कर दर्द भरे स्वर में नकाबपोश ने कहा, "क्या इससे उन मरे हुए लोगो की आत्मा को शांति मिलेगी?"

धीमे स्वर में मेहरा जी ने कहा, "शायद... अगर हम सब सच्चाई के लिए खड़े हों, तो जरूर मिलेगी। न्याय तब तक जिंदा रहेगा, जब तक कोई एक आदमी भी अन्याय के खिलाफ आवाज़ उठाता रहेगा।"

नकाबपोश ने सोफे पर पड़ी अपनी बैग उठाई और कागजो को अपने बैग में भरते हुए कहा, "तो ठीक है, तय रहा, मैं अन्याय के खिलाफ आवाज़ उठाता रहूंगा। और हो सकता है किसी दिन मुझे भी आपकी अदालत में खड़ा किया जाये तब आप से फिर मुलाकात होगी।"

फिर उसने अपनी गन उठाई और उसे अपने कमर में फसा कर वहां से खिड़की की ओर जाने लगा।

मेहरा जी ने आवाज लगा कर उससे कहा, "सुनो, कोई ऐसा काम मत करना जिससे तुम्हे या तुम्हारे परिवार को जिंदगी भर पछताना पड़े।"

खिड़की खोल कर बाहर निकलता हुआ वह नकाबपोश बोला, "मेरी जिंदगी में पछताने के लिए कुछ बाकि नहीं रहा। अब मैं इंसाफ के लिए लडूंगा अपने तरीके से।"

इतना कह कर वह खिड़की से निचे कूद गया। कम्पाउंड की दीवार फांद कर वह भीड़ में खो गया। मेहरा जी बस खड़े देखते ही रह गए।

जज साहब इस वक्त उसी खिड़की के पास खड़े बाहर देख रहे थे। उनकी आँखे भर आयी थीं, जिन्हे वह अपने रुमाल से साफ़ करने लगे। राजेश और मेहरा जी की पत्नी अभी भी उनकी की ओर इस कदर देख रहे थें की वे अपनी बात आगे बढ़ाये।

मेहरा जी पलट कर वापस अपनी जगह आ कर बैठ गए।

“जिस केस को उस दिन मैंने पढ़ा था वह उसी एक्सीडेंट का केस था जिसका जिक्र तुमने अभी किया था।” मेहरा जी ने राजेश की और देखते हुए कहा।

राजेश ने एक पल खामोश रह कर कहा, “सर आपने कहा टेबल पर और भी केस के कागजाद थें, क्या आपने दूसरा कोई भी नहीं पढ़ा?”

राजेश के सवाल का जवाब देते हुए मेहरा जी ने कहा, “नहीं, क्यों की उसकी बातों में मैं कही खो गया था। उसकी सोच और जस्बे को देखते हुए मैं बस उसकी बातें सुनता रहा और उसके सवालों के जवाब देता रह गया।”

“इसका मतलब है की वो इसी केस से जुड़ा है ये पक्के तौर पर नहीं कहा जा सकता। हो सकता है समाज में भलाई के नाम पर वो ऐसे लोगो को मार कर खुद को हीरो साबित करना चाहता हो। और शुरवात उसने इस केस से जुड़े लोगो को मारने से की हो।”

“या फिर ऐसा भी हो सकता है की टेबल पर रखे सभी केस एक ही हो और आप कोई भी उठाते तो आपके हाथो में एक ही केस के कागजाद आ जाते।” राजेश ने मेहरा जी से कहा।

मेहरा जी ने कुछ सोच कर कहा, “हां, ये हो सकता है। लेकिन वो ऐसा क्यों करेगा?”

राजेश ने सीधा जवाब दिया, “पुलिस को गुमराह करने के लिए। क्यों की वो जनता था एक दिन हम आपसे मिलेंगे और आप हमें पूरी कहानी सुनाएंगे। तब उसका ये पैतरा काम करेंगा।”

राजेश ने जज साहब से पूछा, “क्या आपने इस बात की शिकायत दर्ज की थी?”

मेहरा जी ने बिना एक भी पल गवाए जवाब दिया। जैसे की उन्हें पता ही था की राजेश का अगला सवाल यही होगा।

“नहीं, क्यों की मुझे लगा की वो एक भ्रष्ट सिस्टम का सताया हुआ कोई आम इन्सान था। शिकायत ना करणे का एक ये भी कारण था, की ना तो उसने मुझे कोई चोट पहुँचाई थी और ना ही उसका मुझे मारने का इरादा था। वो तो बस अपने कुछ सवालो के जवाब मांगने आया था।”

राजेश मेहरा जी की बात सुन कर सोच में पड़ गया। उसे समझ में नहीं आ रहा था की आखिर क्या कहे या क्या पूछे। अपने दिमाग में चल रहे विचारो के भवंडर को एक तरफ कर उसने पूछा, “आपको क्या लगता है आगे क्या करना चाहिए?”

मेहरा जी भी सोचने लगे। सोचते सोचते उन्हें कुछ याद आया।

मेहरा जी ने कहा, “राजेश, मेरे ख्याल से तुम्हे उस केस को रीओपन करना चाहिए। उस केस के सबूत और गवाहों की फिर से जाँच करनी चाहिए। अगर हो सके तो खुद उन लोगो से मिलो जो इस केस से जुड़े है। जिन्होंने अपनों को खोया है उनसे मिलो। हादसे के चश्मदीद गवाहों से जानने की कोशिश करो की आखिर वहाँ क्या हुआ था।”

मेहरा जी आगे कुछ बोलने ही वाले थे की राजेश के मोबाईल की घंटी बजने लगी। राजेश ने मोबाइल की तरफ देखा वह शुक्ला का कॉल था। राजेश ने कॉल उठा कर “हेलो।” कहा।

दूसरी और से शुक्ला ने कुछ कहा जिसे राजेश गौर से सुनने लगा। कुछ पलों के बाद राजेश ने “ठीक है मैं आ रहा हूँ।” कह कर फोन काट दिया।

अपना मोबाईल टेबल पर रख कर उसने मेहरा जी की ओर देख कर कहा, “एक और खून हुआ है। मरने वाले का नाम है ‘रमेश साहू’ उसे उसीके घर पर फंदे से लटकाया गया है। देखने से सुसाईड केस लग रहा है। लेकिन ये उसी कातिल का काम है। उसके घर में एक प्यादा मिला है जो की उस कातिल की निशानी है।”

राजेश ने मनीष को कॉल लगाया, “हेलो मनीष मुझे बताओ रमेश साहू कौन है, क्या करता है और उसका उस एक्सीडेंट वाले केस के साथ क्या सम्बन्ध है। क्यों की मैंने उस फाइल में अब तक ये नाम नहीं पढ़ा है। मुझे सारी जानकारी जल्द से जल्द चाहिए। अगर रमेश साहू उस केस से जुड़ा नहीं है तो हमारी मुश्किलें और भी बढ़ने वाली है।”

सामने से मनीष ने भी ‘ठीक है’ कह दिया और राजेश ने अपना फोन काट कर फिर टेबल पर रख दिया।

“सर कही उसने किसी और केस के लोगो को मरना तो शुरू नहीं कर दिया? जो भी हो लेकिन इस बार उसने गलती कर दी सर।” राजेश ने मेहरा जी से कहा। यह कहते वक्त राजेश की आँखों में एक विजयी चमक नजर आने लगी।

मेहरा जी ने उत्सुकतावश पूछा, “कैसी गलती?”

मेहरा जी की पत्नी अब तक बस उन दोनों की बातें सुन रही थी। वह बिच में ही बोल पड़ी, “राजेश उस कातिल को जल्द से जल्द पकड़ो। मेरा जी घबरा रहा है। वो कोई सनकी, पागल लगता है। भले ही उसने मेरे पति को पहले कुछ नहीं किया, लेकिन इस बात की कोई गारंटी नहीं की वो आगे भी कुछ नहीं करेंगा।”

राजेश ने हामी भरते हुए कहा, “मॅडम आप बिलकुल मत घबराइए, इस बार उसने एक बड़ी गलती कर दी है। उसने अब तक जितने भी लोगो को मारा है, या तो शहर से बाहर कही दूर मारा है। या फिर छुप कर लेकिन आज जो लाश मिली है वो शहर में है। मुझे पक्का यकीन है की इस बार उसका कोई न कोई सुराग हमारे हाथ में लग ही जाएगा।”

“कोई भी क्राइम परफेक्ट नहीं होता। कही न कही चूक हो ही जाती है। इस कातिल ने भी की होगी। इस बार मैं उसे छोडूंगा नहीं।” यह कहते वक्त राजेश की आवाज में काफी आत्मविश्वास दिखाई दे रहा था।

तभी मनीष का नाम राजेश के मोबाइल पर तैरने लगा। राजेश ने बिना देर किये झट से फोन उठा कर अपने कान से लगाया। मनीष की बात पूरी सुन कर राजेश ने फोन काट दिया और कुछ पल सोच में पड़ गया।

मेहरा जी और उनकी पत्नी राजेश के बोलने का इंतजार करने लगे। जब राजेश ने कुछ नहीं कहा तो मेहरा जी बोल पड़े, "क्या हुआ राजेश? क्या कहा मनीष ने?"

राजेश जैसे कुछ कैलकुलेशन कर रहा था और मेहरा जी की बात सुन कर उसमे खलल पड़ी हो और उसे याद आया की वे कुछ पूछ रहे है, "जी... जी सर।"

मेहरा जी ने अपना सवाल दोहराया, "क्या कहा मनीष ने?"

राजेश ने बोलना शुरू किया, "सर ये रमेश साहू एक सरकारी कर्मचारी है जिसको सरकारी योजनाओ से जुड़े काम दिए जाते है..."

"तो उसने उसे क्यों मारा?" मेहरा जी की पत्नी ने राजेश की बात काटते हुए पूछ लिया।

"हां राजेश उसका इस केस से क्या सम्बन्ध है?" मेहरा जी ने भी पूछ लिया।

राजेश ने अपने घुटनो पर दोनों हाथो की कोहनिया रख दी और अपने दोनों हाथो से अपना सर पकड़ लिया। उसका दिमाग घूम गया था। जज साहब और उनकी पत्नी राजेश को दखते रहे।

कुछ पल सोचने के बाद राजेश ने फिर बोलना शुरू किया, "सर जब वो एक्सीडेंट हुआ था तो सरकार ने मरने वालों के परिवार को कुछ रकम मुआवजे की तौर पर देने का वादा किया था। रमेश साहू वही इंसान था जिसके हाथ में वो रकम बांटने का काम दिया गया था।"

जज साहब और उनकी पत्नी एक दूसरे को देखते रह गए।

"अब उस बेचारे ने क्या किया? उसे क्यों मार डाला? वह तो एक नेक काम कर रहा था।" जज साहब की पत्नी ने लगभग रोती आवाज में कहा।

मेहरा जी ने अपनी पत्नी की और देखते हुए कहा, "तुम शांत रहो, ज्यादा सोचो मत।"

मेहरा जी की पत्नी की आँखों में आसु आ गए, जिन्हे पोछते हुए वह कहने लगी, "मुझे बहुत डर लग रहा है। उस रमेश साहू ने तो उन लोगो को पैसे बांटने का काम किया था। ना उसका उस एक्सीडेंट से कोई सम्बन्ध था ना ही उन लोगों से फिर भी उस कातिल ने उसे मार दिया। कही उसका अगला निशाना आप ना बन जाये। हम अभी किसी को बताये बगैर ये शहर छोड़ कर चले जाते है। जब उसे पता ही नहीं होगा की आप कहा है, तो वो आप तक पहुँच ही नहीं पाएगा।"

मेहरा जी अपनी पत्नी को समझाने लगे, "देखो तुम परेशान मत हो, मुझे कुछ नहीं होगा।"

"राजेश तुम वैसा ही करो जैसा की मैंने कहा है। उस केस में कुछ ना कुछ गड़बड़ी जरूर हुई होगी तभी तो वह कातिल इतना बड़ा कदम उठा रहा है। तुम अच्छे से जाँच करो तुम्हे जरूर कोई रास्ता मिलेगा।" राजेश की ओर देख कर मेहरा जी ने कहा।

"ठीक है सर, अब मैं चलता हूँ।" इतना कह कर राजेश वहाँ से निकल गया।

---------- X ----------

रमेश साहू मौत की जाँच

८ जनवरी २०२६, सुबह ११:०४

राजेश और शुक्ला इस वक्त रमेश साहू के घर में थें। सफ़ेद कफ़न से ढकी रमेश की लाश स्ट्रेचर पर पड़ी हुई थी। फोरेंसिक और पुलिस के आदमी अपने अपने काम में लगे हुए थें।

शुक्ला ने राजेश से कहा, "सर यहाँ का जो इंचार्ज है उसे पहले एक सुसाईड केस लगा। लेकिन जैसे ही उसने टेबल पर रखा ये शतरंज का प्यादा देखा उसे अहसास हो गया की ये कोई आत्महत्या नहीं ये उसी कातिल का काम है। उसने मुझे फोन किया और फिर मैंने आपको।"

टेबल पर रखा रमेश का मोबाईल देख राजेश ने कहा, "शुक्ला बाहर हॉल में जो औरत बैठी है रमेश की बीवी है ना?"

शुक्ला ने जवाब दिया, "जी हां सर।"

राजेश ने साहू का मोबाईल उठाया और उसकी पत्नी के पास चला गया। साहू की पत्नी बेतहाशा रो रही थी। एक पल के लिए राजेश ने सोचा बाद में बात करते है। लेकिन कुछ सोच कर राजश उनके पास चला गया।

"मैं जनता हूँ ये सही वक्त नहीं है आप से कुछ भी कहने का। लेकिन ये वाकई जरुरी है। क्या आप इस मोबाईल का लॉक खोलना जानती है?"

साहू की पत्नी ने मोबाईल का लॉक खोल कर दे दिया।

राजेश मोबाईल को खंगालने लगा। गैलरी में उसे रात का रमेश साहू द्वारा रिकॉर्ड किया गया वीडियो दिखा। राजेश सारा मामला समझ गया।

राजेश को लगा था की इस बार कातिल ने शहर में क़त्ल को अंजाम दिया है तो किसी ना किसी CCTV में आ ही गया होगा। लेकिन रमेश साहू के मोबाईल में उस वीडियो को देखने के बाद उसे अंदाजा हो चूका था की कातिल ने रमेश साहू को किसी तरह आत्महत्या करने के लिए मजबूर किया था।

राजेश ने शुक्ला से कहा, "शुक्ला यहाँ कुछ नहीं मिलने वाला। साहू ने अपनी जान खुद ली है। कातिल ने उसे जरूर मजबूर किया होगा, आत्महत्या करने के लिए। वो यहाँ तक आया ही नहीं। साहू के कॉल लिस्ट में कल रात एक अनजान नंबर से कॉल आया था। पता करो किसका था। यहाँ की छानबीन ख़त्म कर के मुझे ऑफिस में मिलो।"

———— X ————

राजेश की टीम ऑफिस में

९ जनवरी २०२६, सुबह ११:०५

मनीष और शुक्ला ऑफिस में बैठे केस पर चर्चा कर रहे थे। तभी राजेश तेजी से ऑफिस में दाखिल हुआ। शुक्ला और मनीष दोनों ने सावधान हो कर राजेश को सलामी दी।

कुर्सी पर बैठते हुए राजेश ने कहा, "कोई नयी जानकारी पता चली मनीष?"

मनीष ने रिलैक्स होते हुए जवाब दिया, “सर ये जो रमेश साहू था, एक नंबर का घोटालेबाज इंसान था। इसकी तनख्वा के हिसाब से देखा जाए तो इसके पास इतनी संपत्ति है, की जिन्दा होता तो मैं खुद इसकी टिप इनकम टैक्स डिपार्टमेंट को दे देता।”

शुक्ला ने व्यंग भरे अंदाज में कहा, “सर लगता है हमें भी रिश्वत लेना शुरू कर देना चाहिए।” इस बात पर तीनों हँसने लगें।

शुक्ला ने आगे कहा, “सर रमेश साहू ने उस एक्सीडेंट वाले केस में भी घपला कर रखा था। शायद इसी लिए कातिल ने उसे मार दिया।”

राजेश ने सोचते हुए जवाब दिया, “हो सकता है। अब उस फाइल के हिसाब से कौन उसकी हिट लिस्ट पर है?”

शुक्ला ने एक कागज राजेश के हाथ में देते हुए कहा, “सर अब उसके निशाने पर इस फाइल में से चार लोग बचे है। पहले है जज साहब श्रीकांत मेहरा जी जिन से आप खुद मिल चुके है, और उनकी सिक्योरिटी का बंदोबस्त हो चूका है।”

“दूसरे नंबर पर रघु का वकील ठाकुर है, उसकी सुरक्षा की जिम्मेदारी मैंने इंस्पेक्टर विक्रम को दे रखी है। तीसरे नंबर पर इंस्पेक्टर तावळे है, तावळे की निगरानी हवालदार राणे कर रहा है।”

“चौथे नंबर पर डॉक्टर तिवारी है जिन्होंने एक्सीडेंट वाले केस में सब की पोस्टमपोर्टम रिपोर्ट सबमिट की थी। लेकिन वो ३ दिनों से गायब है। उनकी पत्नी ने गुमशुदगी की कंप्लेंट दे दी है। हम तहकीकात कर रहे है।

“और कुछ ४-५ गवाह है, उन्हें भी इत्तला कर दिया है। वो कल सुबह पुलिस स्टेशन में हाजिर हो जायेगे।”

राजेश ने कागज पर नजर फेरते हुए कहा, “शुक्ला कही ऐसा ना हो की कल सुबह हमें ही उनमें से किसी को देखने जाना पड़े?”

शुक्ला ने जवाब दिया, “नहीं सर उसका भी बंदोबस्त कर दिया है। मैंने उन सब के पीछे एक-एक मुखबिर भेज दिया है। और सर मुझे लगता है कातिल उन गवाहों को क्यों मरेगा? वो तो बस उस केस के गवाह है।”

राजेश कुछ सोचने लगा। कुछ पल सोच कर उसने कहा, “बात तो सही है लेकिन चांस नहीं ले सकते।”

---------- X ----------

8

मनोज यादव

१० जनवरी २०२६, दोपहर ०२:१९

इस वक्त बस डेपो पर बड़ी भीड़ लगी हुई थी। कुछ लोग बस के इंतजार में अपने मोबाईल में खोये हुए थें। और कुछ अपने परिजनों के इंतजार में। पास में ही किसी जेबकतरे को पकड़ कर कुछ लोग उससे बहस कर रहे थें। लेकिन मुंबई जैसे शहर में किसी को किसी से कोई मतलब नहीं होता। सब बस अपने काम से काम रखना पसंद करते हैं। जैसे की उस बस डेपो का इंचार्ज मनोज यादव।

मनोज यादव इस वक्त बस डेपो के ऑफिस में बैठा अपना काम कर रहा था। मनोज की उम्र लगभग पचास साल होगी। सर के बाल आधे झड़ चुके थे, आँखो पर थ्री पीस चश्मा लगा हुआ था। हलके भूरे रंग की सफारी पहने वह अपने दाहिने हाथ से कलम घिसे जा रहा था। उसके बाए हाथ में महँगी घडी थी।

उसके कानो में बाहर का शोर सुनाई दिया। मनोज थोड़ा सा उठ कर खिड़की से झांकने लगा। मनोज ने उन जेबकतरे से लड़ते हुए लोगों को देख कर अपने साथ बैठे शख्स से कहा, "संतोष, साला ये रोजका ही नाटक है। वो साले रंगा को ठीक से जेब काटना भी नहीं आता। रोज किसी ना किसी के हाथ लग जाता है।" इतना कह कर मनोज वापस कुर्सी पर बैठ गया। और दोनों हँसने लगें।

"संतोष, जा चाय ले कर आ। अच्छी कड़क बनाने के लाना।" मनोज ने कुर्सी पर ही ओवासी देते हुए कहा।

संतोष चाय लेने चला गया। तभी मनोज के मोबाईल पर रसीली नाम चमकने लगा। मनोज ने झट से कॉल उठा कर कहा, "क्या बात है रसीलीबाई आज पहली बार आपका कॉल इस नाचीज को?"

सामने से बड़े ही इठलाते हुए जवाब आया, "बाग़ में नया फूल खिला है। सोचा आपको बता दू।"

मनोज ने बड़े ही उत्सुकता भरे शब्दों में कहा, "अरे रसीलीबाई आज पहली बार आपने खुद फोन किया है, टालूंग थोड़े ही। आज रात को आ जाऊंगा। बस इस भवरे के अलावा किसी को फूल से खेलने मत देना।"

रसीलीबाई ने कहा, "अगर ऐसी बात है तो रकम तगड़ी देनी पड़ेगी।"

मनोज ने कहा, "उसकी चिंता तुम मत करो। बस अब आप रात का इंतजार करो।" इतना कह कर मनोज ने फोन काट दिया।

मनोज का चेहरा बता रहा था की रसीली के कॉल ने उसे कितना खुश कर दिया था। वो मन ही मन सपने देखने लगा था। तभी उसका मोबाईल फिर से बज उठा।

इस बार मोबाईल की स्क्रीन पर मोबिन नाम तैर रहा था। मनोज ने कॉल उठा कर "हेलो" कहा।

सामने से एक भारी आवाज में जवाब आया, "मुबारखो मनोज भाई। आपकी मुराद पूरी हुई।"

मनोज इतना सुनते ही मुस्कुराने लगा। उसने जवाब में कहा, "लगता है उपरवाला आज मुझपर कुछ ज्यादा ही मेहरबान है। एक साथ दो-दो फूल सूँघने को मिलेंगे।"

मोबिन ने कहा, "दो कौनसे?" मनोज ने जवाब दिया, "वो छोड़, पूरी बात बता।"

मोबिन ने कहा, "मेरे एक आदमी को उस लड़की राधिका की जानकारी मिल गई। तसल्ली करने के लिए मैं खुद उस एरिए में जा कर खुद मुआइना कर के आया हूँ। पक्का वही है। साथ में रजनीश की बेटी मिना भी थी। बस अब आप बोलो कब उठाना है दोनों को।"

मनोज ने कुछ सोचते हुए कहा, "आज रात को ही उठा लो। जैसे छुपती-छुपाती रह रही थी, वैसे ही दोनों को गायब भी कर देंगे। और हां अपने लड़को से बोल देना, दोनों लड़कियों को जब तक मैं ना चखू कोई हाथ नहीं लगाएगा। मैं आज रात थोड़ा बीजी हूँ। लेकिन कल का पूरा दिन मैं छुट्टी ले कर आ रहा हूँ। तेरे अड्डे पर ले आ दोनों को।"

मोबिन ने कहा, "क्या मनोज भाई, आपकी बात टाली है क्या कभी। आप से पहले दोनों को कोई नहीं छुएगा। लेकिन दोनों को ढूंढने में बड़ी तकलीफ हुई। कुछ हमारे खर्चे पानी का भी सोचो।"

मनोज ने कुर्सी पर झूलते हुए कहा, "उसकी फ़िक्र मत कर। पहले जितने दिए थे उसके दुगनी रकम ले कर आ रहा हूँ।" इतना कह कर मनोज ने फोन काट दिया।

मनोज मन ही मन खुश हो कर मुस्कुराये जा रहा था। तभी संतोष चाय ले कर आ गया। उसने चाय का ग्लास मनोज के सामने रखा।

मनोज ने बड़ी ही मीठी मुस्कान के साथ संतोष से कहा, "संतोष, चाय वापस कर दे, और मेरे लिए एक ग्लास बादाम वाला दूध ले आ। आज बहुत जरूरत पड़ने वाली है।"

संतोष ने चाय का ग्लास वापस उठाते हुए कहा, "लगता है आप की रात रंगीन होने वाली है।" इतना कह कर दोनों हँसने लगें।

---------- X ----------

9

राधिका, मिना और ४ बदमाश

१० जनवरी २०२६, शाम ०५:५७

एक रिक्शा तेजी से आ कर बिल्डिंग के गेट के नजदीक रुक गया। रौनक रिक्शा से उतरा और गेट की तरफ मुड़ा। लेकिन गेट की ओर मुड़ते हुए उसकी नजर एक गाड़ी पर पड़ी जो कुछ जानी पहचानी लगी। उसने फिर एक बार गेट खोलने से पहले उस गाड़ी को देखा और फिर गेट खोल कर अंदर चला गया।

कुछ ही पलों में वह लिफ्ट के सामने खड़ा था। रौनक ने लिफ्ट का बटन दबाने के लिए हाथ आगे बढ़ाया ही था की लिफ्ट नीचे आने लगी। वह दोनों हाथ अपने जैकेट के जेब में डाल का लिफ्ट निचे आने का इंतजार करने लगा।

कुछ ही पलों में लिफ्ट निचे आ गई। जैसे ही लिफ्ट का दरवाजा खुला रौनक की आँखे खुली की खुली रह गई। उसके आँखो के सामने राधिका का डरा हुआ चेहरा था।

डरी सहमी राधिका ने जैसे ही रौनक को अपने सामने देखा उसने कुछ कहना चाहा लेकिन फिर शायद उसे कुछ याद आया और उसने पीछे मूड कर देखा। उसके पीछे एक चालीस बैयलीस साल का शख्स खड़ा था। उसने राधिका को पीछे से ऐसे देखा जैसे वह उसे खामोश रहने के लिए बोल रहा हो।

उसने राधिका को आगे चलने का इशारा किया। राधिका ने रौनक को बड़ी ही उम्मीद के साथ देखा। लेकिन शायद वह चुप रहने पर मजबूर थी। राधिका आगे चलने लगी और वह शख्स उसके पीछे। उस शख्स ने चलते हुए रौनक की ओर घूर कर देखा। रौनक ने उसके आँखों में झाँकने की कोशिश की लेकिन उसका सारा ध्यान राधिका पर टिका था।

राधिका और वह शख्स सीधा चलते हुए गेट से बाहर निकल कर उस गाड़ी के नजदीक चले गए। रौनक अब भी राधिका की ओर देख रहा था। उस गुंडे ने कार का पीछे वाला दरवाजा खोला और राधिका को बैठ ने के लिए कहा।

राधिका ने कार में बैठने से पहले एक बार फिर रौनक की ओर देखा। लेकिन वह उस आदमी की बात मानने पर मजबूर थी। राधिका की नजर साफ़-साफ़ बता रही थी, की उसे जबरदस्ती ले जाया जा रहा था। और वह रौनक से कहना चाह रही थी की मुझे बचा लो। अगर अभी रौनक ने कुछ नहीं किया तो शायद राधिका को कोई फिर कभी देख नहीं पाएंगा। रौनक को भी शायद सब कुछ समझ आ रहा था लेकिन क्या करे कुछ समझ नहीं आ रहा था।

राधिका के बैठते ही कार वहाँ से चली गई। रौनक तेजी से लिफ्ट में घुस गया और अपने फ्लोर का बटन दबा दिया। लिफ्ट रुकी और तेजी से रौनक राधिका के फ्लैट के दरवाजे के नजदीक पहुँच गया। उसने शांति से दरवाजे पर अपना कान लगा कर जायजा लिया। उसे अंदर कुछ हलचल सुनाई दी। फिर उसने अपना जूता उतार कर एक तरफ कर दिया और डोअर बेल बजाई।

रौनक फिर से जायजा लेने लगा। इस बार आवाजें रुक गई तो उसने फिर से डोअर बेल बजा दी। कुछ पल बाद भी जब दरवाजा नहीं खुला तो उसने दरवाजे पर अपने हाथों से दस्तक दी।

कुछ दो तीन मिनिट बाद दरवाजा खुला। सामने २९-३० साल का एक शख्स खड़ा था। उसके बदन पर बनियान और जींस था, चहरे पर हल्की दाढ़ी थी और उसके बाल बिखरे हुए थे।

"क्या है? कौन चाहिए?" उस आदमी ने रौनक से बड़े ही रूखे स्वर में पूछा।

"मिना है क्या?" रौनक ने उस आदमी से पूछा।

"सब बाहर गए हैं, घर पर मैं अकेला ही हूँ। तेरा जो भी काम हो बाद में आना। चल अब निकल यहाँ से।" इतना कह कर उस आदमी ने दरवाजा बंद कर दिया।

रौनक ने फिर दरवाजा खटखटाया। उस आदमी ने फिर दरवाजा खोल कर कहा, "मैंने कहा ना सब बाहर गए है, बाद में आना।"

रौनक ने बड़े ही विनंती भरे अंदाज में कहा, "देखो बाई मेरे घर की चाबी मैं रोज मिना के पास दे कर जाता हूँ, वहाँ पास में ही लटकी होंगी, उतनी चाबी मुझे दे दो मैं चला जाऊंगा।"

उस आदमी ने बड़े ही रूखे लफ्जो में कहा, "देख आखरी बार बोल रहा हूँ, अब दरवाजा खटखटाया ना तो इतना मारूंगा की तेरी सात पुश्ते मुझे याद करेंगी। चल अब निकल यहाँ से।" इतना कह कर उस आदमी ने फिर दरवाजा बंद कर दिया।

जब वह रौनक से बात कर रहा था तब रौनक अंदर का जायजा ले रहा था। रौनक ने नोटिस किया की अंदर वह अकेला ही है और शायद उसने मिना को बांध कर रखा था इसलिए अंदर से थोड़ी बहुत आवाजे आ रही थी।

रौनक ने फिर दरवाजा खटखटाया। इस बार उस आदमी ने दरवाजा खोलते ही कहा, "अरे बोला ना तेरे को, मेरे को नई मालूम तेरे घर की चाबी किधर है। अब मेरा भेजा मत खा और जल्दी से यहाँ से भाग।"

रौनक ने बड़े ही शातिर तरीके से अपनी बात उसे समझाई, “देखो तुम अकेले हो या साथ में कोई हो, मुझे इससे कोई मतलब नहीं। अगर तुम मिना के बॉयफ्रेंड हो और अपनी रात रंगीन करने वाले हो तो भी मुझे कोई मतलब नहीं। वहाँ टेबल के नजदीक दीवार पर मेरे घर की चाबी टंगी होगी, वो मुझे दे दो मैं चला जाऊंगा। रात भी काफी हो चुकी है, और ठंड का मौसम है इतनी रात को मैं कहा जाऊंगा।”

उस आदमी ने मन में सोचा इसे चाबी दे देते है और झंझट ख़तम करते है। “कहाँ रखी है?” उसने बड़े ही रूखे अंदाज में पूछा।

रौनक ने थोड़ा दरवाजे के अंदर झांकते हुए इशारे से दीवार की दूसरी तरफ उंगली दिखते हुए कहा, “शायद उस टेबल के ड्रॉवर में।”

उस आदमी ने पलट कर उस टेबल को देखा और फिर रौनक की तरफ मूड कर कहा, “यही रुक मैं लाता हूँ।” इतना कह कर वह आदमी पलट कर उस टेबल की ओर जाने लगा।

रौनक ने मौका देखा और धीरे से अंदर जा कर दरवाजा बंद कर दिया। क्यों की रौनक के पैरो में जुटे नहीं थे तो उस आदमी को कोई आहट नहीं हुई। फिर रौनक दबे पाव उस आदमी के बिलकुल पीछे जा कर खड़ा हो गया। वह आदमी ड्रॉवर में पड़ी चीजों में चाबी ढूंढ रहा था जो की वहाँ थी ही नहीं।

कुछ ही पलो में वह यह कहते हुए पलटा की, “यहाँ कोई चाबी नहीं.....” उसकी बात ख़तम होने से पहले उसके सामने रौनक खड़ा था जिसे देख कर वह चौक गया। इससे पहले की वह कुछ कहता रौनक का एक तगड़ा घुसा उस आदमी के जबड़े पर पड़ा। वह लड़खड़ा कर दीवार से जा कर टकराया। अगले ही पल रौनक ने उसके बालों से पकड़ कर सिर दीवार पर दे मारा। वह आदमी बेहोश हो कर निचे गिर गया।

रौनक को अपने आप पर इतना विश्वास था की बिना उसके तरफ देखे ही वह बेडरूम का दरवाजा खोल कर अंदर चला गया। रौनक को अच्छी तरह पता था की अब वह जल्दी नहीं उठेंगा। बेडरूम में मिना बेड पर बंधी पड़ी छटपटा रही थी। उसके बदन पर के कपडे काफी फट चुके थे। वह आदमी मिना के साथ किस हैवानियत से पेश आ रहा था ये मिना की आँखों ने एक ही पल में जाहिर कर दिया। रौनक ने दीवार से सटी अलमारी खोल कर देखा। उसे कपड़ो में एक दुपट्टा दिखाई दिया जिसे खिंच कर उसने हवा में लहराते हुए मिना को ढक दिया। फिर उसने मिना के हाथ और पैर खोल दिए।

जैसे ही मिना के मुँह पर बंधा दुपट्टा रौनक ने खोला, मिना ने झट से अपने मुँह में ठूस रखे कपडे को बाहर निकाला और खांसने लगी। रौनक ने तुरंत नाईट लैंप के पास रखी पानी की बोतल मिना को पकड़ाई। मिना ने जल्दी-जल्दी पानी के दो चार घुट पि लिए।

बोतल को रौनक के हाथों में देकर एक लम्बी सांस ली और बोलना शुरू किया। “रौनक जी प्लीज राधिका को बचाइए, वह लोग पता नहीं उसे कहा ले गए? प्लीज मेरी दोस्त को बचाइए।” इतना कह कर मिना रोने लगी।

रौनक ने मिना का चेहरा अपने दोनों हाथों से थाम कर उससे कहा, "मिना शांत हो जाओ और मेरी बात ध्यान से सुनो। बिलकुल भी घबराओ मत, तुम्हे या राधिका को मैं कुछ भी होने नहीं दूंगा ये मेरा वादा है। बस जब तक मै ना लौटू ना किसीको कुछ बताना ना ही किसी का फोन उठाना, समझ गई।"

मिना थोड़ा शांत हो गई और रौनक की आँखों में उमल रहे अपनेपन की लहर में खो गई। रौनक की आवाज में जो आत्मविश्वास था उसे देख कर मिना को यकीन हो गया की रौनक राधिका और उसे कुछ नहीं होने देंगा।

रौनक ने बिना देर किये बेड पर पड़ा वह दुपट्टा उठा लिया जिससे थोड़ी देर पहले मिना बंधी पड़ी थी। बेडरूम से बाहर आ कर रौनक ने उस गुंडे के दोनों हाथ पीछे से बांध दिए। और उसके मुँह पर पानी फेक कर उसे होश में लाने लगा।

कुछ ही पलों में वह गुंडा होश में आने लगा। बेहोशी की हालत में वह अपनी आँखें धीरे-धीरे खोलने लगा। रौनक लगातार उसके मुँह पर धीरे-धीरे थप्पड़ मार कर उठा रहा था।

"ये चल उठ, चल उठ जा। बता कहा ले गए वो लोग राधिका को? चल बता।" रौनक उसे जगाते हुए उससे पूछे जा रहा था।

कुछ ही पलों में उसे पूरी तरह होश आ गया और उसे याद आ गया की वह कहाँ है और रौनक ने उसे कितनी जोर से घुसा मारा था।

"मै नहीं बताऊंगा।" उसने लड़खड़ाती जुबा में कहा। रौनक ने अपने एक हाथ से उसके बाल पकड़े जो बड़े ही घने थे। उसे रौनक ने ऐसे उठाया जैसे वह इंसान नहीं बल्कि कोई पुतला हो और कोई बच्चा उस पुतले के बाल पकड़ कर उसे घसीट रहा हो।

घसीटते हुए रौनक ने उसे सोफे पर पटक दिया। तब तक मिना अपने फटे हुए कपडे बदल कर बाहर आ चुकी थी।

"मैं आखरी बार पूछ रहा हूँ, राधिका कहाँ है?" इस बार रौनक की आवाज में इतना गुस्सा था की उस गुंडे से ज्यादा तो मिना डर गई।

"तू मुझे मार भी डालेंगा तो भी मैं नहीं बताऊंगा, हा हा ह ह ह .... ।" इतना कह कर वह गुंडा अपनी खैनी से सड़ी हुई बत्तीसी दिखा कर हँसने लगा।

रौनक इधर-उधर देखने लगा। शायद वह कोई ऐसी चीज ढूंढ रहा था जिससे उस गुंडे को टॉर्चर किया जा सके। तभी उसकी नजर सामने टेबल पर रखे वायरलेस हेअर ड्रायर पर पड़ी।

"अब तुझे बताता हूँ।" इतना कह कर रौनक ने उसके हँसते हुए मुँह पर एक जोरदार मुक्का मारा जिससे उसके नाक से खून किसी नल की तरह बहना शुरू हो गया।

रौनक ने उठ कर वह हेअर ड्रायर उठा लिया और उस गुंडे के पैरों पर बैठ गया। रौनक के मुकाबले वह गुंडा काफी कमजोर था। रौनक उसके पैरों पर इस कदर बैठ गया की उसे हिलते भी नहीं आ रहा था। रौनक ने मिना की ओर देख कर इशारे से पलटने को कहा।

मिना के पलटते ही रौनक ने उस गुंडे के पैंट की जीप खोल दी और हेअर ड्रायर उसके प्रायवेट पार्ट पर लगा दिया।

वह गुंडा रौनक की ओर आँखें फाड़ कर देखने लगा और बोला, “ये क्या कर रा है बे?”

इससे पहले की वह दूसरा सवाल पूछता रौनक ने फूल स्पीड में हेअर ड्रायर चालू कर दिया। हेअर ड्रायर की गर्म हवा उस गुंडे को तड़पाने लगी। उसने अपना मुँह खोल कर चीखना चाहा तभी रौनक ने अपने दूसरे हाथ से उसके मुँह पर सोफे पर पड़ा तकिया दबा दिया। वह गुंडा इतना तड़पने लगा की उसकी कोई सिमा ही ना हो।

कुछ ही पलों में रौनक ने मशीन बंद कर दी और उसके कान के नजदीक जा कर धीरे से कहा, “राधिका कहाँ है?”

उस गुंडे को समझ आ गया था की वह रौनक के आगे अगले कुछ मिनट भी टिक नहीं पाएंगा तो उसने हार मान ली। उसने अपना सिर हिला कर हाँ में जवाब दिया। रौनक ने उसके मुँह से तकिया निकाल दिया।

उस गुंडे के चहरे पर साफ़ दिखाई दे रहा था की वह दर्द से मरा जा रहा था। उस गुंडे के मन में आया कहाँ वह आज मिना का बलात्कार करने की सोच रहा था और कहाँ उस हेअर ड्रायर ने उसका ही बलात्कार कर दिया।

रौनक ने उसकी गर्दन पकड़ कर उसे सीधा किया। तब तक मिना भी अब मुड़ कर दोनों की ओर देखने लगी थी।

उस गुंडे ने बोलना शुरू किया “राधिका का को मोबिन भाई के अड्डे पर ले गए है। उसे मारने के लिए मोबिन भाई तीन साल पहले ही मनोज यादव से पैसे ले चुके थे। लेकिन उस वक्त वो हमारे चंगुल से भागने में कामयाब हो गई थी।”

“मैं तीन दिन पहले मैं इस इलाके में कुछ काम से आया था तो मुझे दोनों लड़किया दिखाई दी। मैंने मोबिन भाई को इस बारे में खबर दी तो दूसरे दिन सुबह मोबिन भाई खुद तसल्ली करने आये थे। जब उन्हें यकीन हो गया की वो लड़की राधिका ही है, तो उन्होंने मुझे दोनों लड़कियों पर नजर रखने के लिए कहा।”

“दोदिन मैंने उनपर नजर रखी। जब तसल्ली हो गई की दोनों लड़कियाँ इस घर में रहती है और इनके साथ कोई मदद करने वाला नहीं तो आज दोपहर को मोबिन भाई ने मनोज भाई को खबर दी। मनोज भाई ने दोनों लड़कियों को आज ही उठाने के लिए कहा।”

“प्लान के मुताबिक राधिका को वो लोग आगे ले जायेगे और फिर मैं मिना को ले कर जाऊंगा। दोनों लड़कियों को आज रात मोबिन भाई के अड्डे पर रखा जाएगा। अगर कोई प्रॉब्लम नहीं हुई तो कल दिन भर राधिका और मिना मनोज यादव के हवाले की जाएंगी और फिर अगले दिन हमारे। फिर हम उनका चाहे जो अंजाम करे बस उनकी लाश तक नहीं मिलनी चाहिए ऐसी हिदायद मोबिन भाई ने हम तीनों को दे रखी है। लेकिन इस लड़की को अकेले देख कर मैंने सोचा थोड़ा मजा अभी कर लेता हूँ। किसी को क्या पता चलेंगा। बस इससे ज्यादा मैं कुछ नहीं जनता।”

दर्द उस गुंडे की आँखों में साफ़ नजर आ रहा था। रौनक खड़ा हो कर कुछ सोचने लगा फिर उसने पूछा, “मोबिन का अड्डा कहा है?” उस गुंडे ने मोबिन के अड्डे का पता ठीक से

रौनक को समझा दिया।

रौनक ने अपना फोन निकाल कर एक नंबर डायल किया और कहा, "एक गाडी और सामान चाहिए पंद्रह मिनट में।"

रौनक के कहने का अंदाज कुछ ऐसा था जैसे वह सामने वाले शख्स को हुकुम दे रहा हो। उसने फोन डिसकनेक्ट कर के जेब में रख दिया। तभी बेडरूम में से मोबाईल की घंटी सुनाई देने लगी। उस गुंडे ने बड़ी आस लगा कर बेडरूम के खुले दरवाजे की ओर देखा। मिना ने कहा, "वो इसी का फोन है रौनक जी।"

"ले आओ।" मिना की ओर देखते हुए रौनक ने कहा।

रौनक ने बड़े ही गुस्से से उस गुंडे को देखते हुए कहा, "यहाँ सब ठीक है, ऐसा ही बोलना वरना जो-जो तू मिना के साथ आज करने की सोच रहा था, वो सब तेरे साथ होंगा।"

मिना दौड़ कर उस गुंडे का मोबाईल ले कर रौनक के नजदीक खड़ी हो गई। मिना के हाथ से मोबाईल ले कर रौनक ने कॉल उठाया। वह मोबिन का ही कॉल था। मोबाईल स्पीकर मोड पर उस गुंडे के मुँह के सामने कर दिया। रौनक के दूसरे हाथ में उसने वह मशीन उठा ली जिसने थोड़ी देर पहले उस गुंडे को नर्क यातना दी थी। रौनक ने इशारे से उससे बात करने को कहा।

"अय बाबू, इतना टाइम क्यों लगा बे फोन उठाने को?" मोबिन ने कहा।

"वो भाई मैं......"

उसकी बात काटते हुए मोबिन ने फिर कहा, "देख बाबू तेरेको उस लड़की के साथ जो करना है बाद में करने को मिलेगा। जब तक वो साला मनोज नई बोलता तब तक दोनों लड़कियाँ सई सलामत रयने को मंगता है। समझ गया ना तू?"

"जी भाई।" बाबू ने जवाब दिया।

रौनक ने उसे इशारे से और बात करने को कहा।

बाबू ने फिर बात शुरू की "भाई तुम का तक पहुँचे?"

बाबू की आवाज में थोड़ा बदलाव देख कर मोबिन को कुछ शक हुआ। "ये तेरी आवाज को क्या हो गया बे? ऐसे क्यों बात कर रेला है? कोई प्रॉब्लम है क्या?"

मोबिन के शक को ख़तम करने के लिए बाबू ने कहा, "वो भाई ये लड़की बिल्ली की तरा मेरे पे झपट रेली थी। इसलिए इसको काबू करते टाइम थोड़ा पलंग का कोना सर पे लग गया।"

कार में बैठे तीनो लोग हँसने लगें। राधिका पीछे वाली सीट पर मोबिन के बगल में बैठी थी। उसके मुँह पर कपड़ा बंधा हुआ था। मिना की बात सुनकर राधिका की आँखों में आँसू आने लगें। वह झटपटाने लगी।

"ये प्रभु, ये अपना बाबू तो एक लड़की को भी संभाल नई पा रया बे।" मोबिन ने हँसते हुए मजाक उड़ाने वाले अंदाज में कहा।

गाड़ी चला रहा प्रभु पलट कर बोला, “भाई मैंने तो पयले इच बोला था, मेरे को रयने दो उस लड़की के पास। आपने इच वो साले बाबू को रयने दिया।”

“ये जमील इसको बता।” मोबिन ने सामने बैठे शख्स की ओर इशारा करते हुए कहा।

जमील ने हँसते हुए कहा, “अबे तूने भोत मजे किये है प्रभु। वो साला बाबू उसके खेलने के दिन है, खेलने दे उसको।” इतना कह कर सब हँसने लगे।

राधिका को झटपटता देख मोबिन उसपर चिल्लाया “देख लड़की ज्यादा उछल कूद करेंगी तो यही गाड़ी में ही तेरा खेल खलास कर दूंगा। तेरे को मनोज के हवाले करना है, इसलिए तू जिन्दा है। अगर तू चाहती है की तेरी दोस्त भी जिन्दा रहे तो चुपचाप बैठी रह।”

“ये बाबू, हम आधे घंटे में अड्डे पर पोचेंगे। गाड़ी वापस भेजूंगा तब उस लड़की को भी ले कर आ जाना। प्रभु को भेजने वाला हूँ दोनों वही मजे करने मत लग जाना, समझा?” मोबिन ने बाबू को रूखी आवाज में कहा।

“जी भाई। समझ गया।” बाबू के इतना बोलते ही फोन कट गया।

रौनक ने फोन अपने जेब में रख दिया। मिना की ओर पलट कर रौनक ने कहा, “राधिका बिना विरोध किये उनके साथ जा रही थी इसका क्या कारन था।”

“इन लोगों ने झूठ बोला, इन्होने कहा अगर वो बिना शोर किये उनके साथ चली जाएँगी तो ये मुझे कुछ नहीं करेंगे। लेकिन राधिका के जाते ही इस ने मेरे साथ.......” मिना ने रोना शुरू कर दिया।

रौनक ने अपनी भौंवे सिकोड़ कर आँखे बंद कर ली और कुछ सोचने लगा। कुछ पल सोचने के बाद उसने मिना से कहा, “इसका शर्ट ले आओ।”

मिना दौड़ती हुई बेडरूम में गई और उसका शर्ट ले आयी। रौनक ने उसके शर्ट से उसके मुँह पर का खून साफ़ किया।

“देख भाई तू जो भी है मुझे जाने दे, मोबिन भोत खतरनाक आदमी है। उसका नेटवर्क भोत तगड़ा है। वो तेरे को पाताल से भी ढूंढ लेंगा और ऐसी मौत मारेंगा की तेरा परिवार भी तेरे को पैचान नई पाएंगा।” इस बार बाबू की आवाज में वह डर दिखाई दे रहा था जिसकी उमीद रौनक को थी।

रौनक ने कहा, “मेरा कोई परिवार नहीं। मोबिन कभी नहीं जान पाएंगा की मैं कौन हूँ। तू तो बस अपनी खैर मना। मुझे मोबिन के अड्डे तक ले चल और फिर मै तुझे छोड़ दूंगा।”

फिर रौनका ने बाबू के बाल पकड़ कर कहा, “कोई होशियारी मत करना मेरे पास और भी तरीके है मामला निपटाने के।” यह कह कर रौनक ने पीछे कमर में फसी सायलेंसर लगी गन निकाल कर बाबू के मुँह में उसकी नली ठूस दी।

रौनक की गन अपने मुँह में घुसी देख कर बाबू की आँखे चौड़ी हो गई। उसने हां में सर हिलाया। मिना की भी आँखें फूल गई थी, रौनका का एक नया चेहरा देख कर।

रौनक ने अपनी गन वापस अपने कमर में फसा दी और बाबू के हाथ खोल दिए। एक पल के लिए बाबू को लगा की अब हाथ खुल गए है तो रौनक पर हमला कर दे। लेकिन अगले पल

उसे वह जोरदार घुसा याद आ गया जिसने उसके नाक से खून की धार निकाल दी थी।

बाबू को यह भी अहसास हो गया था की रौनक को टक्कर देना उसके बस की बात नहीं। रौनक ने बाबू के हाथों में उसका शर्ट दिया और कहा, “अब अच्छे बच्चे की तरह निचे चल। निचे एक गाडी हमारा इंतजार कर रही होंगी जो हमे मोबिन के अड्डे तक ले जाएँगी।”

रौनक की बात चल ही रही थी की रौनक का मोबाइल बजने लगा। उसके फोन पर राघव नाम चमकने लगा। फोन उठाते ही सामने से आवाज सुनाई दी “भाई गाड़ी तैयार है।”

रौनक ने जवाब दिया, “मैं आ रहा हूँ।” इतना कह कर रौनक ने फोन काट दिया।

बाबू ने अपना शर्ट पहन लिया और रौनक के इशारे का इंतजार करने लगा। रौनक ने अपने जैकेट की जेब से एक तेज धार वाला चाकू निकाल कर बाबू को दिखाया। जिसे देख कर बाबू थूक निगल गया।

चाकू देख कर बाबू मन ही मन काँप रहा था। बाबू का कॉलर पीछे से पकड़ कर रौनक उसे दरवाजे तक ले गया। रौनक को कुछ याद आया तो एक बार पलट कर फिर उसने मिना से कहा, “मेरे आने तक दरवाजा मत खोलना। और किसी भी अनजान नंबर से फोन पर बात मत करना।” इतना कह कर रौनक ने दरवाजा खोला और बाबू को ले कर बाहर चला गया। उसने मिना का हाँ में हिलता सिर भी नहीं देखा।

बाहर आ कर रौनक ने दरवाजा बंद किया और अपने जूतों में अपने पैर गड़ा कर ठीक करने लगा। लेकिन बाबू का कॉलर उसने टाइट पकड़ रखा था।

वक्त बीतता जा रहा था। ठंड के मौसम में भी बाबू के माथे पर डर की बुँदे साफ़ चमक रही थी। अँधेरा उजाले को निगल चूका था।

रौनक बाबू को लगभग घसीटता हुआ गाड़ी के नजदीक ले गया। गाड़ी के नजदीक पहुँचते ही ड्राइविंग सीट से एक लगभग ३२ साल का शख्स उतरा। वह एक हट्टा कट्टा मर्द था। बिलकुल रौनक की तरह। देखने भर से ही पता चलता था की शायद दोनों एक ही तरह की वर्जिश करते होंगे तभी तो दोनों की बॉडी एक जैसी ही लग रही थी।

“ये कौन है भाई?” उस शख्स ने रौनक से पूछा।

“गाड़ी चला सब बताता हूँ।” रौनक ने पीछे का दरवाजा खोला और बाबू को अंदर धकेल दिया। रौनक खुद भी पीछे बाबू के पास बैठ गया।

“राघव, रास्ता ये बताएंगा।” रौनक ने अपने जेब से बाबू का फोन निकालते हुए कहा।

राघव ने गाड़ी शुरू कि और पलट कर बाबू से पूछा, “कहा जाना बे?”

बाबू ने राघव को पता बताया और राघव ने गाड़ी चलाना शुरू किया।

बाबू के हाथ में फोन देते हुए रौनक ने कहा, “मोबिन को फोन लगा, और उसे बता की तू अपने एक दोस्त के साथ मिनाको ले कर आ रहा है। वो सब वहीं रहे।” इतना कह कर रौनक ने एक हाथ पीछे सीट पर रख कर बाबू की और दूसरे हाथ से चाक़ू दिखाने लगा।

बाबू ने अपने फोन से मोबिन का नंबर डायल किया। कॉल कनेक्ट होते ही सामने से आवाज सुनाई दी, “हां बाबू बोल।”

बाबू ने बोलना शुरू किया, “भाई वो अपना एक दोस्त है जिसकी गाड़ी अपन के पास है। मैंने वो लड़की को चुपचाप गाड़ी में बिठा दिया है। आप सब वही रुकना मैं लेके आता है इसको।” इतना कह कर बाबू मोबिन के जवाब का इंतजार करने लगा।

कुछ पल ख़ामोशी छाई रही। रौनक भी बेसब्री से मोबिन के जवाब का इंतजार कर रहा था।

सामने से जवाब आने लगा, “किसी को शक तो नई हुआ ना?”

बाबू ने जवाब दिया, “नई भाई किसी को कानो कान खबर नई हुई। और अभी ठंड इतनी है की कोई किसी पर ध्यान नहीं दे रा।”

मोबिन ने हँसते हुए कहा, “ये प्रभु, जमील अपना बाबू तो दिन ब दिन होशियार होता जा रहा है बे। मेरे को लगा प्रभु को भेजना पड़ेगा उसे लाने को लेकिन वो तो खुद इच लड़की को ले कर आ रेला है।” कार में तीनो के ठहाके गूंजने लगे।

मिना को भी ले आ रहे है सुन कर राधिका फिर छटपटाने लगी लेकिन उसके हाथ पीछे बंधे थे और मुँह पर दुपट्टा बाँध रखा था तो उसकी चीख अंदर ही घुट कर रह गई।

रात के ०८:१० का वक्त था। वह जगह बड़ी ही वीरान थी। एक पुरानी बिल्डिंग जिसका काम अधूरा छोड़ा गया था। बिल्डिंग के बाहर मोबिन की गाड़ी खड़ी थी। बिल्डिंग की दूसरी मंजिल पर मोबिन, प्रभु और जमील एक टेबल के तीनों तरफ घेरा बना कर कुर्सियों पर बैठे शराब पि रहे थें।

पास ही एक पिलर से राधिका बंधी बैठी थी। इस वक्त भी उसका मुँह बंधा हुआ था और आँखें आँसुओं से भरी हुई थीं। वह सोच रही थी की जिस मिना की जान बचाने के लिए उसने खुद को इन पापियों के हाथ सौप दिया, वे दरिंदे मिना को भी वहीं लाने वाले थें। यही बात सोच-सोच कर उसकी आँखों से बहने वाला सैलाब रुकने का नाम ही नहीं ले रहा था।

“कल के दिन ये दोनों मनोज के साथ हो कर आ जाये फिर इनकों मारने से पहले हम सब भी खूब ऐश करेगे।” शराब का घुट लेते हुए मोबिन ने कहा।

शराब धीरे-धीरे उन तीनों पर हावी होती जा रही थी। पास में पड़ी दो खाली बोतलों से पता चल रहा था की वे अब तक आधा लीटर से ज्यादा शराब गटक चुके थें।

प्रभु ने सिगरेट सुलगाई और माचिस जमील को दे दी। जमील ने भी अपनी सिगरेट सुलगाई और जलती हुई माचिस की तीली मोबिन के मुँह में दबी सिगरेट से लगाई।

एक लम्बा कश खींच कर प्रभु ने कहा, “मोबिन भाई अगर हम मनोज भाई से पहले इन लड़कियों से मजे कर ले तो क्या फरक पड़ेगा? वैसे भी उसको तो बस इस के साथ एक रात गुजारनी है। उसको क्या मालुम पड़ेगा।”

मोबिन ने सिगरेट का कश खींच कर धुआँ छोड़ते हुए कहा, “मनोज इस लड़की के पीछे पागल है। एक नंबर का थडकी है साला। उसकी नजर इस पर तब से है जब से इसका बाप और वो साथ में काम करते थे।”

“आज जब मैंने मनोज को इस लड़की की खबर दी तो साला पगला गया। बोला पैसों की चिंता मत करना बस लड़की को उससे पहले कोई हाथ ना लगाए। येड़ा है वो इस लड़की के लिए।”

अपनी बात ख़तम कर के मोबिन ने फिर से अपना शराब का प्याला उठा लिया और सारी शराब एक दम से गटक गया।

“ये साला बाबू अब तक पहुंचा नई, किधर अटक गया क्या मालूम।” प्रभु ने अपना प्याला ख़तम कर के कहा।

“अबे आता ही होंगा चल खाना खोल ले, भोत भूक लगी है।” जमील ने प्रभु की ओर देखते हुए कहा।

टेबल के नजदीक रखा पार्सल प्रभु ने उठा कर टेबल के बिच में रख दिया। वक्त की सुई धीरे-धीरे आगे बढ़ रही थी। बातों ही बातों में १ घंटा गुजर गया।

तीनों ने खाना खा लिया था। प्रभु एक खाने का पार्सल ले कर राधिका के नजदीक गया और उसके सामने बैठ कर बोला, “अकेली खायेंगी या अपनी सहेली का इंतजार करेंगी?” राधिका ने कोई जवाब नहीं दिया। तो प्रभु खाना उसके सामने छोड़ कर वापस आ कर अपनी कुर्सी पर बैठ गया।

रौनक और राघव उस गुंडे बाबू को ले कर उस बिल्डिंग के नजदीक पहुँच चुके थें। राघव ने गाड़ी में से ही बिल्डिंग की ओर झांकते हुए रौनक से पूछा, “क्या प्लान है?”

रौनक ने अपनी गन निकाल कर सेट की, मैगजीन निकाल कर फिर से लगाई और बाबू के टांगो के बिच उसके प्रायवेट पार्ट पर सटा कर पूछा, “अड्डे पर कितने लोग है? और उनके पास कौनसे हथियार है? सच बताना वरना अंजाम तू जनता है।”

बाबू की तो जैसे सिटी पिट्टी गुल थी। अकेले रौनक ने ही उसके नाक से खून की गंगा बहा दी थी, अब तो रौनक के साथ हट्टा-कट्टा राघव भी था।

लड़खड़ाती आवाज में ही बाबू ने कहा, “अड्डे पर सिर्फ तीन ही लोग है। प्रभु, जमील और मोबिन भाई। और तीनो के पास गन है, और चाकू भी।”

रौनक ने कहा, “राघव इस पर ध्यान रखना मैं अभी आता हूँ।”

राघव ने रौनक का हाथ पकड़ लिया और कहा, “भाई इन चूहों का शिकार करने के लिए शेर की क्या जरुरत है। इनको मैं संभालता हूँ, आप इसकी खातिरदारी करो।”

रौनक ने राघव के हाथ पर अपना हाथ रखते हुए कहा, “नहीं राघव ये मेरी लड़ाई है। इसे मुझे ही लड़ना होंगा।”

राघव ने फिर जवाब दिया, “अगर ये लड़ाई तुम्हारी है तो मेरी भी है। चलो साथ में चलते है।” इतना कह कर राघव ने कार का दरवाजा खोला और खुद उतर गया। रौनक ने दरवाजा खोल कर बाबू को खींच कर बाहर निकला।

तीनो मोबिन के कार के नजदीक आ गए। रौनक ने राघव से कहा, “क्यों ना उन को ही एक-एक कर के निचे बुलाया जाए?” राघव ने अपना अंगूठा दिखते हुए ओके कहा।

रौनक ने बाबू का फोन निकाल कर कहा “एक को निचे बुला।” बाबू ने प्रभु को फोन लगाया।

कॉल कनेक्ट होते ही प्रभु बोला, “क्यों बे इतनी देर क्यों लग रही है?”

“भाई वो गाडी बंद पड़ गई। मै बिल्डिंग के सामने ही हूँ। आप निचे आ जाओ ये लड़की मुझसे अकेले नहीं संभल रही।” बाबू ने रौनक के गन के इशारे पर कहा।

“ये जमील देख, अपने बाबू से एक लड़की नई संभल रई। मेरे को बुला रेला है। मैं आता है अभी।” जमील लगभग उठ कर सीढ़ियों के नजदीक जाते हुए बोल रहा था।

“ये रुक, मैं भी आता हूँ। थोड़ा खाना भी हजम हो जायेंगा।” प्रभु के पीछे चलते हुए जमील भी बोल पड़ा।

“जल्दी ले आओ साली को। तीन साल से भगा रही थी दोनों। आज जा कर हाथ लगी है।” मोबिन ने सिगरेट के कश लगाता हुआ कहा।

राघव और रौनक के लिए काम बिलकुल आसान हो गया था। राघव ने अपने जूते में फसाया हुआ चाकू निकाला और मोबिन के गाड़ी के गेट का लॉक तोड़ दिया। अंदर हाथ डाल कर उसने पीछे का दरवाजा खोला। रौनक ने बाबू को मोबिन के कार में धकेला और उसके सर पर गन का हैंडल जोर से दे मारा। बाबू बेहोश हो गया और रौनक ने कार का दरवाजा बंद कर दिया। रौनक और राघव दोनों पास ही अँधेरे में छुप गए।

शराब के नशे में धुत जमील और प्रभु सीढ़ियों से उतर कर निचे आ गए और इधर-उधर देखने लगे।

“कहा है कार? यहाँ तो कुछ भी नई। ये प्रभु लगा तो उसको फोन। किधर है साला?” जमील ने प्रभु से कहा।

प्रभु अपना मोबाईल निकाल कर बाबू का नंबर मिलाने ही वाला था, की रौनक ने जमील और राघव ने प्रभु पर पीछे से हमला कर दिया। दोनों ने एक ही झटके में दोनों का मुँह दबा कर एक के बाद एक उनके गर्दन पर चाकू से वार कर दिए।

इससे पहले की वह चीख पाते या उनका विरोध कर पाते, दोनों के गले से खून की ऐसी धार निकलने लगी जो रुकने का नाम ही नहीं ले रही थी। राघव और रौनक ने दोनों को जमीन पर दबोच लिया। दोनों छटपटा रहे थें। कुछ ही पल में दोनों के शरीर शांत हो गए। दोनों की लाशे मोबिन की कार में डाल दी गई।

मोबिन की सिगरेट ख़त्म हो चुकी थी उसने उठ कर उस सिगरेट को निचे फेका और अपने जूते से कुचल दिया। दूसरी सिगरेट अपने मुँह में दबा कर मोबिन ने माचिस की तीली सुलगा ली। अपनी सिगरेट जला कर दम मारते हुए वह राधिका के नजदीक गया।

“तेरे पास अब भी एक रास्ता है। इन सब को मै संभाल लेंगा। मनोज को भी बता देंगा की तू भाग गई। लेकिन तेरे को हमेशा के लिए अपुन की रखेल बन कर रैना पड़ेंगा। क्या बोलती? सोच ले कल सुबह तक का वक्त है तेरे पास।” राधिका के सामने बैठ कर मोबिन ने धुआँ राधिका के चहरे पर छोड़ते हुए कहा।

राधिका अपना सर हिलाने लगी वह कुछ बोलना चाहती थी। मोबिन को लगा वह हां कह रही है। उसके मन में ख़ुशी के फवारे चलने लगे। उसने राधिका के मुँह पर बंधा दुपट्टा खोल दिया।

"वक्त तो तेरा ख़त्म हो चूका है।" राधिका की आवाज में अचानक एक अजीब सा आत्मविशास देख कर मोबिन के चहरे का रंग उड़ गया।

"क्या बोल रई है लड़की?" मोबिन ने ग़ुस्से में कहा।

"अपने पीछे देख, तेरी मौत खड़ी है।" राधिका ने जिस अंदाज में कहा मोबिन की आँखों के सामने एक पल के लिए अँधेरा ही छा गया।

मोबिन ने जैसे ही पलटने के लिए अपनी गर्दन घुमाई एक जोरदार घुसा उसके जबड़े पर पड़ा। मोबिन पलटी खा कर कुछ दूर जा गिरा। हड़बड़ा कर उठने की कोशिश करता हुआ मोबिन बिन पानी की मछली की तरह तड़प रहा था।

जब तक वह कुछ समझ पाता रौनक ने उसके मुँह पर अपने मिलिट्री जैसे सख्त जूते से एक लाथ मार दी। जिसका दर्द इतना गहरा था की उसके शराब का सारा नशा ही उतरने लगा।

रौनक ने उसे कॉलर पकड़ कर खड़ा किया। दोनों अब एक दूसरे की आँखों में देख रहे थें। मोबिन ने चलाखी से अपनी पीछे कमर में फसा रखी गन निकाल ली। और रौनक के छाती पर नली लगा कर ट्रिगर दबाने लगा।

लेकिन पता नहीं क्यों ट्रिगर दब ही नहीं रहा था। मोबिन ने जब निचे गन की तरफ देखा तो पाया की रौनक का हाथ गन पर था और उसकी एक उंगली ट्रिगर को दबने से रोक रही थी। मोबिन हैरान रह गया क्यों की उसका सामना अब तक ऐसे किसी ताकतवर से नहीं हुआ था।

रौनक ने गन मोबिन के हाथ से ऐसे छीन ली जैसे किसी बच्चे के हाथ से खिलौना। रौनक ने फिर से मोबिन के मुँह पर एक और मुक्का जड़ दिया। जब तक मोबिन की पिटाई चल रही थी, इधर राघव ने राधिका को खोल दिया था। इस वक्त राधिका की आँखों में आँसू नहीं अंगारे दिखाई दे रहे थें।

"मारो, और मारो इस कमीने को।" राधिका चिल्लाते हुए कहने लगी।

रौनक ने मोबिन की अच्छी खासी पिटाई कर दी थी। अब मोबिन अपने पैरो पर भी ठीक से खड़ा नहीं हो पा रहा था। रौनक भी उसे मार-मार कर लम्बी साँसे लेने लगा तो राघव ने आगे बढ़ कर मोबिन की कॉलर पकड़ ली।

"ले चल इसे निचे गाड़ी के पास।" रौनक ने राघव से कहा और खुद राधिका के नजदीक चला गया।

राधिका दौड़ कर रौनक के गले लग गई। रौनक ने भी उसके पीठ पर अपना हाथ रख कर उसे दिलासा दिया की सब ठीक है।

"मिना कहा है? वो ठीक तो है ना?" रौनक से अलग हो कर राधिका पूछने लगी।

"मिना ठीक है। फ़िक्र मत करो।" रौनक उसका हाथ पकड़ कर सीढ़ियों से उतरने लगा।

राघव ने मोबिन को उसी के कार के नजदीक घुटनो के बल बिठा दिया। कार के अंदर से छटपटाने की आवाज आने लगी तो राघव ने दरवाजा खोल कर बाबू को भी बाहर निकाला और उसे भी मोबिन के बगल में बिठा दिया।

"अब इनका क्या करे?" राघव ने रौनक की ओर देखते हुए कहा।

"इनका वही अंजाम होंगा जो ये दुसरो का करते आये है।" यह कहते हुए रौनक ने पीछे अपने कमर में फसी गन निकाल कर राधिका के हाथ में दे दी।

राधिका चौक कर रौनक को देखने लगी। रौनक ने राधिका के दोनों कंधो को पकड़ कर उसकी आँखों में झाँकते हुए कहा, "सिर्फ ये सोचना की हम नहीं आते तो ये लोग तुम्हारे और मिना के साथ क्या करते? मिना के पिता पर क्या गुजरती? तुम्हारी आत्मा को शांति मिलती या नहीं? आज इनके लिए वकील भी तुम हो, जज भी तुम और जल्लाद भी तुम। फैसला तुम्हारा है।" इतना कह कर रौनक ने राधिका के कंधे छोड़ दिए।

राधिका ने गन की नली मोबिन की ओर तान दी। वह सोचने लगी की वे सब उसके साथ क्या करने की सोच रहे थें। उसकी आँखों के सामने रोता गिड़गिड़ाता मिना का चेहरा दिखाई दिया। कुछ पल यह सब सोचने के बाद राधिका ने गन का ट्रिगर दबा दिया।

सायलेंसर लगी हुई उस गन से दो गोलियाँ चलने की धीमी आवाज सुनाई दी। मोबिन और बाबू के सिर को खून से लथपथ कर के गोलियाँ उनके सिर में ही कही खो गई। साथ ही राधिका भी फुट-फुट कर रोने लगी। रौनक ने राधिका को गले से लगा लिया।

राघव और रौनक ने मोबिन और बाबू की लाशें भी मोबिन की गाड़ी में ठूस दी। तब तक राधिका दूसरी कार में जा कर बैठ गई।

"सामान ले आ।" रौनक ने राघव से कहा।

राघव ने कहा, "लड़की अकेली है। आप जाओ मैं देखता हूँ।"

रौनक ने अपने खून से सने दस्ताने निकाल कर मोबिन की गाड़ी में फेक दिए। "ठीक है, ध्यान से।" इतना कह कर रौनक खुद जा कर पीछे राधिका के पास बैठ गया। राधिका अब भी रो रही थी।

राघव कार की डिक्की से एक बैग निकाल कर मोबिन की गाड़ी के पास चला गया। बैग से एक डायनामाइट जैसा बम कार में रख कर उसका टाइमर ऑन कर दिया। फिर वापस आ कर कार शुरू कर के वहाँ से तीनों निकल गए। राधिका ने रौनक का एक बाजु पकड़ लिया। उसके के कंधे पर सिर रख वह धीरे-धीरे नींद में चली गई।

करीब १५ मिनिट बाद मोबिन की कार धमाके के साथ जलने लगी। अंदर पड़ी चारो लाशें आग के हवाले हो गई। लेकिन उस जलती हुई कार को देखने वाला कोई नहीं था।

--------- X ---------

"उठो राधिका।" रौनक की आवाज से राधिका की नींद खुल गई।

गाड़ी इस वक्त बिल्डिंग से थोड़ी दूर खड़ी थी। राघव ने गाड़ी के सभी लाइट बंद कर दिए। अँधेरा काफि था, सिवाय चाँद की हलकी रौशनी के। राघव गाड़ी से बाहर आ गया और इधर-उधर देखने लगा। जब उसे तसल्ली हो गई की आस पास कोई नहीं तब उसने कार के शीशे पर नॉक किया। इशारा मिलते ही रौनक ने भी दरवाजा खोला और कार से बाहर निकल आया। रौनक के पीछे ही राधिका भी कार से उतर गई।

राघव ने रौनक से हाथ मिलाया और दोनों गले मिल गए। फिर राघव कार में बैठ कर वहाँ से निकल गया। रौनक और राधिका बिल्डिंग की ओर चलने लगे। रात के ११:०२ बज रहे थे। ठंड बहुत बढ़ गई थी। राधिका ठंड से कांपने लगी थी। यह देख कर रौनक ने अपना जॅकेट उतार कर ठंड से कांप रही राधिका के कंधो पर चढ़ा दिया। रौनक की इस हरकत से राधिका के पैर जगह पर ही ठिठक गए। वह रौनक की आँखों में देखने लगी। रौनक भी उसकी आँखों की गहराई में कुछ पल खो सा गया।

रौनक ने जल्द ही अपनी भावनाएं काबू में कर ली और राधिका से कहा, "ठंड बहुत है। हमें चलना चाहिए।" इतना कह कर रौनक ने अपनी आँखें झुका ली और धीरे-धीरे चलना शुरू किया। राधिका ने जैकेट को अपने बदन से लपेट लिया और अपने आगे चल रहे रौनक को एक टक देखने लगी। तीन साल से एक गुमनामी की जिंदगी गुजार रही राधिका आज इस उम्मीद से रौनक को देख रही थी की, यही वह शख्स है जो उसे उसकी जिंदगी, उसकी आजादी लौटा सकता है।

रौनक आगे चलता रहा और दो चार कदमों के फासले पर राधिका उसे देखती हुई चलती रही। बिल्डिंग के नजदीक पहुँचते ही रौनक ने राधिका का हाथ पकड़ कर उसे अँधेरे में दीवार के नजदीक खींच लिया, और दूसरा हाथ उसके होठों पर रख दिया।

राधिका एक दम चौक गई, लेकिन उसने जल्द ही खुद को संभाल भी लिया। रौनक ने राधिका का हाथ छोड़ कर अपने होठों पर ऊँगली लगा कर राधिका को चुप रहने का इशारा किया।

शायद बिल्डिंग के गेट के नजदीक कोई था, इसलिए उसने छुपने के लिए ऐसा किया था। जो भी हो राधिका को रौनक के हाथों का स्पर्श अपनेपन का अहसास दे रहा था। रौनक ने राधिका के होठों से हाथ हटा दिया। और दीवार के कोने से झुक कर उस शख्स को देखने लगा जो गेट के नजदीक खड़ा सिगरेट पि रहा था।

रौनक उस शख्स की सिगरेट ख़त्म होने का इंतजार कर रहा था। ता की वे दोनों अंदर जा सके लेकिन शायद उस शख्स ने सिगरेट कुछ पल पहले ही जलाई थी, तो उसे पिने में कुछ और वक्त लग सकता था।

राधिका लगातार रौनक को देखे जा रही थी। वह सोच रही थी की अगर आज रौनक ना होता तो उसके साथ ना जाने क्या होता। शायद उसकी लाश भी किसी को नहीं मिलती। राधिका का मन बीती बातें सोचने में व्यस्त था। लेकिन रौनक के नजदीक होने के अहसास से ही सुरक्षित महसूस हो रहा था।

रौनक को देखते-देखते वक्त कब बिता राधिका को पता ही नहीं चला। सिगरेट ख़त्म होते ही उस शख्स ने निचे जमीं पर फेक दि और अंदर चला गया। राधिका और रौनक भी दबे पाव अंदर चले गए।

--------- X ---------

राधिका ने दरवाजे पर धीरे से नॉक किया। दरवाजे पर आहट सुन कर सोफे पर सिकुड़ कर बैठी मिना घबरा गई। अपने बदन पर कम्बल लपेट बैठी मिना के मन में इतना कुछ चल रहा था की उसे यह अहसास भी नहीं हुआ की वह राधिका हो सकती है। वह डर के मारे और भी मजबूती से कम्बल को अपने बदन से लपेटने लगी।

"मिना मैं हूँ राधिका, दरवाजा खोलो।" बड़ी ही धीमी आवाज में राधिका फुसफुसाई।

राधिका की आवाज सुनते ही मिना के बदन में बिजली दौड़ गई। झट से कम्बल को एक तरफ उछाल कर मिना दौड़ कर दरवाजे के नजदीक पहुँची। दरवाजा खोल कर उसने राधिका को अपने बाहों में भर लिया और रोने लगी।

राधिका के भी आँखों से आंसू नदी की तरह बहने लगे। जब तक दोनों अपने आप को संभालती रौनक दरवाजे पर ही रुका रहा। दोनों लड़कियों को ऐसे रोता देख किसी की भी भावनाएं जवाब दे जाती। लेकिन रौनक ने शायद बहुत कुछ सहा था, इसलिए वह अपनी भावनाओं पर काबू पाना सिख चूका था।

रौनक ने दरवाजा बंद कर दिया। राधिका और मिना उसे देख कर और भी रोने लगी। जैसे किसी अपने को देख कर आँसू अपने आप आँखों से बाहर आने के लिए तड़प उठते है, ठीक वैसे ही।

थोड़ी देर बाद उस कमरे में सब कुछ शांत महसूस हो रहा था। मिना सोफे पर कम्बल ओढ़े शांत बैठी हुई थी। राधिका किचन के दरवाजे के नजदीक खड़ी थी, और रौनक किचन टेबल के सामने खड़ा तीनों के लिए कॉफी बना रहा था।

राधिका एक टक रौनक को देख थी। रौनक ने तीन प्याले कॉफी भर कर एक ट्रे में रखें।

राधिका ने अंदर जा कर कहा, "दीजिए मैं ले चलती हूँ।"

इतना कह कर राधिका ट्रे उठा कर हॉल में ले आयी। मिना ने ट्रे से एक प्याला उठा लिया। और राधिका और रौनक ने भी।

एक दो घुट कॉफी पिने के बाद रौनक ने राधिका से कहा, "कौन थे वो लोग?"

रौनक की बात सुनते ही राधिका की आँखों में आँसू उभर आये। उसने अपनी गर्दन झुका ली।

राधिका को इस तरह देख कर रौनक ने फिर कहा, "अगर तुम कम्फर्टेबल फील कर रही हो तो बताओ, वरना कोई बात नहीं।"

राधिका ने अपने हाथों से आँसू पोछते हुए कहा, "वो सब मनोज यादव के कहने पर मुझे और मिना को अगवाह करने आये थें। उनसे मेरा सामना तीन साल पहले भी हो चूका है। जब मेरे पापा का एक्सीडेंट हुआ था। और तभी से मेरी जिंदगी भी पूरी तरह बदल गई।"

रौनक ने राधिका की आँखों में झाँकते हुए कहा, “क्या मुझे पूरी बात बता सकती हो।”

राधिका ने बताना शुरू किया, “मैं और मेरे पिता नवी मुंबई में रहते थें। माँ मैं ग्यारह साल की थी तभी गुजर गई थी। मेरे पिता ने मुझे माँ और बाप दोनों का प्यार दिया। सौतेली माँ कही मुझे उनसे दूर ना कर दे इस डर से उन्होंने दूसरी शादी नहीं की।”

“मेरी अच्छी परवरिश के लिए वह दिन रात मेहनत करने लगे। अपनी ड्यूटी से वापस आने के बाद वह मुझे पढ़ाते भी थे। सब कुछ सही चल रहा था। उनका सपना था की मैं एक डॉक्टर बनु। वो मेरा पढाई का आखरी साल था, जब वह मनहूस हादसा हुआ।”

“उस दिन मैं घर पर पढाई कर रही थी। तभी मेरे मोबाइल पर एक कॉल आया वह इंस्पेक्टर तावळे का फोन था। उसने मुझे बताया की जिस बस को मेरे पिता चला रहे थे वह खाई में गिर गई है, जल्दी से हॉस्पिटल पहुँचे।”

“मैं जैसे तैसे हॉस्पिटल पहुँची तो मुझे पता चला की बस में जितने भी लोग थे सब मर चुके है जिसमे मेरे पिता भी थें। मेरा रो-रो कर बुरा हाल था। धीरे-धीरे सब की लाशे उनके परिवार के लोगो को दी जाने लगी। लेकिन मुझे मेरे पिता की लाश अगले दिन सौपी गई।”

“उनका अंतिम संस्कार करने के बाद जब मेरे सारे रिश्तेदार वापस चले गए तब मुझे मिना ने बताया की टीवी पर मेरे पिता के बारे में खबर आ रही है। जब हमने वह खबर देखि तो हम दोनों ही चौक गए।”

“खबर थी की, बस का ड्राइवर शराब पिया हुआ था ऐसा बताया जा रहा था। जब की पूरी जिंदगी में भी मेरे पिता ने कभी शराब को हाथ नहीं लगाया था।”

“मैंने तावळे को फोन किया और बताया की ये खबर सही नहीं हो सकती मेरे पिता कभी शराब नहीं पिते थे। तो उसने उल्टा मुझे ही गाली गलोच करना शुरू कर दिया।”

“मैं उसकी शिकायत करने के लिए पुलिस स्टेशन गई, लेकिन कोई मेरी शिकायत नहीं ले रहा था। तब मैं कमिश्नर त्रिवेदी से मिलने उनके ऑफिस गई। मैंने उन्हें सारी बात बताई तो उन्होंने कहा की उनके पास पोस्टमॉर्टम के आलावा भी सबूत है की मेरे पिता शराब पिते थे। मेरे पूछने पर उन्होंने मुझे वहाँ एक घंटे तक बैठने के लिए कहा।”

“लगभग डेढ़ घंटे के बाद वहाँ मनोज यादव आया। वह नवी मुंबई बस डेपो का इंचार्ज है। उसने कमिश्नर साहब के सामने कहा की मेरे पिता एक शराबी थे। और उसके कहने के मुताबिक उसने कई बार मेरे पिता को पि कर गाड़ी चलाते हुए देखा था।”

“ये सब झूठ उसने क्यों कहा मुझे नहीं पता, क्यों की वो अच्छी तरह जानता था की मेरे पिता शराब को हाथ तक नहीं लगते थे। वो खुद कई बार मेरे पिता के साथ हमारे घर आ चूका था। फिर भी उसने झूठा बयान दिया।”

“मैंने हर तरह से इस बात की शिकायत करने की कोशिश की लेकिन हर बार कमिश्नर त्रिवेदी तक आ कर बात रुक जाती थी।”

“फिर एक दिन मेरे घर रात के समय कुछ गुंडे घुस आये और उन्होंने मेरे साथ हैवानियत करने की कोशिश की। वो यही चारों थें। मैंने टेबल पर रखा एक मेटल का स्टैचू एक के सर

पर मार दिया। उसका खून बहने लगा और वो निचे गिर गया। बाकी तीन उसे देख रहे थें, तब तक जैसे तैसे मैं उनकी चंगुल से भाग गई।"

"छुपती-छुपाती मैं पुलिस स्टेशन के बाहर पहुँची उस वक्त रात के दो बज कर जा चुके थे। मैं शिकायत करने के लिए अंदर जाने ही वाली थी की मुझे उन्ही गुंडों की आवाज आयी। मैं अँधेरे में दीवार के नजदीक छुप गई और उनकी बाते सुनने लगी।"

"मुझे पता चला की मेरी शिकायते कुछ लोगो को पसंद नहीं थी। शायद उस हादसे में किसी और की गलती थी, और उसे बचाने के लिए मेरे पिता पर शराब पि कर बस चलाने का इल्जाम डाला गया था। इस सब में इंस्पेक्टर तावळे भी शामिल था, जो इस वक्त उन गुंडों के साथ बाहर बैठ कर शराब पि रहा था। उसके बाद मैंने उम्मीद छोड़ दी की मैं कभी अपने पिता की सच्चाई दुनिया के सामने ला सकुंगी।"

"मिना के पिता रजनीश अंकल ने जानकारी निकाली की इंस्पेक्टर तावळे मेरे कॉलेज में भी मेरी पूछताछ कर रहा था। तब से मैं छुपती फिर रही हूँ। रजनीश अंकल ने हम दोनों को यहाँ किराये से फ्लैट ले कर दिया और हम अब अपनी जिंदगी डर-डर कर गुजारने पर मजबूर है।"

"कुछ दिन पहले अख़बार में पढ़ा था की उस हरामी तावळे का एक्सीडेंट हो गया है और वो कोमा में है। तब से हमें थोड़ी राहत मिली है। वरना ऐसा लगता था की कही किसी दिन उससे सामना हुआ तो पता नहीं क्या होंगा।" इतना कह कर राधिका रोने लगी।

मिना की आँखे भी भर आयी थी। रौनक ने अपनी जेब से रुमाल निकाल कर राधिका की तरफ बढ़ाया। राधिका ने रुमाल रौनक के हाथ से ले कर अपनी आँखों से बहते आसुंओ को उस रुमाल से साफ़ किया।

थोड़ा शांत हो कर राधिका ने कहा, "उस दिन बस में आप ने मेरी मदद की तो मुझे लगा आप जैसे भले इंसानो की वजह से ही इंसानियत अब भी जिन्दा है। और फिर आप यहाँ रहने के लिए आये तो इसलिए आप से दोस्ती करनी चाही।"

रौनक के जस्बात उसके काबू में थें। राधिका की कहानी सुन कर भी उसकी आँखें अपने आप में ही खोई हुई थीं। जैसे वह कुछ सोच रहा हो। कुछ पल कमरे में शांति बनी रही।

राधिका ने आगे कहा, "वो हरामी मनोज यादव, वो भी तावळे के साथ मिला हुआ है। कमिश्नर के सामने जब उसने झूठ बोला था तो अगले दिन मै उससे मिलने उसके घर गई थी। मैंने उससे पूछा की उसने ऐसा क्यों किया तो उसने इतनी गन्दी बात की थी की मैं अपने जुबान पर भी ला नहीं सकती।"

इतना कहकर राधिका की आँखों में फिर आँसू भर आये।

"क्या कहा था उसने?" रौनक की आँखो में जैसे अंगारे उतर आये थें।

राधिका फिर भी रोती रही तो रौनक ने राधिका का हाथ अपने हाथों में ले कर फिर पूछा, "रोना बंद करो, और मुझे बताओ उसने क्या कहा था?"

इस बार रौनक की आवाज में बड़ा ही ग़ुस्सा था। राधिका को लगा जैसे उसका हाथ अंगार पर रख दिया हो। रौनक का बदन तपने लगा था। उसका खून जैसे उबल रहा था। फिर भी उसका अपने ग़ुस्से पर बहुत नियंत्रण था।

उसकी साँसों की गर्मी राधिका को महसूस होने लगी। राधिका को लगा रौनक ही वह इंसान है जो उसे इस मुसीबत से हमेशा के लिए निकाल सकता है। उसे उस पर पूरा भरोसा बैठ गया।

राधिका ने अपने आँसू पोछे और सख्त लहजे में जवाब दिया, "उसने कहा था की, मेरे पास दो ही रास्ते है। या तो मैं उसकी रखेल बन कर सारी जिंदगी उसके इशारे पर नाचू, या फिर अपनी जिंदगी गवा दू। जो चार गुंडे मेरे घर आये थे वह उसी ने भेजे थे। तावळे को भी उसी ने मेरे पीछे लगाया है। मेरी जिंदगी का सब से बड़ा खतरा वो मनोज यादव ही है।"

"बचपन से मेरी एक ही खास सहेली रही है। वो है मिना।" मीणा के कंधे पर हाथ रखते हुए राधिका ने कहा। राधिका अपने पिता की तस्वीर के नजदीक चली गई और अपनी बात जारी रखी "जब मैं उनके चंगुल से भाग गई थी तो उसने मिना और उसके पापा को सताना शुरू किया। वो जानता था की इस दुनिया में मुझे और कोई सहारा दे सकता है तो वो मिना और उसके पिता ही है।"

"मिना के पिता ने मुझे अपने एक रिश्तेदार के यहाँ दादर में छुपा कर रखा था। जब मैं उसे नहीं मिली तो उसने मिना को नुकसान पहुँचाने की धमकी रजनीश अंकल को दी। वो बेचारे उसकी गुंडागर्दी सहते रहे। लेकिन जब बात और आगे बढ़ गई तो अंकल ने मिना और मुझे यहाँ सब की नज़रो से दूर किराये पर फ्लैट ले कर दे दिया।"

कुछ पल ख़ामोशी के बाद राधिका रौनक की ओर बढ़ी और फिर से बोलने लगी, "मेरी माँ के गुजरने के बाद जब कभी मेरे पिता को शहर से बाहर जाना होता तो वह मुझे मिना के यहाँ ही छोड़ कर जाते थे।"

"मिना के पिता और मेरे पिता बचपन के दोस्त थे। उन्होंने अपनी दोस्ती बखूबी निभाई है। लेकिन आज वो खुद तकलीफ की जिंदगी गुजारने पर मजबूर है। और हम कुछ कर भी नहीं सकते इस बात को सोच कर मुझे बड़ा अफ़सोस होता है।"

उस वक्त राधिका और मिना की आँखों में नमी थी और रौनक की आँखों में अंगार जल रही थी। अगर इस वक्त मनोज यादव वहाँ होता तो शायद रौनक उसे उसी वक्त मौत के घाट उतार देता। कुछ पल वहाँ ख़ामोशी छा गई, जिसे रौनक के जेब में घनघनाते फोन ने भंग किया।

रौनक ने फोन अपने कान से लगा लिया। सामने से एक शख्स ने कह, "कव्वा डाली पर बैठ चूका है। दो घंटे बाद उड़ान भरेगा। लेकिन ध्यान रखना, चील कव्वे पर नजर जमाये बैठी है।"

रौनक ने उस शख्स की बात सुन कर फोन काट दिया। और राधिका से कहा, "मुझे अब चलना चाहिए।" इतना कह कर रौनक दरवाजे की और जाने लगा।

राधिका ने पीछे से आवाज लगाई “प्लीज मत जाओ। आज की रात हम दोनों को यहाँ ऐसे मत छोडो प्लीज।”

रौनक ने राधिका के बाजु थाम लिए और कहा, “मेरा जाना जरुरी है। मैं सुबह होने से पहले लौट आऊगा। अपना और मिना का ख्याल रखना।” इतना कह कर रौनक अपनी गन को कमर में फसाते हुए बाहर चला गया। राधिका और मिना उसे बस देखती रह गई।

---------- X ----------

10

मनोज यादव की आखरी रात

११ जनवरी २०२६, रात १२:२९

यह वक्त सब के सोने का होता है, लेकिन इस वक्त वह गली टिमटिमाते उजाले से भरी हुई थी। सारी गली में शोर शराबा था। वह एक रेड लाइट एरिया था। जहाँ जिस्म का व्यापर चल रहा था। कई लोग रिक्शा से वहाँ आ रहे थें, तो कई लोग रिक्शा पकड़ कर जा रहे थें। गली में कई जगह रोमांटिक गाने चल रहे थें।

घरो के दरवाजों पर खड़ी औरते आने जाने वाले मर्दो को इशारे से बुला रही थीं। कुछ शराबी उन औरतों के हाथ से पिट रहे थें। गाली गलोच इस कदर चल रही थी की, कोई भले घर का इंसान वहाँ एक पल भी ना रुके। कुछ गुंडे भी वहाँ थें जो सब पर नजर रख रहे थें।

थोड़ी ही देर बाद एक घर से मनोज यादव निकला। उसके पीछे मुस्कुराते हुए आ रही बिस बाईस साल की लड़की से उसने कहा, "चमकी, आज तूने जी खुश कर दिया। ये ले ऐश कर।" इतना कहते हुए उसने अपने जेब से कुछ नोट निकाल कर उसके होठों के नजदीक कर दिए।

उस लड़की नोट चुम कर उसके हाथों से ले लिये। नोटों को अपने चोली में रखते हुए चमकी ने कहा, "आज रात भर रुक जाते तो और भी खुश कर देती।"

अपनी जेब से वह महँगी घडी निकाल कर अपनी कलाई पर बांधते हुए मनोज ने कहा, "रात तेरे साथ गुजारूंगा तो अपनी बीवी को क्या जवाब दूंगा?"

चमकी ने बड़े ही इठलाते हुए जवाब दिया, "अपनी बीवी के साथ तो रोज ही गुजारते हो, आज मेरे साथ गुजार कर देखो। अपनी बीवी को भूल जाओगे।"

मनोज ने अपना थ्री पीस चश्मा ठीक करते हुए कहा, "क्या है ना जान, आदमी बाहर कितना भी मुँह मार ले लेकिन इज्जत उसे अपनी बीवी के साथ ही मिलती है। अगली बार आऊंगा तो होटल पर चलेंगे फिर वहाँ रात भी गुजरेंगे और मस्ती भी करेंगे।"

इतना कह कर मनोज वहाँ से जाने लगा। चमकी भी अपने काम में लग गई और दूसरे मर्दो को इशारा करने में व्यस्त हो गई। मनोज के महंगे जुते, महंगे कपडे और रहन सहन देख कर कोई भी अंदाजा लगा सकता था की वह कितना अय्याश इंसान था।

उस रेड लाइट एरिया से निकल कर मनोज पास ही पार्क की हुई अपनी कार की ड्राइविंग सीट पर बैठ गया। उसने अपना मोबाइल जो हैंड ब्रेक के नजदीक रखा हुआ था उसे उठा कर देखा। मोबाईल की स्क्रीन पर तीन मिस्ड कॉल थे। वह नंबर उसके पत्नी का था।

उसने अपनी पत्नी को स्पीकर मोड़ पर कॉल कर स्टेरिंग के पीछे लगे स्टैंड में मोबाईल फसा दिया। वह ड्राइव करने लगा तभी उसकी पत्नी ने फोन उठा लिया।

"कहा है आप? कितनी देर हो गई है।" नींद भरी आवाज में ही उनकी पत्नी ने कहा।

"थोड़ी देर में पहुँचता हूँ आज थोड़ा काम था। तुमने खाना खाया या नहीं? और दवा लेना भूल तो नहीं गई ना?" ड्राइव करते हुए ही वह अपनी पत्नी से बातें कर रहा था।

मनोज की पत्नी ने कहा, "हां बाबा खाना भी खाया और दवा भी ली। मुझे नींद आ रही थी तो सोचा आप कहा है पूछ लू , बस इसलिए फोन किया था।"

मनोज ने कहा, "मैं थोड़ी देर में पहुँच जाऊंगा, तुम सो जाओ।"

उसकी पत्नी ने कहा, "दरवाजा खोलने के लिए तो उठना ही पड़ेगा ना?"

अगले मोड़ पर कार को बायीं और घुमाते हुए मनोज ने कहा, "लगता है तुम दवा ठीक से नहीं ले रही। भूल गई क्या मेरे पास एक्स्ट्रा चाबी है। तुम सो जाओ मैं तुम्हे नहीं जगाउंगा।"

"ठीक है, जल्दी आ जाईयेगा।" इतना कह कर उसकी पत्नी ने फोन काट दिया।

कार थोड़े सुनसान रोड पर पहुँची, जहा दूर-दूर तक ना कोई और वाहन नजर आ रहा था ना ही कोई इंसान। मनोज ड्राइव करते वक्त गाना गुनगुनाने लगा "मुसाफिर हूँ यारो...." तभी पीछे वाली सीट से आवाज आयी "ना घर है ना ठिकाना....."

मनोज एकदम चौक गया, उसके पीछे कोई था। उसने झट से अपनी कार को धीमा कर दिया। "कौन है? मेरी गाड़ी में क्या कर रहे हो?" मनोज ने जोर से पूछा।

तभी एक लोहे की नली उसके कनपट्टी से सट गई और पीछे से फिर आवाज आयी, "चुपचाप चलते रहो वरना तुम्हारा भेजा स्टेरिंग पर पड़ा मिलेंगा।"

मनोज एक पल में ही समझ गया की वह नली गन की थी। लेकिन मनोज भी कोई डरपोक इंसान नहीं था। उसने खुद को जल्द ही संभाल लिया और फिर से पूछा, "क्या चाहते हो? अगर पैसे चाहिए तो ले लो और उतर जाओ। मै किसी से नहीं कहूंगा।"

मनोज ड्राइव करता रहा, लेकिन अब गाड़ी की स्पीड काफी कम थी।

पीछे से फिर आवाज आयी "मुझे अपना फोन दो।"

ना चाहते हुए भी मनोज उस शख्स की बात मानने पर मजबूर था। उसने अपना फोन बाये हाथ से ले कर पीछे की ओर दिया।

पीछे बैठे शख्स ने मनोज के हाथ से फोन ले लिया और कहा, "पासवर्ड क्या है?"

मनोज ने कुछ नहीं कहा तो उस शख्स ने गन की नली का दबाव मनोज के गर्दन पर बढ़ा दिया और फिर कहा, "जल्दी।"

मनोज ने उसे पॉसवर्ड बता दिया। उस शख्स ने मनोज का फोन अनलॉक किया और उसे एरोप्लेन मोड पर डाल दिया।

"गाड़ी अगले मोड़ से दायी और घुमा देना और उस कच्ची सड़क से सीधा चलते रहना।"

पीछे बैठे शख्स की आवाज में एक अजीब सा आत्मविश्वास था। जिसे सुन कर मनोज को वही करना पड़ा जो वह कह रहा था। मनोज कार के शीशे में देखने की कोशिश करने लगा की वह शख्स कौन है। लेकिन कार के अंदर अँधेरा था और जिस कच्ची सड़क से कार चल रही थी वहाँ बस चाँद की हलकी सी रौशनी थी।

लगभग बिस किलोमीटर उस कच्ची सड़क पर छोटे-छोटे पत्थरों पर उछलती हुई गाड़ी चलती रही।

"वहाँ सामने पेड़ के नजदीक रोक दो।" पीछे से आवाज आयी।

मनोज ने गाड़ी पेड़ के नजदीक रोक दी।

"गाड़ी की चाबी मुझे निकाल कर दो।" पीछे से आवाज के साथ दस्ताना पहने एक हाथ उसके चेहरे के नजदीक आया।

मनोज थोड़ा सोचने लगा तभी उसके गर्दन पर गन की नली का दबाव बढ़ गया। "दे रहा हूँ।" मनोज ने रूखी आवाज में कहा।

मोनोज ने गाड़ी की चाबी निकाल कर उस हाथ पर रख दी और कहा, "तुम चाहते क्या हो, अगर कोई दुश्मनी निकालनी है तो कहो मै माफ़ी मांगने को तैयार हूँ।"

उस शख्स ने बिना कोई जवाब दिए बगल में पड़ा मनोज का मोबाइल उठाया और कार का दरवाजा खोल कर बाहर उतर गया।

चाँद की रौशनी में मनोज ने देखा की वह शख्स ऊपर से निचे तक काले कपड़ो से ढका हुआ था। उसने ड्राइविंग सीट वाला दरवाजा खोल कर मनोज को गन की नोक पर बाहर निकलने को कहा। मनोज चुप चाप बाहर आ गया।

"अब तो बताओ, आखिर चाहते क्या हो?" मनोज इस हालात में भी अपनी आवाज डगमगाने नहीं दे रहा था।

उस शख्स के पीठ पर बैग लटक रही थी। उसने कहा, "मै तुमसे सिर्फ कन्फेशन चाहता हूँ।" इतना कह कर वह खामोश हो गया।

मनोज सोचने लगा शायद उसे बातो में उलझा कर यहाँ से निकलने का कोई रास्ता निकल आयेगा। लेकिन उसकी यह सोच बिलकुल बेकार थी क्यों की सामने वाले शख्स ने जब अपने चेहरे से काला नकाब हटाया वह रौनक था। और रौनक के चंगुल से तो अरूण जैसा पुलिसवाला भी छूट नहीं पाया था तो, यह मनोज तो उसके लिए एक मामूली इंसान था। लेकिन मनोज उसे जानता नहीं था इसलिए उसका प्रयास करना भी सही था।

"कैसा कन्फेशन चाहिए तुम्हे? कौन हो तुम? देखो मेरे पास बहुत पैसा है मैं तुम्हे मालामाल कर दूगा। मुझे मेरा फोन दो अभी यही मैं तुम्हे मांगोगे उतने पैसे दे दूंगा, बस मुझे कुछ मत करना।" मनोज ने पैसो का लालच देने वाले अंदाज में कहा।

रौनक उसकी ओर भावना शुन्य नजर से देख रहा था। कुछ पल खामोशी छाई रही जिसे तोड़ते हुए रौनक ने कहा, "तेरे पहले सवाल का जवाब, तीन साल पहले एक बस हादसा हुआ था। वो बस तेरे डेपो की थी जिसका ड्राइवर मनोहर शिंदे था। तुने अपने बयान में कहा था, की वो शराब पि कर बस चलाता था, जो की सरासर झूठ था।" इतना कह कर रौनक ने मनोज के मोबाइल का कैमरा ऑन किया और उसकी फ़्लैश लाइट जला दी।

अब मनोज यादव की ओर एक हाथ में कैमरा और एक हाथ में गन ले कर रौनक ने कहा, "मुझे सब कुछ जानना है, जितना भी जानते हो सब सच बताओ। अगर झूठ बोला तो गोली मिलेंगी। सच बोला तो शायद जिंदगी मिल सकती है।" इतना कह कर रौनक मनोज के जवाब का इंतजार करने लगा।

मनोज एकदम चौक गया। उसने कहा, "ये क्या कह रहे हो तुम मैंने कोई झूठ नहीं बोला था। मनोहर सच मुच शराब पिता था। और जिस दिन वो हादसा हुआ था उस दिन भी उसने सुबह ही शराब पि रखी थी, कसम से।"

रौनक फिर से भावना शुन्य नजर से बस मनोज को देख रहा था। ना कोई हरकत ना चहरे पर कोई हाव भाव। मनोज को समझ आ गया की वह सब जानता है। लेकिन अगर वह सब जानता है, तो इसका मतलब किसीने उसे बताया है। लेकिन किसने? मनोज सोचने लगा हां, राधिका ही हो सकती है। और यह उसका आशिक होगा।

कुछ सोच कर उसने उसे बहकाने के इरादे से कहा, "तुम्हे किसने बताया, राधिका ने, अरे वो तो एक नंबर की चालू लड़की है। तुम्हे भी बस इस्तेमाल करेंगी और छोड़ देंगी। उसकी बातों में मत आना हं, वरना जिंदगी भर पछताना पड़ेगा।"

मनोज को लगा यह चाल काम कर जाएंगी। लेकिन रौनक था की टस से मस नहीं हुआ और उसके मुँह से निकला, "मैं सब जनता हूँ, बस तेरे मुँह से सुनना चाहता हूँ।" इतना कह कर रौनक ने गन की ओर इशारा किया।

मनोज का दिमाग अब धीरे-धीरे डर के आगोश में जाने लगा। रौनक के हाथ में सायलेंसर लगी गन देख कर उसे अपनी मौत उसके हाथों होती हुई नजर आने लगी।

सुनसान कच्ची सड़क, ठंड का महीना और चाँद की रौशनी फिर भी मनोज यादव के आधे गंजे सिर पर पसीने की बुँदे उभर आयी। कुछ पसीना माथे से हो कर उसके चिकने गालों पर लकीर बनाने लगा। मोबाईल के फ़्लैश लाइट का उजाला उसकी आँखों में चुभ रहा था। उसकी हर विनती, हर चाल नाकाम हो रही थी। क्या करे, क्या कहे कुछ समझ में नहीं आ रहा था। फिर उसने अपना आखरी दाव खेलने के बारे में सोचा।

उसने बड़े ही रूखे स्वर में कहा, "अब तक मेरे आदमियों ने राधिका और मिना को उठा लिया होगा। अगर मुझे कुछ हुआ तो तू कभी राधिका की शक्ल भी नहीं देख पायेगा। मोबिन

उन दोनों का वो हाल करेगा की कोई उनकी लाश तक नहीं पहचान पायेगा। देख तेरे पास आखरी मौका है। मुझे छोड़ दे और मैं अभी तेरे सामने मोबिन को फोन कर के बता देता हूँ, की राधिका को छोड़ दे।"

लेकिन रौनक पर मनोज की किसी बात का कोई असर नहीं हो रहा था। क्यों मनोज नहीं जनता था की राधिका और मिना बिलकुल ठीक थी। और जिस मोबिन की मनोज बात कर रहा था, उसका किस्सा कब का ख़तम हो चूका था।

अब मनोज को रौनक के रूप में यमराज नजर आने लगा। उसने अपने गले से सोने की चेन उतारी और अपने हाथ की उंगलियों से दोनो सोने की अँगूठियां भी उतार कर रौनक की ओर बढ़ाता हुआ कहा, "यह सब ले लो लेकिन मुझे मारना मत। मैं तुम्हे पहले भी बता चूका हूँ की मेरे पास बहुत पैसे है, मेरी जान बक्श दो मैं तुम्हे अपनी जिंदगी भर की कमाई देने को तैयार हूँ। बस मुझे जाने दो, प्लीज...... मैं तुम्हारे आगे हाथ जोड़ता हूँ, तुम्हारे पैर पड़ता हूँ, मुझे जाने दो।" इतना कह कर मनोज अपने घुटनों के बल बैठ गया। रोने लगा, गिड़गिड़ाने लगा, अपनी जिंदगी की भीख मांगने लगा।

रौनक पर मनोज के गिड़गिड़ाने का कोई असर नहीं हो रहा था। वह तो बस मनोज की ओर नजर गड़ाए देख रहा था। जब मनोज कुछ ज्यादा ही ड्रामा करने लगा तो रौनक ने उसके पैरों के नजदीक गोली चला दी।

वहाँ के सन्नाटे में उस सायलेंसर लगी बन्दुक की भी आवाज काफी ज्यादा लग रही थी। गोली की आवाज सुन कर मनोज एकदम सन्न रह गया। वह रौनक की ओर कांपते हुए देख रहा था।

रौनक ने कहा, "मैं आखरी बार कह रहा हूँ, मुझे तेरे मुँह से सच सुनना है।" इतना कह कर रौनक ने गन की नली मनोज के गले से टिका दी और उसे खड़ा किया।

मनोज की समझ में आ गया था की अब कुछ नहीं हो सकता तो उसने कहा, "ठीक है बताता हूँ।"

रौनक ने मोबाइल में वीडियो रिकॉर्डिंग शुरू कर दी। मनोज ने सोने की चेन और अंगूठियां अपने पैंट के जेब में डाल दी। फिर उसने अपना चश्मा उतार कर सफारी की जेब में रखा और अपने दोनों हाथों से अपने आँसू पोछ कर कैमरे की ओर देख कर बोलना शुरू किया।

मनोज ने कैमरे के सामने अपना जुर्म कबूल कियाफिररौनक ने वीडियो बंद कर केमोबाइल अपनी जेब में रख दिया।

"देखो मैंने तुम्हे सब बता दिया अब प्लीज़ मुझे जाने दो।" मनोज ने रौनका से हाथ जोड़ कर गिड़गिड़ाते हुए कहा। रौनक धीरे से उसके नजदीक गया। अब उसका पूरा चेहरा मनोज को साफ़-साफ़ दिखाई दे रहा था।

रौनक ने एक फीकी मुस्कान के साथ जवाब दिया, "अजीब इत्तफाक है। आज जब मोबिन अपने आदमियों के साथ राधिका और मिना को उठाने आया था, मैं वहाँ पहुँच गया। मोबिन और उसके साथियों को मैंने उनके अंजाम तक पहुँचा दिया है। ऊपर जा कर उनसे मुलाकात

कर लेना। तेरे दोस्त तावळे को भी जल्द ही तेरे पास भेजने वाला हूँ। और इस गम में मत रहना की आज कोठे पर ना आता तो अच्छा होता। क्यों की, रसीलीबाई को पैसे दे कर तुझे कोठे पर भी मैंने ही बुलाया था।"

"और तेरे दूसरे सवाल का जवाब, की मैं कौन हूँ? तो जान ले मैं तेरी मौत हूँ।" इतना कह कर रौनक ने गन का हैंडल मनोज के सिर पर जोर से दे मारा। मनोज की आँखों के सामने अँधेरा छा गया।

--------- X ---------

थोड़ी देर बाद जब मनोज को होश आया तो वह एक पेड़ की डाली पर उल्टा बंधा हुआ था। निचे रौनक कुछ कर रहा था लेकिन उसे कुछ समझ नहीं आया क्यों की वह अभी-अभी होश में आया था।

जब उसे पूरी तरह होश आ गया तो उसने देखा की उसके हाथों को इस कदर बांध रखा था की वह उन्हें ऊपर नहीं उठा पा रहा था। रस्सी से उसके हाथ बांध कर रस्सी का एक सिरा ठीक उसके निचे एक बड़े पत्थर से बांध रखा था। ना वह झूल सकता था, ना हिल सकता था। उसने देखा की उसके दोनों हाथो की कलाइयों में सुई लगा रखी थी, और दोनों हाथों से सलाइन की नली निचे जा कर एक सफ़ेद बोतल में लगा रखी थी।

यह सब देख कर उसे एक पल भी नहीं लगा यह समझ ने में की उसके हाथों से होकर उसके शरीर का सारा खून उस बोतल में जाने वाला था। वह चीखना चाहता था लेकिन उसके मुँह में ढेर सारा रुई भर कर उसपर ढेर सारा टेप लपेटा हुआ था। वह चीखने की कोशिश करने लगा लेकिन सिर्फ गर गर की आवाज निकल रही थी।

रौनक का काम शायद ख़त्म हो चूका था। उसने एक बार ऊपर मनोज की ओर देखा और हाथ हिला कर गुड बाय किया। फिर उसने उस सलाइन की नली का बटन खोल दिया जिससे मनोज के दोनों हाथों से खून नली में बहना शुरू हो गया। रौनक वहाँ से जाने लगा।

मनोज उसकी और देखता रहा। कुछ ही पलो में मनोज को सामने अपनी कार के लाइट शुरू हुए दिखाई दिये। फिर वह कार धीरे-धीरे आगे जाने लगी और मनोज की आँखे उस रौशनी को धुंधला होते देखती रह गयी।

--------- X ---------

११ जनवरी २०२६, सुबह ०४:३५

मिना और राधिका अपने कमरे के बेड पर पड़ी धीमी आवाज में बाते कर रही थीं। सुबह के साढ़े चार बज कर जा चुके थे लेकिन दोनों की आँखों में नींद नहीं थी। मिना राधिका को घर में घटी पूरी कहानी बता चुकी थी। और राधिका ने उसके वहाँ से जाने के बाद घटी पूरी कहानी बताई।

दोनों लड़कियों के लिए रौनक और राघव फ़रिशतों की तरह उतर आये थें। राधिका की बातों में राघव का जिक्र सुन कर मिना के मन में राघव से मिलने की चाह जागने लगी। यह सिर्फ इसलिए था की उसने उनकी मदद की, या फिर मिना के मन में राघव के प्रति चाहत

जागने लगी थी यह मिना तय नहीं कर पा रही थी।

जहाँ एक तरफ मनोज यादव जैसा शख्स उन बेसहारा लड़कियों को अपनी हवस का शिकार बनाना चाहता था, वही दूसरी और अनजान होते हुए भी रौनक और राघव ना सिर्फ उनकी मदद के लिए सामने आये थें, बल्कि उनके लिए अपनी जान जोखिम में भी डाल रहे थें। इस बात का दोनों लड़कियों पर गहरा असर हो चूका था।

रौनक ने सुबह होने से पहले आने का कहा था, इसी उम्मीद में राधिका बेसब्री से उसका इंतजार कर रही थी। अभी दोनों की आँखें भारी होने ही लगी थीं की दरवाजे पर दस्तक हुई।

मिना एक पल के लिए डर गई। लेकिन राधिका ने उसे दिलासा देते हुए कहा, "डरो मत शायद रौनक है।"

राधिका उठ कर दरवाजे के नजदीक चली गई और धीमी आवाज में कहा, "कौन है?"

रौनक ने धीरे से कहा, "मैं हूँ, रौनक।" रौनक की बात सुनते ही राधिका ने दरवाजा खोल दिया।

दरवाजा खोलते ही राधिका को सामने रौनक खड़ा दिखाई दिया। एक पल के लिए दोनों एक दूसरे की आँखों में झांकते रहे। अगले ही पल राधिका रौनक के गले लग गई, और रोने लगी। रौनक ने भी उसके सिर पर दिलासे से हाथ फेरा। यह सब मिना बेडरूम के दरवाजे पर खड़ी देख रही थी।

रौनक ने अंदर आ कर दरवाजा बंद कर दिया। "शांत हो जाओ, मुझे तुम दोनों से बात करनी है।" रौनक ने दोनों लड़कियों की और देखते हुए कहा। राधिका और मिना थोड़ा शांत हो गई और आ कर सोफे पर बैठ गई। दोनों लड़कियां एक दूसरे से सट कर बैठ गई और ठीक उनके सामने वाले सोफे पर रौनक बैठ गया। बैठते वक्त उसे थोड़ा असहज महसूस हुआ तो उसने पीछे हाथ कर कमर में फसाई गन निकाल कर सामने टेबल पर रख दी।

यह वही गन थी जिससे राधिका ने मोबिन और बाबू को मौत के घाट उतरा था। एक पल तो राधिका उस गन को देखती ही रह गई, जब तक रौनक ने बोलना शुरू नहीं किया।

"मेरी बात ध्यान से सुनो......." रौनक ने लग भग बिस मिनट तक राधिका और मिना को कुछ बताया। और ऐसे बताया की उनके दिमाग में फिट बैठ जाये।

कुछ पल शांत रहने के बाद उसने फिर उन दोनों को वही बात फिर से बताई, जिस पर मिना बोल पड़ी, "आपने अभी-अभी यही बात हमें दो बार बताई है। और अब फिर......"

मिना की बात काटते हुए रौनक ने कहा, "देखो मैं तुम दोनों को जो बता रहा हूँ ये सब तुम्हे ठीक से याद कर लेना है। इससे पहले पुलिस पता लगा ले की, क्या हुआ था? तुम्हे पुलिस को सब बताना है। लेकिन, जैसा मैंने अभी बताया ठीक वैसे ही।"

"कल सवेरे राघव तुम दोनों को पुलिस स्टेशन छोड़ देगा। और जब तक तुम दोनों सेफ महसूस नहीं करती राघव वहाँ आस-पास ही रहेगा। कोई भी प्रॉब्लम हुई तो तुम्हे बस राघव को इशारा करना है।"

राधिका ने मिना का हाथ दबाते हुए इशारा किया की चुपचाप रौनक की बात सुने।

राधिका लगातार रौनक के हिलते हुए होठों को देखे जा रही थी। रौनक का बोलने का अंदाज और उसका बर्ताव सब कुछ राधिका को इतना प्रभावित कर चूका था की कोई भी अंदाजा लगा सकता था, की राधिका को रौनक से प्यार हो चूका था।

जब रौनक को यकीन हुआ की दोनों लड़कियों को उसकी बात समझ में आ चुकी है तब रौनक उठ कर खड़ा हो गया और जाने लगा।

राधिका ने पीछे से आवाज लगाई, "प्लीज मत जाओ। हमें डर लग रहा है, प्लीज।"

राधिका और मिना के डरे सहमे चेहरों ने आखिर रौनक का सख्त दिल पिघला ही दिया।

"ठीक है तुम दोनों अपने कमरे में सो जाओ मैं यहाँ सोफे पर सो जाऊंगा।" इतना कह कर रौनक सोफे पर फिर से बैठ गया।

रौनक ने सोफे के पुश्त से अपनी पीठ टिका कर अपनी गर्दन सोफे पर पीछे डाल दी और अपनी आँखें बंद कर ली। जैसे वह बहुत थक चूका हो। सुबह के लगभग ०५:३० बज रहे थे। उसकी आँखों में नींद भले ही ना हो लेकिन थकान काफी थी। वही हाल दोनों लड़कियों का भी था।

रौनक ने तकिये के निचे गन रख दी और सोफे पर लेट गया। वह रात उसके लिए काफी मशक्कत वाली थी। एक ही रात में उसने मोबिन, जमील, प्रभु, बाबू और मनोज यादव को उनके अंजाम तक पहुँचाया था। देखते ही देखते वह नींद की अघोष में चला गया।

रौनक के वहाँ होने से मिना थोड़ा सुरक्षित महसूस करने लगी। उसे भी जल्द ही नींद लग गई। राधिका ने एक बार प्यार से मिना के सिर पर हाथ फेरा और उसका ओढ़ा हुआ कम्बल ठीक किया। तभी उसे कुछ याद आया और वह बेडरूम का दरवाजा खोल कर रौनक को देखने लगी। रौनक के बदन पर कम्बल नहीं था और उसका जैकेट इस वक्त राधिका ने पहन रखा था।

राधिका धीरे से दबे पाँव रौनक के नजदीक गई। सामने वाले सोफे पर एक कम्बल पड़ा था, जो मिना वही छोड़ गई थी। राधिका ने धीरे से उस कम्बल को उठा कर रौनक के ऊपर आहिस्ता से डाल दिया।

ठंड काफी थी इसलिए शरीर पर कम्बल की गरमी महसूस होते ही रौनक कम्बल का एक सिरा पकड़ कर पलट गया। कम्बल के साथ ही राधिका का हाथ भी रौनक के हाथों में आ गया। राधिका वही सोफे के कोने पर बैठ गई। जब रौनक ने अपनी पकड़ ढीली कर दी तब राधिका ने धीरे से अपना हाथ निकाल लिया।

कुछ पल रौनक को एक टक देख कर राधिका उठ कर मुस्कुराती हुई बेडरूम में जाने लगी। वह उस जैकेट को ऐसे अपने बदन से लपेट रही थी जैसे वह जैकेट नहीं खुद रौनक हो और वह उसे गले से लगा रही हो। थोड़ी ही देर में राधिका भी नींद की आगोश में चली गई।

——-------- X ——--------

11

अतीत की झलक २

रौनक नींद में फिर से उस सपने में खो गया, वही करण त्यागी और उसका परिवार।

सुबह ०६:०० बजे का वक्त था। पायल किचन में करण का टिफिन तैयार कर रही थी। बच्चे अपनी दादी के साथ सोये हुए थें। करण बस नहा कर अभी-अभी अपने कमरे में आया था। तभी फोन की घंटी बजी।

फोन उठाते ही करण ने कहा, "हेलो पापा क्या बात है इतने सवेरे फोन किया। सब ठीक तो है?"

फोन करण के ससुर का था।"हा बेटे सब ठीक है, या कहो ठीक से भी ठीक है।" करण के ससुर ने जवाब दिया।

"कहिये कैसे फोन किया?" करण ने पूछा।

"रवि की नौकरी पक्की हो गई है। रात को ही रिजल्ट आ गया था। मैंने सोचा थक कर सो गए होंगे तो सवेरे बता दूंगा।" करण के ससुर ने जवाब दिया।

"पापा ये तो बहुत अच्छी बात है। रवि है वहाँ उसे भी मुबारख बात दे दू।" करण ने खुश होते हुए कहा।

"नहीं वो देर रात तक जाग रहा था। अपने दोस्तों को खुशखबरी देने के लिए, अभी सोया हुआ है। अच्छा आज तुम छुट्टी ले लो शाम को छोटी सी पार्टी रखी है, सब को लेकर आ जाओ।" करण के ससुर ने सबको आमंत्रित किया।

"जी पापा, आप कहे और हम ना आये ऐसा हो सकता है क्या? वर्कशॉप का काम लड़के संभाल लेंगे। और फैक्टरी में मैं फोन कर के बता देता हूँ।" बात करते करते करण किचन में पहुँच गया।"ये लो पापा का फोन है, रवि की नौकरी लग गई है, आज शाम तक जाना है।" करण ने फोन पायल के हाथों में दे दिया।

पायल ने फोन ले कर अपने पापा से बात करना शुरू किया। इधर करण अपने कमरे में चला गया।

फोन रखने के बाद पायल ने सबको जगाया और जाने के लिए तैयार होने को कहा। सब लोग जाने के लिए तैयार हो गए।मामा के घर जाने के लिएबच्चे बहुत खुश थें।

करण ने अपने फोन से विशाल का नंबर डायल किया और कहा, "हैलो। विशाल सर, मैं पायल के घर जा रहा हूँ। रवि की नौकरी लगने की ख़ुशी में उसके पापा ने छोटी सी पार्टी रखी है। वैसे आज कोई खास काम तो नहीं है ना?"

सामने से जवाब सुनाई दिया, "कोई बात नहीं करण तुम चले जाओ। एक ऑर्डर है लेकिन मैं माधव से कह दूँगा। वो पूरी कर देगा।" इतना कह कर दोनों ने फोन काट दिया।

करण का ससुराल वहां से महज ७० किलोमीटर की दुरी पर था। करीब दस बजे पूरा परिवार टैक्सी में बैठ कर बस अड्डे के लिए निकल गया।बस अड्डे पर पहुँच कर सब बस में चढ़ने लगे। बच्चो ने विंडो सीट पकड़ी और सबकुछ सही चल रहा था। करण बच्चों के साथ बैठ गया। पायल और करण की माँ एक सीट पर बैठ गए।

बस निकलने के लिए अभी बस ५-१० मिनिट बाकि थे। करण का फोन बजने लगा। वह विशाल का कॉल था। करण ने कॉल उठाते ही कहा, "कहिए विशाल सर।"

विशाल की आवाज थोड़ी गंभीर थी, "करण क्या तुम दोपहर को नहीं जा सकते?"

करण ने पूछा, "क्यों क्या हुआ?"

विशाल ने गंभीर स्वर में कहा, "अरे यार वो माधव के हाथ में चोट लग गई। उसे अस्पताल ले गए है। वो ऑर्डर पूरी नहीं कर पायेगा। और पार्टी को आज ही माल की डिलीवरी देनी है। कुछ समझ नहीं आ रहा क्या करे?"

करण भी थोड़ा सोच में पड़ गया। वह सीट से उठ कर बस के पिछले हिस्से में जाते हुए बात करने लगा, "माधव को ज्यादा चोट तो नहीं लगी ना?"

विशाल ने गंभीर स्वर में कहा, "अब क्या कहुँ, उसे काफी चोट आयी है। वैसे तुम ये काम ज्यादा से ज्यादा २ घंटों में निपटा लोगे। और तुम तो जानते ही हो की बिजनेस में वक्त की कितनी अहमियत होती है।"

करण ने एक बार अपने हँसते खेलते परिवार को देखा। बच्चे ख़ुशी से खेल रहे थें। पायल भी काफी खुश थी। लेकिन अपने साथी की चोट की खबर सुन कर करण का दिल उदास हो चूका था।

उसने विशाल से कहा, "सर एक काम करता हूँ, मैं आ जाता हूँ। दो घंटे में काम निपटा कर मैं दूसरी बस से चला जाऊंगा।"

विशाल ने राहत महसूस होने वाले अंदाज में कहा, "थैंक्स यार करण, वरना मैं तो समझा था की आज बुरे फसे।" इतना कह कर दोनों ने फोन काट दिया।

करण ने सबको बतायाकी उसे जरुरी काम आ गया है, जो उसके अलावा कोई नहीं कर सकता। इसलिए उसे जाना होगा। करण की बात सुन करसबका मूडख़राब हो गया।

बच्चों ने कहा, "हम पापा के बिना नहीं जायेंगे, प्लीस पापा चलो ना।"

लेकिन काम कुछजरुरी था और अचानक जाना तय हुआ था तो सब गड़बड़ हो गई थी।करण ने कुछ सोच कर पायल की ओर देखा। उसे इशारे से पूछा की क्या किया जाये।

"जल्दी अपना काम ख़तम कर के आइये तब तक हम आगे जा कर पिज्जा खाएंगे।" पायल ने बात को संभाल लिया।

बच्चे आना कानि करने लगे लेकिन पायल ने उन्हें भी, "मैं हूँ ना साथ में, पापा भी जल्द ही आ जायेंगे।" ये कह कर समझा दिया।

करण ने बच्चों को समझाते हुए कहा, "तुम लोग आगे चलों, मैं दो घंटे में काम ख़तम करके पीछे आता हूँ।"

दोनों बच्चे करण के गले लग गए। दोनों ने करण के गलों को चूमा। शिखा ने बड़े ही मासूम अंदाज में कहा, "पापा जल्दी आ जाना। और हां मेरे लिए चॉकलेट ले कर आना।"

वरुण ने बी बड़े ही सादगी के साथ कहा, "पापा मैं आपके लिए पिज्जा बचा कर रखुगा। आप जल्दी आ जाना और मेरे और शिखा के लिए बड़ी वाली चॉकलेट ले आना।"

करण ने मुस्कुराते हुए कहा, "ठीक है। मैं दोनों के लिए अच्छी और बड़ी वाली चॉकलेट ले आऊंगा। मेरे प्यारे और समझदार बच्चे।" इतना कह कर करण ने दोनों को गले लगा लिया।

सारा नजारा बस का ड्राइवर पीछे मूड कर देख रहा था। वह राधिका का पिता मनोहर शिंदे था। उसे दोनों बच्चो की मासूमियत पर प्यार आ रहा था। करण ने माँ का आशीर्वाद लिया और खड़ा हो कर दरवाजे की और गया। उसने मुड़ कर एक बार बच्चों को मुस्कुरा कर देखा। तभी उसकी नजर बस ड्राइवर की ओर गई।

मनोहर ने मुस्कुरा कर कहा, "लगता है बच्चे नाराज हो गए।"

करण ने भी मुस्कुराते हुए जवाब दिया, "हां, वो मुझे थोड़ा काम से जाना पड़ रहा है इसलिए नाराज हो गए।"

मनोहर ने अपनी जेब से दो टॉफी निकाल कर बच्चों की तरफ बढ़ाई और कहा, "लो बच्चों टॉफी खाओ।"

बच्चों ने तुरंत टॉफी ले कर कहा, "थैंक यु अंकल।"

मनोहर ने करण से कहा, "बड़े प्यारे बच्चे है आप के।"

करण ने कहा, "ध्यान से ले जाइएगा। आज तक कभी मेरे बगैर गए नहीं। इसलिए थोड़े नाराज हैं।"

मनोहर ने जवाब दिया, "आप फ़िक्र मत कीजिए। आप के बच्चों को देख कर मुझे मेरी बेटी राधिका का बचपन याद आ गया। इस नौकरी की वजह से उसे ठीक से वक्त भी नहीं दे पाया। बस आप से इतना कहना चाहूंगा की इन्हे वक्त दीजिएगा। क्यों की इनका बचपन लौट कर नहीं आएगा।"

करण ने मुस्कुरा कर जवाब दिया, "जरूर। वैसे एक बात पुछू, बुरा तो नहीं मानेंगे।"

मनोहर ने कहा, "जी मैं किसी का बुरा नहीं मानता, पूछिए।"

करण ने कहा, "अक्सर ड्राइवर के पास खैनी या पान होता है। आपके पास टॉफी।"

मनोहर ने हँस कर कहा, “ये तो सब अपने मन पर है। मुझे अपनी जिंदगी में दो वक्त की रोटी और तीन वक्त की चाय के अलावा कोई लत नहीं लगी।” दोनों एक दूसरे की और देख कर मुस्कुराने लगे।

(यह वही मंजर था। जो रौनक को राधिका के पिता की तस्वीर के पास जाते ही दिखाई दिया था।)

“चलिए चलता हूँ।” इतना कह कर करण बस के निचे उतर गया।

बस निकलने लगी बच्चो ने पापा को बाय किया। बस निकलते ही खिड़की से बच्चे करण को हाथ हिला कर बाय करने लगे। जवाब में करण भी बाय करने लगा।

पायल ने मूड कर देखा और मुस्कुराते हुए करण को देखती रही। जब तक करण दिखा तब तक बच्चे बाप को बाय करते रहे और पायल अपने पति को देखती रही। एकदम आखिरी पल पर करण ने तीनो के लिए एक फ्लाइंग किस पास किया। पायल शर्मा कर सामने देखने लगी और बस ने अपना रास्ता तय करना शुरू किया।

--------- X ---------

फॅक्टरी में पहुँचते हीकरण ने अपना काम शुरू कर दिया। उसकी मेहनत और काम करने की लगन देख कर ही पता चल रहा था, की वह अपने काम में कितना माहिर था। आधे दिन का काम उसने लगभग एक घंटे में ही पूरा कर दिया।

करण अपना थोड़ा सा बचा हुआ काम पूरा करने में व्यस्त था तभी एक शख्स दौड़ता हुआ फैक्ट्री में दाखिल हुआ और उसने हाँफते हुए करण से कहा, “करण, ऑफिस में चलो विशाल ने बुलाया है।” वह शख्स करण को ले कर ऑफिस में पहुँचा।

ऑफिस में लगी टीवी पर एक ब्रेकिंग न्यूज़ चल रही थी।

“प्राथमिक जानकारी से हमें पता चला है, की एक ट्रक ने नियंत्रण खो दिया था जीस वजह से ये हादसा हुआ है। ट्रक की भिड़त एक कार और बस से हो गई है। जानकारी मिली है की बस जो है, वो खाई में गिर चुकी है। और कार में जो शख्स था उसकी भी मौके पर ही मौत हो चुकी है। बस में कितने लोग थें अभी पता नहीं चल पाया है। पुलिस की रेस्क्यू टीम घटनास्तल पर पहुँच चुकी है।”

वह वही बस थी जिसमे करण का पूरा परिवार था। ऑफिस में बैठे लोग भी खड़े हो कर देखने लगे कंपनी का मैनेजर भी केबिन से बाहर आ कर देखने लगा। पुरे ऑफिस में सन्नाटा छा चूका था। करण को तो जाने कुछ समझ ही नहीं आ रहा था। ये सब क्या हो गया उसके कान सन्न की आवाज करने लगे। तभी विशाल ने उसके कंधे पर हाथ रखा और दिलासा देते हुए कहा, “चलो जल्दी। हमें वहाँ जाना चाहिए।”

लेकिन करण को कुछ समझ ही नहीं आ रहा था। क्यों की खबर के मुताबिक बस में बैठे लोगों में से किसी के भी बचने की उम्मीद नहीं थी।

करण के जेब में मोबाईल की घंटी बजने लगी, और इधर रौनक की नींद खुल गई। सुबह के ०८:०५ बज रहे थे। उसके मोबाईल पर राघव का नाम चमक रहा था। राघव के कॉल ने

रौनक का सपना और नींद दोनों तोड़ दिए।

राघव ने रौनक से कहा, "जाग गए या सो रहे हो?"

रौनक ने नींद में ही जवाब दिया, "बस अभी तुम्हारे फोन की आवज से ही नींद खुल गई। तुम तैयार रहो थोड़ी देर में लड़कियों को भेज रहा हूँ।" इतना कह कर रौनक ने फोन काट दिया।

रौनक के फोन की घंटी से राधिका की भी आँख खुल गई। उसने देखा की मिना शांति से सो रही है, तो उसने मिना को सोने दिया। उसने उठ कर बाहार आने के लिए धीरे से दरवाजा खोला। सामने रौनक पुशअप्स कर रहा था। उसे वर्जिश करते देख वह दरवाजे पर ही रुक गई। रौनक की टी शर्ट पूरी तरह पसीने से भीगी हुई थी। जिससे अंदाजा लगाया जा सकता है की वह अपने शरीर को लोहे जैसा बनाने के लिए कितनी मेहनत करता था।

राधिका उसे एक टक देख रही थी। रौनक तब तक पुशअप्स करता रहा जब तक वह निचे जमीन पर गिर नहीं गया। उसकी सांसे किसी कुकर की सिटी की तरह बज रही थी। फिर वह उठ कर खड़ा हो गया तो उसकी नजर दरवाजे पर खड़ी राधिका पर पड़ी।

"मिना उठी या अब भी सो रही है?" रौनक ने जोर-जोर से सांस लेते हुए पूछा।

"वो सो रही है। थोड़ी देर बाद उठा दूंगी। तुम रोज ये सब करते हो?" राधिका ने सोफे पर बैठते हुए कहा।

"हां। ये सब मेरा रूटीन है। और मै अपना रूटीन ब्रेक नहीं करता, चाहे कही भी हो।" कहते हुए रौनक भी सामने सोफे पर बैठ गया।

"क्या लोंगे? चाय या कॉफी?" राधिका ने पूछा।

"कुछ नहीं, मुझे अब चलना चाहिए।" रौनक ने जवाब दिया।

"ऐसे कैसे। एक कप कॉफी तो साथ में ले ही सकते हो? प्लीज।" राधिका ने विनती की।

"ठीक है।" इतना कह कर रौनक उठ कर बाहार जाने लगा।

"कहा जा रहे हो?" राधिका ने चौकते हुए कहा।

"अपने कमरे से फ्रेश हो कर आता हूँ, तब तक तुम कॉफी बना लेना।" इतना कह कर रौनक रूम से बाहर चला गया।

थोड़ी देर बाद दोनों कॉफी पि रहे थें।

कॉफी का घुट लेते हुए राधिका ने कहा, "तुम पुलिसवाले हो, या कोई गैंगस्टर?"

रौनक ने एक फीकी मुस्कान के साथ कहा, "ना ही मैं पुलिसवाला हूँ, ना ही कोई गैंगस्टर।"

राधिका ने फिर से एक घुट कॉफी का लेते हुए कहा, "फिर तुम्हारे पास वो गन?"

रौनक ने दो पल रुक कर कहा, "दुनिया में सब एक जैसे लोग नहीं। एक तरफ तुम्हारे और मिना के पापा जैसे नेक लोग है, जिनकी वजह से इंसानियत आज भी जिन्दा है। तो दूसरी तरफ मनोज यादव और इंस्पेक्टर तावळे जैसे लोग भी है, जो इंसानियत के नाम पर धब्बा है। तो बस इन जैसे लोगों के लिए ये गन है।"

जब तक दोनों अपनी कॉफी ख़त्म करते मिना उठ कर बाहर आ गई। वह राधिका के नजदीक आ कर बैठ गई।

कॉफी ख़तम होने के बाद रौनक ने फिर से दोनों को समझाया की उन्हें पुलिस को क्या बताना है। जब रौनक को यकीन हो गया की दोनों को बात समझ में आ चुकी है तो रौनक वहाँ से चला गया।

---------- X ----------

12

मनोज और मोबिन गैंग का इन्वेस्टीगेशन

११ जनवरी २०२६, सुबह ०९:०५

राजेश इस वक्त बड़ा ही परेशान नजर आ रहा था। वह अपने घर पर बैठा सिगरेट के कश लगा रहा था। हर कश के बाद वह टेबल पर पड़ी उस एक्सीडेंट की फाइल को देख रहा था। उसके दिमाग में इस वक्त अजीब सा भवंडर चल रहा था। इस केस को कैसे सुलझाए कुछ समझ नहीं आ रहा था।

सिगरेट ख़तम होने को आयी तो उसने टेबल पर रखे राखदान में सिगरेट बुझा कर डाल दी। कुछ पल अपनी आँखे बंद कर के वह सोफे से अपना सिर टिका कर पड़ा रहा। और फिर उसने नई सिगरेट जला ली।

करीब आधे घंटे से राजेश का यही सब चल रहा था। उसने फिर नई सिगरेट जलाई। अभी सिगरेट कुछ आधी ख़त्म होने को आयी थी, की उसके मोबाईल पर शुक्ला का नाम चमचमाने लगा।

"हेलो।" राजेश ने अपना फोन स्पीकर मोड पर डाल दिया।

"सर एक और क़त्ल हुआ है। क्या आप अभी यहाँ आ सकते है।" शुक्ला की आवाज में काफी उदासी थी।

राजेश ने जलती हुई सिगरेट राखदान में डाल दी और लपक कर अपना फोन हाथ में ले कर पूछा, "कहाँ आना है?"

शुक्ला ने तुरंत जवाब दिया, "सर आपके मोबाईल पर लोकेशन भेज रहा हूँ जल्दी पहुँचिए।" इतना कह कर शुक्ला ने फोन काट दिया।

राजेश ने फुर्ती से वर्दी पहनी और अपनी कार ले कर निकल पड़ा।

---------- X ---------

करीब १०:१५ को राधिका और मिना निचे गेट के पास आ गई। राधिका को देखते ही वहाँ एक रिक्शा आ कर रुक गया।

"चलिए मैडम।" उस रिक्शा का ड्राइवर और कोई नहीं राघव था। राधिका के होठों पर मुस्कान तैर गई। उसने मिना को रिक्शे में बैठने को कहा तो मिना समझ गई की वही राघव है, जिसने कल रात राधिका को छुड़ाने में रौनक की मदद की थी।

रिक्शा चल पड़ा। मिना लगातार राघव को तिरछी नजर से ताड़ रही थी। राधिका को शायद यह बात पता लग गई, तो वह मिना को कोहनी से धक्का दे कर इशारे से पूछने लगी क्या हुआ? जिस पर मिना ने अपना सिर हिला कर जवाब में 'कुछ नहीं' कहा।

---------- X ---------

करीब १०:१७ को राजेश घटना स्थल पर पहुँचा। वहाँ पुलिस और फोरेंसिक के लोग पहुँच चुके थें। फोरेंसिक इंचार्ज दयानंद जी खुद भी वहाँ आ चुके थे।

"राजेश इस कातिल का पता लगाना बहुत ही जरुरी है। इसकी हिट लिस्ट पर और कितने लोग है पता नहीं।" दयानंद जी ने राजेश से कहा।

"मैं इस कातिल को छोडूंगा नहीं दयानंद जी। अब ये मेरी काबिलियत पर शक करने जैसा हो गया है।" इतना कह कर राजेश और दयानंद दोनों उस पेड़ के नजदीक पहुँचे।

पुलिस ने चरों तरफ एक घेरा बना रखा था। वहाँ ज्यादा भीड़ नहीं थी। फिर भी जितने लोग थे उन्हें नजदीक जाने से रोकने के लिए रिबन बांध रखा था।

शुक्ला ने राजेश को सेलूट किया और अपनी बात बताना शुरू किया, "सर ये मनोज यादव है। उस बस डेपो का इंचार्ज है जीस बस का एक्सीडेंट हुआ था। उस एक्सीडेंट केस में इसने बयान दिया था की बस का ड्राइवर शराबी था, और हमेशा शराब पि कर बस चलाता था।"

राजेश शुक्ला की ओर देखते हुए कहा, "मैंने कहा था तुमसे, कही कल सुबह उन गवाहों में से ही किसी को देखने जाना ना पड़ जाये।"

शुक्ला ने कहा, "सर, याद है। मुझे अपनी गलती का अहसास है।"

राजेश ने पूछा, "तुमने कहा था, इन लोगों पर तुमने अपने मुखबिर छोड़ रखें थें। उनसे कुछ पता चला?"

शुक्ला ने जवाब दिया, "सर, जिस आदमी को मैंने मनोज के पीछे लगाया था, उसका कहना है की मनोज कल दिन भर अपने बस डेपो पर ही था। रात को करीब ११ बजे वो रेड लाइट एरिया में चला गया। उसके बाद करीब १ घंटा उसने मनोज के वापस आने का इंतजार किया। लेकिन जब वो नहीं लौटा तो उसे लगा शायद मनोज रात भर वही रुकने वाला है। इसलिए वो सो गया। मनोज कब वापस आया उसे पता नहीं चला।"

राजेश ने गंभीर और थके हुए स्वर में कहा, "लाश को पहले किसने देखा।"

शुक्ला ने जवाब दिया, "सर सवेरे एक किसान ने गुजरते वक्त पेड़ पर लटकी लाश देखि। उसने कुछ लोगों को इकठ्ठा किया और पुलिस को खबर दी। पहले मुझे लगा कोई साधारण केस होंगा, लेकिन यहाँ पहुँचने के बाद देखा तो उस खून की बोतल के पास ये प्यादा पड़ा हुआ था। और इसे भी अजीब तरीके से मारा गया था, तो मैंने अंदाजा लगा लिया की ये जरूर हमारे ही लिस्ट में से कोई है। देखा तो ये मनोज यादव निकला।"

राजेश ने इधर-उधर देखते हुए कहा, “डॉक्टर तिवारी का कुछ पता चला?”

शुक्ला ने जवाब दिया, “नहीं सर अभी तक उनका कुछ पता नहीं चला।”

राजेश ने परेशान स्वर में कहा, “मनोज को पकड़ कर वो ५ लोगों को मार चूका है। अब तिवारी की लाश मिली तो हमारी नौकरी ही खतरे में ना आ जाये।” इतना कह कर राजेश मनोज की लटकी हुई लाश को देखने लगा।

दयानंद जी ने राजेश को आवाज दी। राजेश लटकती हुई लाश के निचे रखी उस बोतल के नजदीक गया। वहाँ दयानंद जी निचे बैठ कर कुछ देख रहे थे। राजेश भी उनके नजदीक जा कर बैठ गया।

“इसका सारा खून इस बोतल में उतर गया है। ढक्कन में सिर्फ नली जाने इतना छेद किया गया है। पक्का शरीर का सारा खून बहने की वजह से ही मौत हुई होंगी।” इतना कह कर दयानंद जी राजेश की और देखने लगे।

राजेश और दयानंद जी खड़े हो गए। शुक्ला भी उनके पीछे ही खड़ा था।

राजेश के खड़े होते ही शुक्ला ने कहा, “कल रात को इसके मोबाईल का सिग्नल यहाँ से बिस पच्चीस किलोमीटर पर उसी रेड लाइट एरिये के नजदीक बंद हुआ था।”

राजेश इधर-उधर देखने लगा। शायद कुछ ढूंढने की कोशिश कर रहा था।

“कोई और सुराग मिला?” राजेश ने बिना शुक्ला को देखे ही पूछा।

“नहीं सर, उसका मोबाईल भी यहाँ नहीं है। शायद कातिल ने बंद कर के कही फेक दिया होंगा। और सर उसकी कार भी गायब है।”

“कार भी कही ना कही मिल ही जाएंगी।” इतना कह कर राजेश ने घेरे से बहार आ कर एक सिगरेट जला ली।

-------- X --------

करीब १०:३५ को रिक्शा पुलिस स्टेशन के सामने आ कर रुक गया। राघव ने पीछे पलट कर कहा, “कोई भी प्रॉब्लम हो तो बस मुझे इशारा कर देना। मैं सामने वाली कैंटीन पर ही बैठा हूँ।”

दोनों लड़कियों ने हां में सिर हिलाया और रिक्शा से उतर कर जाने लगी। पता नहीं मिना को क्या सुझा वह पलट कर वापस राघव के पास गई और अपाना दाहिना हाथ सामने कर के राघव से कहा, “थैंक्स।”

राघव ने भी मुस्कुरा कर मिना से हाथ मिलाया और फिर मिना दौड़ कर राधिका के पास चली गई। फिर दोनों लड़किया पुलिस स्टेशन के अंदर चली गई।

वह उस एरिया का छोटा पुलिस स्टेशन था। इस वक्त पुलिस स्टेशन में एक कॉन्स्टेबल किसी की शिकायत लिख रहा था। स्टेशन इंचार्ज अपनी कुर्सी पर बैठा फोन पर बात कर रहा था। दो हवालदार अपने कुछ काम में व्यस्त थें।

“क्या काम है?” एक हवालदार ने राधिका और मिना की ओर देखते हुए पूछा।

“जी.. जी कंप्लेंट लिखवानी थी।” राधिका हकलाते हुए बोल पड़ी।

"जाओ अमर सर से बात करो।" यह कहते हुए उस हवालदार ने स्टेशन इंचार्ज की और इशारा किया।

राधिका और मिना दोनों उस टेबल के नजदीक पहुँची तो इंचार्ज ने फोन पर बात करते हुए ही उन दोनों को बैठने का इशारा किया। दोनों टेबल के सामने कुर्सियों पर बैठ गई। कुछ पल बाद अपने फोन पर बात ख़तम करते हुए इंस्पेक्टर अमर ने कहा, "ठीक है मैं बाद में बात करता हूँ।" इतना कह कर उसने अपना फोन काट कर सामने टेबल पर रख दिया।

"कहिये क्या बात है?" इंस्पेक्टर अमर ने राधिका और मिना की ओर देख कर पूछा।

"हमें कंप्लेंट लिखवानी है।" राधिका ने कहा।

"किसके खिलाफ?" अमर ने अपनी पीठ कुर्सी की पुश्त से टिकाते हुए कहा।

"मनोज यादव।" राधिका के मुँह से नाम निकला जिसे सुनते ही अमर कुर्सी पर सीधा हो गया, शिकायत लिख रहे कॉन्स्टेबल का पेन रुक गया और अपने काम में व्यस्त वे दोनों हवालदार भी अपना काम छोड़ कर मिना और राधिका की ओर देखने लगें।

सब लोग ऐसे हैरानी से क्यों देख रहे है, इस बात से राधिका और मिना एक दूसरे की शक्ल देख कर उन सब को देखने लगी।

"क्या नाम बताया आपने?" अमर ने जोर दे कर पूछा।

"जी मनोज यादव।" राधिका ने फिर से दोहराया।

"क्या आप उसी मनोज यादव की बात कर रही है जो बस डेपो का इंचार्ज है?" अमर ने इस बार साफ लफ्जो में पूछा।

"जी हां, हम उसी मनोज यादव की बात कर रहे है।" इस बार राधिका ने भी साफ़ लफ्जो में कहा।

"बताइये।" अमर ने अपनी दोनों कोहनियां टेबल पर रख कर कहा।

राधिका ने बोलना शुरू किया "मेरा नाम राधिका शिंदे है। मेरे पिता मनोहर शिंदे उसी डेपो के बस ड्राइवर थे जहा का इंचार्ज मनोज यादव है। तीन साल पहले एक बस हादसे में मेरे पिता और कई लोगो की जान चली गई। तब मनोज यादव ने झूठा बयान दिया था की, मेरे पिता शराब पि कर बस चलाते थे।"

"जब मैंने इस बात का विरोध किया तो उसने मेरे पीछे कुछ गुंडे लगा दिए। जैसे-तैसे मैं अपनी जान और इज्जत बचा कर वहाँ से भाग गई। लेकिन फिर उसने मेरी सहेली मिना को मारने की धमकी उसके पिता को दी। क्यों की वह जनता था की मेरी मदद सिर्फ मिना के पिता ही कर सकते थे। तब से हम दोनों छुप कर अपनी जिंदगी बिता रहे थे।"

"लेकिन कल रात हमारे घर दो बदमाश घुस आये। उसमे से एक ने मिना के गर्दन पर चाकू लगा कर मुझे दूसरे के साथ जाने पर मजबूर किया। मैं यह सोच कर उसके साथ चली गई की कम से कम मिना की जान और इज्जत बच जाएँगी।"

"लेकिन जब वो लोग मुझे गाड़ी में ले जा रहे थें तब मुझे पता चला की वो मेरे बाद मिना को भी वही लाने वाले है। मैंने हल्ला मचाने की कोशिश की मगर उन्होंने मेरे हाथ और मुँह

बांध दिये।"

आगे की कहानी मिना ने सुनना शुरू किया, "जब वो राधिका को ले गए तब घर में रुके शख्स ने मेरे हाथ और पैर बांध दिए। फिर उसने मेरे मुँह पर भी एक दुपट्टा कस कर बांध दिया। उसका इरादा मेरे साथ बदसलूखी करने का था। इसलिए उसने मेरे कपडे फाड़ने चाहे, लेकिन तभी हमारे दरवाजे पर दस्तक हुई।"

"मुझे लगा शायद उस आदमी का कोई और साथी आ गया है और अब मेरी खैर नहीं। वो शख्स मुझे बेड पर बांध कर बैडरूम का दरवाजा बंद कर के हॉल में दरवाजा खोलने चला गया। थोड़ी देर बाद हॉल से हाथा पाई की आवाजे आने लगी। कुछ ही पल बाद वो आवाजे थम गई।"

"मैं रोती रही और मुझे कब नींद लग गई मुझे पता ही नहीं चला। फिर क्या हुआ मुझे कुछ नहीं पता। जब राधिका घर आयी तब उसने मुझे नींद से जगाया और मेरे हाथ पैर खोले।"

"तुम्हे तो वो लोग ले गए थें तुम कैसे वापस आयी?" अमर ने राधिका से पूछा।

आगे राधिका ने अपनी कहानी बताना शुरू किया, "मुझे वो लोग एक वीरान जगह पर ले गए। जहाँ उनकी बातों से पता चला की वो मुझे मनोज यादव के हवाले करने वाले है। उन्होंने मुझे वहाँ बांध कर रखा था। तभी कुछ एक या डेढ़ घंटे बाद उनमे से एक के मोबाईल पर फोन आया की वो मिना को ले कर आ गया है। फिर उनमे से दोनों निचे चले गए और काफी देर तक वापस नहीं आये।"

"उनका जो लीडर था वो भी निचे चला गया। थोड़ी देर बाद एक नकाबपोश मेरे नजदीक आया और बोला 'शोर मत करना मैं तुम्हे छुड़ाने आया हूँ।' इतना कह कर उसने मेरे मुँह और हाथ पैर खोल दिए। वो मुझे निचे ले गया। उसकी गाड़ी दूर अँधेरे में खड़ी थी।"

"जब मैं उन गुंडों की गाड़ी के नजदीक से गुजरी तो मुझे उस गाड़ी के शीशे से वो चरों गाड़ी के अंदर ठुसे हुए दिखाई दिए जैसे उन्हें बेहोश कर के गाड़ी में डाल दिया हो।"

"फिर वो नकाबपोश मुझे अपने गाड़ी में बिठा कर बिल्डिंग के नजदीक छोड़ कर चला गया। मैं डरी सहमी अपने घर पहुँची जहाँ मिना बंधी पड़ी थी। मैंने मिना को जगाया और उसे सब बताया। उसने भी मुझे घर में क्या हुआ सब बताया।"

"सर प्लीज उस मनोज यादव को अभी के अभी गिरफ्तार कीजिये।" राधिका ने ऊँचे आवाज में कहा।

अमर ने अपना मोबाईल हाथ में ले कर उसमे एक बिल्डिंग का फोटो राधिका को दिखाते हुए कहा "क्या यही वो जगह है, जहाँ वो चरों तुम्हे ले गए थें?"

राधिका ने ध्यान से देखा "हां।"

फिर अमर ने एक एक कर के चार लोगों के फोटो दिखाए "क्या यही लोग थें?"

राधिका और मिना ने हैरानी से देखते हुए कहा, "हां, यही थें। आपको कैसे पता।"

"लगता है आपने आज टीवी नहीं देखि। सुबह से इन की ही खबर हर चैनल पर चल रही है। वो कल रात को ही मारे गए। जिस कार में आपने उन्हें देखा था, उसी कार में उनको जला

दिया।” अमर ने अपना फोन टेबल पर वापस रखते हुए कहा।

“अब रही बात मनोज यादव की, तो उसे भी कल रात को ही किसी ने मार दिया।” कुर्सी का टेका लेते हुए अमर ने कहा।

मनोज यादव की मौत की खबर सुनते ही राधिका और मिना चौक गयी। वह दोनों एक दूसरे को हैरानी से देखने लगी।

“जो भी हो आप दोनों इस केस की मेन विटनेस हो मुझे आप को कमिश्नर ऑफिस ले जाना होंगा, प्लीज चलिए।” अपनी टोपी पहन कर इंस्पेक्टर अमर ने राधिका और मिना को चलने को कहा, और आगे-आगे चलने लगा।

मिना और राधिका भी उठ कर अमर के पीछे चल दी। बाहर फोन पर बात कर रहे ड्राइवर को इंस्पेक्टर ने जल्दी से गाड़ी निकालने को कहा। राधिका ने इंस्पेक्टर से कहा “उस ऑटो वाले के पैसे देने बाकी है मैं अभी आयी।”

मिना को पुलिस जीप के पास छोड़ कर राधिका तेजी से राघव के रिक्शा के नजदीक चली गई। अपने पर्स से १०० रुपये का नोट निकाल कर राघव के हाथ में देते हुए उसने कहा, “हमें पूछताछ के लिए कमिश्नर ऑफिस ले कर जा रहे है।”

राघव ने नोट जेब में रखते हुए कहा, “फ़िक्र मत कीजिये, बस अपने बयान पर कायम रहियेंगा बाकी सब रौनक और मैं संभाल लेंगे।” राघव के मुँह से इतना सुन कर राधिका को तसल्ली हुई की अब वह अकेली नहीं है। फिर वह जा कर पुलिस जीप में बैठ गई।

वहाँ से निकलते ही अमर ने राजेश को फोन किया उस वक्त राजेश शुक्ला से कह रहा था, “सारे इलाके की अच्छी तरह छानबीन करो कही कोई गवाह या कोई सुराग मिले तो मुझे रिपोर्ट करो।” राजेश सिगरेट के कश लेते हुए बोल रहा था।

तभी उसके मोबाईल पर इंस्पेक्टर अमर का कॉल आया। उसने फोन उठा कर बात की, “हैलो।” अमर ने कहा, “सर ग्रुप पर जिस मिसिंग लड़की राधिका के बारे में लिखा हुआ है, वो मिल गई है।”

राजेश ने सिगरेट फेक कर उत्सुकता से कहा, “कहाँ है वो इस वक्त?”

अमर ने जवाब दिया, “सर वो मेरे साथ ही है। और एक बात है सर।”

राजेश ने कहा, “बताओ।”

अमर ने राजेश को राधिका ने बताई हुई हर एक बात बता दि और कहा, “मैं उसे कमिश्नर ऑफिस ले कर आ रहा हूँ।”

राजेश ने अमर की बात सुनते ही अमर से कहा, “नहीं अमर तुम उस लड़की को ले कर वारदात वाली जहग पहुँचो मैं भी वही आ रहा हूँ।” फोन काट कर अमर ने ड्राइवर को गाड़ी मोबिन के अड्डे की ओर लेने के लिए कहा।

बात ख़त्म होते ही राजेश ने शुक्ला से कहा, “मामला और भी पेचीदा हो गया है शुक्ला।”

शुक्ला ने पूछा, “क्या हुआ सर?”

राजेश ने जवाब दिया, “कल रात जिन चार लोगों को कार में जलाया गया था। वो भी इसी केस से जुड़े हुए हैं। उस बस ड्राइवर शिंदे की बेटी को उन चारों ने अगवा कर लिया था। और शायद कातिल भी इन सब पर नजर रखे हुआ था। और कल उसने उन चारों को वहाँ जलाया और यहाँ मनोज यादव को मार दिया। मैं वही जा रहा हूँ। तुम यहाँ का मामला निपटा कर मुझे ऑफिस में मिलो।” इतना कह कर राजेश वहाँ से निकल गया।

-------- X --------

१०:४९ को राजेश अपनी पुलिस जीप तेजी से मोबिन के अड्डे की ओर भगा रहा था। उसके दिमाग में केस से जुड़े अनेक खयाल घूम रहे थें। मोबिन और उसके साथियों का एक्सीडेंट वाले केस से कोई सम्बन्ध नहीं था। फिर कातिल ने उन्हें क्यों मारा होगा। और राधिका को उन लोगों ने क्यों किडनैप किया होगा। कही राधिका ही तो इन हत्याओं की मास्टर माइंड नहीं। यही सब सोचते हुए वह अपनी जीप को तेजी से दौड़ा रहा था।

तभी राजेश के मोबाईल पर मनीष का कॉल आया। “हैलो।” राजेश ने कहा।

मनीष ने बात शुरू की, “सर, हमारे केस में एक नए ऑफिसर को अपॉइंट किया गया है। नाम है ACP अरविन्द बक्शी।”

राजेश ने कहा, “क्या वो आ चुके है?”

मनीष ने जवाब दिया, “नहीं उन्होने अपना ट्रांसफर आर्डर ऑफिस में भेज दिया है। लेकिन वो बाहर से ही कही निकल गए।”

राजेश ने कहा, “बड़े ऑफिसर है। सैर सपाटे पर गए होगे।” इतना कह कर राजेश ने फोन काट दिया।

-------- X --------

13

ACP अरविन्द बक्शी

११ जनवरी २०२६, सुबह ११:३३

राजेश की जीप मोबिन के अड्डे पर तेजी से आ कर रुक गई। वहाँ इस वक्त चार लाशें सफ़ेद कपड़ों से ढकी हुई थी। मोबिन की कार जल कर भंगार में तब्दील हो चुकी थी। कई सारे पुलिसवाले अपने कामों में व्यस्त थें। तभी एक और पुलिस की गाड़ी वहाँ आ कर रुक गई। राजेश ने देखते ही पहचान लिया की उस गाड़ी को हवालदार पांडे चला रहा था।

जीप को रोकते ही पांडे उतर गया और उसने बगलवाले सीट पर सो रहे पुलिसवाले से कहा, "सर हम पहुँच गए।" पांडे ने दरवाजा खोला और एक बेहद ही आकर्षक पुलिस ऑफिसर उतर कर बाहर आ गया। उसके बदन पर वर्दी इस कदर जच रही थी की मानो वो पुलिसवाला होने के लिए ही पैदा हुआ हो। आँखों पर काला चश्मा और चहरे पर मूछ उसके रूप को और भी निखार रहे थें।

उतरते ही उसने सीधा मोबिन की जल चुकी कार की ओर चलना शुरू किया। राजेश अब भी उसी की तरफ देख रहा था। राजेश को मनीष की बात याद आ गई की इस केस पर राजेश के साथ काम करने कोई नया अफसर आया है। राजेश मन ही मन उसका नाम याद करने लगा। 'हां याद आया, अरविन्द बक्शी' उसने मन ही मन बुदबुदाया।

जैसे ही अरविन्द मोबिन के कार के नजदीक पहुँचा राजेश ने उसे सावधान हो कर जोरदार सलामी दी और कहा, "जय हिन्द सर। मेरा नाम राजेश है। इस केस को मैं ही इन्वेस्टीगेट कर रहा हूँ।"

अरविन्द ने कहा, "आराम से।"

राजेश रिलैक्स हो गया। फिर उसने कहा, "सर आप यहाँ कैसे। क्यों की इन चारों का हमारे केस से कनेक्शन है, ये बात खुद मुझे थोड़ी देर पहले ही पता चली है।"

अरविन्द ने मुस्कुरा कर कहा, "मुझे भी ये बात तुमसे ही पता चल रही है।"

राजेश अरविन्द की बात सुन कर हैरान रह गया।

अरविन्द ने फिर से कहा, “मैं तो यहाँ इसलिए आया हूँ, की चलो देख आते है। हो सकता है कुछ निकल आये।” इतना कह कर अरविन्द इधर-उधर देखने लगा।

दो बड़े अफसरों को वहाँ देख कर एक इंस्पेक्टर तेजी से उनके पास आ कर खड़ा हो गया। राजेश और अरविन्द को सलामी दे कर उसने कहा, “जय हिन्द सर। मेरा नाम प्रवीण राठोड है। मैंने ही यहाँ का इन्वेस्टीगेशन किया है।”

अरविन्द ने कहा, “आराम से। प्रवीण, शुरू से बताओ।”

प्रवीण ने बताना शुरू किया, “सर, सुबह करीब ८ बजे एक बकरियाँ चराने वाले को जलती हुई कार दिखाई दी। जब उसने करीब जा कर देखा तो उसमें उसे कुछ लाशें दिखाई दी। उसने कुछ लोगों को इकठ्ठा कर के पुलिस को खबर दी। जैसे ही मुझे जानकारी मिली मैं यहाँ कुछ पुलिसवाले ले कर पहुँचा।”

“बिल्डिंग के अंदर और बहार घास में हमें सब के मोबाईल मिले है। गाड़ी के नंबर और मोबाईल से हमें पता चला की इन चारों के नाम मोबिन, प्रभु, जमील, और बाबू थे। चारों हमेशा एक साथ ही रहते थें, एक गैंग की तरह।”

“सर, लगता है गैंग वॉर का मामला है। लेकिन इस सब में एक बात अजीब है। फोरेंसिक वालों का कहना है की यहाँ एक लड़की के फुट प्रिंट भी है।”

प्रवीण की बात काटते हुए राजेश ने कहा, “वो लड़की राधिका है सर। उस एक्सीडेंट वाले केस में जो बस ड्राइवर मनोहर शिंदे मारा गया था। वो उसी की बेटी है, राधिका शिंदे।” राजेश आगे कुछ बोलता इससे पहले अमर की जीप वहाँ आ कर रुक गई। उसमें से मिना और राधिका भी उतर गई।

अमर दोनों लड़कियों को जीप के पास खड़ा कर के अरविन्द और राजेश के पास चला गया। उसने राजेश और अरविन्द से कुछ बात की और फिर सब एक साथ राधिका और मिना के पास आ गए।

अरविन्द ने राधिका से कहा, “क्या हुआ था?” राधिका और मिना ने ठीक वैसे ही सब बताया जैसे इंस्पेक्टर अमर को बताया था। यह वही बयान था जो रौनक ने मिना और राधिका के दिमाग में अच्छी तरह फिट कर दिया था।

राजेश के मोबाईल पर कमिश्नर मोरे का फोन आया। फोन को उठाते ही वह बोल पड़ा, “जय हिन्द सर।” फिर थोड़ी देर कमिश्नर साहब ने कुछ कहा और राजेश जी सर, जी सर कहता रहा।

जैसे ही राजेश ने फोन काटा अरविन्द ने कहा, “क्या बात है?”

राजेश ने कहा, “मुख्य मंत्री जी ने मीटिंग बुलाई है। हमें तुरंत हाजिर होने को कहा है।”

“तो देर किस बात की चलो फिर।” अरविन्द ने राजेश से कहा।

राजेश ने इंस्पेक्टर प्रवीण को वहाँ की छानबीन की रिपोर्ट जल्द से जल्द ले कर कमिश्नर ऑफिस आने के लिए कहा। राजेश और अरविन्द एक कार में बैठ गए। और पांडे राधिका और मिना को एक जीप में ले कर उनके पीछे निकल गया।

राह इंसाफ की, या कहानी इंतकाम की?

---------- X ----------

14

मंत्री जी की मीटिंग

११ जनवरी २०२६, दोपहर १२:२०

पुलिस मुख्यालय में सभी उच्च अधिकारी, मुख्य मंत्री वसंतराव सोलंकी और उद्‌योग मंत्री सुखदेव चौहान एक लम्बे U आकर टेबल से सटी कुर्सियों पर विराजमान थें। मीटिंग में न्यायाधीश मेहर जी भी उपस्तित थे। सभी के सामने टेबल पर पानी की बोतले और एक कागज रखा हुआ था। उस कागज पर उन सभी के नाम लिखे हुए थें, जिनको अब तक रौनक मार चूका था।

मुख्य मंत्री और उद्‌योग मंत्री दोनों नजदीक बिच वाली कुर्सियों पर बैठे हुए थें। वहाँ से वह सबको और सब उन्हें आसानी से देख सकते थें।

एक अधिकारी ने साथवाले के कान में फुसफुसाया, "पुलिस की मीटिंग में उद्‌योग मंत्री क्यों आये है?"

साथवाले अधिकारी ने धीरे से कहा, "सोलंकी की जी के ख़ास दोस्त और पार्टी के पुराने मेंबर है। इसलिए सोलंकी जी के साथ आये होंगे।"

टेबल की बायीं और हॉल का दरवाजा था, और टेबल के बिलकुल सामने दीवार पर डिजिटल बोर्ड लगा हुआ था। जब ACP राजेश और ACP अरविन्द ने अंदर कदम रखा तब सब लोग आपस में चर्चा कर रहे थे। राजेश और अरविन्द ने टेबल के सामने खड़े हो कर सब को सेलूट किया और सावधान की मुद्रा में खड़े हो गए।

"ये ACP राजेश है इस केस के इंचार्ज और ये सीनियर ऑफिसर ACP अरविन्द बक्शी है। इन्होने दिल्ली में ऐसे ही एक सीरियल किलिंग केस को ना सिर्फ सुलझाया बल्कि क़ातिल को फ़ासी की सजा तक पहुँचाया है। मंत्री जी के तत्काल आदेश पर अरविन्द को यहाँ बुलाया गया है। आज और अभी से ये भी इस केस पर काम करेंगे।" कमिश्नर मोरे ने सब को राजेश और अरविन्द का परिचय दिया।

सब लोग अब सिर्फ राजेश को ही देख रहे थें। मंत्री सोलंकी जी ने उस कागज को उठा कर नाम पढ़ने शुरू किये, "सरकारी वकील मिश्रा, कमिश्रनर त्रिवेदी, रघु, RTO ऑफीसर अरुण,

रमेश साहू और मनोज यादव अब तक ६ लोगों को वो कातिल मार चूका है। और तुम अब तक उसे पकड़ना तो दूर, ये भी पता नहीं कर पाए की आखिर वो क़ातिल है कौन?" कागज को वापस टेबल पर रखते हुए मंत्री सोंलकी और सभी एक टक राजेश को देख रहे थें।

राजेश ने बताना शुरू किया "जैसे की आपके सामने रखे कागज पर सब कुछ लिखा है की उस क़ातिल ने अब तक किसे कब मारा है। हम जब तक ये समझ पाते की वो किन लोगों को मार रहा है तब तक वो चार खून कर चूका था।"

"अरुण सर का कत्ल चौथा क़त्ल था, जिस के बाद हमें पता चला की मरने वाले सब तीन साल पहले हुए एक बस हादसे से जुड़े हुए है। उसके बाद जब तक हम उस केस से जुड़े बाकि लोगो को सेक्यूर कर पाते उसने रमेश साहू और मनोज यादव को भी मार दिया।"

"मैं खुद जज साहब की सिक्योरिटी का बंदोबस्त करने उनके घर गया था, तब जज साहब ने बताया की उनका उस क़ातिल से पहले ही सामना हो चूका है।" यह कहते हुए राजेश ने मेहरा जी की और इशारा किया। सबकी नजरें मेहरा जी की तरफ मुड़ गई। तब मेहरा जी ने उस दिन की कहानी उन सब को सुनाई।

"इसका मतलब वो कातिल उन लोगो में से हो भी सकता है और नहीं भी। जिनके परिवार वाले उस बस हादसे का शिकार हुए थें। अगर वो एक देशप्रेमी बनने का दावा कर रहा है और सिर्फ इस केस से जुड़ा नहीं है तो हमारे लिए मुश्किलें और भी बढ़ने वाली है।" मंत्री चौहान ने अपनी दोनों कोहनिया टेबल पर रखते हुए कहा।

"जी सर।" राजेश ने जवाब दिया।

"तुम्हारा इन्वेस्टीगेशन कहा तक पहुँचा है? तुम्हारे नजर में कोई सस्पेक्ट है?" मंत्री सोलंकी ने पूछा।

"सर वो दिखाने ले लिए मुझे मनीष और शुक्ला को बुलाना पड़ेगा।" राजेश ने इजाजत मांगने वाले अंदाज में कहा।

"हां तो बुलाओ।" मंत्री सोलंकी जी ने पानी की बोतल उठा कर ढक्कन खोलते हुए कहा।

मनीष और शुक्ला अंदर आ गए। मनीष ने डिजिटल बोर्ड शुरू कर के एक-एक फोटो दिखाने शुरू किये। राजेश अपने हाथ में पेन ले कर बोर्ड के सामने खड़ा हो गया, और बताने लगा।

"सर जब कमिश्नर साहब का क़त्ल हुआ तब हमें पब्लिक के बिच एक रिमोट मिला। जिसमे हमें शतरंज का एक मोहरा ये घोडा मिला। क़ातिल ने उसे जान बुझ कर वहाँ छोड़ा था। ता की हम यह देखने में बीसी हो जाये की क़ातिल लोगों में ही कही था।"

"जब की वो रिमोट उस डिवाइस का था ही नहीं जिससे कमिश्नर साहब को गोली मारी गई। हमारे फोरेंसिंक डिपार्टमेंट के टेक्नीशियन ने इस बात की पुष्टि की है। उसने किसी ऐसी जगह से उस डिवाइस को कण्ट्रोल किया जहा कैमरा था ही नहीं।"

राजेश को रोकते हुए कमिश्नर मोरे ने पूछा, "वह डिवाइस उस मंच में उसने फिट कब किया, इसका कुछ पता चला?"

नहीं सर फोरेंसिक के हेड दयानन्द जी की रिपोर्ट के मुताबिक वह डिवाइस मंच में फिट किये एक साल से ज्यादा हो चूका था। जिस शोरूम से वह मंच ख़रीदा गया था, हमने वहाँ एक टीम भेज कर छानबीन भी की लेकिन कुछ हाथ नहीं लगा।"

"ओके गो अहेड।" मंत्री सोलंकी ने कहा।

राजेश ने फिर बताना शुरू किया, "जब मैंने मनीष से डाटाबेस में ढूंढने को कहा तो हमें पता चला की ऐसे ही शतरंज के कुछ मोहरे सरकारी वकील मिश्रा के घर से गायब हुए थें, जब उनका क़त्ल हुआ था।"

"मुझे शक हुआ तो मैंने उनके क़त्ल के केस की फाइल पढ़ी जिसे इंस्पेक्टर तावळे ने इन्वेस्टीगेट किया था। जिसमे कोई खास जानकारी नहीं थी। क्यों की उनका क़त्ल उनके फार्म हाउस पर हुआ था और वो उस दिन वहाँ सिर्फ एक गार्ड के साथ थे, जिसे कातिल ने बेहोश कर दिया था।"

राजेश को रोकते हुए मंत्री सोलंकी ने फिर पूछा, "तुमने तावळे से बात की?"

राजेश ने जवाब दिया, "सर, इंस्पेक्टर तावळे पर २४ दिसंबर की रात को ही हमला हुआ था। वो तब से बेहोश है। हमें शक है की तावळे पर जो जानलेवा हमला हुआ है, वो भी उसी कातिल का काम है।"

"जब हमें दूसरे खून के बाद उन शतरंज के मोहरों में से एक प्यादा रघु की जीप में मिला तब हमारा विश्वास और भी पक्का हो गया की वह क़ातिल कोई सनकी है, और वो एक तरह से हमें चैलेंज कर रहा है। मामला और भी गंभीर तब हुआ जब हमें अरुण सर के क़त्ल के बाद और एक प्यादा मिला। तब मनीष, शुक्ला और मैंने मिल कर उस केस की डिटेल निकाली की मरने वाले सब उस बस हादसे से जुड़े है।"

"सर, फिर हमने उस केस से जुड़े लोगो को प्रोटेक्ट करने के लिए कदम उठाये। हमारे हिसाब से जज साहब, रघु का वकील ठाकुर, डॉक्टर तिवारी और कुछ ३-४ गवाह थें जिन्हे क़ातिल मारना चाहेंगा। इसलिए हमने तत्काल उनकी सिक्योरिटी का बन्दोबत किया। लेकिन जब तक हम मनोज यादव तक पहुँचते वो उसे मार चूका था। और क़ातिल डॉक्टर तिवारी को पहले ही अगवाह कर चूका है।"

राजेश को फिर रोकते हुए मंत्री सोलंकी ने कहा, "क्या! इसका मतलब डॉक्टर तिवारी अब भी गायब है?"

"जी हां सर, ये बात हमें दो दिन पहले ही पता चली है। मैंने अपनी ओर से पूरी ताकत लगा दी है उन्हें ढूंढने ने की। शुक्ला की एक टीम डॉक्टर तिवारी को ढूंढ रही है। सभी खबरियों को चौकन्ना रहने को कह दिया है। लेकिन कही से भी कोई अच्छी खबर अब तक सामने नहीं आयी।" राजेश ने इतनी जानकारी दे कर सामने के टेबल से एक पानी की बोतल उठा ली और थोड़ा पानी पि लिया।

"दो महीनें बाद इलेक्शन है। अगर वो क़ातिल पकड़ा नहीं गया तो मिडिया और अपोजिशन को एक अच्छा कारन मिल जायेंगा लोगो को भड़काने के लिए।" इतना कह कर

मंत्री जी ने अपना चश्मा उतार कर रुमाल से अपनी आँखे साफ़ की और चश्मा वापस पहन लिया।

राजेश ने कहा, "सर, मैं खुद इंस्पेक्टर शुक्ला के साथ उन लोगों से जा कर मिला जिन्होंने उस हादसे में अपनों को खोया था। यकीन मानिये सर मुझे एक भी ऐसा शख्स नजर नहीं आया जो इतनी बड़ी साजिश को अंजाम दे सके। सब के सब आम जिंदगी गुजारने वाले लोग है।"

बोर्ड पर बस इस वक्त हादसे में मृत लोगों के परिवार की तस्वीरें दिखाई दे रही थी। राजेश ने फिर बोलना शुरू किया, "सर, मुझे इनमे से किसी के भी खिलाफ कोई सबुत नहीं मिला जिससे ये साबित हो सके की इन क़त्लो से इनका कोई लेन-देन हो। ना ही इनमे से कोई इतना काबिल है जो मोबाईल हैकिंग कर सके। इनमे से हर एक पर इस वक्त एक पुलिस वाला हर पल नजर रखे हुए है। अगर इनमे से कोई भी कुछ भी जनता होंगा तो हमें पता चल जाएंगा।"

इतनी देर से चुप-चाप सब सुन रहे अरविन्द ने राजेश से कहा, "उस हादसे में चार लोग एक ही परिवार से थें। पायल करण त्यागी, शिखा करण त्यागी, वरुण करण त्यागी और उमादेवी त्यागी। राजेश, इन फोटो में करण त्यागी कौनसा है?"

राजेश ने एक जवाब दिया, "सर मैं जानता हूँ आप क्या सोच रहे हो। मुझे भी उसी पर सबसे ज्यादा शक था। क्यों की जिस व्यक्ति ने अपने पुरे परिवार को ही उस हादसे में खो दिया हो। ऐसा शख्स कोई भी कदम उठा सकता है। लेकिन करण त्यागी मर चूका है।"

राजेश ने मनीष को इशारा किया। मनीष ने बोर्ड पर एक पोस्टमार्टम रिपोर्ट का फोटो चला दिया जिसे अरविन्द ध्यान से देखने लगा। वह करण त्यागी की पोस्टमार्टम रिपोर्ट थी।

राजेश ने कहा, "सर, ये करण त्यागी की पोस्टमार्टर्म रिपोर्ट है।"

राजेश आगे कुछ बोलने ही वाला था की दरवाजा खुला और मंत्री जी का पिए तेजी से आ कर मंत्री जी के कान में कुछ फुसफुसाया। मंत्री जी ने उसे ठीक है कह कर बाहर जाने के लिए कहा। पिए के जाते ही मंत्री जी खड़े हो गए। उनके खड़े होते ही सभी खड़े हो गए।

"ओके जन्टलमन्स मुझे कुछ जरुरी काम से अभी जाना है। राजेश और अरविन्द अब तुम दोनों के हाथ में सब कुछ है। अगर तुम दोनों मिल कर भी कुछ नहीं कर सके तो मजबूरन मुझे सी.बी.आई की मदद लेनी पड़ेंगी। जल्द से जल्द उस क़ातिल को ढूंढ निकालो और सलाखों के पीछे करो। डॉक्टर तिवारी को ढूंढो, क्यों की अब और एक भी लाश मिली तो मिडिया पुलिस के बाद सीधा सरकार को ही निशाना बनाएंगी।"

"मुझे पुलिस डिपार्मेंट पर पूरा भरोसा है, लेकिन अब तुम्हारी बारी है उस भरोसे पर खरे उतरने की।" इतना कह कर दोनों मंत्री बाहर चले गए।

कुछ पल बाद मंत्री चौहान लौट आये। जिससे पता चलता है की वह सिर्फ सोलंकी जी को दरवाजे तक विदा करने गए थे।

मंत्री चौहान ने कहा, "बैठ जाइये सब। राजेश तुम्हे और कुछ कहना है?"

"नहीं सर, मैं जितना जानता था सब बता चूका हूँ।" राजेश ने जवाब दिया।

इसके बाद कमिश्नर मोरे, मंत्री चौहान और बाकि सब अधिकारी आपस में चर्चा करने लगे। जब तय हो गया की अब आगे क्या करना है, तब कमिश्नर मोरे ने कहा, "ओके जन्टलमन्स अब आगे की कार्यवाही में आप को जी जान लगा देनी है। तुम दोनों को पूरी छूट दी जाती है, उस क़ातिल को ढूंढने के लिए। ये आदेश सीधा गृह मंत्रालय का है।"

कमिश्नर ने एक लेटर राजेश और अरविन्द के हाथो में देते हुए कहा, "तुम्हे इन्वेस्टीगेशन के दौरान कोई भी प्रॉब्लम हो, या किसी भी तरह की रोक टोक हो तो ये लेटर दिखा देना। हमें उस क़ातिल को सिर्फ रोकना ही नहीं बल्कि उसे उसके जुर्म की सजा देनी है।"

"सबसे पहले तुम दोनों डॉक्टर तिवारी को ढूंढो। क्यों की जैसा मंत्रीजी बोल कर गए है, अगर डॉक्टर तिवारी की लाश मिली तो मिडिया का पहला निशाना पुलिस ही होंगी।"

"जी सर।" दोनों ने सभी अधिकारियो को सेलूट किया और मीटिंग ख़त्म हो गई।

---------- X ----------

15

राधिका और मिना की सुरक्षा

११ जनवरी २०२६, शाम ०४:३१

राधिका और मिना इस वक्त कमिश्नर ऑफिस में दो कुर्सियों पर बैठी हुई थी। कमिश्नर मोरे जी इस वक्त अपनी कुर्सी पर बैठे फोन पर बात कर रहे थे। अरविन्द और राजेश इजाजत ले कर अंदर आ गए और मोरे जी के फोन रखने का इंतजार करने लगें। मोरे जी ने कुछ पल बाद अपनी बात ख़त्म कर फोन रख दिया और अरविन्द को पूछताछ शुरू करने का इशारा किया।

अरविन्द ने राधिका और मिना से पूछताछ शुरू की।

"जिस आदमीं ने आपको बचाया और उन चारों को गाड़ी में जलाया क्या आप उसे पहचान सकती है?"

राधिका ने जवाब दिया, "सर, उसने अपने चेहरे पर काले रंग का मास्क पहन रखा था।"

अरविन्द ने फिर पूछा, "क्या उसने आपसे बात की?"

राधिका ने जवाब दिया, "जी हां, उसने बस इतना कहा था 'मैं तुम्हें बचने आया हूँ। शोर मत करना। बस चुपचाप गाड़ी में जा कर बैठो।' फिर मैं उस कार में जा कर बैठ गई। थोड़ी देर बाद वो आदमी और उसका एक साथी भी गाड़ी में आ कर बैठ गए। और गाड़ी चलाना शुरू किया। लगभग १ घंटे बाद उन्होंने मुझे बिल्डिंग के गेट के पास छोड़ा और वहाँ से चले गए।"

अरविन्द ने जोर दे कर कहा, "क्या दूसरे शख्स ने भी नकाब पहन रखा था?"

राधिका ने हां में सिर हिलाया।

राजेश ने सक्ति से कहा, "तुम दोनों ही झूठ बोल रही हो। तुम दोनों ना सिर्फ उस कातिल को जानती हो बल्कि ये सारा किया धरा तुम दोनों का ही है। खास कर के राधिका तुम्हारा। हम जान चुके है की तुम ने ही किसी अपने की मदद से ये सब किया है। और वजह है तुम्हारे बाप की मौत।"

"अब जल्दी से हमें उस शख्स का नाम और पता बताओ ता की हम उसे गिरफ्तार कर सके। क्यों की तुम अब यहाँ से जाने के बारे में सोचो भी मत। हमने तुम्हारा अरेस्ट वारंट तैयार करने के लिए कह दिया है। जो थोड़ी ही देर में आ जायेगा।"

राजेश की बात सुन कर एक पल के लिए दोनों लड़कियाँ घबरा गई। लेकिन अगले ही पल राधिका को याद आया की अब उसके पीछे रौनक की हिम्मत है। उसे और मिना को रौनक ने पुलिस के सवालों और झूठे दबाव के बारे में पहले ही बता दिया था।

जैसे ही उसे वह सब याद आया उसने भी बड़े ही शातिर तरीके से कहा, "ठीक है तो फिर दिखाईये अरेस्ट वारंट और कीजिए हमें गिरफ्तार। लेकिन याद रखिये अगर इस तरह ही आप हमसे पूछताछ करने वाले है। तो अब हम आपको और कुछ भी नहीं बताएँगे।" इतना कह कर राधिका चुप हो गई।

अरविन्द ने कहा, "देखो राधिका पुलिस के पास कई तरीके होते है सच उगलवाने के। हम नहीं चाहते की तुम दोनों के साथ किसी भी तरह की सक्ति हो। अगर कुछ भी ऐसा जानती हो जिससे हम उस कातिल के नजदीक पहुँच सके तो हमें बता दो।"

राधिका ने भी बड़े ही शांत स्वर में कहा, "सर हम दोनों के साथ जो कुछ कल हुआ वो सब हम आप को पहले ही बता चुके है। इससे ज्यादा हम कुछ नहीं जानते। वो आदमी कौन था, कहाँ से आया और कहाँ गया हमें कुछ पता नहीं। हम तो ये भी नहीं जानते की उसे मेरी किडनैपिंग की बारे में कैसे पता चला।"

"और अगर आप भी हमारे साथ सक्ति करने के बारे में सोच रहे है तो आप में और उस इंस्पेक्टर तावळे में फर्क ही क्या रह जायेगा।" राधिका अपनी बात ख़त्म कर के रोने लगी।

अरविन्द ने कहा, "तुम तावळे को कैसे जानती हो?"

अरविन्द के सवाल पर राधिका और मिना ने उसे तीन साल पहले की घटी सारी बातें बताई। कैसे उसके पिता की मौत के बाद मनोज यादव और तावळे ने मिल कर उसे मारने की कोशिश की और किस तरह वह अपनी जान बचा कर भाग गई। मनोज यादव और तावळे की वजह से कैसे उन दोनों को एक गुमनामी की जिंदगी गुजारने पर मजबूर होना पड़ा।

राधिका की बात सुन कर अरविन्द और राजेश सन्न रह गए। अरिवंद ने राधिका मिना को बाहर बैठने के लिए कहा।

"मुझे लगता है दोनों लड़कियाँ सच बोल रही है। आप को क्या लगता है सर?" अरविन्द ने मोरे जी से पूछा।

मोरे जी ने जवाब दिया, "मुझे भी लगता है की दोनों सच बोल रही हैं। लेकिन अगर इनकी तीन साल पहले की कहानी सच्ची है, और ये लड़कियाँ तीन साल से गुमनामी की जिंदगी गुजार रही है। तो कातिल ने इनकी जानकारी कहाँ से निकाली।"

राजेश ने बिच में ही कहा, "और सर, राधिका को मारने की कोशिश की वजह से इनडायरेक्टली मोबिन और उसके साथी भी उस एक्सीडेंट वाले केस से जुड़ गए। सर ये मामला बड़ा ही पेचीदा होता जा रहा है।"

राजेश आगे और कुछ कहने ही वाला था, की दरवाजे पर दस्तक हुई और एक हवालदार ने कहा, "एडवोकेट अभिनव रावत आये है। आप से तुरंत मिलना चाहते है।"

मोरे जी ने कहा, "भेज दो उन्हें।"

अभिनव रावत इस वक्त के सबसे महंगे और टॉप टेन वकीलों में से एक थे। उन के आने की खबर से ही मोरे जी और राजेश के माथे पर लकीरे उभर आयी थीं।

अंदर आते ही अभिनव जी ने कहा, "कैसे है मोरे जी?" काले कोट में अभिनव रावत बड़े ही आकर्षक दिखाई दे रहे थे। साथ में उनकी एक असिस्टेंट भी थी।

मोरे जी ने हाथ मिला कर उनका स्वागत किया और बैठने को कहा।

"कहिए चाय लेंगे या कॉफी?" मोरे जी ने पूछा।

अभिनव जी ने बड़े ही शांत लफ्जों में कहा, "नहीं आज मुझे एक केस के सिलसिले में पुणे के लिए निकलना है। मैं बस थोड़ा सा वक्त निकाल कर यहाँ अपने क्लायंट के लिए आया हूँ।"

अरविन्द, राजेश और मोरे जी एक दूसरे को देखने लगे।

मोरे जी ने कहा, "कौन है आपका क्लायंट?" अभिनव जी ने धीरे से कहा, "राधिका और मिना।"

अभिमाव जी की बात सुन कर सब हैरान हो गए। की सुबह तो दोनों लड़कियाँ कंप्लेंट लिखाने आयी थी। तब से वह दोनों पुलिस के ही साथ थी और दोनों के ही फोन पुलिस ने कब्जे में ले लिए थे। फिर इतना बड़ा नामचीन वकील उनके लिए खुद कैसे यहाँ तक आ गया।

"अगर आप के पास उन दोनों लड़कियों के खिलाफ कोई भी वारंट या सरकारी कागज है, जिसके दम पर आप उन्हें यहाँ रख सकते है तो दिखाइए। वरना मुझे उन दोनों को यहाँ से ले कर जाने की इजाजत दीजिए।" इतना कह कर अभिनव जी मोरे जी की प्रतिक्रिया का इंतजार करने लगे।

"देखिये अभिनव जी ये जो लड़की राधिका है वो मौकाए वारदात पर मौजूद थी। वो हमारे लिए जरुरी विटनेस है।"

मोरे जी बोल ही रहे थे की अभिनव जी बोल पड़े।

"दोनों लड़कियाँ सुबह दस बजे से आप की कस्टडी में है। किसी की स्टेटमेंट रिकॉर्ड करने के लिए इतना वक्त बहुत ज्यादा है। और वैसे भी वो दोनों आप को सब कुछ बता चुकी है। अगर आप को और कुछ पूछना है तो कोर्ट के ऑर्डर्स ले आइये मैं और मेरे क्लायंट पूरा सहयोग करेंगे। फ़िलहाल मुझे जरुरी काम से जाना है इसलिए हमें इजाजत दीजिए।"

पुलिस के पास अभिनव रावत की बात मानाने के आलावा कोई चारा नहीं था। तीनो के सामने अभिनव जी राधिका और मिना को ले कर पुलिस मुख्यालय से बाहर चले गए।

अरविन्द ने कहा, "राजेश इन दोनों लड़कियों पर नजर रखने के लिए किसी को भेजो।" अरविन्द की बात सुनते ही राजेश ने किसी को फोन लगा दिया।

राधिका और मिना को तो कुछ समझ में ही नहीं आ रहा था। की ये सब क्या हो रहा था। दोनों अभिनव जी के साथ उनकी इम्पोर्टेड कार में बैठ गई। और कार मुंबई की सड़को पर दौड़ती हुई मिना के पिता रजनीश के घर पर आ कर रुक गई।

रजनीश दोनों का बेसब्री से इंतजार कर रहा था। दोनों के आते ही उसने अभिनव जी का धन्यवाद किया। अभिनव जी ने कहा, "रजनीश अगर पुलिस ने कोई करवाई की तो वो पहले मुझे जरूर बताएँगे। मैं तुम्हे फोन कर दू तो दोनों लड़कियों को ले कर आ जाना।" रजनीश ने 'जी सर' कहा और अभिनव जी की गाड़ी वहाँ से चली गई।

मिना ने कहा, "पापा ये सब क्या चल रहा है?"

रजनीश ने कहा, "थोड़ी देर शांत रहो सब पता चल जायेगा।" इतना कह कर रजनीश इधर-उधर देखने लगा। तभी एक और कार उनके दरवाजे पर आ कर रुक गई।

"तुम दोनों जल्दी से गाड़ी में बैठो।" इतना कह कर रजनीश घर के अंदर चला गया। जब वह लौटा तो उसके हाथ में दो बैग थें।

उसने एक बैग राधिका के हाथ में दे दिया और एक पीछे डिक्की में डाल दिया। फिर वह खुद भी ड्राइवर के बगल वाले सीट पर बैठ गया। और कार तेजी से वहाँ से निकल गई।

राधिका के हाथ में जो बैग था उसपर एक कोड वाला ताला लगा हुआ था। उसने रजनीश से पूछा, "अंकल ये बैग।"

रजनीश ने कहा, "अरे हां मैं तो भूल ही गया। उस ताले की चाबी तुम्हारे मोबाईल का अनलॉक कोड है। उस बैग को खोलो और देख लो उसमे क्या है।"

राधिका को एक पल भी नहीं लगा यह समझने को की वह बैग जरूर रौनक ही उसके लिए छोड़ गया होगा। उसने तुरंत बैग खोला। अंदर नोटों की गड्डियाँ और एक लिफापा रखा हुआ था। राधिका ने लिफापे को खोल कर उसमे से चिट्ठी निकाल कर पढ़ना शुरू किया।

"राधिका, तुम शायद सोच रही हो की ये सब क्या हो रहा है। ये वकील, पैसे, पुलिस ये सब तुम्हे एक बुरे सपने की तरह लग रहा होगा। और जल्द ही मैं इसे वाकई एक सपने में तब्दील कर दुगा। मैं जनता हूँ की तुम मुझे चाहने लगी हो। लेकिन एक कड़वा सच ये भी है की हम कभी एक नहीं हो सकते। क्यों की मैंने अपने लिए जो राह चुनी है उसमे जिंदगी का साथ कभी भी छूट सकता है। जब मैं अपना काम पूरा कर लुगा और ये किस्सा ख़त्म हो जायेगा तो इन पैसो से तुम एक नयी जिंदगी शुरू कर लेना। तुम्हारे पापा का सपना था की तुम एक डॉक्टर बनो, तुम्हे उनका वो सपना पूरा करना है। फ़िलहाल तुम्हे एक सुरक्षित जगह ले जाया जा रहा है। लेकिन इससे आगे भी जिंदगी में जब भी तुम किसी मुसीबत में फासो तो एक बात याद रखना की मैं तुम्हारे साथ खड़ा रहूँगा।"

राधिका उस खत को पढ़ कर रोने लगी। मिना उसे दिलासा दे रही थी। रजनीश की आँखें भी भर आयी थी। क्यों की अब तक उसने भी काफी जुल्म सहा था। लेकिन अब उसे यकीन हो चूका था की कोई है जो उसके साथ नाइंसाफी की खिलाफ खड़ा था। जब तक राजेश का मुखबिर राधिका और मिना पर नजर रखने के लिए पहुँचता, उनकी गाड़ी शहर की भीड़ में

कही गुम हो चुकी थी।

---------- X ----------

16

गोलू चायवाला

११ जनवरी २०२६, शाम ०५:४५

ऑफिस के पिन बोर्ड पर इस वक्त उन सभी के फोटो गोल आकर लगे हुए थें जो मारे जा चुके थें। या फिर मारे जाने वाले थें। हर एक फोटो पर से एक धागा पिन से बंधे हुए एक प्रश्न चिन्ह वाले फोटो पर लगाया गया था जो उनके ठीक बिच में था। साथ ही कुछ पेपर कटिंग्स भी लिखे हुए थें।

उन लोगों को जहाँ मारा गया उस जगह के नाम भी लिखे हुए थें। अरविन्द ऑफिस टेबल पर बैठा उस बोर्ड को घूर रहा था। और राजेश बगल में हाथ बांधे खड़ा था। उस कमरे में इस वक्त सन्नाटा छाया हुआ था। राजेश और अरविन्द दोनों गहरी सोच में डूबे हुए थे।

ऑफिस की शांति को भंग करता हुआ ऑफिस का दरवाजा खुला। शुक्ला और मनीष दोनों अंदर आ गए। उनके पीछे ही एक चाय वाला आ गया जिसे सब गोलू कहते थे।

“गोलू , सर को चाय दे। सर यही है गोलू जो हमेशा पुलिस स्टेशन में चाय देता है।” शुक्ला ने कहा।

राजेश इस सोच में था की अरविन्द ने इस चायवाले को क्यों बुलाया है। क्यों की ऑफिस में आते ही अरविन्द ने शुक्ला से कहा था ‘शुक्ला यहाँ रोज जो चाय लाता है, उसे चाय ले कर बुलाओ।’

“सर चाय।” राजेश गोलू की आवाज से अपनी सोच से बाहर निकल आया।

गोलू ने सब को चाय दी और बगल में खड़ा हो गया।

“तो गोलू, कैसे हो?” अरविन्द ने पूछा।

“ठीक हूँ सर।” गोलू ने जवाब दिया।

“यहाँ कब से काम कर रहे हो?” अरविन्द ने फिर से पूछा।

“सर जब बारा साल का था तब से यही काम कर रहा हूँ। लगभग पद्रह साल हो चुके है।” गोलू बोलते वक्त थोड़ा झिझक रहा था।

"उस बोर्ड की तरफ देखो और मुझे बताओ, तुम इनमें से कितनो को जानते हो।" अरविन्द ने चाय का घुट लेते हुए कहा।

गोलू पलट कर उस बोर्ड की ओर गया और गौर से देखने लगा।

"सर, कमिश्नर साहब को मैं ही चाय ला कर देता था। बाकि इन ३ लोगों को एक बार कमिश्नर साहब के साथ चाय पिलाई थी।" गोलू ने इंस्पेक्टर तावळे, रघु और मनोज यादव की तस्वीर की ओर इशारा करते हुए कहा।

यह देख कर राजेश हैरान रह गया। जो बात अब तक वह दूर दूर तक सोच भी नहीं रहा था, एक चायवाले से अरविन्द ने आते ही उगल ली।

अरविन्द टेबल से उतर कर गोलू के नजदीक चला गया। गोलू के कंधे पर किसी दोस्त की तरह हाथ डाल कर कहा, "गोलू, बस दो सवाल और फिर हम दोनों ये हत्या वाली पहेली सुलझा लेंगे। और उसका सारा क्रेडिट भी तेरा ही होगा।"

गोलू के चेहरे पर हलकी गर्व वाली मुस्कान दौड़ गई। "पूछिए ना सर मैं जो भी जानत हूँ सब बताऊंगा।" गोलू ने बेझिजक बोल दिया।

"जब तुमने इन लोगों को साथ में चाय पिलाई थी तब ये सब दोस्त लग रहे थें या किसी बात पर झगड़ा हो रहा था?" अरविन्द ने अपना पहला सवाल पूछा।

"सर झगड़ा कर रहे होते तो चाय क्यों बुलाते। उनके बिच कुछ पैसों की और एक लड़की की बातें चल रही थीं। ये जो रघु है ना सर, वो कभी-कभी रात को भी कमिश्नर साहब से मिलने आता था। और तावळे सर तो हमेशा ही आते थे।" गोलू किसी दोस्त की तरह अरविन्द से बातें करने लगा था।

"अच्छा अब इन तस्वीरों में से किसी को यहाँ देखा है कभी?" यह कह कर अरविन्द ने टेबल पर रखी उन लोगों की तस्वीरें गोलू के हाथ में दे दिए जो उस बस हादसे में मारे गए थें। गोलू एक-एक कर के तस्वीरे गौर से देखने लगा और टेबल पर रखने लगा।

सारी तस्वीरें देखने के बाद गोलू ने एक तस्वीर अरविन्द के हाथ में देते हुए कहा, "सर इन सब में से सिर्फ इस आदमी को कमिश्नर साहब के ऑफिस में देखा है।"

उस तस्वीर को अरविन्द गौर से देखने लगा। फिर उसने राजेश को दे दि।

राजेश उस तस्वीर को गौर से देखते हुए बोला, "तुझे पक्का यकीन है, की यही आदमी था? क्यों की इसे मरे पाँच साल हो गए है।"

गोलू ने राजेश को जवाब देते हुए कहा, "नहीं सर, ये कैसे हो सकता है। मैंने इस आदमी को तीन साल पहले ही यहाँ देखा था।"

"अच्छा तू इतने यकीन से कैसे कह सकता है?" अरविन्द ने चाय का घुट लेते हुए पूछा।

गोलू ने अपनी नजर जुका कर कुछ पल सोचा और फिर अरविन्द की आँखो में देखते हुए कहा, "सर, क्यों की उस दिन ३० दिसंबर तारीख थी जब इस आदमी को मैंने अंदर जाते देखा था, तब रात का समय था और ठंड भी काफी थी। तो मुझे लगा शायद कमिश्नर साहब चाय जरूर बुलायेंगे। इसलिए मैं बिना बुलाये ही चाय ले कर चला गया।"

“तब कमिश्नर साहब ने मुझे बहुत डांटा था। और ये भी कहा था की आइंदा से बिना बूलाये ऑफिस में कदम भी रखा तो टांगे तोड़ दूंगा। उनकी डांट की वजह से मैंने नए साल का जश्न भी नहीं मनाया था। और फिर २ जनवरी के दिन अख़बार में उस आदमी के मरने की खबर भी छपी थी। तब से मैं कमिश्नर साहब से बहुत डरने भी लगा था। वो बात मेरे जहन में हमेशा के लिए फिट हो गई।”

गोलू का जवाब सुन कर राजेश हैरानी से अरविन्द को देख रहा था। पास ही खड़े मनीष और शुक्ला चाय के घुट पीते हुए आश्चर्य से एक टक कभी गोलू तो कभी अरविन्द को देख रहे थें।

“अब आखरी सवाल। जब इन लोगों को तुमने चाय पिलाई थी, तब कौनसा दिन या महीना था याद है?” अरविन्द ने चाय का आखरी घुट गटकने के बाद चाय का कप टेबल पर रखते हुए पूछा।

“हां सर, जब वो रघु जेल से छूटा था, उसके करीब दस या पंद्रह दिन बाद की बात है।” गोलू ने अपनी बात बड़े ही फुर्ती से कह दी।

अरविन्द ने कहा, “ठीक है अब तुम जाओ।”

राजेश को अरविन्द की आँखों में एक चमक नजर आने लगी। जैसे उसने केस के कुछ पहलु सुलझा लिये हो। गोलू ने चाय के कप ट्रे में रख दिए और वहाँ से चला गया।

अरविन्द आ कर अपने कुर्सी पर बैठ गया और सब को बैठने को कहा। तीनों अरविन्द के सामने बैठ गए। अरविन्द ने फाइल खोली और पन्ने पलटने लगा।

करीब बिस मिनिट तक वहाँ शांति छाई रही और अरविन्द एक-एक चीज बारीकी से देख रहा था। फिर उसने खड़े हो कर राजेश से सिगरेट मांगी। राजेश ने एक सिगरेट अरविन्द को देते हुए खुद भी एक जला ली। पिन बोर्ड के सामने जा कर अरविन्द ने दो तीन कश लगाए और वापस आ कर कुर्सी पर बैठ गया।

“क्या लगता है राजेश विकास राठी कमिश्नर साहब से मिलने क्यों आया होंगा?” अरविन्द ने अपने सिगरेट की राख टेबल पर रखी कटोरी में झटकते हुए पूछा।

राजेश ने एक कश लिया और कहा, “सर पिछले बिस मिनिट से मैं भी यही सोच रहा हूँ। और सर एक बात कहु?”

अरविन्द ने सिगरेट का कश लेते हुए कहा “कहो।”

“सर आप का जवाब नहीं। मैं सपने में भी नहीं सोच सकता था की पुलिस स्टेशन के सामने वाली कैंटीन का लड़का इतना कुछ जान सकता है। आपके दिमाग में ये बात आयी कैसे?”

“वह सब छोडो, मेरी बात सुनो। मैं तुम्हे एक कहानी सुनाता हूँ। हमारे कमिश्नर त्रिवेदी साहब ३० दिसंबर को विकास से मिलते है। फिर १ जनवरी को विकास की कार और उस बस का ट्रक के साथ एक्सीडेंट हो जाता है। इतने बड़े एक्सीडेंट के बावजूद रघु जिस पर पहले भी कई केस दर्ज थें, वो ६ महीने में जेल से छूट जाता है। उसके जेल से छूटने के बाद यहाँ

कमिश्नर ऑफिस में रघु, मनोज यादव और तावळे किसी लड़की और पैसो के लेन देन की बातें होती है। और फिर तीन साल बाद इन सब को एक-एक कर के कोई मार रहा है।” इतना कह कर अरविन्द रुक गया।

राजेश ने कुछ सोच कर कहा, “सर इसका मतलब हमें पहले विकास राठी की मौत यानि उस हादसे की गुत्थी सुलझानी होंगी। तब हमें क़ातिल का भी पता चल जाएगा।”

अरविन्द ने सिगरेट कटोरी में मसल कर बुझा दी। फिर कुर्सी की पुश्त से पीठ टिका कर कहा, “हमारे सारे सवालों के जवाब एक शख्स दे सकता है, और वो है इंस्पेक्टर तावळे। दुवा करो की वो जल्दी बोलने लायक हो जाए।” इतना कह कर अरविन्द उठा और अपनी वर्दी ठीक की। “चले।” अरविन्द ने राजेश की ओर देख कर कहा।

राजेश तुरंत उठ कर चलने को तैयार हो गया। मनीष और शुक्ला भी उठ कर खड़े हो गए।

“शुक्ला तुम मुझे उन सब की अपडेट दोगे जो अब कातिल के निशाने पर है। और मनीष तुम मुझे विकास और उसकी की पत्नी की कॉल डिटेल्स निकाल कर दो जितनी ज्यादा हो सके उतनी। हम रात को ०८:०० बजे वापस मिल रहे है। तुम्हे कोई भी रोक टोक हो तो कह देना गृह मंत्रालय का आदेश है।”

“नाकाबंदी टाइट कर दो चाहे किसी मंत्री की ही गाड़ी क्यों ना हो, पूरी तरह चेक कर के ही जानी चाहिए। उस डॉक्टर का मिलना जरुरी है।” अरविन्द की बात सुन कर सब अपने काम पर लग गए।

---------- X ----------

17

संजय योगी

११ जनवरी २०२६, रात ०७:१५

इस वक्त वह पुलिस जीप रास्ते पर तेजी से दौड़ रही थी जिसमे अरविन्द बैठा था और राजेश चला रहा था।

"सर मैंने पहले भी विकास की पत्नी से बात की है। मुझे नहीं लगता की कोई भी काम की जानकारी मिल सकेंगी।" राजेश गाड़ी चलता हुआ बोल रहा था।

"अपना अपना तरीका होता है राजेश। तुम्हे ड्यूटी ज्वाइन किये अभी कुछ ही साल हुए है। धीरे-धीरे सब सिख जाओंगे। और वैसे हम विकास के घर नहीं जा रहे है।" अरविन्द ने यह कह कर अपनी आँखें बंद कर के अपना सर पीछे टिका दिया।

"तो फिर आपने इस रास्ते से क्यों चलने को कहा?" राजेश ने चौकते हुए पूछा।

"क्यों की यही रास्ता एक और शख्स के घर की तरफ भी जाता है। और वो है संजय योगी।" अरविन्द ने बिना आँखें खोले ही बोल दिया। "अब इस पते पर ले चलो और मुझे थोड़ा सोने दो।" इतना कह कर अरविन्द ने राजेश के हाथों में एक पता लिखी हुई पर्ची दे दी।

वह पता करीब चालीस किलोमीटर दूर का था। और हाइवे पर गाड़िया हवा से बातें कर रही थी। लगभग एक घंटे बाद राजेश ने अपनी गाड़ी उस इलाके में खड़ी की जहाँ का पता अरविन्द ने उसके हाथ में दिया था।

"सर, सर, पहुँच गए हम।" राजेश ने अरविन्द को जगाया। दोनों गाड़ी से उतर गए। सामने कुछ लोगो हाथ सेंक रहे थें।

"यहाँ संजय योगी का घर कौनसा है?" राजेश ने वहाँ बैठे लोगों से पूछा। एक शख्स ने इशारे से बता दिया। बाकि सब तो पुलिस को देख कर चुप चाप बैठे थें।

दोनों उस घर की तरफ चले गए। दरवाजा खुला था, मगर कोई दिखाई नहीं दे रहा था। राजेश ने आवाज लगाई "कोई है?"

"अभी आयी।" अंदर से एक औरत की आवाज आयी।

कुछ ही पल बाद एक लगभग चालीस साल की महिला बाहर आयी। पुलिस को देख कर एक पल के लिए वह डर सी गई।

"जी कहिये?" उस महिला ने पूछा।

"हमें संजय योगी जी से मिलना है, क्या वो घर पर है?" राजेश ने पूछा।

"जी हां अंदर है, आईये।" इतना कह कर वह महिला अंदर चली गई और उसके पीछे राजेश और अरविन्द भी पहुँचे।

अंदर हॉल में संजय योगी सोफे पर बैठा टी.वी देख रहा था। पुलिस को देखते ही उसने सामने के टेबल से रिमोट उठाया और आवाज कम कर दी।

"जी कहिये?" योगी ने पूछा।

"क्या आप ही संजय योगी है?" अरविन्द ने पूछा।

"जी हां। बैठिये सर।" यह कहते हुए योगी ने राजेश और अरविन्द को बड़े सोफे पर बैठने को कहा और खुद उठ कर बगल वाले छोटे सोफे पर बैठ गया।

"योगी जी सुना है आपके यहाँ चाय बड़ी अच्छी बनती है, क्या हमें मिल सकती है?" अरविन्द का बोलने का अंदाज कुछ ऐसा था की कोई भी उसके साथ जल्द ही घुल मिल जाता था।

अपनी चाय की तारीफ सुनते ही योगी की पत्नी ने कहा, "जी आप लोग पानी लीजिये, तब तक मैं चाय बना कर ले आती हूँ।" इतना कहते हुए उस महिला ने राजेश के हाथो में एक पानी की बोतल पकड़ा दी। दोनों ने बोतल में से थोड़ा-थोड़ा पानी पिया और बोतल टेबल पर रख दी।

"योगी जी, तीन साल पहले आप किसी हादसे का शिकार हुए थे। क्या आप बता सकते है क्या हुआ था?" अरविन्द ने योगी की आँखों में गहराई तक झाकने की कोशिश करते हुए पूछा।

"नहीं सर ऐसा कुछ भी नहीं हुआ था।" झिझकते हुए योगी ने जवाब दिया।

राजेश चौक कर अरविन्द की ओर देखने लगा। वह सोचने लगा आज सुबह ही अरविन्द ने इस केस को हाथ में लिया और इतनी तेजी से इस केस के उन तत्थों को ढूंढ निकाला जिनके बारे में वह सोच भी नहीं रहा था।

अरविन्द ने योगी की झिझक को भांप लिया। अपने जेब से रुमाल हाथ में निकाल कर उसने योगी से कहा, "मैं आपसे ना किसी प्रकार की सक्ति करने आया हूँ, और ना ही आप को पुलिस स्टेशन के चक्कर काट ने पर मजबूर करने। मैं बस जानना चाहता हूँ, की आखिर उस दिन वहाँ हाइवे पर हुआ क्या था।" अरविन्द की बातों में जैसे जादू था। तभी तो उसकी बातें सुनते ही लोग सच बोलने पर मजबूर हो जाते थें।

योगी ने जब अरविन्द के मुँह से यह सुना उसकी आँखे नम हो गई। उसकी आँखों में उभर आये पानी को देख कर अरविन्द ने अपना रुमाल उसे दे दिया।

यह देख कर राजेश फिर हैरान रह गया। 'कही अरविन्द सर सायकोलॉजी भी तो नहीं पढ़ते। उन्हें कैसे पता चला की योगी की आँखें भर आने वाली है।' यह सोचते हुए वह दोनों की ओर देखता रहा।

योगी ने अपनी आँखों को रुमाल में दबोच कर सूखा दिया और अरविन्द की आँखो में झाँक कर कहा, "मेरा नाम ना तो अख़बार में आया था। ना ही मुझे कोर्ट में बुलाया गया था। फिर आप ने मेरा पता कैसे निकला।" यह कहते हुए उसके होठो पर एक फीकी मुस्कान दौड़ गई।

"अगर आप मुझे उस दिन की कहानी सुना दो, तो मैं भी आपको बता दूंगा की मैंने आपको कैसे ढूंढा।" यह कहते हुए अरविन्द भी मुस्कुराने लगा।

अरविन्द ने अपना मोबाईल निकाल कर टेबल पर रख दिया। "बताइये उस दिन क्या हुआ था?" एक मधुर मुस्कान के साथ अरविन्द ने फिर पूछा।

योगी ने बोलना शुरू किया, "साहब मैं ज्यादा पढ़ा लिखा नहीं हूँ। शहर से खिलौने खरीद कर मेले में दुकान लगाता हूँ। उस दिन भी मैं शहर खिलौनों की खरेदी करने जा रहा था। तभी मैंने देखा की वह पीला ट्रक उस बस के पीछे-पीछे चल रहा था।"

"मैं अपनी मोटर सायकल से उस ट्रक के पीछे आराम से चल रहा था। मेरा उस ट्रक को ओवरटेक करने का कोई इरादा नहीं था। लेकिन सामने बस थोड़ी धीमी हो गई तब उस ट्रक ने भी अपनी रफ़्तार कम कर दी। खाली जगह देख कर मुझे लगा मैं आगे चला जाता हूँ। इसलिए मैंने ट्रक को ओवरटेक करने के लिए अपनी स्पीड बढ़ाई।"

"तभी सामने से एक सफ़ेद कार तेजी से आने लगी। मुझे ओवरटेक करते देख उस कार के मालिक ने स्पीड कम कर दी। जैसे ही मैं बस के आगे निकला वह कार मेरे बगल से गुजरी। मैंने मोटर सायकल के शीशे में पीछे देखा तो मुझे मेरी आँखो पर भरोसा ही नहीं हुआ।"

"उस ट्रक ड्राइवर ने जान बुझ कर ट्रक को उस कार की तरफ मोड़ दिया। कार के ड्राइवर ने खुद को बचाने के लिए जोरदार ब्रेक मारे लेकिन वह ट्रक ड्राइवर शायद उसे मारना ही चाहता था। उसने ट्रक की स्पीड बढ़ा दी। और जोरदार टक्कर उस कार को मार दी। ट्रक की स्पीड इतनी ज्यादा बढ़ गई थी की कार को घसीटता हुआ वह उस बस के पीछे टकरा गया।"

"उस टक्कर से बस का बैलेंस बिघड गया। बस का एक कोना मेरी मोटर सायकल के पिच लगा और उस झटके की वजह से मैंने भी संतुलन खो दिया। लेकिन मेरी स्पीड कम थी इसलिए मैं सामने जा कर गिर गया।"

"बस ड्राइवर ने जोरो से ब्रेक मारे लेकिन तब तक बस के सामने के दोनों चक्के रोड के निचे उतर चुके थे। बस से लोगों की चीखने की आवाजे आने लगी। बच्चे, औरते चिल्ला रहे थें। मेरी मोटर सायकल मेरे दाए पैर पड़ी हुई थी। सर पर भी थोड़ी चोट लगी थी। कुछ पल मेरी आँखों के सामने अँधेरा छा गया। लेकिन उस बस से आ रही चिल्लाने की आवाजों से मैं जल्द ही होश में आ गया।"

"तब मैंने देखा की उस ट्रक ड्राइवर ने अपना ट्रक तेजी से पीछे लिया और फिर से एक जोरदार टक्कर उस कार को मार दी। वह शायद उस इंसान को मारना ही चाहता था। कार बिलकुल बस के पीछे थी, और टक्कर इतनी जोरदार थी की बस सीधा खाई में गिर गई। शायद उस कार को भी वह ट्रक ड्राइवर खाई में गिराना चाहता था। लेकिन दूसरी टक्कर के बाद कार ट्रक में अटक गई और उसका यह मंसूबा नाकाम हो गया।"

यह कहते हुए जैसे वह मंजर योगी की आँखों के सामने आ गया और उसकी आवाज में दर्द महसूस होने लगा। तभी योगी की पत्नी चाय ले कर आ गई। चाय का ट्रे टेबल पर रख कर उसने राजेश और अरविन्द के हाथ में एक-एक कप दे दिया। एक कप योगी ने भी उठा लिया और सब चाय पिने लगे।

योगी की पत्नी ने कहा, "साहब हम गरीब लोग है। इसी बात का फायदा आपके डिपार्टमेंट के एक पुलिसवाले ने उठाया।"

"क्या कह रही हो, पागल हो गई हो क्या। साहब ये तो कुछ भी बक-बक करती रहती है। इसकी बात का बुरा मत मानना।" अपनी पत्नी की बात काटते हुए योगी बोल पड़ा।

अरविन्द मुस्कुराने लगा और चाय का एक घुट ले कर कहा, "मैंने कहा ना योगी जी, मैं आपको या आपके परिवार को किसी भी मुसीबत में नहीं डालने वाला। आप पूरी बात बता सकते है।"

अरविन्द की बात सुन कर योगी की पत्नी ने कहा, "आज की दुनिया में ऐसे नेकदिल पुलिसवाले भी है ये देख कर अच्छा लगा साहब।"

योगी ने फिर बोलना शुरू किया, "साहब जब वह ट्रक ड्राइवर उस गाड़ी को खाई में नहीं गिरा पाया तो उसने ट्रक रोक दिया। वहाँ काफी आने जाने वाली गाड़ियां भी रुक गई, इस वजह से शायद वो डर गया होंगा। दो लोगो ने मेरे पैर पर गिरी गाड़ी उठा ली तब जा कर मेरी जान में जान आयी। लेकिन मेरे पैर की हड्डी टूट चुकी थी तो मुझे काफी दर्द हो रहा था।"

"मैं अपना पैर पकड़ कर अपनी मोटर सायकल से सट कर बैठ गया। कुछ ही पल में वहाँ पुलिसवाले आ गए। तब मुझे लगा अब मैं पुलिस को सब सच बता दूंगा और उस ट्रक ड्राइवर को वो कड़ी से कड़ी सजा देंगे। लेकिन....." बोलते बोलते योगी रुक गया।

योगी को चुप देख कर अरविन्द ने उसे कहा, "क्या हुआ, बताइये।" इस बार अरविन्द की आवाज में दिलासा था।

योगी ने अरविन्द की आँखों में देखते हुए कहा "लेकिन साहब जब रक्षक ही भक्षक हो तो इंसाफ किससे मांगे। उस पुलिस वाले ने किसी से फोन पर कुछ बात की, अपने साथियों की मदद से लोगों को दूसरी तरफ किया और उस कार में बैठे अधमरे इंसान का मुँह अपने रुमाल से दबा दिया। वह शख्स जिन्दा था। अगर अस्पताल ले जाते तो वह बच सकता था। लेकिन वो उस इंसान के खिलाफ कोई साजिश ही थी, जिसमे पुलिस भी मिली हुई थी। मैं अपनी मोटर सायकल के पीछे था और थोड़ा दूर था, इसलिए शायद उस पुलिसवाले की नजर मुझ पर नहीं पड़ी। अगर वो मुझे देख लेता तो शायद मुझे भी मार देता। तो मैंने वही बेहोश होने

का नाटक किया।"

"क्या यही पुलिसवाला था?" अरविन्द ने योगी को अरुण की तस्वीर दिखाई।

"जी हां साहब, यही था।" योगी ने जवाब दिया।

"फिर क्या हुआ?" अरविन्द ने पूछा।

"फिर लगभग आधे घंटे में वहाँ मदद पहुंची। मुझे एक एम्बुलेंस में अस्पताल ले गए। वहाँ मुझे इंस्पेक्टर तावळे ने पूछा की मैंने क्या देखा। मैंने कहा कुछ भी नहीं। क्यों की मैं बहुत डर गया था। फिर जब अस्पताल से छुट्टी हुई और मैं घर आ गया। मुझे लगा शायद मुझे गवाही देने बुलाया जायेंगा लेकिन कभी कोई संदेसा नहीं आया। और हम भी उस हादसे को धीरे-धीरे भूल गए।" योगी ने अपनी बात ख़तम कर दी।

अरविन्द ने फिर पूछा, "क्या तुम्हे मदद के रूपए मिले?" खिल्ली उड़ाने वाले अंदाज में हस कर योगी ने जवाब दिया, "नहीं साहब, कोई मदद नहीं मिली। यहाँ तक की अपने पैर का आगे का इलाज भी मुझे ही सरकारी अस्पताल में करना पड़ा।"

अरविन्द खिसक कर योगी के नजदीक बैठ गया। उसका हाथ अपने हाथों में ले कर उसे दिलासा देते हुए कहा, "झूठ कितना भी शोर मचा ले, जीतता सच ही है। आज आपकी बदौलत हमें उस हादसे का सच पता चला। और अब बस एक सवाल फिर मैं आपके सवाल का जवाब दे दूंगा और यहाँ से चला जाऊंगा।"

योगी को अरविन्द के हाथ का स्पर्श बड़ा ही अपनापन महसूस करा रहा था। उसने कहा "पूछिए साहब।"

अरविन्द ने अपना सवाल पूछा, "इससे पहले क्या कोई और भी आया था आपसे यह सब जानने?"

इस सवाल से योगी और उसकी पत्नी हैरान हो गए। योगी ने अपना हाथ अरविन्द के हाथ से छुड़ा लिया। योगी और उसकी पत्नी एक दूसरे को देखने लगे।

अरविन्द ने कहा "घबराइये मत, मैं आपको किसी भी तरह की परेशानी नहीं होने दूंगा। प्लीज बताइये?"

योगी ने कुछ पल सोच कर कहा, "दो साल पहले एक आदमी आया था। बड़ा ही नेक दिल था। उसने हमारी बहुत मदद की। हादसे के बाद हम पूरी तरह टूट चुके थे। मेरे पैर को ठीक होने में कई दिन लग गए। तब मजबूरन मेरी पत्नी को हमारा पेट भरने के लिए काम पर जाना पड़ा।"

"ऐसे वक्त में वह इंसान हमारे लिए भगवान बन कर आया। उसने हमें पाँच लाख रुपये नगद दिए। जिससे मेरे पैर का इलाज अच्छे अस्पताल में हो पाया, और मैं अपनी खिलौनों की दुकान भी वापस शुरू कर पाया। तब उसने भी उस हादसे का सच पूछा था। और मैंने उसे भी सब सच बताया था।"

अरविन्द ने कुछ तस्वीरें दिखते हुए पूछा, "वह आदमी इनमे से कौन था?"

योगी गौर से उन तस्वीरों को देखने लगा। वह सारी तस्वीरें हादसे में मरे लोगो के परिवार वालो की थी। "नहीं साहब इन में से कोई नहीं था।" योगी ने अपनी पत्नी को सारी तस्वीरें दिखाते हुए तसल्ली कर के जवाब दिया।

"तुम्हे पक्का यकीन है?" अरविन्द ने जोर दे कर पूछा।

"हां साहब, हम उस इंसान का चेहरा कैसे भूल सकते है जिसने हमारी मदद की थी। वो हमेशा टोपी पहनता था। उसके चेहरे पर बच्चन साहब जैसी दाढ़ी थी, और उसकी आँखे भूरी थी। जो इन तस्वीरों में किसी की भी नहीं।" योगी ने आत्मविश्वास के साथ जवाब दिया।

"सर किसी स्केच आर्टिस्ट को बुला कर उसका स्केच बना ले?" राजेश ने धीरे से अरविन्द से पूछा। अरविन्द ने मुस्कुरा कर ना में सिर हिला दिया। अब तक राजेश यह तो समझ चूका था की अरविन्द के आते ही इस केस की हकीकत धीरे-धीरे सामने आने लगी थी। इसलिए वह फिर खामोश हो गया।

"ठीक है योगी जी, अगर फिर कभी आपकी चाय की याद आयी तो आएंगे।" यह कह कर अरविन्द और राजेश उठ कर निकलने लगे।

"साहब आपने मेरे सवाल का जवाब नहीं दिया। आपने मुझे ढूंढा कैसे?" योगी ने खड़े होते हुए पूछा।

"दुनिया गोल है योगी जी, और लोग कही ना कही एक दूसरे से टकरा ही जाते है। जब आपका एक्सीडेंट हुआ था, तो किसी ने हादसे का वीडियो बना कर सोशल मिडिया पर डाल दिया था। उस वीडियो में आपकी मोटर सायकल का नंबर साफ़ दिखाई दे रहा था। लेकिन मरने वालो की लिस्ट में आपका नाम नहीं था, समझे?" अरविन्द ने योगी को उलझन भरा जवाब दिया।

"चलते है भाभी जी।" अपने दोनों हाथ जोड़ कर योगी की पत्नी को अरविन्द ने कहा।

"चाय पिने की याद आयी तो जरूर आईयेगा, दुनिया में आप जैसे भी पुलिसवाले है देख कर अच्छा लगा।" योगी की पत्नी ने दोनों को विदा करने वाले अंदाज में हाथ जोड़ कर कहा।

अरविन्द और राजेश वहाँ से निकल कर पुलिस जीप तक पहुँचे।

"सर आपने ये सब जानकारी कब निकाली? राजेश ने अरविन्द को जीप में बैठते ही पूछा।

"जब मुझे इस केस के लिए बुलाया गया तब रास्ते में ही मैंने सोशल मिडिया पर पुराने फोटो और वीडियो खंगाल डाले। जिसमे मुझे योगी की मोटर सायकल का नंबर मिला। लेकिन इतनेसे काम नहीं बन सकता था, इसलिए मैंने उन लोगो की लिस्ट मंगवाई जिन लोगो को उस हादसे के बाद सरकार से मदद मिली थी। उस लिस्ट में योगी का नाम था। साथ ही तावळे की इन्वेस्टीगेशन रिपोर्ट में भी योगी का नाम लिखा था जिसे बाद में उसने व्हाइटनर से मिटाने की नाकाम कोशिश की थी।" अरविन्द ने फाइल का वह पन्ना खोल कर राजेश के सामने कर दिया जिसपर का सफ़ेद व्हाइटनर कुरेदा हुआ था, और उसमे योगी का नाम साफ़ दिखाई दे रहा था।

“अब इससे आगे तुम्हे जो भी पूछना है ऑफिस में पूछना।” यह कह कर अरविन्द ने अपनी आँखें बंद कर के सीट से अपना सर टिका दिया। राजेश हैरानी से अरविन्द को देखता रहा। कुछ पल बाद अपनी सोच में गुम राजेश ने जीप स्टार्ट कर के ऑफिस की और दौड़ा दी।

---------- X ----------

18

इंस्पेक्टर तावळे

१२ जनवरी २०२६, सुबह ०९:०५

पुलिस अपनी छानबीन में पूरी तरह डूब चुकी थी। लेकिन कोई भी काम की जानकारी हाथ नहीं लग रही थी। अरविन्द और उसकी टीम की रातों की नींद उड़ चुकी थी। चौबीस घंटो में मुश्किल से ४ घंटे हर एक सदस्य को नींद लेने का मौका मिलता। लेकिन नींद में उन्हें सपने में भी केस से जुड़े काम ही नजर आने लगे थें।

कमिश्नर मोरे जी के ऑर्डर्स थें, जब तक कातिल पकड़ा नहीं जाता या फिर डॉक्टर तिवारी का पता नहीं चल जाता तब तक कोई भी घर नहीं जायेगा। और अगर किसी ने उनकी इस बात का विरोध किया तो वो अपना इस्तीफा दे कर हमेशा के लिए घर जा सकता है।

ऑफिस में इस वक्त चार लोग थें। अरविन्द, राजेश, मनीष और शुक्ला। टेबल पर गरमा गरम समोसे रखे हुए थें, जिसकी महक शुल्ला का मन मोह रही थी। लेकिन अपने सीनियर से पहले नाश्ते पर हाथ डालने से वह डर रहा था। अरविन्द व्हाइट बोर्ड पर मारकर पेन से कुछ लिख रहा था, जिसे राजेश बड़े ही गौर से देख रहा था। मनीष उस फाइल को अरेंज करने में खोया हुआ था जिसमे अरविन्द ने मांगी हुई जानकारी थी।

"सर समोसे ठंडे हो रहे है।" शुक्ला ने अरविन्द को धीरे से कहा।

"अरे हां। सब को दे दो।" अरविन्द ने बिना शुक्ला को देखे ही कह दिया।

शुक्ला ने लपक कर चार प्लेटों में दो-दो समोसे रख कर थोड़ी थोड़ी चटनी उनपर डाल दी। टेबल पर तीन प्लेट सरका कर शुक्ला अपनी प्लेट पर टूट पड़ा।

अरविन्द भी वापस आ कर अपनी कुर्सी पर बैठ गया। एक समोसे की गर्दन अपने मुँह में दबा कर उसने मनीष से कहा, "मैंने जो डिटेल्स मांगी थी क्या वो तैयार है?"

मनीष ने फाइल का आख़री कागज़ फाइल में फिट करते हुए कहा, "बस हो ही गया सर, सारी जानकारी तैयार है।" यह कहते हुए मनीष ने अरविन्द के सामने फाइल सरका दी, और अपनी समोसे की प्लेट उठा कर शुरू हो गया।

अरविन्द समोसा खाते हुए फाइल के पन्ने पलटने लगा और गौर से जानकारी पढ़ने लगा। राजेश भी नाश्ता करते हुए उस बोर्ड को देख रहा था, जिस पर अरविन्द ने आख़िर में एक ही शब्द लिखा था। और वह था 'मोटिव - कारण- वजह।'

कुछ बोलने के लिए राजेश अपना मुँह खोलने ही वाला था की टेबल पर रखा उसका मोबइल बज उठा जिस पर हवालदार राणे का नाम चमक रहा था। राजेश ने आधा बचा हुआ समोसा प्लेट में वापस रख कर तुरंत फोन को स्पीकर मोड़ पर डाला।

"बोलो राणे, क्या ख़बर है?"

सामने से आवाज आयी, "सर, इंस्पेक्टर तावळे जी को होश आ गया है। डॉ. मेहता ने कहा है, आप चाहो तो थोड़ी देर बाद उनसे बात कर सकते है।"

तावळे की होश में आने की बात सुनते ही अरविन्द भी तुरंत फाइल बंद कर के उठ खड़ा हुआ, "शुक्ला गाड़ी निकालो।"

अरविन्द की बात सुनते ही बचे हुए एक समोसे को देखता हुआ शुक्ला सोचने लगा 'इस फोन को भी अभी ही आना था, इस केस के चलते नींद तो हराम हो ही चुकी है, चैन से नाश्ता भी करने को नहीं मिल रहा।'

"क्या हुआ?" अरविन्द ने शुक्ला से कहा।

"कुछ नहीं सर, चलिए।" यह कहते हुए शुक्ला ने समोसा हाथ में ले कर ख़ाली प्लेट टेबल पर रख दी, और खाते-खाते ही बाहर चला गया।

रास्ते भर अरविन्द उस फाइल में अपनी नजरे गड़ाए विकास की जानकारी में अपने काम की बाते ढूंढता रहा।

--------- X --------

अस्पताल में इस वक्त तावळे ICU के बेड पर लेटा हुआ था। उसकी एक टांग बिस्तर से थोड़ी ऊपर बंधी हुई थी, जिस पर प्लास्टर बंधा हुआ था। उसकी गर्दन पर बंधा पट्टा और शरीर के ज़ख्म चीख-चीख कर कह रहे थे, की रौनक ने उसकी अच्छी खातिरदारी की थी।

तावळे की पत्नी उसके सिर के पास बैठ कर उसे चम्मच से जूस पीला रही थी। स्टैंड पर लटक रही बोतल से बून्द-बून्द दवा तावळे की रगो में जा कर उसे तरोताजा करने की कोशिश कर रही थी। पास के टेबल पर ढेर सारी दवा और इंजेक्शन की बोतले रखी हुई थी। साथ ही वहाँ एक स्टील का नर्सिंग बॉक्स भी रखा हुआ था, जिसमे सिरिंज रखे हुए थे। वह ICU बिल्डिंग की पांचवी मंजिल पर था, जिसके दरवाजे पर चौबीसो घंटे शिफ्ट बदल कर एक सिपाही ड्यूटी दे रहा था।

शुक्ला ने तेजी से पुलिस जीप ला कर बिल्डिंग के गेट के नजदीक रोक दी। गाड़ी रुकते ही अरविन्द और राजेश तेजी से उतर कर लिफ्ट की ओर चल दिए। शुक्ला और मनीष गाड़ी पार्क करने के लिए सामने पार्किंग की ओर निकल गए।

गाड़ी पार्किंग में लगा कर शुक्ला ने मनीष से कहा, "यार पता नहीं ये केस कब ख़त्म होगा। ना तो घर जाने को मिल रहा है। ना ठीक से खाने को। बीवी फोन पर परेशान कर रही

है, और अधिकारीयों की अलग से सुनना पड़ रहा है। अब जो हो जाये एक सिगरेट तो पि कर ही जाऊंगा।"

मनीष ने कहा, "चील मारो शुक्ला। सिगरेट छोडो सामने चाय पीते है।" इतना कह कर मनीष शुक्ला को ले कर सामने वाली कैंटीन में ले गया।

ICU के गेट पर तैनात हवालदार राणे अरविन्द और राजेश को देखते ही अपनी सतर्कता दिखता हुआ सेलूट देने लगा। लेकिन राजेश और अरविन्द ने जैसे उसे देखा ही नहीं और सीधा अंदर चले गए।

"कैसे हो तावळे?" अरविन्द ने अंदर आते ही मुस्कुरा कर पूछ लिया।

अपनी आदत के अनुसार अधिकारी देखते ही तावळे का शरीर थोड़ा हिल गया। जैसे वह उन दोनों अफसरों को सेलूट करना चाह रहा हो।

"अरे ठीक है, आराम से।" तावळे को रिलैक्स करते हुए अरविन्द उसके नजदीक कुर्सी पर बैठ गया। राजेश भी एक स्टूल खींच कर अरविन्द के नजदीक बैठ गया। और कहा,

"ये सब कैसे हुआ? तुम जैसे हट्टे-कट्टे पुलिसवाले पर किसी ने हाथ उठाया, अजीब लगता हैं।"

धीमी आवाज में तावळे ने कहा, "सर, वो तो मुझे मार ही देता, लेकिन किस्मत अच्छी थी जो ट्रक की तिरपाल बंधी हुई थी, जिस पर उसने मुझे ऊपर से फेकदिया था।"

अरविन्द ने राजेश की ओर देखा और फिर से तावळे की ओर देख कर कहा, "वाकई तुम्हारी किस्मत अच्छी थी, वरना हमें तुम्हारे भी मर्डर का केस इन्वेस्टीगेट करना पड़ता।"

अरविन्द की बात सुन कर तावळे सवालिया नजरों से राजेश और अरविन्द को देखने लगा। तभी डॉक्टर मेहता वहाँ आ गए। डॉक्टर को देख कर राजेश और अरविन्द दोनों अपनी जगह पर खड़े हो गए।

डॉ. मेहता ने साथ वाली नर्स से फाइल अपने हाथ में ले कर उस पर कुछ लिखते हुए कहा, "कैसा महसूस कर रहे हो तावळे जी? वो तो अच्छा हुआ आपको वक्त पर अस्पताल लाया गया, वरना आपकी जान बचाना लगभग ना मुमकिन ही था।"

डॉ. मेहता की बात सुन कर तावळे के होठों पर एक मुस्कान दौड़ गई। उसी मुस्कान के साथ उसने कहा, "मेरी जान बचाने के लिए बहुत शुक्रिया डॉक्टर साहब। ये आपका जिंदगी भर अहसान रहेगा मुझपर।"

डॉ. मेहता ने फाइल वापस नर्स के हाथ में देते हुए कहा, "ये तो हमारा फर्ज है, इसे अहसान का नाम दे कर शर्मिंदा मत कीजिये। आपकी जगह कोई और भी होता तो मैं वही करता जो मुझे करना चाहिए। अपना ख्याल रखिये।" इतना कह कर डॉ. मेहता जाने लगे।

तभी अरविन्द ने डॉक्टर से कहा, "वैसे कब तक ठीक हो जायेंगे तावळे?"

डॉ. मेहता ने कहा, "वैसे तो अब सारी रिपोर्ट्स नॉर्मल हैं। लेकिन पूरी तरह ठीक होने के लिए कुछ और दिन तो लगेंगे।"

अरविन्द ने डॉक्टर से हाथ मिला कर कहा, “ओके थैंक यु डॉक्टर साहब।” डॉक्टर मुस्कुराकर नर्स के साथ बाहर चले गए।

अरविन्द और राजेश वापस अपनी जगह बैठ गए। इससे पहले अरविन्द कुछ पूछता तावळे ने कहा, “सर आप कुछ बता रहे थे? क्या उसने और किसी को भी मारा हैं?”

अरविन्द ने बताना शुरू किया, “उस ने कमिश्नर त्रिवेदी जी की हत्या कर दी हैं। और दो साल पहले सरकारी वकील को भी मार दिया था। उस केस का इन्वेस्टीगेशन तुमने ही किया था। इसके आलावा उसने एक गुंडे रघु, RTO ऑफिसर अरुण, तुम्हारे दोस्त मनोज यादव और एक सरकारी कर्मचारी रमेश साहू को भी जान से मार दिया है। हमें शक है तुमपर भी उसी ने हमला किया होगा। लेकिन इसका कोई पुख्ता सबूत नहीं मिला। तुम ही बताओ क्या हुआ था उस रात?”

अरविन्द की बात सुन कर तावळे तो जैसे अंदर से हिल गया। कमिश्नर त्रिवेदी की मौत की बात सुन कर वह कुछ पल सोचता ही रह गया।

“क्या हुआ तावळे? कुछ बताओगे? क्या हुआ था उस रात?” राजेश ने कहा।

तावळे ने जैसे नींद से जाग कर बताना शुरू किया, “सर उस रात मैं देर रात ड्यूटी से वापस घर जा रहा था। ठंड काफी थी, इसलिए मैं रास्ते में एक बार पर रुक कर थोड़ी शराब पिने बैठ गया। जब शरीर में थोड़ी गर्मी महसूस हुई तो वहाँ से निकल गया।”

“उस बार से निकलने के बाद मुझे अहसास हुआ की एक मोटर सायकल मेरा पीछा कर रही थी। करीब सात आठ किलोमीटर चलने के बाद मैंने एक पुल के नजदीक मेरी बुलेट साइड में लगा दी, और उस मोटर सायकल वाले को रोक का कहा......”

बताते हुए तावळे की आँखों के सामने उस रात का मंजर नजर आने लगा।

“ये क्या है बे? कब से देख रहा हूँ मेरे पीछे क्यों आ रहा हैं। साले एक पुलिसवाले का पीछा कर रहा है। दिखाऊ क्या तुझे पीछा करना क्या होता है।” तावळे ने नशे की हालत में उस शख्स से कहा।

उस शख्स के चहरे पर काला नकाब था। जिसमें से सिर्फ उसकी आँखें दिखाई दे रही थी। वह आँखें रौनका की थी।

“चल उतर, लायसन दिखा अपना।” तावळे ने रौनक से कहा।

रौनक ने गाड़ी को साइड स्टैंड पर लगा दिया और उतर कर तावळे के सामने खड़ा हो गया।

“ये चल लायसन बता ना।” तावळे ने रौनक पर दबाव बनाया।

रौनक ने बिना कुछ बोले एक हाथ पीछे की जेब में डालने की एक्टिंग की, और मुड़ कर एक जोरदार घुसा तावळे के जबड़े पर दे मारा। वार इतना जोरदार था, तावळे अपनी जगह से तीन चार फिट पीछे लड़खड़ा कर जा गिरा।

इससे पहले तावळे संभल पाता रौनक ने एक जोरदार लाथ तावळे के पेट पर मार दी। तावळे जोर से चीख पड़ा। अब रौनक बिना रुके लगातार तावळे की लाथ घुसो से पिटाई

करता रहा। वह तावळे को संभलने का मौका ही नहीं दे रहा था।

जैसे तैसे तावळे वहाँ से रेंगता हुआ रौनक से दूर जाने की कोशिश करने लगा। लेकिन रौनक उसे एक भी मौका नहीं देना चाहता था। वह तावळे की टांग खींच कर उसे वापस अपने पास खींच रहा था और उसपर लाथ, घुसे बरसा रहा था।

तावळे ने जैसे तैसे अपनी गन निकाल कर रौनक पर तान दी और ट्रिगर दबा दिया। जोरदार आवाज के साथ एक गोली गन की नली से निकल कर रौनक की ओर गयी। लेकिन रौनक तावळे से ज्यादा सतर्क था। तावळे को गन निकालता देख वह चौकन्ना हो चूका था। गोली लगभग रौनक के कान को छूती हुई निकल गयी।

इससे पहले की तावळे दूसरी गोली चलाता रौनक ने उसका गन वाला हाथ पकड़ कर जमीन पर दे मारा। गन निचे गिर गई। रौनक ने गन उठा ली और तावळे के सर पर लगा दी।

रौनक की भी सांसे तावळे की पिटाई से फूल चुकी थी। रौनक ने कहा, “चल उठ।”

खम्बे पर जल रही बत्ती की रौशनी में दोनों खड़े थे। तावळे के नाक और मुँह से खून बह रहा था। उसका नशा पूरी तरह उतर चूका था। इतनी ठंड में भी तावळे के सर से उसके गाल पर उतर रहा पसीना चीख-चीख कर कह रहा था, की तावळे को रौनक में अपनी मौत नजर आ रही थी।

“तू कौन है भाई? क्यों मार रहा है मुझे? देख मुझे मार कर तु बच नहीं पाएगा। देख मुझे जाने दे, यहाँ जो भी हुआ मैं किसी से नहीं कहूंगा। प्लीज गोली मत चलाना।”

तावळे की बातों में डर साफ़ नजर आ रहा था। वह लगभग अपने दोनों हाथ जोड़ कर रौनक के सामने गिड़गिड़ा रहा था।

रौनक ने बिना कुछ कहे ट्रिगर दबा दिया। एक गोली तेजी तावळे के बाये पैर के घुटने में जा धसी। एक जोरदार चीख़ के साथ तावळे तड़पता हुआ जमीन पर गिर पड़ा।

रौनक ने गन पीछे अपने कमर में फसा दी। तावळे के उसी पैर पर रौनक ने कूद कर अपने दोनों पैरों से लाथ मारी जिसपर गोली लगी थी। तावळे बहुत तड़पने लगा। वह चीखता चिल्लाता रहा। फिर रौनक ने उसे बाल पकड़ कर खड़ा किया और उसके गर्दन में हाथ डाल कर उसका गला अपने बाजु से दबाने लगा।

तावळे छटपटाने लगा। जैसे तैसे तावळे पुल के किनारे पहुँचा जहाँ से नीच गुजरने वाली गाड़िया उसे दिखाई देने लगी। वह एक हाथ से उन आती-जाती गाड़ियों को हाथ दिखाने लगा लेकिन कोई भी उसपर ध्यान नहीं दे रहा था।

अब तावळे की सांसे उसे अंतिम विदाई देने ही वाली थी की एक ट्रक ड्राइवर ने पुल पर चल रहे उस मंजर को देख लिया। उसने तुरंत अपना ट्रक ठीक उस पुल के निचे रोका। बिच रास्ते में रुके हुए ट्रक की वजह से पीछे से आ रही काफी गाड़िया भी वहाँ रुक गई।

लोग गाड़ियों से उतर कर चिल्लाने लगे। रौनक ने तावळे के गले पर अपनी पकड़ ढीली करते हुए कहा, “अभी तुझे बहुत दर्द सहना है।” इतना कह कर रौनक ने तावळे को पुल से

निचे उस ट्रक के ऊपर फेक दिया। ट्रक पर तिरपाल बंधी हुई थी, इसलिए तावळे की जान तो बच गई। लेकिन वह अधमरा सा हो गया। रौनक वहाँ से अपनी मोटर सायकल ले कर अँधेरे में गायब हो गया।

(तावळे वापस वर्तमान में लौट आया।)

"बस उस के बाद मैं आज ही जागा हूँ सर।" यह सब कहते हुए तावळे ने उस दर्द को महसूस किया जो रौनक ने उसे उस रात दिया था।

"वो तुम पर बिना किसी हथियार के इतना हावी कैसे हो गया?" अरविन्द ने गहराई से तावळे की आँखों में झाकते हुए पूछा।

तावळे ने एक लम्बी सांस ली और कहा, "सर उसका एक-एक मुक्का हथोड़े की तरह महसूस हो रहा था। उसके मारने के तरीके से मैं यक़ीनन कह सकता हूँ, वो कोई आम इंसान नहीं हो सकता। वो या तो कोई मिलिट्री वाला कमांडो होगा। या फिर जरूर किसी ख़ुफ़िया एजेंसी का ट्रेंड एजेंट।"

अंदर तावळे और अरविन्द की बातचीत चल रही थी। ICU के गेट पर हवालदार राणे बेफिक्र होकर कुर्सी पर बैठा मोबाइल में रील्स का आनंद ले कर मुस्कुरा रहा था। एक मीठी आवाज़ से उसका ध्यान मोबाईल से हट कर उस शख्स की ओर गया।

"कैसे हो राणे जी?"

राणे ने अपना मोबाईल बंद कर के जेब में रख दिया और खड़ा होते हुए कहा, "अरे डॉ. वरुण आप।"

हवालदार राणे के सामने एक हट्टा कट्टा आदमी खड़ा था। सिर पर एक बार यूज़ होने वाली नीली टोपी, आँखों पर नंबर का चश्मा, मुँह पर हरे रंग का मास्क, गले में लटका हुआ स्टेथोस्कोप और बदन पर सफ़ेद डॉक्टर वाला पोशाख। देखने से ही पता चल रहा था की वह कोई डॉक्टर था।

"मोबाईल कम देखा कीजिये, वरना मेरे जैसा चश्मा लग जाएगा।" डॉ. वरुण ने राणे से कहा। उसके बात करने के तरीके से ही समझ आ रहा था की वह बोलते वक्त मुस्कुराते हुए बात कर रहा था।

राणे ने हस कर कहा, "अरे डॉक्टर साहब अंदर दो अफसर बैठे है। तो निश्चिन्त महसूस हो रहा था। तो सोचा थोड़ी देर देख लू वरना वक्त ही किसे मिलता है उस मोबाईल में घुसने का।"

डॉ. वरुण ने कहा, "अच्छा तो तावळे जी को होश आ गया?"

राणे ने जवाब दिया, "जी हां सर, कुछ दो घंटे पहले ही होश आया था। तो मैंने डॉक्टर मेहता जी से पूछ कर राजेश सर को बुला लिया।"

डॉ. वरुण ने अंदर झांक कर देखा। तावळे और अरविन्द की बातें चल रही थी।

"वैसे तो तावळे जी के चेकअप का वक्त हो चूका है। जाने दो मैं बाद में आ जाता हूँ।" इतना कह कर डॉ. वरुण वहाँ से वापस जाने ही वाले थे की, तभी तावळे की पत्नी ने डॉ. वरुण

को हाथ से इशारा कर के रोक दिया।

तावळे की पत्नी ने कहा, "सुनिए जी, जब आप बेहोश थे तो वो दरवाजे पर जो डॉक्टर दिखाई दे रहे है ना, उन्होंने मुझे बहुत दिलासा दिया था। वो रोज आपका चेक उप करने आते थे, ठीक इसी वक्त। लगता है आज भी आये है, लेकिन हवालदार राणे उन्हें अंदर नहीं आने दे रहे। क्या मैं उन्हें अंदर बुला लू?"

तावळे सवालिया नजरों से अरविन्द की ओर देखने लगा। अरविन्द और राजेश ने एक नजर दरवाज़े की ओर देखा। फिर तावळे की पत्नी से कहा, "क्या डॉ. मेहता जानते है, की ये डॉक्टर तावळे का चेकउप करने आते हैं?"

तावळे की बीवी ने जवाब दिया, "जी हां सर! जब पहली बार वो आये थे तो डॉ. मेहता जी के साथ ही आये थे।"

तावळे की बीवी का जवाब सुन कर अरविन्द ने कहा, "ठीक है, बुला लीजिये। हम भी तावळे को जल्द से जल्द ठीक होता देखना चाहते है।"

इतना कह कर अरविन्द और तावळे फिर से अपनी बातों में लग गए और तावळे की बीवी बाहर डॉ. वरुण को बुलाने चली गई।

ICU का दरवाजा खोलते ही डॉ. वरुण ने तावळे की पत्नी से कहा, "कैसे हो भाभी जी?"

तावळे की पत्नी ने खुश होते हुए जवाब दिया, "ठीक हूँ डॉक्टर साहब, इन्हे होश आ गया हैं। चलिए आपसे मिलवाती हूँ।"

राणे ने तावळे की बीवी को रोकते हुए कहा, "लेकिन मैडम....."

राणे की बात बिच में ही काटते हुए तावळे की पत्नी बोल पड़ी, "मैंने अंदर पूछ लिया हैं, तुम फ़िक्र मत करो।"

राणे को भी डॉ. वरुण के अंदर जाने से कुछ खास ऐतराज नहीं था। बस अफसरों की वजह से थोड़ा झिजक रहा था। तावळे की पत्नी की बात सुनकर राणे ने कहा, "आपने पूछ लिया हैं तो ठीक है।" इतना कह कर राणे अपनी कुर्सी पर वापस बैठ गया और तावळे की पत्नी डॉ. वरुण के साथ अंदर चली गई।

"आइये डॉ. साहब। सुनिए जी, इनकी बातों में जैसे जादू है। मैं तो उम्मीद ही खो चुकी थी, की आप इतने जल्दी ठीक होगे। लेकिन ये डॉक्टर साहब का ही भरोसा था जो मुझे यकीन दिलाता था, की आप होशमें ही नहीं बल्कि जल्द ही आप अपने पैरों पर खड़े हो जायेगे।" तावळे की बीवी बड़ी ही फुर्ती से यह सब बोल गई।

डॉ. वरुण ने कहा, "अरे नहीं तावळे जी, भाभी जी तो कुछ ज्यादा ही तारीफ कर रही है मेरी। अगर मेरी बातों में जादू होता, तो आज इस अस्पताल में कोई भी मरीज बिस्तर पर लेटा नहीं होता। सब दौड़ने लगते।" व्यंग भरी हसी के साथ बोला गया डॉ. वरुण का यह वाक्य सभी को मुस्कुराने पर मजबूर कर गया।

"वैसे अब कैसा महसूस कर रहे हो तावळे जी?" डॉ. वरुण ने तावळे से पूछा।

तावळे डॉ. वरुण की आँखों में चश्में की दीवार फांद कर देखने की कोशिश करने लगा। उसे लगा उन आँखों को उसने कही देखा है। लेकिन डॉ. वरुण के सवाल ने उसको रोक दिया।

तावळे ने कहा, "ठीक तो महसूस हो रहा है। बस इस पैर के दर्द से बड़ी परेशानी हो रही है।"

डॉ. वरुण ने अपने कानो में स्टेथेस्कोप लगा कर तावळे की दिल की धड़कने सुनते हुए कहा, "आपको कोई दर्द परेशांन करे, ये हम कैसे देख सकते है।" अपना स्टेथेस्कोप वापस गले में लटका कर डॉ. वरुण टेबल पर रखे कुछ कागज़ उठा कर पढ़ने लगे।

कागज़ो के पन्ने पलटते हुए बिना किसी की ओर देखे ही उन्होंने कहा, "भाभी जी, आज सलाइन की बोतल में पेन किलर डाला या नहीं किसी ने। क्या डॉ. मेहता आये नहीं अभी तक?"

डॉ. वरुण की बात सुन कर तावळे की पत्नी ने कहा, "डॉ. साहब आ कर तो गए है थोड़ी देर पहले। साथ में नर्स भी थी। लेकिन आप तो जानते है, की कितनी ही बार यह चीजे आप ही देखते आये है। अब आप ही डाल दीजिये।"

तावळे की बीवी की बातों से राजेश और अरविन्द को यह तो यकीन हो चूका था, की डॉ. वरुण तावळे की देखरेख डॉ. मेहता के कहने पर ही कर रहे है। इसलिए उन दोनों की शक भरी निगाहें अब सामान्य होने लगी थी।

"वैसे आप अपनी बातें जारी रख सकते है ऑफिसर।" डॉ. वरुण ने उन कागज़ो को टेबल पर वापस रखते हुए कहा।

डॉ. वरुण की बात सुन कर अरविन्द फिर से अपने मुद्दे पर आ गया। "तुमने जब सरकारी वकील की हत्या का केस इन्वेस्टीगेट किया था। तब कोई ऐसी चीज नोटिस की थी जो हमें इस केस को सुलझाने में काम आ सके?"

अरविन्द के इस सवाल का जवाब सोचते हुए तावळे उस दिन की यादों में खो गया। इसी बिच डॉ. वरुण ने टेबल पर रखे नर्सिंग बॉक्स में से एक इंजेक्शन निकाल कर सलाइन की बोतल में डाल दिया।

जब डॉ. वरुण यह सब कर रहे थे, तब उनकी पीठ सबकी ओर थी। और इसी बात को अरविन्द तावळे से बातें करते हुए टटोल रहा था। शायद अब भी अरविन्द को डॉ. वरुण पर पूरा भरोसा नहीं था।

"वैसे डॉक्टर साहब कौनसा इंजेक्शन डाला आपने अभी तावळे की सलाइन में?" अरविन्द से यह सवाल पूछे बगैर रहा नहीं गया।

डॉ. वरुण ने बहुत ही शालीनता से नर्सिंग बॉक्स बंद किया। एक ख़ाली बोतल अरविन्द को दिखते हुए कहा, "पेनकिलर है। अब तावळे जी को दर्द सहने की जरुरत नहीं। बेफिक्र रहिये ऑफिसर, तावळे जी जल्द से जल्द आपके कंधे से कंधे मिला कर चलेंगे।"

डॉ. वरुण की बातों में वाकई जादू था। डॉ. वरुण का जवाब सुन कर एक पल के लिए अरविन्द भी सम्मोहित हो गया। वह मन में सोचने लगा 'शायद मैं फिजूल ही इस डॉक्टर

पर शक कर रहा हूँ। ये तो बस अपना काम कर रहा है।'

डॉ. वरुण की आवाज ने अरविन्द की सोच में खलल डाल दी।

"तो मैं चलू सर।"

अरविन्द ने अपना सिर हां में हिला कर जवाब दिया।

"ख्याल रखिये अपना तावळे जी, चलता हूँ भाभी जी।" अपने हाथ से तावळे के कंधे को धीरे से थप-थपाते हुए डॉ. वरुण ने कहा।

तावळे ने भी हां में सिर हिला दिया।

तावळे की पत्नी ने कहा, "कल वापस आइयेगा।"

डॉ. वरुण ने हां में सिर हिलाया और कहा, "अरे हां, एक और बात अगर तावळे जी का गला सूखे और उनको पसीना आने लगे तो उस नर्सिंग बॉक्स में एक इंजेक्शन भर कर रखा हुआ है, वो सलाइन में डाल दीजियेगा।" इतना कह कर वह बाहर चला गया।

तावळे की बीवी हां में सिर हिलती रह गई।

अरविन्द फिर से अपने सवाल पर लौट आया। "कुछ याद आया तावळे?" अरविन्द ने पूछा।

तावळे अपने दिमाग पर जोर दे रहा था। डॉ. वरुण ने सलाइन में डाली हुई दवा बून्द-बून्द तावळे की रगों में फ़ैल रही थी।

कुछ याद आने वाले अंदाज में उसने कहा, "सर एक बात है जो आपको जाननी चाहिए, लेकिन उसका जिक्र हमने फाइल में नहीं किया था।"

अरविन्द ने उस बात में रूचि दिखाते हुए कहा, "बताओ।"

तावळे ने एक बार खांस कर कहा, "सर जिस रात वकील साहब का क़त्ल हुआ था, तब उनके फार्म हॉउस पर दो करोड़ रुपये कॅश था। लेकिन जिसने वो क़त्ल किया वो उस कॅश को भी ले गया था। इसलिए हमने सोचा वो कोई चोर होगा। और हमने उसकी इन्वेस्टीगेशन कर के कई दिनों तक तलाश की लेकिन कुछ हाथ नहीं लगा। ना मेरे खबरियों के पास कोई जानकारी थी ना ही पुलिस के हाथ कुछ लग रहा था।" बातें करते वक्त तावळे बिच भींच में खांसने लगा।

"थोड़ा पानी देना।" उसने अपनी पत्नी से कहा।

जब तक तावळे पानी पि रहा था अरविन्द बोलता रहा, "उस कॅश के बारे में रिपोर्ट में कुछ क्यों नहीं लिखा?"

तावळे ने गटागट आधा ग्लास पानी पि लिया और ग्लास वापस अपनी पत्नी की हाथ में देता हुआ बोला, "क्यों की कमिश्नर साहब नहीं चाहते थे, की उस रकम का जिक्र हो।"

अरविन्द अपने माथे पर लकीरे बना कर पूछने लगा, "क्यों?"

"क्यों की वो रकम उन्होंने ही वकील साहब के यहाँ पहुँचाई थी। अपने किसी काम के बदले। कमिश्नर साहब मुझे कभी पूरी बात बताते नहीं थे। बस वो करने के लिए बोल देते और मैं कर देता था।" यह बोलते हुए तावळे की खांसी धीरे-धीरे बढ़ने लगी।

उसके माथे पर पसीने की बुँदे चमकने लगी। लेकिन किसी का भी उसपर ध्यान ही नहीं था। सब सवाल जवाब में खोये हुए थें।

"अच्छा अब जो सवाल मैं तुमसे पूछने जा रहा हूँ, मुझे उस सवाल का सच-सच जवाब देना, क्यों की उस जवाब पर कई जिंदगियाँ टिकी हुई है। मुझे बताओ तीन साल पहले जो बस हादसा हुआ था, क्या उसमे कमिश्नर त्रिवेदी का हाथ था?" अरविन्द ने तावळे की आँखों में गहराई तक झांकते हुए पूछा।

तावळे की खांसी धीरे-धीरे गहरी होती जा रही थी। वह बार-बार थोड़ा-थोड़ा पानी पिता जा रहा था।

उसने खांसी को दबाते हुए जवाब दिया, "सर मैंने कहा ना, कमिश्नर साहब मुझे पूरी बात कभी बताते नहीं थे। हां लेकिन मुझे यकीन है की उस बस हादसे में उनका ही हाथ था। उन्होंने मुझे जैसी रिपोर्ट बनाने को कहा, मैंने वैसी रिपोर्ट बना कर कोर्ट में सबमिट कर दी।" यह सब बोलने के बाद तावळे की ख़ासी ज्यादा ही बढ़ गई और उसके चहरे पर पसीना बहने लगा।

अरविन्द ने राजेश से कहा, "राजेश उस नर्सिंग बॉक्स से इंजेक्शन सलाइन में डाल दोगे जरा?"

राजेश झट से खड़ा हो कर टेबल के नजदीक जाते हुए बोला, "जी सर।"

राजेश ने नर्सिंग बॉक्स का ढक्कन उठाया और वही ठिठक गया। उसकी आँखों ने जैसे भुत देख लिया हो। उसके कानो से संननननननन की आवाज होने लगी। वह तब होश में आया जब अरविन्द की आवाज उसके कानो पर पड़ी।

"क्या हुआ राजेश? लगाओ जल्दी इंजेक्शन। क्या सोच रहे हो?" अरविन्द खांसते हुए तावळे की छाती मसलते हुए कहा।

तावळे की खांसी अब उस ICU में शोर मचाने लगी थी। राजेश ने एक बार अरविन्द की ओर देखा। दोनों की नजरें एक हुई तभी अरविन्द को किसी अनहोनी का अहसास हुआ।

"क्या हुआ राजेश?" अरविन्द ने रूखे स्वर में फिर सवाल किया। राजेश ने नर्सिंग बॉक्स से शतरंज का प्यादा उठा कर अरविन्द को दिखाते हुए कहा, "वो डॉक्टर....."

तावळे को अपने हाल पर छोड़ कर राजेश और अरविन्द तेजी से बाहर आये। राणे को डॉ. मेहता को बुलाने का बोल कर दोनों डॉ. वरुण को पकड़ने के लिए निचे सीढ़ियों से दौड़ने लगे। अभी एक ही मंजिल निचे उतरे थें की अरविन्द को कुछ याद आया।

"राजेश तुम निचे ढूंढो, मैं छत से देखता हूँ।" यह कर कर अरविन्द वापस ऊपर चला गया और राजेश निचे।

राजेश निचे गेट के पास हांफते हुए पहुंचा और इधर-उधर देखने लगा। उसने गेट बंद कर दिया। तब तक शुक्ला और मनीष भी दौड़ कर राजेश के पास गेट के नजदीक जा कर खड़े हो गए। अरविन्द ऊपर छत से चारों तरफ देखने लगा। उसके हाथ में इस वक्त उसकी गन थी। कही कोई संदिग्ध दिख जाये और उसे शूट कर दू इस इरादे से वह छत पर चारों तरफ दौड़ने

लगा।

राजेश ने गेट के सिक्योरिटी से पूछा की थोड़ी देर में कितने लोग बाहर जा चुके है। तो उसे जवाब मिला कई सारे। सब अपनी ओर से कोशिश कर रहे थें लेकिन कोई फायदा नहीं था। क्यों की डॉ. वरुण यानि रौनक अपना खेल पूरा कर चूका था। अब उसे वहाँ रुकने की कोई जरुरत नहीं थी।

--------- X ---------

चारों पुलिसवाले इस वक्त तावळे के बेड के पास खड़े थे। डॉ. मेहता पूरी कोशिश कर रहे थे तावळे को बचाने की, लेकिन तावळे तड़पता रहा। तावळे की पत्नी का रो-रो कर बुरा हाल था। थोड़ी देर पहले जिस कमरे में हलकी फुलकी हसी दौड़ रही थी। अब उस कमरे में आक्रोश की चीख़े गूंज रही थी।

राजेश अपनी हार में डूबा हुआ सोच रहा था 'क्या किस्मत है, क़ातिल हमारे सामने ही एक पुलिसवाले को मार कर चला गया और हम कुछ नहीं कर पाए।'

शुक्ला लगातार फोन पर लगा हुआ था। मनीष कमरे को घूर कर मुआइना कर रहा था। तभी डॉ. मेहता की आवाज अरविन्द के कानो पर पड़ी।

"ही इस नो मोअर।" अब तावळे अपने बिस्तर पर शांत पड़ा हुआ था। ना कोई खांसी ना ही कोई चीख़।

कमरे में जैसे सन्नाटा छा गया, जिसे सिर्फ तावळे की बीवी की रोने की आवाज तोड़ रही थी। अरविन्द शून्य को निहारता हुआ खुद को बेबस महसूस कर रहा था, तभी डॉ. मेहता की आवाज उसे वापस उस कमरे में ले आयी।

"ऑफिसर ये सब कैसे हुआ? तावळे को जहर दिया गया है। इस सलाइन की बोतल में जहर आया कहा से?" डॉ. मेहता ने साफ़ साफ़ लफ्जो में पूछा।

डॉ. मेहता की बात सुन कर अरविन्द ने कहा, "ये सब हमारे आँखों के सामने ही हुआ है। सवाल मेरा सुनिए, आपने जिस डॉक्टर को तावळे की देखरेख का जिम्मा सौपा था उसी ने ये सब किया है। कौन था वो?" इस बार अरविन्द की आवाज में वह गर्मजोशी थी, की कमरे में मौजूद हर शख्स अरविन्द को ही देख रहा था।

कमरे में सन्नाटा छा गया। एक पल के लिए तो राजेश भी उसका यह रूप देख कर सन्न रह गया।

"मैंने, क्या बकवास है? मैं किसी को क्यों भेजूंगा तावळे की देखरेख के लिए। जब की मैं खुद दिन में दो बार उसे देखने आता था। कमिश्नर मोरे ने कहा था, किसी भी अनजान शख्स को तावळे के नजदीक भी नहीं जाने देना। फिर मैं ऐसा रिस्क क्यों लूंगा?" डॉ. मेहता की बातों में सच्चाई थी। इसलिए वह बोलते वक्त साफ़ साफ़ बोल रहे थे। "और आपसे किसने कहा की मैंने किसी डॉक्टर को भेजा है?" इस बार ऊंची आवाज डॉ. मेहता की थीं।

अरविन्द ने हवालदार राणे और तावळे की पत्नी की ओर बारी-बारी देखा। दोनों ने अपनी नजरें झुका ली।

"ये सब क्या चल रहा है? वो शख्स रोज यहाँ आता रहा और तुम दोनों ने किसी को भी पूछना जरुरी नहीं समझा की वाकई वो कोई डॉक्टर हैं या कोई बहरूपिया। और राणे तुम...."

अरविन्द की बात काटते हुए राणे ने कहा, "साहब मैडम ने ही कहा था की उस डॉक्टर को डॉ. मेहता ने भेजा है। और वो बातें बनाने में काफी माहिर था, तो मैंने कोई सवाल नहीं किया।" इतना कह कर राणे तावळे की पत्नी को देखने लगा।

"आपने कहा था की वो पहली बार डॉ. मेहता के साथ आया था। तो अब सामने आ कर बता क्यों नहीं रही हैं।" अरविन्द ने तावळे की बीवी चिल्लाते हुए कहा।

तावळे की बीवी थोड़ा सामने आयी और रोते हुए कहा, "डॉ. साहब याद है आपको जब आप कई सारे स्टूडेंट को ले कर आये थें। तब वो आपके बिलकुल बगल में ही खड़ा था। फिर आप सब चले गए लेकिन उसका बैग अंदर ही रह गया था। थोड़ी देर बाद वो वापस बैग लेने आया, तब उसने मुझसे कहा था की उसके यहाँ आने से डॉ. मेहता को कोई परेशानी नहीं। और अगर मैं चाहूँ तो वो रोज इनकी देखरेख कर दिया करेगा।"

"उसने मुझे अपनी मीठी बातों में उलझा दिया तो मैंने हवालदार राणे को कह दिया की उसे आपने ही भेजा हैं। इनकी देखरेख के लिए। मुझे क्या पता था की देखरेख के बहाने वो...." इतना कह कर तावळे की पत्नी फफक फफक कर रोने लगी।

डॉ. मेहता ने कुछ याद करने की कोशिश की। "क्या नाम बताया था उस डॉक्टर ने अपना?" डॉ. मेहता ने दोनों की ओर देख कर पूछा।

"डॉ. वरुण।" राणे और तावळे की बीवी दोनों के मुँह से एक साथ निकल आया।

"डॉ. वरुण क्या? कोई सरनेम नहीं बताया था क्या?" राजेश ने धमकाने वाले अंदाज में पूछा। राणे ने ना में गर्दन हिलाई जब की तावळे की बीवी कुछ सोचने लगी।

"डॉ. वरुण.... हां याद आया, डॉ. वरुण त्यागी।" रोते हुए स्वर में तावळे की बीवी ने बताया।

डॉ. मेहता ने कहा, "डॉ. वरुण त्यागी! इस नाम का कोई डॉक्टर हमारे हॉस्पिटल में नहीं।"

अरविन्द ने बात को सँभालते हुए कहा, "डॉक्टर साहब इस बिल्डिंग के CCTV फुटेज हमें चेक करने है। मनीष तुम डॉक्टर साहब के साथ जाकर जितनी ज्यादा फुटेज मिल सके ले आओ।" अरविन्द की बात सुनते ही डॉ. मेहता और मनीष बाहर चले गए।

"शुक्ला फोरेंसिक की टीम और एक टुकड़ी पुलिस बुलाओ। फ़िलहाल इस बिल्डिंग में जितने भी लोग है उनसे पूछताछ करो, जब तक मैं ना कहूँ कोई भी इस बिल्डिंग के बाहर नहीं जाना चाहिए।" शुक्ला जी सर कह कर बाहर चला गया।

"मिसेस तावळे आप जरा बाहर जा कर बैठ जाइये, हमें अपनी छानबीन करने दीजिए।" अरविन्द ने कहा।

अब उस ICU में तावळे की लाश के आलावा सिर्फ राजेश और अरविन्द दोनों ही थें। दोनों ने अपने हाथो में दस्ताने पहन लिए। अरविन्द अपनी तेज़ नज़र से उस कमरे में कुछ ढूंढने की कोशिश में जुटा हुआ था। राजेश भी हर चीज को गहराई से जाँच रहा था।

राजेश ने कुछ बोलने की कोशिश की, लेकिन अरविन्द ने उसे इशारे से चुप रहने के लिए कह दिया। राजेश सोच में पड़ गया की आख़िर अरविन्द ढूंढ क्या रहा है? आख़िरकार अरविन्द की नज़र उस चीज पर पड़ी जिसे वह इतनी देर से ढूंढ रहा था।

उस नर्सिंग टेबल के दीवार से सटे हुए कोने में कुछ चिपका हुआ था। अरविन्द ने धीरे से उसे निकाला। वह एक मइक्रोफ़ोन था जिससे रौनक उस कमरे की हर बात सुन रहा था।

उस मइक्रोफ़ोन की बैटरी अरविन्द ने निकाल दी और उसे राजेश को दिखाते हुए कहा, "इस मइक्रोफ़ोन के जरिये अब तक की सारी बातें वह सुन रहा था।"

राजेश हैरान हो कर देखता रह गया। "और कुछ ढूंढने की जरुरत नहीं। उसने हाथो में ग्लोव्स पहन रखे थें। उसने और कोई सबूत नहीं छोड़ा होगा।" अरविन्द ने बड़े ही आत्मविश्वास के साथ कहा।

"अब आगे क्या सर?" राजेश ने सवाल किया।

अरविन्द ने उस मइक्रोफ़ोन को अपने रुमाल में लपेट कर अपन जेब में दाल दिया। राजेश के सवाल का फ़िलहाल अरविन्द के पास कोई जवाब नहीं था।

---------- X ----------

अस्पताल में सारी फॉर्मेलिटी और छानबीन ख़त्म होने के बाद राजेश और अरविन्द अपने ऑफिस के लिए निकल गए। इस वक्त राजेश ड्राइव कर रहा था, और अरविन्द हमेशा की तरह अपनी आँखें बंद कर के बगल वाली सीट पर सोने की नाकाम कोशिश कर रहा था। उसकी आँखें भले ही बंद थीं, लेकिन उसके माथे की लकीरे साफ़ कह रही थी की वह गहरी सोच में डूबा हुआ था।

राजेश को ड्राइव करते हुए लगभग दस मिनिट हो चुके थे। वह देख रहा था की अरविन्द सोया नहीं बल्कि बेचैन हैं। राजेश ने हिम्मत जुटा कर पूछ ही लिया,

"सो गए क्या सर?"

बिना आँखें खोले ही अरविन्द ने जवाब दिया, "कोशिश कर रहा हूँ। आज पहली बार किसी ऐसे मुजरिम से पाला पड़ा है, तो शर्म के मारे नींद नहीं आ रही। तुम कुछ पूछना चाहते हो?"

राजेश ने कहा, "सर, मुझे तो अब भी भरोसा नहीं हो रहा की उसने हमारे सामने ही उस बोतल में जहर भर दिया, और हम देखते रहे।"

अरविन्द आँखें खोल कर सीधा हो कर बैठ गया और कहा, "उसने हमें तीन इशारे दिए उसे पहचानने के लिए। लेकिन हम समझ नहीं पाए।"

राजेश ने एक बार मुड़ कर अरविन्द की आँखों में देखा और फिर से रोड को देखते हुए कह, "कैसे इशारे सर?"

अरविन्द ने सामने देखते हुए कहा, "जब उसने कहा की 'अब तावळे को दर्द सहने की जरुरत नहीं।' ये उसका पहला इशारा था। क्यों की जिस रात उसने तावळे को मारा था तब उसने तावळे से कहा था, 'अभी तुम्हे बहुत दर्द सहना है।' और तावळे को दर्द सहने की जरुरत नहीं का मतलब उसकी मौत।"

राजेश ने आगे बात बढ़ाई, "और जब उसने कहा 'बेफिक्र रहिये तावळे जी जल्द से जल्द आपके कंधे से कंधे मिला कर चलेंगे।' इसका मतलब था तावळे की अर्थी। सही हैं ना?" दोनों ने अपनी आँखें एक दूसरे से मिला कर फिर से सामने देखने लगे।

"और तीसरा इशारा?" अरविन्द ने राजेश से पूछा।

"वह बात जब उसने जाते वक्त कहा था की 'नर्सिंग बॉक्स में इंजेक्शन है।' अगर हम तभी तसल्ली के लिए उस बॉक्स को खोल कर देख लेते तो आज वो क़ातिल हमारे गिरफ्त में होता।"

---------- X ----------

19

Investigation - 2

१२ जनवरी २०२६, दोपहर १२:४५

कमिश्नर ऑफिस में इस वक्त सन्नाटा छाया हुआ था। अरविन्द और राजेश अपने दोनों हाथ पीछे बांध कर टेबल के सामने गुनहगार की तरह खड़े थें। मनीष और शुक्ला उन दोने से थोड़ा पीछे खड़े थे।

शुक्ला धीरे से मनीष के कान में बुदबुदाया, “आज नौकरी गई अपनी।”

मनीष ने उसे खामोश रहने का इशारा किया। कमिश्नर साहब इस वक्त फोन पर मंत्री जी की डांट सुन रहे थे, और बस जी सर - जी सर कह रहे थे।

फोन रखने के बाद कमिश्नर मोरे ने एक लम्बी सांस ले कर अपनी आँखें बंद कर ली, और कुर्सी पर सिर टिका दिया। उनके चहरे पर उभरे हुए भाव बता रहे थें, की आज मंत्री जी ने उनकी खूब क्लास ली थीं।

कुछ पल शांत रहने के बाद कमिश्नर मोरे बरस पड़े, “तुम चार लोग थे वहाँ, और वो क़ातिल खुद तुम सबकी मौजूदगी में तावळे को दर्दनाक मौत दे कर चला गया। मंत्रीजी CBI को केस सौपने को बोल रहे है। और अगर ऐसा हुआ तो तुम सब का या तो ट्रांसफर होगा, या फिर सस्पेंशन, है कोई जवाब तुम लोगो के पास?”

सब खामोश खड़े थें। मोरे जी ने फिर बोलना शुरू किया, “अरविन्द बाकि तीनों को छोड़ो, तुमसे मुझे ये उम्मीद नहीं थीं। तुम सब में सीनियर भी हो, और देश के दस बेहतरीन ऑफिसर्स की प्रोफ़ाइल देखने के बाद तुम्हें इस केस के लिए सिलेक्ट किया गया है। और तुम्हारे होते हुए ऐसा होना गवारा नहीं हैं।”

राजेश ने अपनी चुप्पी तोड़ी, “सर माफ़ कीजिए लेकिन अरविन्द सर अकेले है, जिन्होंने अब तक इस केस में कई खुलासे किये है। वो तो हम तावळे का बयान सुनने में इतना खो गए थें की उस क़ातिल की चाल समझ ही नहीं पाए। और गलती मिसेस तावळे की भी है, वो उस क़ातिल की बातों में इस कदर फस गई की हमें भी उनकी बातों पर विश्वास करना पड़ा।”

“सर अरविन्द सर के इस केस में आने के बाद हम इस केस को सॉल्व करने के बहुत करीब पहुँच चुके है। ऐसे में केस CBI को सौपना ठीक नहीं होगा। प्लीज सर हमें थोड़ी और मोहलत दे दीजिए, हम उस क़ातिल को जल्द ही सलाखों के पीछे करने में कामयाब हो जायेंगे।” कमिश्नर के सामने राजेश ने अपनी बात इतने आत्मविश्वास के साथ रखी की एक पल के लिए सब देखते ही रह गए।

मोरे जी ने कुछ पल खामोश रह कर फिर कहा, “ठीक है, मैं कोशिश करता हूँ की इस केस को हमारे पास ही रखा जाए। बैठ जाओ दोनों और केस के अपडेट्स दो।”

अरविन्द और राजेश ने अब तक घटी सारी बातें कमिश्नर मोरे जी को बताई, और वापस अपने ऑफिस में आ गए।

-------- X --------

अरविन्द ऑफिस की मुख्य कुर्सी पर पिठ टिका कर एक टक उस व्हाइट बोर्ड को देख रहा था, जिस पर लिखा था मोटिव - कारन - वजह। राजेश उस फाइल को पढ़ रहा था जिस में विकास की जानकारी थी। शुक्ला इस वक्त उन लोगों को पूछताछ के लिए लेने गया था, जिन लोगो की लिस्ट उसे अरविन्द ने दी थीं। मनीष को ट्रैकिंग के लिए जिन चीजों की जरुरत थी, वह सारा सेटअप उसी ऑफिस में लगाया गया था। आज उस ऑफिस में एक और मेंबर बढ़ गयी थी, जिसका नाम था, सिमा।

सिमा की जरुरत मनीष को ट्रैकिंग के लिए थी, क्यों की सिमा एक काबिल हैकर थी। इस वक्त दीवार पर तीन बड़े-बड़े टीवी लगे हुए थे, जिन पर शहर भर के ट्रैफिक सिग्नल की लाइव फुटेज बदल-बदल कर दिखाई दे रही थी।

अरविन्द ने मनीष से कहा, “मनीष, कम हिअर। राजेश, अब हमें उस बारे में चर्चा करनी हैं जिसमें से इस केस का हल निकल सकता है। सिमा तुम अपना काम जारी रखो, और कोई भी काम की जानकारी मिले तो बताना।”

अरविन्द की बात ख़तम होने तक मनीष राजेश की बगल वाली कुर्सी पर बैठ गया। अब टेबल के एक तरफ अरविन्द और दूसरी तरफ मनीष और राजेश थें।

“विकास के बारे में बताओ।” अरविन्द ने मनीष की और देख कर कहा।

मनीष ने एक बार उस फाइल के कागजों पर नजर घुमाई और बोलना शुरू किया, “सर, विकास एक इंडियन इंटेलिजंस का शैडो एजेंट था। उसने अपना आखरी मिशन दिल्ली में पूरा किया था। उसके बॉस मि. देव सहगल का कहना है की, उसे जो अगला मिशन दिया गया था, उस मिशन की जानकारी लिक करने के लिए उसने रिश्वत ली थी। जिसके चलते उन्होंने करोड़ों रुपयों की जानकारी खो दी।”

“उसके इस हरकत का पता जब उसके बॉस को लगा तब वो शहर छोड़ कर भागने की फ़िराक में था और वो हादसा हो गया। उसके गाडी में रिश्वत के पैसे भी मिले है। जिसका जिक्र तावळे ने अपनी इन्वेस्टीगेशन रिपोर्ट में भी किया है। उसका एक साथी भी था, जिसका नाम था रौनक। दोनों साथ में ही मिशन पर थें।”

रौनक का नाम सुनते ही राजेश की आँखें चौड़ी हो गई।

राजेश ने बिच में ही कहा, “सर, जिससे रघु का पब में झगड़ा हुआ था, उसने जुली को अपना नाम रौनक ही तो बताया था। मतलब पक्का यही है।”

अरविन्द ने कहा, “ये केस जितना सीधा दिखाई दे रहा है, उतना है नहीं। जब तक हम विकास की मौत से कमिश्नर त्रिवेदी किस तरह जुड़े है ये पता नहीं कर लेते, तब तक हमारे हाथ खाली ही रहने वाले है।”

वह सारी बातें सिमा भी सुन रही थी। और साथ ही अपना काम भी कर रही थी। उसके मन में कुछ आया तो उसने बोलने की हिम्मत दिखाई, “सर, आप बुरा ना माने तो मैं कुछ कहु।”

तीनों सिमा की ओर देखने लगे। अरविन्द ने कहा, “हां बिलकुल।”

सिमा ने कहा, “सर, अगर रौनक एक ट्रेंड एजेंट है, वो ICU में मइक्रोफ़ोन लगा सकता है, हम सब की आँखों के सामने तावळे को जान से मार सकता है। पुलिस मुख्यालय के मंच में रिमोट वाली गन लगा कर कमिश्नर को मार सकता है, तो सोचिये क्या वो उस साजिश के बारे जान नहीं सकता।”

“और फिर उसे वक्त भी तो काफी मिला है। तीन साल एक लम्बा वक्त होता है। और हम इस केस की तहकीकात सिर्फ दो हफ्तों से कर रहे है। हो सकता है उसने भेस बदल कर कमिश्नर के करीबी लोगों से दोस्ती कर ली हो? कमिश्नर से मिला हो? या कमिश्नर ऑफिस में मइक्रोफ़ोन ही फिट कर रखा हो?”

सिमा की बात ख़त्म होते ही तीनो पुलिसवाले हैरान रह गए। राजेश सोचने लगा ‘सिमा तो अरविन्द सर से भी आगे सोचती है।’

---------- X ----------

20

कमिश्नर ऑफिस में माइक्रोफोन

१२ जनवरी २०२६, दोपहर ०१:४०

कमिश्नर मोरे जी इस वक्त उन्ही के ऑफिस के एक खाली कोने में कुर्सी पर बैठे हुए थे। अरविन्द, राजेश, मनीष और सिमा कमिश्नर ऑफिस की हर चीज की बारीकी से जाँच कर रहे थें। दो पुलिसवाले बग डिटेक्टर से कमिश्नर ऑफिस की बारीकी से छानबीन कर रहे थें।

अरविन्द को खिड़की के एक कोने में एक छोटा सा छेद दिखा। उसने कमिश्नर के टेबल से कागज़ लगाने का तार उठाया उसमे लगे सारे कागज निकाल कर टेबल पर रख दिए और उस छेद को बड़ा करने लगा। वह छेद आसानी से बड़ा हो गया। उसमे उसे एक मइक्रोफ़ोन मिल गया। उसकी बैटरी निकाल कर अरविन्द ने उस मइक्रोफ़ोन को टेबल पर रख दिया।

दूसरा मइक्रोफ़ोन कमिश्नर के कुर्सी के निचे चिपकाया मिला। उसकी बैटरी निकाल कर उसे भी टेबल पर रख दिया। काफी देर ढूंढ़ने के बाद जब और कुछ नहीं मिल रहा था, तो सब एक जगह इकट्ठा हो गए। राजेश ने कहा, “अब कोई सम्भावना नहीं दिख रही।”

अरविन्द ने कमिश्नर साहब से कहा, “सर, क्या मैं कुछ पल आपकी चेअर पर बैठ सकता हूँ?”

कमिश्नर मोरे जी ने कहा, “ओह प्लीज, कैरी ऑन।”

अरविन्द मोरे जी की कुर्सी पर बैठ गया और वहाँ से बारी-बारी चारों तरफ देखने लगा। सब तरफ देखने के बाद जब उसने उस कुर्सी की पुश्त से पीठ टिका दी, तो उसकी नजर ठीक सामने दीवार पर लगी घड़ी पर गई।

उस घड़ी की ओर देखते हुए अरविन्द ने कहा, “अगर मैं कातिल होता और मुझे कमिश्नर पर नजर रखनी होती, तो मैं उस घड़ी में जरूर कुछ छुपाता।” अरविन्द की बात सुनते ही सब ने एक साथ मूड कर घड़ी की ओर देखा।

राजेश ने एक कुर्सी खींच कर उस घडी को निचे उतारा। घड़ी खोलने के बाद सब हैरान रह गए। कमिश्नर मोरे की आँखें भी फटी की फटी रह गई। उस घड़ी में एक स्पाई कैमरा लगा

हुआ था। और उसे पवार सप्लाय उस घड़ी में लगाए हुए बैटरी से ही देने का इंतजाम कर रखा था।

उस घड़ी में छुपे स्पाई कैमरा को देखकर सब हैरान रह गए। रेजश का माथा ठनका। उसने तुरंत उन दो पुलिसवालों को वहाँ लगे हुए इलेक्ट्रिक के सारे बोर्ड चेक करने के लिए कहा।

वहाँ एक स्पाई कैमरा लगा हुआ था। उसे भी डिएक्टिवेट किया गया।

(ठीक उसी समय रौनक समंदर किनारे अपने मोबाईल की स्क्रीन पर उन सबको देख रहा था। और मंद-मंद मुस्कुरा रहा था। जब दोनों कैमरे डिएक्टिवेट हो गए तो उसने उस मोबाईल को समंदर में फेक दिया।)

"ये शख्स तो बड़ा ही शातिर निकला। उसे इस ऑफिस में जो भी हो रहा था, उस हर बात की जानकारी थी।" कमिश्नर मोरे ने अपनी कुर्सी पर बैठते हुए कहा।

अरविन्द ने एक फीकी मुस्कान के साथ कहा, "सर कोई क्राइम परफेक्ट नहीं होता। और आज जो सफलता हमें मिली है उस का सारा क्रेडिट सिमा को जाता है।"

यह सुनते ही सिमा की आँखें गर्व से चमकने लगी।

"वैरी गुड़ सिमा।" कमिश्नर मोरे जी ने सिमा को शाबाशी दी।

बदले में सिमा ने "थैंक यु सर" कहा।

"लेकिन उस शख्स ने ये सब कब किया होगा?" कमिश्नर मोरे ने अरविन्द की ओर देखते हुए कहा।

"सर, इन मइक्रोफ़ोन की बैटरी इतनी एडवांस है की सालो तक डेड नहीं होती। और वैसे भी मइक्रोफ़ोन को ज्यादा पावर की जरुरत भी नहीं होती। और उन स्पाई कैमरा को भी उसने इलेक्ट्रिक बोर्ड और घड़ी की बैटरी से पावर देने का बंदोबस्त कर रखा था।"

"ये कोई आम इंसान नहीं कर सकता सर। ये पक्का कोई ट्रैंड एजेंट हैं। और मुझे यकीन है की वो और कोई नहीं, विकास का साथी ही है। जिसका नाम है रौनक।" इतना कह कर अरविन्द ने विकास के बारे में इकठ्ठी की हुई जानकारी कमिश्नर मोरे जी को बताई।

साथ ही उसने योगी से मिली जानकारी भी कमिश्नर मोरे को बताई। कमिश्नर मोरे अरविन्द की बातें सुन कर हैरान रह गए।

फिर आखिर में अरविन्द ने कहा, "सर, हमें इंडियन इंटेलिजेंस के मि. देव सहगल से पूछताछ करनी है। अगर आप कहेंगे तो वो मना नहीं करेंगे।"

अरविन्द की बात सुनने के बाद कमिश्नर मोरे कुछ पल सोचते रहे। फिर उन्होने अपने मोबाइल से देव सहगल का नंबर डायल किया।

कुछ ही पलों में उनके फोन पर सहगल की आवाज सुनाई दी, "नमस्ते मि. मोरे। कहिए क्या बात है?"

मोरे जी ने बोलना शुरू किया, "सर आपसे हमारे डिपार्टमेंट के ACP अरविन्द एक केस के सिलसिले में बात करना चाहते है। आपकी जानकारी से जरूर इस केस को हल करने में

कामयाबी हासिल हो सकती है।"

सहगल ने कहा, "लेकिन मोरे मैं पहले ही तुम्हारे एक ऑफिसर को सब कुछ बता चूका हूँ, उससे ज्यादा मैं कुछ नहीं जनता। फिर भी अगर इस केस में कुछ मदद चाहिए तो अरविन्द को मेर ऑफिस में कल तीन बजे भेज देना। मैं उस वक्त की सारी अपॉइंटमेंट कैंसिल करवा देता हूँ।"

"सहगल साहब प्लीज, केस की नजाकत को समझिये और आज ही वक्त निकालिए।" मोरे ने जोर दे कर कहा।

फिर सहगल ने कॉल को होल्ड पर रख कर अपने सेक्रेटरी से कुछ बात की और फिर से कॉल अटेंड कर के कहा, "ठीक है मोरे, तुम आज शाम पाँच बजे अरविन्द को ऑफिस भेज देना।"

"ओके सर, जय हिन्द।" इतना कह कर कमिश्नर मोरे जी ने फोन काट दिया।

"अरविन्द आज पांच बजे तुम उनसे मिल सकते हो। राजेश को भी साथ ले जाओ मुझे तुम दोनों पर और तुम्हारी टीम पर पूरा भरोसा है। जल्द से जल्द उस क़ातिल का पर्दा फाश कर के उसे सलाखों के पीछे करो।" कमिश्नर मोरे ने शाबाशी देने वाले अंदाज में कहा।

फिर अरविन्द और बाकि सब अपने ऑफिस में आ गए और कमिश्नर मोरे ने फोन पर सारी जानकारी मुख्य मंत्री सोलंकी जी को दे दी।

---------- X ----------

21
कातिल से सामना

१२ जनवरी २०२६, दोपहर ०३:०५

मनीष ने कहा, “सर, अच्छी बात ये है की यहाँ आप के ऑफिस में कोई स्पाय कैमेरा या माइक्रोफोन नहीं मिला।”

अरविन्द ने कहा, “उन दोनों ने ठीक से तो ढूंढा ना?”

मनीष ने जवाब दिया, “हां सर मैं खुद भी था उनके साथ।”

अरविन्द ने कहा, “अच्छा है, कम से कम उसने हमारी बातें तो नहीं सुनी।”

अरविन्द ने व्हाइट बोर्ड पर तीन नाम लिखें पहला रौनक का था और दूसरा राधिका शिंदे और तीसरा था शालिनी राठी।

“ये उन तीनों के नाम है जो हमारे सस्पेक्ट लिस्ट में है। क्यों की बाकि सब लोग एक आम जिंदगी बिता रहे है। और उनमें से हर एक पर एक पुलिसवाला चौबीसो घंटे नजर रखे हुए है।” अरविन्द ने बोर्ड के सामने खड़े हो कर कहा।

राजेश ने कहा, “सर, शालिनी पर जो पुलिसवाला नजरें जमाए हुए है, उसके मुताबिक वो बिलकुल आम जिंदगी गुजार रही है। राधिका शिंदे गायब है और रौनक के नाम के आलावा हम कुछ नहीं जानते।”

अरविन्द ने कहा, “सच है की हम अभी रौनक के बारे में कुछ भी नहीं जानते। लेकिन इस बात को झुठलाया नहीं जा सकता की वो एक इंटेलिजेंस का एजेंट है। और ऐसे एजेंट कितने शातिर होते है ये हम से बेहतर और कौन जानता है।”

एक कागज राजेश के हाथ में देते हुए अरविन्द ने फिर कहा, “ये उन सब के नाम है, जो उस बस हादसे में मारे गए थें।”

राजेश ने सोचा ये नाम तो पहले भी पढ़ चुके है। उसने अपनी नजर उस कागज पर घुमाई और दंग रह गया। क्यों की अरविन्द ने एक नाम के सामने ‘डॉ.’ लिखा था। और वो नाम था ‘डॉ. वरुण त्यागी।”

एक पल के लिए राजेश, सिमा और मनीष सन्न रह गए। “वरुण त्यागी तो एक पाँच साल लड़का था। यानि की तावळे को मारते वक्त उसने जान बुझ कर वो नाम इस्तेमाल किया।” राजेश चौक कर ये सब बोल गया।

अरविन्द ने आगे कहा, “योगी ने जिस आदमी का जिक्र किया था वो और कोई नहीं रौनक ही होगा। और शालिनी एक सॉफ्टवेयर इंजिनीअर की डिग्री होल्डर है।”

अरविन्द को बिच में ही रोकते हुए राजेश ने कहा, “मतलब शालिनी उसकी मदद कर रही होगी।”

अरविन्द ने कह, “बिलकुल सही।”

सब को यकीन हो गया की जल्द ही क़ातिल का पर्दाफाश हो जायेगा। तभी अरविन्द का फोन बज उठा।

स्क्रीन पर एक अनजान नंबर चमक रहा था। अरविन्द ने कॉल रिसीव किया और ‘हैलो’ कहा। लेकिन सामने से कोई आवाज नहीं आ रही थी। उसमे सिर्फ कुछ भीड़ की आवाजें आ रही थी।

अरविन्द कुछ पल शांत रहा, तब फोन से एक आवाज सुनाई दी, “नमस्ते ACP साहब।”

अरविन्द को एक पल भी नहीं लगा उस आवाज़ को पहचानने के लिए। वह आवाज़ डॉ. वरुण त्यागी याने की, रौनक की थी।

अरविन्द ने जवाब में कहा, “अपने आप को पुलिस के हवाले कर दो। क्यों की मेरे हाथ लगे तो सीधा इनकाउंटर कर दुगा।” यह कहते हुए उसने सिमा को उस नंबर को ट्रैक करने का इशारा किया। सिमा ने तुरंत अपना काम शुरू कर दीया।

“आप को लगता है आपने कमिश्नर ऑफिस के मेरे कुछ मइक्रोफ़ोन और स्पाई कैमरा पकड़ लिए तो आप ने बड़ा तीर मार लिया।” फोन स्पीकर मोड़ था इसलिए सब सुन रहे थें।

“तो तुम हमें देख रहे थे?” अरविन्द ने पूछा।

रौनक ने कहा, “जी हां सर, लेकिन त्रिवेदी को उसके अंजाम तक पहुँचाने के बाद मेरे लिए वो सारी चीजे बेकार हो चुकी थी।”

जिस भीड़ की आवाज़ अरविन्द को सुनाई दे रही थी, वह ट्रेन की भीड़ थी।

“क्यों कर रहे हो ये सब?” अरविन्द ने पूछा।

“इंसाफ के लिए।” रौनक ने जवाब दिया।

“क्या लोगों को मारना इंसाफ है?” अरविन्द ने उसे बातों में उलझाए रखने के लिए कहा। ता की सिमा उस नंबर को ट्रैक कर सके।

“तो आपके ख्याल से मुझे क्या करना चाहिए?” रौनक ने पूछा।

“तुम सरेंडर कर दो, और जो भी जानते हो मुझे बताओ। मैं तुम्हारे साथ भी नाइंसाफ़ी नहीं होने दुगा।” अरविन्द ने जवाब दिया।

एक व्यंग भरी हसी के साथ रौनक ने कहा, “मैं आया था, कई बार कई अफसरों से मैंने विनती की थी। मैं सरकारी वकील से भी इंसाफ ही मांगने गया था। लेकिन उन्हें मेरी बात

पसंद नहीं आयी। तब मुझे खुद इंसाफ करना पड़ा।"

"रघु को मारने से पहले, मैं ACP राजेश के पास भी आया था। लेकिन उन्हें कमिश्नर त्रिवेदी के क़ातिल को ढूंढ़ने से फुर्सत नहीं थी। मुझे यकीन है, उन्होंने मेरी दी हुई अर्जी खोल कर भी नहीं देखि होगी।"

रौनक की बात सुन कर सब हैरान रह गए। राजेश ने तुरंत अपने ड्रॉवर में पड़े कुछ लिफ़ाफ़े निकाल कर टेबल पर रख दिए। उनमें से एक लिफ़ाफ़े पर केस नंबर लिखा हुआ था। जो नंबर अब तक सबको मुँह जबानी याद था। वह केस नंबर उस बस हादसे का था।

राजेश ने तुरंत उस लिफापे को खोला। उसमे एक प्रिंटेड पेपर था जिस पर बड़े अक्षरों में लिखा था 'हमें इंसाफ चाहिए।' और निचे २१ नाम लिखें हुए थें। वह नाम उस बस हादसे में मरे हुए लोगो के थें।

"तो तुम्हे लगता है तुम लोगों को मार कर इन लोगों को इंसाफ दे रहे हो?" अरविन्द ने उस कागज़ को हाथ में ले कर पूछा।

रौनक ने कहा, "तो आज आखिर कार आप लोगों को वक्त मिल ही गया, मेरी अर्जी को देखने का। वो लोग रोज़ मेरे सपने में आते है, और बार-बार एक ही बात कहते है। 'हमें इंसाफ चाहिए', और मैं बेबस हो कर उनकी बात सुनता रहता हूँ।"

अरविन्द ने कंप्यूटर स्क्रीन की ओर देखते हुए कहा, "अगर मैं उन लोगों को इंसाफ दिलाने का वादा करू, तो क्या तुम अपने आप को सरेंडर कर दोगे?" साथ ही वह सिमा को इशारे से पूछ रहा था की नंबर ट्रैक हुआ या नहीं? सिमा ने उसे इशारे से बात करते रहने को कहा।

"अब बहुत देर हो चुकी है। यही भरोसा पहले कोई देता तो शायद ये लड़ाई शुरू करने की जरुरत ही नहीं पड़ती। अब मैं इस खेल में बहुत आगे निकल चूका हूँ।" रौनक ने शांत स्वर में कहा।

अरविन्द ने उससे कहा, "तुमने जिन के क़त्ल किये है, उनके अपने भी इंसाफ माँग रहे है। आँख के बदले आँख, तो पूरी दुनिया अंधी हो जाएगी। ये शब्द दो सुने ही होंगे तुमने? तुम मुझे बताओ क्या हुआ था, मैं तुम्हारी मदद करूँगा।"

रौनक ने कुछ पल खामोश रह कर कहा, "नहीं ऑफिसर, अगर मैं तुम्हे सब कुछ सच बता कर खुद को सरेंडर भी कर दू, तब भी तुम मेरी मदद नहीं कर पाओगे।"

सिमा ने इशारे से कहा की ट्रैक हो गया। कंप्यूटर स्क्रीन पर साफ़ दिखाई दे रहा था की वह सिग्नल एक लोकल ट्रेन के पटरी से दादर की और जा रहा था।

अरविन्द ने फोन का माइक बंद कर के राजेश से कहा, "दादर पुलिस स्टेशन की एक टीम जल्द से जल्द उस रेलवे स्टेशन पर भेजो। लोकल ट्रेन को वही रोको और सारे एग्जिट सिक्योर करो। हमारे वहाँ पहुंचने तक कोई भी स्टेशन से बहार ना जाने पाए।" इतना कह कर अरविन्द और मनीष अपनी जीप की और चलने लगे।

रौनक ने कहा, “छोड़िए सर, आप जान भी लेंगे तो कुछ कर नहीं पाएंगे। आप से सिर्फ एक विनती करने के लिए मैंने फोन किया है। इस केस के चलते मेरे रास्ते में मत आइयेगा। मैं अपने हाथ किसी ईमानदार पुलिसवाले के खून से नहीं रंगना चाहता।”

मनीष गाड़ी निकाल चूका था, जिसके बगल वाली सीट पर अरविन्द बैठा था। राजेश दूसरी गाड़ी में हवालदार राणे को ले कर निकला था। राजेश फोन पर अरविन्द ने कहे नुसार इंस्ट्रक्शन दिए जा रहा था।

अरविन्द ने रौनक को जवाब दिया, “क्या मैं इसे धमकी समझू?”

रौनक ने जवाब दिया, “नहीं, मैं धमकी नहीं देता। मैं जो करता हूँ वो आप अपनी आँखों से देख चुके है।”

अरविन्द ने कहा, “रिमोट के डिवाइस से, और अँधेरे में लोगों को ले जा कर मारना, क्या तुम इसे बहादुरी कहते हो? तुम चाहे जो कह लो, तुम भी एक खुनी ही हो। और तुम्हारा भी अंजाम मौत ही होने वाला है।”

एक व्यंग भरी हसी के साथ रौनक ने जवाब दिया, “मौत बड़ी सस्ती चीज है सर। जब मैं इस राह पर निकला था, तब ही मैंने अपने माथे पर कफ़न बांध लिया था। मैंने आप के सामने तावळे को उसके गुनाहों की सजा दे दी। तब आप ने क्या कर लिया?”

अरविन्द ने जवाब दिया, “तुम बड़े डरपोक और कायर किस्म के इंसान हो। असली मर्द इस तरह भेस बदल कर नहीं आते। वो तो सीना ठोक कर अपनी बात कहते है। इस तरह छुपते नहीं फिरते।”

अरविन्द की बात पर रौनक ने कहा, “चलो आपकी एक ये ख्वाइश भी पूरी कर देते है। डॉ. तिवारी को सरे आम मारूंगा। और आपमें से किसी में भी दम है, तो रोक कर बताना।” इतना कह कर रौनक ने फोन काट दिया।

अरविन्द ने अपने दांत भींचे और दोनों गाड़िया तेजी से दादर स्टेशन की तरफ बढ़ने लगी।

——–—— X ——–——

ट्रेन दादर स्टेशन पर पहुँचने को अभी दस मिनिट थे। पुलिस की टीम ने वहाँ पहुँच कर स्टेशन का एक प्लेटफार्म खाली करवा दिया। स्टेशन मास्टर से कह कर उस लोकल ट्रेन को उस खाली प्लेटफार्म पर लाने का बंदोबस्त किया गया। वॉकी पर लगातार सब पुलिसवाले एक दूसरे से बातें कर रहे थें। दोनों पुलिस जीप तेज रफ़्तार से दादर स्टेशन के सामने आ कर रुक गई।

राजेश, मनीष और अरविन्द दौड़ कर उस प्लेटफार्म पर पहुँचे। उनके पीछे-पीछे हवालदार राणे भी अपना मोटा पेट ले कर भाग रहा था।

राजेश ने कान में ब्लूटुट लगा लिया और सिमा से कॉल पर कनेक्ट हो गया। उसने सिमा से कहा, “क्या वो नंबर अब भी एक्टिव है?”

सिमा ने जवाब दिया, "हां सर, अब भी वो नंबर उसी ट्रेन में है। और वो ट्रेन आपके नजदीक पहुँचने ही वाली है।"

अरविन्द और रेजेश ने देखा एक ट्रेन धीमी रफ़्तार से उनकी ओर बढ़ रही थी।

राजेश ने आगे कहा, "जैसे ही वो हम में से किसी के नजदीक पहुँचे मुझे बता देना।" बदले में सिमा ने जी सर कहा।

धीरे-धीरे ट्रेन आ कर रुक गई। उस ट्रेन का आखरी स्टेशन दादर ही था, इसलिए एक दम से भीड़ उस ट्रेन से बाहर आने लगी। इतने सारे लोग देख कर अरविन्द, मनीष और राजेश एक दूसरे को देखते ही रह गए।

इतने सारे लोगों की तलाशी लेना या उनमे से क़ातिल कौन है ये ढूंढ पाना लगभग ना मुमकिन था। सभी पुलिसवालें अरविन्द की ओर देखने लगे।

अरविन्द ने एक पुलिसवाले के हाथ से वॉकी ले कर उसमे कहा, "हम पुलिवाले है, एक मिनिट में इंसान को पहचानने की काबिलियत रखते है। ग्रुप पर मैंने एक डॉक्टर की तस्वीर डाली है। उसके कद काठी वाले हर संदिग्ध को एक तरफ खड़ा करो, और तलाशी लो। बाकि सब हम संभाल लेंगे।" इतना कह कर तीनों फ़ैल गए।

उस ट्रेन से लगभग पांच हजार लोग सफर कर रहे थे। कुछ लोगों को वहाँ से दूसरी ट्रेन पकड़नी थी, इसलिए वह दौड़ने लगे। पुलिस के लिए यह एक चुनौती भरा काम था। भीड़ धीरे-धीरे पुलिसवालों के सामने से गुजरने लगी। रौनक के कदकाठी जैसे कुछ संदिग्ध लोगों को पुलिस ने एक तरफ खड़ा करना शुरू किया और उनके पहचान पत्र, मोबाईल आदि की जांच करना शुरू कर दिया।

तभी पाँच किन्नरों का झुंड ट्रेन से उतरा। वह एक-एक कर के लोगों से पैसे मांग रहे थें।

दो किन्नर अरविन्द के पास पहुँचे और उसमे से एक ने कहा, "ये दे ना।"

अरविन्द उन्हें भी शक की निगाह से देख रहा था। तभी दूसरा किन्नर बोला, "ये पुलिसिये, दे ना।"

अरविन्द ने एक सौ का नोट निकाल कर उसके हाथ में रखा और कहा, "चलो निकलो यहाँ से, हमे अपना काम करने दो।" वह किन्नर अरविन्द को दुआ दे कर वहाँ से निकल गए।

सिमा की आवाज राजेश के कान में गुंजी, "सर, फोन का सिग्नल आपके सामने कुछ कदमों के फासले पर ही है। वो आपकी और ही बढ़ रहा हैं।"

सिमा की बात सुन कर राजेश सामने से चल कर आ रहे लोगों को देखने लगा। उनमे कुछ अधेड़ उम्र के लोग थें, तो कुछ औरते भी थीं। लेकिन राजेश तो क़ातिल के कदकाठी वाले शख्स को ढूंढ रहा था। तभी उसकी नज़र उस किन्नर पर पड़ी, जिसकी कदकाठी बिलकुल उस डॉक्टर से मिल रही थी, जिसने तावळे को मारा था।

उस किन्नर ने इस वक्त लाल रंग की साड़ी और हल्के गुलाबी रंग की चोली पहन रखी थी। उसके होठों पर लाल कलर की लिपस्टिक पुती हुई थी। चेहरे पर ढेर सारा मेकउप, लंबे बाल और लाल होठों पर मीठी मुस्कान लिए वह मटक-मटक कर चल रहा था। एक आदमी

से चलते-चलते ही पैसे ले कर वह किन्नर पैसे अपने चोली में रखता हुआ राजेश की ओर बढ़ने लगा। उस किन्नर के आगे दो औरते आपस में बातें करती हुई चल रही थीं।

राजेश ने उस किन्नर की ओर देख कर कहा, "सिमा, अब वो कितनी दूर है?"

सिमा ने जवाब दिया, "सर, बस ६-७ कदम पर।" राजेश ने अपनी गन निकाल ली और एक टक उस किन्नर को देखे जा रहा था। अरविन्द उस वक्त बाकि लोगों में उलझा हुआ था। उस किन्नर ने सीधा राजेश से नज़र मिलाई और मुस्कुराता हुआ उसके सामने आ कर खड़ा हो गया।

अपने दोनों हाथों से ताली बजते हुए किन्नर ने कहा, "ये पुलिसिए, दे ना।" उसकी आवाज़ एकदम मोटी और कर्कश थी। जैसे की आम तौर पर किन्नरों की होती है।

राजेश धीरे से बुदबुदाया, "सिमा, क्या वो मेरे सामने रुक गया?"

सिमा ने कहा, "नहीं सर वो आपके सामने से चला गया रोकिये उसे।"

राजेश इधर-उधर देखने लगा। तभी उस किन्नर ने फिर से कहा, "इधर-उधर क्या देख रहा है, दे ना।"

सिमा चिल्ला कर बोलने लगी "सर, वो आपसे दूर जा रहा हैं। रोकिए उसे।"

राजेश ने पीछे देखा वे दो औरते आपस में बाते करते हुए जा रही थी। राजेश दौड़ कर गया और उन औरतो को रोका। और फिर से कहा, "सिमा अब कहा है वो?"

सिमा ने जवाब दिया, "सर, वो बिलकुल आपके साथ खड़ा है।"

राजेश उन औरतों को देख कर समझ गया, और उसने उनसे कहा, "मैडम आप दोनों अपने पर्स और थैली में चेक कीजिए, कही आपके पास किसी और का फोन तो नहीं।"

जवाब में उन में से एक औरत ने कहा, "क्या हम आपको चोर नजर आ रहे है?"

दूसरी औरत ने कहा, "सर, ये आप क्या बोल रहे है। हमारे पास किसी और का फोन क्यों होगा?"

राजेश ने रिक्वेस्ट करते हुए कहा, "मैडम प्लीज आप चेक कीजिए, वरना मुझे लेडीज पुलिस बुलानी पड़ेगी।"

तभी वह किन्नर फिर से राजेश के पास आ गया और बोला, "ये दे ना।"

राजेश शक भरी निगाह से उसे देख रहा था। तभी हवालदार राणे बौखला कर उस किन्नर पर बरस पड़ा। उसने एक डंडा उस किन्नर के पिछवाड़े पर दे मारा और कहा, "ये चल निकल यहाँ से, वरना एक और डंडा दुगा रख कर।"

"हां हां जा रही है मैं, चिल्ला क्यों रहा है? हरामी से पैसा माँगा तो डंडा मार दिया मुझे। हाय दय्या कितनी जोर से लगा मुझे।" इतना कह कर वह किन्नर वहाँ से अपने पिछवाड़े पर हाथ मलता हुआ बाहर की ओर निकल गया।

यह सब देख कर उन औरतो ने भी अपनी पर्स चेक करना शुरू कर दिया। उन में से एक औरत के सब्जी के थैले में वह मोबाईल मिल गया। वह एक साधा की पैड वाला फोन था। राजेश ने उन औरतो को जाने दिया।

अरविन्द के पास जा कर वह फोन दिखाते हुए राजेश ने कहा, “सर, कोई फायदा नहीं, इतने लोगों में हम उसे नहीं ढूंढ पाएंगे। हमें सहगल के ऑफिस भी जाना है चलते है।”

ऊपर पुल पर से वह किन्नर मंद-मंद मुस्कुराता हुआ बेबस और लाचार पुलिस को देख रहा था। फिर वह अपने लाल होठों पर एक क़ातिल मुस्कान बिखेरता हुआ वहाँ से चला गया। वह और कोई नहीं रौनक ही था।

बाहर जा कर रौनक ने फुटपाथ पर चलते हुए फिर से एक छोटा फोन अपने चोली में से निकाला और अरविन्द का नंबर डायल किया। भीड़ में किसी संदिग्द की अब भी होने की संभावना अरविन्द को थी। उसका मोबाईल बज उठा, लेकिन इस बार दूसरा नंबर था।

फोन उठाते ही सामने से रौनक ने कहा, “इतनी फुर्ती उस हादसे का सच जानने के लिए किसीने दिखाई होती, तो आज इस तरह मुझे ढूंढने के लिए मशक्कत नहीं करनी पड़ती। आप अपना वक्त जाया कर रहे है ऑफिसर। मैं तब तक नहीं रुकूंगा जब तक उस हादसे के जिम्मेदार हर शख्स को उसके अंजाम तक ना पहुँचा दू। ये आखरी बार कह रहा हूँ, हट जाइये मेरे रास्ते से।” इतना कह कर उसने फोन काट दिया, और गटर में फेक कर एक धीमी रफ़्तार से चल रही लोकल बस में सवार हो गया।

अरविन्द ने वापस वह नंबर डायल किया लेकिन इस बार वह नंबर बंद आ रहा था। हताश और निराश पुलिसकर्मी एक दूसरे को देखते रह गए।

-------- X --------

22

इंटेलिजेंस ऑफिसर देव सहगल

१२ जनवरी २०२६, शाम ०५:१७

भारतीय ख़ुफ़िया विभाग का ऑफिस जहाँ अरविन्द और राजेश रिसेप्शन पर इंतजार में खामोश बैठे हुए थें। अरविन्द ने तो हमेशा की तरह खाली वक्त देख कर अपनी आँखें बंद कर ली थी। राजेश गहरी सोच में डूबा हुआ था।

उसे कुछ सुझा और उसने अरविन्द को धीरे से आवाज लगाई, “सर, अरविन्द सर।”

“बोलो राजेश।” बिना आँखें खोले ही अरविन्द ने कहा।

राजेश ने उसके थोड़ा नजदीक सरक कर कहा, “सर, मंत्री जी पक्का CBI को केस सौपेंगे। आपको क्या लगता है?”

अरविन्द ने आँखें खोली और राजेश की ओर देखते हुए कहा, “कोई CBI नहीं आ रही। तुम फ़िक्र मत करो इस केस को हम ही सॉल्व भी करेंगे, और उस क़ातिल को गिरफ्तार भी हम ही करेंगे।”

राजेश ने हैरानी से अरविन्द की ओर देख कर कहा, “सर, आप इतने यकीन से कैसे कह सकते है?”

अरविन्द ने जवाब दिया, “क्यों की कोई है, जो इस केस को CBI के हाथ में नहीं जाने देना चाहता। वरना केस तो तभी CBI को सौप दिया जाता जब अरुण का क़त्ल हुआ था। लेकिन CBI के बजाए मुझे बुलाया गया।”

इससे पहले की दोनों में और बातें होती ऑफिस का दरवाजा खुला। एक बेहद ही खूबसूरत लड़की जिसने ऑफिस यूनिफार्म पहन रखा था अरविन्द के सामने आ कर खड़ी हो गई।

उसने कहा, “ACP अरविन्द और राजेश।” दोनों उठ कर खड़े हो गए और हां में सिर हिलाया। “प्लीज अंदर आ जाइये।” दोनों अंदर चले गए।

सामने फाइल के पन्ने पलट रहा शख्स देव सहगल था।

अरविन्द और राजेश ने जाते ही उसे सेलूट किया। सहगल ने पढ़ रहे फाइल को बंद कर के टेबल के एक कोने में रख दी और कहा, "वेलकम ऑफिसर्स, बैठिए।"

अरविन्द और राजेश टेबल के सामने वाली दो कुर्सियों पर बैठ गए। "रीना तीन कॉफी भेजना और तुम थोड़ी देर बाहर ही रुक जाओ।" सहगल ने अपनी उस खूबसूरत सेक्रेटरी से कहा। वह लड़की जी सर कह कर बाहर चली गई।

"कहिए ऑफिसर क्या जानना चाहते हो?" सहगल का एक-एक मिनिट कीमती था। इसलिए वह सीधा मुद्दे पर आ गया।

अरविन्द ने बोलना शुरू किया, "सर, मैं जानना चाहता हूँ की विकास राठी को कौनसा मिशन दिया गया था? और आपको किसने बताया की उसने रिश्वत ले कर इन्फॉर्मेशन लिक की थी? बस मेरे दो ही सवाल है।"

अपनी कुर्सी पर झूलते हुए सहगल ने एक महँगी सिगार जला दी। उसका एक कश खींच कर धुआँ छोड़ते हुए उसने कहा, "तुम शायद जानते नहीं, इसलिए यह सवाल पूछ लिया। ये सारी कॉन्फिडेंशियल बातें है, जिसे मुझे खुल कर बताने की इजाजत नहीं। और जितनी बातें बताना मैं जरुरी समझता था, मैं पहले ही आपके एक पुलिसवाले को बता चूका हूँ।"

इस बार राजेश ने कहा, "सर, कई लोग मारे जा चुके है और कई लोगों की जान दाव पर लगी हैं। और आप कह रहे है कॉन्फिडेंशियल हैं। सर, प्लीज बता दीजिए। शायद कुछ लोगों की जान बच जाए।" राजेश के स्वर में आत्मविश्वास और क़ातिल को पकड़ने का जूनून था।

सहगल ने फिर से एक कश सिगार का खींचा और सोचने लगा। दरवाजा खुला और एक वेटर तीन कप कॉफी ले कर अंदर आ गया। कॉफी के कप टेबल पर रख कर वह वेटर बाहर चला गया। सहगल ने फोन उठा कर एक बटन दबाया और कुछ पल बाद कहा, "रीना जब तक मैं ना कहूँ कोई अंदर नहीं आना चाहिए।" इतना कह कर उसने फोन वापस रख दिया। फिर टेबल के निचे एक बटन दबा कर CCTV भी बंद कर दिया।

"ऑफिसर, जो बात मैं तुम दोनों को बताने वाला हूँ उसे सुनने के लिए आप दोनों को अपने फोन बंद कर के टेबल पर रखने होगे। मैं नहीं चाहता की भविष्य में कोई मुझपर ऊँगली भी उठाये।" सहगल ने कॉफी का कप उठाते हुए कहा।

अरविन्द और राजेश ने तुरंत अपने फोन स्विच ऑफ कर के सहगल के सामने रख दिए। दोनों ने अपने कॉफी के कप उठा लिए और कॉफी पीना शुरू किया।

सहगल ने बोलना शुरू किया, "दिल्ली में विकास और रौनक ने एक मिशन को साथ में अंजाम दिया था। दोनों में इतनी गहरी दोस्ती हो गई थी, की अगले मिशन के लिए दोनों ने ही एक दूसरे को साथी चुना। विकास और रौनक दोनों ही भेस बदलने और आवाज बदल कर बातें करने में माहिर थें। दोनों ने दिल्ली के एक इल्लीगल हतयार बेचने वाले गिरोह को कुछ ही दिनों में सलाखों के पीछे किया था। मुझे दोनों पर नाज और भरोसा था।"

"फिर हमारे हाथ एक इन्फॉर्मेशन लगी, वो थी ड्रैग माफिया की। मैंने विकास और रौनक को वो मिशन सौंपा। दोनों ने अच्छी तरह अपनी ड्यूटी निभाई। फिन ना जाने क्या हुआ और

दोनों ने मेरे कॉल का जवाब देना बंद कर दिया।"

"३० दिसंबर २०२२ को मुझे कुछ ऑफिस के काम से दिल्ली जाना पड़ा। तब मैंने मात्रे से कह दिया था की सब देख ले। क्यों की मेरे बाद मात्रे ही था जिसे दोनों रिपोर्ट कर सकते थें।"

बड़े ही गंभीर स्वर में सहगल ने आगे कहा, "१ जनवरी २०२३ को लगभग ११ बजे मेरे एक इन्फॉर्मर ने फोन कर के मुझे जानकारी दी की विकास और रौनक दोनों ने माफिया से रिश्वत की मांग की है। आज वो दोनों रिश्वत की रकम लेने जाने वाले है।"

"मैंने तुरंत मात्रे को कह कर हमारे कुछ लोगों को विकास और रौनक को ढूंढने के लिए भेजा, लेकिन शाम के ५ बजे के करीब मुझे खबर मिली की विकास का एक्सीडेंट हो गया है। और उसकी मौत हो गई है। साथ ही उसके कार में रिश्वत के रुपये मिले है ये भी जानकारी मिली।"

सहगल को रोकते हुए अरविन्द ने कहा, "ये खबर आपको किसने दी थी?"

सहगल ने जवाब दिया, "कमिश्नर त्रिवेदी ने। लेकिन मैंने उनसे इसका जिक्र मिडिया से करने से रोक दिया। क्यों की इससे भारतीय सुरक्षा व्यवस्था पर सवाल खड़े हो जाते।"

अरविन्द ने कहा, "रौनक ने कभी आप से मिलने की या कॉन्टैक्ट करने की कोशिश नहीं की?"

सहगल ने कहा, "नहीं तब से ले कर आज तक उसका कोई अता पता नहीं चला।"

कुछ पल ख़ामोशी के बाद राजेश ने कहा, "सर रौनक की कोई तस्वीर मिल सकती है?"

"मैं जानता था, इसकी जरुरत पड़ेगी।" इतना कह कर सहगल ने टेबल के ड्रॉवर में से एक तस्वीर निकाल कर राजेश के हाथ में दी।

अरविन्द ने सहगल से हाथ मिलाते हुए कहा, "ठीक है सर, अगर और आप को रौनक की कोई खबर मिले तो बताइयेगा। फ़िलहाल हम चलते है।"

राजेश और अरविन्द उस तस्वीर को ले कर वहाँ निकल गए।

--------- X ---------

राजेश गाड़ी चला रहा था। और अरविन्द रौनक की तस्वीर देख रहा था। राजेश ने पूछा, "क्या लगता है सर सहगल सर की बातों से?"

अरविन्द ने जवाब दिया, "झूठ बोल रहा है। अगर योगी और गोलू ने बताई हुई बात सच है तो विकास की हत्या में कमिश्नर त्रिवेदी का हाथ जरूर है। लेकिन सहगल नहीं जनता की हम आधा सच जान चुके है। इसका भी विकास के मौत से जरूर कोई लेन-देन है।"

"हमें तुरंत मात्रे से मिलना होगा। लेकिन इस मुलाकात के बारे में किसी को पता ना चले।"

इतना कह कर रौनक ने मात्रे का नंबर डायल किया, "हेलो ! जय हिन्द सर। मैं ACP अरविन्द बक्शी बात कर रहा हूँ, मुझे आपसे मिलना है इसी वक्त।"

मात्रे ने कहा, "कल ऑफिस में आ जाना ऑफिसर।"

अरविन्द ने कहा, "सर, इट्स वैरी अर्जन्ट। किसी के जिंदगी और मौत का सवाल है।"

मात्रे ने जवाब दिया, "किस सिलसिले में?"

अरविन्द ने कहा, "विकास और रौनक के सिलसिले में।"

मात्रे ने कहा, "पता भेज रहा हूँ, ठीक ६ बजे मेरे घर पर।" इतना कह कर मात्रे ने फोन काट दिया।

अरविन्द के मोबाईल पर तुरंत एक SMS आया और राजेश ने अपनी गाड़ी तेजी से उस पते पर दौड़ाना शुरू किया।

--------- X ---------

23

विलासराव मात्रे इंटेलिजेंस ऑफिसर

१२ जनवरी २०२६, शाम ०६:१६

मात्रे के घर राजेश और अरविन्द दोनों सोफे पर बैठे हुए थे। कुछ ही पलों में विलासराव मात्रे सीढ़ियों से उतरकर सोफे के नजदीक आ गया। अरविन्द और राजेश सलामी दे कर सावधान की मुद्रा में खड़े हो गए।

"बैठो ऑफिसर्स।" मात्रे ने कहा और खुद भी सामनेवाले सोफे पर बैठ गया। "कहिये क्या बात करनी थी?"

अरविन्द ने कहा, "हम आज सहगल सर से मिलने गए थे, तो हमें पता चला की विकास और रौनक सहगल सर के बाद सिर्फ आप को ही मिशन की जानकारी देते थें। तो क्या आप उनके बारे में कुछ बता सकते है?"

मात्रे ने बड़े ही गंभीर स्वर में कहा, "वो दोनों गद्दार नहीं हो सकते। लेकिन सहगल सर मेरे सीनियर है। और उनकी बात को मैं बिना सबूत विरोध नहीं कर सकता।"

"मुझे आज भी याद है, सहगल सर को दिल्ली कुछ इमरजेंसी काम से जाना पड़ा। तब तक मुझे मिशन के बारे में कुछ भी पता नहीं था। १ जनवरी को मुझे सहगल सर का फोन आया की विकास और रौनक माफिया के हाथो बिक गए है, उन्हें ढूंढो। लेकिन जब तक उनका फोन आया तब तक विकास का एक्सीडेंट हो चूका था। सहगल सर के ऑर्डर थे की इस केस को रफा दफा कर दो। नहीं तो इंडियन इंटेलीज की बदनामी हो जाएंगी।"

अरविन्द ने पूछा, "सर, आपकी उस एक्सीडेंट के बारे में क्या राय है?"

मात्रे ने कहा, "ऑफिसर्स मुझे यकीन है कुछ गड़बड़ हुई है। विकास और रौनक दोनों ही देश के लिए जान दे सकते थें। वो गद्दारी नहीं कर सकते। वो जरूर कोई साजिश थी। जिसका शिकार विकास हुआ। और उसे मारने के चक्कर में उस बस का भी हादसा हो गया होगा।"

अरविन्द ने अपना आखरी सवाल किया, “सर, उस हादसे से जुड़े हुए ७ लोग अब तक मारे जा चुके है। अगर इन हत्याओं के पीछे रौनक हुआ, तो वो सही हैं या गलत? मैं बस रौनक के बारे में आपकी राय जानना चाहता हूँ।”

इस सवाल का जवाब देने के लिए मात्रे ने कुछ पल सोचा। “विकास और रौनक दोनों ही क्लास वन एजेंट थे। देश के खिलाफ कोई टेढ़ा शब्द भी लेता तो वो उसे अपना दुश्मन समझते थें। ऐसे में विकास पर रिश्वत का आरोप लगा कर उसे गद्दार साबित किया गया, और अगर ये वाकई कोई साजिश है, तो मैं पर्सनली कहुगा की रौनक सही कर रहा है।”

“लेकिन इस देश के संविधान के प्रति जागरूक होने के नाते कहूँ, तो वो भी एक मुजरिम ही है।”

मात्रे की बात सुन कर अरविन्द और राजेश एक दूसरे को देखते रह गए।

-------- X --------

24

पूछताछ

१२ जनवरी २०२६, शाम ०७:३१

इस वक्त मनीष उस दिन की फुटेज चेक कर रहा था, जिस दिन रौनक ने वह लाल लिफापा राजेश को देने के लिए कहा था।

"बस रुक जाइये सर, यही.... यहीं है वो शख्स। देखिये अब वो मुझे लिफापा देगा।" राणे ने कहा।

टीवी स्क्रीन पर एक बूढ़ा इंसान जो झुक कर चल रहा था। सिर पर नवाबो वाली काली टोपी, दाए हाथ में छड़ी, बाये कंधे पर लटक रही थैली और मुँह में पान चबाता हुआ वह राजेश के ऑफिस के बाहर आ कर रुक गया।

इधर-उधर देख कर वह दीवार से लगी हुई कुर्सी पर बैठ गया। उस वक्त राजेश कमिश्नर के क़त्ल की वजह से काफी व्यस्त था। अंदर शुक्ला, दयानन्द और राजेश बातें कर रहे थे। वह वही दिन था जब दयानन्द ने राजेश को रिमोट के अंदर मिले सबूत बताये थे।

सामने से राणे चल कर आया जिसे उस बूढ़े ने रोका। और शायद राजेश से मिलने की विनती की। फिर राणे ने दरवाजा खोल कर राजेश से कुछ कहा। बदले में राजेश ने कुछ कहा। फिर राणे ने उस बूढ़े से कुछ कहा, तो उस बूढ़े ने अपनी थैली से वही लाल लिफापा निकाल कर राणे को दिया।

अपने दोनों हाथ जोड़ कर उसने राणे को धन्यवाद किया, और वहाँ से जाने लगा। राणे ने अंदर जा कर वह लिफापा राजेश को दिया। लेकिन दयानन्द जी से बातों में व्यस्त राजेश ने वह लिफापा ले कर बिना पढ़े ही उसे अपने टेबल के ड्रॉवर में रख दिया।

दूसरी स्क्रीन पर उस बूढ़े ने कुछ आगे जा कर एक बार पलट कर CCTV कॅमेरे की ओर देखा और अपना बाया हाथ हिला कर अलविदा किया और वहाँ से चला गया।

यह सब देखने के बाद राजेश को सब कुछ याद आया लेकिन अब उस बात का कोई फायदा नहीं था।

राजेश ने मनीष को रौनक की तस्वीर देते हुए कहा, “उस बूढ़े के चेहरे से मेकउप हटाओ और उसे रौनक की तस्वीर से मॅच कर के देखो।”

मनीष ने उस बूढ़े की कुछ तस्वीरें अपने कंप्यूटर में कॉपी की। फिर रौनक की तस्वीर स्कैन कर के उसे मॅच करने लगा। लेकिन नतीजा निराशा जनक था। दोनों के चेहरों में काफी अंतर था। फिर मनीष ने AI की मदद से भी उन चेहरों में मॅच ढूंढा, लेकिन उसके भी नतीजे निराशा देने वाले ही थे।

मनीष ने कहा, “नहीं सर इन दोनों शक्लो में कुछ भी मॅच नहीं हो रहा।”

अरविन्द ने स्क्रीन पर नजर गड़ाए ही मनीष से कहा, “उस आदमी की तस्वीर प्रिंट करो।”

मनीष ने तुरंत प्रिंट निकाल कर अरविन्द के हाथ में दे दी। अब अरविन्द के हाथ में दो तस्वीरें थी। एक उस रौनक की जो सहगल ने उन्हें दी थी और दूसरी उस बूढ़े का भेस बना कर आये हुए रौनक की। लेकिन दोनों चेहरों में काफी फर्क था।

अरविन्द दोनों तस्वीरें पिन बोर्ड के पास ले गया और दोनों तस्वीरों को बिच में लगा कर पीछे हट गया। अपने दोनों हाथ बांध कर वह उस पिन बोर्ड पर लगी दोनों तस्वीरों को गौर से देखने लगा। राजेश, मनीष और सिमा भी उसके पास आ गए।

अरविन्द उन तस्वीरों की ओर देखते हुए ही बुदबुदाया, “ये दोनों शख्स अलग है राजेश।”

राजेश ने कुछ सोच कर कहा, “लेकिन सर, सहगल ने कहा था की रौनक भेस बदलने में माहिर है।” राजेश की बात सुन कर कुछ पल अरविन्द खामोश रहा।

फिर उसने धीमे स्वर में कहा, “हो सकता है उसने भेस बदला हुआ हो, लेकिन मुझे इन दो चेहरों में कोई भी समानता नहीं दिखाईदे रही।”

इससे पहले की कोई और कुछ बोलता शुक्ला ने दरवाजा खोला और कोई खुशखबरी सुनाने वाले अंदाज में काह, “सर, ले आया सबको।” सब लोग शुक्ला को देखने लगे।

अरविन्द ने कहा, “सबको अलग-अलग बिठाओ। कोई किसीसे बात ना करने पाए। राजेश और मैं सबसे पहले रघु के वकील ठाकुर से बात करेंगे। तब तक तुम, मनीष और सिमा सब पर नजर रखो। अगर इनमे से कोई कुछ जनता है, तो कोई ऐसी वैसी हरकत जरूर करेगा।” सब ने जी सर कहा।

——–—– X ——–——

रघु के वकील ठाकुर को पूछताछ के लिए वहाँ बिठाया गया जहाँ मुजरिमों को थर्ड डिग्री दी जाती थी। कमरे के बिच में एक बल्ब के निचे दो कुर्सियां और उनके बिच एक छोटा सा टेबल था। दीवार के एक तरफ एक लम्बा टेबल रखा हुआ था, जिस पर मुजरिमों को लिटा कर उसके पैरों पर डंडे से मार कर सच उगलवाया जाता था। साथ ही वहाँ ऊपर से रस्सिया लटक रही थी, जिनसे मुजरिमों को बांध कर रखा जाता था।

कोने में लगे CCTV की लाइव फुटेज अरविन्द और राजेश अपने ऑफिस की टीवी पर देख रहे थें। जिसमे साफ़-साफ़ दिख रहा था की ठाकुर एक वकील होने के बावजूद उसके

पसीने छूट रहे थे। वह बार-बार वहाँ रखे डंडो को देख रहा था। अरविन्द ने राजेश को चलने का इशारा किया।

कुर्सी पर बैठते हुए अरविन्द ने कहा, "शुक्ला ने आपको बता ही दिया होगा, फिर भी मैं आपको याद दिला देता हूँ। सरकारी वकील मिश्रा जी, कमिश्नर त्रिवेदी, इंस्पेक्टर तावळे, मनोज यादव और आपके क्लायंट रघु इन सबको मारने वाला एक ही शख्स है। और उसका अगला निशाना आप है। क्यों की डॉ. तिवारी को उसने पहले ही अगवाह कर रखा है, या फिर अब तक मार भी दिया होगा।"

"अब आपके पास २ रास्ते है। पहला उस हादसे के बारे में जो कुछ भी जानते है हमें बता दीजिये। इस हाल में हम आपको पुलिस प्रोटेक्शन देंगे। या फिर दूसरा रास्ता है, हम आप को आपके हाल पर छोड़ देंगे। फिर वो कातिल चाहे आप की जान ही क्यों ना ले ले।"

अरविन्द की बात ख़त्म होते ही लड़खड़ाती आवाज में ठाकुर ने कहा, "मैं जितना जानता हूँ आप को सब बताता हूँ।" इतना कह कर उसने अपने माथे और गालो पर से पसीना साफ़ किया। और तोते की तरह बोलना शुरू किया।

"ऑफिसर, मैं माफ़ी चाहता हूँ अपनी उस गलती के लिए। मैं पैसो के लालच में आ गया था। वो कोई एक्सीडेंट नहीं था। एक सोची समझी साजिश थी। लेकिन मैं उस साजिश के बारे में कुछ भी नहीं जनता।"

राजेश ने उसे रोकते हुए कहा, "ऐसे नहीं, शुरू से बताओ। क्या हुआ था?"

राजेश की बात सुनते ही ठाकुर ने फिर बोलना शुरू किया।

"१ जनवरी को सुबह कमिश्नर त्रिवेदी ने मुझे कॉल किया और बताया की एक एक्सीडेंट होने वाला है। जो की पूरी तरह प्लान किया हुआ है। उस एक्सीडेंट में ड्राइवर रघु को छुड़ाना है। मैं मान गया। बदले में मुझे उसी दिन ३ लाख रूपए एडवांस के तौर पर मिल गए। लेकिन दोपहर को जब उस एक्सीडेंट की खबर देखी तो मैं हैरान रह गया। उस एक्सीडेंट में एक नहीं, बल्कि २१ लोग मारे गए थें।"

"मैंने तुरंत त्रिवेदी को फोन लगाया तो उन्होंने कहा मेरे आदमी सब संभाल लेंगे। बस तुम तैयार रहना। मैंने रकम बढ़ा कर मांगी तो त्रिवेदी ने तुरंत हां कह दिया। तभी मैं समझ गया की त्रिवेदी तो सिर्फ मोहरा है, खेल किसी और ही बड़े खिलाडी का है। लेकिन मुझे मेरे पैसों से मतलब था। इसलिए मैंने कोई और सवाल नहीं किया।"

"अरुण ने अपनी रिपोर्ट में ट्रक के ब्रेक फेल होने से, और बस की ही ख़राब हालत के चलते वो एक्सीडेंट हुआ ऐसा लिखा। डॉक्टर ने मरने वाले बस ड्राइवर और कार ड्राइवर को शारब पिया हुआ साबित कर दिया। तो मेरे लिए रास्ता बिलकुल साफ़ था।"

"मेरी दलीलों पर सरकारी वकील ने भी कोई ऑब्जेक्शन नहीं लिया तो जज साहब ने रघु को कुछ जुरमाना और ६ महीने की सजा का हुक्म दे दिया। बस इससे ज्यादा मैं कुछ नहीं जानता।"

अरविन्द ने ठाकुर को विकास, रौनक, और उस बूढ़े का भेस बनाये हुए आदमी की तस्वीरें दिखाई और पूछा, "इनमे से किसे जानते हो?"

ठाकुर गौर से देखने लगा। "ये विकास हैं। जो उस एक्सीडेंट में मारा गया था। बाकि दोनों को मैंने कभी नहीं देखा।" इतना कह कर वह चुप हो गया।

अरविन्द ने ठाकुर से कहा, "क्या उस हादसे के बाद कोई ऐसा शख्स आप की जिंदगी में आया था जो इस हादसे से जुडी बातें जानना चाहता था? और फिर आप की जिंदगी से गायब हो गया।"

ठाकुर कुछ याद करने लगा। कुछ पल याद करने के बाद उसने कहा, "हां याद आया, एक शख्स था......,, वो कई बार मुझसे मिलने मेरे ऑफिस में आता था। हमेशा कहता था 'एक पुराना केस है। उसे खुलवाना है। उसे इंसाफ नहीं मिला, वगैरा - वगैरा।' लेकिन जब भी मैं उसे उस केस के बारे में पूछता तो वो बादमे बताता हूँ इतना कह कर टाल देता था।"

"वो बातें बनाने में काफ़ी होशियार था। जल्द ही किसी से भी घुल मिल जाता था।" इतना कह कर ठाकुर रुक गया।

अरविन्द और राजेश एक दूसरे को देखने लगे। फिर राजश ने पूछा, "क्या उसने कभी आप से इस एक्सीडेंट वाले केस के बारे में पूछा?"

ठाकुर दिमाग पर जोर दे कर याद करने लगा। फिर उसे कुछ याद आया, तो उसने बोलना शुरू किया, "हां, वो जब भी मुझे शराब पिलाने बार में ले जाता, तो कभी-कभी उस केस के बारे में पूछता था। शायद शराब के नशे में मैंने कुछ बोल भी दिया हो। लेकिन मुझे पक्का याद नहीं।"

"अच्छा ये कब की बात है?" अरविन्द ने पूछा।

ठाकुर फिर से अपने दिमाग पर जोर डालने लगा। "एक्सीडेंट से कुछ ७-८ महीने बाद की बात होगी। बारिश का मौसम ख़त्म होने को था।" याद करने वाले अंदाज में ठाकुर ने कहा।

राजेश ने अपने दोनों हाथ टेबल पर रख कर पूछा, "हमें शक है वो शख्स इन हत्याओं के पीछे हो सकता है। आप उससे मिल चुके है। आपको क्या लगता है?"

ठाकुर सोचने लगा। कुछ पल खामोश रह कर उसने कहा, "नहीं, मुझे नहीं लगता वो शख्स किसी का खून कर सकता है।"

राजेश ने कहा, "उसने अपना नाम क्या बताया था।"

ठाकुर अपने दिमाग पर जोर देने लगा। "शायद उसने रौनक नाम बताया था।"

अरविन्द ने कहा, "बिलकुल सही।"

अचानक ही ठाकुर को कुछ याद आया और उसने कहा, "वो बातें बनाने में बड़ा माहिर था। उसने मुझे भनक तक लगने नहीं दी की वो उस हादसे वाले केस को ही खुलवाने की बात करता था।"

अरविन्द ने कहा, "फ़िक्र मत कीजिए हम आपको कुछ नहीं होने देंगे। लेकिन आप भी एक गुनहगार है। हम आप के खिलाफ मुकदमा दायर करेंगे। जब तक कातिल पकड़ा

नहीं जाता आप के घर पर एक पुलिसवाला तैनात रहेगा। कुछ और याद आये तो जरूर बताइयेगा।" इतना कह कर अरविन्द ने ठाकुर को बाहर जाने के लिए कहा।

राजेश और अरविन्द ने उन सब से बारी बारी पूछताछ की, जिन लोगों के अपने उस हादसे में मारे गए थें। किसी को डरा कर, धमका कर, तो किसी को समझदारी से। लेकिन जब कोई कुछ जनता ही नहीं था, तो जवाब क्या देगा। आखिर में अब सिर्फ शालिनी राठी यानि विकास की पत्नी बची थी।

शालिनी को कमिश्नर के ऑफिस में बिठा कर रखा गया था। उसके साथ उसकी बच्ची भी थी, जो इस वक्त ऑफिस के सोफे पर सो रही थी। कमिश्नर मोरे कुर्सी पर बैठे उस केस की अपडेट पढ़ रहे थे। अरविन्द और राजेश ने दरवाजा खोला और इजाजत ले कर अंदर आ गए। उस वक्त शालिनी सोफे पर सर टिका कर झपकी ले रही थी। राजेश और अरविन्द के अंदर आते ही शालिनी भी जाग गई।

"माफ़ कीजिएगा शालिनी जी, आप को इस वक्त तक रुकना पड़ा।" अरविन्द ने एक कुर्सी सरकाते हुए कहा।

शालिनी सोफे से उठ कर उस कुर्सी पर जा बैठी और कहा, "कोई बात नहीं सर, बस जो भी पूछना है जल्दी पूछिए। मैंने कुछ काम ले रखा है। कल ऑफिस जाना जरुरी है।"

अरविन्द ने पहला सवाल किया, "आप पांच जनवरी को कहाँ थी।"

शालिनी ने कुछ याद करने वाले अंदाज में कहा, "मैं या तो घर पर रहती हूँ। या फिर मेरे शॉप पर। उस दिन भी वही हूँगी।"

अरविन्द ने शालिनी के हाव भाव पर ध्यान रखते हुए पूछा, "विकास की मौत के बाद बड़ी कठिनाई गई होगी।"

शालिनी ने अरविन्द से आँखें मिलते हुए कहा, "मतलब क्या है आपका? क्या मैं जान सकती हूँ की किस सिलसिले में मुझे पूछताछ के लिए बुलाया गया है?" शालिनी का स्वर काफी रुखा था।

राजेश ने कहा, "वो आपको जल्द ही पता चल जाएगा। आपकी और विकास की मुलाकात से ले कर उस हादसे तक की सारी बातें बताइये।"

शालिनी ने बताना शुरू किया, "मैं दिल्ली में इंजीनियरिंग पढ़ने गई थी। वही मेरी मुलाकात विकास से हुई थी। वो वहाँ किसी कंपनी में काम करते थे। उन्होंने मुझे प्रोपोज किया था। पढाई ख़त्म करने के बाद परिवार की रजामंदी से हम दोनों ने शादी कर ली। फिर उनकी दिल्ली वाली जॉब छूट गई और हम यहाँ मुंबई आ गए। यहाँ उन्हें एक हवाई जहाज की कंपनी में जॉब मिल गई और हम यही सेटल हो गए।"

"यहाँ आ कर कुछ ६ महीने हुए थे, तभी वो मनहूस हादसा हो गया और वो चल बसे। उस वक्त मैं आठ महीने की गर्भवती थी। मेरे पति को अपनी बच्ची की सूरत देखना भी नसीब नहीं हुआ। और ना ही मेरी बच्ची अपने बाप का चेहरा देख पाई।" इतना कह कर शालिनी रोने लगी।

अरविन्द ने टेबल पर से टिशू पेपर उठा कर शालिनी की और किए और कहा, “माफ़ कीजिएगा आप का दिल दुखाने का कोई इरादा नहीं था। आप तो जानती ही है शहर में कई लोगो की हत्या हुई है। जिसमे हमारे पिछले कमिश्नर त्रिवेदी जी भी शामिल थे। जो लोग मारे गए है वो सारे उस हादसे के केस से जुड़े है जिसमे आपके पति मारे गए थे।”

शालिनी अपनी आँखें पोछते हुए अरविन्द की बात गौर से सुन रही थी। अरविन्द की बात सुनते ही वो रूखे स्वर में बोल पड़ी, “तो आपका शक मुझपर तो नहीं ना?”

कमिश्नर मोरे बोल पड़े, “देखिए शालिनी जी, जब तक असली क़ातिल पकड़ा नहीं जाता वो सब लोग शक के दायरे में है, जिन्होंने उस हादसे में किसी अपने को खोया है। आप एक प्रोफेशनल सॉफ्टवेयर इंजिनीअर है। आप पर शक करने की वजह ये है, जो पुलिसवाला मारा गया उसका मोबाईल हैक किया गया था।”

शालिनी सहज लहजे में मोरे से बोल पड़ी, “तो आपको लगता है की उस पुलिसवाले का फोन मैंने हैक किया था?”

अरविन्द ने बात को सँभालते हुए कहा, “हमें शक है इन दोनों में से किसी ने उन हत्याओं को अंजाम दिया है। लेकिन किसी का फोन हैक करने जितनी काबिलियत इनमे नहीं है। उस हादसे में मरे हुए लोगों के रिश्तेदारों में से सिर्फ आप ही है जो हैकिंग की काबिलियत रखती है। इसीलिए हमने आप को यहाँ बुलाया है। क्या आप इनमे से किसी को पहचानती हो?” इतना कह कर अरविन्द ने रौनक और उस बूढ़े की तस्वीर शालिनी की तरफ सरका दी।

शालिनी ने दोनों की तस्वीरें गौर से देखि और कहा, “नहीं मैंने आज से पहले इन दोनों में से किसी को भी नहीं देखा।”

अरविन्द ने कहा, “अच्छा ठीक से याद कर के बताइये पाँच जनवरी को आप कहाँ थी, अपने शॉप पर या घर पर?”

शालिनी ने अपना फोन अनलॉक किया और उसमे कुछ देखने लगी। अपने शॉप के कॅमेरे की फुटेज दिखाते हुए उसने कहा, “आपकी बातों से पता चलता है की वो पुलिसवाला जरूर पांच तारीख को ही मारा गया होगा। और उस दिन मैं सुबह घर पर थी और फिर दिन भर ऑफिस में। और अगर मैंने ऑफिस से ऐसा कुछ किया होता तो अब तक आपके IT सेल के एक्सपर्ट आपको बता चुके होते। और आप मुझे पूछताछ के बजाए गिरफ्तार कर चुके होते। ऍम आय राइट सर?”

अरविन्द ने फोन अपने हाथ में लिया और गौर से देखने लगा। तसल्ली करने के बाद फोन वापस दे कर उसने कहा, “ठीक है फ़िलहाल आप जा सकती है। लेकिन अगर फिर से बुलाना पड़ा तो आइयेगा। और हां एक बात और कानून से कोई मुजरिम कुछ दिनों के लिए छुप सकता है, लेकिन बच नहीं सकता। अगर मुझे आप के खिलाफ एक भी एविडन्स मिला, तो मैं आप को गिरफ्तार करने से पहले ये भी नहीं सोचूंगा की आपकी एक छोटी सी बच्ची है। अभी वक्त है, कुछ भी जानती हो तो बता दीजिए।”

शालिनी ने कहा, “उस ट्रक ड्राइवर की मौत के बारे में सुना था मैंने। उस दिन मुझे बड़ा अच्छा महसूस हुआ। ऐसे लगा उस दिन मेरे पति को इंसाफ मिल गया। आप के हिसाब से मुजरिम कानून से बच नहीं सकता, लेकिन वो ट्रक ड्राइवर अब तक बचा रहा।”

“शायद कानून के रकवाले ही कानून तोड़ने लगे है, इसलिए किसी ने हथियार उठा लिया। अगर कोई इन जैसे लोगों को मार रहा है, तो ठीक ही कर रहा होगा।” शालिनी ने अपने काँटेदार शब्दों से वहाँ बैठे तीनो पुलिवालों को छलनी कर दिया और अपनी बच्ची को ले कर वहाँ से निकल गई।

——– X ——–

25

धीरेन सुखदेव चौहान

१२ जनवरी २०२६, रात ११:१०

उद्योग मंत्री सुखदेव चौहान इस वक्त सोफे पर फैला हुआ था। एक तरफ गर्दन झुकी हुई थी और आँखें बंद थीं। टेबल पर रखी शराब की आधी खाली हो चुकी बोतल चीख-चीख कर कह रही थी की चौहान ने अच्छी खासी चढ़ा रखी है। उसके भद्दे से खर्राटों की आवाज उस आलीशान कमरे की शांति भंग कर रही थी। उसकी तन्द्रा तब टूटी जब टेबल पर रखा उसका मोबाईल घनघना उठा।

अपनी नशे में धुत आँखें धीरे से खोल कर उसने मोबाईल की स्क्रीन पर चमक रहा मुख्य मंत्री सोलंकी का नाम देखा।

फोन को अपने कान से लगा कर उसने कहा, "जी सर, कहिए।" ये एक हैरान करने वाली बात थी की इतनी शराब पिने के बावजूद उसकी आवाज एकदम सामान्य लग रही थी। उसका अपने नशे पर काफी नियंत्रण था, और शायद यही वजह थी की वो उद्योग मंत्रालय का भार संभाल रहा था।

सोलंकी जी ने कहा, "चौहान, ऊपर से प्रेशर है। केस CBI को सौपना पड़ेगा। मुझे नहीं लगता अरविन्द और राजेश क़ातिल का पता लगा पायेगे। उनका शक किसी रौनक पर है। जो इंटिलेजेंस में एजेंट था। और तुम तो जानते ही हो ऐसे एजेंट बड़े ही चालाख होते है। अरविन्द और राजेश उसे नहीं पकड़ पाएंगे। तुम्हारे कहने पर अभी तक मैंने केस CBI को जाने से रोक रखा था। लेकिन अब रोक पाना मुश्किल होगा।"

कुछ पल सोच कर चौहान ने जवाब दिया, "अरविन्द और राजेश पूरी तहकीकात कर चुके हैं। मुझे भरोसा है की जल्द ही क़ातिल पुलिस की गिरफ्त में होगा। पार्टी से कुछ दिनों की मोहलत ले लीजिए। और जरुरत पड़े तो मैं पार्टी प्रेजिडेंट से बात कर लुगा।" ये कहते वक्त चौहान ने दरवाजे पर खड़ी उसकी हाउस मेड को इशारे से पेग बनाने के लिए कहा।

मेड टेबल के नजदीक आ कर पेग बनाने लग गई, और चौहान उसे अपनी गन्दी नजरों से घूरते हुए सोलंकी से बात करने लगा।

सोलंकी जी ने कहा, “पता नहीं चौहान तुम्हारा इस केस से क्या लेन देन है? लेकिन जो भी है तुरंत ठीक करो। कही तुम्हारी कुर्सी बचाने के लिए मुझे मेरी ना गवानी पड़े।” सोलंकी ने बड़े ही गंभीरता से कहा।

चौहान ने टेबल की ओर झुक कर प्लेट में रखे काजू उठाने के बहाने मेड के हाथों को छू लिया। वह बेचारी शायद मज़बूरी में वहाँ काम कर रही थी, तभी तो चौहान की इस तरह की बत्तमीजी भी मुस्कुरा कर सह गई।

चौहान ने दो काजू अपने मुँह में दबाते हुए कहा, “सोलंकी जी, हम सभी पॉलिटिशियन के कुछ ना कुछ राज होते ही है। अगर एक दूसरे के राज़ उधेड़ना शुरू कर दे तो सरकार ही गिर जाएगी। फ़िलहाल आप कुछ दिनों की मोहलत दीजिए मैं देखता हूँ क्या हो सकता है।” अपनी बात ख़त्म करते ही चौहान ने एक पेग गटक लिया।

सोलंकी ने जवाब दिया, “ठीक है चौहान, इलेक्शन से पहले ये सब ख़त्म करो। और भी बहुत काम पड़े है। पार्टी का कहना है इस बार बहुमत वाली सरकार बननी चाहिए।”

चौहान ने कहा, “जरूर बनेगी।” इतना कह कर दोनों ने फोन रख दिया।

चौहान ने अपनी मेड से कहा “कुसुम, जा बर्फ ले आ।”

मेड ने टेबल को साफ़ करते हुए कहा, “साहब इतनी ठंड में भी बर्फ चाहिए क्या?”

चौहान ने जवाब दिया, “मेरी गर्मी बर्फ से भी दूर नहीं होने वाली।” ये कहते वक्त चौहान ने कुसुम को हवस भरी नजरों से देखा।

चौहान की नज़र का सामना करने की कुसुम में ताकत नहीं थी। उसने अपनी नज़र झुका ली और बर्फ लेने चली गई।

चौहान ने अपने मोबाईल से एक नंबर डायल किया और कॉल कनेक्ट होने की राह देखने लगा। फोन की घंटी एक पाँच सितारा होटल के आलिशान कमरे में बज रही थी। उस कमरे के बिस्तर पर इस वक्त एक मजबूर लड़की की इज्जत को सफ़ेद चादर में रौंदा जा रहा था। उस लड़की के रोने की आवाज उस कमरे की दीवारों पर घूम रही थी। साथ ही उस लड़के की हांफने की आवाज भी घुलमिल रही थी।

फोन की घंटी एक बार पूरी बज कर बंद हो गई। लेकिन जल्द ही फिर से फोन की घंटी बजने से उस लड़के का मूड ख़राब हो गया।

उसने गुस्से से कहा, “कौन है पता नहीं साला।” इतना कह कर उसने टेबल लैंप के पास रखा फोन हाथ में उठा लिया। उस फोन के स्क्रीन पर पापा लिखा हुआ था।

उस लड़के ने तुरंत उस लड़की के मुँह पर हाथ रख कर कहा, “चिल्ला मत मेरे बाप का फोन है।” उस लड़की की आँखों से आंसू बह रहे थें।

“हेलो पापा।” उस लड़के ने कहा।

सामने से चौहान की आवाज आयी, “कहा हो धीरेन?”

यह समझना मुश्किल नहीं था की वो धीरेन चौहान था, मंत्री सुखदेव चौहान का एकलौता बेटा। उसकी उम्र लगभग तिस साल होगी।

धीरेन ने जवाब दिया, "पापा मैं अपने कुछ काम से बहार आया था, क्या बात है?"

मंत्री चौहान ने कहा, "कोई रौनक नाम का इंटेलिजेंस का एजेंट है। जिसने कमिश्नर त्रिवेदी और बाकि सब को मारा है। वो हमारे लिए खतरा हो सकता है। तुमने कहा था कोई प्रॉब्लम नहीं है। फिर ये सब गड़े मुर्दे कौन उखाड़ रहा है। तीन साल पहले भी तुमने यही गलती की थी। बिना मुझे बताए उस विकास को मरवा दिया था। और फिर मारना ही था, तो दोनों को मार देता। उस दूसरे एजेंट को जिन्दा क्यों छोड़ दिया?" मंत्री चौहान बड़े ही गुस्से में लग रहा था।

धीरेन ने जवाब दिया, "पापा आप फ़िक्र ना करो। किसी को कुछ पता नहीं। हमारे प्लान के बारे में कोई कुछ नहीं जानता। आखरी इंसान जिसे हमारे प्लान की खबर थी, वो कमिश्नर त्रिवेदी था। और त्रिवेदी से राज किसी का बाप भी उगलवा नहीं सकता था। रही बात उस एजेंट रौनक की, तो विकास के बाद मैंने उसे भी रास्ते से हटा दिया था।"

मंत्री चौहान के होठों पर मुस्कान दौड़ गई। लेकिन अगले ही पल अपने माथे पर लकीरे बनते हुए उसने कहा, "अगर रौनक मर चूका है, तो इन हत्याओं के पीछे कौन है?" धीरेन ने जवाब दिया, "जो कोई भी है, उसे हमारे बारे में कुछ भी पता होना ना मुमकिन है। आप टेंशन ना लो, मैं देखता हूँ क्या चल रहा है।"

मंत्री चौहान ने रिलैक्स होते हुए कहा, "ठीक है, लेकिन ये दिल्ली वाला ऑफिसर अरविन्द काफी तेज है। वो कातिल को पकड़ने से ज्यादा विकास की मौत के पीछे पड़ा है। कही उसके हाथ कुछ लग गया तो प्रॉब्लम हो जाऐगी।"

धीरेन ने लड़की की तरफ देखते हुए कहा, "आप उसकी फ़िक्र भी छोड़ दो। दुनिया में हर इंसान बिकता है। बस कीमत सही होनी चाहिए। अगर पैसे से नहीं माना तो अपनों की जान की खातिर हमारी बात माननी ही पड़ेगी।" इतना कह कर मंत्री चौहान और धीरेन दोनों हसने लगें।

धीरेन ने फोन काट कर वापस रख दिया। फिर उसने वही किया, जो हर शिकारी अपने शिकार के साथ करता है। उस लड़की की इज्जत को भी तहस-नहस कर के उसने अपने कपडे पहन लिए। वह बेचारी लड़की सिसक-सिसक कर चादर को अपने बदन से लपेटे रोती रही।

एक नोटों की गड्डी बिस्तर पर फेक कर धीरेन ने उस लड़की से कहा, "एक बार प्यार से मान जाती तो तेरे भाई को उठाना नहीं पड़ता। और याद रख, किसी से इस बारे में बात भी की तो तेरे पुरे परिवार को जला दुगा। चल अब ये पैसे उठा और निकल यहाँ से।"

उस लड़की ने रोते हुए कहा, "अब तो छोड़ दो मेरे भाई को।"

धीरेन ने तुरंत अपने फोन से एक नंबर डायल किया और कहा, "मोंटी, छोड़ दे साले को। उसकी बहन निचे आ रही है। दोनों को जाने दे, और जरा सी भी चु-चा की तो गाड़ी से उदा दियो।"

उस लड़की ने तुरंत अपने कपडे पहन लिए और नोटों की गड्डी उठा कर वहाँ से चली गई।

धीरेन अपने आप से ही बोल पड़ा, "साला ये कौन है जो गड़े मुर्दे उखाड़ रहा है। इसका पता लगाना पड़ेगा।"

-------- X --------

१३ जनवरी २०२६, सुबह ०४:१०

अरविन्द अपनी कुर्सी पर सिर टिका कर सो रहा था। मनीष और राजेश अब भी कंप्यूटर में दिन भर के ट्रैफिक सिग्नल के फुटेज में डॉक्टर को ढूंढने की नाकाम कोशिश कर रथे थें। सिमा थोड़ी देर पहले ही रेस्ट रूम में आराम करने गई थी। राजेश और मनीष का स्टॅमिना भी जवाब देने लगा था।

स्क्रीन के उजाले से परेशान हो कर मनीष ने राजेश से कहा, "सर, थोड़ी देर हम भी आराम कर लेते है।"

राजेश ने घडी में वक्त देखा और कहा, "हां ठीक है।" मनीष उठ कर बाहर चला गया।

अरविन्द दरवाजा खुलने की आवाज से जाग गया। उसने राजेश से कहा, "राजेश तुम भी आराम कर लो कही ऐसा ना हो जाए की वो क़ातिल तुम्हारे सामने आ जाए और तुम नींद के मारे उसे पकड़ने के बजाए सो जाओ।" अरविन्द ने मजाकिया अंदाज में कहा।

राजेश ने कहा, "सर आपने उस दिन कहा था की इस केस में कोई बड़ा नाम शामिल है। इसलिए ये केस CBI को नहीं सौपा जा रहा। आपका इशारा किसकी ओर था?"

राजेश के सवाल पर अरविन्द ने मुस्कुराते हुए कहा, "राजेश इस तरह के केस अक्सर CBI को ट्रांसफर किये जाते है। और हम अभी तक ये तक पता नहीं कर पाए है की क़ातिल है कौन। तो इस हिसाब से केस अब तक CBI को ट्रांसफर हो जाना चाहिए था।"

"लेकिन इसे रोकने की ताकत फ़िलहाल दो लोगों में है। एक प्रदान मंत्री और दूसरे मुख्य मंत्री। अब दोनों में से कौन है ये भी हमें जल्द ही पता चल जायेगा। फ़िलहाल तुम्हे आराम करने की जरुरत है। जाओ बाकि बातें सुबह करेंगे।" इतना कह कर दोनों आराम करने के लिए निकल गए।

---------- X ----------

26

डॉ. तिवारी और एड. ठाकुर

१३ जनवरी २०२६, सुबह ०९:०१

ठंड को काट कर सूरज ने अपने पंख फैला दिए थें। छत पर अभी भी कुछ लोग धुप सेंक रहे थें। पुलिस की पेट्रोलिंग गाड़िया डॉ. तिवारी की तलाश में इधर-उधर भटक रही थी। मनीष और सिमा शहर भर की ट्रैफिक सिग्नल CCTV फुटेज में डॉ. तिवारी को ढूंढने की कोशिश कर रहे थें। राजेश और अरविन्द भी एक गाड़ी में खुद पेट्रोलिंग करने निकल पड़े थें।

दूसरी और एक टीवी रिपोर्टर लखन त्रिपाठी पुलिस के गिरफ्त में एक अवैध शराब बेचने वाले की न्यूज़ दे रहा था। वो पुरे जोश के साथ मिर्च मसाला लगा कर अपना काम कर रहा था। तभी उसके फोन पर एक अनजान नंबर से कॉल आया। उसने उस कॉल को इग्नोर किया, और अपनी लाइव टेलीकास्ट जारी रखी। तभी उस नंबर से लखन को एक मैसेज आया जिसमे लिखा था 'ब्रेकिंग न्यूज़ चाहिए तो तुरंत कॉल करो।'

लखन ने मैसेज देखते ही दो मिनिट का ब्रेक लिया और उस नंबर पर कॉल किया।

सामने से एक आवाज आयी, "ठीक दस बज कर पंद्रह मिनिट पर बड़े दादर के बड़े फ्लाईओवर पर तुम्हे अपनी ब्रेकिंग न्यूज़ मिलेंगी। पहुँच पाओंगे या किसी और रिपोर्टर से बात करू?"

लखन ने अपने हाथ पर बंधी घड़ी में वक्त देखा। अभी १ घंटा वक्त था। बिना वक्त गवाए उसने जवाब दिया, "पहुँच जाऊंगा।" लखन अपने कैमरामैन को ले कर तुरंत फ्लाईओवर के लिए रवाना हो गया।

-------- X --------

राजेश ने गाड़ी चलाते हुए कहा, "सर हम इतनी कोशिश कर रहे है। लेकिन कोई पॉजिटिव रिजल्ट नहीं मिल रहा।"

अरविन्द ने जवाब दिया, "जब तक हम विकास की मौत की गुत्थी नहीं सुलझाते हमारे हाथ कुछ नहीं लगने वाला। लेकिन पहले डॉ. तिवारी को ढूंढना भी जरुरी है।"

अरविन्द आगे और भी कुछ कहने वाला था तभी उसके फोन की घंटी बज उठी। स्क्रीन पर एक अनजान नंबर था।

अरविन्द ने राजेश से कहा, "सिमा से कहो इस नंबर को ट्रेस करे।" शायद अरविन्द समझ चूका था की वह रौनक का ही कॉल था।

राजेश ने तुरंत सिमा को फोन पर अरविन्द को आ रहे कॉल को ट्रेस करने के लिए कहा।

अरविन्द ने कॉल उठाया, सामने से वही आवाज थी जो पिछली बार सुनी थी। "नमस्ते ACP अरविन्द बक्शी।"

अरविन्द ने जवाब दिया, "इस बार किस लोकल ट्रेन से बोल रहे हो। मैंने कहा था ना तुम डरपोक हो, लोगों की भीड़ में छुप कर वार करने वाले बुजदिल हो।"

एक व्यंग भरी हँसी के साथ रौनक ने जवाब दिया, "मैं बुजदिल होता तो तुम्हारे आँखों के सामने तावळे को उसके अंजाम तक नहीं पहुँचता। और मैंने पिछली बार कहा भी था, की उस डॉक्टर को सरे आम मारूंगा।"

"एक बात और बता दू, ठाकुर को जो प्रोटेक्शन दे रखा है, सब बेफिजूल है। उसका वक्त भी आज ही ख़त्म होगा। कॉल ट्रेस करने की जरुरत नहीं, १ घंटे बाद मैं खुद बताऊंगा की मैं कहा हूँ। दम है तो बचा लो डॉक्टर को और आ कर पहना दो मुझे हत्कडी।" इतना कह कर रौनक ने फोन काट दिया।

राजेश ने सिमा से कहा "ट्रेस हुआ।" सिमा ने निराश हो कर कहा, "नहीं। लेकिन मैं उसकी लाइव लोकेशन निकालती हूँ। बस थोड़ा वक्त दीजिए।"

अरविन्द ने तुरंत उस पुलिसवाले को फोन किया जो एड. ठाकुर के घर के बाहर तैनात था।

फोन उठाते ही उसने कहा, "जय हिन्द सर।"

अरविन्द ने फुर्ती से कहा, "विक्रम, ठाकुर कहाँ है? क्या वहाँ कोई और आया है उससे मिलने?"

विक्रम ने तुरंत जवाब दिया, "नहीं सर यहाँ कोई नहीं आया है। और वकील साहब अंदर ही है, अभी मेरी बात हुई है उनसे। क्यों सर, क्या हुआ?"

अरविन्द ने लगभग चिल्लाते हुए कहा, "तुरंत अंदर उस वकील के पास जाओ, उसे सिक्योर करो। दरवाजा अंदर से लॉक कर लो। मैं बैकअप भेज रहा हूँ। उसे एक मिनिट भी अपनी नजरों से दूर मत होने देना। इस दैट क्लियर?"

विक्रम ने यस सर कह कर फोन काट दिया। अंदर जा कर उसने दरवाजा लॉक किया और अपनी गन निकाल कर खिड़की के नजदीक खड़ा हो गया। वह सतर्कता से बाहर देखने लगा। ठाकुर बेड पर बैठा हुआ था। उसे कुछ समझ नहीं आ रहा था।

ठाकुर ने पूछा "क्या हुआ?"

विक्रम ने जवाब दिया "हिलना मत। शायद आप पर हमला होने वाला है। जब मैं कहु तो टॉयलेट में छुप जाना।" विक्रम की बात सुन कर ठाकुर के पसीने छूट गए।

-------- X --------

लखन ने उतावलापन दिखाते हुए कहा, "तेज चला यार, पहली बार ब्रेकिंग न्यूज़ शूट करने को मिलने वाली है। ये मौका हाथ से नहीं जाने देना हमको।" तेजी से उसकी गाड़ी फ्लाईओवर की तरफ जा रही थी।

ऑफिस में बैठी सिमा ने रौनक की लाइव लोकेशन का पता लगा लिया। उसने तुरंत फोन कर के अरविन्द को बताया, "सर, वो अपना सिग्नल बाउंस कर रहा है। कभी नवी मुंबई तो कभी वरली तो कभी दादर। लेकिन मैं यकीन के साथ कह सकती हूँ की, वो दादर में ही कही है।"

राजेश ने तुरंत अपनी गाड़ी दादर की तरफ घुमाई।

कुछ १५ मिनिट बाद सिमा ने फिर से अरविन्द को कॉल किया। "सर, उसका पता चल गया। वो तेजी से दादर के बड़े फ्लाईओवर की तरफ जा रहा है। या यु कहिए की बस पोहचने ही वाला है। शुक्ला सर की लोकेशनर फ्लाईओवर की दूसरी ओर बता रही है। उसे फ्लाईओवर पर ही दबोच सकते है।"

अरविन्द ने सिमा का फोन काट कर तुरंत शुक्ला को लगाया। फोन कनेक्ट होते ही अरविन्द चिल्लाता हुआ बोला, "शुक्ला, तुम अपने साथ जितने ज्यादा हो सके पुलिसवाले ले कर दादर के बड़े फ्लाईओवर को उत्तर की ओर से घेर लो। वो क़ातिल फ्लाईओवर पर चढ रहा है।" शुक्ला ने जी सर कह कर अपना काम करना शुरू कर दिया।

अरविन्द ने मनीष को फोन किया, "मुझे दो स्नाइपर रेडी चाहिए १५ मिनिट में, निशाना दादर के बड़े वाले फ्लाईओवर पर होना चाहिए। और एक हेलीकॉप्टर रेडी रखो हमें जरुरत पड़ सकती है।" इतना कह कर अरविन्द ने फोन काट दिया। मनीष तुरंत अपने काम में लग गया।

लखन की गाड़ी फ्लाईओवर के नजदीक पहुँची ही थी की उसके फोन पर फिर से कॉल आया "तुम्हारे पीछे एक एम्बुलेंस है, उसे आगे निकलने दो और उसके ठीक पीछे चलो।" लखन ने उसके साथी विनय को वैसा ही करने के लिए कहा।

लखन की गाड़ी धीमी होते ही एक एम्बुलेंस तेजी से उसको ओवरटेक कर के आगे निकल गई और लखन की गाड़ी उसके पीछे चलने लगी।

-------- X ----------

फ्लाईओवर पर इस वक्त उन गाड़ियों की भीड़ थी जो सुबह अपने काम पर जाने के लिए निकले थें। ऑफिस, फैक्ट्री और प्रायवेट सेक्टर में काम करने वाले कई लोग जल्दी पहुँचने के लिए फ्लाईओवर पर अपनी मोटर सयकार और कार तेजी से दौड़ा रहे थें। शुक्ला ने फोन कर के दो पुलिसवाले सिविल ड्रेस में फ्लाईओवर की दक्षिण दिशा में तैनात कर दिए। और उनसे वॉकी पर बात करने लगा। वे बस शुक्ला के इशारे का इंतजार कर रहे थें।

एम्बुलेंस तेजी से फ्लाईओवर के दक्षिण से ऊपर चढ़ गई। उसके पीछे लखन की छतरी लगी हुई गाड़ी भी तेजी से चढ़ गई।

वॉकी पर तुरंत सन्देश दिया गया "कॉन्स्टेबल रहमान स्पीकिंग, एक एम्बुलेंस तेजी से ब्रिज पर चढ़ गई है। पीछे एक न्यूज़ रिपोर्टर की गाड़ी भी जा रही है।"

अरविन्द ने सुनते ही शुक्ला को कॉल किया और कहा, "कहाँ पहुँचे शुक्ला?" शुक्ला ने जवाब दिया, "सर पहुँच गया।"

अरविन्द ने कहा, "अभी रहमान ने जिस एम्बुलेंस का जिक्र किया है। वो जरूर उसी में है। पता नहीं वो क्या करने वाला है। और हां संभाल कर, फ्लाईओवर पर भीड़ होगी। किसी सिविलियन की जान नहीं जानी चाहिए।"

-------- X ---------

दूसरी तरफ़ विक्रम की मदद के लिए चार पुलिसवाले पहुँच गए। सब के पास गन थी। दो पुलिसवाले घर के बाहर निगरानी करने लगे और दो पुलिसवाले ऊपर छत पर से नज़र रखने लगे।

विक्रम ने वॉकी पर छत वाले पुलिसवाले से कहा, "रमजान कोई भी संदिग्द गाड़ी या शख्स दिखाई दे तो तुरंत खबर दो।"

रमजान ने 'यस सर' कहा और दोनों पुलिसवाले चौकन्ने हो कर घर की ओर आने वाले रास्तो पर नजर रखने लगे।

-------- X ---------

फ्लाईओवर काफी बड़ा था, लेकिन उस पर कोई डिवाइडर नहीं था। एम्बुलेंस ब्रिज के बीचो बिच आ कर इस तरह खड़ी हो गई की दोनों तरफ से आने जाने वाली सारी गाड़िया वहाँ रुक गई। लखन की गाड़ी भी तेजी से ब्रेक लगा कर रुक गई। सब लोग जोरों से हॉर्न बजाने लगे।

एक गाड़ी वाला उतर कर चिल्लाता हुआ बोला, "अबे पागल हो गया क्या? पहले ही बोहोत लेट हो चूका हूँ। निकाल जल्दी अपनी एम्बुलेंस।"

एम्बुलेंस के शीशे चढ़ाये हुए थे। अंदर कौन है कुछ दिखाई नहीं दे रहा था। लोग पागलों की तरह हॉर्न बजाए जा रहे थें। सिर्फ लखन की नजरें एक टक उस एम्बुलेंस का दरवाजा खुलने का इंतजार कर रही थीं।

वॉकी पर फिर से आवाज गुंजी, "रहमान स्पीकिंग, एम्बुलेंस ब्रिज के बिच में रुक गई है। ट्रैफिक हो गया है। सिविल ड्रेस वाले जितने भी पुलिस वाले है धीरे-धीरे आगे बढे।"

अरविन्द ने ये मैसेज सुनते ही कहा, "सब अपनी जहाज पर रुको। कोई भी एम्बुलेंस के नजदीक नहीं जायेगा। वो वैसे भी फ्लाईओवर पर फस चूका है। अगर डॉक्टर को मार भी दिया तो भाग नहीं पायेगा। मैं बस पहुँचे ही वाला हूँ। जब तक मैं ना कहूँ सब अपनी जगह खड़े रहेगे, और रिपोर्ट करेंगे। इस दैट क्लियर?" सब ने यस सर कह कर अपनी अपनी पोजीशन ले ली।

राजेश तेजी से अपनी गाड़ी भगा रहा था। अरविन्द और राजेश दोनों ही बेचैन थें। "वो पूरी तरह घिर चूका है सर, इस बार उसे नहीं छोड़ेगे।" अपने दांत भीचते हुए राजेश ने कहा।

लेकिन अरविन्द का मन उसे खाए जा रहा था। उसने सामने देखते हुए ही कहा, “पता नहीं क्या होने वाला है। एक ही दिन में इतना सब कुछ..... वो अकेला नहीं हो सकता। उसकी मदद कई सारे लोग कर रहे होंगे।”

विक्रम ने अरविन्द को फोन किया और कहा, “सर, यहाँ सब कुछ ठीक है। फ़िलहाल कोई संदिग्द या हरकत नहीं दिखाई दे रही।”

वायरलेस पर एक आवाज गुंजी, “धिस इस स्नाइपर वन प्रमोद। मैंने अपनी पोजीशन ले ली है। फ्लाईओवर पर इस वक्त ट्रैफिक हो रखा है। एक एम्बुलेंस फ्लाईओवर के ठीक बिच में खड़ी है। अभी तक कोई उसमे से उतरा नहीं है।”

प्रमोद की बात ख़त्म होते ही दूसरे स्नाइपर ने कहा, “धिस इस स्नाइपर टू कदम। मैंने भी पोजीशन ले ली है। कुछ लोग गाड़ियों से उतर कर एम्बुलेंस में बैठे शख्स पर चिल्ला रहे है। लेकिन नजदीक जाने की हिम्मत शायद कोई नहीं कर रहा।”

अरविन्द ने दोनों स्नाइपरों से कहा, “जब तक मैं ना कहूँ कोई गोली नहीं चलाएगा।”

लोग चिल्ला रहे थें, हॉर्न बजा रहे थें। तभी एम्बुलेंस का दरवाजा खुला और ड्राइविंग सीट से रौनक ने बाहर कदम रखा। इस वक्त उसके बदन पर ऊपर से निचे तक कमांडो वाले काले कपडे थें। चेहरा भी काले नकाब से ढका हुआ था। सर पर कमांडो वाला हेलमेट, हाथों में भी काले रंग के दस्ताने थें और आँखों पर चश्मा लगा हुआ था। वो किसी एन.एस.जी. के कमांडो की तरह लग रहा था।

रौनक के बाये हाथ में गन थी और दाये हाथ की मुठ्ठी में कुछ रिमोट जैसा डिवाइस था। रौनक को इस तरह देख कर लोग डर गए। और फटा-फट अपनी कार में वापस लौट गए। लखन के साथी विनय ने रौनक को देखते ही अपनी आँखें फाड़ कर कहा, “अरे भाईई...... कहा मरवाने ला लिया तूने। तेरे ब्रेकिंग न्यूज़ के चक्कर में जान ना चली जाये।”

लखन ने जवाब दिया, “अबे हम जिस प्रोफेशन में है, उसमे ऐसे खतरे उठाने ही पड़ते है। तू बस अपना कैमरा तैयार रख।”

रौनक एम्बुलेंस के सामने आ कर खड़ा हो गया। अब दोनों तरफ से लोग उसे देख सकते थें। ये सारा आँखों देखा हाल स्नाइपर अरविन्द को दे रहे थें।

“हेलो! हेलो! माइक चेक, सबको आवाज आ रही हो तो प्लीज हॉर्न मत बजाइये और अपनी गाड़ी से उतर कर बहार आ जाईये।” एम्बुलेंस के ऊपर लगे स्पीकर में से आवाज आ रही थी।

अरविन्द की गाड़ी तेजी से आ कर फ्लाईओवर से कुछ दूर ट्रैफिक में खड़ी हो गई। वायरलेस को हाथ में ले कर अरविन्द फ्लाईओवर की और दौड़ने लगा, राजेश भी उसके पीछे दौड़ रहा था।

इससे पहले की अरविन्द और राजेश पुलिस के साथ फ्लाईओवर पर चढ़ते उन्हें रौनक की आवाज सुनाई देने लगी।

“मैं नहीं चाहता की कोई बेगुनाह मेरे हाथों से मारा जाए, इसलिए कोई भी पुलिसवाला फिर वो वर्दी में हो या सिविल ड्रेस में मेरे नजदीक आने की कोशिश मत करना। अगर ऐसा हुआ तो जो भी होगा उसके जिम्मेदार आप खुद होंगे।”

“सर वो मेरे निशाने पर है, ऑर्डर टू शूट।” पहले स्नाइपर प्रमोद ने कहा।

“नहीं प्रमोद जब तक डॉ. तिवारी की खबर नहीं मिल जाती तब तक हमें कोई ऐसा वैसा कदम नहीं उठाना है।” अरविन्द ने जवाब दिया।

पूरा फ्लाईओवर शांत हो चूका था। निचे से आने जाने वाले भी रुक गए थे। ट्रैफिक के सिग्नल भले ही हरे थें, लेकिन कोई भी हिल नहीं पा रहा था। लोग आपस में बाते कर रहे थें, की आखिर हो क्या रहा है।

वायरलेस पर दूसरे स्नाइपर कदम की आवाज गुंजी, “सर, उसके हाथ में रिमोट डिवाइस है। हो सकता है एम्बुलेंस में विस्पोटक हो। अगर हमने गोली चलाई तो उसकी मुठ्ठी खुल जाएगी और धमाका हो सकता है।”

अरविन्द ने कहा, “उसका इरादा लोगों को मारने का बिलकुल नहीं। लेकिन चांस नहीं ले सकते। कुछ देर इंतजार करते है। देखे तो सही ये आखिर करना क्या चाहता है।”

रौनक ने लखन को बाहर आने का इशारा किया। लखन तेजी से बाहार आ गया। उसके पीछे ही विनय कैमरा ले कर उतर गया।

“सब कुछ लाइव दिखना चाहिए।” रौनक ने लखन को गन दिखते हुए कहा। लखन ने अपना सिर हां में हिलाया और अपने बॉस का नंबर डायल कर के उसे फटा-फट उसकी न्यूज़ लाइव दिखाने को कहा।

——— X ———

ठाकुर की निगरानी में विक्रम और बाकि पुलिसवाले इतने सतर्क नजर आ रहे थे, जैसे कि उनपर प्रधान मंत्री की सुरक्षा का जिम्मा हो।

ठाकुर ने कहा, “विक्रम तुम पाँच लोग संभाल पाओगे या, कमिश्नर मोरे से बोल कर और कुछ पुलिसवाले बुला लू?”

ठाकुर की बात सुनते ही विक्रम उसे इस तरह देखने लगा जैसे वो खुद ही उसे गोली मार देगा। लेकिन उसने अपने गुस्से पर काबू रखते हुए कहा, “फ़िक्र मत कीजिए वकील साहब, जब तक हमारे जान में जान है, हम आप को कुछ नहीं होने देंगे।”

——— X ———

GN News चैनल पर इस वक्त उस फ्लाईओवर का लाइव नजारा देखने को मिल रहा था। स्क्रीन के ऊपर बड़े-बड़े अक्षरों में लिख कर आ रहा था, ‘ब्रेकिंग न्यूज़।’ लखन ने अपना आँखों देखा हाल मिर्च मसाला लगा कर जनता को परोसना शुरू किया,

“एक शख्स ने अभी-अभी एक एम्बुलेंस से दादर के फ्लाईओवर पर बीचो बिच ट्रैफिक कर दिया है। उसका इरादा अभी तक पता नहीं चला है, लेकिन वो पूरी तरह काले कपड़ो में खुद को छुपाये हुए है। उस शख्स के हाथ में गन है। लेकिन उसका कहना है की वो किसी को

नुकसान नहीं पहुँचना चाहता। लेकिन सच क्या है, ये हम वक्त आने पर ही जान पायेंग। तब तक जुड़े रहिए हमारे साथ। कैमरामैन विनय के साथ मैं हूँ लखन त्रिपाठी GN न्यूज़ से।"

रौनक ने एम्बुलेंस का पीछे वाला दरवाजा खोला और डॉ. तिवारी को कॉलर पकड़ कर बाहर निकाला। डॉ. प्रकाश तिवारी के बदन पर इस वक्त डॉक्टर वाला सफ़ेद कोट था। उस कोट के ऊपर से एक काले रंग का जैकेट था, जिसमे विस्फोटक जैसा कुछ लगा हुआ था।

रौनक ने उसे एम्बुलेंस के पीछे लगी सीडी से ऊपर चढ़ने को कहा। कुछ ही पलों में रौनक और डॉ. तिवारी एम्बुलेंस के ऊपर खड़े थे। तिवारी काफी घबराया हुआ था। लेकिन रौनक का इरादा पक्का था।

अरविन्द ने पास ही के एक दुकान में चल रही न्यूज़ में वहाँ का नजारा देखा, और दोनों स्नाइपरों से कहा, "अरविन्द टू प्रमोद एंड कदम। जब तक मैं ना कहूँ कोई गोली नहीं चलाएगा। डॉ. तिवारी के बदन पर बम है। और क़ातिल के हाथ में रिमोट है। मैं ऊपर जा रहा हूँ। तुम दोनों राजेश और शुक्ला के साथ मुझे कॉल कॉनफेरेन्स में जोड़ दो अब जो भी बातें होंगी हम फोन पर ही करेंगे।" इतना कह कर अरविन्द ने वायरलेस बंद कर दिया।

राजेश और अरविन्द ने अपने कान में इयरफोन पहन लिए और शुका और दोनों स्नाइपरों के साथ कनेक्ट हो गए।

--------- X ---------

इधर राधिका और मिना एक आलिशान कमरे में सोफे पर बैठी टी.वी देख रही थीं। उनके टी.वी पर भी इस वक्त GN न्यूज़ पर वही न्यूज़ चल रही थी। मिना के पिता रजनीश भी उसी कमरे के एक सोफे पर बैठे हुए थे।

--------- X ---------

कुछ लोग गाड़ियों से उतर गए और एम्बुलेंस पर खड़े रौनक और तिवारी को देखने लगें। लेकिन कुछ लोग अभी भी डर कर अपनी गाड़ी में बैठे हुए थें।

रौनक ने फिर से ऊँची आवाज में कहा, "डरिए मत, मैं यहाँ किसी को भी नुकसान पहुँचने के इरादे से नहीं आया हूँ। मैं चाहता हूँ की आप इस इंसान की बात सुने, और इसका फैसला करें। अगर फैसला बहुमत से इसे सजा देने का हुआ, तो इसे आज इसी जगह सजा दी जाएँगी। लेकिन अगर फैसला इसे छोड़ने का हुआ, तो मैं वादा करता हूँ इसे छोड़ भी दुगा और खुद को सरेंडर भी कर दुगा।"

रौनक की बात सुन कर कुछ और लोग अपनी गाड़ियों से उतर गए। धीरे-धीरे शहर के कोने-कोने में बात फैलने लगी और सब लोग टी.वी पर उस जगह का लाइव नजारा देखने और सुनने लगें।

अरविन्द और राजेश धीरे-धीरे गाड़ियों के पीछे छुपते हुए फ्लाईओवर पर चढ़ने लगे। दोनों के हाथ में गन थी।

अरविन्द ने एक गाड़ी के पीछे छुपते हुए कहा, "शुक्ला उसका इरादा पक्का है, वो तिवारी को किसी भी हाल में मारेंगा। ध्यान रहे की वो यहाँ से भागने ना पाए। हो सके तो वो मुझे

जिन्दा चाहिए।" शुक्ला ने जी सर कहा और फ्लाईओवर के दोनों तरफ के बंदोबस्त का जायजा लेने लगा।

गन पॉइंट पर डरे हुए, कांपते हुए तिवारी ने बोलना शुरू किया।

"मेरा नाम डॉ. प्रकाश तिवारी है। मैं सरकारी अस्पताल का चीफ मेडिकल ऑफिसर हूँ। मैंने पैसों के लालच में ना जाने कितनी ही जिंदगियों से खिलवाड़ किया हैं।"

इतना कह कर डॉ. तिवारी ने अपनी नजरें झुका ली। लोगों में खुसर-फुसर शुरू हो चुकी थी।

तभी रौनक ने गन की नली तिवारी के गर्दन पर दबाते हुए कहा, "पिछले साल एक अमीरजादे ने एक गरीब लड़की का रेप किया था। उस केस की हकीकत बताओ।"

रौनक की बात ख़त्म होते ही सब लोग शांत हो गए और तिवारी के जवाब का इंतजार करने लगे।

रौनक ने गन की नली का दबाव बढ़ाया तो डॉ. तिवारी ने फिर बोलना शुरू किया, "उस लड़की को बेहोशी के हालत में अस्पताल लाया गया था। इससे पहले की मैं उसका इलाज करता, मुझे एक फोन आया। वो फोन इंस्पेक्टर तावळे का था। तावळे ने मुझे बताया की मशहूर बिजनेसमैन अविनाश पटेल के लड़के रॉकी ने उस लड़की का रेप किया है। तावळे ने मुझे उस लड़की की झूटी रिपोर्ट बनाने के लिए २० लाख रूपए ऑफर किए। लेकिन इतने बड़े बिजनेसमैन का नाम सुनते ही मैंने रकम दुगनी कर दी। थोड़ी देर बाद तावळे ने वापस ४० लाख रुपयों की डील पक्की कर दी।"

"मैंने झूठी रिपोर्ट बनाई, की उस लड़की के साथ रेप हुआ ही नहीं था। तावळे ने झूठे गवाह और सबूतों के दम पर केस को कमजोर कर दिया। उस लड़की के परिवार ने इंसाफ ना मिलने के वजह से हार मन ली।" इतना कह कर तिवारी रुक गया। लोग फिर भी खामोश थे।

रौनक ने कहा, "आगे क्या हुआ बता?"

तिवारी ने फिर से बोलना शुरू किया, "उस लड़की ने आत्महत्या कर ली। ऐसी खबर मैंने अख़बार में पढ़ी थी।"

रौनक ने गन तिवारी के गर्दन से हटा कर लोगों की ओर देखते हुए कहा, "आगे मैं बताता हूँ। उस लड़की ने आत्महत्या नहीं की, उसकी हत्या हुई थी।" सब लोग चौक कर एक दूसरे की ओर देखने लगे।

"वो लड़की इंसाफ मांगने कमिश्नर त्रिवेदी के पास गई थी। लेकिन कमिश्नर, ये डॉक्टर और इनकी टोली पहले ही पटेल से भारी रकम वसूल चुके थें। तो आगे कोई और तमाशा ना हो इसलिए कमिश्नर ने तावळे और मोबिन से कह कर उस लड़की को रास्ते से हटा दिया। और उसकी हत्या को एक आत्महत्या का रूप दे दिया। जिसकी पोस्टमॉर्टम रिपोर्ट भी इसी डॉक्टर ने बनाई थी।" रौनक की बात सुनते ही तिवारी ने अपनी नजरें झुका ली।

"अभी तो सिर्फ एक केस के बारे में बात हुई है। इस डॉक्टर ने अपने जिंदगी में ना जाने ऐसे कितने ही लोगों की, बहु बेटियों की जिंदगी बर्बाद की हैं। तीन साल पहले एक बस

हादसा हुआ था। जिसमे बच्चे, बूढ़े और नौजवान कुल मिला कर २१ जिंदगियों ने अपनी जान गवायी थीं। यहाँ खड़े कितने लोगों को वो हादसा याद हैं?" अपना सवाल पूछ कर रौनक लोगों की प्रतिक्रिया का इंतजार करने लगा।

वहाँ लगभग २०० से ज्यादा लोग खड़े थें। लेकिन हाथ सिर्फ कुछ १०-२० हवा में खड़े हुए।

एक व्यंग भरी हसीं के साथ रौनक ने कहा, "यही तो इंसानी फितरत है। हम पुरानी बातें भूलते जाते हैं। कोई हादसा होता है, तो जब तक टी.वी या अख़बार में उसकी ख़बर आती रहती है, तब तक हम उस पर जोर शोर से बहस करते रहते है। लेकिन जैसे-जैसे वक्त बीतता जाता है, हम भी उस हादसे, उस वाकिये को भूलने लगते हैं।"

"किसी लड़की का रेप हुआ। टी.वी अख़बार में उसकी न्यूज़ देखि, फिर चाय पिते हुए उस हादसे पर चर्चा की। सोशल मिडिया पर उस घटना पर विरोध जताया, स्टेटस लगाया और अफ़सोस जताया, 'अरे यार उस लड़की के साथ गलत हुआ।' फिर कुछ दिन वो बात हमारे जहन में रहती है। और फिर एक दिन हम सब कुछ भूल जाते है।"

कुछ पल वहाँ ख़ामोशी छा गई। कुछ लोगों ने अपनी नजरें झुका ली।

रौनक ने फिर बोलना शुरू किया, "मैं इस बात के लिए आप लोगों को दोष नहीं दे रहा हूँ। ये तो इंसानी फितरत है। जिससे ना आप बच सके है, और ना ही मैं। लेकिन आज आप लोगों को एक मौका दिया जा रहा हैं, सजा देने का। इंसाफ करने का। आज आप ही इस मुजरिम की अदालत हो, आप ही जज और आप ही जल्लाद। किसी को इसके खून से हाथ रंगने की जरुरत नहीं। बस आप लोगों का सही फैसला जरुरी हैं।"

एक अधेड़ शख्स ने चिल्ला कर कहा, "हम कौन होते है फैसला करने वाले? ये कानून का काम है। इस डॉक्टर को पुलिस के हवाले कर दो। इसका फैसला कानून करेगा। ना तुम्हें अपने हाथ इसके गंदे खून से रंगने की जरुरत है, ना ही हमें। तुम्हारी बातों से पता चलता है की तुम भी ऐसे ही किसी हादसे के शिकार हो। लेकिन गाँधी जी कहते थे, 'आँख के बदले आँख, तो पूरी दुनिया ही अंधी हो जाएंगी।' सुनो भाई, बदले की भावना एक ऐसे अंतहीन चक्र को जन्म देती है, जिसमे एक दिन सारी दुनिया ही खतरे में आ सकती है।" इतना कह कर वह अधेड़ रौनक के जवाब का इंतजार करने लगा।

कुछ लोग उस शख्स का समर्थन करने लगे, तो कुछ विरोध।

एक शख्स ने कहा, "इस डॉक्टर को यही मार दो। या फिर मेरे हवाले कर दो, मुझे ऐसे शख्स को मौत की नींद सुलाने में बड़ी ख़ुशी होगी।"

एक औरत ने कहा, "हमारे देश में स्त्री को देवी माना जाता है। और इस डॉक्टर जैसे राक्षस उन्ही देवियों को अपना पैसा कमाने का साधन समझते है। अरे ये लोग तो अपनी माँ तक को बेचने से पीछे नहीं हटते, ऐसे लोगों को जीने का कोई हक़ नहीं। मार दो इसे। ता की उस लड़की के आत्मा को ही शांति मिल जाए।"

——— X ———

इस बिच अरविन्द और राजेश गाड़ियों के पीछे छुपते हुए काफी नजदीक पहुँच गए।

राजेश ने कहा, "क्या प्लान है सर?"

अरविन्द ने जवाब दिया, "शायद तिवारी और ठाकुर उसका आखरी शिकार है। इसके बाद वो खुद ही सरेंडर कर देगा। लेकिन हमें दोनों की जान बचाने की कोशिश करनी है। वो हमपर गोली नहीं चलाएगा। हमें उससे बात करनी चाहिए।" इतना कह कर अरविन्द ने अपनी गन वापस अपने गन होल्डर में रख दी। राजेश ने भी वैसे ही किया। दोनों खड़े हो गए और धीरे-धीरे एम्बुलेंस की ओर चलने लगें।

रौनक ने दोनों को देख लिया। और अरविन्द की ओर देख कर कहा, "ऑफिसर्स वही रुक जाइए। अभी इसके गुनाहों की लिस्ट ख़त्म नहीं हुई है।"

अरविन्द ने अपने दोनों हाथ ऊपर उठा कर धीरे-धीरे चलते हुए कहा, "मैं सिर्फ तुमसे बात करना चाहता हूँ। और अगर वाकई ये डॉक्टक गुनहगार है। तो इसके किये की सजा इसे मिल कर रहेगी। तुम जो कुछ भी जानते हो वो सब मुझे बताओ। तुमने मेरी जानकारी निकाली ही होगी? मैंने अब तक के करियर में किसी भी बेगुनाह को तंग नहीं किया, और किसी भी गुनहगार को छोड़ा नहीं है। तुम मुझपर भरोसा कर सकते हो।" इतना कहते हुए अरविन्द और राजेश थोड़ा और आगे बढ़ गए।

रौनक ने अपने दाए हाथ में पकड़ रखा रिमोट दिखाते हुए कहा, "रुक जाईये, वरना किस्सा खत्म।"

राजेश और अरविन्द रुक गए। अब वह दोनों ही एम्बुलेंस से थोड़ी ही दुरी पर थें।

अरविन्द ने कहा, "ठीक है। बताओ क्या हुआ था तीन साल पहले?"

रौनक ने डॉ. तिवारी के सिर पर गन की नली सटा दी और कहा, "बताओ उस हादसे की सच्चाई।"

डॉ. तिवारी ने बोलना शुरू किया, "१ जनवरी २०२३ का दिन था। मुझे कमिश्नर त्रिवेदी का फोन आया। उन्होंने मुझे बताया की एक हादसा हुआ है। मैं तब टीवी पर उस हादसे की खबर देख चूका था। उन्होंने मुझे बस ड्राइवर शिंदे और कार ड्राइवर विकास राठी केपेट में अल्कोहोल मिलने की झूठी रिपोर्ट बनाने के लिए कहा। साथ ही उन्होंने ट्रक ड्राइवर को क्लीन चिट देने के लिए भी कहा। बदले में मुझे एक करोड़ रूपए ऑफर किए। साथ ही कोई प्रॉब्लम नहीं होगी इसकी तसल्ली भी दि।"

"इतनी बड़ी रकम का सुन कर मैं झट से मान गया। मैंने दोनों के लैब सैंपल में शराब मिला दी। फिर कमिश्नर त्रिवेदी के कहने के मुताबिक रिपोर्ट बनाई। मेरी रिपोर्ट के दम पर रघु को महज ६ महीने की सजा सुनाई गई। मैंने डॉक्टर के पेशे का दुरुपयोग किया है। मैं अपना जुर्म कबूल करता हूँ। कानून मुझे जो भी सजा देगा मुझे मंजूर है। लेकिन मुझे इस तरह सब के सामने मत मारो, बस यही मेरी आखरी इच्छा है।" इतना कह कर डॉ. तिवारी घुटनों के बल बैठ कर रोने लगा। कुछ देर सन्नाटा सा छा गया।

अरविन्द ने ख़ामोशी तोड़ी। डॉ. तिवारी की ओर देखते हुए कहा, "तुम जैसे लोगों की वजह से पूरा डिपार्टमेंट बदनाम होता है। करता एक है, लेकिन भरोसा सब पर से उठ जाता है।

अगर तब तुमने त्रिवेदी को मना किया होता, तो आज तुम्हारी ये हालत नहीं होती। अपनी इस हालत के लिए तुम खुद जिम्मेदार हो।"

अरविन्द की बात ख़त्म होने से पहले ही एक युवा ने चीखते हुए कहा, "मार दो इसे गोली। इस जैसे इंसान को जीने का कोई हक़ नहीं।" वहाँ खड़े सब लोग उस युवा की बात का समर्थन करते हुए चिल्लाने लगे।

तभी रौनक ने कहा, "शांत हो जाइए। अभी बात ख़त्म नहीं हुई है। उस हादसे का और भी सच मैं आप लोगों के सामने लाना चाहता हूँ।"

रौनक ने लखन से कहा, "तुम्हारे मेल पर एक विडिओ भेजा है। उसे अपने चैनल पर लाइव दिखाओ। सब लोग अपने फोन में देख लीजिए।"

वहाँ खड़े सभी लोगों ने अपने फोन निकाल कर उसमें GN न्यूज़ का लाइव शो शुरू कर दिया। लखन ने तुरंत अपने फोन से उस वीडियो को चैनल पर लाइव डाल दिया। वह मनोज यादव का वही वीडियो था जो मरने से पहले रौनक ने रिकॉर्ड किया था।

विडिओ में रात के अँधेरे में पसीने से तर मनोज यादव का चेहरा दिखाई दे रहा था।

"मनोहर शिंदे मेरे डेपो का एक ईमानदार और काबिल ड्राइवर था। वो शराब तो दूर की बात है, तम्बाखू या सुपारी तक नहीं खाता था। उस दिन एक जनवरी थी नए साल की शुरवात। उस दिन भी वो सुबह नौ बजे काम पर आया और रोज की तरह अपनी बस की ड्राइविंग सीट और केबिन की साफ़ सफाई की।"

"हम सब ने साथ में चाय पि और सब अपनी-अपनी बस ले कर निकल गए। करीब एक बजे मुझे सूचना मिली की मनोहर की बस का एक्सीडेंट हो गया है। तो मैं ऑफिस बंद कर के अपनी गाडी से तुरंत हादसे वाली जगह के लिए निकल गया।"

"मैं लगभग दस-बारा किलोमीटर ही पहुँचा था की मेरे मोबाईल पर एक अनजान नंबर से कॉल आया। वह कॉल कमिश्नर त्रिवेदी का था। उन्होंने मुझे कहा की बस का ड्राइवर हमेशा ही शराब पिता था ऐसा बयान देना। और इसके लिए मुझे पांच लाख रुपये मिलेंगे। मैंने उनसे कीमत बढ़ा कर दुगनी रकम मांगी। फिर भी वो तैयार हो गए।"

"अगले दिन इंस्पेक्टर तावळे मेरे घर आया। कमिश्नर ने तावळे के साथ ही मेरे घर दस लाख रुपये भिजवा दिए। तावळे को मैं पहले से ही जनता था। फिर जैसा तावळे ने कहा मैंने वैसा ही बयान दिया।"

"क्या था वो बयान?" रौनक ने पूछा।

"वो बयान था की मनोहर एक नंबर का गैरजिम्मेदार और शराबी इंसान था। और वो हमेशा शराब पि कर बस चलाता था। मैंने पैसों के लालच में एक अच्छे इंसान पर कीचड़ उछाला। भगवन मुझे कभी माफ़ नहीं करेंगे।"

रौनक ने फिर कहा, "मनोहर की बेटी राधिका के साथ क्या किया वो भी बताओ।"

मनोज ने फिर बोलना शुरू किया, "उसकी बेटी राधिका जवान हो चुकी थी। मेरी बुरी नजर उस पर काफी दिनों से थी। मैं जब भी मौका मिलता मनोहर के साथ उसके घर चला

जाता था। मनोहर को लगता था की मैं उसकी दोस्ती की वजह से उसके घर जाता हूँ। लेकिन असली बात ये थी की मैं राधिका को देखने के लिए उसके घर जाता था।"

"जब वो हादसा हुआ तो मुझे लगा अब राधिका अकेली हो गई है, उसे कोई सहारा नहीं देंगा। इसलिए मैं तावळे के जरिये उसे सताने लगा। वो जानती थी की मैंने झूठा बयान दिया है। तो भविष्य में कोई प्रॉब्लम ना हो इसलिए कमिश्नर ने भी मुझे उसे रास्ते से हटाने ले लिए कहा।"

"मैंने उसे अपनी रखेल बन कर रहने को कहा। लेकिन वो एक खुद्दार बाप की खुद्दार बेटी थी। वो टूटने को तैयार थी लेकिन झुकने को नहीं। वो मेरी शिकायत दर्ज करने के लिए पुलिस स्टेशन गई। लेकिन तावळे की वजह से किसी ने भी उसकी शिकायत नहीं ली।"

"जब पुलिस स्टेशन में बात नहीं बनी तो उसने ऊपर शिकायत करने की धमकी दी। तब मैंने और तावळे ने मिल कर मोबिन और उसके तीन साथियों को राधिका के घर उसे मारने भेज दिया। ता की गैंग रेप और हत्या का केस लगे। लेकिन राधिका वहाँ से भागने में कामयाब हो गयी। तब से मैंने उसे नहीं देखा।"

"मिना और उसके पिता को क्यों तकसलिफ दी?" रौनक ने पूछा।

मनोज ने जवाब दिया, "मिना के पिता रजनीश और राधिका के पिता मनोहर बचपन के दोस्त थें। मनोहर की मौत के बाद एक वही इंसान था जो राधिका की मदद कर सकता था। जब राधिका गायब हो गयी तो हमारा पूरा शक रजनीश पर ही था। मैंने तावळे से कह कर रजनीश को धमकाना शुरू किया। लेकिन जब रजनीश नहीं माना तो हमने मिना को उठाने की धमकी रजनीश को दी। लेकिन तब से मिना भी गायब है। मैंने तब से राधिका और मिना को नहीं देखा। और अब तो हमने रजनीश को तंग करना भी बंद कर दिया है।"

"अपने आखरी वक्त में अपनी पत्नी से कुछ कहना चाहते हो?" रौनक ने अपना आखरी सवाल किया।

मनोज ने अपना सर शर्म से झुका दिया और कुछ पल बाद रोते हुए कहा, "मुझे माफ़ कर देना जान। मैंने तुम्हे भी बहुत अँधेरे में रखा। तुम मेरी अय्याशी के बिच ना आ जाओ, इसलिए तुम्हे वो दवा देने लगा जिससे तुम्हारी याददाश्त कमजोर होने लगी। तुम इस हालत में पहुँच गयी की तुम्हे दो दिन से ज्यादा पुराणी बातें तक याद नहीं रहती। उस दवा को खाना बंद कर देना, और हो सके तो मुझे माफ़ कर देना।" इतना कह कर मनोज रोने लगा, और वीडियो बंद हो गया।

उस विडिओ को देख कर राधिका, मिना और रजनीश अपने आँसुओ को रोक ना पाए। विडिओ में बोलने वाला दूसरा शख्स रौनक था, यह बात राधिका और मिना दोनों ही जान गयी थीं। उन दोनों को अहसास हुआ की आज राधिका के पिता को इंसाफ मिल गया। और इंसाफ दिलाने वाला और कोई नहीं बल्कि रौनक ही था।

अपने बचपन के दोस्त मनोहर को आज इंसाफ मिल गया इस वजह से रजनीश के भी आँसू थमने का नाम नहीं ले रहे थें।

--------- X ---------

फ्लाईओवर पर खड़ा हर शख्स इस वक्त उस वीडियो को देख चूका था। यहाँ तक की राजेश और अरविन्द भी अपने फोन पर वह वीडियो देखने से खुद को रोक नहीं पाए। वीडियो ख़त्म होते ही सब ने अपने फोन बंद कर के वापस रख दिए और रौनक की ओर देखने लगे।

रौनक ने उस अधेड़ उम्र के शख्स की और देखते हुए कहा जिसने थोड़ी देर पहले उसे अच्छाई का पाठ पढ़ने की कोशिश की थी, "तो सर अब क्या कहेगे आप। अब मैं किस पुलिस के पास जाऊ। अगर पुलिस ही ऐसे हादसों की साजिश रचने लगे तो आम इंसान कहा जाये। आपने मुझे गाँधी जी की बात याद दिलाई। मैं आप को भगत सिंह की बात याद दिलाता हूँ।"

"मैं एक मानव हूँ और जो कुछ भी मानवता को प्रभावित करता है उससे मुझे मतलब है। इसका अर्थ समझ में ना आया हो तो कहिए। इस डॉक्टर ने मानवता के सभी नियमों को तोड़ा है। इंसानियत को अपने जूते से रौंधा है। अपने पद कागलत इस्तेमाल किया है। मैं ऐसे इंसान को कानून से पहले इंसानियत का दोषी मानता हूँ।" रौनक की बात सुनते ही उस अधेड़ शख्स ने अपनी नजरें झुका ली। और लोगों ने तालिया बजाई।

अरविन्द ने ऊँची आवाज में कहा, "मैं जानता हूँ तुमने अपना दोस्त उस हादसे में खो दिया है। अगर मैं गलत नहीं तो तुम रौनक हो?" इतना कह कर अरविन्द उसे सवालिया नजरो से देखने लगा।

रौनक ने कोई जवाब नहीं दिया। अरविन्द ने फिर कहा, "क्यों की उस हादसे में मरने वाले लोगों की मौत का बदला लेने की काबिलियत सिर्फ एक ही इंसान में है। क्या मैं सही हूँ?"

वहाँ खड़ा हर शख्स बस रौनक के जवाब का इंतजार कर रहा था। लेकिन रौनक का मुँह बंद था।

कुछ सोचने के बाद रौनक ने अरविन्द से कहा, "जिस एजेंट रौनक की आप बात कर रहे है। उसे इस खेल का मास्टर माइंड मार चूका है। मैं वो रौनक नहीं हूँ।"

एजेंट रौनक के मौत के बारे में सुनते ही अरविन्द और राजेश एक दूसरे को देखने लगें। राजेश ने धीरे से कहा, "सर अगर रौनक मर चूका है तो ये कौन है?"

अरविन्द ने अपनी भौंए सिडोद कर पूछा, "तो फिर तुम हो कौन?"

रौनक ने जवाब दिया, "मैं वो इंतकाम हूँ, जो एक गन्दी साजिश का शिकार हुए उन २१ लोगों की चीख ने जन्म दिया है। मैं, छुप कर अपनी जिंदगी गुजारने पर मजबूर राधिका की आजादी की उम्मीद हूँ। जिन परिवारों ने अपने घर के मुखिया को खोया है, उनका सहारा हूँ मैं। मेरा कोई नाम नहीं है, ना ही कोई शक्ल। मैं वो इंसाफ हूँ, जो उन २१ लोगों को ३ साल पहले ही मिल जाना चाहिए था। लेकिन देर आये दुरुस्त आये।"

अरविन्द ने रौनक का भरोसा जितने के लिए अपनी गन से मैगज़ीन निकाल कर सामने फेंकते हुए कहा, "ठीक है, तुम जो भी हो, तुम मुझ पर एक बार भरोसा कर के देखो। मैं तुम्हे निराश नहीं करूँगा। उस मास्टर माइंड को मैं नहीं छोड़ूगा। फिर चाहे वो कोई राजनेता हो,

या कोई बिजनेसमैन। कानून के नजर में सब एक समान हैं। तुम मुझे पूरी बात बताओ मैं तुम्हारी मदद करूँगा।"

अरविन्द ने राजेश की ओर सवालिया नजरों से देखा। राजेश समझ गया। उसने भी अपनी गन से मैगजीन निकाल कर फेंक दी।

अरविन्द ने फिर से कहा, "अपनी गन फेंक दो। मुझ पर भरोसा करो। मैं उन २१ लोगों को इंसाफ दिलाऊंगा। मेरा यकीन करो। इस डॉक्टर और उस वकील को सजा मिलेंगी।"

रौनक अरविन्द की बात सुन कर सोचने पर मजबूर हो गया।

तभी एक बुजुर्ग ने कहा, "बेटे माना की तुम इंसाफ के लिए लड़ रहे हो। लेकिन इंसाफ की लड़ाई कानून तोड़े बगैर भी लड़ी जा सकती है। हमें कानून पर, हमारे देश के संविधान पर भरोसा करना चाहिए। अगर एक पुलिसवाला गलत था, तो इसका मतलब ये तो नहीं की सारा डिपार्मेंट ही गलत हो।"

"एक बार इनपर भरोसा कर के देख लो। अगर आज तुमने इसे यहाँ मार दिया तो इस देश के युवा क्या प्रेरणा लेंगे? आज तुम ने भले ही एक गुनहगार को बिच सड़क पर बंदी बना लिया हो। लेकिन तुम्हारा आदर्श ले कर इस देश के युवा कल किसी बेकसूर को ही चौराहे पर मार ना दे। अगर तुम वाकई सिर्फ इंसाफ चाहते हो तो अपनी लड़ाई कानून के दायरे में रह कर लड़ो। आगे तुम्हारी मर्जी।"

रौनक उस बुजुर्ग की बात सुन कर खामोश खड़ा रह गया। क्यों की अब वहाँ दो पुलिसवाले खड़े थे तो कोई भी अब डॉ. तिवारी को मारने की बात नहीं कर रहा था। रौनक ने एक बार दोनों तरफ की भीड़ को देखा। कोई कुछ नहीं बोल रहा था। सब शांत खड़े थें।

कुछ सोच कर रौनक ने अपनी गन निचे रख दी। अपने मुट्ठी में बंद उस रिमोट का स्विच घुमा दिया और उस रिमोट को भी निचे रख दिया। कुछ लोगों की नजरें अफ़सोस जताने लगी। तो कुछ लोगों ने तूफान शांत होने वाली राहत की सांस ली।

घुटनों पर बैठे डॉ. तिवारी ने भी अपनी जान बच जाने की ख़ुशी मनाई। उसके लबों पर डर और ख़ुशी की मिलीजुली मुस्कान थी।

रौनक एम्बुलेंस से निचे उतर गया। रौनक धीमे कदमों से अरविन्द की ओर बढ़ने लगा और अरविन्द भी रौनक की ओर बढ़ने लगा।

डॉ. तिवारी की नजर निचे रखे रिमोट पर गई और उसे याद आ गया की वह वही रिमोट था जो आज उसे यम लोक के दर्शन कराने वाला था।

फिर उसने सोचा की चलो जान बच गई। लेकिन अगले ही पल उसे याद आया की, उसकी पोल खुल चुकी है। उसका करियर, उसका नाम और इज्जत सब मिट्टी में मिल चुके है। और अगर उस एक्सीडेंट की और उस लड़की के रेप की फाइल वापस खुल गई तो उसे सजा से कोई नहीं बचा सकेगा।

तभी उसे रिमोट के बगल में पड़ी गन दिखाई दी। जिसे देख कर उसने सोचा अगर उस नकाबपोश को मार दू तो सेल्फ डिफेंस का केस बना कर बच जाऊंगा। और अब तक कही हर

बात मैंने गन के निशाने पर होने की वजह से कबुल की थी ऐसा कह दूंगा। ये सब सोचते हुए वो एक टक रौनक को देखे रहा था।

डॉ. तिवारी ने गन उठा ली। सब की नजर रौनक पर थी। अरविन्द और रौनक एक दूसरे की तरफ देख रहे थें। तभी अरविन्द और राजेश की नजर रौनक से हट कर डॉ. तिवारी की और गई।

अरविन्द के मुँह से चिल्लाते हुए निकला, “नहीं।” विनय ने तुरंत कैमरा डॉ. तिवारी की ओर घुमाया।

डॉ. तिवारी ने गन को रौनक की ओर ताने हुए कहा, “मुझे मारना चाहता था। ले अब मैं तुझे मारता हूँ।”

अरविन्द ने तुरंत दोनों स्नाइपरों से कहा, “प्रमोद, कदम शूट डॉ. तिवारी ऑन नी कैप नाउ। हेलो, हेलो।” लेकिन किसी का जवाब नहीं आया।

डॉ. तिवारी ने एक जित वाली मुस्कान के साथ गन का ट्रिगर दबा दिया। लेकिन गन से गोली नहीं चली। बल्कि तिवारी के बदन पर लगे हुए डिवाइस में बीप की आवाज हुई। उस डिवाइस पर लगे छोटे LED ब्लिंक करने लगे। अरविन्द और राजेश की आँखें हैरानी से डॉ. तिवारी को एक टक देखती रह गई।

फिर एक डॉ. तिवारी को एक जोर दार इलेक्ट्रिक शॉक का झटका महसूस हुआ। और वो वहींसे बिना किसी हाव-भाव रौनक की ओर देखता रह गया। और फिर एम्बुलेंस के ऊपर से धड़ाम से निचे रोड पर गिर पड़ा।

-------- X --------

ठाकुर बार-बार अपने घड़ी में बीतता वक्त देख रहा था। टी.वी पर चल रही न्यूज़ से उसे ये अंदाजा हो चूका था, की उसकी जान को कितना बड़ा खतरा है। अगर कातिल किसी को पुलिस के सामने चौराहे पर मारने की हिम्मत कर सकता है, तो फिर वो कुछ भी कर सकता है। यही सोच सोच कर उसका बुरा हाल हो रहा था।

जैसे ही टी.वी पर डॉ. तिवारी को शॉक लगा और वो निचे गिर गया, इधर वकील के हाथ में बंधी घडी में बीप की आवाज चलने लगी। उसने अपना बया हाथ सामने कर के घडी में देखा। घडी की स्क्रीन पर ‘Ready to Die’ ऐसा मैसेज फ़्लैश होने लगा।

ठाकुर के माथे से पसीना पानी की तरह बहने लगा। उसको उस मैसेज के आलावा ना ही कुछ दिखाई दे रहा था और ना ही कुछ सुनाई दे रहा था। उसके कान में सिटी की आवाज गूंज रही थी। वो एक दम सन्न रह गया। जैसे उसने खुद की मौत देख ली हो। उसकी सांसे फूलने लगी। तभी विक्रम की नजर उस पर पड़ी।

विक्रम ने तुरंत ही ठाकुर से पूछा, “क्या हुआ वकील साहब?”

ठाकुर ने जोर-जोर से सांसे लेते हुए टेबल की दराज की ओर इशारा किया।

विक्रम को कुछ समझ नहीं आया, तो वह ठाकुर के नजदीक चला गया। “क्या हुआ? आप इतने घबरा क्यों रहे है?” विक्रम ने पूछा।

एक लम्बी सांस ले कर ठाकुर ने कहा, “उस ड्रॉवर में मेरी गोली रखी है, जल्दी दो।”

विक्रम ने फुर्ती दिखते हुए टेबल की दराज खोल दी। दराज में एक ही गोली का पैकेट रखा हुआ था। उसने तुरंत उस पैकेट को ठाकुर के हाथ में देते हुए कहा, “यही है ना?”

ठाकुर ने हां में सिर हिलाते हुए तुरंत एक गोली निकाल कर अपनी जबान के निचे रख दी।

विक्रम ने फुर्ती से डायनिंग टेबल पर रखी पानी की बोतल ला कर ठाकुर से कहा, “ये लीजिये पानी।”

ठाकुर की आँखें खुली थी, लेकिन शरीर की हलचल बिलकुल ही बंद हो चुकी थी। वह शून्य को निहारता बैठा हुआ था।

विक्रम ने कहा, “क्या हुआ? वकील साहब! वकील साहब!”

लेकिन जब ठाकुर ने कोई प्रतिक्रिया नहीं दी तो विक्रम ने उसके बाजू को पकड़ कर उसे हिलाया। लेकिन ठाकुर मर चूका था। वह सोफे पर लुढ़क गया।

विक्रम ने अपने साथियों को अंदर बुलाया। घर के दो नौकर भी दौड़ कर कमरे में दाखिल हो गए। लेकिन तब तक यमराज ठाकुर की आत्मा को अपने साथ ले जा चुके थे।

———— X ————

अरविन्द और राजेश अभी भी रौनक से पचास फुट से ज्यादा दूर थें। उन दोनों ने रौनक को हैरानी भरी नजरों से देखा।

तभी पास में ही खड़ी एक लड़की ने कहा, “भाग जाइये भाईजान। खुदा के लिए अपने आप को पुलिस के हवाले मत कीजिए। उस साजिश के हर जिम्मेदार को उनके किये की सजा दीजिए।”

रौनक ने उस लड़की की ओर देखा। और फिर अरविन्द और राजेश की ओर। अरविन्द को अंदाजा हो चूका था की ये सब उसकी चाल थी। दरअसल वो सरेंडर करना ही नहीं चाहता था।

अरविन्द और राजेश ने फुर्ती से रौनक की ओर दौड़ना शुरू किया। लेकिन रौनक उन दोनों से ज्यादा फुर्तीला भी था और दिमाग वाला भी। उसने दौड़ते हुए अपने कमर में फसाया एक हुक निकाला और उस फ्लाईओवर से ले कर करीब २०० फिट दूर एक छोटे फ्लाईओवर से बंधी हुई रस्सी में अटका दिया।

जब तक अरविन्द और राजेश भीड़ को चिर कर रौनक के करीब पहुँचते तब तक रौनक उस रस्सी पर फिसलने लगा था। अरविन्द और राजेश दोनों वहाँ पहुँचे और उस रस्सी को खोलने की कोशिश करने लगे। तब उन्हें पता चला की वो एक वायर रोप थी जो बहुत पक्की बंधी हुई थी। जब तक दोनों कुछ समझ पते रौनक दूसरे फ्लाईओवर पर पहुँच चूका था।

उसने दोनों को व्यंग भरा सेलूट किया और वहाँ पहले से ही खड़ी अपनी मोटर सायकल पर सवार हो कर तेजी से फ्लाईओवर से उतरने लगा। वह नजारा देख कर सब लोग हैरान रह गए। कुछ लोगों ने तो ताली भी बजा दी।

अरविन्द ने तुरंत शुक्ला से कहा, "शुक्ला मुझे वो जिन्दा चाहिए।" शुक्ला ने जि सर कह कर अपनी गाड़ी को दो पुलिसवालों के साथ दौड़ा दी। अरविन्द और राजेश दौड़ कर डॉ. तिवारी के नजदीक पहुँचे। लेकिन डॉ. तिवारी का खेल तो एम्बुलेंस के ऊपर ही ख़त्म हो चूका था।

अब ना ही अरविन्द के पास बोलने के लिए शब्द थें, और ना ही राजेश के पास। वहाँ सिर्फ एक ही शख्स की आवाज गूंज रही थी। और वो आवाज थी टी.वी रिपोर्टर लखन की।

--------- X ---------

रौनक की मोटर सयकल फ्लैवोवर से उतर कर हवा से बातें कर रही थी। ना जाने उसने कितनी प्रैक्टिस कर रखी थी, जो इतने आसानी से तेज चल रही गाड़ियों को पीछे छोड़ रहा था। शुक्ला खुद अपनी गाड़ी चला रहा था। शुक्ला के भी ड्राइविंग का जवाब नहीं था। तेजी से उसने अपनी सायरन वाली गाड़ी छोटे-छोटे रास्तो से निकाल कर रौनक के पीछे लगा दी।

ऑफिस में सीमा और मनीष ने फिर से अपनी कुर्सी संभाली। शुक्ला के कान में लगे ब्लूटूथ में सीमा की आवाज गुंजी, "शुक्ला जी, आप उसका पीछा करते रहिए। मैं उसके बाकी रास्ते ब्लॉक करती हूँ। उस रास्ते पर सामने ब्रिज है। अगर वो ब्रिज पर चढ़ गया तो उसे भागने के लिए कोई रास्ता नहीं मिलेगा। मनीष सर ब्रिज की दूसरी तरफ का बंदोबस्त देख रहे है।"

सिमा की बात सुन कर शुक्ला की आँखों में जैसे विजय की चमक दौड़ गई। उसने कहा, "ठीक है।" और उसने खुद से ही बुदबुदाया "अब कहाँ भागेगा साला।"

शुक्ला सीमा को क़ातिल की सही लोकेशन बताने लगा। जिस के आधार पर सिमा उस रास्ते के सामने आने वाले मोड़ पर पुलिस की गाड़ियां भेजने लगी। हर मोड़ पर पुलिस की गाड़ियां देख कर रौनक आगे ब्रिज की तरफ जाने के लिए मजबूर था। अब तक पुलिस का प्लान ठीक से काम कर रहा था।

रौनक तेजी से ब्रिज की ओर बढ़ रहा था। तभी उसे एक हेलीकॉप्टर की आवाज सुनाई दी। उसने तुरंत अपनी मोटर सायकल के शीशे में देखा। वह हेलीकॉप्टर ठीक उसके ऊपर उड़ रहा था। तब उसने अपनी रफ़्तार बढ़ा दी। ऊपर हेलीकॉप्टर में राजेश और अरविन्द थें।

राजेश ने अपनी गन निकाल कर रौनक पर निशाना साधने की कोशिश की, तभी अरविन्द ने उससे कहा, "ये कोई फिल्म नहीं है राजेश। जो हवा में उड़ते हुए हेलीकॉप्टर से निचे चल रहे बाइक सवार को गोली लग जाये।" राजेश ने अपनी गन वापस रख दी।

अगले मोड़ से रौनक ने दूसरे रास्ते पर निकलने की सोची लेकिन उस रास्ते से सायरन बजाते हुए एक पुलिस की गाड़ी उसे दिखाई दी। तो उसने फिर से सीधा ब्रिज की तरफ अपनी रफ़्तार बढ़ा दी।

ब्रिज अब कुछ दो किलोमीटर ही था। और अब उस रास्ते पर आगे कोई और मोड़ नहीं था। पीछे शुक्ला और पुलिस की काफी गाड़िया उसका पीछा कर रही थीं।

अरविन्द ने पायलट से तेजी से ब्रिज की दूसरी और चलने को कहा। हेलीकॉप्टर तेजी से आगे चला गया जिसे रौनक ने एक नजर देख लिया। अब रौनक का बच पाना मुश्किल ही नहीं बल्कि लगभग ना मुमकिन था। लेकिन वह भी हार मानने वालों में से नहीं था। उसने अपनी मोटर सायकल की रफ़्तार काफी तेज कर दी और पुलिस की गाड़ियों को बहुत पीछे छोड़ दिया।

सिमा ने पहले ही ट्रैफिक पुलिस से बात कर के ब्रिज की तरफ जाने वाली गाड़ियों को दूसरी ओर मोड़ दिया था। इसलिए ब्रिज काफी हद तक खाली था। रौनक की मोटर सायकल तेजी से ब्रिज पर चढ़ गई। शायद वह तेजी से ब्रिज को पार करने के बारे में सोच रहा था। लेकिन उसका मंसूबा अरविन्द ने नाकाम कर दिया।

ब्रिज की दूसरी तरफ अरविन्द ने हेलीकॉप्टर से रास्ता बंद कर दिया। तेजी से दौड़ रही रौनक की बाइक हेलीकॉप्टर को देख कर अपनी रफ़्तार खोने लगी।

अरविन्द और राजेश अपने हाथों में गन लिए आगे खड़े थे। रौनक ने अपनी बाइक को धीमा कर के तेजी से U टर्न लिया और तेजी से अपनी बाइक दौड़ने लगा। लेकिन तब तक शुक्ला तीन पुलिस की गाड़ियों के साथ ब्रिज पर आ पहुँचा।

अब ब्रिज के दोनों तरफ पुलिसवाले खड़े थे। सभी पुलिसवाले गाड़ियों से उतर कर अपनी पोजीशन संभाल कर खड़े हो गए। दूसरी तरफ अरविन्द और राजेश के साथ भी कुछ पुलिसवाले पहुँच गए। रौनक ने भी अपनी बाइक रोक दी।

शुक्ला ने स्पीकर में कहा, "तुम्हारा खेल ख़त्म। अपने आप को पुलिस के हवाले कर दो। या फिर हमें वो करना होगा जो हम नहीं करना चाहते।"

रौनक ने अपनी बाइक को फिर से U टर्न घुमा कर अरविन्द की तरफ धीरे-धीरे चलना शुरू किया।

अरविन्द ने वायरलेस पर सन्देश दिया "वो मुझे जिन्दा चाहिए। कोई गोली नहीं चलाएगा।"

फिर अरविन्द ने एक पुलिसवाले से स्पीकर ले कर उसमे कहा, "तुम जो कोई भी हो। अपने आप को पुलिस के हवाले कर दो। तुम यहाँ से भाग नहीं सकते। हम तुम्हे मारना नहीं चाहते। लेकिन जरुरत पड़ी तो हम गोली चलाने से पीछे नहीं हटेंगे।"

ब्रिज की दोनों तरफ लोहे के पाइप की ग्रिल बानी हुई थी। कोई निचे गिरने ना पाए इस बात को ध्यान में रख कर उस ग्रिल को बनाया गया था। उन पाइए के बिच बहुत कम जगह रखी गई थी। क्यों की निचे गहरा पानी था।

रौनक पूरी तरह फस चूका था। रौनक ने अपनी बाइक रोक दी। एक दो बार बाइक का एक्सीलेटर घुमा कर घुंगगग घुंगगग की आवाज कर के बाइक की चाबी घुमा कर बाइक बंद कर दी।

राजेश और अरविन्द एक दूसरे की और देख कर मुस्कुराए। दोनों अपनी जित पर खुश थें। दूसरी तरफ शुक्ला भी जित के आनंद में बुदबुदाया, "पकड़ लिया साले को। इसे तो मैं

पर्सनली थर्ड डिग्री दुगा।"

रौनक अपनी बाइक से उतर गया। उसने एक बार पलट कर शुक्ला की ओर देखा और फिर अरविन्द की और देखने लगा।

शुक्ला ने फिर से कहा, "मैंने कहा ना, तुम अब भाग नहीं सकते। अपने हाथ सर के पीछे लो और निचे घुटनों पर बैठ जाओ।"

दोनों तरफ से पुलिस से घिरे होने के बावजूद रौनक की आँखों में जरा सा भी डर नहीं था। वो बस अपनी जगह पर खड़ा था।

राजेश ने कहा, "क्या लगता है सर, सरेंडर कर देगा? या भागने की कोशिश करेगा?"

अरविन्द ने जवाब दिया, "बड़ी मुश्किल से हाथ लगा है। ऐसे ही थोड़ी भागने देंगे। चलना शुरू करो।" अरविन्द का इशारा मिलते ही दूसरी तरफ से शुक्ला की टीम ने चलना शुरू किया। राजेश और अरविन्द भी अपनी टीम के साथ रौनक की ओर बढ़ने लगे। रौनक के पास कोई हथियार नहीं था, इसलिए सब बेफ़्रिक हो कर लेकिन धीरे-धीरे आगे बढ़ रहे थें।

रौनक ने एक बार फिर से पलट कर शुक्ला की तरफ देखा। कुछ पल देखता रहा और फिर से अरविन्द और राजेश की ओर देखने लगा। फिर उसने अपना पहला कदम अरविन्द की दिशा में बढ़ाया।

राजेश ने कहा, "मुबारखो सर।"

अरविन्द ने कहा, "अभी नहीं। मुबारख बात तब लुगा जब इसकी मदद करने वाले हर एक को सलाखों के पीछे करुगा।"

अपनी गन को रौनक की ओर ताने हुए सब उसकी तरफ चल रहे थें। कुछ दस बारा कदम चल कर रौनक रुक गया। रौनक के रुकते ही सारे पुलिसवाले भी रुक गए। रौनक पलट कर अपनी बाइक की और मुँह कर के निचे इस तरह बैठा जैसे कोई रेस का खिलाडी दौड़ लगाने से पहले बैठता है।

अरविन्द ने अपनी भौंए सिकोड़ कर उसकी ओर देखा। रौनक ने शुक्ला की तरफ देखते हुए एक व्यंग भरा सेलूट किया, और अपनी कलाई पर बंधा एक घड़ी जैसे डिवाइस का बटन दबा दिया। इससे पहले की कोई कुछ समझ पाता, एक तेज धमाके के साथ रौनक की बाइक ने वहाँ धुआँ ही धुआँ फैला दिया।

धमाका होते ही तेज आवाज की वजह से सभी पुलिसवाले निचे बैठ गए। लेकिन रौनक ने तेज रफ़्तार के साथ दौड़ लगाई, ऊँचे फुटपाथ के सहारे से उसने किसी गोताखोर की तरह छलांग लगाई। जो सीधा उसे पानी की गहराई में ले गई।

पुलिस की दोनों टीम दौड़ कर ब्रिज के उस हिस्से के नजदीक पहुँचे। सब देखते ही रह गए। कुछ पल पहले जो रौनक को पकड़ने के लिए जश्न मानाने की बातें हो रही थी, वो बातें भी रौनक के साथ उस गहरे पानी में डूब गई।

अभी इस सदमे से अरविन्द का दिमाग उभरा भी नहीं था की उसके कान में लगे ब्लूटूथ में सिमा ने कहा, "सर, विक्रम ने बताया की एड. ठाकुर मर चुके है। मौत की वजह जहर है।"

सिमा की बात सुन कर भी अरविन्द ख़ामोशी से निचे पानी की तरफ देखता ही रह गया।

"सर, इतने गहरे पानी में वो ज्यादा देर जिन्दा नहीं रह सकता उसे ऊपर आना होगा या फिर समझ लीजिए वो गया।" शुक्ला ने बड़े ही गंभीर स्वर में कहा।

कुछ ही पलों में एक शख्स ऊपर की सतह पर आ गया। उसके पीठ पर ओक्सिजेन का सिलेंडर था, मुँह पर गोताखोरों वाला मास्क। वो किनारे की तरफ तैरने लगा। सब लोग उसे हैरानी से देख रहे थें।

शुक्ला ने अपनी गन से उस पर निशाना लगाया। शुक्ला ट्रिगर दबाने ही वाला था की अरविन्द ने उसे रोक दिया।

अरविन्द ने कहा, "नहीं शुक्ला गोली चलाने की जरुरत नहीं। अब वो भाग नहीं सकता।"

राजेश और अरविन्द तुरंत निचे चले गए। शुक्ला और २ पुलिसवालें उस शख्स पर नजरें जमाये वही रुक गए। बाकि सब भी निचे समंदर के किनारे पर उतर आये।

अरविन्द और राजेश एक बोट में बैठ गए। और बोटवाले से उस शख्स की तरफ अपनी बोट चलाने के लिए कहा। वह शख्स किनारे से बहुत दूर था।

"शुक्ला उसपर नजर जमाये रखो।" अरविन्द ने कहा।

शुक्ला ने कहा, "सर, मैं उससे एक पल भी अपनी नजर हटाने वाला नहीं। आप जल्दी पहुँचो वहाँ।"

थोड़ी ही देर में बोट उस शख्स काफी नजदीक पहुँच गई। बोट को अपनी तरफ आते देख वह शख्स तेजी से उस बोट की तरफ तैरने लगा। ये बात अरविन्द और राजेश को अजीब लगी।

"सर, उसे तो हमसे दूर भागना चाहिए। वो हमारे तरफ क्यों आ रहा है?" राजेश ने असमंजस में ये सवाल पूछा।

अरविन्द को भी कुछ समझ नहीं आ रहा था। वो ख़ामोशी से बस आगे बढ़ता रहा। कुछ ही पलों में बोट उस शख्स के नजदीक पहुँच गई।

तभी एक और अजीब बात हुई। उस शख्स ने खुद अपने दोनों हाथ ऊपर उठा कर उसे बोट में खींचने के लिए इशारा किया। अरविन्द और राजेश ने उसका एक-एक हाथ पकड़ कर उसे बोट में खींच लिया।

ऊपर ब्रिज पर तो जैसे जश्न का ही मौसम बन गया। शुक्ला और बाकि दोनों पुलिसवाले खुश दिखाई दे रहे थें। राजेश का इशारा मिलते ही तीनों ब्रिज से उतरने लगें। अरविन्द और राजेश दोनों ही उस शख्स पर गन तान कर खड़े थें।

अरविन्द ने कहा, "तुम्हारा खेल ख़त्म। उतरो अपना मास्क।" उस शख्स ने कुछ कहने की कोशिश की लेकिन कुछ समझ नहीं आ रहा था। वो इशारे किये जा रहा था। किसी को कुछ समझ नहीं आ रहा था।

तभी बोट चलाने वाले शख्स ने कहा, "साहब शायद वो ये कह रहा है की उसे ये खोलते नहीं आता।"

बोट वाले की बात सुन कर अरविन्द और राजेश उलझन भरी नजरों से एक दूसरे को देखने लगें।

राजेश ने बोट वाले से कहा, "खोलो इसका मास्क।"

बोट वाले ने तुरंत उसका मास्क और डायविंग सूट खोलना शुरू किया। कुछ ही पलों में एक २७-२८ साल का युवक स्विमिंग कॉश्चुम में अरविन्द और राजेश के गन के निशाने पर था।

डरी हुई आवाज में उसने कहा, "डोंट शूट सर। मैं वो नहीं जिसे आप ढूंढ रहे हैं। मेरा नाम रॉकी पटेल है।"

अरविन्द और राजेश चौक कर एक दूसरे को देखने लगें।

"ये सब क्या चल रहा है। तु पानी में क्या कर रहा था?" राजेश ने गन रॉकी के सर पर टिका कर पूछा।

रॉकी घुटने के बल निचे बैठ गया और डर कर बोलने लगा, "सर, उसने मुझे पानी के अंदर बांध कर रखा था। अभी थोड़ी देर पहले वो निचे आया। उसने अपना ओक्सिजेन सिलेंडर वाला मास्क पहना फिर मेरे हाथ और पैर में बंधी रस्सी खोली। और मुझे आजाद कर दिया। मैं डर के मारे ऊपर आ कर किनारे की तरफ तैरने लगा। जब आप की बोट दिखी तब जान बचाने के लिए आपके तरफ आ गया।"

अरविन्द पानी में उस तरफ देखने लगा जहाँ क़ातिल ने छलांग लगाई थी। एक टक उस तरफ देखते हुए ही अरविन्द ने एक व्यंग भरी हँसी के साथ कहा, "हमें लग रहा था की हम उसे ब्रिज पर ले जा रहे हैं। जब की उसका प्लान ब्रिज पर आने का ही था। वो जनता था की उस रास्ते पर जाते ही हम उसे ब्रिज पर घेरने का सोचेंगे। बुद्दू बना गया वो हमें राजेश। जब तक हम इस पटेल के पिल्ले को क़ातिल समझ कर पकड़ने के लिए हाथ पैर मार रहें थें, तब तक पानी के अंदर से वो किसी किनारे पर पहुँच भी गया होगा।" ये कह कर अरविन्द जोरो से हंसने लगा।

(ठीक उसी वक्त रौनक बड़े ही आराम से दूसरे तरफ के एक किनारे पर मंद-मंद मुस्कुराता हुआ मजे कर रहे लोगों के बिच चल रहा था।)

"तलाशी लो इसकी।" अरविन्द ने गंभीर हो कर कहा।

राजेश ने उसकी अच्छी तरह से तलाशी ली। लेकिन कुछ नहीं मिला। फिर राजेश ने उसके डायविंग सूट की तलाशी ली तो उसमे प्लास्टिक की थैली में बंद एक लेटर और पेनड्राइव मिला।

राजेश ने तुरंत उस पैकेट को खोला और उसमे से लेटर निकाल कर जोर से पढ़ने लगा, "ये लड़का मेरे हिट लिस्ट में नहीं। वरना आपको इसकी भी लाश ही मिलती। मैं नहीं चाहता की सारे मुजरिम मेरे ही हाथों मरे। कुछ काम तो कानून को भी करना पड़ेगा। इस पेन ड्राइव में वो सारे सबुत है जो साबित कर देंगे की इस रॉकी ने ही उस लड़की का रेप किया था। उसके माँ बाप को धमकाने वाले तावळे, रिश्वत ले कर केस को रफा दफा करने वाले कमिश्नर

त्रिवेदी इन सब के खिलाफ इसमें पुख्ता सबूत हैं। उम्मीद करता हूँ की आप इसे सजा दिला कर उस मरी हुई लड़की को इंसाफ दिलाएंगे। और अगर इतने सारे सबूतों के बावजूद भी आप इंसाफ नहीं कर पाए तो इसे गोली मार देना ता की उस मरी हुई लड़की के आत्मा को ही शांति मिल जाए।"

लेटर पढ़ कर राजेश चुप हो गया। अरविन्द शुन्य को निहारता हुआ खड़ा था। राजेश कुछ सोचने लगा। उसने इधर-उधर देखा ऊपर ब्रिज पर से भी सभी पुलिसवालें निचे जा चुके थें। बोट से किनारा काफी दूर था। राजेश ने हर तरफ नजर दौड़ाई उनपर किसी की भी नजर नहीं थी। राजेश ने रॉकी को इशारे से खड़े होने के लिए कहा। रॉकी खड़ा हो गया।

अरविन्द अभी भी राजेश की तरफ पीठ कर के पानी को निहार रहा था। शायद वो किसी गहरी सोच में था। राजेश ने रॉकी को धक्का दे कर पानी में गिरा दिया। रॉकी की पानी में गिरने की आवाज से अरविन्द चौक कर पीछे मुड़ा। राजेश ने रॉकी पर निशाना लगाया।

"क्या कर रहे हो राजेश?" अरविन्द ने चिल्लाते हुए कहा।

राजेश ने अरविन्द से आँखें मिलाते हुए कहा, "कुछ सफाया हमें भी करना चाहिए सर। इसके खिलाफ इतने सबुत है फिर भी मैं जनता हूँ की ये छूट जाएगा। उस लड़की की केस फाइल पढ़ी है मैंने। तावळे ने सारे सबूत मिटा दिए थें। गवाह मुकर गए थें। इस क़ातिल का रास्ता भले ही गलत हो। लेकिन मकसद एक दम साफ़ है। रॉकी जैसे लोगों को जीने का कोई हक़ नहीं। इसके खिलाफ केस दर्ज कर के कोई फायदा नहीं। इसे मार कर मैं यही केस डिसमिस कर रहा हूँ।"

अरविन्द ने अपनी गन से राजेश पर निशाना लगाया और चिल्लाते हुए कहा, "नहीं राजेश ड्राप दी गन। अगर तुमने गोली चलाई तो मैं तुम्हे शूट कर दुगा।"

इस सब के बिच पानी में छटपटा रहा रॉकी डर के बोट से दूर जाने की कोशिश करने लगा। राजेश ने बिना अरविन्द की परवा किए ही रॉकी की तरफ देखा। अगले ही पल राजेश की गन का लोहा रॉकी के बदन में सुराख़ बनाने लगा। एक के बाद एक राजेश ने पूरी मैगजीन रॉकी पर खली कर दी।

अरविन्द देखता ही रह गया। तड़पता हुआ रॉकी कुछ ही पलों में समंदर के सतह पर शांत हो गया। रॉकी के आस पास का सारा पानी खून से लाल हो गया। धीरे-धीरे समंदर ने रॉकी का खून से लथपथ शरीर निगल लिया।

तभी तालियां बजाते हुए बोटवाले ने कहा, "वा साहब, आप जैसे पुलिसवालें भी इस दुनिया में है। ये देख कर मुझे बहुत ख़ुशी हुई साहब। रॉकी जैसे आमिर लोग गरीबों को अपने पैर की जूती समझते हैं। लेकिन अगर पुलिस डिपार्मेंट में आप जैसे पुलिसवालें भर्ती हो जाये तो इस देश से जुर्म के साथ साथ ये सोच भी मिट जाएगी।"

अरविन्द ने अपने दांत और मुट्ठी भींचते हुए कहा, "तुम चुप बैठो।" बोटवाले ने अपनी नजर झुका ली। "ये क्या कर दिया राजेश? मुझे तुम से ये उम्मीद नहीं थी। पहले ही उस क़ातिल ने हमारे नाक में दम कर रखा है। और अब ये सब। क्या जवाब दोगे मिडिया और

डिपार्टमेंट को?”

राजेश ने गन वापस अपने गन होल्डर में रख दी। उस लेटर को फाड़ कर पानी में फेक दिया। और पेन ड्राइव अरविन्द के हाथ में देतेहुए कहा, “मुझे सिर्फ आप को जवाब देना है। और मैं कबुल करता हूँ की मैंने एक रेपिस्ट को गोली मार दी। अब आप चाहे तो मुझे गोली मार दीजिए। या फिर अरेस्ट कर लीजिए। मैं दोनों ही बातों के लिए तैयार हूँ।”

अरविन्द अपना माथा पकड़ कर अफ़सोस जताता हुआ कुछ सोचने लगा। कुछ पल वहाँ ख़ामोशी छाई रही।

ख़ामोशी को तोड़ते हुए अरविन्द ने बोटवाले से कहा, “यहाँ जो कुछ हुआ किसी से कहने की जरुरत नहीं। किनारे पर ले चलो।”

बोटवाले ने हलकी मुस्कान के साथ बोट शुरू की और किनारे की ओर बढ़ा दी। राजेश और अरविन्द दोनों ही खामोश थें।

किनारे पर आते ही शुक्ला ने अरविन्द से कहा, “क्या हुआ सर क़ातिल कहाँ है?”

अरविन्द ने जवाब दिया, “वो भाग गया। जिसे हमने पकड़ा था, वो कोई मछवारा था। उसे हमने छोड़ दिया। तिवारी की लाश को पोस्टमॉर्टम के लिए भेजो। उधर ठाकुर भी मर चूका है। वहाँ की सिचवेशन विक्रम देख लेगा। रिपोर्ट तैयार कर के मुझे ऑफिस में मिलो।”

इतना कह कर अरविन्द अपनी गाड़ी में बैठ कर बिना राजेश की तरफ देखे ही वहाँ से चला गया। राजेश अपनी नजर झुकाये वहाँ खड़ा रह गया।

शुक्ला ने कहा, “ये अरविन्द सर को क्या हो गया। इतने रूखे लहजे में तो बात करते कभी नहीं देखा। वो भी आज इतना सब कुछ होने के बाद भी।”

राजेश ने कोई प्रतिक्रिया नहीं दी। सब अपने काम में जुट गए।

——-------- X ——--------

27

ठाकुर और तिवारी का इन्वेस्टीगेशन

१३ जनवरी २०२६, शाम ०५:१०

शाम हो चुकी थी। अरविन्द काफी परेशान था। इस तरह सरे आम किसी की हत्या कानून व्यवस्था पर सवाल उठा रही थी। हर न्यूज चैनल और सोशल मिडिया पर पुलिस का मजाक बनाया जा रहा था। कमिश्नर मोरे अलग से अरविन्द को बहुत कुछ सुना चुके थे। शहर में तनाव की स्तिथि थी।

अरविन्द अपनी आँखें बंद कर के कुर्सी से सिर टिका कर सोच में डूबा हुआ था। तभी दरवाजा खुला और शुक्ला अंदर आ गया।

"जय हिन्द सर। रिपोर्ट तैयार है।" शुक्ला ने सलामी दे कर कहा।

अरविन्द ने बड़े ही आलस भरे अंदाज में अपनी आँखें खोली और कहा, "जब से इस केस को सॉल्व करने आया हूँ, तरह-तरह की रिपोर्ट्स ही देखने को मिल रही है। ये केस मेरे अब तक के करिअर का सबसे पेचीदा केस है। ये कातिल जो कोई भी है, हमें इतना वक्त भी नहीं दे रहा की हम पहले हुए क़त्ल को इन्वेस्टीगेट कर सके। जैसे ही हम किसी नतीजे पर पहुँचने वाले होते है वो हमें और एक नए इन्वेस्टीगेशन में उलझा देता है।"

अरविन्द बड़ा ही निराश नजर आ रहा था। उसके जहन में अब भी रॉकी की खून से लथपथ लाश घूम रही थी।

तभी शुक्ला ने कहा, "सर, राजेश सर मेर कॉल का जवाब नहीं दे रहे। आप को कुछ कह कर गए है क्या?"

राजेश की जिक्र होते ही अरविन्द ने कुछ सोच कर कहा, "शुक्ला तुम मनीष और सिमा को आने के लिए कहो। राजेश से मैं बात करता हूँ।" अरविन्द की बात सुनते ही शुक्ला बाहर चला गया।

अरविन्द ने तुरंत अपने मोबाईल से राजेश का नंबर डायल किया। राजेश उस वक्त पुलिस मुख्यालय के बाहर कैंटीन में गोलू के हाथ की बानी चाय पि रहा था। उसके मोबाईल

पर अरविन्द का नंबर चमकने लगा।

तुरंत फोन उठा कर राजेश ने कहा, “जय हिन्द सर।”

अरविन्द ने कहा, “जय हिन्द। राजेश कहाँ हो इस वक्त?”

राजेश ने जवाब दिया, “सर, मैं कैंटीन में हूँ। मैं सोच ही रहा था की आप से आ कर मिलु।”

अरविन्द ने कहा, “अभी इसी वक्त मुझे तुमसे मिलना है। ऑफिस में आ जाओ।” इतना कह कर अरविन्द ने फोन काट दिया। राजेश तुरंत उठ कर निकल पड़ा।

राजेश ने अंदर आते ही सलामी दे कर अरविन्द के हाथों में एक कागज दे दिया। अरविन्द ने उसे पढ़ा। वह राजेश का इस्तीफा था।

अरविन्द ने राजेश का इस्तीफा टेबल पर रख दिया और कहा, “जो कुछ हुआ वो कानून की नजर में गुनाह है। लेकिन इंसानियत के नाते देखा जाये तो तुमने रॉकी को उसके कर्मों की सजा दी है। हमारे पास सबुत थें हम उसे सजा दिलाने की पूरी कोशिश करते।”

अरविन्द की बात काटते हुए राजेश ने कहा, “मेरा जवाब अब भी वही है सर। मैं उस केस की फाइल पढ़ चूका हूँ। हम कितनी भी कोशिश कर लेते तो भी उस लड़की को इंसाफ नहीं दिला पाते। पटेल पानी की तरह पैसा बहाता और ठाकुर जैसा कोई वकील रॉकी को बचा लेता। हम माने या ना माने भ्रष्टाचार की वजह से कई लोगों को इंसाफ नहीं मिल पाता। और दोष हमें दिया जाता है।”

अरविन्द ने कहा, “तो क्या हम सब को अब हथियार उठा लेने चाहिए? और इस तरह गुनहगारों को गोली मार देनी चाहिए? राजेश अगर सब लोग इस तरह हथियार उठा कर सडकों पर फैसला करने लगें, तो इस देश के संविधान का महत्व ही क्या रह जायेगा।”

“मुझे ख़ुशी है इस बात की, की तुमने अपना इस्तीफा दिया और मैं ये भी जनता हूँ की अगर मैं तुम्हारे गिरफ़्तारी का आदेश दे दू तो भी तुम अपने बयान पर कायम रहोंगे। लेकिन मुझे फ़िलहाल उस कातिल को पकड़ने के लिए तुम्हारी जरुरत है। अच्छा होगा की तुम फ़िलहाल उस बात को भूल कर केस पर पहले जैसे ही काम करोंगे। और वादा करो की अब आगे तुम इस तरह का कोई पागलपन नहीं करोंगे।”

अरविन्द की बात सुन कर राजेश कुतूहल से अरविन्द से पूछने लगा, “तो क्या आप रॉकी की मौत के लिए मुझ पर कोई करवाई नहीं करने वाले?”

अरविन्द ने राजेश का इस्तीफा अपने जेब में रखते हुए कहा, “करवाई तो होगी। लेकिन जब तक ये केस ख़त्म नहीं हो जाता तब तक इस बात पर कोई बहस नहीं होगी। पहले उस कातिल को सलाखों के पीछे करेंगे, फिर सोचेंगे।”

——— X ———

कुछ ही पलों में राजेश, शुक्ला, अरविन्द, सिमा और मनीष ऑफिस में बैठे हुए थें।

शुक्ला ने बोलना शुरू किया, “सर, डॉ. तिवारी के बदन पर जो जैकेट था वो कोई बम नहीं था। बल्कि एक करंट तैयार करने वाली इलेक्ट्रॉनिक डिवाइस थी। और जिसे सब गन समझ रहे थे वो उस डिवाइस का रिमोट था। जब डॉ. तिवारी ने उस गन का ट्रिगर दबाया वो डिवाइस

एक्टिवेट हो गई और निचे एम्बुलेंस में रखी हुई बैटरी से पावर खींच कर डॉ. तिवारी को एक जोरदार झटका दे दिया। जिससे उसकी मौके पर ही मौत हो गई।"

अरविन्द ने अचंबित हो कर पूछा, "बैटरी एम्बुलेंस में थी तो उसे ऊपर कैसे शॉक लगा?"

शुक्ला ने जवाब दिया, "सर उसके लिए उसने वायरलेस चार्जिंग वाला फार्मूला यूज किया है।"

राजेश ने कहा, "और एड. ठाकुर की रिपोर्ट क्या कहती है?"

शुक्ला ने जवाब दिया, "सर ठाकुर ने जो गोली खाई थी उसपर सायनाइट लगा हुआ था। वो तो अच्छा हुआ की विक्रम ने गोली का पैकेट ठाकुर के हाथ में दे दिया अगर खुद गोली निकाल कर देता तो उसकी भी जान खतरे में आ जाती।"

सिमा ने कहा, "सर, एड. ठाकुर के कलाई पर जो घडी बंधी हुई थी। उसपर एक मैसेज था, 'Ready To Die' जो कातिल ने उसे भेजा था। और उस मैसेज को पढ़ने के बाद और टी.वी पर तिवारी की मौत देख कर उसकी साँसे फूलने लगी। उसे लगा होगा की उसे हार्ट अटैक आया है, इसलिए उसने वो गोली खाई और सीधा ऊपर।"

अरविन्द ने कुर्सी ते पीठ टिकाते हुए कहा, "उसकी घडी में मैसेज कैसे आया?"

सिमा ने जवाब दिया, "सर वो एक स्मार्ट वॉच थी। जो ठाकुर के मोबाईल से कनेक्ट थी। ठाकुर की हर हरकत पर कातिल की नजर थी। ठाकुर हर वक्त उस वॉच से अपना मोबाईल कनेक्ट रखता था। मुझे पूरा यकीन है ठाकुर के मोबाईल में कातिल ने ऐसा को सॉफ्टवेयर डाल रखा होगा जिससे वो इंटरनेट के जरिए कहीं से भी हैंडल कर सके। और उसने वही किया। जैसे ही उसे ठाकुर की दिल की धड़कन बढ़ने के संकेत मिले उसने मैसेज भेज कर उसे और डरा दिया।"

अरविन्द ने कहा, "उसकी मदद कई सारे लोग कर रहे हैं। क्यों की वो जब हमसे बाते करने में बीजी था तो उसी वक्त ठाकुर पर नजर कैसे रख सकता है।"

अरविन्द की बात ख़त्म होते ही शुक्ला ने कहा, "और सर फ्लाईओवर से जिस वायर रोप से लटक कर कातिल भागा था मैंने उसके बारे में भी जानकारी निकाली। BMC का कहना है की वो रस्सी वहाँ होनी ही नहीं चाहिए। पता नहीं कब से वहाँ बंधी हुई थी।"

राजेश ने कहा, "वो रस्सी उसका एग्जिट प्लान था। जो उसने कई दिनों पहले या हो सकता है कई महीनों पहले ही तैयार कर के रखा होगा। ये कातिल हर बार कोई नया पत्ता खोल कर बाजी मार ले जाता है।"

ये सब हैरान कर देने वाला था। सब सोच में पड़ गए। शुक्ला ने कहा, "सर, ये सब देख कर मैं यकीन से कह सकता हूँ की वो विकास का साथी रौनक ही है।"

अरविन्द ने कहा, "नहीं शुक्ला, रौनक मर चूका है। कातिल ने हमें खुद बताया। ये कोई और ही है। स्नाइपरों से बात हुई उन्होंने तिवारी पर गोली क्यों नहीं चलाई?"

शुक्ला ने कहा, "सर, उन दोनों के मोबाईल पर एक मैसेज आया था।"

अरविन्द ने कहा, "कैसा मैसेज?"

शुक्ला ने कहा, “सर, उन्हें कहा गया था की अगर किसी पर भी गोली चलाई तो उनके घर वालों पर ठीक उसी वक्त गोली चलेंगी। और इसीलिए उन दोनों ने अपने फोन तुरंत बंद कर दिए और वहाँ से निकल गए।”

सब हैरान थे की इतने जल्दी कातिल को पता कैसे चला की स्नाइपर कौन है, और उनके नंबर क्या है, और उनके परिवार के लोग कौन है।

अरविन्द ने कहा, “ये बड़ा ही पहुँचा हुआ खिलाडी लगता है।”

अरविन्द उठ कर पिन बोर्ड के नजदीक चला गया। रौनक की तस्वीर देख कर उसने कहा, “कही ये विकास और रौनक का कोई तीसरा साथी तो नहीं? क्यों की कारनामे तो इसके किसी ट्रेंड एजेंट के जैसे ही है।”

कुछ पल खामोश रहने के बाद अरविन्द ने फिर कहा, “ठीक है, अब तक जो हुआ सो हुआ अब हम दो टीम में बट कर काम करेंगे। राजेश तुम, शुक्ला और सिमा विकास की मौत पर काम करोंगे। हर वो बात ढूंढने की कोशिश करो की विकास को मारने का क्या मकसद था। मैं और मनीष कातिल की जानकारी जुटाने की कोशिश करते है।”

सब यस सर कह कर अपने अपने काम के लिए निकल गए।

---------- X ----------

28

The Team

१४ जनवरी २०२६, दोपहर ०२:१०

इस वक्त एक वीरान पुराणी बिल्डिंग के तीसरे माले पर बने एक कमरे में रौनक टेबल के सामने खड़ा था। उसके दोनों हाथ टेबल पर थे और वह झुक कर टेबल पर रखा हुआ नक्शा देख रहा था। टेबल इर्दगिर्द ५ और लोग खड़े थें। जिनमें से एक राघव भी था।

रौनक ने अपना फोन निकाल कर एक नंबर डायल किया और कॉल कनेक्ट होते ही कहा, "सब कुछ तैयार है। हमारी हार या जित तुम्हारे हाथ में है।"

सामने से एक औरत ने कहा, "फ़िक्र मत करो हमारी जित पक्की है। इस बार इंसाफ होगा।" इतना कह कर रौनक ने फोन काट दिया। और स्विच ऑफ़ कर के पास में रखी बैग में डाल दिया।

"तो प्लान सब के समझ में आ गया?" रौनक ने पाँचो को देखते हुए कहा।

सब ने अपना सिर हां में हिला दिया।

रौनक ने कहा, "हम कल सवेरे अपना काम करेंगे। हम में से कोई भी पकड़ा या मारा जाता है तो बाकि किसी को उससे कोई फर्क नहीं पड़ना चाहिए। अगर सब ठीक रहा तो अपने हिस्से के पैसे ले कर अपने-अपने रास्ते निकल जायेंगे, ठीक है।"

राघव ने कहा, "वो तो ठीक है हम सब मर भी जाये तो गम नहीं लेकिन रौनक भाई आप को कुछ नहीं होना चाहिए। हमारी ये जिंदगी आप ही की देन है। इन चारों का तो पता नहीं लेकिन मेरी जिंदगी रही तो मै आपकी आगे भी मदद करता रहूँगा।"

रौनक ने एक मीठी मुस्कान के साथ कहा, "ज्यादा सेंटी मत बन, जज्बात इंसान को कमजोर बनाते है। अपने जज्बात अपने काबू में होने चाहिए। कल वहाँ १ रूपया भी नहीं छोड़ना है अब आराम कर लो रात को मिलेंगे।"

इतना कह कर रौनक अपना बैग कंधे पर लटका कर वहाँसे निकल गया।अब इस खेल में नए किरदार जुड़ गए थें एक वो जिसे फोन करके रौनक ने कहा था की'अब सब तुम्हारे हाथ में है' और ५ लोग जो रौनक के साथ उस कमरे में खड़े थे।

राघव एक गरीब परिवार से था। अपनी पढाई पूरी करने के बाद जब वह नौकरी के लिए दर-दर भटक रहा था, तभी एक पुलिस वाले ने दंगे के झूठे केस में उसे अंदर कर दिया था। उसने अदालत में चीख-चीख कर साबित करने की कोशिश की वह बेगुनाह है, लेकिन किसी ने उसकी बात नहीं सुनी।

जेल से छूटने के बाद उसे कही भी नौकरी नहीं मिली जो सपनें राघव ने देखे थें वे सारे टूट चुके थें। उसके परिवार की जिम्मेदारी उस पर थी। वह निराश हो चुके था। तब उसने गुस्से में आकर उस पुलिसवाले को जान से मार दिया। राघव का परिवार दर-दर भटकने के लिए मजबूर हो गया था। तब रौनक उनका सहारा बना। उसने पैसो से उनकी मदद की। राघव को भी जमानत पर रिहा करवाया और उसे इस काम के लिए राजी किया।

इस काम के बदले अगर राघव की जान भी चली जाये तो उसे फ़िक्र नहीं थी। क्यों की राघव के परिवार को ढेर सारे पैसे पहले ही मिल चुके थे। और उन्हें एक महफूज जगह भेज दिया गया था।

बाकि चारों के नाम सचिन, फिरोज, अजय और गणेश थें। उन सब की कहानी भी राघव से मिलती जुलती थी। अगर सब कुछ प्लान के मुताबिक हुआ तो सब के पास एक बड़ी रकम होंगी और सब अपनी जिंदगी नए सिरे से शुरू कर सकेंगे ऐसा सब को लग रहा था।

लेकिन रौनक का मकसद सिर्फ पैसा नहीं था। वह तो उन सब की तबाही चाहता था जो उन २१ लोगों की मौत के जिम्मेदार थें। और अभी कितने लोग उसकी हिट लिस्ट पर थें वह भी सिर्फ रौनक ही जानता था।

-------- X --------

29

अतीत की झलक ३

१५ जनवरी २०२६, रात ०३:००

इस वक्त रौनक बिस्तर पर पड़ा नींद के आग़ोश में था। लेकिन बंद पलकों में भी उसकी हिलती हुई आँखें साफ़ साफ़ बता रही थी, की वह बेचैन था। नींद उसे फिर से करण की जिंदगी की झलक दिखा रही थी।

करण जब हादसे वाली जगह पहुँचा तबवहाँ जाम लगा हुआ था। विशाल की कार आगे नहीं जा सकती थी, तो करण उतरकर दौड़ते हुए आगे बढ़ने लगा। हादसे के शिकार हुए लोगों के परिजनों की रोने और चिल्लाने की आवाजों से पूरा इलाका हाहाकार में था।पुलिस की टीम खाई से लोगों के शव निकालने की कोशिश में जुटी हुई थी। करण हताश होकर रोने लगा। करण के ससुर और बाकि कुछ रिश्तेदार भी वहाँ आ पहुँचे थे। लोग रोते बिलखते एक दूसरे को दिलासा देने लगे लेकिन करण बस एक टक खाई की और देख रहा था।

बड़ी मशक्कत के बाद खाई से एक-एक कर के लाशे ऊपर आने लगी और उन्हें तुरंत वहाँ से पास के सरकारी अस्पताल के मुर्दा घर में भेजा जाने लगा। रिश्तेदारों से कहा गया की अस्पताल से ही बाकि करवाई होंगी। धीरे-धीरे लोग कम होते गए।

जैसे ही कोइ लाश ऊपर निकाली जाती करण का दिल जोरोसे धड़कने लगता। कुछ देर बाद एक लाश ऊपर निकाली गई जो एक बच्ची की थी। उसका मुँह सफ़ेद कपडे से ढका हुआ था। जब उसे स्ट्रेचर पर ले जा रहें थे तो उसका हाथ स्ट्रेचर से लटकने लगा। उसके हाथ में गुड़िया थी। करण की भीगी हुई आँखों में फिर एक बार आँसुओं की बाढ़ आ गई। क्यों की वो उसकी बेटी शिखा की लाश थी।

करण चीखता हुआ उसकी ओर दौड़ने लगा। लेकिन पुलिस किसी को भी नजदीक नहीं जाने दे रही थी। करण रोता चीखता रहा और फिर एक-एक करके करण के पुरे परिवार की लाशें ऊपर निकाली गई। करण और उसके बाकि रिश्तेदार अस्पताल पहुँचे। जहाँ लाशों की शिनाख्त करने के बाद सबको लाशे सौंप दी गयी।

——– X ——–

वह एक भयावह मंजर था। एक ही परिवार की चार लाशें घर के बाहर रखीं हुई थी। सारि कॉलोनी में मातम छा गया था। करण को संभालना रिश्तेदारों को मुश्किल होता जा रहा था। बेटी और नाती को खो चुके करण के ससुर की आँखों से बहता पानी रुकने का नाम ही नहीं ले रहा था।

थोड़ी ही देर बाद शमशान घाट पर पुरे परिवार को अंतिम संस्कार करने के लिए लाया गया। करण ने भीगी आँखों और कापते हुए हातोंसे सबको अलविदा कहकर चिता की अग्नि के हवाले कर दिया।

करण की आँखों के सामने वह बस का सिन याद आने लगा। वह खुद को कोसने लगा की आखिर क्यों वह अपने परिवार को छोड़ कर आ गया। शायद करण उनके साथ होता तो वो हादसा ही ना होता। और अगर होता तो अपने परिवार के साथ ही वो भी भगवान के घर चला जाता। यह सब सोचते हुए वह एक टक सबकी चिता को देख रहा था।

धीरे-धीरे करण का रोना बंद हो गया था। अब वो खामोश था। लोग धीरे-धीरे करण से मिलकर जाने लगे लेकिन करण किसीसे भी बात नहीं कर रहा था। बस एक टक जलती चिताओं को देख रहा था। करण की दुनिया उजड चुकी थी। वह खुद को भी मरा हुआ महसूस कर रहा था।

आखिर में उसके रिश्तेदार उसे जबरदस्ती शमशान से घर ले आये। करण के लिए सबकुछ ख़तम हो चूका था। पाँच दिन गुजर गए रिश्तेदार उसे किसी तरह मनाकर पिंड दान करने नदी किनारे ले आये। करण चुप था, कोई कुछ कहता वह बस करता जाता। सारी विधि संपन्न होने के बाद पंडित ने करण को अस्तियाँ नदी में विसर्जित कर के डुबकी लगाने के लिए कहा।

करण नदी में उतर कर उस अस्ति के मटकी को देख कर रोने लगा। फिर उसने अस्थियाँ को नदी में विसर्जित कर दिया। नदी का बहाव काफी तेज था। लेकिन करण बिना डरे अंदर जाने लगा। सारे रिश्तेदार चिल्लाने लगें उसे आवाज दे कर रोकने की नाकाम कोशिश करने लगें। लेकिन करण कोतो जैसे कुछ सुनाई ही ना दे रहा हो।

करण ने तीन डुबकीयाँ लगाई, लेकिन जब उसने तीसरी डुबकी लगाई वह बाहर नहीं निकला। सब लोग सोच रहे थें की शायद करण का भी अंत हो गया। लेकिन कुछ ही पलों बाद उसके ससुर ने नदी के दूसरी ओर इशारा करते हुए सब से कहा, “वो रहा करण।” करण तैरते हुए नदी के दूसरी ओर निकल कर जाते हुए दिखाई देने लगा।

कुछ दिनों बाद करण एक मंदिर के सामने भिखारियों की कतार में बैठा हुआ था। शायद उसने अपना मानसिक संतुलन खो दिया था। जिसने एक साथ अपने पुरे परिवार को ही खो दिया हो उसके जीवन में बच ही क्या जाता है।

एक शख्स ने करण के सामने रोटी रखी। करण ने उस रोटी को उठाया और एक तरफ चला गया। वह रोटी अपने मुँह में डालने ही वाला था, की एक कुत्ता जोर-जोर से उसपर भौंकने लगा। करण उस कुते के भौंकने से डरने लगा। उसकी आँखों के सामने अँधेरा छाने लगा।

कुत्ते की आवाज इतनी तेज थी की करण बेहोश हो कर मंदिर की सीढ़ियों से निचे गिर गया।

रौनक करण को पकड़ने की कोशिश करता हुआ नींद से 'नहीं......' चिल्लाता हुआ जाग गया। और उसका सपना टूट गया। रौनक बुरी तरह हाँफ रहा था। मानो वह कोई सपना नहीं बल्कि रौनक खुद वहाँ मौजूद हो।

———— X ————

रौनक उठ कर आईने के नजदीक चला गया। उसने अपना चेहरा पानी से धोया और एक टक आईने में अपने आप को देखने लगा। उसके चेहरे से पानी की बुँदे टपक रही थीं। देखते ही देखते आईने के अंदर उसके अक्स ने करण का रूप ले लिया। अब दोनों एक दूसरे की आँखों में देख रहे थें।

करण के अक्स ने कहा, "अब तक तो सब ठीक था। लेकिन आज मौत से सामना हो सकता है।"

रौनक ने जवाब दिया, "मौत से सामना तो उनका होगा। क्यों की मैं उनकी मौत बन कर जा रहा हूँ।"

करण के अक्स ने फिर कहा, "वहाँ पुरे एक हजार करोड़ रुपये हैं। एक रूपया भी मत छोड़ना। ये उन गरीब मजदूरों की कमाई है, जिसे जबरन छीन कर या नशे की लत लगा कर लूटा जाता है। उन पैसों का सही इस्तेमाल करना।"

रौनक ने जवाब दिया, "पुलिस को वहाँ सिर्फ माइकल और उसके साथियों की लाशें मिलेंगी।"

करण के अक्स ने कहा, "अब वक्त आ गया है की पुलिस भी असली एजेंट रौनक की मौत का सच जान ले। जिसका नाम तुम इस्तमाल कर रहे हो।" इतना कह कर करण का अक्स हवा के साथ बह गया। और आईने में फिर से रौनक को अपनी शक्ल दिखाई देने लगी।

आखिर करण और रौनक का क्या रिश्ता था? क्यों रौनक उस हादसे का बदला ले रहा था? क्यों उसे करण का अक्स दिखाई देता था? और अगर असली एजेंट रौनक मर चूका था तो यह रौनक कौन था? इन सवालों के जवाब तो शायद वक्त के ही पास थें।

———— X ————

30

The Robbery

१५ जनवरी २०२६, सुबह ०४:१०

एक कार उस बिल्डिंग के पास आकर रुक गई जहाँ राघव और उसके चार साथी इंतजार में खड़े थें। रौनक ने कार का दरवाजा खोला और निचे उतर गया। इस वक्त सभी ने रौनक की तरह काले रंग के कमांडो वाले कपडे पहन रखे थें।

कार की डिक्की से रौनक ने सब को हथियार और कुछ बम देते हुए कहा, "बहुत ज्यादा जरुरत पड़े तभी रायफल का इस्तेमाल करना। वरना सायलेंसर वाली बंदूकों से ही काम चलाना।"

डिक्की बंद करते हुए उसने फिर कहा, "सब प्लान के मुताबिक करना है, कुछ भी गड़बड़ हुई तो एक दूसरे को तुरंत खबर देनी है। ६ बजे उनका ट्रक लोड हो जायेगा।उनका सिक्योरिटी सिस्टम हमारे हैकर के हाथ में है तो हमें उस बारे में सोचने की जरुरत नहीं।"

राघव ने कारड्राइविंग सीट वाला दरवाजा खोलते हुए कहा, "चलो सबकी बैंड बजाते है।"

रौनक आगे वाली सीट पर बैठ गया। गणेश और अजय पीछे बैठ गए। सचिन और फिरोज ने एक बाइक से चलना शुरू किया।

लगभग ०५:२० बजे वे सब एक फैक्ट्री के १०० मीटर के दुरी पर पहुँचें। रौनक ने हैकर को फोन किया और कहा हम अंदर जा रहे हैं।

हैकर ने जवाब दिया, "सब क्लियर है, गो अहेड एंड बेस्ट ऑफ़ लक।"

फिर रौनक और उसके साथी अँधेरे का सहारा ले कर बिल्डिंग के पीछे से दीवार के पास पहुँच गए। राघव ने रस्सी को बिल्डिंग के ऊपर हुक फेक कर अटका दिया। फिर धीरे से कम्पाउंड वॉल पर चढ़कर मुआइना करने लगा।

वहाँ १ हथियार बंद गार्ड कम्पाउंड के अंदर घूम कर निगरानी कर रहा था। जब वह गार्ड दूर चला गया तब राघव ने सबको ऊपर चढ़ने का इशारा किया।एक-एक करके सब ऊपर चढ़ने लगें। कुछ ही पलों में सब बिल्डिंग के छत पर चढ़ गए।

निचे बिल्डिंग का नजारा कुछ ऐसा था - बड़े गेट में से एक कंटेनर ट्रक बिल्डिंग के अंदर तक उल्टा घुसा हुआ था जिसमें नोटों के बक्से लोडिंग का काम चल रहा था। वहाँ ६ हथियारबंद गार्ड थें जो सब पर नजर रखे हुए थें। लगभग ८ लोग बक्सों को ट्रक में भरने का काम कर रहे थें।

वहाँ का बॉस माइकल सिक्योरिटी रूम में बैठा अपना मोबाइलचला रहा था। माइकल बिच-बिच में दीवार पर लगे टी.वी में सब ठीक चल रहा है या नहीं देख रहा था। मेनगेट पर दोनों गार्ड कुर्सी पेबैठे सिगरेट पिरहे थें, लेकिन थे चौकन्ने। बिल्डिंग के बाकिसारे कमरोंकी लाइट और दरवाजे बंद थें।

माइकल का खास आदमी जॉन सिक्योरिटी रूम के बहार कुर्सी पर बैठा दूसरी कुर्सी पेदोनों पैर रखकर सो रहा था। मतलब वहाँ१२ हथियारबंद और ८ लोडिंग करने वाले ऐसेकुल मिलाकर २० लोग थें। उन सब को रौनक अपने मोबाईलपरदेख रहा था। रौनक को इंतजार था ट्रक के पूरी तरह लोड होने का।

कुछ देर सब शांति से छत परबैठे रहे।अब सिर्फ ३ बक्से बाकि रह चुके थें, तबरौनक ने सबको चलने का इशारा किया। वहाँ के सभी दरवाजों पर पासवर्ड लॉक लगा हुआ था। लेकिन रौनक को उसकीकोई चिंता नहीं थी। क्यों की सारा सिक्योरिटी सिस्टम अब रौनक के हैकर के हाथो में था।

सब छत से निचेउतरने लगें और दरवाजे के पास पहुँचें।हैकर ने गेट खोल दिया और सब दबे पाव अंदर घुस गए। अंदर घुसते ही सचिन और फिरोज ने जॉन को घेर लिया। रौनक और राघव ने माइकल को घेर लिया।

माइकल के कनपट्टी पर रौनक की गन लगी हुई थी। और राघव बिलकुल दरवाजे के नजदीक खड़ा था। माइकल अचानक हुए हमले से रौनक को बड़ी-बड़ी आँखों से घूरता रह गया।

“अपनी गन निचे रख और हाथ ऊपर कर के खड़ा हो जा।” रौनक ने माइकल से धीमी आवाज में और पुरे आत्मविश्वास के साथ कहा।

इधर जॉन के कनपट्टी पर गन लगते ही वो हड़बड़ा कर जाग गया लेकिन अपने सामने ४ हथियारबंद लोग देख कर वह भी भौचक्का रह गया। उसे भी दीवार के साथ खड़ा कर के उसके हाथ पीछे से बांध दिए गए।

माइकल ने अपनी गन को निचे रखा और कुर्सी से उठकर दीवार की और बढ़ा। लेकिन उसनेचालाकी करने कीकोशिश की, उसने अपना खंजर निकाल कर रौनक पर हमला करने के इरादे से मुड़ा लेकिन मुड़ते ही वह जहा का वहा खड़ा रह गया क्यों की अब उसके सामने घुटने पे बैठा जॉन था। जिसके हाथ पीछे से बंधे थे और मुँह पर टेप लगा हुआ था।

रौनक ने एक गोली जॉन के कंधे पर चला दी। जॉन बुरी तरह चीखने लगा, लेकिन मुँह पर टेप होने की वजह से उसकी आवाज दबी की दबी रह गई।

जॉन को लगी गोली ने माइकल को अंदर से हिला दिया। लेकिन वह भी एक पेशेवर गुनहगारथा, उसने रौनक से कहा, "तुझे पता नहीं तू किन लोगों से पंगा ले रहा है।"

रौनक ने गन से उसे मुड़ने का इशारा किया और माइकल खंजर फेक कर मुड़कर दीवार के नजदीक खड़ा हो गया।

राघव के इशारे पर तुरंत सचिन और फिरोज ने उसे कस कर पकड़ लिया और उसके हाथ पीछे बांध दिए। उसके मुँह पर भी टेप लगा दीया गया। जॉन और माइकल को कुर्सियों पर बांध कर रौनक उनके पास रुक गया और राघव बाकि सब को लेकर नीचेचला गया।

सब गेट के नजदीक पहुँचें तो हैकर ने तुरंत गेट खोल दिया। गेट खुलते ही राघव ने अजय को रोका और बाकीतीन दबे पाव अंदर चले गए।

राघव ने अजय के साथ मिलकर मेन गेट के दोनों गार्ड को शूट कर दिया। गोली सीधे उनके सिरमें लगी थी।दोनों गार्ड जगह पर ही ढेर हो गए।

राघव ने अजय को दक्षिण की तरफ से जाने का इशारा किया जहाँ एक गार्ड निगरानी कर रहा था। और खुद बिल्डिंग के उत्तर की तरफ दबे पाव गन को सामने पॉइंट कर के चलने लगा। वहाँदूसरा एक गार्ड निगरानी कर रहा था। दोनों ने एक-एक कर के दोनों गार्ड को ख़तम कर दिया।

"ऑल क्लियर।" राघव और अजय ने धीमी आवाज में सबको इशारा दिया।

अब बारी थी अंदर गए तीनों की जिनके पास बम थें, उन्होंने अपने पास के सारे बम एक-एक कर के बिल्डिंग के पिल्लरों पर लगा दिए। और जा कर उस गेट के पास खड़े हो गए जहाँ से ट्रक लोडिंग वाले हॉल में पहुँच सके। ट्रक लोड हो चूका था, सब रौनक के इशारे का इंतजार कर रहे थें।

"गो" रौनक ने पुरे आत्मविश्वास के साथ कहा।

हैकर ने गेट खोल दिया और तीनों साइलेंसर लगी गन से ताबड़ तोड़ फायरिंग करते हुए अंदर घुस गए। अचानक हुए हमले से हॉल के अंदर हड़बड़ी मच गई। फायरिंग में हॉल के अंदर के ६ गनमैन जहग पर ही ढेर हो गए।

लोडिंग करने वाले वर्कर जमीन पर लेट गए। इसी दौरान राघव ट्रक के केबिन में सो रहे ड्राइवर को गन पॉइंट पर हॉल में ले आया। ट्रक लोडिंग करने वाले लोगों के हाथ पीछे बांध दिए गए और उनके मुंह पर भी टेप लगा दी गई। टेप लगाते वक्त एक वर्कर ने सचिन के गले पर बना त्रिशूल का टैटू देख लिया। उस टैटू को देख कर उसको शायद कुछ याद आया।

रौनक ने सिक्योरिटी रूम में अपने पास के ३ बॉम्ब दीवारपर लगा दिए। रौनक वहाँ से जाने लगा तभी माइकल ने कुछ बोलना चाहा। रौनक ने उसके मुँह से टेप निकला।

"तू यहासे ५ किलोमीटर से दूर नहीं जा सकता २ गाड़ियाँ भर कर हतियारबंद लोग गाड़ी निकलते ही उसकी निगरानी के लिए उसके साथ चलने लगेंगे। ड्राइवर ने उन्हें जवाब नहीं दिया तो वो तुरंत हमला कर देंगे।" माइकल ने बड़े गुस्से और तगड़ी आवाज में खतरे के बारे में रौनक को आगाह किया।

अपने चेहरे से नकाब को निचे करते हुए रौनक ने बड़े ही गुस्से से जवाब दिया, "तुझे क्या ये सिर्फ एक डाका लग रहा है।ये मेरा इंतकाम है। तू बस अपनी जिंदगी के बचे हुए पलों में ये सोच की तूने कितने बेगुनाह लोगो को सताया है,कितनों को मारा हैऔरना जाने कितने घर उजाड़े है। रौनक को तूने ही मारा था ना?" यह कहते वक्त रौनक का चेहरा माइकल के चेहरे के बिलकुल सामने था।

माइकल ने चौकते हुए कहा, "तू है कौन? और उस एजेंट रौनक बारे में कैसे जनता है?"

रौनक ने कहा, "तुजे ये जानने की जरुरत नहीं की मैं कौन हूँ। तू तो बस सस्पेंस में ही मर जा।"

माइकल रौनक की बातें सुन कर हैरान नजर आ रहा था। उस कमरे में सन्नाटा छा गया जिसे वहाँ लगें बॉम्ब की टिक-टिक की आवाज तोड़ रही थी। रौनक ने अपना नकाब मुस्कुराते हुए नाक के ऊपर तक चढ़ाया और कमरे से बाहर निकल गया।हैकर ने तुरंत ही उस कमरे का दरवाजा लॉक कर दिया।

रौनक सीढ़ियों से निकल कर सीधा उस हॉल में पहुँचा जहाँ बाकि सारे साथी उसका इंतजार कर रहे थें।

"सब प्लान के मुताबिक होगा, निकलो"रौनक ने हॉल में पहुँचते ही कहा।

रौनक का इशारा मिलते ही सचिन अजय केसाथट्रक लोडिंगवाले आठ लोगों को बिल्डिंग से बाहर ले गया और उन्हें एक कंटेनर में चढ़ा दिया। सब के चेहरों पर काला नकाब डाल कर सब के हाथ ऊपर लगे एक पाइप से बांध दिए गए।

सचिन ने उन सब से कहा,"कोई गड़बड़ करने की कोशिश मत करना, आवाज करने की कोशिश की तो गोली मार दूंगा मैं यही हूँ, थोड़ी देर में तुम्हे छोड़ दिया जाएगा।"

राघव गन पॉइंट पर ड्राइवर को बाहर ले आया। और ड्राइवर को लेकर ट्रक में चढ़ गया, और ड्राइवर से कहा, "कोई चालाकी नहीं जैसा हमेशा चलता है सब कुछ वैसे ही चलना चाहिए।"

ड्राइवर ने ट्रक शुरू किया और आगे बढ़ने लगा। राघव उसके बगल वाली सीट पर बैठा हुआ था। इतनी ठंड में भी ड्राइवर के सर पर चमक रही पसीने की बुँदे साफ़ बता रही थीं, की वह कितना डरा हुआ और दहशत में था।

रौनक गणेश के साथ दौड़ कर अपने कार और बाइक के पास पहुँचा। रौनक ने बाइक ली और ट्रक की दिशा में चलने लगा, जब की गणेश कार लेकर विपरीत दिशा में चला गया।

लगभग दो-तीन किलोमीटर पहुँचते ही ड्राइवर ने वॉकी पर सन्देश दिया, "मै पहुँच रहा हूँ।"

सामने से जवाब आया, "ओके।"

अगले मोड़ पर ट्रक जैसे ही मुड़ा उसके आगे एक सफ़ेद रंग की वैन चलने लगी। ट्रक के पीछे भी ठीक वैसी ही एक वैन ट्रक पर निगरानी रखते हुए चलने लगी। दोनों वैन के सामने वाली सीट पर गनमैन था। ये शायद उनका हर बार का रूटीन था।

ट्रक लोडिंग करने का काम माइकल और उसके साथियों का था। जब की ट्रक लोड होने तक रास्ते पर नजर रखने का काम दोनों वैन वालों का था। जब ट्रक लोड हो कर निकलता तो दोनों वैन ट्रक को मंजिल पर पहुँचनेतक निगरानी करते थें।

राघव थोड़ा दुबककर बैठ गया ता की कोई उसे देख ना पाए। गन ट्रक ड्राइवर की और पॉइंट की हुई थी, जिसे ड्राइवर तिरछी नजर से देखते हुए ड्राइविंग कर रहा था। रौनक बाइक पर सवार तेजी से एक कच्ची सड़क से अपनी बाइक दौड़ा रहा था। इधर ट्रक और दोनों वैन तेजीसे आगे बढ़ रहे थे।

धीरे-धीरे अँधेरा काम होने लगा था। हलके उजाले ने अपने पंख फैला दिए थे। पंछीयो की चिलबिल सुबह को और भी हसीन बना रही थी। उड़ती हुई तितलियाँ, और पतंगे फूलो पर मंडरा रहे थें। हर तरफ शांति थीजिसे रौनक की तेज चल रही बाइक की आवाज भंग कर रही थी।

तेजी से दौड़ती रौनक की बाइक एक कच्चे रस्ते से होते हुए एक पहाड़ी के पीछे से सुरंग के दूसरी और पहुँची।

उसने अपनी बाइक को रोका और राघव से कहा, “मै पहुँच गया हूँ।”

राघव ने भी धीमी आवाज में कहा, “बस पांच मिनिटि में उतर रहा हूँ तुम निकलो।”

हाइवे पर सुबह की रौशनी से थोड़ी चमक आ गई थी। वैन में बैठा गनमैन वैन चला रहे ड्राइवर के साथ गप्पे मार रहा था। वह शायद इन सब का लीडर था, जिसे सब मुन्ना कह रहे थे। वह गप्पे लड़ाते हुए हाईवेपर इधर-उधर नजर घुमा कर जायजा भी लिए जा रहा था।

“टनल आ गया है, सब चौकन्ने रहना।” सामने सुरंग देखते ही मुन्ना ने वॉकी पर कहा। वैन थोड़ी धीमी हो गई। सुरंग के अंदर धूप्प अँधेरा था।

“आज टनल में इतना अँधेरा, कुछ गड़बड़ लग रही है सब चौकन्ने हो जाओ।” सुरंग के अंदर दाखिल होते हुए मुन्ना ने फिर कहा।

आज पहली बार सुरंग के सभी लाइट बंद थे। गाड़िया अभी सुरंग के बिच में पहुँचने ही वाली थी।

“गाड़ी स्लो कर, मै ऊपर जा रहा हूँ, कोई भी गड़बड़ की तो गोली खाने के लिए तैयार रहना।”राघव ने बड़े ही स्वैग में ड्राइवर से कहा।

ड्राइवर ने ट्रक की रफ़्तार कम कर दी।

“क्या हुआ बे, गाड़ी क्यों स्लो कर दी।” पीछे वाले वैन का ड्राइवर वॉकी पर चिल्लाया।

“कुछ नहीं गियर अटक गया था। और वैसे भी अँधेरे की वजह से कुछ ठीक से दिखाई नहीं पड़ रहा।” ड्राइवर ने बड़े अच्छे से सफाई दी।

“ठीक है थोड़ा आराम से ही चलता रह।”वॉकी पर फिर गनमैन बोला।

सुबह का वक्त होने की वजह से ट्रैफिक काफी कम था। बिच बिच में एखाद वाहन चल रहा था। रौनक ने सुरंग की दूसरी और से अंदर अपनी बाइक दौड़ना शुरू किया। बाइक अब धीरे-धीरे आगे बढ़ रही थी।

इधर राघव धीरे से खिड़की से निकल कर ट्रक के केबिन के ऊपर चढ़ गया। अँधेरे में सब की नजर रोड पर टिकी हुई थी उसी का फायदा राघव को मिल रहा था।साथ ही उसके काले कपड़ो की वजह से उसे अँधेरे में देख पाना मुश्किल था।

राघव धीरे से केबिन पर एक घुटनानिचे टीका कर बैठ गया। अब गाड़िया बिलकुल सुरंग के बिच में थीं। ऊपर एक पाइप रस्सी से लटक रहा था जो शायद प्लान का हिस्सा था। राघव के पास ट्रक से निकल ने का आखरी अवसर था। राघव ने धीरे से कूद कर पाइप को पकड़ लिया और बिना हिले ट्रक को सामने जाते हुए देखने लगा।

कंटेनर काफी बड़ा था इसीलिए पीछे के गनमैन को कुछ भी दिखाई नहीं दिया। साथ ही अँधेरा काफी था तो सब इधर-उधर से रोड पर ही ध्यान दे रहे थें। तीनो गाड़िया अब आगे निकल गई और राघव उन्हें जाते हुए देखता रहा। कुछ ५ मिटिन में ही रौनक ने कंटेनर और दोनों गाड़ियों को क्रॉस किया।

तब तक मौका देख कर राघव निचे कूद गया। डिवाइडर के ऊपर से कूद कर राघव रौनक का इंतजार करने लगा कुछ ही पलों बाद रौनक राघव के नजदीक पहुँच गया। राघव ने तुरंत रौनक के बाइक परपीछे लटका हेलमेटपहन लिया और बाइक पर बैठ गया। अब बाइक तेजी से चलने लगी।

-------- X --------

ट्रक का ड्राइवर असमंजस में था। राघव पैसों से भरा ट्रक लूटने आया लेकिन ट्रक छोड़ कर क्यों चला गया। अब आगे क्या होना है उसे कुछ समझ में नहीं आ रहा था। उसे इतना जरूर याद था की पीछे कंटेनर में राघव के दो साथी बैठे हुए है। उसने मंजिल पर पहुँचनेतक खामोश रहना ही बेहतर समझा।

इधर रौनक राघव को लेकर सुरंग से निकलकर तेजी से बढ़ रहा था। अब स्टोरी समझ के बाहार हो गई थी। अगर रौनक को पैसे लूटने थे तो वो राघव को लेकर उलटी दिशा में क्यों जा रहा था। और उसके दो साथी जो ट्रक में बैठे थे उनका क्या। कुछ समझ में नहीं आ रहा था। इधरट्रकतेजी से अपनी मंजिल की और बढ़ रहा था।

-------- X --------

लगभग २ घंटे बाद ट्रक एक बंदरगाह पर पहुँचा जहाँ एक जहाज में उस कंटेनर को लोड करना था। दोनों वैन और ट्रक रुक गए। ड्राइवर इधर-उधर देखने लगा की आखिर उन लोगों का प्लान क्या है।कही उसकी जान खतरे में ना पड़ जाये। डरा सहमा वो ट्रक से निचे उतरा। वैन से भी सारे हथियारबंद लोग उतर गए।

ड्राइवर उतरने के बाद फिर से इधर-उधर देखने लगा। जब उसे तसल्ली हो गई की कोई नहीं तो वो दौंड कर मुन्ना के पास गया।

ड्राइवर ने हकलाते हुए कहा, “मू मुन्ना भाई कंटेनर में दो लोग है। दोनों के पास बंदूके है। साले पैसे लूटने आये है।”

मुन्ना ने चौकते हुए कहा, “क्या बकवास कर रहा है।”

फिर ड्राइवर नेफैक्ट्री में घटी पूरी घटना मुन्ना को बताई। मुन्ना ने इशारे से सबको ट्रक को घेरने के लिए कहा। ६ लोग मुन्ना के पीछे अपनी बंदूके ट्रक दरवाजे पर निशाना बना कर खड़े हो गए। बचे हुए सारे ट्रक के दोनों तरफ से इधर उधर निगरानी करने लगे। मुन्ना ने गोली चला कर टाला तोड़ दिया। दो लोग ऊपर चढ़ कर धीरे-धीरे कंटेनर का दरवाजा खोलने लगे।

मुन्ना और बाकि सब गोली चलाने के लिए बिलकुल तैयार थें। पुरे इलाके में सन्नाटा छा गया। करररररर की आवाज के साथ कंटेनर का दरवाजा थोड़ा सा खुल गया। मुन्ना ने दबे कदमो से आगे बढ़ कर देखा और इशारे से थोड़ा और दरवाजा खोलने के लिए कहा। फिर से कररररर की आवाज के साथ दरवाजा थोड़ा और खुल गया। मुन्ना ने अंदर झांक कर देखा अंदर वो आठ लोग बंधे हुए थें, जीन्हे सचिन ने कंटेनर में बांध रखा था। बाकि पूरा कंटेनर खाली था।

सब देखते ही रह गए। ड्राइवर भी अचम्बेमें पड़ गया की ये सब हुआ कैसे।

तभी मुन्ना के एक साथीने जोर से आवाज लगाई, “भाई ये अपना कॅश वाला ट्रक है ही नहीं, ये देखो किसी ने नंबर का स्टिकर ऊपरसे लगाया है।”

मुन्ना ने जाकर देखा तो हैरान रह गया उसने ड्राइवर के गले पर गन लगाई और कहा, “सच सच बता पैसा कहा है, क्यों की ये ट्रक ही अपना नहीं है और ड्राइविंग करते वक्त तुझे इसका अंदाजा हो जाना चाहिए था।”

“भाई मैं इतने दिन से आपके लिए काम कर रहा हूँ, धोखा देकर आपके सामने खड़ा होता क्या।” डर और दहशतमें लड़खड़ाती आवाज में ड्राइवर ने मुन्ना से कहा।

“वो साला गन पॉइंट पर मुझे ले कर बैठा था तो डर और जल्दबाजी में मुझे ध्यान में ही नहीं आया, और तो और ट्रक बिलकुल एक जैसा है तो चलाते वक्त भी समझ में ही नहीं आया।” ड्राइवर ने फिर कहा।

मुन्ना ने गन हटाई और ट्रक को एक जोरदार मुक्कामारा।“सालाये सब हुआ कैसे, अगर ये कॅश वाला ट्रक नहीं तो कॅश का ट्रक गया कहा।” मुन्ना ने बड़े ही गुस्से में कहा।

——–––––– X ––––––——

ठीक उसी वक्त रौनक अपनी बाइक पर राघव के साथ चल रहा था। और नोटों से भरा ट्रक ठीक उसके सामने सचिन चला रहा था। ट्रक के सामने गणेश की कार दौड़ रही थी।सब खुश लग रहे थें, क्यों की इतना बड़ा डाका कामयाब हो चूका था।

रौनक के कान में हैकर की आवाज गुंजी, “ट्रक मंजिल पर पहुँच चूका है।”

रौनक ने कहा, “तो देर किस बात की है। फोड़ दो पटाखे।”

फैक्ट्री में लगें हुए सभी बम एक तेज आवाज करने लगे। शायद हैकर ने उन्हें एक्टिवेट कर दिया था। माइकल और जॉन एक दूसरे की तरफ देख रहे थे।

कुछ ही पलों में सब बम फट गए, और देखते ही देखते धमाकों के साथ फैक्ट्री से ऊँची आग की लपटें और धुआँ आसमान छूने लगा। फैक्ट्री में अब किसी के भी बचने की उम्मीद

नहीं थी।

--------- X ---------

इधर मुन्ना ने एक नंबर डायल किया और कहा, “पीटर एक गड़बड़ हो गई है।”

सामने से एक गंभीर स्वर सुनाई दिया, “क्या, बात क्या है?”

मुन्ना ने पीटर को सब कुछ बता दिया। पीटर ने कहा, “मैं आ रहा हूँ।”

--------- X ---------

फैक्ट्री धमाके का इन्वेस्टीगेशन

१५ जनवरी २०२६, सुबह १०:१५

हर न्यूज़ चैनल पर फैक्ट्री में हुए बम ब्लास्ट की खबर चल रही थी। हर चैनल के न्यूज़ रिपोर्टर मिर्च मसाला लगा कर अपने चैनल की TRP बढ़ाने के पीछे लगें हुए थें। अरविन्द इस वक्त अपनी कुर्सी पर बैठा हुआ वही खबर देख रहा था। मनीष सामने सामने वाली कुर्सी पर बैठा था।

थोड़ी ही देर में राजेश, शुक्ला और सिमा भी अंदर आ गए। अरविन्द ने राजेश से कहा, “राजेश क्या लगता है? इस फैक्ट्री वाले हादसे का हमारे केस से कोई कनेक्शन तो नहीं ना?”

राजेश ने सामने वाली कुर्सी पर बैठते हुए कहा, “कुछ कह नहीं सकते सर। आज कल तो मुझे मुंबई में होने वाले हर हादसे हमारे केस से जुड़े होने का शक हो जाता है।” राजेश की बात सुन कर वहाँ सब मुस्कुराने लगें।

अरविन्द ने कहा, “क्या अपडेट है। कुछ काम का मिला?”

“हां सर मैं मात्रे जी थोड़ी जानकारी जुटाई है। उनके हिसाब सी अगर रौनका ये सब कर रहा होता तो उन्हें या सहगल साहब को कही ना कही से पता चल ही जाता। इसलिए मुझे हैरानी है की अगर कातिल रौनक नहीं हुआ तो उसने इतनी कॉन्फिडेंशियल जानकारी निकाली कैसे होगी।” राजेश ने जवाब दिया।

“कैसी जानकारी?” अरविन्द ने पूछा।

राजेश ने बताना शुरू किया। “सर विकास और रौनक दोनों को यहाँ एक ड्रग स्मग्लिंग गिरोह का पर्दा फाश करने के लिए भेजा गया था। लेकिन उनके हाथ कुछ और जानकारी लग चुकी थी। शायद कोई बड़ी साजिश। लेकिन इससे पहले की विकास और रौनक मात्रे को सारी जानकारी देते। रौनक कही गायब हो गया। मात्रे जी को शक है की रौनक को किडनैप कर के किसी ने जान बुझ कर विकास को ब्लैकमेल किया। और वो जानकारी मात्रे जी तक पहुँचने ही नहीं दी। ३० दिसंबर की रात विकास की लोकेशन कमिश्नर साहब का ऑफिस था। ये बात हमें गोलू चायवाला भी बता चूका है। और १ जनवरी को विकास सारी जानकारी मात्रे जी को देने वाला था।”

अरविन्द ने राजेश को रोकते हुए कहा, “इसका मतलब कमिश्नर त्रिवेदी को पता था की विकास के पास उनके खिलाफ सबुत थें। और त्रिवेदी ने विकास को ऑफिस में बुला कर खरीदने की कोशिश की होगी। या फिर रौनक को किडनैप कर के उसे धमकाने की।”

राजेश ने बात आगे बढ़ाई, "और जब विकास बिकने को या डरने को तैयार नहीं हुआ होगा तो अगले दिन कमिश्नर त्रिवेदी ने उसे रघु के हाथों मरवा दिया।"

सब शांत हो कर सोचने लगे तभी अरविन्द का फोन बजने लगा। एक अनजान नंबर उसपर चमक रहा था। सब एक दूसरे को देखने लगें।

सिमा ने कहा, "मैं ट्रक करती हूँ।"

अरविन्द ने कहा, "कोई जरुरत नहीं।"

इतना कह कर अरविन्द ने कॉल स्पीकर मोड़ पर रिसीव किया। कोई कुछ बोल नहीं रहा था। कमरे में सन्नाटा छा गया।

"नमस्ते ACP साहब।" रौनक ने कहा।

"अब कौन है तुम्हारा अगला निशाना। जज साहब? या और कोई?" अरविन्द ने शांत आवाज में पूछा।

रौनक ने जवाब दिया, "सब को मैं ही मारूंगा तो आप क्या करेंगे?"

अरविन्द ने जवाब दिया, "मैं वो करूँगा जो मुझे करना चाहिए। या तो तुम्हे गिरफ्तार करूँगा या तुम्हारा इनकाउंटर। क्या पसंद करोंगे?"

रौनक ने कहा, "अभी मेरा मकसद पूरा हुआ नहीं है। जिस दिन हो जायेगा मैं खुद आप को वो मौका दुगा। तब आप खुद चुन लेना गिरफ़्तारी या इनकाउंटर।"

अरविन्द ने कहा, "देखो रौनक तुम जो कुछ कर रहे हो वो गलत है। तुम अपानी लड़ाई कानून के दायरे में रहकर भी लड़ सकते हो।"

रौनक ने जवाब दिया, "मेरा असली नाम रौनक नहीं है ACP अरविन्द। आप जिस रौनक की बात कर रहे है, उसके बारे में मैं आपको पहले ही बता चूका हूँ। उसे मार दिया गया था। उसकी लाश आपको उस जलती हुई फैक्ट्री की जमीं के निचे मिल जायेगी। और यही बताने के लिए मैंने फोन किया है। आप सच के बहुत करीब है। जाइये सच आपका इंतजार कर रहा है।" इतना कह कर रौनक ने फोन काट दिया।

अगले ही पल अरविन्द और राजेश तुरंत उस फैक्ट्री के लिए निकल गए।

१५ जनवरी २०२६, सुबह ११:२१

फैक्ट्री में इस वक्त सिर्फ राख बाकी रह गई थी। राजेश और अरविन्द वहाँ का मुआइना करने लगे। वहाँ का इन्वेस्टीगेशन ऑफिसर सलामी दे कर अरविन्द से कहने लगा, "ये लीजिए सर यहाँ की पूरी रिपोर्ट तैयार है।"

अरविन्द ने कहा, "किस चीज की फैक्ट्री थी ये?"

जवाब में उस ऑफिसर ने कहा, "सर अंदर कुछ ड्रग्स और हथियार मिले है। जो लाशें मिली है उनके पास भी हथियार थें। लगता है यहाँ कुछ इल्लीगल काम चल रहा था। फैक्ट्री के मालिक को ढूंढने की पूरी कोशिश की जा रही है। जैसे ही मिलता है उसे आप के पास ले कर आता हूँ।"

अरविन्द ने रिपोर्ट के कागज़ ले कर कहा, "ठीक है तुम अपना काम ख़त्म कर के राजेश को जानकारी दे देना।" अरविन्द की बात ख़त्म होते ही वह ऑफिसर वहाँ से चला गया।

लेकिन अरविन्द और राजेश कुछ और ही तलाश रहें थे। थोड़ी देर फैक्ट्री के चारों तरफ देखने के बाद राजेश को एक जगह कुछ संदेह हुआ। ऐसा लग रहा था की वहाँ किसी को दफनाया गया हो। अरविन्द और राजेश एक दूसरे को देखने लगें।

कुछ १ घंटे बाद वहाँ जोरो से खुदाई का काम शुरू हो गया। थोड़ी ही देर में पुलिस के सामने एक कंकाल था। वहाँ मिट्टी में उन्हें कुछ और चीजे भी मिली। जैसे घडी, एक पेन ड्राइव और उस कंकाल की पैर की हड्डी में लगा हुआ एक स्टील का रॉड।

अरविन्द और राजेश पूरी तरह हैरान थें। राजेश ने तुरंत मात्रे को कॉल किया और कहा, "मात्रे जी रौनक की मेडिकल हिस्ट्री पता चल सकती है क्या?"

मात्रे ने जवाब दिया "बिलकुल। थोड़ी देर में बताता हूँ।"

वहाँ का काम निपटा कर अरविन्द और राजेश अपनी पुलिस जीप में निकल गए। थोड़ी ही देर में राजेश को मात्रे का कॉल आया। "राजेश, ५ अप्रेल २०२१ को एक मिशन के दौरान रौनक की पैर की हड्डी डैमेज हो गई थी। तब उसकी सर्जरी हुई थी।"

राजेश ने कहा, "थैंक्स मात्रे जी।"

मात्रे जी ने कहा, "थैंक्स की जरुरत नहीं, बस मेरा सबसे काबिल एजेंट रौनक मिल जाये तो मेरी बात करा देना।"

राजेश ने गाड़ी एक तरफ रोक दी और अरविन्द की तरफ देखने लगा।

कुछ सोच कर उसने कहा, "मात्रे जी एक कंकाल मिला है। हमें शक है की वो रौनक का ही है। उसके पैर की हड्डी में एक रॉड लगा हुआ था।"

राजेश की बात सुन कर कुछ पल मात्रे भाउक हो गया। उसके मुँह से कुछ निकल ही नहीं रहा था।

राजेश ने कहा, "क्या हुआ मात्रे जी आप चुप क्यों हो गए।"

मात्रे ने गंभीर स्वर में कहा, "मुझे हमेशा लगता था, की एक दिन रौनक वापस आएगा। आज आप ने वो उम्मीद भी मुझसे छीन ली। वो एक सच्चा देशभक्त था। पुरे सम्मान के साथ उसका अंतिम संस्कार होना चाहिए।" इतना कह कर मात्रे ने फोन काट दिया।

——— X ———

१५ जनवरी २०२६, दोपहर ०३:२१

ऑफिस में राजेश ने बात करना शुरू किया, "सर, अब तक हम सोच रहे थे की ये सब रौनक कर रहा है। अब जब रौनक ही नहीं रहा तो ये सब?" इतना कह कर राजेश चुप हो गया।

अरविन्द अपना सिर पकड़ कर बैठा हुआ था। क्या कहे उसे कुछ समझ में नहीं आ रहा था।

कुछ पल की शांति के बाद अरविन्द ने कहा, "सुबह कातिल ने हमसे कहा था की हम सच के बहुत करीब है। क्या लगता है उसने ऐसा क्यों कहा होगा।"

राजेश कुछ कहता इससे पहले मनीष ने कहा, "सर, यहाँ देखिये।" राजेश और अरविन्द उठ कर मनीष के नजदीक चले गए। कंप्यूटर स्क्रीन दिखाते हुए मनीष ने कहा, "सर ये जो पेन ड्राइव हमें रौनक के कंकाल के पास मिला था। उसमे एक फाइल है जिसे हमने रिकवर किया है। ये कोड लैंग्वेज में है।"

अरविन्द ने कहा, "तो इसे डिकोड करो।"

सिमा ने कहा, "सर इसमें लिखा है, 'अगर मेहमान को मनमानी करनी है तो दरबान को हुकूमत पर बैठना होगा। लेकिन उसके लिए राजा को परीक्षा से हटाना होगा'।"

अरविन्द ने कहा, "इसका क्या मतलब हुआ।"

राजेश ने कहा, "मात्रे जी से पूछे?"

राजेश ने मात्रे जी को पहेली बताई। लेकिन उनके पास भी इसका जवाब नहीं था। उनका कहना था की ये पहेली शायद विकास और रौनक के बिच की ही थी।

अब सब के दिमाग में २ सवाल थें। पहला, रौनक और विकास दोनों मर चुके है तो इस पहेली को सुलझाएगा कौन? और दूसरा, रौनक का नाम इस्तमाल कर के इन कत्लों को अंजाम देने वाला कातिल कौन है?

-------- X --------

31

पीटर

१५ जनवरी २०२६, शाम ०५:१२

अंतर्राष्ट्रीय हवाई अड्डे पर तेजी से एक हवाई जहाज उतरा। वह एक प्राइवेट हवाई जहाज था। दरवाजा खुलते ही एक ४०-४२ साल हट्टा कट्टा आदमी सीढ़ियों के सामने आ कर खड़ा हो गया। सर के सारे बाल सफ़ेद और पीछे की तरफ मोड हुए थें। बदन पर काले रंग का महंगा सूट और आँखों पर लगा हुआ इम्पोर्टेड चश्मा बता रहा था, की उसे हर चीज ब्रांडेड पहनने का शौक था।

इससे पहले की वह सीढ़ियों से उतरता निचे एक कार आ कर खड़ी हो गई। कार से मुन्ना अपने एक साथी समेत उतरा।

मुन्ना ने उस शख्स की तरफ देखते हुए कहा, "वेलकम पीटर सर।"

-------- X --------

१५ जनवरी २०२६, शाम ०६:०५

वह पाँच सितारा होटल के एक आलिशान कमरे का नजारा था। इस वक्त पीटर अपने दोनों हाथ टेबल पर रख कर टेबल पर बिखरी हुई फैक्ट्री की तस्वीरें देख रहा था। तस्वीरों में साफ़ नजर आ रहा था, की वहाँ अब खाक के अलावा कुछ भी नहीं बचा था। दीवार के पिन बोर्ड पर उन सभी की लाशों की तस्वीर लगी हुई थी, जिन्हे कातिल ने मारा था। पीटर उस पिन बोर्ड के नजदीक गया और एक-एक तस्वीर को गौर से देखने लगा। उसकी आँखों के सामने एक-एक कर के वह दृश्य आ रहे थें की किस तरह कातिल ने सबको तड़पा-तड़पा कर मारा होगा।

पीटर का फोन घनघना उठा। कॉल उठा कर उसने कहा, "कहो।"

सामने से जवाब आया, "सर फैक्ट्री के सिक्योरिटी सिस्टम को हैक किया गया था। सारा डेटा डिलीट कर दिया गया है। ना क्लाउड पर ना ही डिस्क में, कही कुछ नहीं छोड़ा गया।"

पीटर ने बड़े ही शांत आवाज में कहा, "ढूंढते रहो। कही कुछ मिल जाए तो फोन कर देना।" इतना कह कर उसने फोन काट दिया।

सामने मुन्ना अपने साथी के साथ खड़ा था। बिना मुन्ना की तरफ देखे ही पीटर ने कहा, “ले आओ उसे।”

दोनों तुरंत कमरे से बाहर गए और कुछ ही पलों में एक शख्स को साथ ले आये। वह उन बंधकों में से ही एक शख्स था। जो फैक्ट्री में कंटेनर में नोटों के बक्से भरने का काम कर रहे थें।

पीटर उस शख्स के नजदीक गया। उसके चहरे के एक दम नजदीक अपना चेहरा ले गया। उस शख्स ने अपनी गर्दन झुका ली।

“क्या नाम है तुम्हारा?” पीटर ने उस शख्स से पूछा। पीटर की आवाज काफी भारी और उसका स्वर एक दम शांत था। जिससे उसकी काबिलियत झलक रही थी।

उस शख्स ने कहा, “साहब मेरा नाम गिरिधर है।”

वापस टेबल के पास जाते हुए पीटर ने कहा, “मुन्ना ने बताया की तुम उन लोगों में से एक को जानते हो?”

गिरिधर ने जवाब दिया, “साहब मुझे पक्का यकीन है। वो वही शख्स था जिसे मैंने जेल में देखा था।” इतना कह कर गिरिधर रुक गया।

पीटर ने कहा, “बोलते जाओ।”

गिरिधर ने फिर बोलना शुरू किया, “सर कुछ चार साल पहले की बात है। मैं झगड़े के केस में जेल गया था। वहाँ मैंने उस शख्स को कई बार देखा था। उसे किसी के क़त्ल के केस में जेल हुई थी। उसके गर्दन पर त्रिशूल का टैटू था। जो मैंने आज उस लूटेर के गर्दन पर देखा। और उसकी आवाज भी बिलकुल वैसी ही थी।”

पीटर ने कहा, “त्रिशूल का टैटू बनाना आम बात है।”

गिरिधर ने जोर देते हुए कहा, “आप सही है सर, लेकिन उस शख्स के टैटू पर एक जख्म का निशान था। वो निशान मुझे आज भी याद है। पक्का वही था सर।”

पीटर ने पूछा, “तुम जेल में कब और कितने दिन थे?”

गिरिधर ने जवाब दिया, “जून २०२२ की बात है। सेंट्रल जेल मुंबई, लगभग पूरा महीना मैं जेल में ही था।”

पीटर ने तुरंत अपने फोन से एक कॉल किया और कहा, “मुझे एक शख्स की जानकारी चाहिए। जून २०२२ में वो सेंट्रल जेल मुंबई में था। उसके गर्दन पर त्रिशूल का टैटू गुदा हुआ है।” इतना कह कर पीटर ने फोन काट दिया।

“फैक्ट्री में क्या हुआ था? हर एक बात मुझे डिटेल में बताओ।” पीटर ने सोफे पर बैठ कर पूछा।

गिरिधर उसे पूरी घटना बताने लगा। साथ ही मुन्ना भी उसे कंटेनर के फैक्ट्री से निकलने से ले कर बन्दरगा पर पहुँचने तक का सारा सिलसिला बताने लगा। दोनों ने अपनी बात ख़त्म की।

उस कमरे में सन्नाटा छा गया। पीटर गहरी सोच में डूबा हुआ था। तभी उसके फोन ने बीप की आवाज हुई। उसने फोन उठा कर देखा और वापस फोन को टेबल पर रखते हुए गिरिधर को नजदीक बुलाया।

अपना फोन दिखते हुए कहा, “क्या यही था वो?”

गिरिधर ने आगे बढ़ कर पीटर के फोन में सचिन की तस्वीर देखि जिसके गर्दन पर त्रिशूल गुदा हुआ था। साथ ही उस पर एक जख्म का निशान था।

“पक्का यही था साहब।” गिरिधर ने आत्मविश्वास के साथ कहा।

पीटर ने सचिन की तस्वीर को अपने कुछ साथिओं को भेज दी और निचे लिखा ‘मुझे ये आदमी चाहिए।’ तभी रूम का दरवाजा खुला और एक शख्स अंदर आ गया। पीटर ने फोन वापस टेबल पर रखा और उस शख्स की तरफ देखा। वह कोई और नहीं मंत्री सुखदेव चौहान का बेटा धीरेन चौहान था।

पीटर ने मुन्ना के अलावा बाकि सब को वहाँ से जाने के लिए कहा। धीरेन ने इशारे से पीटर को मुन्ना को भी बाहर भेजने के लिए कहा।

लेकिन पीटर ने कहा, “फ़िक्र मत करो वो मेरा खास आदमी है। तुम उस पर भरोसा कर सकते हो।”

धीरेन ने बात करना शुरू किया। “मुझे पक्का यकीन है, विकास की बीवी शालिनी कुछ ना कुछ जानती है। पुरे एक हजार करोड़ को चुना लगाया है उन लोगों ने। इस बार पापा CM नहीं बने तो जो कुछ भी हमने अबतक लगाया है, वो सब डूब गया समझो।” पीटर बड़े ही शांति से धीरेन की बात सुन रहा था।

धीरेन की बात ख़त्म होते ही उसने कहा, “फ़िक्र मत करो, अगले मुख्य मंत्री तुम्हारे पिता ही बनेंगे। विल्सन के लिए हजार करोड़ कोई बड़ी रकम नहीं है। बात पैसो की नहीं है, बात है बिज़नेस की। लोगों ने विल्सन के फोन उठाने बंद कर दिए है, इसलिए मुझे आना पड़ा। तुम बस मुझे ये बताओ की ये सब चल क्या रहा है? विकास और रौनक दोनों ही मर चुके है, तो ये सब लोग कौन है, जो इन वारदातों को अंजाम दे रहे हैं?”

पीटर ने यह कहते हुए टेबल पर रखी शराब की बोतल से दो पेग तैयार किए और एक ग्लास धीरेन की ओर बढ़ा दिया। धीरेन ने ग्लास उठा कर एक घुट लिया और ग्लास को हाथ में पकड़े पिन बोर्ड के नजदीक चला गया।

धीरेन ने आगे बताया, “ये सब इतनी जल्दी हो रहा है की उस शख्स के बारे में पता नहीं कर पाए। साला कौन है पता नहीं, लेकिन नाक में दम कर रखा है।”

“२५ दिसम्बर को उसने त्रिवेदी को मार दिया। तिवेदी के वैसे भी कई दुश्मन थें, तो हमें लगा किसी ने बदले के लिए मार दिया होगा। फिर उसने १ जनवरी को रघु को और ५ जनवरी को अरुण को मार दिया। रघु और अरुण से हमारा कोई डाइरेक्ट क़नेक्शन नहीं था। इस वजह से हमें तब भी कोई शक नहीं हुआ।”

"लेकिन पुलिस इन्वेस्टीगेशन में जब ये बात सामने आयी की ये सब लोग उस बस हादसे से जुड़े है तब मुझे अहसास हुआ की ये कोई आम इंसान नहीं हो सकता। वो जरूर इंटेलिजेंस का ही आदमी है।"

धीरेन की बात शुरू ही थी की पीटर का फोन बजने लगा। स्क्रीन पर कोई अनजान नंबर चमक रहा था। पीटर ने फोन स्पीकर मोड़ पर डाल दिया। कमरे में सन्नाटा छा चूका था। ना इधर से कोई कुछ बोल रहा था। ना ही उधर से।

पीटर ने ग्लास टेबल पर रख कर सन्नाटे को भंग किया, "मुझे उम्मीद नहीं थी की तुमसे इतने जल्दी बात हो जाएगी।" शायद पीटर समझ चूका था की फोन कातिल का ही है।

कुछ पल के सन्नाटे के बाद सामने से जवाब आया, "लेकिन मुझे पूरी उम्मीद थी। की विल्सन तुझे ही भेजेगा।" रौनक ने बड़े ही शांत स्वर में कहा।

"क्या चाहते हो?" पीटर ने पूछा।

रौनक ने जवाब दिया, "उन सब की मौत, जिनकी वजह से २१ जिंदगियों को कुचला गया। या फिर धीरेन चौहान का कन्फेशन। कहो क्या दोगे?"

रौनक की बात सुन कर धीरेन चौहान के होश ही उड़ गए।

पीटर ने बड़े ही शांत स्वर में कहा, "वो एक अनजाने में हुआ हादसा था। इसके अलावा कुछ नहीं। और धीरेन चौहान का उस हादसे से कुछ लेना-देना नहीं।"

रौनक ने एक व्यंग भरी मुस्कान के साथ कहा, "अगर लेना-देना नहीं तो फिर इस वक्त वो तुम्हारे साथ क्या कर रहा है?"

इस बार रौनक ने धीरेन के साथ पीटर और मुन्ना को भी चौका दिया। धीरेन चौहान इस वक्त उस कमरे में था यह बात कोई नहीं जनता था। फिर उस कातिल को कैसे पता चला यह सोच कर तीनो एक दूसरे की ओर देखने लगें।

पीटर ने कहा, "तो तुम हम पर नजर रखे हुए हो?"

फिर से एक व्यंग भरी हसी के साथ रौनक ने कहा, "नहीं, बिलकुल नहीं। लेकिन तुम्हारी इस बात ने साबित कर दिया की धीरेन तुम्हारे साथ ही है।"

"तू एक बार सामने आ जा, तुझे ऐसी मौत मरुँगा की अगले सात जन्मो तक तेरे सपने में इस मौत की झलक नजर आएगी।" धीरेन चौहान ने बड़े ही ग़ुस्से में कहा।

बड़े ही गंभीर स्वर में रौनक ने जवाब दिया, "मौत तो मैं तुझे ऐसी दूंगा, की तू अगले जनम में जाने से ही इनकार कर देगा। पुलिस के पास जाकर अपना जुर्म कबुल कर ले। शायद मेरे हाथों मरने से बच जाएगा। अगर तू सोच रहा है, की ये भाड़े का टट्टू तुझे बचा लेगा? या मुझे ढूंढ कर ख़त्म कर देगा? तो तू गलतफैमी में जी रहा है।"

"तेरे फैक्ट्री पर अटैक इस लिए किया गया है। ता की ये मैदान में आ सके। मैं पहले इसे मरुँगा। फिर इसके बाप विल्सन को और फिर तुझे। बचने का सिर्फ एक ही तरीका है, और वो है कन्फेशन। सोच ले मैं अगली बार फोन नहीं करूँगा।" इतना कह कर रौनक ने फोन काट दिया।

क़ातिल की धमकी सुन कर पीटर और धीरेन एक दूसरे की ओर देखते रह गए। एक पल के लिए धीरेन को लगा की क्या वाकई वो इन सब को मार देगा।

लेकिन तभी दरवाजा खुला और मुन्ना के साथी ने कहा, "सर गिरिधर कुछ बताना चाहता है।" पीटर ने गर्दन हिला कर उसे लाने के लिए कहा।

गिरिधर ने अंदर आते ही कहा, "साहब कल (१४ जनवरी) राहुल आया था। लगभग दो तीन घंटे फैक्ट्री में ही था।"

पीटर ने भोए सिकोड़ कर पूछा, "कहा बैठा हुआ था।"

गिरिधर ने जवाब दिया, "सेक्योरिटी रूम में।" पीटर और धीरेन एक दूसरे की तरफ देखने लगे।

पीटर ने इशारे से गिरधर को जाने के लिए कहा। गिरधर के जाते ही पीटर ने राहुल को फोन लगाया।

कॉल कनेक्ट होते ही सामने से राहुल की आवाज आयी, "जी पीटर सर कहिए।"

पीटर ने शांत स्वर में कहा, "कहाँ हो तुम राहुल। फैक्ट्री में ब्लास्ट हुआ है, तुम्हे पता चला?"

राहुल ने जवाब दिया, "हां मैंने न्यूज़ में देखा। सुना है माइकल भाई और बाकि लोग भी मारे गए है? कुछ पता चला किसने किया है?"

पीटर ने जवाब दिया, "नहीं सिक्योरिटी सिस्टम हैक किया गया था। ना कोई फुटेज है। ना ही कोई गवाह। तुम कुछ जानते हो?"

राहुल ने हड़बड़ा कर कहा, "न न नहीं तो। मैं कैसे बता सकता हूँ।"

पीटर बड़े ही शारित तरीके से उससे उगलवा रहा था।

"कल तुम डिलीवरी देने माइकल से मिले थे, तब उससे कुछ बात हुई थी तुम्हारी?"

राहुल ने झट से कह दिया, "नहीं तो। मैंने माइकल भाई को पार्सल दिया। और वहीं से लौट गया। हमेशा की तरह हमारी कोई बात नहीं हुई।"

पीटर समझ गया की राहुल का रॉबरी से कुछ कनेक्शन है। उसने कहा, "ठीक है तुम होटल आ जाओ। अब तुम्हे माल की डिलीवरी किसे देनी है, उसके बारे में बात करनी है।" राहुल ने ठीक है कह कर फोन काट दिया।

---------- X ----------

32

राहुल

१५ जनवरी २०२६, रात ०८:१६

सोफे पर बैठे पीटर के हाथ में बस हादसे में मर चुके लोगों के परिवार वालों की लिस्ट थी। जिन्हे वह गौर से पढ़ रहा था। धीरेन उसके सामने वाले सोफे पर बैठा था। बिच में टेबल था जिस पर शराब की बोतल ग्लास और स्नैक्स रखे हुए थे। कमरे में सिर्फ दोनों ही थें।

धीरेन ने कहा, “क्या लगता है?”

पीटर ने लिस्ट को टेबल पर रखते हुए कहा, “ये सब मामूली लोग है। कीड़े मकोड़ो की जिंदगी गुजारने वाले। इनमेंसे कोई इतना बड़ा कदम नहीं उठा सकता। इस खेल का मास्टर माइंड कोई और है। ये पूरी टीम का काम है।” इतना कह कर पीटर ने एक ग्लास उठा कर एक घुट शराब पि ली।

तभी रूम का दरवाजा खुला और मुन्ना राहुल को ले कर अंदर दाखिल हुआ। राहुल ने पीटर को हेलो कहा और सामने धीरेन चौहान को बैठा देख चकित हो गया। उसे अहसास नहीं था की धीरेन चौहान का पीटर के साथ उठाना बैठना है।

“बैठो राहुल।” पीटर ने सोफे की तरफ इशारा किया।

राहुल बैठ गया। मुन्ना ठीक राहुल के पीछे खड़ा हो गया।

“सर आप फोन पर भी बता देते तो कोई बात नहीं थी। वैसे अब आगे किसे डिलीवरी देनी है।” राहुल की आवाज में डर झलक रहा था।

(दूसरी तरफ रौनक अपने कान में लगे ब्लूटूथ पर उनकी बातें सुन रहा था। इसका मतलब राहुल के पास मइक्रोफ़ोन था।)

पीटर ने शांत लहजे में कहा, “वो सब तुम्हे बता दिया जाएगा। तुम मुझे बताओ तुम इतने में कभी फैक्टरी गए थे क्या?”

राहुल ने जवाब दिया, “नहीं। मैं तो कई दिनों से फैक्ट्री नहीं गया।”

पीटर ने मुन्ना को इशारा किया। मुन्ना तुरंत गिरिधर को अंदर ले आया। गिरिधर को देखते ही राहुल की आँखों के सामने अँधेरा सा छा गया। उसका गला जैसे सुख गया।

गिरिधर के कुछ बोलने से ही पहले राहुल फिर बोल पड़ा, “अरे हां याद आया, कल मैं फैक्ट्री गया था। माइकल भाई ने जबरदस्ती की थी इसलिए। और उन्होंने कहा था की किसी को मत बताना इस लिए दिमाग से निकल गया।”

इतना कह कर वो मुस्कुराने लगा। लेकिन उसकी मुस्कान में डर साफ़ झलक रहा था। पीटर ने मुन्ना को इशारा किया। मुन्ना ने तुरंत राहुल की गर्दन पीछे से अपने बाजु में दबोच ली। अचानक हुए हमले से राहुल छटपटाने लगा। मुन्ना ने उसकी गर्दन इतनी जोर से पकड़ रखी थी की उसकी साँसे फूलने लगी।

पीटर उठ कर कमरे के बिच में खाली जगह पर खड़ा हो गया। अपना कोट उतार कर उसुने अपने शर्ट के बाजु ऊपर चढ़ाए। अपनी टाय ढीली की और मुन्ना को इशारे से राहुल को वहाँ लाने के लिए कहा।

मुन्ना राहुल को लगभग घसीटता हुआ पीटर के नजदीक ले गया। पीटर ने राहुल के पेट, मुँह और छाती पर घुसे बरसाना शुरू कर दिया। राहुल के मुँह से खून बहने लगा। पीटर किसी बॉक्सर की तरह उसे पिट रहा था।

अब राहुल एक दम बेहोश होने वाले अंदाज में निचे गिर गया। उसके मुँह से आवाज तक नहीं निकल रही थी। पीटर ने एक कुर्सी खींच कर राहुल को उसपर बिठाया। राहुल काफी जख्मी हो चूका था। अपनी आँखें आधी खोल कर वो पीटर की तरफ देखने लगा।

(दूसरी तरफ रौनक शांति से अपनी दोनों आँखें बंद कर के वह सब सुन रहा था। जैसे राहुल को मार खाते हुए सुन कर उसे सुकून मिल रहा हो। फिर उसने अपना फोन उठा कर राहुल के नंबर पर कुछ भेज दिया।)

राहुल का फोन में बीप की आवाज हुई। पीटर ने मुन्ना को इशारा किया। मुन्ना ने राहुल की जेब से फोन निकाला और राहुल का अंगूठा लगा कर उसे अनलॉक किया। पीटर ने देखा की राहुल के फोन पर एक वीडियो मैसेज आया हुआ था। पीटर ने वीडियो प्ले किया। उसमे साफ़ साफ़ देखा जा सकता था की राहुल ने ही हैकिंग डिवाइस उस कंप्यूटर में लगाई थी।

विडिओ देख कर पीटर को और भी गुस्सा आ गया। उसने राहुल के पेट में और दो चार घुसे जड़ दिए। राहुल बुरी तरह तड़प और रो रहा था। पीटर ने अपना ग्लास उठा कर बची हुई सारी शराब पि ली। एक और पेग बना कर वो राहुल के नजदीक गया और उसे एक पेग पीला दिया।

फिर एक कुर्सी उसके सामने ले कर बैठ गया। “किसके कहने पर किया ये सब?” वीडियो दिखाते हुए राहुल से पीटर ने पूछा।

राहुल के पेट में शराब जा चुकी थी, लेकिन असर होना बाकि था। बुरी तहर रोते हुए उसने कहा, “रौनक। रौनक नाम बताया था उसने अपना। उसने मुझे पैसो का लालच दिया था। माफ़ कर दो भाई, गलती हो गई।”

धीरेन नशे में वह सब देख रहा था। लेकिन पीटर के गुस्से को देख कर वह चुप-चाप शराब पिने का काम कर रहा था।

"पैसा कहाँ है?" पीटर ने राहुल के गालों पर थप-थापा कर पूछा।

"पता नहीं। उसने कहा था मेरा हिस्सा मुझे मिल जाएगा।" पीटर हँसने लगा।

"तुझे हिस्सा देना होता तो वो ये वीडियो तेरे फोन पर नहीं भेजता। उसने तेरा इस्तेमाल कर के हजार करोड़ लूट लिए। और तुझे मेरे हाथों मरने के लिए छोड़ दिया। मुझे ये भी पता है, की तू कुछ भी नहीं जनता। उसने तुझे बेवकूफ बना कर सारा खेल खेला होगा। लेकिन अब तू मेरे भी किसी काम का नहीं। बता कैसी मौत मरना चाहेगा?" पीटर ने बड़े ही गंभीर स्वर में कहा।

राहुल हाथ जोड़ कर गिड़गिड़ाने लगा। माफ़ी मांगने लगा। एक मौके की उम्मीद करने लगा। लेकिन वहाँ किसी को कोई फर्क नहीं पड़ा।

पीटर ने कुर्सी से उठते हुए कहा, "तुझे पता है तू जिस माल की डिलीवरी करता था वो क्या काम करता है?"

राहुल गिड़गिड़ाए जा रहा था। पीटर ने मुस्कुराते हुए कहा, "चल आज तुझे भी जन्नत की सैर कराता हूँ।"

इतना कह कर पीटर ने टेबल की दराज से एक सिरिंज और ड्रग की बोतल निकाली। सिरिंज में ड्रग भर कर वह राहुल के नजदीक चला गया। उसने मुन्ना को उसे पकड़ने का इशारा किया। मुन्ना ने उसे कस कर पकड़ लिया।

राहुल के गर्दन में सुई चूभो कर पीटर ने पूरा इंजेक्शन खाली कर दिया। राहुल के शरीर में ड्रग जाते ही वो बुरी तरह तड़पने लगा, छटपटाने लगा। पीटर ने एक नया पेग बना कर पीना शुरू किया। करीब दस मिनिट तक राहुल मछली की तरह तड़पता रहा। उसके मुँह से झाग निकल रहा था। और फिर कुछ ही पलों में उसके शरीर ने हिलना बंद कर दिया।

पीटर ने मुन्ना की ओर देखते हुए कहा, "फेक दो इसकी लाश को किसी गटर में। और हां फैक्ट्री के कागजाद जिस आदमी के नाम पर है उसे भी ख़त्म कर दो। पुलिस उस आदमी तक ना पहुँचने पाए।"

पीटर की बात चल ही रही थी की राहुल के फोन में फिर से बीप की आवाज हुई। पीटर ने देखा तो उसमे एक टेक्स्ट मैसेज था। जिसमे लिखा था 'मैंने तेरे ही हाथों से एक और प्यादे को मार दिया। जल्द ही तेरी बारी होगी।'

मैसेज पढ़ते ही पीटर का दिमाग घूम गया। वह सोचने लगा की इसे इतने जल्दी यहाँ की बातें कैसे पता चल रही है। तभी उसके दिमाग में कुछ आया। उस ने मुन्ना को इशारे से राहुल की तलाशी लेने के लिए कहा। मुन्ना ने राहुल की अच्छे से तलाशी ली लेकिन कुछ भी नहीं मिला।

तभी पीटर की नजर राहुल के हाथ में बंधी घड़ी पर पड़ी। उसने तुरंत राहुल के हाथ से घडी निकली और टेबल की दराज से बग डिटेक्टर निकाल कर ऑन किया। घड़ी के नजदीक जाते ही बग डिटेक्टर में लाल लाइट ब्लिंक करने लगा। उस घड़ी में मइक्रोफ़ोन था। जिससे रौनक वहाँ की सारी बातें सुन रहा था।

पीटर ने अपने दांत भींच कर उस घड़ी को मुट्ठी में दबा दिया और अपनी दोनों आँखें बंद कर के अपनी गलती पर शर्मिंदगी महसूस की। फिर उसने जोर से उस घड़ी को खिड़की से बाहर फेक दिया।

बग डिटेक्टर मुन्ना की तरफ उछाल कर उसने राहुल की पूरी बॉडी स्कैन करने के लिए कहा। राहुल की बॉडी पर अब और कोई मइक्रोफ़ोन नहीं था। तसल्ली होने के बाद उसने बात करना शुरू किया।

“ये आदमी बहुत ही शातिर है। पूरी पुलिस फोर्स को इसने चकमा दे रखा है। इसे इतनी सारी जानकारी मिली कैसे?” पीटर ने सोफे पर बैठ कर धीरेन से पूछा।

धीरेन ने गुस्से में कहा, “साले ने कमिश्नर ऑफिस में भी मइक्रोफ़ोन और स्पाय कैमरा लगा रखें थें। कमिश्नर के मुँह से कभी ना कभी तो ऐसी बात निकली ही होगी जिससे इसे हमारे राज पता चल गए।”

पीटर ने गंभीर स्वर में कहा, “कमिश्नर ऑफिस कोई पान की दुकान नहीं जो कोई भी वहाँ जा कर मन मर्जी कर सके। जरूर कोई पुलिसवाला उसकी मदद कर रहा है।”

पीटर की बात सुनते ही धीरेन के दिमाग की बत्ती जैसे जल उठी। उसने चौकने वाले अंदाज में कहा, “ये बात तो किसी के दिमाग में आयी ही नहीं।”

——-------- X ——--------

33

सचिन और फिरोज

१६ जनवरी २०२६, सुबह ०८:०५

हलकी निकल रही धुप में पीटर की इम्पोर्टेड कार तेजी से चल रही थी। पीछे की सीट पर पीटर अकेला ही बैठा हुआ था। पीछे एक और गाड़ी चल रही थी जिसमे मुन्ना, ड्राइवर और पीछे की सीट पर तीन लोग बैठे हुए थें। सभी के पास हथियार थें। दोनों गाड़ियां एक वीरान जगह पर बने बड़े गोदाम में आ कर रुक गई। वहाँ ढेर सारे शराब के ड्रम रखें हुए थें।

गोदाम के एक कोने में सचिन और फिरोज दोनों रस्सी से बंधे हुए थें। उनकी हालत देख कर अंदाजा लगाया जा सकता था की उन्हें बड़ी बेरहमी से पीटा गया था। वहाँ पहले से ही ६ हथियारबंद गुंडे खड़े थें। अब वहाँ मुन्ना, उसेक चार साथी, पीटर और उसका ड्राइवर कुल मिला कर १३ लोग थें।

पीटर ने अपना कोट उतार कर अपने ड्राइवर के पास दिया। टाय ढीली की, शर्ट के बाजु ऊपर चढ़ाए। सचिन के नजदीक जा कर उसने सचिन के पेट में जोर दार घुसा मारा। सचिन के मुँह से आह निकल गई। उसने सचिन और फिरोज दोनों के मुँह, पेट और छाती पर घुसे बरसाए।

दोनों के मुँह और नाक से खून बह रहा था। शरीर के जख्म उन दोनों की हालत बयां कर रहे थें। बदन के कपडे फट चुके थें, और जितने थें खून से सने हुए थें।

कुछ देर दोनों को पीटने के बाद पीटर ने अपने ड्राइवर को इशारा किया। ड्राइवर ने तुरंत गाड़ी की डिक्की खोली। डिक्की में जैसे एक छोटा बार सजा रखा था। ड्राइवर ने एक पेग बना कर पीटर के हाथ में थमा दिया। उस ग्लास की सारी शराब पि कर पीटर ने ग्लास सचिन के पैर के पास फेक कर फोड़ दिया। काँच के टुकड़े बिखर गए।

फिर सचिन के पास जा कर उसके बाल पकड़ कर पीटर ने कहा, “किसका प्लान था? किसके कहने पर फैक्ट्री में डाका डाला? तुम्हारे बाकि साथी कहाँ हैं? और तुम्हारा अगला प्लान क्या है? मुझे सब जानना है।”

इतनी मार खाने के बावजूद पीटर के सवाल पर सचिन जोर जोर से हँसने लगा। हँसते हुए उसने कहा, "तूने हमें ढूंढा कैसे?"

पीटर ने उसके बाल छोड़ दिए। एक फीकी सी मुस्कान के साथ पीटर ने जवाब दिया, "तेरी गर्दन पर जो त्रिशूल गुदा हुआ है, उसने ही तेरी पोल खोल दी।"

पीटर की बात सुन कर सचिन और भी जोर से हँसने लगा। फिर उसकी आँखों में कुछ आँसू उभर आए और गले में हलकी खराश के साथ उसने कहा, "रौनक ने कहा था। रॉबरी के वक्त गले का निशान छुपा लेना। मैं ही पागल था जो सोचता था की छोटे से टैटू से कोई क्या ही मुझे पहचाहन लेगा। लेकिन तू फ़िक्र मत कर रौनक तुझे नहीं छोड़ेगा। तुझे और तेरे ऊपर जो भी है, सब को कुत्ते की मौत मरेगा।" इतना कह कर सचिन जोरो से हँसने लगा।

पीटर को इस बात पर बहुत गुस्सा आ गया। उसने मुन्ना के हाथ से रायफल ली, सचिन की तरफ निशाना किया और ट्रिगर दबा दिया। उस रायफल से एक-एक कर के गोलियां सचिन के शरीर को चीरने लगी। देखते ही देखते मैगजीन खाली हो गई, और सचिन का शरीर छन्नी-छन्नी हो गया।

रायफल की सारी गोलियां ख़त्म हो चुकी थी। अब उसकी नली से सिर्फ धुआँ निकल रहा था। गोदाम में सन्नाटा छा गया। सचिन के शरीर से खून और आँखों से आँसु पानी की तरह बह रहा था। अपनी आँखरी सांस छोड़ते हुए भी सचिन के होठों पर एक तीखी मुस्कान थी। जिसे देख कर पीटर अब भी खुद को हारा हुआ महसूस कर रहा था।

पीटर ने रायफल को वापस मुन्ना की तरफ उछाल दिया। फिर एक आदमी से खंजर ले कर फिरोज के पास चला गया। अपने बगल में लटकी हुई अपने दोस्त की लाश को देख कर फिरोज के आँसु थमने का नाम नहीं ले रहे थें।

पीटर ने खंजर फिरोज के गले पर रखा और कहा, "तू कुछ बताएगा या तेरी भी कहानी ख़त्म कर दू?"

फिरोज ने रोते हुए कहा, "ये जान अल्लाह की देन है। तू कौन होता है जान लेने वाला। अगर अल्लाह ने चाहा होगा तो वो मुझे आज ही अपनी पनाह में ले लेगा। तू तो बस जरिया बन कर आया होगा, काट दे मेरा गला। मैं कुछ नहीं बताने वाला। क्यों की मैं कुछ जनता ही नहीं। तो तुझे क्या बताऊंगा।" इतना कह कर फिरोज भी पीटर पर हँसने लगा।

पीटर ने कहा, "तेर बाद तेरे परिवार का क्या होगा सोचा है। तेरे बूढ़े माँ बाप को मैं दर-दर की ठोंकरे खाने पर मजबूर कर दुगा। तेरी बहन को कोठे पर बिठा दुगा। शादी तो तेरी हुई नहीं, लेकिन तेरा चक्कर जिस नसीम के साथ चल रहा है, उसे मेरे आदमियों की रखेल बना दुगा। सोच वो उसे हर पल नोचेंगे। उसकी इज्जत हर रोज लूटी जाएगी। तुझे क्या लगा अपने परिवार को तूने छुपा दिया तो तू बहुत बड़ा तीसमार खा बन गया। मुन्ना, ले आ इसकी आयटम को।"

पीटर की बात सुन कर फिरोज अपनी दोनों आँखें फाड़ कर उसे देखता ही रह गया। मुन्ना ने पीछे वाली कार की डिक्की खोली। उसमें से नसीम जिसकी उम्र कुछ २५ साल होगी उसे

सिर की चोटी से पकड़ कर फिरोज के सामने ले आया। उसके हाथ और मुँह बंधे हुए थें। आँखों से आँसु बह रहे थें। फिरोज की ऐसी हालत देख कर नसीम बेइंतहा रोने लगी। वही हाल फिरोज का भी था।

पीटर नसीम के नजदीक चला गया। नसीम को घूरता हुआ उसने एक चक्कर लगाया। फिर उसके बाल पकड़ कर पीटर ने फिर से कहा, "क्या अब भी कुछ नहीं बताएगा?" और फिरोज की तरफ देख कर मुस्कुराने लगा।

फिरोज खुद को हारा हुआ महसूस करने लगा। अपनी नजरें निचे झुका कर वो जोर-जोर से रोने लगा। पीटर ने पहले नसीम का मुँह खोल दिया। फिर उसने नसीम के कमीज का एक बाजु कंधे से फाड़ दिया। जिसकी वजह से नसीम जोर-जोर से चीखने चिल्लाने लगी, रोने लगी।

यह सब देख कर फिरोज ने चीखते हुए कहा, "उसे छोड़ दे कमीने, वो बेगुनाह है। तेरा गुनहगार मैं हूँ , मुझे मार डाल लेकिन उसे कुछ मत कर।" इतना कह कर फिरोज जोर-जोर से रोने लगा।

इस बार हँसने की बरी पीटर और उसके आदमियों की थीं। सब फिरोज की बेबसी पर हँस रहे थें। पीटर ने हँसते हुए नसीम के दूसरे हाँथ की बाजु भी फाड़ दी। और फिर से जोर-जोर से हँसने लगा। पीटर और उसके आदमियों की हँसी और फिरोज और नसीम की चीखें उस गोदाम के कोने-कोने में गूंज रही थीं।

पीटर ने फिरोज के करीब जा कर सब को शांत रहने का इशारा किया। फिर एक बार गोदाम में शांति छा गई।

पीटर ने फिरोज से फिर कहा, "ये तो ट्रेलर था। तू कुछ बताएगा या पूरी पिच्चर देखेगा?"

फिरोज ने अपने दांत भींच कर कहा, "पूछ, क्या जानना चाहता है?"

पीटर ने गंभीर स्वर में कहा, "लूटा हुआ पैसा कहा है?"

फिरोज ने तुरंत जवाब दिया, "सारा पैसा रौनक के पास है। लूट के बाद हमने पैसो से भरा ट्रक रौनक के हवाले कर दिया था। वो उसे कहाँ ले गया पता नहीं। जब मामला शांत हो जाएगा तब हमें हमारा हिस्सा मिलने वाला था।"

पीटर ने अगला सवाल किया, "ये रौनक कौन है? कहा रहता है? और ये सब वो क्यों कर रहा है?"

फिरोज ने जवाब दिया, "कौन है? कहा से आया है? और ये सब क्यों कर रहा है? मुझे कुछ नहीं पता। बस उसने हमें इकठ्ठा किया और प्लान बताया। करना या ना करना हमारी चॉइस थी। उसने पहले ही बता दिया था, की इस काम में या तो जिंदगी जाएगी या एक बड़ी रकम ले कर हम हमारी जिंदगी नए सिरे से शुरू कर सकेंगे।"

पीटर ने फिर से सवाल किया, "तेरे साथियों के नाम बता।" फिरोज ने जवाब दिया, "राघव, अजय और गणेश।"

पीटर ने कहा, "मुझे सब के पते चाहिए?"

फिरोज ने कहा, "नहीं जनता। रौनक नहीं चाहता था की हम आपस में ज्यादा जान पहचान बढ़ाये। ता की कभी ऐसा वक्त आये तो बाकी के साथी बच जाये। लेकिन सचिन और मुझमें दोस्ती बन गई। और जब तेरे आदमी सचिन को पकड़ने आये तो उन्हें मैं भी मिल गया। काश हमने रौनक की बात मानी होती, तो आज मुझे ये दिन नहीं देखना पड़ता।"

पीटर ने एक सिगार सुलगाई। एक कश खींच कर धुआँ छोड़ते हुए कहा, "तुम लोग आपस में कॉन्टैक्ट कैसे करते हो?"

फिरोज ने जवाब दिया, "हम चारों को राघव ही कॉल करता था। लेकिन हमेशा नया नंबर होता था। पुराना नंबर कभी नहीं लगता।"

एक फीकी मुस्कान के साथ सिगार का धुआँ छोड़ते हुए पीटर ने कहा, "टेक्नोलॉजी का पूरा फायदा उठा रहे हो तुम लोग। अब मुझे बता की ये तेरे रौनक या राघव से कैसे कॉन्टैक्ट किया जाए?"

फिरोज ने कहा, "आज राघव कॉल करेगा। वो रोज अलग-अलग वक्त पर कॉल करता है। और आगे क्या करना है बताता है।"

पीटर ने कहा, "इसका मतलब हमें अब राघव के कॉल का इंतजार करना है।" पीटर ने चिल्लाते हुए पूछा। "इन दोनों के फोन कहाँ है?"

एक आदमी ने जवाब दिया, "भाई मेरे पास है।"

पीटर जा कर बगल में कुर्सी पर बैठ गया। उस कुर्सी के सामने एक टेबल था। उस शख्स ने दोनों मोबाईल ला कर टेबल पर रख दिए।

पीटर ने पूछा, "किसी का कॉल आया था क्या इन के फोन पर?"

उस आदमी ने जवाब दिया, "नहीं भाई। अभी तक किसी का फोन नहीं आया। दोनों के फोन एकदम खाली हैं। ना कोई कॉन्टैक्ट लिस्ट है, ना ही किसी की फोटो। दोनों के फोन बुल्कुल नए है।"

कुछ पल खामोश रह कर पीटर कुछ सोचने लगा। फिर पीटर ने गहरी सोच के साथ कहा, "ये फोन उन्हें सिर्फ रॉबरी के लिए दिए गए होंगे। जब इन्हे पकड़ा था, तब इनके पास कोई मइक्रोफ़ोन वगैरा था क्या?"

उस आदमी ने जवाब दिया, "नहीं भाई, दोनों के पास कुछ भी नहीं था। बग डिटेक्टर से भी चेक किया पूरी बॉडी क्लीन है।"

पीटर ने अपना फोन निकाल कर धीरेन का नंबर डायल किया।

कॉल कनेक्ट होते ही धीरेन ने कहा, "कुछ पता चला उन दोनों से?"

पीटर ने सिगार का धुआँ छोड़ते हुए कहा, "एक ने बताने से इंकार कर दिया, और मौत को गले लगा लिया। दूसरे ने काफी जानकारी दी है। कोई राघव है जिसने इन सब को इकठ्ठा किया था। वही इन सब को प्लान के बारे में बताता था। आज भी वो इन्हे कॉन्टैक्ट करेगा, तब देखेंगे। तुम्हे कुछ पता चला?"

धीरेन ने जवाब दिया, "पुलिस को विकास की बीवी पर शक है। क्यों की वो एक सॉफ्टवेयर इंजिनीअर है। और उसके पास उस शख्स की मदद करने की जायज वजह भी। मैंने उसे और उसकी बेटी को उठा लिया है। वो जो कुछ जानती है बता ही देगी।"

पीटर ने कहा, "उसे यहाँ गोदाम पर ले आओ। जैसे हमारी फैक्ट्री जली है। वैसे ही वो सब भी जलेंगे।" इतना कह कर पीटर ने फोन काट दिया।

--------- X ---------

पुलिस मुख्यालय

१६ जनवरी २०२६, सुबह १०:०४

राजेश और अरविन्द गहरी सोच में थें। उस पहेली का मतलब ढूंढने की कोशिश कर रहे थें। तभी मनीष, सिमा और शुक्ला अंदर आ गए। शुक्ला ने अंदर आते ही अपने साथ लाये हुए दो सैंडविच प्लेट में सजा कर राजेश और अरविन्द के सामने रख दिए।

"जल्दी खा लीजिए सर। वरना उस दिन के जैसे कही जाना पड़ा तो वैसे ही निकल जाना पड़ेगा।" शुक्ला ने बड़े ही सहज तरीके से कह दिया।

अरविन्द ने सैंडविच उठा कर खाते हुए कहा, "तुम लोगों ने कर लिए नास्ता?" सब ने हां में सिर हिला दिया।

राजेश ने कहा, "सर इस पहेली में राजा का जिक्र है। और राजा होता है या तो प्रधान मंत्री या फिर मुख्य मंत्री।"

अरविन्द के दिमाग में जैसे बत्ती जल गई। वह तुरंत उठ कर पिन बोर्ड के नजदीक चला गया। कुछ पल सब देखने के बाद उसने राजेश की ओर देखते हुए कहा, "तुम्हारा इशारा बिलकुल सही है। ये पहेली मुख्य मंत्री सोलंकी से जुडी हुई है। जल्द ही महाराष्ट्र में चुनाव होने वाले है?"

राजेश उठ कर अरविन्द के नजदीक चला गया और उसने कहा, "चुनाव यानि परीक्षा।"

अरविन्द ने कहा, "बिलकुल सही।"

मनीष ने कहा, "राजा को परीक्षा से हटाना होगा का मतलब, सोलंकी जी को चुनाव से हटाना होगा। लेकिन कैसे?"

राजेश ने कहा, "उन्हें मार कर। तभी तो विकास और रौनक ने इसे बहुत बड़ी साजिश कहा था।"

सिमा ने कहा, "ये तो समझ में आ गया। लेकिन दरबान को हुकूमत पर बिठाना होगा का क्या मतलब हुआ?"

अरविन्द ने व्हाइट बोर्ड पर 'दरबान' शब्द लिख दिया और सब उस शब्द को देखने लगें। किसी को कुछ समझ में नहीं आ रहा था।

शुक्ला ने मजाक में कह दिया, "दरबान मतलब हमारे उद्योग मंत्री सुखदेव चौहान तो नहीं ना। क्यों की उनके बारे में अक्सर लोग कहते थें की सुखदेव चौहान तो पार्टी का दरबान है।"

शुक्ला की बात सुन कर चारों उसे देखने लगें। शुक्ला को अजीब सा महसूस हुआ। उसने कहा, “सॉरी सर, कुछ गलत कह दिया क्या मैंने?”

सब मुस्कुराने लगें। अरविन्द ने मुस्कुराते हुए कहा, “ब्रिलिएंट शुक्ला। तुमने आधी पहेली सुलझा दी। मैं सोच ही रहा था की उस दिन हमारी मीटिंग में उद्योग मंत्री का क्या काम। दरअसल वो जानना चाहता था की केस की अपडेट क्या है।”

सिमा ने कहा, “सर अब सिर्फ महेमान शब्द बचा है। फिर हम पूरी पहेली सुलझा लेंगे।”

मनीष ने कहा, “शुक्ला जी अब महेमान के बारे में भी कुछ सोचिए।”

तभी राजेश का फोन बज उठा। स्क्रीन पर मात्रे का नाम देखते ही राजेश ने फोन कान से लगा कर कहा, “जी कहिए मात्रे जी।”

मात्रे ने राजेश को कुछ बताया और फोन काट दिया। राजेश ने अरविन्द के हाथ से पेन ले कर बोर्ड पर लिखा ‘मेहमान-विल्सन’ इतना लिख कर वह सबके साथ खड़ा हो गया।

अब सब कुछ साफ़ हो चूका था। सब समझ गए की मात्रे ने भी पहेली सुलझा ली थी। और उस पहेली का मतलब था। ‘अगर विल्सन को अपना ड्रग्स का बिजनेस भारत में चलाना है, तो चौहान को मुख्य मंत्री बनाना होगा। और उसके लिए सोलंकी को चुनाव से पहले रास्ते से हटाना होगा।

कुछ पल के लिए सब हैरान रह गए। तभी शुक्ला का फोन बजने लगा। उसने कुछ बात कर के फोन काट दिया। सब उसकी ओर देखने लगें।

“क्या हुआ शुक्ला? किसका फोन था?” अरविन्द ने पूछा।

शुक्ला ने जवाब दिया, “सर मोहन का फोन था। जिसे मैंने विकास राठी की पत्नी शालिनी पर नजर रखने के लिए कहा था।”

अरविन्द ने पूछा, “क्या कहा उसने?”

शुक्ला ने कहा, “थोड़ी देर पहले मंत्री सुखदेव चौहान का बेटा धीरेन शालिनी की बेटी को जबरदस्ती अपनी गाड़ी में बिठा कर ले गया। और शालिनी भी अपनी गाड़ी ले कर उसके पीछे गई है।”

अरविन्द और राजेश ने फुर्ती दिखाई, “मनीष, सिमा तुम धीरेन और शालिनी की लोकेशन ट्रेस कर के मुझे खबर दो।” तेजी से निकलते हुए राजेश से कहा, “हमें और पुलिसवालों की जरुरत पड़ेगी राजेश। तुम एक टीम ले कर पहुँचो मैं और शुक्ला आगे जा रहे है। गाड़ी निकालो शुक्ला।”

और सब अपने काम से लग गए।

——-------- X ——--------

34

रौनक VS पीटर

१६ जनवरी २०२६, सुबह ११:१४

दो गाड़ियां गोदाम के गेट से अंदर दाखिल हुई। पहली गाड़ी थी धीरेन चौहान की और दूसरी थी शालिनी राठी की। धीरेन शालिनी की मासूम बेटी को ले कर अपनी गाड़ी से उतरा। एक पल की भी देरी ना करते हुए शालिनी भी अपनी गाड़ी से उतर गई। वह दौड़ कर अपनी बेटी की ओर जाने ही वाली थी की,

धीरेन ने कहा, “वही रुक जाओ। एक कदम भी आगे बढ़ाया तो अपनी बेटी की जिंदगी से हाथ धोना पड़ेगा।”

धीरेन की बात सुन कर शालिनी के कदम जगह पर ही ठिठक गए। उसकी आँखों से आँसु बह रहे थें। उसके भारी हो चुके कंठ से आवाज निकली, “क्या चाहते हो? क्यों लाये हो हमें यहाँ?”

इससे पहले की शालिनी आगे कुछ बोलती पीटर ने कहा, “शांत हो जाओ। तुम्हे या तुम्हारी बच्ची को नुकसान पहुँचाने का कोई इरादा नहीं है हमारा। हमें बस इतना बता दो ये सारे क़त्ल कौन कर रहा है। और किसने हमारा पैसा लुटा है। तुम हमें उसके बारे में बता दो, और अपनी बच्ची को ले कर यहाँ से चली जाओ।”

शालिनी रोते हुए घुटनों के बल बैठ गई। उसने रोते हुए कहा, “क्यों तुम लोग मेरे पीछे पड़े हो? मैं कुछ नहीं जानती। मैं पुलिस को भी बता चुकी हूँ। प्लीज मुझे मेरी बच्ची दे दो।” इतना कह कर वो जोरों से रोने लगी।”

तभी टेबल पर रखे पीटर के मोबाईल की घंटी बजी। पीटर ने अनजान नंबर देखते ही धीरेन से कहा, “ये वही है।” फिर उसने फोन को स्पीकर मोड़ पर डाल दिया।

“हेलो मिस्टर रौनक, या फिर कोई और नाम है तेरा? मुझे अंदाजा था ही की तू अब तक पता लगा चूका होगा की तेरे मोहरे मेरे हाथ लग गए हैं।”

कुछ पल ख़ामोशी के बाद रौनक की आवाज आयी, “मेरा असली नाम जान कर ही मरेगा क्या? बोल कैसे ख़त्म करना चाहता है इस खेल को?”

रौनक की आवाज सुन कर वहाँ खड़ा हर शख्स बस उस टेबल पर पड़े मोबाईल की तरफ देख रहा था।

"मुझे मेरा सारा पैसा और तू चाहिए। तू आ जा मैं इन सब को जाने दुगा।" पीटर ने जवाब दिया।

रौनक ने कहा, "पैसा मेरे साथ ही हैं। और ये रहा मैं।" इतना कह कर रौनक ने ट्रक का हॉर्न बजा दिया। हॉर्न की आवाज सुन कर सब की नजरें गोदाम के गेट से बाहर देखने लगी।

वह वही कंटेनर ट्रक था, जिसमें रौनक सारा पैसा लूट कर ले गया था। पीटर ने ट्रक को देखते ही। फोन काट दिया। कंटेनर रिवर्स में आ रहा था। पीटर ने मुन्ना को कुछ इशारा किया।

मुन्ना ने तुरंत अपने आदमियों से कहा, "तैयार हो जाओ। मछलियाँ बहुत हो चुकी आज मगरमछ का शिकार करेंगे।"

देखते ही देखते मुन्ना के सारे आदमी गोदाम के गेट पर अपनी अपनी बंदूके ट्रक की और तान कर खड़े हो गए। कंटेनर धीरे-धीरे गोदाम के अंदर आ कर रुक गया। ट्रक को चारों तरफ से घेर कर मुन्ना के आदमी रौनक के उतरने का इंतजार करने लगें।

कुछ पल बाद ट्रक का इंजन बंद कर के रौनक ट्रक से निचे उतर गया। उसके बदन पर आज भी वही काला कमांडो वाला ड्रेस था। चेहरा काले मास्क से ढका हुआ था। सिर्फ उसकी आँखें दिखाई दे रही थीं।

मुन्ना के आदमी उसे गन पॉइंट पर सामने ले आये। जहाँ इस वक्त शालिनी खड़ी थी। मुन्ना का आदमी कंटेनर को खोलने के लिए गया। लेकिन उसे कंटेनर के गेट पर एक डिवाइस लगा दिखाई दिया।

वह जोर से बोला, "भाई इसने दरवाजे पर बम लगा रखा है। शायद पासवर्ड प्रोटेक्टेड है।"

तभी रौनक ने कहा, "और उसे छेड़ा या गलत पासवर्ड डाला तो वो फट जाएगा। और यहाँ मौजूद हर शख्स पल भर में राख बन जाएगा।"

रौनक की बात सुनते ही मुन्ना के आदमियों ने अपने कदम पीछे खिंच लिए। जिसे देख कर पीटर के माथे पर लकीरे उभर आयी।

पीटर ने बड़े ही गंभीर स्वर में कहा, "कौन है तू और ये सब क्यों कर रहा है?"

रौनक ने धीरेन को देखते हुए जवाब दिया, "मैं वो हूँ जिसे इस करप्ट सिस्टम ने जन्म दिया।"

फिर उसने पीटर की तरफ देखते हुए कहा, "मैं वो हूँ जिसे तुम जैसे लोगों ने हथियार उठाने पर मजबूर किया। मैं यहाँ मौजूद तेरे हर आदमी की मौत हूँ। तेरे बाप विल्सन के पुरे साम्राज्य को जड़ से उखाड़ने के लिए ही आज मैं यहाँ हूँ।

रौनक की बात सुन कर पीटर जोर-जोर से हँसने लगा। पीटर को हँसता हुआ देख सब रौनक पर हँसने लगें। पीटर ने हँसते हुए कहा, "तू, तू विल्सन का साम्राज्य ख़त्म करेगा। तेरी औकात है इतनी। तू विल्सन के बिल्डिंग के अंदर तक भी नहीं पहुँच सकता। और उसका

साम्राज्य मिटाने की बात कर रहा है।" इतना कह कर पीटर जोर-जोर से हँसने लगा।

रौनक खामोश खड़ा था। उसकी आँखों में पीटर के प्रती कोई भाव नहीं थे। जैसे पीटर और उसके आदमी उसके लिए कोई मायने नहीं रखते हो।

उसने कहा, "हँस लों जितना हँसना है। ये तुम सब के जिंदगी की आखरी हँसी है।"

रौनक की बात सुनते ही वहाँ सब की हँसी शांति में तब्दील हो गई। पीटर भी गंभीर हो कर उसकी ओर देखने लगा। फिर जैसे पीटर को कुछ याद आया हो।

उसने कहा, "वो देख तेरे साथी। एक को तो भगवन के घर भेज दिया है। अब देख दूसरे को अल्लाह के घर भेजता हूँ।"

इतना कह कर पीटर ने मुन्ना से गन ली और फिरोज की और निशाना किया। नसीम जोर से चिल्लाने लगी।

तभी पीटर ने कहा, "इतनी जल्दी क्या है। तुझे पता है सचिन पकड़ा कैसे गया। उसके गले पर जो त्रिशूल गुदा हुआ था ना उससे।"

रौनक ने बड़े ही गंभीर स्वर में कहा, "सचिन तो वो जरिया बन गया जिसने तुझे वक्त से पहले मौत के सामने खड़ा कर दिया। एक चींटी भी जान पर बनआये तो काटने को दौड़ती है। तो सोच तेरे पीछे तो घायल शेर पड़ा है। अब तूने एक भी गोली चलाई तो....."

रौनक की बात सुन कर पीटर ने कहा, "तो।"

रौनक ने अपने कलाई पर बंधे रिमोट का बटन दबा दिया। एक जोरदार धमाके के साथ पीटर की गाड़ी के परखच्चे उड़ गए। वहाँ मौजूद हर शख्स देखता ही रह गया। धीरेन और पीटर की आँखें फटी की फटी रह गई। धमाके की वजह से धीरेन की पकड़ ढीली हो गई, तो शालिनी की बेटी छूट कर शालिनी के पास आ गई।

रौनक ने कहा, "तो इस गोदाम को राख बनते देर नहीं लगेंगी।"

कुछ पल ख़ामोशी के बाद पीटर ने कहा, "तू ऐसा नहीं करेंगा। क्यों की तू कमजोर है। यहाँ खड़ी ये शालिनी उसकी मासूम बच्ची और ये नसीम, फिरोज ये सब भी तो मरेंगे।"

इस बार शालिनी ने गंभीर स्वर में जवाब दिया, "मर तो मैं उसी दिन गई थी, जिस दिन विकास को तुम लोगों ने मार दिया था।" रौनक की ओर देखते हुए शालिनी ने कहा, "दबा दो बटन।"

शालिनी के मुँह से इन बातों को सुन कर पीटर और धीरेन हैरान रह गए। जो औरत थोड़ी देर पहले गिड़गिड़ा रही थी। अब शेरनी की तरा दहाड़ रही थी।

धीरेन ने पीटर से कहाँ, "मैंने कहा था ना ये शालिनी इस इस कातिल से मिली हुई है। मार दो इन दोनों को।" धीरेन ने चिल्लाते हुए कहा।

इससे पहले की धीरेन आगे कुछ कहता, या पीटर के आदमी अपनी बंदूकों के ट्रिगर दबाते, हलकी गोलियां चलने की आवाजे सुनाई देने लगी। एक-एक कर के पीटर के सभी आदमी ढेर होने लगें। मुन्ना, पीटर और धीरेन को छोड़ कर बाकि सब मौत की नींद सो चुके थें।

पीटर और धीरेन हैरानी से रौनक की और देख रहे थें। तभी मुन्ना ने अपनी रायफल की नली शालिनी की तरफ की और वह ट्रिगर दबाने ही वाला था की, उसके दाहिने हाथ के पंजे में एक गोली धस गई। मुन्ना के मुँह से आह निकल गई। और उसकी रायफल निचे गिर गई।

पीटर, मुन्ना और धीरेन की छाती पर लाल लेजर लाइट दिखाई देने लगा। मतलब अब निशाना वे तीनो थें।

रौनक ने कहा, "हथियार डाल दो।"

पीटर एक पल कुछ सोचा और फिर उसने गन फेंक दी। मुन्ना अपना जख्मी हाथ पकड़ कर खड़ा था। धीरेन तो वैसे भी निहत्ता ही था।

एडवांस रायफल हाथ में ले कर तीन लोग धीरे-धीरे अंदर दाखिल हुए। वे और कोई नहीं अजय, राघव और गणेश थें। अंदर आते ही उन्होंने पीटर मुन्ना और धीरेन को घेर लिया।

राघव ने कहा, "अगर रौनक यहाँ खड़ा ना होता, तो सचिन की मौत का बदला मैं खुद ही लेता। लेकिन तू रौनक का शिकार है।" इतना कह कर राघव ने गन की नली पीटर की छाती से लगा दी।

अजय ने फिरोज, नसीम और शालिनी की बेटी को शालिनी की गाड़ी में बिठाया और वहाँ से निकल गया।

पीटर ने रौनक की ओर देखते हुए कहा, "कौन है तू?"

रौनक ने जवाब दिया, "तू जान कर क्या कर लेगा। रघु, अरुण, मनोज सभी ने यही सवाल किया था। लेकिन मेरा असली नाम जाने बगैर ही मर गए। और अफ़सोस तू भी जान नहीं पायेगा की मैं कौन हूँ। तू भी उसी अहसास के साथ मरेगा जैसे उस बस में बैठे हुए लोगों की मौत हुई थी। उन बेचारों को पता ही नहीं चला होगा की वो एक गन्दी साजिश का शिकार हो गए।"

धीरेन और पीटर एक दूसरे को देखने लगे। कुछ सोच कर पीटर ने कहा, "तो चला गोली और कर दे मेरा सीना छलनी। बन्दुक की नोक पर गीदड़ जंग लड़ते है। और तू खुद को शेर कहता है। दम है तो मुझसे दो-दो हाथ कर के बता। तब कहूंगा की तू वाकई मर्द है।"

रौनक ने एक व्यंग भरी मुस्कान के साथ कहा, "तुझे लोगों को हाथ से मारने का बड़ा शौक है ना, चल आ जा।"

अब एक तरफ पीटर और रौनक एक दूसरे के सामने लड़ने के लिए तैयार थें। और दूसरी तरफ राघव और मुन्ना। धीरेन चौहान अपने घुटनों पर बैठा हुआ था और गणेश की गन की नली पीछे से धीरेन के गर्दन पर लगी हुई थी। धीरेन की माथे की लकीरे कह रही थी की वह आने वाली मौत का डरते हुए इंतजार कर रहा था।

पीटर ने एक जोर दार मुक्का रौनक के जबड़े की तरफ बढ़ाया लेकिन रौनक ने झुक कर एक जोर दार मुक्का पीटर के पेट में मार

दिया। रौनक की ताकत तो हमें इस कहानी में कई बार देखने को मिल चुकी थी। लेकिन पीटर भी कुछ कम नहीं था। वो मार्शल आर्ट भी जनता था।

दूसरी और मुन्ना ने भी राघव को मारने की कोशिश की लेकिन राघव सचिन की मौत से पहले ही गुस्से में था। राघव ने एक पल भी गवाए बिना मुन्ना की लाथ घूसों से पिटाई शुरू कर दी।

थोड़ी देर में ही लड़ाई ने विकराल रूप धारण कर लिया। कभी पीटर रौनक पर भारी पड़ रहा था तो कभी रौनक पीटर पर। दोनों एक दूसरे को मार रहे थें। पीटर की फुर्ती का भी कोई जवाब नहीं था। वो रौनक को उछल-उछल कर लाथ मार रहा था। लेकिन रौनक के जूनून का भी कोई मुकाबला नहीं था। रौनक की आँखों के सामने करण के बच्चो की तस्वीरें आ-जा रही थी। जिन्हे याद कर के वह पीटर को तगड़ा जवाब दे रहा था।

राघव ने थोड़ी ही देर में मुन्ना को मार-मार कर अधमरा कर दिया। अब मुन्ना ठीक से अपने पैरों पर भी खड़ा नहीं हो पा रहा था।

थोड़ी और देर एक दूसरे को मारने के बाद पीटर और रौनक भी थकने लगें। लेकिन पीटर कुछ ज्यादा थका हुआ लग रहा था। शायद सिगार के धुँए ने उसके फेफड़े कमजोर कर दिए थें, और शराब ने उसकी सहनशक्ति। तभी तो अब रौनक पीटर पर काफी भारी पड़ने लगा।

तभी पीटर ने चालाकी से अपने जूते में छुपाया हुआ छोटा सा चाकू निकाल कर रौनक पर हमला कर दिया। रौनक इस हमले से अनजान था। इसलिए रौनक ने अपना दाहिना हाथ आगे कर दिया। चाकू ने रौनक के हाथ पर अच्छा खासा जखम बना दिया।

पीटर ने मौका देख कर दोबारा चाकू से रौनक पर हमला किया। लेकिन वह रौनक था, एक बार भले ही पीटर ने चालाकी दिखाई थी। लेकिन अब उसकी कोई चाल काम करने वाली नहीं थी।

रौनक ने पीटर का चाकू वाला हाथ पकड़ कर अपने घुटने से तोड़ दिया। पीटर के हाथ की कोहनी की हड्डी रौनक ने उलटी दिशा में तोड़ दी। पीटर बुरी तरह चीखने लगा।

देखते ही देखते अब पीटर के नाक और मुँह से भी खून निकलने लगा। उसका एक हाथ टूट चूका था और दूसरा हाथ कमजोर पड़ने लगा था। रौनक ने पीटर का दूसरा हाथ भी तोड़ दिया। पीटर बेतहाशा चिल्लाने लगा।

फिर रौनक ने उसकी एक टांग पर कूद कर उसे भी तोड़ दिया। पीटर अब घायल बकरी की तरह तड़पने लगा। और रौनक शेर की तरह उसेनोचता रहा।

मुन्ना पूरी तरह आत्मसमर्पण कर चूका था। राघव ने मुन्ना पर गन तान दी, लेकिन फिर उसने एक नजर कंटेनर के दरवाजे को देख कर अपनी गन वापस अपने कमर में पीछे फसा दी।

वह नजारा देख कर धीरेन हैरान रह गए। रौनक पीटर को और भी मारने वाला था तभी रौनक का फोन बजने लगा। रौनक ने देखा वह अजय का कॉल था।

रौनक ने कॉल रिसीव किया, "पुलिस वहाँ आ रही है। जल्दी निकलो वहाँ से।"

रौनक ने राघव को इशारा किया। राघव ने धीरेन के हाथ एक लम्बी रस्सी से बांध दिए। फिर उस रस्सी को ऊपर लगे एक लोहे के डंडे पर अटका कर धीरेन को हवा में लटका दिया।

राघव ने धीरेन को इतनी ऊंचाई पर लटका दिया, की कोई कूद कर भी उसे हाथ ना लगा पाए।

रौनक ने कंटेनर पर लगे बम को एक्टिवेट कर दिया, और धीरेन से कहा, "धीरेन चौहान, मैंने कहा था, या तो कन्फेशन या मौत। चॉइस तुम्हारी है। विकास राठी की मौत का सच सबको बता दो और बदले में मैं तुम्हे जिन्दा छोड़ दुगा।"

"थोड़ी देर में यहाँ पुलिस आ जाएगी। उनके आने से पहले या तो अपना जुर्म कबूल कर लो, या फिर इस बम के फटने का इंतजार करो। तुम्हारे पास बिस मिनिट है।"

जब तक रौनक धीरेन से बात कर रहा था राघव ने ट्रक की केबिन से एक मोबाईल का स्टैंड और धीरेन का मोबाईल शालिनी के हाथ में दे दिया। उतने ही वक्त में गणेश ने मुन्ना और पीटर दोनों को बारी-बारी घसीटते हुआ कंटेनर के दरवाजे के नजदीक ला कर डाल दिया।

शालिनी ने धीरेन के मोबाईल से उसके एक सोशल मिडिया अकाउंट पर लाइव सेशन शुरू कर दिया। और रौनक की और अंगूठा दिखाते हुए काम पूरा होने का इशारा किया।

शालिनी का इशारा मिलते ही रौनक ने लखन त्रिपाठी का नंबर डायल किया और कहा, "एक और ब्रेकिंग न्यूज़ देना चाहेंगे?"

जवाब में लखन ने कहा, "हां। बिलकुल।"

रौनक ने कहा, "उद्योग मंत्री सुखदेव चौहान का बेटा धीरेन चौहान अपने सोशल मिडिया पर लाइव अपना जुर्म कबुल करेगा। उसे तुम्हारे चैनल पर लाइव दिखाओ।" इतना कह कर रोना ने फोन काट दिया।

रौनक ने धीरेन से कहा, "अगर तुमने दुनिया को सब सच बता दिया तो मैं इस बम को डिएक्टिवेट कर दुगा। अगर सब कुछ ठीक रहा और बम डिएक्टिवेट हो गया तो जब पुलिस तुम से पूछताछ करेगीं तो शालिनी का नाम मत लेना वरना मैं तुझे जेल के अंदर आ कर मार दूंगा।"

इतना कह कर रौनक धीरेन की गाड़ी के ड्राइविंग सीट पर बैठ गया और शालिनी बगल वाली सीट पर। राघव और गणेश सचिन की लाश ले कर पीछे बैठ गए।

रौनक ने कार स्टार्ट की और बाहर आते ही रोक दी। राघव ने तेजी से उतर कर गोदाम का दरवाजा बंद करने वाला बटन दबा दिया। धीरे-धीरे गोदाम का दरवाजा बंद हो गया। फिर राघव ने वहाँ की बिजली का तार काट दिया, ता की कोई दरवाजा खोल ना सके।

लखन ने तुरंत अपना काम किया। धीरेन के सोशल मिडिया अकाउंट पर चल रहे लाइव सेशन को अपने चैनल पर लाइव दिखाना शुरू किया। जिसमे लोग साफ़ साफ़ देख रहे थें की धीरेन ऊपर हवा में रस्सी से लटक रहा था और कंटेनर के दरवाजे के सामने पीटर और मुन्ना अधमरे पड़े हुए थें।

शहर में खबर हवा की तरह फ़ैल गई। सुखदेव चौहान ने भी अपने टीवी पर GN न्यूज़ चैनल लगा दिया और रोती हुई सूरत बना कर अपने बेटे को देखने लगा।

कमिश्नर ऑफिस में कमिश्नर, सिमा और मनीष। होटल में राधिका, मीणा और रजनीश। मुख्य मंत्री सोलंकी। चाय की कैंटीन और सरकारी दफ्तरों में कर्मचारी हर जगह,

यहा तक की पुलिस की गाड़ियों में तेजी से वहाँ जा रहे राजेश और अरविन्द भी अपने मोबाईल पर सिर्फ एक ही चैनल देख रहे थें और वह था GN न्यूज़।

धीरेन पीटर और मुन्ना से उठने को कहने लगा। लेकिन पीटर और मुन्ना बहुत मार खा चुके थें। वे उठने की हालत में नहीं थें। तभी कंटेनर के दरवाजे पर लगे बम में से टिक-टिक की आवाज आने लगी।

मुन्ना ने दर्द भरी आवाज के साथ कहा, “बता दो सब को वरना बम फट जायेगा।”

--------- X ---------

35

धीरेन का कन्फेशन और हादसे का सच

धीरेन ने बोलना शुरू किया, "मेरा नाम धीरेन चौहान है। उद्योग मंत्री सुखदेव चौहान का बेटा। मैं आज जनता के सामने अपना एक जुर्म कबूलना चाहता हूँ। वैसे तो मैंने कई जुर्म किये है। लेकिन मेरा सबसे घिनोना जुर्म था वो सड़क हादसा जो तीन साल पहले हुआ था। वो कोई सड़क हादसा नहीं बल्कि एक सोची समझी साजिश थी। जिसकी शुरवात पाँच साल पहले हुई थी।

पिछले इलेक्शन में जित के बाद हमें यकीन था की मेरे पापा सुखदेव चौहान ही मुख्य मंत्री बनेंगे। क्यों की मुख्य मंत्री पद के लिए दो ही लोगों के नाम सामने आ रहे थें। पहले नंबर पर सुखदेव चौहान और दूसरे पर वसंतराव सोलंकी। लेकिन सब ने सोलंकी को मुख्य मंत्री पद के लिए चुन लिया।

हम इस बात से बहुत नाराज थें। जब मेरे पिता के हिस्से में उद्योग मंत्रालय दिया गया तो मुझे मलेशिया से एक कॉल आया। वो कॉल विल्सन का था। जी हाँ भारत समेत ७ मुल्कों का मोस्ट वांटेड क्रिमिनल विल्सन। उसने मुझे मलेशिया मिलने के लिए बुलाया। मैं अपने भरोसेमंद साथी माइकल को ले कर उससे मिलने गया।

विल्सन ने मुझे एक ऑफर दी। उसने कहा की अगर मैं उसका बिज़नेस भारत में फ़ैलाने में उसकी मदद करू तो वो अगले इलेक्शन तक मुझे इतना पैसा देगा की मेरे पापा को मुख्य मंत्री बनने से कोई रोक नहीं पायेगा।"

वह सब बताते हुए धीरेन के सामने मलेशिया के होटल का वह नजारा दिखाई देने लगा।

--------- X ---------

होटल के बगीचे में टेबल को घेर कर चार लोग बैठे हुए थें। एक तरफ धीरेन और माइकल दूसरी और विल्सन और पीटर।

धीरेन ने गंभीर स्वर में कहा, "कैसा बिज़नेस?"

विल्सन ने जवाब दिया, “ऐमज़ॉन के जंगल में कई तरह के जहरीले पौधे मिलते है। लेकिन हमारे हाथ एक फार्मूला लग गया है। वो जहरीले पौधे, महुआ के फूल और एक खास केमिकल को मिला कर हमने एक ड्रग तैयार की है।”

“उस ड्रग की एक बूँद दस हाथियों को दिन भर नशें में धुत कर सकती है। इससे तुम उसकी कीमत का अंदाजा लगा ही लोगे।”

विल्सन की बात सुन कर धीरेन हैरान रह गया।

विल्सन ने आगे कहा, “मैं चाहता हूँ तुम मुंबई में एक फैक्ट्री का बंदोबस्त करो। मैं तुम्हे वो ड्रग्स सप्लाय कर दुगा, तुम उस फैक्ट्री से उसे पूरी मुंबई में फैला देना। इस ड्रग्स की आदत लगते ही लोग बाकी सारे नशें भूल कर इसके दीवाने हो जायेंगे। जो भी मुनाफा होगा उसे हम आपस में ५०-५० बाँट लेंगे। तुम सोच भी नहीं सकते की तुम कितने रुपये बना सकते हो।” विल्सन ने इतना कह कर एक सिगार सुलगा ली।

धीरेन कुछ सोचने लगा। फिर कुछ पल सोचने के बाद उसने कहा, “मुझे सौदा मंजूर है। लेकिन एक शर्त है। अगर तुम पूरी कर सकते हो तो ही डील फाइनल होगी।”

विल्सन ने कहा, “क्या शर्त है?”

धीरेन ने जवाब दिया, “वसंतराव सोलंकी की मौत।”

पीटर और विल्सन एक दूसरे की और देखने लगे। कुछ सोच कर विल्सन ने कहा, “तुम महाराष्ट्र के मुख्य मंत्री को मारने की बात कर रहे हो। होश में तो हो ना? तुम उसे कुछ भी बताये बगैर पैसे बना सकते हो तो फिर उसे मारने की क्या जरुरत है?”

धीरेन ने जवाब दिया, “इस बार सोलंकी ने पता नहीं क्या किया, मेरे पापा को मुख्य मंत्री की कुर्सी मिलते-मिलते रह गई। मैं उसे मरता हुआ देखना चाहता हूँ। लेकिन अभी नहीं।”

“फिर कब?” पीटर ने पूछा।

धीरेन ने जवाब दिया, “इस बार पाँच साल उसे ऐश करने दो। अगली बार इलेक्शन के नॉमिनेशन फॉर्म भरने से पहले उसे मार देना। इन पाँच सालों में मेरे पिता बची हुई हर कमी पूरी कर देंगे। और जब सोलंकी ही नहीं रहेगा तो मेरे पिता को अगला मुख्य मंत्री बनने से कोई रोक नहीं सकेगा। अगर मंजूर है तो डील पक्की।”

विल्सन ने कुछ सोच कर हां कर दी।

-------- X --------

धीरेन वर्त्तमान में लौट आया।

धीरेन ने आगे कहा, “फ्लाई इण्डिया कारपोरेशन के हवाई जहाज महीने में १०-१२ बार मलेशिया से आते थें। मैंने उस कंपनी के मालिक को कुछ पैसों का लालच दे कर अपने साथ शामिल कर लिया। अब हमें एक ऐसे शख्स की जरुरत थी, जिसके पास इंजीनियर की डिग्री हो लेकिन वो इस तरह का इल्लीगल काम करने को राजी हो। माइकल ने राहुल को खोज निकला।”

"राहुल हमें फ्लाइट में आने वाले ड्रग्स के पार्सल ला कर देने लगा था। और फैक्ट्री में माइकल के भरोसेमंद आदमी अपनी निगरानी में उसके इंजेक्शन तैयार करने लगें।"

"उन इंजेक्शन को बेचने के लिए भी मुझे एक भरोसेमंद आदमी चाहिए था। तो मैंने कमिश्नर त्रिवेदी जो पापा के अच्छे दोस्त भी थे उनसे कॉन्टैक्ट किया। त्रिवेदी पैसों का भूखा शेर था, वो भी मेरे साथ शामिल हो गया। त्रिवेदी की मदद से हम मुंबई भर में उस ड्रग्स को बेचने लगें। धीरे-धीरे जैसे पैसों की बारिश होने लगी थी। हमने अपना दायरा बढ़ा कर उस ड्रग्स को देश भर में बेचना शुरू कर दिया।"

"तभी किसी ने इंटेलिजेंस को खबर कर दी। और दिल्ली से विकास राठी और रौनक ये दोनों एजेंट हमारा पर्दा फाश करने आ पहुँचे। लेकिन तब हमें इस बात की कोई खबर नहीं थी। विकास ने फ्लाई इण्डिया कारपोरेशन ज्वाइन की। अब वह राहुल के साथ हवाई जहाज के चेकिंग का काम किया करता था। धीरे-धीरे उसने राहुल से दोस्ती कर ली और ये पता लगा लिया की वो ड्रग्स राहुल ही माइकल तक पहुँचाता था।"

"आगे का काम रौनक ने किया। उसने धीरे-धीरे माइकल से दोस्ती बनाई। उसने अपना झूठा क्रिमिनल बैकग्राउंड बता कर माइकल के जरिए फैक्ट्री में एंट्री की। अब वो माइकल और उसके आदमियों के साथ काम करने लगा।"

"नशे की हालत में एक दिन उसने माइकल से उगलवा लिया की इस सब में मेरा और विल्सन का हाथ है। वह ३० दिसंबर की रात थी। माइकल से मिली जानकारी उसने छत पर जा कर विकास को बता दी। लेकिन उसे पता नहीं था जॉन ऊपर सिगरेट पिने के लिए गया हुआ था। जॉन ने रौनक की बातें सुन ली।"

"जॉन ने माइकल को और माइकल ने मुझे बताया की रौनक एक इंटेलिजेंस का एजेंट है। और उसने किसी को सब कुछ फोन पर बता दिया है। हम ने उसे तुरंत अपनी गिरफ्त में ले लिया। उसे पिट कर टॉर्चर कर के उससे उगलवाने की बड़ी कोशिश की, लेकिन कोई फायदा नहीं हुआ।

मैंने त्रिवेदी को सब बताया तब त्रिवेदी ने कहा वो सब संभाल लेंगा। त्रिवेदी के कॉन्टैक्ट इंटेलिजेंस ऑफिस में भी थें। उसने देव सहगल जो विकास और रौनक का बॉस था उसे सब कुछ बताया। एक बड़ी रकम तय करने के बाद देव सहगल मान गया।

त्रिवेदी ने विकास को अपने ऑफिस में बुलाया और उसे खरीदने की कोशिश की। जब वो नहीं माना तो रौनक की जान के बदले सारे सबुत हमारे हवाले करने के लिए कहा। लेकिन शायद विकास जानता था की सबुत देने के बाद भी हम उन दोनों को मार देते। तो उसने इंकार कर दिया। और हमें एक दिन का वक्त दिया रौनक को छोड़ने के लिए।

विकास को पता नहीं था की सहगल हम से मिल चूका था। उसने सहगल को फोन कर के सब कुछ बता दिया। सहगल ने उसे १ जनवरी को सारी रिपोर्ट और सबूत ले कर ऑफिस बुलाया।

फिर सहगल ने त्रिवेदी को भी बता दिया की १ जनवरी को विकास की गाड़ी का एक्सीडेंट करवा दो। और उसकी गाड़ी में कुछ कॅश रख देने के लिए कहा। ता की विकास ने रिश्वत ले कर जानकारी लिक की ऐसा वो साबित कर सके।

त्रिवेदी ने ३१ दिसंबर को ही सब कुछ रेडी कर लिया। रघु, तावळे और अरुण सब को पैसे दे कर विकास को रास्ते से हटाने के लिए कहा। लेकिन रघु ने गड़बड़ कर दी। रघु की गलती से वह बस खाई में गिर गई। मामला बिघड ना जाये इसलिए हमने पैसा पानी की तरह बहा दिया। वकील, डॉक्टर, पुलिस, गवाह सब को तगड़ी कीमत दे कर खरीद लिया।

हम सिर्फ विकास को मारना चाहते थें। लेकिन बस में बैठे २० लोग उस साजिश का शिकार हो गए। अगले दिन रौनक को भी मार कर हमने फैक्टरी में गाड़ दिया।"

कुछ पल रुक कर धीरेन जोर से चिल्लाया, "अब मैंने कन्फेशन दे दिया है। जल्दी से इस बम को बंद करो।"

अधमरे पीटर और मुन्ना की नजरें भी बम की टिक-टिक बंद होने की राह देख रही थीं। धीरेन ने फिर चिल्ला कर कहा, "प्लीज अब बंद करो इस बम को।"

रौनक तेजी से गाड़ी चला रहा था। शालीन, राघव, गणेश और रौनक कार के अंदर लगे मोबाईल में धीरेन, पीटर और मुन्ना को तड़पता और चिल्लाता देख रहे थें।

राघव ने कहा, "खोल दो कंटेनर का दरवाजा। अब हमसे भी रहा नहीं जा रहा।" इतना कह कर राघव गणेश की तरफ देखने लगा।

कुछ पल ख़ामोशी के बाद रौनक ने हैंड ब्रेक के पास रखा एक रिमोट उठा कर शालिनी के हाथ में दे दिया। शालिनी ने उस रिमोट का बटन दबा दिया।

रिमोट का बटन दबते ही गोदाम में बम की टिक-टिक बंद हो गई। पीटर और मुन्ना के होठों पर एक मुस्कान तैरने लगी। लेकिन धीरेन अब भी हैरानी से उस बम को देख रहा था।

पीटर ने दबी आवाज में मुस्कुराते हुए कहा, "हम तो बच गए। लेकिन उस साले को कहीं से भी ढूंढ कर निकालेंगे और कुत्ते की मौत मारेंगे।"

पीटर की बात सुन कर मुन्ना और धीरेन मुस्कुराने लगे। तभी कंटेनर के दरवाजे पर कुछ आवाज हुई। और कंटेनर का दरवाजा धीरे से खुल गया। पीटर, मुन्ना और धीरेन फिर एक बार हैरानी से दरवाजे की तरफ देखने लगें।

देखते ही देखते उस कंटेनर में से एक के बाद एक ६ लकड़बग्गे उतर गए। जिन्हे देख कर पीटर और मुन्ना चिल्लाने लगें। क्यों की दोनों कंटेनर के दरवाजे के नजदीक थें। लकड़बग्घों ने पीटर और मुन्ना पर हमला कर दिया। एक के बाद एक उनके बदन को कांटने लगें, नोचने लगें।

वह नजारा इतना भयावह था की ऊपर हवा में लटक रहे धीरेन की आवाज ही गुम हो गई। वह फटी हुई आँखों से बस पीटर और मुन्ना के मौत का तमाशा देखता रह गया।

एक फिल्म का डायलॉग है 'लकड़बग्घों का पेट अँधेरा कुआ होता है।' और आज वही नजारा धीरेन अपनी आँखों से देख रहा था।

जब तक राजेश और अरविन्द वहाँ पहुँचे तब तक लकड़बग्गे मुन्ना और पीटर की आधे से ज्यादा चमड़ी खा चुके थें। बड़ी मशक्कत के बाद उन लकड़बग्गो को वहाँ से भगाने में पुलिस को कामयाबी मिली।

अकेले धीरेन के अलावा वहाँ कोई जिन्दा नहीं बचा था। राजेश और अरविन्द हैरान थें। धीरेन फ़िलहाल कुछ भी बोलने या सुनने की हालत में नहीं था।

शुक्ला ने अरविन्द से कहा, “सर आप मानो या ना मानो मैं तो इस कातिल का फैन हो गया हूँ। ये बोलता कुछ और है, करता कुछ और है। कंटेनर पर लगा हुआ डिवाइस बम है ही नहीं। वो उस कंटेनर के दरवाजे पर लगा हुआ लॉक था।”

“बेचारे पीटर और मुन्ना को लग रहा होगा की धीरेन जुर्म कबूल कर लेगा तो हम बच जायेगे, लेकिंन हो गया उल्टा। उधर धीरेन ने कन्फेशन पूरा किया और इधर पीटर और मुन्ना परलोक सिधार गए।”

अरविन्द ने एक बार शुक्ला को घूर कर देखा तो शुक्ला ने कहा, “सॉरी सर।”

-------- X --------

दूसरी तरफ धीरेन चौहान के लाइव कन्फेशन की खबर देखते ही मुख्य मंत्री वसंतराव सोलंकी हरकत में आ गए। पुलिस मुख्यालय में जैसे भूचाल आ गया। मंत्री सुखदेव चौहान और उसके बेटे धीरेन का अरेस्ट वारंट निकाला गया।

साथ ही इंटेलिजेंस ऑफिसर देव सहगल और फ्लाई इण्डिया कॉर्पोरेशन के मालिक राज अगरवाल के भी गिरफ़्तारी के आदेश बहाल किए गए।

सोलंकी की जी की सुरक्षा बढ़ाने के आदेश भी निकाले गए। धीरेन चौहान के नाम से जितने भी उद्योग चल रहे थें, उन सभी की जाँच के आदेश भी निकाले गए। कुल मिला कर वह दिन हर किसी के जिंदगी का यादगार दिन बन गया।

-------- X --------

36

विल्सन का अंत

२० जनवरी २०२६, शाम ०५:३२

अरविन्द और राजेश अपनी रिपोर्ट ले कर कमिश्नर मोरे जी के सामने खड़े थें। मोरे जी गौर से उस फाइल में नजरे गड़ाए हुए कुछ पढ़ रहे थे।

"शालिनी और उसकी बच्ची ठीक तो है?" मोरे जी ने फाइल बंद करते हुए पूछा।

अरविन्द ने जवाब दिया, "जी हां सर दोनों ठीक है। लेकिन उस वाकिये की वजह से परेशान है।"

मोरे जी ने फिर पूछा, "शालीन का क्या कहना है?"

अरविन्द ने जवाब दिया, "जैसे हमें शक था की शालिनी इन हत्याओं में शामिल है। वैसे ही धीरेन चौहान को भी शक था। इसलिए उसने शालिनी के बच्ची को अगवा किया था। ता की शालिनी सच बोलने पर मजबूर हो जाए।"

"लेकिन खुद धीरेन ने भी यही बयान दिया है की शालिनी का इस सब से कोई लेना-देना नहीं है। कातिल वहाँ ३ लोगों के साथ आया और वहाँ पीटर के सभी आदमी मारे गए। और बाकी सारा नजारा हम न्यूज़ में देख ही चुके है।"

मोरे जी ने कहा, "चलो हमें ये तो पता चल गया की विकास और रौनक दोनों ही ईमानदार ऑफिसर थें। और उनकी मौत का राज भी खुल गया। बस हम उस कातिल तक पहुँच नहीं पाए इस बात के लिए दिल में हमेशा अफ़सोस बना रहेगा। मेरे ख्याल से उसका मिशन पूरा हो चूका है। अब वो हमारी पहुँच से दूर चला जायेगा।"

अरविन्द ने कहा, "हम फिर भी उसकी जानकारी निकालने की कोशिश करते रहेंगे सर।"

इतना कह कर अरविन्द और राजेश वहाँ से निकल गए।

ऑफिस में आते ही राजेश ने अरविन्द से कहा, "सर सिर्फ धीरेन के बयान के भरोसे हम देव सहगल और राज अग्रवाल को सजा नहीं दिला पाएंगे।"

अरविन्द ने जवाब दिया, "मैं भी यही सोच रहा हूँ।"

इससे पहले की अरविन्द और कुछ कहता उसके फोन पर एक अनजान नंबर से कॉल आ गया। उसने राजेश की तरफ देखते हुए कहा, “ये उसी का कॉल है।”

अब तब राजेश भी समझ गया था की इस कॉल को ट्रेस करने का कोई फायदा नहीं। उसने अपने कंधे उचका दिए।

“ये मेरा आखरी कॉल है। ये खेल खत्म हो चुका है।” कातिल ने अरविन्द से कहा।

अरविंद ने जवाब में कहा, “तो क्या बस इतना ही प्लान था तुम्हारा?”

कातिल ने कहा, “प्लान तो ऊन सबको मारने का था जो इस वक्त आपकी हिरासात में है। लेकिन आपकी और ACP राजेश की इमानदारी और फर्ज के जजबे को देख कर फिर एक बार कानून पर भरोसा करने का मन हो गया। इसलिये धीरेन को जिन्दा छोड़ दिया और उसके मुँह से सब उगलवा कर ऊन सब को आपके हवाले कर दिया जो इस देश के लिए कलंक हैं। बस एक विनती है आपसे उन्हे सजा जरूर दिलाययेगा।”

अरविंद ने कहा, “उन्हे तो उनके किये की सजा जरूर मिलेंगी लेकिन तुमने भी जुर्म किये हैं, क्या तुम्हे नहीं लगता की तुम भी सजा के हकदार हो?”

कातिल ने बड़े ही शांत लफ्जो में जवाब दिया, “मैं अपनी सजा काट चूका हूँ। क्यों की तीन साल तक ऊन लोगों ने जब २१ लोगों को मार कर भी एशो आराम की जिंदगी गुजारी तब तीन साल मैं हर एक पल मर-मर के जीता रहा हूँ। तब कानून ने भी मेरी मदद नहीं की थी। वो लोग सजा के हकदार थे सो मारे गये। अब मुझे किसी से कुछ लेना-देना नहीं है।”

अरविंद ने कहा, “लेकिन सिर्फ धीरेन के बयान से हम कुछ साबित नाहीं कर पायेंगे। सहगल और मंत्री सुखदेव चौहान साफ बच कर निकल जायेंगे। और ना ही हम उस हवाई जहाज कंपनी के मालिक के खिलाफ कोई करवाई कर पाएंगे।”

कातिल ने एक फीकी मुस्कान के साथ कहा, “उसकी भी फिक्र मत किजीये. विकास और रौनक ने इन सब के खिलाफ काफी सबूत जुटा रखे थें। वो सब आपके ऑफिस में भेज दिए है। हो सकता है आप तक पहुँचने ही वाले होंगे।”

अरविन्द आगे कुछ बोलने ही वाला था की हवालदार राणे दरवाजा खटकटा कर अंदर आ गया। राणे के हाथ में एक पार्सल था। अरविन्द और राजेश अपनी भौंए सिकोड़ कर राणे की ओर देखने लगें।

“अरविन्द सर, ये आपके नाम से आया है।” इतना कह कर राणे ने पार्सल टेबल पर रख दिया और बाहर चला गया। कातिल ने भी वह बात सुन ली।

कातिल ने फिर कहा, “उस बक्से में हर वो सबुत है जो आप को उन सभी को सजा दिलाने में मदद करेगा।”

अरविंद ने कहा, “फिर भी एक इन्सान तुम्हारे और कानून के हाथों से बच गया।”

कातिल पुरे आत्मविश्वास के साथ कहा, “नहीं, उसकी खबर भी आती ही होगी। अपने ऑफिस का टी.वी ऑन रखिएगा।” इतना कह कर कातिल ने कॉल काट दिया।

राजेश ने तुरंत टी.वी ऑन किया। रिमोट से राजेश एक-एक कर के न्यूज़ चैनल लगाने लगा।

तभी अरविन्द ने कहा, “राजेश पीछे लेना।”

एक न्यूज़ चैनल पर खबर दिखाई जा रही थी। जिसमे कहा जा रहा था, “अभी थोड़ी देर पहले ही मलेशिया से ये खबर सामने आयी है। भारत समेत ७ मुल्कों का मोस्ट वॉन्टेड क्रिमिनल विल्सन कई दिनों से मलेशिया में छुपा हुआ था। आज दोपहर करीब ०१:०० बजे उसकी किसी ने गोली मार कर हत्या कर दी है।”

“बताया जा रहा है की जिस व्यक्ति ने गोली चलाई वो उसी के गैंग का सदस्य था। जो वहाँ से फरार है। और एक अजीब बात सामने आयी है। विल्सन के गले में एक शतरंज का मोहरा लॉकेट की तरह पहनाया हुआ मिला है।”

राजेश और अरविन्द एक दूसरे को देखते रह गए।

-------- X --------

37

परिणाम

कुछ ही दिनों में सब कुछ किसी तूफान की तरह शांत हो गया। सुदखदेव चौहान, धीरेन चौहान और राज अग्रवाल समेत उनके साथ मिले हुए कई लोगों को कोर्ट में पेश किया गया। विकास और रौनक ने उन सब के खिलाफ काफी ठोस सबूत इकट्ठे किए हुए थें। उन सबूतों के दम पर फास्ट्रैक कोर्ट में सब के खिलाफ कड़े फैसलें लिए गए।

विकास ने मरने से पहल एक वीडियो बनाया था, जिसमे उसने साफ़-साफ़ कहा था की वह देव सहगल को सब कुछ बता चूका है। लेकिन देव सहगल ने इस सच्चाई को पुलिस से छुपाया था। क्यों की वह बिक चूका था। धीरेन चौहान के बयान और विकास के विडिओ से साफ़ हो गया की देव सहगल भी गुनहगार था। उसे भी कोर्ट ने कड़ी सजा सुनाई।

——— X ———

राधिका और मिना अपने घर लौट आयी। उनकी जिंदगी फिर से एक आम जिंदगी में तब्दील होने लगी। राधिका हर वक्त उस शख्स के बारे में सोचती रहती जिसका असली नाम तक उन्हें नहीं पता था लेकिन उसने इन सब की जिंदगी में खुशाली लौटा दी थी।

——— X ———

फैक्ट्री से लूटे हुए पैसों में से राघव, गणेश, अजय और फिरोज को उनके हिस्से की रकम मिली जिससे उन सब की जिंदगी नए सिरे से शुरू हो गई। सचिन के परिवार को भी सचिन के हिस्से की रकम पहुँचा दी गई।

कुछ रकम रजनीश तक पहुँचायी गई, जिससे वह मिना को पढ़ा सके, और अपनी जिंदगी ख़ुशी से जी सके।

राधिका का के घर भी एक पैसों का बैग पहुँचाया गया। ता की राधिका को डॉक्टर बनते देख उसके पिता का सपना पूरा हो सके।

नोटों से भरा एक बैग लखन त्रिपाठी को भी मिला और साथ में एक चिट्ठी थी जिसमें लिखा था 'देश को तुम जैसे ईमानदार जर्नलिस्ट की जरुरत है। कभी अपने प्रोफेशन से गद्दारी मत करना।'

योगी को मिले पैसों से उसने एक दुकान खरीद ली, और वहाँ खिलौनों का होलसेल बिज़नेस शुरू किया। उसने अनाथालय से एक बच्चे को भी गोद लिया जिससे मिसेस योगी की सुनी गोद भर गई।

फिरोज और नसीम ने निकाह कर लिया। और अपनी जिंदगी ख़ुशी से जीने लगें।

राघव ने मिना की आँखों में अपने लिए प्यार भांप लिया था। वह अक्सर मिना से मिलने लगा।

राधिका ने राघव से उस शख्स के बारे में जानने की बहुत कोशिश की। लेकिन राघव खुद नहीं जनता था की वह कौन था, कहाँ से आया था और कहाँ चला गया। और जाते-जाते इतनी सारी जिंदगियों को सवार गया।

विकास और रौनक पर लगाए गए करप्शन के इल्जाम ख़ारिज कर के उन्हें शहीद घोषित किया गया। २६ जनवरी को दोनों को देशसेवा पर बलिदान देने के लिए मेडल दिए गए। उस दिन शालिनी और विकास के माता पिता की आँखें सूखने का नाम ही नहीं ले रही थीं।

रौनक का कोई परिवार नहीं था। क्यों को वह एक अनाथालय में पल कर बड़ा हुआ था। इसलिए उसके हिस्से का मेडल और पैसा उसी अनाथालय को दिया गया।

---------- X ----------

38

राजेश का इस्तीफा

०२ फरवरी २०२६, सुबह ११:१८

अरविन्द और राजेश अपने ऑफिस में पहुँचें।

“ऐसा लग रहा है आज सब कुछ ख़त्म हो गया, है ना राजेश?” अरविन्द ने कुर्सी पर बैठते हुए कहा।

राजेश ने जवाब दिया, “हां सर सब कुछ अब शांत हो गया है। लेकिन कुछ पहेलियाँ अभी भी सुलझी नहीं है।”

अरविन्द ने कहा, “जैसे की?”

राजेश ने जवाब दिया, “जैसे की आखिर वो कातिल था कौन? उसने कमिश्नर ऑफिस में मिक्रोफोन और मंच में गन वाली डिवाइस कैसे फिट की होगी? उसके पास विकास और रौनक ने इकट्ठे किये हुए सबुत कहाँ से आये? और सबसे बड़ी बात उसने यहाँ होते हुए भी मलेशिया में विल्सन को कैसे मारा?”

अरविन्द ने मुस्कुराते हुए जवाब दिया, “ये वो सवाल है जो मुझे भी सोने नहीं दे रहें। इन सब सवालों के जवाब हमें सिर्फ एक ही इंसान दे सकता है, और वो है खुद कातिल। जब तक मैं जिन्दा हूँ उसे ढूंढ कर इन सवालों के जवाब जानने की कोशिश जरूर करूँगा।”

राजेश ने कुछ सोच कर कहा, “सर अब इस केस में कुछ बाकी नहीं रहा तो आपके जेब में जो मेरा इस्तीफा पड़ा है उसपर भी करवाई कीजिए। आपने कहा था, जब इस केस को ख़त्म कर देंगे तब रॉकी की हत्या के लिए आप मुझपर करवाई करेंगे।”

अरविन्द ने कुछ सोच कर शुक्ला को फोन किया। स्पीकर मोड़ पर उसने बात करना शुरू किया।

“शुक्ला उस लड़के रॉकी पटेल का कुछ पता चला?” अरविन्द ने राजेश की और देखते हुए शुक्ला से पूछा।

शुक्ला ने जवाब दिया, “नहीं सर। उसका बाप रोज फोन कर के पूछ रहा है। उसे खोजने की कोशिश जारी है। और मुझे तो लगता है सर उस कातिल ने उसका भी सफाया कर दिया

होगा। जाने दीजिये ना सर धरती से एक बलात्कारी कम हुआ।"

अरविन्द ने कुछ सोच कर कहा, "ठीक है शुक्ला। अगर रॉकी पटेल की कोई भी जानकारी मिले तो उसकी फाइल बनाने से पहले तुम मुझे कॉल करोंगे।"

शुक्ला ने जी सर कहा और अरविन्द ने फोन काट दिया।

अरविन्द ने जेब से राजेश का इस्तीफा निकाल कर उसे एक बार देखा और राजेश के सामने ही उसे फाड़ कर डस्ट बिन में डाल दिया। राजेश की आँखों में हल्की लकीर उभर आयी।

अरविन्द ने कहा, "जब कोई लाश ही नहीं तो करवाई कैसी।" इतना कह कर अरविन्द मुस्कुराने लगा। और राजेश भाउक हो गया।

-------- X --------

39

The Climax

०३ अप्रेल २०२६, सुबह ०९:३५

ढाई महीने गुजर चुके थें। क्यों की अब उस केस में कुछ बाकी नहीं रह गया था, तो राजेश को दूसरे केस की छानबीन करने दूसरे इलाके में भेज दिया गया था। मनीष अपनी IT सेल की ड्यूटी पर लौट गया था। अब अरविन्द के साथ उस केस पर सिमा और शुक्ला दोनों ही काम कर रहें थें।

सुबह अरविन्द अपने घर के सोफे पर बैठा अख़बार पड़ रहा था। कुछ सोच कर अरविन्द ने अख़बार सामने टेबल पर रख दिया और टी.वी ऑन कर दी। थोड़ी देर न्यूज़ चैनल बदल-बदल कर उसने खबरें देखि। शायद उसे कोई काम की खबर नहीं मिली। उसने टी.वी बंद कर दी और अपना सिर पीछे सोफे से टिका कर अपनी आँखें बंद कर दी। वह थोड़ा परेशान सा नजर आ रहा था। ऐसा लग रहा था की उसके दिल में कोई बात थी जो उसे परेशान कर रही थी।

कुछ पल बाद उसने अपने मोबाईल से एक नंबर डायल किया। कॉल कनेक्ट होते ही अरविन्द ने सामने वाले व्यक्ति से कहा, “विठ्ठल, क्या वो आज भी काम पर आया है?”

सामने से जवाब आया, “जी हां सर अभी थोड़ी देर पहले ही आया है।” विठ्ठल की बात सुन कर अरविन्द ने फोन काट दिया।

बिना एक भी पल गवाये उसने शुक्ला को कॉल किया। “शुक्ला कुछ पता चला उस आदमी के बारे में?” अरविन्द ने पूछा।

शुक्ला ने जवाब दिया, “नहीं सर दो दिन हो गए है ना किसी की मिसिंग रिपोर्ट है। ना ही कोई पूछने वाला। आप कहे तो कर दू इसका अंतिम संस्कार?”

अरविन्द ने जवाब दिया, “नहीं बस आज के दिन रुक जाओ। कल सवेरे उसका फैसला कर देंगे।” इतना कह कर अरविन्द ने फोन काट दिया और कुछ सोच कर उसने राजेश को कॉल किया।

कॉल कनेक्ट होते ही सामने से आवाज आयी, “जय हिन्द सर।”

अरविन्द ने कहा, “जय हिन्द। राजेश कहाँ हो इस वक्त?”

राजेश ने जवाब दिया, “सर, आज लिव है। सोच रहा हूँ कही बाहर घूम आवु।”

अरविन्द ने कहा, “मेरी भी आज छुट्टी है। कहो तो साथ में चलते है।”

राजेश ने कहा, “बिलकुल सर। कहाँ चले?”

अरविन्दकहा, “तुम गाड़ी ले कर आ जाओ, बताता हूँ।”

कुछ १ घंटे बाद राजेश अपनी पुलिस की गाड़ी खुद चला रहा था। और हमेशा की तरह अरविन्द बगलवाली सीट पर सोने की नाकाम कोशिश कर रहा था। आज दोनों ही सामान्य कपड़ों में जंच रहे थे। दोनों ने काले चश्में पहने हुए थें, जो उनके रूप को चार चाँद लगा रहें थे।

राजेश ने कहा, “सर जब आप पहलीबार मेरे साथ योगी से मिलने गए थे, तब आप सारे रास्ते सो रहे थे। लेकिन उसके बाद आप को कभी चैन से सोते नहीं देखा।”

अरविन्द ने आँखें खोल दी और सीधे बैठते हुए कहा, “हां यार, मेरी आदत रही है। मैं जब भी पुलिस की गाड़ी में जाता था, तो मंजिल पर पहुँचने तक आराम से सो जाता था। लेकिन जब से इस केस पर काम करने लगा तो मैं आज तक ठीक से सो नहीं पाया।”

अरविन्द की बात पर राजेश मुस्कुरा दिया और अरविन्द भी।

राजेश ने कहा, “वैसे सर आप ने बताया नहीं की हम जा कहाँ रहे हैं?”

अरविन्द ने मुस्कुरा कर जवाब दिया, “इस रास्ते पर आगे करीब ७० किलोमीटर पर एक खदान है। हम वहाँ किसी से मिलने जा रहे हैं।”

“सर आज छुट्टी है। मैंने सोचा आप जरूर किसी अच्छी जगह घूमने ले कर जायेंगे।” राजेश ने मुँह बनाते हुए कहा।

अरविन्द ने जवाब दिया, “यकीन मानो राजेश जहाँ मैं ले जा रहा हूँ, वहाँ जाने के बाद तुम्हारा मुड़ ठीक हो जायेगा।”

अरविन्द की बात पर राजेश हल्का मुस्कुराने लगा और गाड़ी अपना रास्ता तय करने लगी।

-------- X --------

खदान में

०३ अप्रेल २०२६, दोपहर १२:३१

राजेश ने गाड़ी खदान के गेट के नजदीक रोक दी। दोनों गाड़ी से उतर कर गेट के अंदर जाने लगें।

गेट से थोड़ा अंदर खड़ा सिक्योरिटी गार्ड जोर से चिल्लाया, “कौन चाहिए भाई। ये खदान है गार्डन नहीं जो अंदर घुस रहें हो।”

राजेश और अरविन्द एक दूसरे की तरफ देख कर मुस्कुराने लगें।

सिक्योरिटी गार्ड दोनों के नजदीक आ गया। और ऊँची आवाज में कहने लगा, “क्या काम है? किससे मिलना है?”

लेकिन वह सब कहते हुए उसकी नजर गेट के पास खड़ी पुलिस की गाड़ी पर पड़ी। उसे समझ में आ गया की सामने जो दोनों खड़े थे वे पुलिसवाले है।

उसने पल भर में गिरगिट की तरह रंग बदल लिया।

"माफ़ करना साहब मैंने चश्मा नहीं पहना है ना तो दूर से दिखाई नहीं दे रहा था। किससे मिलना है साहब?"

अरविन्द ने कहा, "विठ्ठल से।"

गार्ड ने इशारे से बताया, "वहाँ उस कमरे में बैठे है विठ्ठल बाबू।"

अरविन्द और राजेश दोनों उस छोटे से कमरे की और चल दिए। वह कमरा खदान के किनारे पर बना हुआ था। विठ्ठल इस वक्त दीवार में बनी बड़ी खिड़की के सामने हाथ बांध कर खड़ा था। खिड़की से निचे काम कर रहे सारे मजदुर दिखाई दे रहे थें।

अरविन्द और राजेश अंदर चले गए और अरविन्द ने कहा, "कैसे हो विठ्ठल?"

विठ्ठल ने मुड़ कर दोनों की तरफ देखा और कहा, "अरे साहब, मैं ठीक हूँ आइये।"

राजेश को तो कुछ समझ में ही नहीं आ रहा था की इतनी धुप में अरविन्द उसे खदान जैसी जगह क्यों लाया था।

अरविन्द भी विठ्ठल के साथ खिड़की से निचे देखने लगा। निचे मजदुर पत्थर तोड़ने का काम कर रहें थें। कोई सब्बल से तो कोई हथोड़े से पत्थर तोड़ रहा था। अरविन्द ने एक नजर सारे मजदूरों पर घुमाई।

अरविन्द ने विठ्ठल से कहा, "कहाँ है वो।"

विठ्ठल ने एक मजदुर की तरफ इशारा किया और कहा, "वो रहा।"

वह एक हट्टा-कट्टा आदमी था। अरविन्द उसे पीछे से देख रहा था। उसके कपडे पसीने से भीगे हुए थे। बाल लगभग एक या डेढ़ महीने से काटे नहीं थें। चेहरे की थोड़ी सी झलक से पता चल रहा था, उसे शेव किए शायद १५-२० दिन से ज्यादा हो चुके थे। वह शख्स लगातार हथोड़ा पत्थर पर बरसा रहा था। बाकि सभी मजदूरों के मुकाबले वह अकेला ही पूरी लगन के साथ अपना काम कर रहा था।

अरविन्द ने कमरे की दूसरी ओर से बनी सीढ़ियों की तरफ चलना शुरू किया।

तभी विठ्ठल ने कहा, "मेरा सबसे मेहनती मजदुर ले जा रहे हो साहब।"

अरविन्द ने मुड़ कर एक हलकी मुस्कान बिखेर दी और फिर से चलना शुरू किया। राजेश भी अरविन्द के पीछे-पीछे जा रहा था।

थोड़ी ही देर में अरविन्द और राजेश उस शख्स के पीछे खड़े थें। दोनों को देख कर सारे मजदुर रुक गए। लेकिन उस शख्स को तो शायद उसके काम से ही मतलब था। वह अपने हथोड़े से पत्थर को इस कदर तोड़ रहा था जैसे उसका जन्म ही पत्थर तोड़ने के लिए हुआ हो।

राजेश धुप और वहाँ की धूल की वजह से ऊब चूका था। वह इधर-उधर देख रहा था। जब की अरविन्द का सारा ध्यान सिर्फ उस पत्थर तोड़ रहे शख्स पर ही टिका हुआ था।

"कैसे हो मिस्टर करण त्यागी?" अरविन्द ने ऊँची आवाज में कहा।

उस शख्स के हाथ पत्थर पर आखरी चोट कर के रुक गए। वह शांति से खड़ा हो गया। करण त्यागी का नाम सुनते ही राजेश हैरानी से उस शख्स को देखने लगा। अभी भी वह शख्स दोनों की तरफ पीठ करके खड़ा था। उसके चेहरे से पसीना पानी की तरह टपक रहा था।

धीरे से वह अरविन्द और राजेश की तरफ मुड़ा। वह और कोई नहीं खुद करण त्यागी था। बाल बिखरे, चेहरे पर दाढ़ी और पसीने से भीगे कपडे। लेकिन उसके होठों पर अरविन्द को देख कर एक मुस्कान तैरने लगी। उसके हाथ से हथोड़ा छूट कर निचे गिर गया।

राजेश का तो जैसे दिमाग ही काम करना बंद कर दिया हो। एक मुर्दा इंसान आज उसके सामने जिन्दा खड़ा था। “सर, ये करण त्यागी है? ये कैसे हो सकता है? मतलब ये सब.......” राजेश बिलकुल ही हड़बड़ा गया था।

अरविन्द ने राजेश से कहा, “मैंने कहा था ना यहाँ आने के बाद तुम्हारा मूड फ्रेश हो जायेगा।”

फिर अरविन्द ने करण से कहा, “तो चले मि. त्यागी।”

करण ने एक नजर सारे मजदूरों को देखा। वे सारे करण को ही देख रहें थें। एक हलकी मुस्कान के साथ उसने अपने कदम बढ़ाए।

——— X ———

40

करन त्यागी

०३ अप्रेल २०२६, दोपहर ०२:०५

पूछताछ कक्ष में इस वक्त करण एक कुर्सी पर बैठा हुआ था, और सामने राजेश और अरविन्द।

करण ने कहा, “मैं जानता था की आप एक दिन मुझे ढूंढ लेंगे, लेकिन मुझे ढूंढा कैसे?”

अरविन्द ने जवाब दिया, “वो मैं तुम्हे बाद में बताऊँगा। पहले मुझे तुम्हारे मुँह से सच सुनना है। वो भी शुरू से। और तुमने विल्सन को कैसे मारा? जब की वो मलेशिया में था और तुम यहाँ। मैं ये तो जान गया हूँ की कमिश्नर ऑफिस में मइक्रोफ़ोन और मंच में वो डिवाइस जिससे त्रिवेदी मारा गया वो तुमने किसकी मदद से लगाए। लेकिन एक बात समझ में नहीं आयी, इतना सारा पैसा मिलने के बाद भी तुम वहाँ खदान में क्यों काम कर रहे थे।”

अरविन्द की बात ने जैसे बम फोड़ दिया हो, जिसकी वजह से राजेश के कान संननन की आवाज करने लगे। उसने अपने आप से ही बुदबुदाया ‘कातिल करण त्यागी है। जिसे हम मरा हुआ समझ रहे थे। और अगर ये जिन्दा है तो वो पोस्टमार्टम रिपोर्ट, डेथ सर्टिफिकेट सब झूठ थे या किसी और के।’ राजेश का सर चकराने लगा।

करण ने मुस्कुराते हुए अपनी आप बीती सुननी शुरू की।

“मैं एक बहुत ही मामूली इंसान हूँ सर। मेरे पिता की मौत के बाद मेरी माँ की दिमागी हालत ख़राब हो गई थी। हालात ने मुझसे किताबें छीन कर माँ की जिम्मेदारी दे दी। मैं जी तोड़ कर मेहनत करने लगा। जो, जैसे, जहाँ काम मिलता मैं करता गया।”

“कुछ साल लगें माँ को ठीक होने के लिए। लेकिन जिंदगी ने फिर से मुझे खुशियाँ दे दी। मैं अपनी जिंदगी में खुश था। प्यार हुआ शादी हुई और प्यारे-प्यारे जुड़वाँ बच्चे भी हो गए। ऐसा लग रहा था सारी दुनिया की खुशियाँ मेरे ही घर आ गई हो। लेकिन तभी जिंदगी ने करवट ली और वो हादसा हो गया।”

“मेरी दुनिया उजड़ गई। मैंने एक साथ अपना सारा परिवार खो दिया। लोगों ने बातें बनाई, न्यूज़ चैनलों ने अपनी कमाई की और सरकार ने मदद की। सब ने मान लिया की वो

एक सड़क हादसा था। मैं भी एक आम इंसान हूँ, मेरे दिल ने भी मान लिया की वो एक सड़क हादसा था।"

"अपने परिवार को अंतिम विदाई देने के बाद मेरे लिए ना किसी रिश्ते की अहमियत रह गई थी ना ही किसी से अपनेपन की। मैं दर-दर ठोकरें खाता, इधर-उधर भटकने लगा।"

"मैंने अपनी जिंदगी ख़त्म करने की भी कोशिश की, लेकिन जिस इंसान ने अपनी जिंदगी में चींटी भी नहीं मारी वो खुद की जान कैसे ले पाता?"

"मैं रोज शराब पिने लगा और अपनी जिंदगी एक भिकारी की तरह जीने लगा। ना किसी के होने का अहसास, ना किसी को खोने का गम। मैं बिलकुल पागल सा हो गया था। दिन बितते गए और मेरी की जिंदगी में फिर उथल-पुतल ले कर एक नया दिन आया। जिसने मेरी जिंदगी फिर बदल दी।"

"वो एक तूफानी रात थी।" बताते हुए करण के सामने वह सब दिखाई देने लगा।

--------- X ---------

रात के दो बज रहे थे। कीड़े किर्रर्रर किर्रर्रर की आवाज कर रहे थें। बिच-बिच में उल्लू की एखाद आवाज सुनाई पड रही थी। जंगली कबूतर पेड़ पर गुटर-गुटर करते तो लगता कोई मुँह पर हाथ रखकर हँस रहा हो। हवा के झोके से पत्ते उडते तो सरररररर की आवाज होती। पास के हाइवे से बिच-बिच में कोई वाहन गुजरता तो १०-१२ सेकंड तक हवा का आवाज कानो में गूंज रहा था।

एक जीप हाइवे पर चल रही थी। जीप में धीमी आवाज पर गाना चल रहा था 'ये गणपत चल दारू ला ये गणपत गणपत।' वह जीप एक दुकान के नजदीक आ कर रुक गई। जीप से एक आदमी उतर कर दुकान की दिवार पे पेशाब करने लगा। वह और कोई नहीं रघु था। उसने शायद कुछ ज्यादा ही पि रखी थी। लड़खड़ाती आवाज में वह जीप में चल रहा गाना गुनगुना रहा था।

पेशाब करने के बाद लड़खड़ाते कदमो से वह वापस जीप में जाकर बैठ गया। फिर गाना बंद कर के उसने अपने जेब से मोबाइल निकाला और स्पीकर मोड़ पर एक नंबर डायल किया।

कॉल मिलते ही सामने से जवाब आया, "बोलो रघु कब छूटे जेल से?"

रघु ने जवाब दिया, "क्या साब आपने बोला था ३ महीने में बाहर निकालने के लिए, लेकिन ४ महीना ज्यादा लग गए। एक तो उस जेल में कोई चोरी छुपे शराब भी पिने को नई मिलती थी। सारा भेजा ख़राब कर दिया।"

सामने से उस अनजान शक्स ने कहा, "बड़े कामो में वक्त कम ज्यादा होता रहता है।"

रघु ने कहा, "वो तो ठीक है साब, लेकिन ये जो ४ महीने ज्यादा लग गए उतने वक्त में ५-६ लाख रुपये अलग से कमा लेता मैं। तो आप ही सोचो मेरा तो नुकसान हो गया ना?"

अनजान शक्स ने गुस्से में जवाब दिया, "ज्यादा लालच अच्छा नहीं होता रघु। जितना मिले उसमे खुश रहना सीखो। जिंदगी आसान भी रहेंगी और जिंदगी भी रहेंगी बाकि तुम

समझदार हो। और गलती तुम्हारी भी है। मैंने तुम्हे विकास को मारने के लिए कहा था। तुमने गड़बड़ कर दी। अगर वो बस खाई में नहीं गिरी होती तो ३ महीने तो छोडो मैं तुम्हे महीने भर में ही बाहर निकाल लाता।"

रघु ने बात को संभालने वाले अंदाज में हँसते हुए कहा, "अरे साब आप तो बुरा मान गए। मैं तो बस कुछ खर्चा पानी के वास्ते फोन किया। बाकी आप देख लो, कोई जबरदस्ती थोड़ी ही कर रहा हूँ।"

अनजान शक्स ने शांत होते हुए कहा, "अब ऐश करो कोई और काम रहा तो तुम्हे याद करूँगा और भूल से भी किसी से उस बस हादसे के बारेमे बात मत करना।"

रघु ने फिर से हँसते हुए कहा, "अरे साब मैं पागल है क्या? २ करोड़ रुपये लेकर विकास को टपकाने गया था। लेकिन साला वो बस खाई में गिर गई। अब किसी और को बताके खुद थोड़े ही उस खाई में गिरना है। आप फ़िक्र मत करो मेरी जुबान से उस हादसे का जिक्र कभी नहीं निकलेगा। बस थोड़ा खर्चा पानी का बंदोबस्त कर दो।"

अनजान शक्स कहा, "गुड़, मुझे तुमसे यही उम्मीद थी। कुछ रहा तो फोन करूँगा। और तुम्हारे खर्चे का देखता हूँ कुछ। अब मुझे फोन मत करना, जरुरत होगी तो मैं खुद कर लूंगा।"

रघु ने जवाब दिया, "ठीक है साब। वो क्या बोलते है हां थैंक यु। अभी रखता है अपन।" इतना कह कर रघु ने फोन काट दिया। फोन को अपने जेब में रखकर फिर से जीप में गाना शुरू कर के जीप स्टार्ट की और गाना गुनगुनाते हुए वहाँ से निकल गया।

लेकिन रघु नहीं जनता था की जिस दुकान की दीवार पर उसने पेशाब की थी, उस दुकान की दूसरी तरफ कम्बल मुँह पर ओढ़े हुआ कोई सो रहा था। उस शख्स ने रघु और उस अनजान शख्स की सारी बातें सुन ली थीं।

रघु के जाते ही वह शख्स एकदम से उठ कर बैठ गया। मानो कोई भूत हो। कम्बल अभी भी उसके मुँह पर ही था। जिसे उसने धीरे से अपने चहरे से खींच कर निकाला। वह और कोई नहीं करण त्यागी था। उसकी आँखें अभी भी बंद थी। उसके कानो में बस रघु की एक ही बात गूंज रही थी,

'अरे साब मैं पागल है क्या? २ करोड़ रुपये लेकर विकास को टपकाने गया था। लेकिन साला वो बस खाई में गिर गई।'

'लेकिन साला वो बस खाई में गिर गई।'

'लेकिन साला वो बस खाई में गिर गई।'

करण ने धीरे से अपनी आँखें खोली। पास में पड़ी शराब की बोतल में अभी भी थोड़ी शराब थी। उसे अपने मुँह से लगा कर करण सारी शराब पि गया। और फिर बोतल को फेक कर फोड़ दिया। अपने ऊपर से कम्बल को एक तरफ फेक वह तेजी से रोड पर आ कर दूर जा रही रघु की जीप को एक टक देखता रहा।

करण के जेहन में सिर्फ एक ही बात घूम रही थी। जिसे वह एक सड़क हादसा समझ रहा था, वह हादसा था ही नहीं। मतलब उसके परिवार की मौत कोई हादसा नहीं बल्कि किसी

साजिश का शिकार थी। वह रोड के बिलकुल बिच में खड़ा होकर बस एक टक धुंधली होती रघु की जीप की लाइट देखता रह गया।

-------- X --------

(करण वापस वर्तमान में लौट आया)

उसने कह, "वहाँ से निकलने के बाद मैंने उस हादसे की सारी जानकारी जुटाई। पुराने अख़बार, सोशल मिडिया, न्यूज़ चैनल और जितना मुमकिन हो सकता था मैंने हर तरह से जानकारी निकाली। जिससे मुझे योगी के बारे में पता चला।"

अरविन्द और राजेश मन लगा कर करण की हर बात सुन रहे थें। उन दोनों को भी करण की हर बात सुनने में दिलचस्पी नजर आ रही थी। करण कुछ पल के लिए खामोश हो गया। मानो अतीत में खो गया हो।

"फिर क्या हुआ?" राजेश ने करण की तन्द्रा तोड़ दी।

करण ने फिर बताना शुरू किया, "मैंने देखा की योगी को मदद की बहुत जरुरत थी। लेकिन मेरे पास भी तो पैसे नहीं थे उसकी मदद के लिए। और ना ही मैं उसे अपनी असली शकल दिखाना चाहता था।"

"तब मैं कुछ सोच कर रवि से मिलने उसके घर पहुँचा।"

-------- X --------

(फिर से करण अतीत में खो गया।)

रात के ०८:०१ बज रहे थे। इस वक्त करण काफी फ्रेश लग रहा था। बाल कटे हुए थें, शेविंग की हुई थी, कपडे साफ सुतरे थे जैसे वो पहले रहता था ठीक वैसे ही। बस चेहरा पहले के मुकाबले थोड़ा उतरा हुआ था। काफी दिनों से लगी शराब की लत और बाहर के खाने की वजह से वो थोड़ा दुबला भी हो गया था।

करण ने डोअर बेल बजाई। २ मिनिट बाद रवि ने दरवाजा खोला और करण को दरवाजे पर देख कर हैरान रह गया। उसकी आँखों में नमी आ गई करण को गले लगाकर वह करण की पीठ को दिलासे से थप-थपा ने लगा। फिर दोनों अंदर आ गए।

रवि के माँ बाप हॉल में बैठे हुए थें। वे भी करण को देखकर काफी खुश हुए। सब बैठकर बाते करने लगें। रवि के पिता ने करण को जिंदगी में आगे बढ़ने की सलाह दी। जिस पर करण भी ख़ुशी से राजी होते हुए हां में हां मिलाने लगा। लेकिन जो लावा करण के मन में इस वक्त जल रहा था उसकी किसी को भनक तक नहीं थी।

रवि की माँ ने सबके लिए खाना लगाया और चारो डायनिंग टेबल पर खाना खाने बैठ गए।

करण ने कहा "बहुत दिनों बाद माँ के हाथो का खाना खा रहा हूँ"

रवि की माँ ने कहा "अब यही रह जाओ हमारे पास फिर रोज खाने को मिलेगा" और चारो मुस्कुराने लगें।

खाना खाने के बाद रवि और करण छत पर टहलने चले गए। रवि ने ख़ुशी जाहिर करते हुए करण से कहा, “जीजाजी आप को ऐसे खुश देख कर बहुत ख़ुशी हुई बस अब हमे छोड़कर मत जाइएगा।”

करण ने कहा, “मैं तुम्हे झूठा दिलासा नहीं दे सकता रवि, मैं यहाँ रुकने नहीं आया हूँ। मैं किसी खास काम से जा रहा हूँ, तुम्हारी थोड़ी मदत भी चाहिए।”

रवि ने कहा, “खास काम, और वो क्या है? क्या मै जान सकता हूँ?” करण ने जवाब दिया, “फ़िलहाल बताने के लिए सिर्फ इतना है की उस हादसे के बाद जिंदगी में कुछ बाकि नहीं था। लेकिन अब एक मकसद है जिसे पूरा करना है।”

रवि ने कहा, “ठीक है बताइये मैं क्या मदत कर सकता हूँ?”

करण ने कहा, “मुझे कुछ पैसे चाहिए।”

रवि ने कहा, “कितने?”

करण ने जवाब दिया, “१० लाख रुपये।”

रवि ने कहा, “जीजाजी सरकार ने मुआवजे की रकम २० लाख रुपये आपके नाम से अलॉट की थी। लेकिन आपका कुछ अता पता नहीं था तो वो रकम मैंने कोशिश करके पापा के नाम से निकलवा ली। वो २० लाख रुपये हमने संभाल कर रखे है चाहे तो आप पुरे ले जाईये।”

करण ने कहा, “नहीं रवि, मुझे फ़िलहाल १० लाख ही चाहिए बाकि पैसे तुम रख लो शायद मुझे उन पैसो की जरुरत ना पड़े। मैं कल पैसे मिलते ही यहाँ से चला जाऊंगा।”

रवि विनती करने वाले अंदाज में कहा, “क्या जाना जरुरी है?”

करण ने गंभीर स्वर में कहा, “हां बहुत जरुरी है। और हां मैं यहाँ आया था ये बात किसी को मत बताना। मम्मी पापा से भी कह देना, किसी से मेरे यहाँ आने का जिक्र ना करे।”

रवि ने अपनी भौंए सिकोड़ते हुए कहा, “कोई परेशानी तो नहीं ना?”

करण ने सामान्य स्वर में कहा, “नहीं, लेकिन मैं किसी के लिए परेशानी बनना नहीं चाहता।”

रवि ने मुस्कुराते हुए कहा, “वैसे आपको एक किस्सा सुनाता हूँ। जब मैं उन पैसो को पापा के नाम से निकलवाने गया था तो बहुत दिक्कत आयी थी। वो जो ऑफिसर है ‘रमेश साहू’ बड़ा ही कमीना है। वो कहने लगा करण त्यागी पैसे निकाल चूका है। लेकिन पापा की और मेरे ऑफिस के लोगों की पहचान की वजह से हम पैसे निकाल पाए।”

“सुनने में तो ये भी आया है की उसने हादसे में मरे कुछ गरीब परिवार के लोगों को ५ लाख की बजाए ५० हजार रुपये दे कर ही रफा-दफा कर दिया। अजीब लोग है इस दुनिया में। ये रिश्वतखोर लोग हादसे में मरे हुए लोगों के भी पैसे खा जाते हैं।”

——-- X ——--

(करण फिर अतीत से वर्तमान में लौट आया।)

उसने अरविन्द की आँखों में देखते हुए कहा, "उस दिन रवि ने मुझे रमेश साहू के बारे में बताया। तो मैंने उसका नाम भी अपनी लिस्ट में जोड़ लिया।"

"अगले दिन रवि से १० लाख रुपये ले कर मैं वहाँ से निकल गया। उन पैसो से मैंने सब से पहले अपना हुलिया बदला और योगी से मिला। मैंने उसकी मदद की उसे पैसे दिए उसका पैर ठीक होने तक उसके घर आना जाना किया। जब योगी को मुझपर पूरा भरोसा बैठ गया तब मैंने उससे उस हादसे का सारा सच उगलवाया।"

"फिर मैं विकास राठी की पत्नी शालिनी पर नजर रखने लगा। विकास की मौत से शालिनी टूट चुकी थी। लेकिन अपनी छोटी सी बच्ची के लिए अब माँ और बाप दोनों का किरदार निभा रही थी।"

"एक दिन वो अपनी छोटी सी बच्ची के साथ पार्क में खेल रही थी। तब मैं उससे मिलने गया। शालिनी के सामने मुझे भेस बदलने की जरुरत नहीं थी।"

---------- X ----------

(करण ने फिर से एक अतीत का पन्ना पलटा।)

उस वक्त बगीचे की नर्म घास पर शालिनी अपनी बच्ची को ऊँगली पकड़ कर चलना सीखा रही थी। कुछ बच्चे वहाँ खेल रहे थें। कुछ अधेड़ और बुजुर्ग टहल रहे थें। करण शालिनी और उसकी बच्ची को पास ही के बेंच पर बैठा देख रहा था। और उस बेंच के बगलवाले बेंच पर शालिनी का बैग रखा हुआ था।

थोड़ी देर बाद जब शालिनी अपना बैग लेने बेंच के नजदीक आयी तो करण ने कहा, "नमस्ते शालिनी जी।"

शालिनी ने एक अनजान व्यक्ति को उसका नाम लेते देख चौक कर कहा, "नमस्ते। क्या हम पहले मिल चुके है?"

करण ने जवाब दिया, "नहीं हम आज से पहले कभी नहीं मिले। लेकिन मुझे आप से कुछ बात करनी है। आप चाहे तो जब आप फ्री हो तब मुझे बताइये मैं आ जाऊंगा।"

शालिनी थोड़ा असहज महसूस करने लगी। उसने अपना बैग बगल में लटका दिया और बच्ची को गोद में उठा कर कहा, "किस सिलसिले में?"

करण ने भावना शून्य स्वर में कहा, "मुझे आपसे विकास जी के बारे में बात करनी है। मुझे लगता है की विकास जी का एक्सीडेंट नहीं हुआ बल्कि एक बड़ी साजिश की तहत उनकी हत्या की गई है।"

विकास का जिक्र होते ही शालिनी की सांसे बढ़ने लगी। उसने कहा, "माफ़ कीजियेगा मुझे आपसे कोई बात नहीं करनी। आईन्दा से मुझसे मिलने की कोशिश मत कीजिएगा।" इतना कहकर शालिनी वहाँ से जाने लगी।

करण ने कहा, "मेरा नाम करण त्यागी है। और मैं आप को दो दिन बाद यही मिलूंगा।"

शालिनी ने करण की बात सुन तो ली, लेकिन अनसुना करते हुए वहाँ से चली गई।

शालिनी ने घर आने के बाद करण त्यागी की जानकारी निकाली। तब उसे पता चला उस हादसे में करण अपने पुरे परिवार को खो चूका था। दो दिनों तक शालिनी सोचती रही। और उसने करण से मिलने का फैसला किया।

शालिनी बगीचे में दाखिल हुई। आज वह अकेली आयी थी। उसे करण बेंच पर बैठा दिखाई दिया। करण शून्य को निहारता एक टक सामने देख रहा था। वह गहरी सोच में था। शालिनी बगलवाले बेंच पर आ कर बैठ गई।

“मुझे अफ़सोस है, की आपका पूरा परिवार उस हादसे का शिकार हो गया।” शालिनी ने बिना करण की और देखे ही कहा।

करण ने भी बिना शालिनी की तरफ देखे ही कहा, “वो हादसा नहीं था, एक शाजिश थी।”

शालिनी ने कहा, “लेकिन अब इन सब बातों का कोई फायदा नहीं। आप कुछ नहीं कर पाएंगे।”

करण ने कहा, “मैं पहले ही सब कुछ खो चूका हूँ। अब खोने के लिए कुछ भी बाकि नहीं। अगर आप नहीं बताएंगी तो मैं कही से तो पता कर ही लूंगा की ये सब किसने किया। और उसे सजा भी दूंगा बस थोड़ी देर लग जाएँगी। अगर आप कुछ जानती है और बता देंगी तो शायद जल्दी हो जाये।”

शालिनी ने कहा, “अगर मैंने आपको कुछ बता दिया, और उन लोगों को पता चला तो वो मुझे और मेरी बच्ची को भी मार देंगे। वो बहुत खतरनाक और पावरफुल लोग हैं।”

करण ने कहा, “अगर मैं आपको विश्वास दिलाऊ की मैं आपको या आपकी बच्ची को खरोच तक नहीं लगने दूगा, तो आप मुज़पर यकीन करेंगी?” करण ने इतने आत्मविश्वास के साथ कहा की शालिनी को उसपर भरोसा होने लगा।

शालिनी ने कहा, “इतना आसान नहीं है। वो कोई राह चलते गुंडे नहीं है की आप उनतक आसानी से पहुँच जाओ। ये एक बहुत बड़ा ड्रग माफिया का खेल है। जिसमें कई पुलिसवाले और पॉलिटिकल लीडर भी शामिल है। आप किस किससे लड़ेंगे। दो दिन में वो आप को ढूंढ लेंगे, साथ ही उन्हें ये भी पता चल जाएगा की आपको मैंने ही सब बताया है, तब क्या होगा? जो भी उनकी सच्चाई जान जाता है, वो उसे मार देते है।”

करण ने इस बार शालिनी की तरफ देखते हुए कहा, “जब मैं इन सब के खिलाफ खड़ा हो जाऊंगा तो शायद वो वैसे भी जान जायेंगे की कोई उस हादसे का बदला ले रहा है। अगर आप उनके बारेमे कुछ जानती है तो आपकी जान वैसे भी खतरे में है। मैं उन लोगों को छोडूंगा नहीं आपको जो कुछ भी पता है प्लीज़ मुझे बता दीजिये। मेरे अंदर जो बदले की आग जल रही है वो सिर्फ उनकी या मेरी मौत से ही बुझेगी।”

शालिनी ने करण की आँखों में बदले की जल रही लौ को भांप लिया। उसने कहा, “ठीक है, वैसे भी आपको सच पता होना चाहिए आखिर आपने अपना पूरा परिवार उस हादसे में खोया है।”

शालिनी ने एक पेन ड्राइव बेंच पर रख दिया और कहा, "इस पेन ड्राइव में उस हादसे का सच है। कुछ सबूत मेरे पास हिफाजत से रखें हुए है। अगर मैं आपके इस इंतकाम में कुछ मदद कर सकू तो कहिएगा। क्यों की ये मेरा भी तो इंतकाम है।" इतना कह कर शालिनी वहाँ से चली गई।

--------- X ---------

(करण वापस वर्तमान में लौट आया।)

अरविन्द और राजेश करण की तरफ एक टक देख रहें थें। करण ने फिर कहा, "उस पेन ड्राइव में विकास ने वीडियो शुट कर रखा था। वो वीडियो ३१ दिसंबर २०२५ की रात का था। उसने कमिश्नर की मुलाकात और रौनक के अगवा होने से ले कर सुखदेव चौहान और विल्सन के बारे में सब कुछ बताया था। वो ये भी जानता था की उसकी जान को खतरा है। इसलिए उसने शालिनी को भी कह दिया था, की अगर उसे कुछ हो गया तो किसी से कुछ मत कहना।"

अरविन्द ने कहा, "हां वो वीडियो हम देख चुके है। तुमने जो सबूत भेजे थे उसमे वो वीडियो भी था। फिर क्या हुआ?"

करण ने कहा, "जब मैं सब कुछ जान गया तो मैंने सब से पहले रौनक की जानकारी जुटाई। उस फैक्ट्री में काम करने वाले लोगों से जान पहचान बढ़ाई। कुछ पैसे की मदद और कुछ मीठी बातों का असर जिससे मुझे पता चला की उस फैक्ट्री में ही रौनक को मार कर दफना दिया गया था।"

"तब मैंने एक प्लान बनाया। उन सब से बदला लेने का। लेकिन मैं जनता था की ज्यादा से ज्यादा दो या तीन कत्लों के बाद आप जान जायेगे की मरने वाले सभी उस हादसे से जुड़े हुए है। और आपका सबसे ज्यादा शक मुझपर ही होता। तो मैंने अपनी पहली चाल चली। एक लावारिस लाश की जेब में मैंने अपना आइडेंटिटी कार्ड और डायरी रख दी। उस डायरी पर रवि का नंबर था।"

"जैसा मैंने सोचा था वैसा ही हुआ। पुलिस ने रवि को कॉल किया और मेरे मौत की खबर दी। क्यों की लाश पूरी तरह सड़ चुकी थी तो रवि ने उस डायरी और मेरे आइडेंटिटी कार्ड से ही मुझे मरा हुआ मान लिया। सरकारी अस्पताल से ले कर उस लाश का मेरे नाम से अंतिम संस्कार होने तक मैं आस पास ही रहा। लेकिन भेस बदल कर। मेरी ही आँखों के सामने मेरी तस्वीर को फूलों का हार पहनाया गया।"

अरविन्द ने कहा, "तुमने रौनक के नाम का सहारा क्यों लिया?"

करण ने जवाब दिया, "क्यों की मैं जनता था की जिस तरह का प्लान मैंने बनाया है, वो कोई आम इंसान बना सकता है ऐसा आप नहीं सोचेंगे। आप को लगेगा की ये किसी एजेंट का ही काम है। और हुआ भी वही, आप लोग रौनक को ढूंढते रह गए। मैं आप की आँखों के सामने से गुजरता भी तो आप मुझे नहीं पहचान पाते।"

करण की बात सुन कर अरविन्द और राजेश हैरानी से एक दूसरे को देखने लगें। अरविन्द ने फिर से करण की तरफ देख कर कहा, "आगे क्या हुआ?"

करण ने आगे कहा, "किसी को हराना हो या किसी की कमजोरी जानना, उसके लिए उस शख्स का रूटीन जानना जरूरी होता है। मैं ठीक यही तरीका हरकिसी के लिए आजमा रहा था। मैंने हर एक शख्स का रूटीन पता किया और उनकी कमजोरी भी। ता की जब मैं अपना प्लान एक्टिवेट करू तो कही कोई कमी ना रह जाए।"

"देखते ही देखते ५ महीने गुजर गए। मैं हर शख्स पर नजर रखने लगा। और फिर एक दिन मुझे पता चला। तावळे सरकारी वकील मिश्रा को उसके फार्म हॉउस पर कुछ रूपए पहुँचने वाला था। तावळे के जाने के बाद मैं मिश्रा से मिलने उसके फार्म हॉउस पर गया।"

-------- X --------

(करण की आँखों के सामने उस दिन का चित्र दिखाई देने लगा।)

मिश्रा का फार्म हॉउस एक आलिशान बंगला था। जहाँ मिश्रा या तो अय्याशी करने आता था, या फिर गलत तरीकों से कमाए गए पैसों के लेन-देन के सिलसिले में। उस वक्त रात के कुछ ८ बज रहे थे। तावळे की जीप फार्म हॉउस के बाहर खड़ी थी। फार्म हॉउस के गेट पर एक हथियारबंद सिक्योरिटी गार्ड था। जो काफी चौकन्ना नजर आ रहा था।

करण बंगले के थोड़ा दूर एक पेड़ की आड़ में खड़ा तावळे के निकलने की राह देख रहा था। कुछ १५ मिनिट बाद तावळे तेज कदमों से बाहर आ गया और अपनी जीप ले कर निकल गया।

वहाँ काफी अँधेरा हो चूका था, और ठंड भी काफी थी। तावळे के जाते ही करण ने अपनी बैग से मोबाईल सिग्नल जैमर निकाल कर ऑन किया और बैग में रख दिया। फिर एक गन निकाली और बैग को पीठ पर लटका कर धीरे-धीरे छुपता हुआ गेट के नजदीक पहुँचा।

गार्ड पर निशाना लगा कर उसने ट्रिगर तबा दिया। गन से एक बेहोशी का इंजेक्शन निकल कर गार्ड के पीठ पर चुभ गया। इससे पहले की गार्ड कुछ समझ पाता उसपर बेहोशी के इंजेक्शन का असर हो चूका था।

करण धीरे से गेट खोल कर अंदर चला गया। मिश्रा इस वक्त सोफे पर बैठा शराब पि रहा था। उसके सामने टेबल पर शतरंज रखा हुआ था, और एक सलाद की प्लेट भी थी।

करण को अंदर देख कर मिश्रा चौक गया। उसने कहा, "कौन हो तुम? और अंदर कैसे आ गए? सिक्योरिटी। सिक्योरिटी।"

करण ने जवाब दिया, "आप का सिक्योरिटी गार्ड बाहर गया है। फ़िक्र मत कीजिए मैं उसकी इजाजत ले कर ही अंदर आया हूँ। वो क्या है ना सर, आप दिन भर इतने बीजी रहते है तो सोचा आज यहाँ आ कर ही बात कर लू।"

अपनी टांग पर दूसरी टांग रख कर सोफे से पीठ टिकाते हुए मिश्रा ने कहा, "कहो क्या कहना चाहते हो?"

करण ने जवाब दिया, “सर मेरे पास एक केस के सिलसिले में कुछ ठोस सबूत है। मैं उस केस की सच्चाई दुनिया के सामने लाना चाहता हूँ। अगर आप उस केस को री-ओपन करने में मेरी मदद करेंगे तो हम असली मुजरिमों को सलाखों के पीछे कर सकते है।”

मिश्रा ने एक घुट शराब का पि कर ग्लास टेबल पर रख दिया। प्लेट से एक कटा हुआ टमाटर का टुकड़ा नमक लगा कर अपने मुँह में दबाते हुए कहा, “किस केस की बात कर रहे हो तुम?”

करण ने कहा, “एक साल पहले १ जनवरी को हुए सड़क हादसे की। जिसमे २१ लोग मारे गए थें। मेरे पास पक्के सबूत है की वो कोई हादसा नहीं था। बल्कि एक सोची समझी साजिश थी।”

करण की बात जैसे मिश्रा के कानों में गर्म तेल की तरह उतर गई। उसकी आँखें बड़ी हो गई और नशा पूरा गायब। हैरानी से करण को देखते हुए मिश्रा ने कहा, “कौन हो तुम?”

“करण त्यागी। जिसका पूरा परिवार उस बस में था।” करण ने एक टक मिश्रा की आँखों में झाँकते हुए कहा।

मिश्रा ने खुद को सँभालते हुए कहा, “अच्छा वो हादसा।” झूठा अफ़सोस जताते हुए उसने फिर कहा, “मुझे अफ़सोस है की तुम्हारा परिवार उस हादसे में मारा गया, आओ बैठो।”

करण सामने वाले सोफे पर बैठ गया।

मिश्रा ने कहा, “वैसे क्या जानते हो उस हादसे के बारे में? और तुम्हारे पास कौनसे सबुत है?”

करण ने जवाब दिया, “ये सारी साजिश मंत्री सुखदेव चौहान के बेटे धीरेन ने रची है। मेरे पास उन सब के खिलाफ सबूत है। जिस विकास को उन्होंने उस दिन मार दिया उसने सारे सबूत इकट्ठे कर रखें थे। अब वो सारे सबूत मेरे पास है।”

मिश्रा ने कहा, “गुड़। मैं कल ही उस केस को री-ओपन करने की अर्जी लगा दूंगा। तुम वो सारे सबूत मुझे दे दो।”

इतना कह कर मिश्रा ने अपना फोन निकाल कर उसमे तावळे का नंबर डायल किया। लेकिन फोन लगता कैसे, करण ने वहाँ जैमर जो ऑन कर रखा था।

तावळे का फोन ना लगने की वजह से मिश्रा थोड़ा परेशान होने लगा। उसने कमिश्नर त्रिवेदी का नंबर डायल किया। लेकिन वह भी नहीं लगा तो मिश्रा और परेशान हो गया।

फोन को टेबल पर रखते हुए उसने कहा, “तुम एक काम करो मुझे उन सब के नाम बता दो। और सारे सबूत दे दो। मेरा यकीन करो मैं एक को भी नहीं छोडूंगा।”

इतना कह कर मिश्रा ने बगल के टेबल से अपनी डायरी उठाई और अपनी जेब से पेन निकाल कर करण की ओर देखने लगा।

करण कुछ पल मिश्रा को देखता रहा। मिश्रा ने फिर कहा, “बताओ।”

करण ने कहा, “लिखिए सबसे पहला नाम सरकारी वकील आनंद मिश्रा।”

अपना नाम सुन कर मिश्रा का हाथ ठिठक गया। और वह एक टक करण को देखने लगा।

करण ने आगे कहा, "लिखिए की, आनंद मिश्रा ने अपना काम ठीक से नहीं किया। कोर्ट में पेश किये गए झूठे सबूत और गवाहों पर ऊँगली ना उठा कर सच को दफ़न रहने दिया। और ये भी लिखिए की रिश्वतखोर आनंद मिश्रा ने पैसों के लालच में २१ बेगुनाह जिंदियों को इंसाफ नहीं मिलने दिया।"

"क्या बकवास कर रहे हो।" मिश्रा ने करण से ऊँची आवाज में कहा।

करण ने गुस्से से जवाब दिया, "ये बकवास नहीं सच है। तुमने इतने बड़े हादसे के गुनहगार उस रघु को सिर्फ ६ महीने की सजा होने दी। सब कुछ जानते हुए भी पैसों के लिए अपनी आत्मा को बेचा है। तुम कानून के रखवाले नहीं कानून के कातिल हो। और तुम जैसे लोगों की वजह से कानून एक मजाक बन कर रह गया है।" कहते हुए करण की आवाज ऊँची होने लगी। उसकी आँखों में अंगारे नजर आने लगे।

मिश्रा की तो जैसे सांस ही अटक गई थी। उसने दबी हुई आवाज में कहा, "सिक्योरिटी।"

करण ने उठ कर अपने बैग से रस्सी निकाली और मिश्रा की तरफ बढ़ते हुए कहा, "तुम्हे मरना होगा मिश्रा।"

इससे पहले की मिश्रा कुछ कर पाता करण ने लपक कर उसके गले में रस्सी का फंदा अटका दिया। मिश्रा ने विरोध करने की कोशिश की तो करण ने एक दो घुसे उसके मुँह पर जड़ दिए।

शराब और अय्याशी से कमजोर हो चूका मिश्रा का शरीर हट्टे-कट्टे करण के सामने क्या ही टिकता। मिश्रा ने हार मान ली और कुत्ते की तरह हांफने लगा।

करण ने रस्सी का सिरा ऊपर पंखे से फेक कर अटका दिया और रस्सी को खींचने लगा। धीरे-धीरे मिश्रा फांसी पर लटकने लगा। तड़पने लगा।

करण ने रस्सी को कस कर पकड़ लिया और कहा, "आज मेरे परिवार को इंसाफ मिलेगा। और ये तो सिर्फ शुरवात है। तेरे पीछे मैं उन सब को भेज दूंगा जिन्होंने मुझसे मेरा परिवार छिना है।"

कुछ ही पलों में मिश्रा ने दम तोड़ दिया। उसकी साँसे उसे अलविदा कह चुकी थी। आँखे और जबान बाहर आ चुकी थी।

करण ने रस्सी को पास ही के टेबल से बाँध दिया। फिर करण इधर-उधर देखने लगा। वह तावळे ने लाया हुआ नोटों का बैग ढूंढ रहा था। थोड़ी ही देर में एक कमरे में उसे वह बैग मिल गया।

अपना बैग पीठ पर लटका कर पैसों बैग उसने अपने दाहिने हाथ में ले लिया। और वहाँ से जाने लगा। अभी दरवाजे तक ही पहुँचा था की उसे कुछ याद आया।

पैसो का बैग निचे रख कर वह उस टेबल के पास आया जहा शतरंज रखा हुआ था। अपना बैग निकाल कर उसने शतरंज के सारे सफ़ेद मोहरें उठा लिए। सिर्फ एक सफ़ेद हाथी वहाँ छोड़ दिया। उन मोहरों को बैग में भर कर उसने फिर अपना बैग पीठ पर लटका दिया।

उस सफ़ेद हाथी को उसने उठा कर नजर भर कर देखा। फिर उसने मिश्रा की तरफ देखा और उसे वापस शतरंज पर रख कर गिरा दिया।

इसका मतलब था की आज उसने इस जंग का एक मोहरा मार दिया था। फिर वहाँ से पैसो का बैग ले कर निकल गया।

--------- X ---------

(करण फिर से वर्तमान में लौट आया।)

करण अब खामोश था। अरविन्द और राजेश भी ख़ामोशी को तोड़ने के मूड में नहीं थें। अरविन्द ने एक नजर राजेश की तरफ देखा और कहा, "चाय बुलाए?" राजेश ने हां में सिर हिला कर गोलू को फोन कर दिया।

"आगे क्या हुआ करण।" अरविन्द ने कुछ पल शांत रहने के बाद कहा।

करण ने फिर आगे बताना शुरू किया, "अब मेरे पास पैसों की कोई कमी नहीं थी। ना ही पकड़े जाने का डर। मैंने अपने चहरे की टेम्परारी प्लास्टिक सर्जरी करवाई। अब दुनिया के सामने एक नया शख्स खड़ा था। जिसे कोई पहचानता नहीं था।"

"फिर मैं एक-एक कर के उन सब के परिवारों से मिला जिन्होंने उस हादसे में अपनों को खोया था। लेकिन जब मैं बस ड्राइवर मनोहर शिंदे के घर गया तो वहाँ मुझे कोई नहीं मिला। उसकी बेटी राधिका का कोई अता-पता नहीं था। लेकिन जितनों से मिला उनका दर्द देख कर मेरे अंदर की बदले की आग और भी भड़क गई। साथ ही मुझे एक राह भी मिली।"

अरविन्द ने करण को रोकते हुए कहा, "और वो राह थी हवालदार राणे। मैंने सही कहा ना?"

करण ने हां में सिर हिला दिया। यह देख कर राजेश सन्न रह गया।

अरविन्द ने आगे कहा, "जब सब कुछ शांत हो गया तब मुझे सोचने का मौका मिला। मैंने सबसे पहले इस बात का पता लागाया की कमिशनर ऑफिस में मायक्रोफोन और स्टेज में वो डीवाईस लागणे में तुम्हारी मदद किसने की होगी। तब मेरे सामने घूम फिर कर एक ही नाम आ रहा था हवालदार राणे।"

"मैंने और जानकारी जुटाई जिससे मुझे पता चला की उस बस हादसे में एक बुजुर्ग व्यक्ति मारा गया था। जो की एक स्कूल का रिटायर्ड टीचर था। और राणे उसी स्कूल में पढता था। यहाँ तक की उस टीचर के घर जाने के बाद मुझे ये भी पता लगा की राणे पर उस टीचर के बहुत अहसान थें। गरीब घर के राणे को हवालदार बनाने तक उस टीचर ने ही मदद की थी।" अरविन्द अपनी बात ख़त्म कर के करण तरफ देखने लगा।

करण ने जवाब दिया, "जी हां मैंने भी यही जानकारी जुटाई थी। मैंने राणे की मदद से कमिश्नर ऑफिस और तावळे के चौकी में माइक्रोफ़ोन और कैमरा लगाए। साथ ही उस स्टेज में वो डिवाइस भी लगा दिया जिससे त्रिवेदी की मौत हुई थी।"

राजेश ने चौकते हुए कहा, "इसका मतलब तावळे को मारने में भी राणे ने ही तुम्हारी मदद की थी?"

करण ने मुस्कुराते हुए कहा, “जी हां। राणे की मदद से ही मैं ICU में घुस पाया। फिर मैंने तावळे की बीवी को अपनी मीठी बातों में उलझा दिया। और बाकी आप जानते ही है। और एक बात, जिस दिन मैंने पहली बार अरविन्द सर को फोन किया था और आप सब रेलवे स्टेशन पर आये थे। आपको याद है एक किन्नर आपसे पैसे मांग रहा था। वो भी मैं ही था। वहाँ भी राणे ने ही मुझे आपके सामने से भगा दिया था।”

राजेश हैरानी से करण को देखते हुए बुदबुदाया, “सब कुछ हमारी आँखों के सामने ही हो रहा था। लेकिन तुमने हमें उस बारे में सोचने का मौका ही नहीं दिया। खैर आगे क्या हुआ?”

करण ने आगे कहा, “तावळे के चौकी में लगे माइक्रोफ़ोन से मुझे पता चला की तावळे और मनोज यादव की वजह से राधिका गायब थी। और वो दोनों राधिका और मिना को ढूंढ रहे थें। इससे पहले की तावळे या मनोज यादव राधिका तक पहुँचते मैंने रजनीश यानि मिना के पिता पर नजर रख कर दोनों लड़कियों का पता लगा लिया। जब मुझे यकीन हो गया की दोनों सुरक्षित अपनी जिंदगी गुजार रही है। तो मैंने अपना अगला प्लान एक्टिवेट किया।”

“मुझे एक ऐसा शख्स चाहिए था जो ईमानदारी से मेरा कहना माने। मैं हर जगह ऐसे शख्स को ढूंढ रहा था। और एक दिन मेरी तलाश सरकारी अस्पताल में ख़त्म हुई। वहाँ एक नौजवान लड़का अपने पिता को ले कर दर-दर भटक रहा था। उसका बाप मरने की कगार पर था। उसे तुरंत लिवर ट्रांसप्लांट की जरुरत थी। लेकिन मतलब से भरी इस दुनिया में अगर आप के पास किसी आमिर की सिफारिश या पैसा ना हो तो आपका काम जल्दी नहीं होता।”

“लेकिन उस शख्स के पास वक्त नहीं था। मैंने उस लड़के की मदद की उसके बाप का इलाज निजी अस्पताल में करवाया। डोनर ढूढं कर उसके पिता की जान बचाई। बदले में वो मेरे लिए कुछ भी करने के लिए तैयार था।”

“मैंने उसे मलेशिया विल्सन के गैंग में शामिल होने के लिए भेज दिया। उसे दो साल लग गए विल्सन का भरोसा जितने के लिए। तब तक मैंने यहाँ अपनी एक टीम बना ली। एक ऐसे लोगों की टीम जो हालात के मारे थें। मैंने उनके परिवार की मदद की। और उन्हें एक नयी जिंदगी शुरू करने के लिए राह दिखाई। साथ ही मैंने राधिका से जान पहचान बढ़ाई ता की वक्त आने पर उसकी हिफाजत कर सकू।

“जब मुझे पक्का यक़ीन हो गया की अब मेरा आदमी विल्सन को कभी भी ख़त्म कर सकता है। तब मैंने यहाँ अपने बदले की शुरवात की।”

“मैंने सबसे पहले तावळे को बेदर्दी से पीटा, और उसे अधमरा कर दिया। क्यों की वो ही था जो मेरे रास्ते का सबसे बड़ा कांटा बन सकता था। मैंने तब उसकी जान इसलिए नहीं ली ता की आप को कत्लों के बिच का कनेक्शन ढूंढने में देर हो सके। और हुआ भी वही। जब मैंने कमिश्नर और रघु को मारा तब तक आप लोग समझ ही नहीं पाए की हो क्या रहा है।”

“मैंने अरुण के हाथो हादसे में मरे हुए लोगों के परिवारवालों को पैसे पहुँचाए। और उसे भी मार दिया। मोबिन और उसके साथियों को मारना मेरे प्लान का हिस्सा नहीं था। वो एक इत्तफाक था। फिर आगे जो कुछ हुआ आप सब जानते ही है।”

अरविन्द ने कहा, "बस एक और सवाल मोबाईल और उस फैक्ट्री के कैमरा हैकिंग करने में तुम्हारी मदद किसने की?"

करण ने जवाब दिया, "मैं आपके कब्जे में हूँ आप चाहे तो मुझे फांसी की सजा सुना दीजिए, लेकिन मेरी मदद करने वाले एक भी शख्स के बारे में मैं आपको कुछ नहीं बता सकता। क्यों की मैंने सब से वादा किया था, जब ये सब ख़त्म हो जायेगा वो सब एक नयी जिंदगी में कदम रखेंगे। और मैं अपना वादा तोडना नहीं चाहता।"

अरविन्द ने टेबल पर अपनी दोनों कोहनिया रख कर करण से धीमी आवाज में कहा, "अगर मैं ये सिर्फ जानकारी के लिए पूछ रहा हूँ तो? अगर मैं उस शख्स के खिलाफ कोई करवाई ही ना करू तो? क्या तब भी नहीं बताओगे?"

करण कुछ सोचने लगा। कुछ पल ख़ामोशी बनी रही। अरविन्द ने कहा, "अच्छा ठीक है तुम इशारे में ही बता दो, क्या वो शालिनी थी?" करण ने कुछ पल खामोश रह कर हां में सिर हिला दिया।

अरविन्द ने मुस्कुराते हुए कहा, "यार तुम्हारे दिमाग का कोई जवाब नहीं। उस फ्लाईओवर पर वो रस्सी कब बांधी तुमने?"

करण ने जवाब दिया, "सर भीड़ से भरे इस शहर में किसी को किसी से कोई मतलब नहीं। आप अच्छे भले रास्ते पर भी एक बेरीगेट लगा दोगे तो लोग उसके बगल से निकल जायेगे लेकिन उसे हटाएगा कोई नहीं। मैं तो बस इसी बात का फायदा उठा रहा था। वो रस्सी मैंने एक साल पहले ही बाँध कर रखी थी। जिस पर किसीका भी ध्यान ही नहीं था।"

कुछ देर सब शांत हो गए। करण ने कहा, "आप ने बताया नहीं की आपने मुझे कैसे ढूंढा?"

अरविन्द ने कहा, "चलो तुम्हारे सवाल का भी जवाब दे ही देते है। जब तुमने मुझे आखरी कॉल किया और ये सब किसी तूफान की तरह शांत हो गया। तब मैं केस को हर एंगल से इन्वेस्टीगेट करने की कोशिश करने लगा। जब मुझे राणे के बारे में पता चला तब मैंने उससे पूछताछ की। लेकिन वो खुद भी नहीं जनता था की तुम करण त्यागी हो। क्यों की तुमने अपना टेम्परारी चेहरा बदल रखा था और राणे को भी अपना नाम रौनक ही बताया था।"

"राजेश और शुक्ला दूसरे केस में बीजी हो गए तब मैं और सिमा एक यूनिट में काम करने लगें। हमारी टीम में सिमा एकलौती थी जो तुम्हे मरा हुआ मानाने को राजी नहीं थी। उसने तुम्हारी जानकारी इकट्ठा की। और उस दिन मुझसे आ कर मिली।"

--------- X ---------

(अरविन्द के सामने उस दिन की छवि दिखाई देने लगी।)

सिमा और अरविन्द ऑफिस में बैठे हुए थे। सिमा ने कहा, "सर हमारे इस केस में सिर्फ एक ही बात है जो मुझे चैन से सोने नहीं दे रही।"

अरविन्द ने कुर्सी से पीठ टिकाते हुए पूछा, "कौनसी बात?"

सिमा ने जवाब दिया, "सर उस हादसे में एक ही परिवार के ४ लोग मारे गए, त्यागी परिवार। सर हमने करण त्यागी के बारे में सोचा ही नहीं।"

अरविन्द ने भौंए सिकोड़ते हुए कहा, “लेकिन वो तो मर चूका है।”

सिमा ने एक फीकी मुस्कान के साथ कहा, “सर ये फाइल देखने के बाद आप खुद सोचने पर मजबूर हो जायेंगे।” इतना कह कर सिमा ने एक फाइल अरविन्द के हाथ में थमा दी।

अरविन्द ने फाइल में लगे कागजों पर नजर फेरी और कहा, “ये सब कब इकठ्ठा किया तुमने?”

सिमा ने जवाब दिया, “सर जब सब कुछ शांत हो गया तो सोचने का मौका मिला। और फिर निकल पड़ी अँधेरे में तीर चलाने।”

अरविन्द ने अपनी दोनों कोहनियां टेबल पर रखते हुए कहा, “क्या जानकारी मिली है?”

सिमा ने बोलना शुरू किया, “सर करण त्यागी की जिंदगी बिलकुल आम थी। गरीब परिवार का करण जब तेरा साल का था, तभी उसके पिता की मौत हो गई थी। उसकी माँ उमादेवी को इस बात का सदमा लगा और उसने अपना मानसिक संतुलन खो दिया।”

“छोटी सी उम्र में ही उसके कंधे पर अपनी माँ की जिम्मेदारी आ चुकी थी। तो उसने स्कूल जाना छोड़ कर दुकानों और कैंटीन पर काम करना शुरू कर दिया। करीब तीन साल बाद उसकी माँ की दिमागी हालत ठीक होने लगी तब उसने करण को स्कूल जाने के लिए कहा। लेकिन अब करण का मन सिर्फ काम करने में ही लग चूका था। इसलिए उसने काम करने का फैसला लिया।”

“अठारा साल की उम्र में उसकी मुलाकात एक वर्कशॉप चलाने वाले मधुकर से हुई। मधुकर को करण का स्वाभाव इस कदर भा गया की उसने उसे अपने वर्कशॉप में काम पर रख लिया। मधुकर की कोई संतान नहीं थी, तो वो करण को अपने बेटे की तरह समझने लगा। करण ने दस साल उस वर्क शॉप में जी तोड़ मेहनत की और वहाँ का सारा काम संभाल लिया। अब उसके पास ना पैसो की तंगी थी, ना काम की कमी।”

“अट्ठाइस साल की उम्र में उसकी मुलाकात पायल से हुई जो खुद भी एक मिडल क्लास फॅमिली से थी। दोनों में प्यार हुआ और दोनों ने परिवार की सहमति से शादी कर ली।”

“करण को शादी के दो साल बाद दो जुड़वाँ बच्चे हुए लड़का जिसका नाम वरुण था। और लड़की जिसका नाम शिखा था। मधुकर ने लगभग सारा काम करण को सौप दिया था। फिर उसकी जिंदगी में आया विशाल। विशाल एक कंपनी में इंजिनीअर था। विशाल ने झूठा वेल्डर का डिप्लोमा बना कर करण को अपनी कंपनी में जॉब दिलवाई। जिससे करण की कमाई अब दुगनी हो चुकी थी।”

“करण के लिए उसका परिवार ही उसकी पूरी दुनिया थी। अपने आखरी समय में करण का रूटीन था घर, वर्कशॉप और कंपनी। फिर वो बस हादसा हुआ जिसमे उसने अपनी पूरी दुनिया खो दी। जिसके बाद उसने अपना मानसिक संतुलन खो दिया। और फिर एक दिन पुलिस को एक लावारिस लाश मिली जिसकी मौत लगातार शराब पिने से हुई थी। उस लाश को करण के साले रवि ने आयडेंटिफाईड किया था। और इसी के साथ करण त्यागी की जीवन कथा समाप्त हो चुकी थी।”

सिमा की पूरी बात अरविन्द ध्यान लगा कर सुन रहा था। कुछ पल ख़ामोशी छाई रही फिर अरविन्द ने कहा, “लेकिन करण त्यागी एक आम इंसान था, वो इतनी बड़ी साजिश के बारे में कैसे पता कर सकता है?”

सिमा एक पल रुकी और कहा, “सर, मैंने जब उसके जान पहचान के लोगों से पूछताछ की, और मुझे जो पता चला उसके आधार पर मैं ये कह सकती हूँ।”

“एक ऐसा शख्स जो ज्यादा पढ़ा लिखा नहीं था, फिर भी एक वर्कशॉप का मालिक बन गया। एक ऐसे कंपनी में काम कर रहा था, जिसमें मिनिमम क्वालिफिकेशन ITI का डिप्लोमा चाहिए होता है। तेज दिमाग और अपनी मीठी बातो के लिए जाना जाने वाला करण त्यागी, वो जरूर जिन्दा है सर, ये जो डेथ सर्टफिकेट है सब झूठ है। और ये सब उसी ने किया है। हो सकता है उसने साजिश का किसी तरह पता लगा लिया हो।”

---------- X ----------

(अरविन्द वर्तमान में लौट आया।)

अरविन्द बोलता रहा, “सिमा की बातें सुन कर मैं हैरान था। वाकई उसने काम की जानकारी जुटाई थी। लेकिन तसल्ली करने के लिए हम तुम्हारे घर गए। जब हम तुम्हारे घर पहुँचे तो पड़ोसियों ने कहा की हादसे के बाद से घर बंद है। लेकिन जब हम अंदर गए तो पता चला की वहाँ कोई आता-जाता रहा है। घर साफसूत्रा था।”

“तलाशी के दौरान हमें कुछ तस्वीरें मिली। उन तस्वीरों में एक तस्वीर हॉस्पिटल की थी। जहाँ तुम्हारे बच्चे और तुम दोनों पति-पत्नी, दीवार पर लगे स्टिकर से अपनी हाइट नाप रहें थें, और मस्ती कर रहे थें। उस तस्वीर को देखने के बाद मुझे यकीन हो गया की सिमा की बात सही है। तुम जिन्दा हो।”

करण ने कुछ सोचते हुए कहा, “मतलब। मैं कुछ समझा नहीं।”

अरविन्द में मुस्कुराते हुए कहा, “उस तस्वीर में साफ़-साफ़ दिखाई दे रहा था की तुम्हारा कद ५ फिट ७ इंच है। और जिस लावारिश लाश को तुमने करण साबित कर दिया उसका कद ५ फिट १ इंच था, जो पोस्टमॉर्टम रिपोर्ट में साफ़ साफ़ लिखा है। अब कद नापने में एक या दो इंच का फासला हो सकता है। लेकिन ५-६ इंच का नहीं।”

“तसल्ली के लिए सिमा और मैं पोस्टमार्टम करने वाले डॉक्टर से भी मिले। उसने हमें हॉस्पिटल की फाइल से उस लाश की कुछ तस्वीरें भी दिखाई। और उसने ये भी बताया की वो पोस्टमॉर्टम जैसे मामले में कभी गलती नहीं करता।”

“फिर क्या, हमने तुम्हारे साले रवि, कंपनी के इंजिनीअर विशाल और वर्कशॉप के मालिक मधुकर को पूछताछ के लिए बुलाया।”

---------- X ----------

(बताते हुए अरविन्द एक बार फिर सबको अतीत में ले गया।)

पूछताछ कक्ष में इस वक्त करण जिस कंपनी में काम करता था उस कंपनी का इंजिनीअर विशाल और करण के वर्कशॉप का मालिक मधुकर बैठे हुए थें।

अरविन्द उन दोनों के सामने बैठा हुआ था और सिमा अरविन्द के बगल में खड़ी थी।

अरविन्द ने पहला सवाल विशाल से किया, "तुमने झूठ क्यों बोला?" अरविन्द के आवाज में रूखापन था।

विशाल को सवाल समझ में ही नहीं आया तो उसने कहा, "कैसा झूठ सर, आप किस बारे में बात कर रहे है?"

अरविन्द ने सीधा मुद्दे पर आते हुए कहा, "करण दसवीं पास भी नहीं था। और तुमने उसके नाम का नकली डिप्लोमा सबमिट कर के उसे उस कंपनी में काम पर लगवाया?"

अरविन्द के आवाज में अब गुस्सा छलकने लगा था।

जिसे देख कर विशाल तोते की तरह बोलने लगा, "माफ़ कीजिए सर, गलती हो गई। लेकिन मेरा कोई गलत इरादा नहीं था। मैं तो बस उसकी मदद करना चाहता था।"

अरविन्द ने कुर्सी के पुश्त से पीठ टिका कर दोनों की ओर देहते हुए कहा, "मुझे शुरू से बताओ। तुम दोनों करण त्यागी के बारे में जो कुछ भी जानते हो। छोटी से छोटी बात।"

विशाल ने मधुकर की ओर देखा। तब मधुकर ने ही शुरवात की।

"साहब मेरी मुलाकात उससे एक गराज में हुई थी। तब उसकी उम्र शायद सतरा या अठारा रही होगी। करण हर काम को दिल लगा कर करता था। मैं अपने मोटर सायकल की मरम्मत करवाने वहाँ गया था, तब मैंने उसे पहली बार वेल्डिंग करते हुए देखा था। जिस तरह वो काम कर रहा था, एक ट्रेंड वेल्डर लग रहा था। उसने वो काम इतनी सफाई और बारीकी से किया की, मैं उससे बात किए बगैर नहीं रह सका।"

"मैंने उससे पूछा की ये सब कहाँ सीखा तो उसने अपनी आपबीती बताई। उसके पिता के मौत के बाद उसके माँ की दिमागी हालत बिगड़ गई थी। अपने माँ को सँभालने की जिम्मेदारी ने उससे उसका बचपन छीन लिया। जब तक माँ की बीमारी ठीक हुई वो जवानी में कदम रख चूका था। अलग-अलग जगहों पर काम कर के उसने वेल्डिंग का हुनर सीखा था।"

"वो एक किराए के घर में अपने माँ के साथ रहता था। मुझे मेरे वर्कशॉप में ऐसे ही लड़के की जरुरत थी। मैंने उसे अपने वर्कशॉप में काम पर रखा बदले में उसे अच्छी पगार और रहने के लिए बिना किराये की एक छोटी जी जगह वहीं वर्कशॉप के पास दे दी। और आप लोग तो जानते ही है सर, की मुंबई में छोटी सी खोली का भी कितना किराया वसूल किया जाता है।"

"वो तुरंत मान गया। वो मेरे वर्कशॉप में दिल लगा कर काम करने लगा। वेल्डिंग तो उसे आती ही थी, मेरे वर्कशॉप में उसने लोहे को पिघला कर आकर देना सिख लिया। दस साल में उसने वर्कशॉप का कोई ऐसा काम बाकि नहीं रखा जो उसे ना आता हो।"

"दस साल में उसने मेरे वर्कशॉप को चार चाँद लगा दिए। उसके स्वभाव के कारण मेरे वर्कशॉप में ग्राहकों की संख्या भी बढ़ गई। कई कंपनियों के छोटे मोठे काम मिलने लगें। इन दस सालों में उसने मेरी जगह ले ली थी। मुझे घर बैठे ही सारा हिसाब मिलने लगा था।"

“घर में हम पति पत्नी दोनों ही है। हमारी कोई संतान नहीं है, इसलिए मैं उसे अपने बेटे की तरह ही समझने लगा था। फिर उसकी जिंदगी में पायल आयी। दोनों को एक दूसरे से प्यार हुआ और दोनों ने अपने परिवार की सहमति से शादी कर ली।”

“जब तक वो मनहूस हादसा नहीं हुआ तब तक सब कुछ ठीक चल रहा था। उस हादसे के बाद करण पूरी तरह टूट चूका था। अपने परिवार की अस्तिया नदी में बहा कर वो हमसे दूर चला गया।”

“फिर कुछ चार पांच महीने बाद विशाल ने मुझे बताया था की उसकी मुलाकात करण से हुई थी। हमने उस ढाबे पर और शहर में कई जगह उसे ढूंढा, लेकिन वो कही नहीं मिला। मुझे यकीन था एक न एक दिन वो वापस आएगा, लेकिन मेरा वो यकीन भी तब टुटा जब एक दिन रवि ने मुझे उसके मौत की खबर दी।”

“इस बार करण आया तो एम्बुलेंस में एक सफ़ेद कफ़न में लिपटा हुआ। उसके अंतिम संस्कार के बाद मैं और मेरी पत्नी भी टूट गए। करण का जाना हमारी जिंदगी की वो कमी है जिसे कोई कभी नहीं भर सकता।” इतना कह कर मधुकर चुप हो गया। उसकी आँखें आँसुओ से भर आयी थी। मधुकर विशाल की ओर देखने लगा।

अरविन्द ने सवालिया नजरों से विशाल की ओर देखा। विशाल शायद सोच रहा था की कहा से शुरू करू। तभी अरविन्द ने कहा, “मुझे शुरू से जानना है।”

विशाल ने एक लम्बी सांस ली और बोलना शुरू किया। “सर मेरी उससे मुलाकात वर्कशॉप पर ही हुई थी। मैं जिस कंपनी में काम करता हूँ वहाँ अलग-अलग मशीनों के छोटे मोटे पार्ट बनते है। लेकिन दिक्कत ये थी की सारी चीजे मशीनों के हाथों सौप कर नहीं चलती। कुछ जॉब इंसानी हाथो से ही तराशे जाते है। लेकिन मुझे कोई ऐसा आदमी नहीं मिल रहा था, जो इन कामों को ठीक से कर सके।”

“मुझे कई बार इन चीजों के लिए किसी वर्कशॉप वालों की मदद लेनी पड़ती थी। तब मुझे एक शख्स ने मधुकर जी के वर्कशॉप के बारे में बताया। वहाँ मेरी मुलाकात करण से हुई। वो मेरे लाये हुए काम झट से कर देता था। और इतनी सफाई से किया करता था की, उसमे गलती निकालना लगभग ना मुमकिन था।”

“मेरी करण के साथ दोस्ती सी हो गई थी। मेरा काम चल रहा था, लेकिन साथ ही मेरे जेब से पैसे खर्च हो रहे थें। क्यों की कंपनी के मैनेजर का कहना था, की सारी चीजे फैक्टरी में ही होनी चाहिए। अगर बाहर से कर के लाओगे तो पैसे जेब से खर्च करने पड़ेगे। और नौकरी बचाने के लिए मैं वो करता रहा।”

“फिर मेरे दिमाग में एक तरकीब आयी। मैंने करण से बात की, उसे समझाया की तुम मेरे कंपनी में काम पर आ जाओ। लेकिन उसने मना कर दिया। ये कह कर की, मधुकर जी ने वर्कशॉप की जिम्मेदारी उसे दी है। वो उन्हें छोड़ कर कही नहीं जायेगा।”

“तब मैंने एक तीसरा रास्ता निकाला। मैंने करण से कहा तुम यहीं से काम कर दिया करो, बदले में तुम्हे कंपनी से अच्छी रकम मिलेगी, और मेरा खर्चा कम हो जाएगा। तब वो

मान गया। मैंने एक डुप्लीकेट सर्टिफिकेट तैयार कर के उसको कंपनी में काम पर लगवा दिया। हफ्ते में एक या दो दिन करण फैक्ट्री में आ जाता था। और हाजरी लगा कर चला जाता था। सारे काम ठीक से हो रहे थें, तो कंपनी के मैनेजर ने भी कोई आपत्ति नहीं जताई।"

"फिर वो हादसा हुआ और हमने एक होनहार शख्स खो दिया।" इतना कह कर विशाल अफ़सोस जताते हुए खामोश हो गया।

अरविन्द ने कहा, "अभी मधुकर जी ने बताया की हादसे के बाद तुम्हारी करण से मुलाकात हुई थी।"

विशाल ने फिर बोलना शुरू किया, "हां सर अप्रैल का महीना था। धुप धीरे-धीरे तेज हो रही थी। मैं अपने एक रिश्तेदार से मिलने जा रहा था। तब एक ढाबे पर चाय पिने रुक गया। वहाँ मेरी नजर एक शख्स पर पड़ी, जो पेड़ की छाँव में सो रहा था। उसके बाल बढे हुए थे। दाढ़ी भी काफी बढ़ी हुई थी। लेकिन वो कोई भिखारी नहीं लग रहा था, ना कोई पियक्कड़।"

"जब मैं पैसे देने उस ढाबे के मालिक के पास गया तब मैंने उसे पूछा वो कौन है। तब उसने कहा काफी दिनों से वो यहाँ आस पास पड़ा रहता है। कोई कुछ देता है तो खा लेता है। कभी-कभी मैं भी कुछ छोटे-मोटे काम उसे बता देता हूँ।"

"उसने आगे कहा की उस शख्स ने जिंदगी में सब कुछ खोया दिया। तक़दीर का मारा है बेचारा। उस ढाबे वाले ने कहा करण नाम है उसका। करण नाम सुनते ही मुझे एक मिनिट नहीं लगा ये समझने के लिए की वो करण त्यागी ही होगा।"

"मैं बिना देर किये उसके पास गया, उसे जगाया। उसने भी मुझे पहचान लिया। फिर मैंने उसे खाना खिलाया, और उसे अपने साथ वापस चल कर अपनी जिंदगी नए सिरे से शुरू करने के लिए कहा। लेकिन वो नहीं माना। उसके दिमाग में सिर्फ एक ही बात चल रही थी की सब कुछ ख़त्म हो चूका है। वो पागल जैसी हरकते कर रहा था। मैंने उसी वक्त मधुकर जी से संपर्क करने की कोशिश की थी, लेकिन उनसे संपर्क नहीं हो पाया।"

"उसे साथ ले आने के लिए मैंने जोर जबरदस्ती भी की, लेकिन उससे भी बात नहीं बनी। आखिर में मैं हार कर वहाँ से ये सोच कर निकल गया की मैं मधुकर जी को ही साथ ले कर आ जाउगा। शायद मधुकर जी की बात वो टाल नहीं पायेगा।"

"अगले दिन मैं मधुकर जी को साथ ले कर वहाँ गया भी लेकिन वो हमें वहाँ नहीं मिला।" आखरी शब्द कहते वक्त विशाल ने मधुकर की ओर देखा। मधुकर ने भी हां में सर हिला दिया।

विशाल ने आगे कहा, "उसके बाद हमने उसे ढूंढ़ने की कोशिश की लेकिन वो हमें कही नहीं मिला। फिर कुछ महीनों बाद मुझे मधुकर जी से पता चला की करण की डेथ हो चुकी है। जिसे सुनने के बाद मुझे काफी अफ़सोस हुआ।" इतना कह कर विशाल किसी बेजान पुतले की तरह चुप हो गया।

कुछ पल ख़ामोशी छाई रही। अरविन्द और सिमा भी करण की इस कहानी को सुन कर एक पल के लिए मायूस हो गए। लेकिन थे तो पुलिवाले।

खामोशी को तोड़ते हुए अरविन्द ने कहा, "आप दोनों ही करण को अच्छी तरह जानते थें। इसलिए आप दोनों को हमने बुलाया हैं। आपने उस केस के बारे में सुना ही होगा। की जिस बस में करण का परिवार मारा गया था, उस हादसे से जुड़े कमिश्नर त्रिवेदी, बस हादसे का जिम्मेदार वो ट्रक ड्राइवर रघु और उस हादसे से जुड़े और भी कई लोगों को बड़ी बेदर्दी से मार दिया गया।"

"साथ ही उस हादसे की हकीकत भी सामने आ गई, जिसके चलते मंत्री सुखदेव चौहान और उसके बेटे समेत कई बड़ी हस्तियों को उम्र कैद की सजा सुनाई गई।"

मधुकर और विशाल ने हां में सिर हिलाया।

अरविन्द ने आगे कहा, "हमें शक है की करण जिन्दा है। और उन हत्याओं के पीछे वही था। इस बारे में आप दोनों क्या कहना चाहेंगे?" अरविंद इतना कह कर दोनों के जवाब का इंतजार करणे लागा।

अरविंद की बात सुनते ही दोनों हैरान हो कर एक दुसरे को देखने लगे। बिना देर किये मधुकर बोल उठा, "ये कैसे हो सकता है सर, मैंने और रवि ने ही उसका अंतिम संस्कार किया था।" इतना कह कर मधुकर विशाल की ओर देखने लगा।

विशाल बोल पड़ा, "और रही बात हत्याओं की, तो करण एक बहुत ही अच्छा इंसान था। वो जिन्दा भी होता तो लोगों को जान से नहीं मार सकता।"

अरविन्द ने कुछ सोच कर निचे रखें बॉक्स में से एक डिवाइस उठा कर टेबल पर रख दी। ये वही डिवाइस थी जिससे कमिश्नर त्रिवेदी को गोली मारी गई थी।

उस डिवाइस को आगे करते हुए अरविन्द ने कहा, "इस गोली और डिवाइस को ध्यान से देखो, और बताओं अगर करण जिन्दा होता तो क्या ऐसी डिवाइस या गोली बना सकता?"

पहले मधुकर और फिर विशाल ने बारी-बारी उस गोली और डिवाइस को देखा।

मधुकर ने कहा, "सर ये डिवाइस बड़ी ही बारीकी से तैयार की गई है। बन्दुक की नली और गोली का इस्तेमाल बड़े ही सफाई के साथ किया गया है। मैं यकीन के साथ कह सकता हूँ, की करण इस तरह की डिवाइस बना सकता था। लेकिन अफ़सोस की वो अब इस दुनिया में नहीं है।"

मधुकर की बात ख़त्म होते ही विशाल ने भी अपनी राय दी, "जी हां सर, करण वर्कशॉप के काम में इतना माहिर था, की इस तरह की डिवाइस बनाने में उसे बिलकुल भी वक्त नहीं लगता। उसका दिमाग बहुत तेज था। वैसे ये डिवाइस आपको कहाँ से मिली?"

अरविन्द ने कहा, "इस डिवाइस से कमिश्नर त्रिवेदी की हत्या हुई थी।" अरविन्द की बात सुनते ही विशाल और मधुकर हैरानी से उस डिवाइस को देखने लगे।

"देखिए मैं आप दोनों से खुलकर बात कर रहा हूँ। मधुकर जी आप ने करण के साथ काफी वक्त बिताया है। मान लीजिए उस हादसे का सच करण को पता चल जाता, तो क्या वो उस साजिश से जुड़े लोगों से बदला लेता?"

“आप जान ही चुके है, उस साजिश में कई बड़े नाम शामिल थें। जिनसे मिलने के लिए भी अपॉइंटमेंट लेनी पड़ती थी। तो क्या वो उन लोगों से भी उलझता?”

अरविन्द ने सवाल किया और जवाब की राह देखने लगा। मधुकर ने अपनी पीठ कुर्सी की पुश्त से टिका दी और कुछ सोचने लगे।

कुछ पल सोच कर उसने बोलना शुरू किया, “आप सही कह रहे है। मैंने करण के साथ सिर्फ वक्त नहीं गुजरा, बल्कि उसे जाना है, उसके दिल की गहराई में झाँक कर देखा है। वो एक बहुत नेक इंसान था। उसका परिवार ही उसकी पूरी दुनियाँ थी। अगर उसकी दुनिया किसी साजिश का शिकार हुई है, ये उसे पता चल जाये तो वो कुछ भी कर सकता है। और अब मुझे भी यकीन होने लगा है। करण वाकई जिन्दा है, और हमने जिसका जिसका अंतिम संस्कार किया वो भी उसकी चाल हो सकती है।”

“वैसे तो करण एक शांत इंसान था। लेकिन उसकी जिद देखि है मैंने। उन लोगों ने साजिश कर के उससे उसका परिवार छिना, बदले में उसने उन सब को दर्दनाक मौत दे दी।” यह कहते वक्त मधुकर के शब्द कठोर हो चुके थें।

मधुकर का हर शब्द अरविन्द का यकीन बढ़ा रहा था। लेकिन अरविन्द एक होनहार पुलिसवाला था। सामनेवाले से कुछ उगलवाने के लिए हमेशा टॉर्चर ही काम नहीं करता, कुछ राज जस्बाती बना कर भी उगले जा सकते है। ये बात वो अच्छी तरह जनता था। और उसने वही किया।

“बदला लेने की सोच रखना और बदला लेने की काबिलियत रखना, दोनों अलग बातें है मधुकर जी। मुझे नहीं लगता वो इतना काबिल होगा, की अपना बदला लेने के लिए किसी से बी भीड़ जाए।” अरविन्द ने अपनी बात कही और मधुकर के जवाब का इंतजार करने लगा।

मधुकर की सांसे धीरे-धीरे गति पकड़ने लगी। सामने टेबल की और झुक कर अरविन्द की आँखों में आँखें गड़ाए मधुकर ने कहा, “अगर बात काबिलियत की है, तो जो आप सोच भी नहीं सकते वो ऐसी चीजे करण करने में माहिर था। उसकी काबिलियत मैंने देखि है। वो अपनी मीठी बातों से सामनेवाले से कुछ भी उगलवाने की काबिलियत रखता था। उसे नयी चीजे सिखने में बहुत दिलचस्पी रहती थी। मुझे आज भी याद है वो बिस साल का करण जिसने दो साल में मेरे वर्कशॉप में दस साल पुराने करगिर को पीछे छोड़ दिया था। यकीन मानिये सर, अगर वो जिन्दा है, तो आपके सामने से गुजर जायेगा तो भी आप उसे पहचान नहीं पाओगे।” इतना कह कर मधुकर ने फिर अपनी पीठ कुर्सी को टिका दी।

अरविन्द और सिमा मधुकर की बातें सुन कर उसे देखते रह गए।

-------- X --------

अगला नंबर रवि का था। टेबल पर तीन काँच के ग्लास चाय के रखे हुए थें। अरविन्द और सिमा ने चाय उठा ली और अरविन्द ने रवि को इशारे से चाय लेने के लिए कहा। रवि ने भी चाय का प्याला उठा कर एक घुट चाय पि ली।

अरविन्द ने अपना पहला सवाल किया, “तुम्हे करण के मौत की खबर किसने दी थी? पूरी बात बताना।”

दो घुट चाय पि कर प्याला वापस टेबल पर रखते हुए रवि ने कहा, “मुझे पुलिस स्टेशन से फोन आया था। उन्हें एक लाश मिली थी। उस लाश के जेब में एक पॉकेट डायरी थी जिसपर मेरा मोबाईल नंबर था। पुलिस ने मुझे बताया की उस शख्स के जेब से आय.डी कार्ड मिला था, जिस पर उसका नाम करण त्यागी था।”

“मैं समझ गया की वो करण जीजाजी ही होगे। मैं तुरंत वहाँ पहुँचा। पुलिस ने लाश को पहचानने के लिए कहा। मैंने देखा लेकिन लाश का चेहरा पूरी तरह फट चूका था। शायद उनका एक्सीडेंट हुआ था। बाल भी बोहोत बड़े थे बस उनके ऊँगली में जो रिंग थी, उसे मैं पहचान गया। वो रिंग दीदी ने जीजाजी को गिफ्ट की थी, जिसे खरीदते वक्त मैं दीदी के साथ ही था।”

“मैंने उस रिंग से ही उन्हें पहचाना। पुलिस ने सारी क़ानूनी कारवाई की और लाश मुझे सौप दी। मैंने मधुकर जी को खबर दी। क्यों की एक वो ही थे, जो हमारे आलावा जीजाजी के सबकुछ थे। हमने उनका अंतिम संस्कार कर दिया। और तब से लेकर सिर्फ आज ही उनका जिक्र हुआ है।” इतना कह कर वो खामोश हो गया।

अरविन्द ने कुछ सोच कर कहा, “तुम्हे यकीन है, की जिस लाश का अंतिम संस्कार तुमने किया वो करण की ही थी?”

कुछ पल सोच कर रवीं ने जवाब दिया, “ये मैं पुरे यकीन के साथ कैसे कह सकता हूँ सर। क्यों की जीजाजी के बदन पर कोई टैटू नहीं था। ना ही उनकी कोई मेडिकल हिस्ट्री रही है। जिससे उस बॉडी को आयडेंटीफाय किया जा सकता था। हां लेकिन जो डायरी उनके जेब से मिली थी वो उन्ही की थी। उस डायरी में वो अपने काम की तारीख लिखा करते थे। कौनसा काम कब तक पूरा करना है, वो हमेशा लिख कर रखते थे। ये उनकी आदत थी। उस डायरी की हैंड रायटिंग भी जीजाजी की ही थी, इतना मैं यकीन के साथ कह सकता हूँ।”

अरविन्द ने सामने झुक कर टेबल पर अपने दोनों हाथ रखे और कहा, “देखो रवि मैं ज्यादा घुमा फिर कर बात नहीं करता। मुझे लगता है तुमने जिस का अंतिम संस्कार किया वो करण नहीं था। करण जिन्दा है, और उसी ने बस हादसे से जुड़े हुए लोगो को मारा है। अगर तुम कुछ भी जानते हो तो सच-सच बता दो। अगर बादमे ये बात सामने आयी की तुम कुछ भी जानते थे, तो मैं भी कुछ नहीं कर पाऊंगा।” अरविन्द के लफ्जो में गंभीरता थी।

“सर, लेकिन ऐसा कुछ होता तो वो मुझे या मधुकर जी को जरूर बताते। उस हादसे के बाद वो इतना टूट चुके थे की, फिर कभी लौटे ही नहीं। कुछ महीनों बाद मधुकर जी ने मुझे खबर दी थी की उनकी मुलाकात विशाल जी से हुई थी। फिर उन्होंने जीजाजी को ढूंढा भी, लेकिन वो कही नहीं मिले।”

अरविन्द गुस्सा हो गया, “क्या रट लगा रखी है। सब के बयान एक जैसे है। तुम सब कुछ छुपा रहे हो। अगर बादमे पता चला तो तुम सब की चमड़ी उधेड़ दुगा। अभी वक्त है, कुछ भी

जानते हो तो सच-सच बता दो।"

अरविन्द की ऊँची आवाज सुन कर रवि एक पल के लिए डर गया। रवि ने डरते हुए कहा, "सर एक बात है लेकिन ...." कहते हुए रवि रुक गया।

अरविन्द ने सामान्य स्वर में कहा, "फ़िक्र मत करो तुम पर कोई करवाई नहीं होंगी। जो भी बताना है खुल कर बताओ।"

रवि ने कहा, "हादसे के लगभग ६ महीने बाद जुलाई में जीजाजी मुझसे मिलने आये थे। तब उन्होने मुझसे १० लाख रूपए मांगे थे। और कहा था इस बारे में किसी से बात मत करना। और ये भी कहा था की वो किसी खास काम से जा रहे है, लौटेंगे या नहीं पता नहीं।"

अरविन्द और सिमा एक दूसरे को देखने लगें।

रवि ने आगे कहा, "जब उनके मौत की खबर मिली तो मुझे लगा वो पैसे उन्होंने शराब में उड़ा दिए होंगे और शराब पिने की वजह से ही उनकी मौत हो गई होगी। लेकिन जब मैंने उस ट्रक ड्राइवर के मौत की खबर सुनी तब मुझे एक पल के लिए लगा की उस ट्रक ड्राइवर को जीजाजी ने ही मारा होगा।"

"और फिर धीरे-धीरे उस हादसे से जुड़े सभी लोग मरने लगे तो मुझे पक्का यकीन हो गया की जीजाजी जिन्दा है, और ये सब वो ही कर रहे है। लेकिन उन्होंने मुझे बता दिया था की वो हमारे लिए परेशानी नहीं बनाना चाहते। और इसलिलिए उन्होंने अपनी मौत का झूठा नाटक किया होगा। लेकिन ऐसा मुझे लगता है। इस बात का कोई ठोस सबूत नहीं है। बस सर मैं जितना जनता था आपको बता दिया।"

अरविन्द और सिमा की आँखों में एक चमक दिखाई देने लगी।

-------- X --------

(अरविन्द वापस वर्तमान में लौट आया।)

अरविन्द ने कहा, "उन तीनों से पूछताछ के बाद मुझे यकीन हो गया की तुम जिन्दा हो। और ये सारा खेल तुम्हारा ही रचा हुआ है। लेकिन मेरे सामने अब एक ही चुनौती थी, और वो थी तुम्हे ढूंढना।"

"मैंने हर एंगल से सोचा की तुम्हे किस तरह ढूंढा जाए। लेकिन कोई सुराग या कोई रास्ता नजर नहीं आ रहा था। तब अचानक छुट्टी के दिन मैं एक मूवी देख रहा था। और उसमे एक बड़ा ही इमोशनल सिन आ गया। उस सिन में कई दिनों से गायब हीरो लौटने के बाद दूर से ही अपनी हीरोइनपर नजर रखता है। लेकिन उसके सामने नहीं जाता। क्यों की उसका चेहरा बिघड चूका था। वो हीरोइन के सामने इस तरह नहीं जाना चाहता था।"

"उस सिन को देखते हुए मेरे दिमाग में बत्ती जल गई। पूछताछ के दौरान मुझे ये पता चल चूका था की राधिका तुमसे प्यार करने लगी थी। लेकिन अगर तुम भी उससे प्यार करने लगे होंगे तो उससे मिलने या फिर उसपर नजर रखने जरूर आओंगे।"

"फिर क्या मैंने तुरंत एक डिटेक्टिव हायर किया। और राधिका पर नजर जमा दी। वो कब उठती है, किससे मिलती है, कब क्लासेस जाती है एवरीथिंग। ३ हफ्ते लगें तब जा कर

डिटेक्टिव ने मुझे एक ऐसे शख्स के बारे में बताया जो हर रविवार को राधिका के घर के बाहर देखा गया। जब मैंने उस शख्स की तस्वीर देखि तो मैं हैरान रह गया। वो तुम थे करण।"

अरविन्द की बात सुन कर करण ने सामान्य स्वर में कहा, "जैसे मैंने अपनी दुनिया उस हादसे में खो दी। ठीक उसी तरह राधिका ने भी अपना सब कुछ उसी हादसे में खो दिया। उसके पिता ही उसके लिए सब कुछ थे। देखा जाये तो उसमे और मुझमे ज्यादा फर्क नहीं है। और उसने बहुत कुछ सहा है। इसलिए मैं छुट्टी वाले दिन उसे देखने आ जाता था।"

अरविन्द ने आगे की बात सुनाई। "जब तुम्हारे बारे में पता चला तो मैंने तुम्हारा पीछा किया और पाया की तुम उस खदान में काम कर रहे हो। मैं ये देख कर हैरान रह गया। १००० करोड़ लूट कर तुमने लोगों में बांट दिए। और खुद मजदूरी कर रहे थे। ये बात थोड़ी अजीब थी। तुम चाहते तो उन पैसों में से कुछ अपने पास रख कर कही भी एक नयी जिंदगी शुरू कर सकते थे। लेकिन तुमने ऐसा नहीं किया।"

करण ने मुस्कुराते हुए कहा, "पैसा मेरे जिंदगी में कभी मायने रखता ही नहीं था सर। मैं तो बस एक आम जिंदगी जीना चाहता था। एक आम इंसान बन कर अपने परिवार के साथ रहना चाहता था। मैंने अपना बचपन काम करने में गुजार दिया। इसलिए अपने बच्चो के साथ अपना बचपन जीना चाहता था।" इतना कह कर करण मायूस हो गया।

कुछ पल की शांति के बाद अरविन्द ने कहा, "मैंने खदान के मैनेजर विठ्ठल से तुम्हारे बारे में पूछताछ की और तुम पर नजर रखने के लिए कहा। पिछले १ महीने से विठ्ठल रोज मुझे दिन में एक बार सुबह तुम काम पर आये या नहीं बताने के लिए फोन जरूर करता था। अगले हफ्ते मेरा ट्रांसफर होने वाला है, तो सोचा इस केस को बंद कर के ही चला जाता हूँ।"

करण ने एक फीकी मुस्कान के साथ कहा, "मैं तैयार हूँ सर। आखिर आप दोनों के प्रोफ़ाइल देखने के बाद ही तो मैंने धीरेन और बाकी लोगों को मारने के बजाए कानून के हवाले किया। मैंने जो किया वो भी कानून की नजर में गुनाह ही है। और उस गुनाह की कानून मुझे जो भी सजा दे मुझे मंजूर है।"

अरविन्द ने खड़े होते हुए कहा, "तो चले करण?"

अरविन्द की बात सुन कर करण खड़ा हो गया और अपने दोनों हाथ राजेश के सामने कर दिए। राजेश ने करण के हाथों में हत्कडी पहना दी। तीनों गाड़ी के नजदीक पहुँचे। करण को पीछे की सीट पर बिठा कर राजेश ड्राइविंग सीट पर बैठ गया और अरविन्द बगलवाली सीट पर।

गाड़ी चलने लगी। अभी थोड़ी ही दूर पहुँचे थे की अरविन्द ने अपने फोन से सिमा का नंबर डायल किया।

"हैलो सिमा, तुम पहुँच गई उसे ले कर?" अरविन्द ने पूछा।

सिमा ने जवाब दिया, "जी हां सर मैं पहुँच गई।"

दोनों की बात सुन कर राजेश ने पूछा, "सिमा किसे ले कर आ रही है सर।"

अरविन्द राजेश की तरफ देख कर मंद-मंद मुस्कुराने लगा।

राजेश ने कहा, “सर प्लीज अब और कोई सस्पेंस नहीं चाहिए। पहले ही दिमाग घूम चूका है।”

अरविन्द ने हँसते हुए कहा, “अरे फ़िक्र मत करो राजेश, सिर दर्द की गोली है मेरे पास।” इतना कह कर अरविन्द मुस्कुराने लगा और राजेश भी।

थोड़ी देर बाद अरविन्द ने राजेश से कहा, “सामने से राइट लेना राजेश।”

राजेश ने गाड़ी को दाहिने मोड़ दिया। आगे अरविन्द ने कुछ मोड़ और बताये और राजेश गाड़ी चलाता रहा। राजेश के मन में अब बी बेकरारी थी की पता नहीं आज और उसे क्या देखने को मिलने वाला है।

थोड़ी देर बाद राजेश को एक पेड़ की छाँव में खड़ी पुलिस की गाड़ी दिखाई दी। जिसके बाहर सिमा हाथ हिला कर राजेश को गाड़ी रोकने का इशारा कर रही थी।

राजेश ने गाड़ी रोक दी। उस रास्ते से बहुत कम गाड़िया आ-जा रही थीं। धुप काफी थी, इसलिए सिमा भी पेड़ की छाँव का सहारा ले कर खड़ी थी।

अरविन्द और राजेश उतर गए। अरविन्द ने कहा, “राजेश ले आओ करण को।” राजेश तुरंत करण को बाहर ले आया।

अरविन्द ने राजेश से हत्कडी की चाबी ली और करण के हाथों से हत्कडी खोलते हुए कहा, “तुम्हे पता है करण उस रॉकी पटेल का क्या हुआ?” करण ने ना में सिर हिला दिया।

अरविन्द ने करण के हाथ आजाद कर दिए और हत्कडी राजेश के हाथ में देते हुए कहा, “हमने मार दिया उसे। इसलिए नहीं की तुमने उस चिठ्ठी में लिखा था की उसे गोली मार दो। इसलिए की कभी-कभी हमें इंसाफ करने का मौका मिलता है। और हमने उस दिन वही किया।”

“आज फिर हमें मौका मिला है इंसाफ करने का।” इतना कह कर अरविन्द करण की तरफ देखने लगा।

करण ने मुस्कुराते हुए गर्दन झुका ली। और फिर से गर्दन उठा कर अरविन्द की आँखों में झांकते हुए कहा, “गोली आगे से चलाएंगे या पीछे से?”

अरविन्द पल भर उसे देखता रहा। करण का मुस्कुराता हुआ चेहरा बड़ा ही मासूम लग रहा था। अरविन्द ने सिमा को इशारा किया। सिमा ने अपनी गाड़ी का दरवाजा खोला और उसमे से राधिका निचे उतरी।

राधिका को वहाँ देख कर करण चौक कर अरविन्द को देखने लगा। वही हाल राजेश का भी था। उसे भी कुछ समझ नहीं आ रहा था।

अरविन्द ने एक हलकी मुस्कान बिखेरते हुए कहा, “तुम्हे मारने का कोई इरादा नहीं है मेरे दोस्त। तुम अपनी सजा पहले ही काट चुके हो। अब तम्हे और तकलीफ दे कर मैं इंसानियत का गुनहगार नहीं बनाना चाहता।”

राधिका को कुछ समझ में नहीं आ रहा था। वह बस सब को बारी-बारी देख रही थी। करण को वह पहचानती नहीं थी। क्यों की उसने इस शक्ल को कभी नहीं देखा था।

अरविन्द ने राधिका को नजदीक आने का इशारा किया। राधिका थोड़ा नजदीक आ गयी। अरविन्द ने करण की ओर इशारा करते हुए राधिका से कहा, "पहचाना इसे राधिका?"

राधिका करण को गौर से देखने लगी। जब करण और राधिका की नजरें मिली तो राधिका के मुँह से निकला, "रौनक।"

अरविन्द ने मुस्कुराते हुए कहा, "हां ये रौनक है। तुम्हारा रौनक। लेकिन इसका असली नाम रौनक नहीं है। ना ही वो शक्ल असली थी। इसका असली नाम करण त्यागी है, और ये इसकी असली शक्ल है।"

राधिका के आँखों में आँसू उभर आये। उसने तुरंत करण को गले लगा लिया। और बेतहाशा रोने लगी। करण भी उसके सिर पर प्यार से हाथ फेरने लगा।

तीनों पुलिसवाले राधिका और करण को देख कर भाउक हो गए। राजेश अरविन्द की तरफ देख कर मंद-मंद मुस्कुराने लगा। शायद उसके मन में आया हो की 'अरविन्द क्या ऑफिसर है।'

कुछ पलों के बाद राधिका करण से अलग हुई। करण बड़े ही अपनेपन से अरविन्द की ओर देखने लगा।

अरविन्द ने सामान्य स्वर में कहा, "अब तुम्हे अपनी पहचान छुपाने की जरुरत नहीं करण। तुम अपनी जिंदगी जी सकते हो, अपनी मर्जी से। मैं कल उस केस की फ़ाइनल रिपोर्ट सब्मिट करने वाला हूँ। जिसमे मैं तुम्हे जिन्दा और बेकसूर बताने वाला हूँ। ये मैं तुम पर कोई अहसान नहीं कर रहा हूँ। इस बार मुझे जो सही लगा वो करने जा रहा हूँ।"

"बस अपने अंदर के रौनक को अब कभी जागने मत देना। जिंदगी में कभी भी तुम्हे कानून से कोई शिकायत हो तो मेरी एक बात याद कर लेना। की कानून सब के लिए एक समान है और जित हमेशा इंसाफ की होती है।"

इतना कह कर अरविन्द अपनी गाड़ी में बैठ गया। राजेश भी ड्राइविंग सीट पर बैठ गया। सिमा अपनी गाड़ी में जा कर बैठ गई।

अरविन्द ने खिड़की से झांकते हुए करण से कहा, "तुम दोनों को लिफ्ट जरूर देता। लेकिन आगे का रास्ता तुम्हे खुद तय करना है। वैसे भी तुम्हारा घर नजदीक ही है। आपस में सोच लो की जा कर मधुकर और रवि से क्या कहना है। क्यों की वो दोनों भी तुम्हारा इंतजार कर रहे है।" इतना कह कर अरविन्द ने राजेश को आगे बढ़ने का इशारा किया और राजेश ने अपनी गाड़ी दौड़ा दी।

करण हैरान हो कर सामने जा रही अरविन्द की गाड़ी को देखता रह गया। अगले मोड़ से दोनों गाड़िया मुड़ कर करण और राधिका की आँखों से ओझल हो गयी। राधिका और करण एक दूसरे की आँखों में देखने लगें। करण ने राधिका के आँसू अपने हाथ से पोछे। राधिका ने करण का एक बाजु पकड़ लिया और उसके कंधे पर सिर टिका दिया। वे दोनों धीरे-धीरे चलने लगें।

——— X ———

दूसरी ओर थोड़ी देर बाद राजेश ने गाड़ी चलाते हुए अरविन्द से कहा, “सर हमने करण को छोड़ दिया। अब कल आप फाइनल रिपोर्ट में क्या लिखने वाले हो। उन हत्याओं के पीछे कौन था?”

अरविन्द ने कहा, “दो दिन पहले शुक्ला ने एक मुजरिम को रंगे हाथ पकड़ा था। उस मुजरिम ने शराब के नशे में एक मासूम को बड़ी बेरहमी से मार दिया। शुक्ला से देखा नहीं गया और उसने मुजरिम को वहीं ढेर कर दिया। दो दिनों से हम उसकी छानबीन कर रहे है। ना उसके परिवार का कोई पता चला ना ही किसी जानने वाले का।” इतना कह कर अरविन्द ने कुर्सी से सिर टिका दिया।

राजेश मंद-मंद मुस्कुराते हुए गाड़ी चलाने लगा। उसने अरविन्द से कहा, “इसका मतलब साफ़ है की करण ने किये हुए सारे गुनाह आप उस लावारिस लाश पर डाल देंगे।”

अरविन्द ने हां में सिर हिला दिया। राजेश मुस्कुराने लगा और खुद से ही बोल पड़ा, “यानि केस क्लोज।” इतना कह कर उसने गाड़ी की रफ़्तार बढ़ा दी। कुछ ही पलों अरविन्द भी गहरी नींद में चला गया। इसका मतलब था की अब उसके दिल में कुछ भी ऐसा नहीं था जो उसे परेशान कर रहा हो।

२५ दिसंबर २०२५ को आम आदमी पर भाषण देते हुए कमिश्नर त्रिवेदी ने इस कहानी की शुरवात की थी।

और ३ अप्रेल २०२६ को अरविन्द ने इंसानियत दिखाते हुए, एक आम इंसान को एक और मौका दे कर इस कहानी का अंत कर दिया।

-------- X --------

www.ingramcontent.com/pod-product-compliance
Lightning Source LLC
LaVergne TN
LVHW100256210926
848480LV00003B/938